HANNS-JOSEF ORTHEIL

Die Erfindung des Lebens

HANNS-JOSEF ORTHEIL

Die Erfindung des Lebens

ROMAN

LUCHTERHAND

FSC
www.fsc.org
MIX
Papier aus ver-
antwortungsvollen
Quellen
FSC® C014496

Verlagsgruppe Random House FSC®N001967
Das für dieses Buch verwendete FSC®-zertifizierte Papier *EOS*
liefert Salzer Papier, St. Pölten, Austria.

12. Auflage
© 2009 Luchterhand Literaturverlag, München
in der Verlagsgruppe Random House GmbH.
Satz: Greiner & Reichel, Köln
Druck und Bindung: GGP Media GmbH, Pößneck
Alle Rechte vorbehalten. Printed in Germany.
ISBN 978-3-630-87296-4

www.luchterhand-literaturverlag.de

*Wir wissen sehr wohl, mit welcher Vertrautheit
wir uns durch den Tag bewegen, aber nachts
bewegt sich der Tag mit der gleichen Vertrautheit
durch uns ...*

(Inger Christensen)

I

Das stumme Kind

I

DAMALS, IN meinen frühen Kindertagen, saß ich am
Nachmittag oft mit hoch gezogenen Knien auf dem Fensterbrett, den Kopf dicht an die Scheibe gelehnt, und
schaute hinunter auf den großen, ovalen Platz vor unserem Kölner Wohnhaus. Ein Vogelschwarm kreiste weit
oben in gleichmäßigen Runden, senkte sich langsam und
stieg dann wieder ins letzte, verblassende Licht. Unten
auf dem Platz spielten noch einige Kinder, müde geworden und lustlos. Ich wartete auf Vater, der bald kommen
würde, ich wusste genau, wo er auftauchte, denn er erschien meist in einer schmalen Straßenöffnung zwischen
den hohen Häusern schräg gegenüber, in einem langen
Mantel, die Aktentasche unter dem Arm.

Jedes Mal sah er gleich hinauf zu meinem Fenster, und
wenn er mich erkannte, blieb er einen Moment stehen
und winkte. Mit hoch erhobener Hand winkte er mir zu,
und jedes Mal winkte ich zurück und sprang wenig später vom Fensterbrett hinab auf den Boden. Dann behielt
ich ihn fest im Blick, wie er den ovalen Platz überquerte
und sich dem Haus näherte, er schaute immer wieder zu
mir hinauf, und jedes Mal ging beim Hinaufschauen ein
Lachen durch sein Gesicht.

Wenn er nur noch wenige Meter von unserem Haus

entfernt war, eilte ich zur Wohnungstür und wartete darauf, dass sich die schwere Haustür öffnete. Ich blieb im Flur stehen, bis Vater oben bei mir angekommen war, meist packte er mich sofort mit beiden Armen, hob mich hoch und drückte mich fest. Für einen Moment flüchtete ich mich in seinen schweren Mantel, schloss die Augen und machte mich klein, dann gingen wir zusammen in die Wohnung, wo Vater den Mantel auszog und die Tasche ablegte, um nach Mutter zu schauen.

Das Erste, was er in der Wohnung tat, war jedes Mal, nach Mutter zu schauen. Wo war sie? Ging es ihr gut? Sie saß meist im Wohnzimmer, in der Nähe des Fensters, heute kommt es mir beinahe so vor, als habe sie in all meinen ersten Kinderjahren ununterbrochen dort gesessen. Kaum ein anderes Bild habe ich aus dieser Zeit so genau in Erinnerung wie dieses: Mutter hat den schweren Sessel schräg vor das Fenster gerückt und die helle Gardine beiseite geschoben. Neben dem Sessel steht ein rundes, samtbezogenes Tischchen, darauf eine Kanne mit Tee und eine winzige Tasse, Mutter liest.

Oft liest sie lange Zeit, ohne sich einmal zu rühren, und oft schleiche ich mich in diesen stillen Leseraum, ohne dass sie mich bemerkt. Ich kauere mich leise irgendwohin, gegen eine Wand oder vor das große Bücherregal, ich warte. Irgendwann wird sie etwas Tee trinken und von ihrer Lektüre aufschauen, das ist der Moment, in dem sie auf mich aufmerksam wird. Sie schaut etwas erstaunt, ich schaue zurück, ich versuche, herauszubekommen, ob ich mich zu ihr ans Fenster setzen darf ...

Manchmal ging es ihr damals nicht gut, ich spürte es bereits am frühen Morgen, weil sie alles in einer anderen Reihenfolge als sonst tat und sich zwischendurch häufig ausruhte. Dann hatte ich sie den ganzen Tag, vom frühen Morgen bis in die Nacht, im Blick. Meist aber beobachteten wir beide zugleich, was der andere jeweils gerade tat, denn wir beide, Mutter und ich, gehörten damals so eng zusammen wie sonst kaum zwei andere Menschen. Das jedenfalls glaubte ich fest, ja, ich weiß noch genau, dass ich manchmal sogar glaubte, nichts könnte uns beide je trennen, niemand, nichts auf der Welt.

Am frühen Abend aber kam Vater, und Vater gehörte noch hinzu zu uns beiden. Er war der Dritte im Bunde, er verließ die gemeinsame Wohnung am frühen Morgen und war oft den ganzen Tag lang in der freien Natur unterwegs. Vater arbeitete als Vermessungsingenieur für die Bahn, und wenn er am Abend nach Hause kam, schaute er zuerst, wie es um uns beide so stand. Nach dem Ablegen von Mantel und Tasche ging er hinüber zu Mutter, er beugte sich etwas zu ihr herunter und gab ihr einen Kuss auf die Stirn. Einen kleinen Moment hielt sie sich an ihm fest, und es sah so aus, als klammerten sich die beiden eng aneinander. Doch spätestens, wenn Vater zu sprechen begann, lösten sie sich wieder aus der kurzen Umklammerung und waren danach ein wenig verlegen, weil sie nicht wussten, wie es nun weitergehen sollte.

Meist stellte Vater dann einige kurze Fragen, *wie geht es Dir, ist alles in Ordnung, was gibt es Neues*, und Mutter reagierte darauf wie immer stumm, indem sie ihm den kleinen Packen mit Zetteln zuschob, die sie während des Tages beschrieben hatte. Die Zettel lagen neben der Kanne mit Tee auf dem runden Tisch, sie wurden durch ein rotes Gummi zusammengehalten und sahen aus wie ein kleines, fest geschnürtes Paket, das Vater zu öffnen hatte. Er steckte es zunächst aber nur in die rechte Hosentasche und ging dann, die Hand ebenfalls in der Tasche, ins Bad.

Die Tür des Badezimmers ließ er offen, so dass ich zusehen konnte, wie er zum Waschbecken ging, den Wasserhahn aufdrehte, etwas Wasser in die hohle Hand laufen ließ und zu trinken begann. Wenn er genug getrunken hatte, fuhr er sich mit beiden Händen mehrmals durchs Gesicht, manchmal schöpfte er auch noch ein zweites Mal Wasser, ließ es sich über den Kopf laufen, griff nach einem Handtuch und blickte kurz in den Spiegel. Meist schaute er sehr ernst in den Spiegel, viel ernster, als er sonst schaute, dann fuhr er sich mit dem Handtuch über die Stirn und trocknete sich die Haare.

Nach Verlassen des Bades kam er gleich in die Küche und sah nach, ob es dort etwas zu erledigen gab, er musterte den großen Tisch, auf dem oft eine Zeitung oder die Post lagen, beides rührte Mutter niemals an, ich habe sie ausschließlich Bücher lesen sehen, nichts sonst, keine Zeitung, auch sonst nichts Gedrucktes, höchstens einmal einen Brief, aber auch den nur, wenn sie wusste, wer ihn geschrieben hatte. Überhaupt hatte sie gegenüber allem, was sie in die Hand nehmen sollte, eine starke Berührungsangst. Als Kind hielt ich diese Vorsicht für etwas Normales und übernahm instinktiv etwas davon, wie Mutter blieb auch ich zu allem Neuen zunächst auf Distanz, ich umkreiste es, betrachtete es länger und genauer als üblich und brauchte meist erst ein Motiv oder etwas Überwindung, um mich bestimmten Gegenständen oder Menschen zu nähern.

Wenn Vater da war, war jedoch alles viel einfacher, ich war dann erleichtert, weil ich dann nicht mehr allein auf Mutter aufpassen musste. Immerzu befürchteten Vater und ich nämlich, es könnte ihr etwas zustoßen, obwohl ich selbst noch gar nicht erlebt hatte, dass ihr in meinem Beisein etwas Schlimmes zugestoßen war. Ich wusste aber, dass so etwas früher einmal passiert war, und ich wusste auch, dass es etwas ganz besonders Schlimmes gewesen sein musste. Mehr jedoch wusste ich noch nicht, ich kannte keine Details, und ich hörte auch niemals jemanden von dieser Vergangenheit sprechen, obwohl sie doch ununterbrochen gegenwärtig war. Gegenwärtig war sie dadurch, dass Mutter nicht sprach, gegenwärtig war die Vergangenheit in Mutters Stummsein.

Damals dachte ich mir, dass sie die Sprache irgendwann einmal verloren haben musste, wusste aber nicht, wann und wodurch das geschehen war. Eine Mutter, die immer sprachlos gewesen war, konnte ich mir jedoch nicht vorstellen, nein, so weit gingen meine Vermutungen nicht, schließlich erlebte ich ja jeden Tag, dass sie lesen und schreiben konnte, und folgerte daraus, sie habe neben Lesen und Schreiben auch einmal das Sprechen beherrscht.

Natürlich wäre es am einfachsten gewesen, jemanden danach zu fragen, das aber war nicht möglich, weil auch ich selbst kein Wort sprach, sondern stumm war wie meine Mutter. Mutter und ich – wir bildeten damals ein vollkommen stummes Paar, das so fest zusammenhielt, wie es nur ging. Ich hatte, wie schon gesagt, Mutter im Blick und sie wiederum mich, wir achteten genau aufeinander. Meist ahnte ich sogar, was sie als Nächstes tat, vor allem aber wusste ich oft, wie sie sich fühlte, ich spürte es sehr genau und direkt und manchmal war diese direkte Empfindung sogar so stark, dass ich ganz ähnlich fühlte wie sie.

Wenn Vater nach Hause kam, war sie zum Beispiel meist unruhig, sie stand nach der Begrüßung und nachdem Vater Wasser getrunken und den Kopf unter das Wasser gehalten hatte, auf, legte die Bücher beiseite und schaute nach, ob Vater sich nun auch der Zettel annahm, die sie während des Tages beschrieben hatte. Vater, Mutter und ich, die ganze Kleinfamilie Catt befand sich wenige Minuten nach Vaters Rückkehr zusammen in der Küche, wo Vater mit der Lektüre der Zettel und dem lauten Vorlesen all dessen begann, was Mutter vom frühen Morgen an aufgeschrieben und notiert hatte.

Dieses Zusammensitzen war ein Familienritual, wie alles, was ich gerade beschrieben und wovon ich erzählt habe, ein Ritual war: Mutters Lesen, mein Warten auf Vaters Heimkehr, sein Aufenthalt im Badezimmer und danach in der Küche. Wenn ich mich zurückerinnere, sehe ich dieses Ritual von Vaters Heimkehr in immer derselben Reihenfolge ablaufen, als hätte es eine geheime Vorschrift oder sogar ein Gesetz gegeben, dass alles genau so und nicht anders abzulaufen hatte. Wie Darsteller in einem Stück waren wir drei aufeinander bezogen, beinahe jeden Tag handelten wir in derselben Weise, und niemand von uns störte sich an dieser Wiederholung, sondern tat im Gegenteil alles dafür, dass alles so blieb. Heute weiß ich, dass uns die Wiederholung beruhigte und dass sie unser merkwürdiges und gewiss nicht einfaches Leben ordnete. Jeder hatte seine Rolle und hielt sich genau daran, das gab uns eine kurzfristige Sicherheit und band uns eng aneinander. Wir drei waren sogar so eng miteinander verbunden, dass jeder von uns sofort in Panik geriet, wenn unsere Rituale durch irgendeine Kleinigkeit durcheinandergerieten. Meist kamen sie durch Einwirkungen von außen durcheinander, und meist taten wir dann beinahe zwanghaft und hektisch alles, um Störenfriede zu vertreiben oder auf andere Weise aus unserem Kreis zu verdrängen.

So war die Welt der Kleinfamilie Catt damals, in den frühen fünfziger Jahren des vergangenen Jahrhunderts, auf eine beinahe unheimliche Weise geschlossen, und jeder von uns wachte mit all seinen Sinnen darüber, dass sich daran nichts änderte.

2

ALLE ZETTEL, die Vater in der Küche vorlas, waren gleich, gleich groß und gleichfarbig, sie hatten rundherum einen grünen Rand, und sie wurden von Notizblöcken abgerissen, von denen Vater alle paar Wochen einen kleinen Stapel in dem nahe gelegenen Schreibwaren- und Buchladen kaufte.

Mutter beschrieb jeden Zettel sehr ordentlich, niemals verrutschten die Zeilen, und nur selten war etwas durchgestrichen oder verbessert, Mutter schrieb schön. Klar und deutlich waren die etwas verschnörkelten Buchstaben zu erkennen, ich konnte sie zwar noch nicht lesen, dafür war ich mit meinen fünf Jahren noch viel zu jung, aber ich betrachtete sie oft, weil die gleichmäßigen und geordneten Schriftzüge den beruhigenden Eindruck erweckten, Mutter wisse ganz genau, was sie schreiben und sagen wolle. Kurz bevor Vater mit der lauten Lektüre begann, befiel mich oft ein leichtes Kribbeln und ein Gefühl von Spannung, ja, ich war sehr gespannt darauf, was ich nun endlich an diesem Höhepunkt eines jeden Tages zu hören bekam. Als wolle er die Feierlichkeit des Moments unterstreichen, machte Vater überall Licht, räumte den großen Tisch frei und pulte das Gummiband von den Zetteln herunter.

Sie waren nach der Reihenfolge ihres Entstehens geordnet, denn Mutter sammelte sie während eines Tages und schichtete sie dann aufeinander, nur ganz selten blieb einer der vielen Zettel aus Versehen irgendwo liegen und wurde dann später gefunden, Mutter mochte das nicht, sie wollte unbedingt, dass die Zettel am Nachmittag, wenn Vater aus seinem Büro oder von der Arbeit im Freien zurückkam, alle beisammen waren. Wenn er sie zur Hand nahm, setzte sie sich dicht neben ihn, während ich mich auf das schmale Ecksofa legte und zuhörte.

Den Text der meisten Zettel las Vater laut vor, einige wenige andere aber las er auch im Stillen und legte sie dann beiseite, ich verstand lange Zeit nicht, warum er das tat. Manchmal vermutete ich, dass auf einigen etwas stand, das nur für ihn bestimmt war und nicht für mich, aber ich konnte es nicht beweisen, und fragen konnte ich Vater ja auch nicht.

Die nicht vorgelesenen und beiseite gelegten Zettel beunruhigten mich jedenfalls sehr, manchmal hatte ich das Gefühl, dass sie geheime, wichtige Botschaften enthielten, am schlimmsten aber war es, wenn Vater mich nach der stummen Lektüre eines solchen Zettels kurz anschaute, denn dann wusste ich, dass Mutter auf dem fraglichen Zettel etwas notiert hatte, das mich betraf.

Deshalb sehnte ich mich damals nach kaum etwas so sehr wie danach, die nicht laut vorgelesenen Zettel einmal lesen zu können, ich wusste aber nicht, ob das jemals möglich sein würde, denn nachdem Vater die Zettel vorgelesen hatte, nahm er sie an sich, er steckte sie wieder in seine Hosentasche oder ließ sie in das vordere Fach seiner braunen Aktentasche gleiten und damit waren sie dann ein- für allemal verschwunden, scheinbar endgültig, wie weggezaubert.

Ich wusste nicht, ob Vater die Zettel irgendwo aufbewahrte oder ob er sie nach der Lektüre einfach wegwarf oder verbrannte, ich hatte nicht die geringste Ahnung, sondern konnte nur feststellen, dass die einmal vorgelesenen Zettel nirgends mehr auftauchten. Meist beruhigte ich mich mit der Vermutung, dass Vater sie vernichtete, denn auf den meisten war ja nur notiert, was er als Nächstes zu tun oder welche Sachen er noch zu besorgen habe, bestimmte Einkäufe standen an und waren dringend zu erledigen, es waren Einkäufe in jenen Läden rings um den großen, ovalen Platz, die von Mutter aus irgendwelchen Gründen niemals betreten wurden. In solche Läden ging Vater, nachdem er am späten Nachmittag von der Arbeit nach Hause zurückgekehrt war, immer allein, während ich Mutter, wenn sie alle paar Vormittage ihre eigenen Einkaufsrunden drehte, auf ihren Wegen begleiten durfte.

Ich lief meist dicht neben ihr her, oder ich hielt sogar ihre Hand, und dann betraten wir gemeinsam einen Laden, wo Mutter eine kleine Liste abgab, auf der all die Waren notiert waren, die für sie zusammengestellt werden sollten und die wir dann später abholen würden. Nach der Abgabe der Liste gingen wir, so schnell es ging, wieder hinaus und eilten dann weiter in das nächste Geschäft, um dort erneut eine Liste mit Bestellungen abzugeben, das alles geschah unglaublich rasch, weil Mutter sich niemals lange in den Läden aufhalten und anreden lassen wollte.

Natürlich war es vergebens, sie anzureden oder sie etwas zu fragen, denn Mutter war ja stumm und konnte nicht antworten, alle Verkäuferinnen wussten das, in jedem Laden, den wir gemeinsam betraten, war es bekannt, und doch wurde Mutter immer wieder etwas gefragt und auch direkt angeredet, meist reagierte sie nicht darauf oder schüttelte nur kurz den Kopf, um dann schnell zu bezahlen und sich mit mir aus dem Staub zu machen.

Für mich waren diese kurzen und hastigen Auftritte in all diesen Läden sehr unangenehm, am liebsten hätte ich draußen, vor der Tür, auf Mutter gewartet und mir die Wartezeit mit Spielen vertrieben. Das aber kam überhaupt nicht in Frage, Mutter hätte mich niemals draußen, vor einem Geschäft, allein zurückgelassen, immer musste ich in unmittelbarer Reichweite zur Stelle sein, so dass wir überall, wo wir hinkamen, wirklich den Eindruck eines fest aneinandergeketteten Paars machten.

Manchmal glaubte ich zu bemerken, dass man dieses Paar bemitleidete oder sogar belächelte, mit uns stimmte ja so einiges nicht, wir waren nicht nur beide stumm, sondern anscheinend auch aufeinander angewiesen, keiner von uns beiden verließ das Haus ohne den anderen und die ganzen Einkaufswege über hielten wir uns an der Hand oder gingen so dicht nebeneinander her, als wäre der eine der Schatten des anderen.

Niemals hätte ich es denn auch fertiggebracht, einfach einmal ein paar Schritte oder Sprünge zur Seite zu machen, so einen Übermut kannte ich nicht, man hätte mich deshalb für übertrieben gehorsam oder brav halten können, ich selbst hielt mich aber nicht dafür, sondern einfach nur für ein Kind, das sehr anders war als die anderen Kinder. In mir steckte trotz meiner fünf Jahre noch viel von einem Kleinkind, das weit hinter seinen fünf Jahren zurückgeblieben war und doch gleichzeitig auch schon etwas von einem Erwachsenen hatte, denn meine Rolle an Mutters Seite war eben manchmal auch die Rolle eines Beschützers, der Mutters merkwürdige Verhaltensweisen genau kannte und ihr half, trotz dieser Verhaltensweisen einigermaßen in der Welt zurechtzukommen.

Wenn uns dabei Mitleid oder sogar offener Spott begegneten, empfand ich mich als sehr hilflos, ich konnte darauf ja nicht antworten, hatte aber das Gefühl, unbedingt antworten und manchmal sogar laut schreien zu müssen, ach, wie gern hätte ich mich zur Wehr gesetzt und es all den Spöttern gezeigt, aber ich konnte es nicht, nicht einmal eine Grimasse zog ich, ich reagierte überhaupt nicht, sondern tat, als sähe und hörte ich all die dummen und oft auch beleidigenden Bemerkungen nicht. Abtauchen, sich taub stellen, irgendwo anders hinschauen – das waren meine einzigen Reaktionen, ich nahm mich so sehr zusammen, dass ich die Anstrengung körperlich spürte, nicht das Geringste sollte man mir anmerken. Erst wenn ich Stunden später einmal allein war und unsere Peiniger nicht mehr vor mir hatte, ließ ich meine Wut heraus, heimlich und noch immer viel zu zurückhaltend erlaubte ich mir, wenn ich mich unbeobachtet fühlte, einen solchen Ausbruch, denn natürlich durfte Mutter nicht mitbekommen, wie sehr mich das alles getroffen und verletzt hatte.

Immer wieder habe ich dann auch in späteren Jahren damit gehadert, dass sich solche Verhaltensmuster wiederholten und nicht verändern ließen, denn auch später tat ich, wenn ich mich von irgendjemandem angegriffen, verhöhnt oder verspottet fühlte, einfach so, als gäbe es den Angreifer nicht. Ich schaute weg, beschäftigte mich mit etwas anderem und ging nicht auf die Attacken ein, obwohl es doch viel gesünder gewesen wäre, sich zur Wehr zu setzen und auf die Angriffe etwas zu erwidern. Insgeheim brodelte es in mir weiter, und innerlich war ich unruhig oder sogar völlig durcheinander, während ich nach außen den Eindruck eines gefassten, in sich ruhenden und durch nichts zu erschütternden Menschen machte. Meist erinnerte dieses seltsame, eine tiefe Ruhe ausstrahlende Wesen sich dann an bestimmte Szenen der Kindheit, es waren stille Szenen am Rhein, und fast immer half die Erinnerung wahrhaftig, mit allem Unangenehmen fertig zu werden.

In der Zeit nämlich, in der Mutter und ich darauf warten mussten, dass die von uns bestellten Waren in den Einkaufsläden zusammengestellt und verpackt wurden, gingen wir meist hinunter zum Fluss. Es waren nur ein paar Minuten bis zu seinem Ufer, und ich wusste, dass Mutter dorthin am liebsten ging, weil wir beide dort allein waren und niemand uns weiter anredete oder befragte.

Am Rhein setzte sie sich immer auf dieselbe Bank, es war unsere gemeinsame Bank, es war die Bank, von der Mutter und ich stillschweigend glaubten, dass sie nur uns beiden gehörte, niemand sonst noch sollte dort Platz nehmen, und wenn doch jemand dort saß, gingen wir so lange am Ufer des Flusses auf und ab, bis die Bank wieder frei war. Dann holte Mutter ein Buch aus ihrer Tasche und begann zu lesen, während ich am Ufer des Flusses spielen durfte, natürlich nicht unten, direkt am Ufer, sondern etwas oberhalb, auf dem Spazierweg, von dem aus die schmalen, meist feuchten Treppchen hinunter zum Wasser führten, die ich niemals betreten durfte.

In jedem Fall aber musste Mutter mich sehen und im Auge behalten können, das war sehr wichtig, ich durfte Mutters Gesichtskreis auf keinen Fall je verlassen, deshalb spielte ich ganz in ihrer Nähe, nur einige Schritte von ihr entfernt, während sich unterhalb der breite Fluss als eine große Gefahrenquelle auftat. Zwischen der Gefahrenquelle des Flusses und der Bank, auf der Mutter saß, durfte ich mich aufhalten, das genau war mein kleines Gelände, dieser schmale Streifen gehörte mir und stand mir zu, keinen Schritt darüber hinaus durfte ich machen, ohne dass Mutter aufgestanden und mich mit sanfter Gewalt wieder zurückgezogen hätte in das begrenzte Gebiet, das sie überblickte.

Es kam aber kaum vor, dass ich dieses Gebiet verließ, längst hielt ich die Grenzen instinktiv ein, wie ich überhaupt sehr genau wusste, wo und wie ich mich während des Tages in Mutters Nähe aufhalten durfte. Mutter war der Mittelpunkt von allem um mich herum, den Mittelpunkt durfte ich nie aus den Augen verlieren, ja noch mehr, ich durfte auch die körperliche Verbindung zu Mutter niemals abreißen lassen, um keinen Preis, denn ein solches Abreißen der Verbindung spürte sie sofort und geriet darüber in eine solche Aufregung, dass sie manchmal Tränen in die Augen bekam.

Es gibt nichts Schrecklicheres und Furchtbareres als das Bild einer in Panik geratenen Mutter, deshalb tat ich damals alles, aber auch alles, um sie nicht zu beunruhigen oder zu erschrecken. Die körperliche Verbindung mit ihr nicht abreißen zu lassen, das bedeutete, dass ich in ihrer unmittelbaren Nähe bleiben und dann und wann zu ihr hingehen musste, um sie zu berühren oder darauf zu warten, dass ich von ihr berührt wurde. Manchmal las sie dabei weiter in einem Buch und strich mir wie geistesabwesend mit einer Hand über den Kopf, als fühlte sie nach, ob ich noch da sei, dann hielt ich still und schlich mich erst wieder davon, wenn sie ihre Hand wieder zurückzog. Selten kam es dagegen vor, dass sie mich umarmte oder mir gar einen Kuss gab, die heftige Umarmung und der Kuss waren vielmehr die Sache meines Vaters, während Mutter mich meist nur leichthin oder flüchtig, dafür aber viele Minuten lang hintereinander berührte, im Grunde erstreckten sich diese leichten Berührungen ja über den ganzen Tag.

Am einfachsten war es deshalb, wenn ich mich neben sie auf die Bank setzte, die Beine baumeln ließ und auf den Fluss schaute. Dann hielt sie während ihrer Lektüre oft meine Hand, und ich wurde dann vollkommen ruhig, weil ich genau spürte, dass auch meine Mutter nun ruhig und vollkommen aufgehoben war in dem, was sie las. Meist hatte ich ein paar Steine und Gräser gesammelt und sortierte sie dann auf der Bank, oder ich blätterte in einem Bilderbuch, das Mutter für mich ausgesucht und mitgenommen hatte, es kam aber auch vor, dass ich einfach nur dasaß und den Frachtschiffen zuschaute, wie sie auf dem Fluss entlangfuhren, oder dass ich lange die Möwen beobachtete, wie sie von einem Ufer zum andern trudelten, in immer anderen Kurven und Drehungen, wie Trunkenbolde, die den geraden Weg nicht mehr fanden.

Ich starrte auf einen winzigen Ausschnitt der Umgebung und beobachtete ihn so lange, bis es rings um diesen Ausschnitt zu schwanken und zu flirren begann. Manchmal wurde mir dann etwas heiß, und ich musste die Augen rasch schließen, ja es kam sogar vor, dass mir in solchen Augenblicken richtig übel und schwindlig wurde, dann hatte ich zu lange auf einen Punkt gestarrt und musste mich bemühen, den Blick wieder von diesem Punkt wegzubekommen.

Besser war es, nicht einen festen Punkt oder einen kleinen, unveränderlichen Ausschnitt zu betrachten, sondern etwas, das sich bewegte. Ich ließ meine Beine langsam hin und her baumeln und beobachtete eines der langsamen Frachtschiffe bei seiner ruhigen Fahrt, wie es eine schmale, schwankende Rinne ins Wasser zog, und wie der gläserne Strudel mit den winzigen, hin und her springenden Blasen an seinem Heck sich allmählich verflüchtigte und in kleine, bleiche Wellen verwandelte, die dann ausrollten, bis hin zum Ufer.

Was glotzt er denn so?, mokierten sich damals manchmal einige Spaziergänger, die sich darüber wunderten, wie lange ich irgendwohin starren konnte, ohne mich zu bewegen. Sie konnten nicht wissen, dass Glotzen half, stark und unverletzbar zu werden, und dass es darüber hinaus half, den fremden Dingen um einen herum ein kleines Stück näher zu kommen, so dass sie etwas von ihrer Fremdheit verloren.

Auch das Glotzen habe ich im späteren Leben nicht aufgegeben, ich bin ein großer Glotzer und Anstarrer geblieben, und oft hat mir das sogar geholfen. Wenn ich in Museen gehe, laufe ich so lange durch die Säle, bis ich ein Bild zum Anstarren finde, und dann setze ich mich hin und glotze und glotze, bis ich das Bild selbst mit geschlossenen Augen in allen Details vor mir sehe. Wenn das Bild mir gut gefällt, wird es mir während des Glotzens von Minute zu Minute vertrauter, und schließlich habe ich das Gefühl, dass es zu mir gehört wie die kleinen Lebensbilder, die ich draußen, im Freien, beobachtet habe.

Das schönste Bild aber, das ich kenne, ist eine bunte Fotografie, die meine Mutter und mich auf einer Bruchsteinmauer am Rhein zeigt. Wir sitzen dicht aneinander gelehnt, meine Mutter hält unmerklich meine linke Hand, sie trägt einen langen, hellen, sehr schönen Mantel und einen eleganten, weißen Hut. Ich selbst starre irgendwohin, noch bin ich ein kleiner Knabe und wirke doch wahrhaftig auch schon wie ein Alter. Ich liebe dieses Bild sehr, ich habe es jeden Tag hier in meinem römischen Arbeitszimmer vor Augen. Einmal entdeckte es ein Freund und fragte, wann es entstanden sei, und ich ließ mich im Überschwang unseres Gesprächs zu der Bemerkung hinreißen, dass ich mich manchmal stark danach sehne, noch einmal neben meiner Mutter auf dieser sonnigen, trockenen Bruchsteinmauer sitzen zu dürfen. Der Freund nannte meine Bemerkung sofort »regressiv«, Mann, das ist aber verdammt regressiv, was Du da sagst, meinte er.

Ich hasse das Wort »regressiv«, es ist ein Wort, mit dem man mir bestimmte Wünsche und Bilder austreiben will, es ist ein hartes, scharfes, spöttisches und lebloses Wort, es ist eines von den Worten, die all jene gerne benutzen, die mir nicht erlauben wollen, so zu sein, wie ich nun einmal bin, oder die sich nicht die geringste Mühe geben, zu verstehen, warum ich so bin, wie ich bin.

Ich jedenfalls halte meine Sehnsucht danach, noch einmal auf jener Mauer sitzen zu dürfen, nicht für »regressiv«, sondern für eine Sehnsucht nach jener in diesen Kindertagen zum ersten Mal empfundenen, sehr starken und ungetrübten Nähe zu einem anderen Menschen, nach der ich in meinem weiteren Leben dann immer wieder so sehr gesucht habe. Doch darüber später mehr.

3

ICH ERZÄHLTE bereits, dass ich diese Geschichte meiner Jugend in Rom schreibe. Ich habe immer wieder mehrere Monate am Stück in dieser Stadt gelebt, zuletzt aber war ich über zehn Jahre nicht hier. Mein jetziger Aufenthalt hat damit zu tun, dass ich zu Hause nicht mit meiner Arbeit vorankam. Ich setzte immer von Neuem an, aber ich hatte nicht genügend Abstand zu dem, was ich erzählen will. So kam ich auf den Gedanken, es in Rom zu versuchen, denn in Rom habe ich gute Zeiten meines Lebens verbracht.

Ich habe eine kleine Wohnung im ersten Stock eines fünfstöckigen Hauses gemietet, sie liegt im Viertel Testaccio, weitab von den touristischen Zonen, in einer Gegend, in der die Römer noch selbst glauben, sie seien ganz unter sich. Kaum mehr als ein paar Minuten von meiner Wohnung entfernt, steht der weiße, hoch aufragende Bau der Cestius-Pyramide, und daneben befindet sich der Metro-Bahnhof Piramide, von dem aus ich schnell ins Zentrum, aber auch nach Ostia, ans Meer, fahren kann.

Testaccio gefällt mir aber nicht nur wegen der guten Metro-Verbindungen, sondern vor allem, weil es das Viertel der Märkte, der kleinen Lebensmittelgeschäfte und versteckt liegenden Restaurants ist. Jeden Tag gehe ich meist zur Mittagszeit auf den zentralen Markt, einen der lebendigsten in Rom überhaupt, ich kaufe zwei, drei Zeitungen, lasse mich in einigen der kleinen Bars sehen, trinke hier einen Caffè und dort ein Glas Wein und überlege mir, ob ich irgendwo im Freien eine Kleinigkeit esse oder etwas einkaufe, um mir eine einfache Mahlzeit in der Wohnung zuzubereiten.

Sie liegt ganz in der Nähe des Marktes, an der Piazza di Santa Maria Liberatrice, einem für römische Verhältnisse ungewöhnlich weiträumigen Wohnplatz, den ich noch von meinen früheren Aufenthalten her kenne. Damals habe ich mir immer gewünscht, einmal genau an diesem Platz wohnen zu dürfen, so sehr gefielen mir seine hohen Kastanien und die dunklen Steineichen, die überall für schattige Zonen und Sitzmöglichkeiten sorgen. Schon vom frühen Morgen an ist der Platz mit lesenden, rauchenden und sich unterhaltenden Menschen bevölkert, trotz dieses Lebens herrscht auf ihm aber kein Lärm, sondern eine Art von gelassener Ruhe, die Anwohner bewegen sich langsam, bleiben oft lange in kleinen Gesprächsrunden stehen und erwecken den Eindruck von Menschen, die alles, was sie tun, genauso tun wie die Generationen vor ihnen.

Aus früheren Zeiten habe ich in Rom noch einige Bekannte und Freunde, aber ich werde mich diesmal nicht bei ihnen melden. Stattdessen unterhalte ich mich unten auf dem weiten, grünen Platz mit den Anwohnern, zum Glück spreche ich leidlich Italienisch, so dass ich vom ersten Tag meines Aufenthalts an Kontakte geknüpft habe. Solche Kontakte verpflichten mich aber zu nichts, weder Einladungen noch andere gemeinsame Unternehmungen entstehen aus ihnen, und genau das ist mir recht. Diesmal möchte ich mir meine Freiheit erhalten und nicht an Verabredungen und Treffen gebunden sein, die meinen Arbeitsrhythmus durcheinanderbringen könnten.

Ich stehe morgens mit den ersten Sonnenstrahlen auf, dann öffne ich die dunkelgrünen Holzläden vor den Fenstern und schaue hinunter auf den lang gestreckten, an allen Seiten von gleich hohen Häusern umsäumten Platz. Jetzt, in den ersten Frühlingstagen, verfängt sich das helle Morgenlicht noch wie ein schwacher Dunst zwischen den Bäumen, ein paar Hundebesitzer sind unterwegs und schauen zu mir hinauf, der Betrieb in der kleinen Bar gegenüber ist schon in vollem Gang, und von der Bäckerei rechts an der Ecke strömt der Duft von frisch gebackenem Brot zu mir herauf.

In diesen ersten Augenblicken des Tages empfinde ich oft so etwas wie eine starke Lebenslust und eine seltsame Hochstimmung, das Herz schlägt schneller, eigentlich möchte ich sofort hinuntergehen und den ersten Sonnenspuren folgen, das tue ich dann aber nur selten, vielmehr mache ich mir einen Cappuccino und nehme ihn mit hinüber zu meinem Schreibtisch, um gleich mit der Arbeit zu beginnen.

Die Fenster sind noch geöffnet, die frühen Aromen des Tages strömen herein, ich nippe an dem leicht cremigen Schaum, der den Caffè beinahe ganz verdeckt, ich nippe ein zweites Mal und nehme durch den porösen, lauwarmen Schnee einen kleinen Schluck des schwarzen Caffès, sofort bin ich hellwach und gespannt wie ein kleines Kind, das sich auf ein lange ersehntes Geschenk freut. Mein Geschenk ist die Schrift, ich setze mich an den Schreibtisch, ich trinke weiter in kleinen Schlucken, ich schreibe.

Natürlich ist mir nicht entgangen, wie sehr die Piazza di Santa Maria Liberatrice dem weiten und ovalen Platz vor dem Kölner Wohnhaus gleicht, in dem ich aufgewachsen bin. Gerade weil es aber gewisse Ähnlichkeiten gibt, empfinde ich die Unterschiede zwischen der Gegenwart und meinen stummen, frühen Kindertagen umso stärker. Niemand, der mich heutzutage über diese römische Piazza gehen sieht und bemerkt, wie ich hier und da stehen bleibe, einen Anwohner grüße und mich unterhalte, wird vermuten, dass derselbe Mensch als Kind kein einziges Wort gesprochen und vor jedem Gang ins Freie erhebliche Angst ausgestanden hat.

Diese Angst war nur dann etwas schwächer, wenn ich zusammen mit dem Vater hinausging. Manchmal sagte er am frühen Abend *Wir machen jetzt einen Spaziergang*, und dann gingen wir die Treppe hinab, bis in den Keller, wo der kleine Roller stand, den ich während der Spaziergänge mit ihm benutzen durfte. Da ich sehr genau darauf achtete, was man zu mir sagte und was man sonst in meiner näheren Umgebung noch alles so redete, fiel mir auf, dass der Vater mich niemals fragte, ob wir zusammen einen Spaziergang machen wollten, sondern immer so tat, als stünde von vornherein fest, dass wir einen machten.

Die meisten anderen Kinder wurden unaufhörlich etwas gefragt, *Möchtest Du ein Eis?*, *Hast Du nasse Füße?*, *Warum hast Du das getan?*, ich aber wurde das nie, höchstens aus Versehen in einem Kaufladen, wenn die Verkäuferinnen mich fragten, ob ich eine Scheibe Wurst wolle, und dann, wenn ich mich nicht rührte, die Frage rasch wieder zurücknahmen und sagten: *Ach Gott, er kann uns ja gar nicht verstehen!*

Jedes Mal ärgerte ich mich über eine so blöde Bemerkung und begriff nicht, warum sie bloß annahmen, ich könne sie nicht verstehen, denn natürlich verstand ich sie sehr genau. Manche Verkäuferinnen und auch einige Menschen in unserer Nachbarschaft glaubten aber fest, ich verstünde sie nicht, ja sie taten, wenn sie einmal begriffen hatten, dass ich stumm war und nur sehr verhalten reagierte, sogar so, als wäre ich mit dieser Auskunft für sie gestorben. So etwas bemerkte ich schnell, ich merkte es daran, dass sie mich gar nicht mehr oder nur noch sehr flüchtig anschauten, es war, als existierte ich nicht mehr, sondern stünde nur noch herum wie ein Phantom, das sich irgendwann ganz in Luft auflösen würde.

Mein Vater wäre der einzige Mensch gewesen, der gegen dieses Verhalten etwas hätte tun können, aber er redete nicht mit anderen Menschen über mein Schweigen. Ich glaube nicht, dass es ihm peinlich gewesen wäre, das zu tun, nein, das war es nicht, ich glaube vielmehr, dass er der Meinung war, die dunkle Geschichte unserer kleinen Familie gehe die anderen Menschen nichts an. Außerdem konnte man von meinem Schweigen nicht erzählen, ohne auch vom Schweigen meiner Mutter zu erzählen, das eine existierte nicht ohne das andere – und deswegen war alles Erzählen sehr schwierig, vielleicht war auch das ein Grund dafür, dass mein Vater es erst gar nicht versuchte.

Jedenfalls machten wir uns, wie schon gesagt, oft am frühen Abend zu zweit auf den Weg, und Vater sagte dann, ohne mich zu fragen, nur: *Jetzt gehen wir in die Wirtschaft* oder *Jetzt holen wir uns eine Zeitung.* Ich habe auch in meinem späteren Leben kaum einen Menschen gekannt, der ein so großer Zeitungen- und Zeitschriften-Liebhaber war wie er, beinahe jeden Tag kaufte er welche an dem kleinen Kiosk direkt neben der Kirche, in die wir an fast jedem Sonntag zu dritt in den Gottesdienst gingen. Mit dem Kioskbesitzer verstand er sich gut, ja er lauerte richtiggehend darauf, dass er ihn für seine Auswahl der Zeitschriften lobte und *Perfekt! Eine perfekte Wahl!* sagte.

Ich aber freute mich, dass er bei diesen Einkäufen nicht nur an sich selbst, sondern immer auch an mich dachte. So legte der Zeitschriftenhändler auch mir ganz selbstverständlich einige Zeitschriften zur Auswahl hin, und ich blätterte in ihnen wie Vater in den seinigen, bis ich mich für eine entschied. Der Zeitschriftenhändler war denn auch einer der wenigen Menschen in unserer Umgebung, der mich nicht anders behandelte als die anderen Kunden. Schwungvoll kommentierte er meine Wahl, indem er sich selbst fragte, warum ich gerade diese und nicht eine andere Zeitschrift ausgewählt hatte, und trocken und knapp beantwortete er seine eigenen Fragen, indem er zwei oder drei Gründe aufzählte.

Das, fand ich damals, war genau die richtige Art, mit meinem Stummsein umzugehen, denn der Zeitschriftenhändler beachtete es nicht weiter und erwähnte es nie, sondern tat so, als wäre es etwas so Vorübergehendes wie eine Krankheit, die ich irgendwann wieder los sein würde. Es war, als wäre ich heiser oder erkältet und würde in ein paar Tagen wieder reden, so dass man mich jetzt nicht weiter belästigen, sondern schonen müsse. Genau diese Schonung und dieses Drüberwegreden aber war mir am liebsten, denn es stempelte mich nicht ab und ließ mir die Hoffnung, alles könne irgendwann einmal besser werden.

Am besten aber fand ich schließlich, dass Vater mich immer allein entscheiden ließ, welche Zeitschrift ich wollte, niemals sagte er *Nein* oder *Nimm doch die andere hier, die ist besser,* vielmehr kaufte er einfach die, die ich ausgesucht hatte. Es stimmte also, was der Zeitschriftenhändler am Ende unserer Einkäufe sagte: *Perfekt!*, ja genau, diese Einkäufe waren – anders als all die anderen, die ich durchzustehen hatte – ein einziges Vergnügen und daher wirklich perfekt.

Vom Kiosk mit den vielen Zeitschriften aus gingen Vater und ich dann oft weiter zu einem nahe gelegenen Wirtshaus, *jetzt kehren wir ein!*, sagte Vater mit einer spürbaren Vorfreude, und dann betraten wir den Vorraum des großen Brauhauses, das *Zum Kappes* hieß, ja im Ernst, es hieß wirklich so. Anfangs hatte ich nicht verstanden, was das heißen sollte, ich hatte nur manchmal gehört, dass jemand behauptete, etwas sei Kappes, womit er doch anscheinend sagen wollte, etwas sei Unsinn oder der reine Blödsinn. Hieß also das Wirtshaus vielleicht so, weil man dort viel Unsinn oder Blödsinn machte?

Erst nach einer Weile hatte ich verstanden, dass mit dem Wort *Kappes* die Unmengen von Kohl gemeint waren, die in diesem Wirtshaus auf großen Tellern zusammen mit dicken, schwitzenden Würsten serviert wurden. Der Geruch von Kohl und Wurst empfing einen auch gleich in dem kleinen Vorraum mit all seinen Stehtischen und den dicht gedrängt um die Tische herum stehenden Männern, zwischen denen wir uns einen Platz suchten. Kaum hatte man den gefunden, kam auch schon ein Mann in einem blauen Wams und einer Lederschürze vorbei, der von den Gästen *der Köbes* genannt wurde. Der Köbes brachte dem Vater in Windeseile ein Kölsch, alle Gäste in diesem Vorraum tranken Kölsch, eins nach dem andern und meist sehr rasch, auf einen Zug.

Dieses rasche und ununterbrochene Trinken beobachtete ich genau, ich schaute zu, wie die vielen feuchten Münder sich immer wieder einen kleinen Spalt öffneten, damit der kurze goldgelbe Strahl mit der dünnen, schwankenden Schaumkrone hineinschießen konnte, es handelte sich eigentlich nicht um ein Trinken, sondern eher um ein Stillen, *den Durst stillen*, so nannten es oft die Männer, und so war es denn auch, ein einziges Leersaugen der kleinen Kölsch-Stangen, ein einziges Zucken und Zittern der leicht geöffneten Lippen, in Erwartung des nächsten Glases.

Waren schon diese Vorgänge faszinierend genug, so waren die Unterhaltungen es noch mehr, beruhten sie doch auf der Kunst, alle Anwesenden beinahe gleichzeitig in ein einziges großes Gespräch zu verwickeln. Mit offenem Mund lauschte ich, wie sich die Trinkenden zu zweit, zu dritt, über den Kopf des Gegenübers hinweg, durch das ganze Lokal unterhielten, selbst der Mann, der das begehrte Kölsch aus den Kölschfässern zapfte, murmelte ununterbrochen etwas, begrüßte die Neuankömmlinge mit Namen, antwortete auf ein paar Wortfetzen, die er aufgeschnappt hatte, und legte mit einer kurzen, trockenen Bemerkung nach.

Durch diese ununterbrochene Unterhaltung entstand ein höllischer Lärm, der bald hier, bald da lauter wurde, sich verdichtete, kurz verebbte und dann an den Rändern des Vorraums wieder zunahm, das Ganze glich einer gewaltigen Wortwoge, die in immer neuen Schüben durch den Raum rollte, sich brach, sich wieder aufbäumte und schließlich überschlug. Vater aber beteiligte sich an dieser Woge nicht durch lang ausholende Beiträge, sondern eher durch Nachfragen, kurze Sätze und Bestätigungs- oder Anfeuerungsrufe, vor allem aber hatte er eine Eigenheit, die oft wie eine Krönung der gesamten Wortmusik wirkte, indem es sie zu einem Höhepunkt oder Abschluss brachte: Vater lachte. Es war kein lautes, sondern ein herzliches Lachen, es war, wie ich einmal gehört hatte, *ein Lachen aus voller Brust*, das von tief innen kam und heranrollte, als säße in diesem tiefen Innern ein tagsüber eingesperrter Fremder, der sich nun endlich nach Kräften austoben durfte.

In der Wirtschaft konnte ich Männer beobachten, die andere unaufhörlich zum Lachen brachten, selbst aber wenig lachten, es gab auch die, die nur kurz lachten und dann rasch wieder ernst wurden, niemand aber brachte so wie der Vater die anderen bereits dadurch zum Lachen, dass er einfach nur lachte. Dieses mir manchmal durchaus unheimliche Lachen war eine Angewohnheit, die ich auch sonst oft an Vater beobachten konnte. Begegneten wir zum Beispiel auf der Straße einem Bekannten, so dauerte es nicht lange, bis Vater lachte und auch sein Gegenüber zum Lachen gebracht hatte, es schien ganz einfach, er lachte alles Befremdliche und Steife weg, und wenn ihm jemand besonders gehemmt oder gar schwierig daherkam, imitierte er ihn ein wenig und lachte.

Es hätte Menschen geben können, die ihm das sehr übel genommen hätten, das kam aber nicht vor, die meisten waren vielmehr erleichtert, von Vater so munter und aufgeräumt angesprochen zu werden, als gäbe es in der Welt nichts Schwieriges oder Unlösbares, sondern als bildeten sich die anderen so etwas nur ein. Eine Verkäuferin hatte Vater deswegen einmal eine *Frohnatur* genannt, *Sie sind eben eine richtige Frohnatur*, hatte sie zu ihm gesagt und mir dadurch wieder einmal etwas zum Grübeln gegeben.

Wieso, fragte ich mich, war Vater denn eine solche Frohnatur? Wieso lachte er bereits, wenn ich meinen Roller aus dem Keller geholt hatte und losfuhr? Was war an diesem Losfahren denn bloß so komisch oder befreiend, dass man darüber lachen konnte? Vielleicht, dachte ich damals, war Vater oft so munter und gelöst, weil Mutter das genaue Gegenteil war, vielleicht wollte er in unser Leben etwas Leichtigkeit hineinbringen, während Mutter weiß Gott keine Person war, die irgendetwas leicht zu nehmen verstand.

Jedenfalls mochte ich meinen Vater sehr, nicht nur wegen seines befreienden Lachens, sondern auch, weil er mich niemals tadelte oder schimpfte oder zu etwas aufforderte, was ich nicht gern getan hätte. Vater und ich — wir verstanden uns gut, auch ohne das ununterbrochene, korrigierende und besserwisserische Reden, das andere Eltern auf ihre Kinder niederregnen ließen. Dabei spielte auch eine Rolle, dass mir Vaters Kleidung gefiel. Immer war er anders und gut gekleidet, er trug Kleidung, die zur jeweiligen Jahreszeit passte, und überlegte sich sehr genau, was er anzog. Oft trug er ein frisches, weißes Hemd und eine Fliege, er besaß sehr viele Fliegen, sie baumelten in einer langen Kette an der Innentür des Kleiderschrankes, und manchmal holte ich mir zwei, drei von der Schnur und probierte sie an, als wollte ich für ein paar Minuten hineinschlüpfen in die Rolle des Vaters.

In der Gegenwart eines so großen und stattlichen Mannes hatte ich keine Angst, auch in der lauten Wirtschaft, in deren Vorraum sich niemals andere Kinder aufhielten, hatte ich keine, ich war Vater vielmehr dankbar, dass er mich dorthin mitnahm und so wenigstens für kurze Zeit einmal unter Leute brachte. Die trinkenden Männer ließen mich ohnehin in Ruhe, niemand sprach mich an und brachte mich damit in Verlegenheit, es kam höchstens vor, dass einer von ihnen auf die Toilette verschwand, mir beim Vorbeigehen kurz übers Haar strich und fragte, wie es mir gehe. Eine solche Frage war aber nicht ernst gemeint, das konnte ich schon daran erkennen, dass der Frager nicht auf eine Antwort wartete, sondern einfach weiterging, als genüge die Frage vollkommen und als erwarte er überhaupt keine Antwort.

Und so stand ich denn an vielen Abenden unter den trinkenden und sich laut unterhaltenden Männern, blätterte in einer Zeitschrift, lauschte den vielen Stimmen und träumte, dass ich von all den Speisen kosten dürfe, die aus der Küche an den trinkenden Männern vorbei in den eigentlichen Gastraum gebracht wurden. Die meisten Gäste bestellten die dicken, schwitzenden Würste, dazu etwas Sauerkraut und Püree, das Sauerkraut dampfte leicht, und die Würste sahen prall und fest aus, während das Püree cremig, als ein kräftiger, hell leuchtender Farbklecks, am Rand des Tellers lag.

Ich träumte, dass ich mit den Eltern im Gastraum saß und mir aus den kleinen Tontöpfchen, die auf den blank gescheuerten Tischen standen, etwas Senf nahm, ich träumte, dass ich eine Portion Sauerkraut auf einer kleinen Gabel balancierte und langsam in den Mund führte, und ich träumte davon, einmal von Vaters Kölsch nippen zu dürfen, um endlich zu erfahren, ob es wirklich das beste Getränk der Welt war und so unglaublich gut und frisch schmeckte, wie die Männer um mich herum immer wieder behaupteten.

Aus dieser Zeit habe ich mir einen unausrottbaren Hang zu einfachen Wirtschaften, zu Brauhäusern und Weinstuben mit einer schlichten, regionalen Küche erhalten. Nicht dass ich nur in solchen Wirtschaften etwas trinken und essen würde, das nicht, aber wenn ich eine von ihnen sehe, gehe ich gern hinein und freue mich jedes Mal, wenn ich die vielen, sich überlagernden Stimmen höre. In der Nähe meines römischen Mietshauses gibt es eine große Anzahl dieser einfachen Wirtschaften, viele von ihnen liegen rund um den Markt, so dass man von den Marktständen aus sofort in sie hineinschlüpfen und dann wieder zurück zwischen die Stände gehen kann. Es ist, als gäbe es eine geheime Osmose zwischen den Wirtschaften und den Ständen, die Gerüche jedenfalls verbinden und vermengen sich vom frühsten Morgen an, und wenn ich mich eine Weile in solchen Zonen aufgehalten habe, durchziehen sie auch meine Kleidung, und ich nehme sie mit hinauf, in meine stille römische Wohnung.

4

BISHER HABE ich von meiner Mutter, meinem Vater und unserem gemeinsamen Leben in Köln so erzählt, als habe es außerhalb dieses Lebens zu dritt keine andere Welt gegeben. Man könnte mich fragen, ob das wirklich so war und ob so etwas überhaupt möglich ist – ich kann darauf aber nur antworten, dass es mir heute wirklich so vorkommt, als wäre ich in meinen ersten Lebensjahren wahrhaftig nur mit zwei Menschen in Berührung gekommen und hätte in einer Art verschwiegenem Geheimbund mit nur den notwendigsten Außenkontakten gelebt.

Das Leben dieses Geheimbundes vollzog sich nach festen Regeln und in einer großen Stille, es war die unheimliche, wie von großer Erschöpfung herrührende Nachkriegsstille der fünfziger Jahre, in denen man jeden Laut, jede Stimme und jeden Klang noch sehr genau wahrnahm, weil diese Stille noch nicht durchsetzt war von fremden, künstlichen Klängen. Es war eine Welt ohne Fernsehen, ja sogar weitgehend noch ohne Radio oder Schallplatte, eine Welt, in der man sich bemühen musste, ein Geräusch zu erzeugen oder die Entstehung von Geräuschen zu veranlassen, eine Welt, in der es also nicht immer schon und dazu noch ununterbrochen Geräusche und Klänge gab.

Wenn wir frühmorgens die Fenster unserer Wohnung öffneten, um etwas frische Luft hereinzulassen, hörte man höchstens das Zirpen der Vögel, die sich in kleinen Schwärmen in den hohen Pappeln herumtrieben, und manchmal einen einzelnen, vorbeifahrenden Wagen, sonst aber kaum etwas anderes als die Stille selbst, als hielte der gewaltig große Himmel über uns den Atem an oder als wäre die schwere Erde in ein brütendes Schweigen versunken. Diese Stille war immer gegenwärtig und machte sich sofort wieder breit, wenn eines der Einzelgeräusche verebbt war, sie war einfach nicht abzuschütteln, sondern höchstens für Momente zu vertreiben oder zu verdrängen, dann aber setzte sie gleich wieder ein, wie eine überdimensionale Glocke, die sich über das gesamte kleine Leben stülpte.

Ein kleines Leben, ja genau, so kommt es mir heute vor, als wäre ich in einem Spielzeugland aufgewachsen, in einer großen geräuschlosen Zone, in der man sich nur in den Brauhäusern und Wirtschaften laut unterhielt, während auf den Straßen sehr leise gesprochen oder auch nur geflüstert wurde. Manchmal versuchte ich, diese Straßengeräusche zu identifizieren, ich legte mich vor einem offenen Fenster unserer Wohnung mit dem Rücken und geschlossenen Augen auf den Boden und lauschte angestrengt: was war das?, was war das genau?, wessen Stimme?, wessen Schritte?

Ich ahnte natürlich noch nicht, wie sehr dieses Lauschen mein Gehör forderte und trainierte, es war ein geradezu ideales Training, um Geräusche und Klänge unterscheiden zu lernen. Später, als man von mir verlangte, die Stimmen eines großen Orchesters zu identifizieren und genau anzugeben, welche Instrumente gerade zusammen spielten, kam mir dieses Training zugute, den Eindruck, eine Art Musikstück zu hören, hatte ich aber damals, in den frühen Kinderjahren, schon.

Denn zu den damals noch einzeln wahrzunehmenden Klängen und Stimmen gehörte ja auch, dass sie sich ankündigten und dann sehr langsam auftraten, so langsam, dass ich genau verfolgen konnte, wie sie begannen, eine Weile zu hören waren und wieder verschwanden. Immer waren sie zeitlich exakt begrenzt und wirkten daher wie Abläufe mit einer bestimmten Spieldauer, so dass ich zum Beispiel recht genau sagen konnte, wie lange ein Wagen brauchte, um an unserem Haus vorbeizufahren und wieder in der Stille zu verschwinden.

Solche Wahrnehmungen waren typisch für jene Jahre und vor allem für mich, sie hatten etwas von skurrilem Autismus, denn das kleine Kind, das ich war, protokollierte die Welt unaufhörlich in den sonderbarsten, selbst erfundenen und beinahe manisch perfektionierten Systemen. Von diesen Systemen gab es sehr viele, und ich hatte sie alle im Kopf: Das Zeitschriften-Beobachtungssystem, mit dessen Hilfe ich mir die Titelblätter der Zeitschriften merkte, das große Lauschsystem, in dem ich die Stimmen und Klänge speicherte, vor allem aber das System der fertigen Sätze und Redewendungen, die von den anderen Menschen immer wieder zu bestimmten Gelegenheiten gebraucht wurden.

All diese immer wiederkehrenden Sätze und Redewendungen versuchte ich mir zu merken, indem ich sie Menschen, Situationen und Bildern zuordnete, so glaubte ich, zumindest heimlich etwas von der Sprache mitzubekommen. Hören und sehen, wie die Sprache gebraucht wurde, konnte ich ja schließlich sehr gut, und genau das versuchte ich, mir zunutze zu machen, als lernte ich für den Ernstfall, für den einen großen Moment, von dem an ich sprechen würde, einfach so, wie nach einem Urknall.

Im täglichen Leben aber führten meine Beobachtungssysteme und all meine anderen seltsamen Spleens dazu, dass ich viel Zeit wie in Trance herumsitzend oder -liegend verbrachte, in Gedanken versunken, nur mit mir selbst beschäftigt. Heute erscheint es mir merkwürdig, dass niemand sich daran störte oder versuchte, mich aus diesem Dasein herauszulocken. Im Grunde kümmerte sich niemand um mich, selbst die Mutter nicht, die den ganzen Tag viel mit ihren eigenen Sorgen und Ängsten beschäftigt und anscheinend damit zufrieden war, dass sie mich nicht ununterbrochen zu unterhalten brauchte, sondern mich mir selbst überlassen konnte.

Außerdem erweckte ich ja nicht den Anschein, unglücklich oder gelangweilt zu sein, auch begehrte ich niemals auf oder geriet mit der Mutter in Streit. Es gab keine Auseinandersetzungen und nur selten kleinere Missverständnisse, wie ja auch die Eltern fast niemals miteinander stritten, sondern den Eindruck eines Liebespaares machten, das mit großer Vorsicht und einer geradezu rührenden Hilfsbereitschaft miteinander umging. Bestimmt war diese Innigkeit, die auch fremde Menschen oft erstaunte, letztlich noch ein weiterer Grund dafür, dass wir drei uns so sehr von der Außenwelt abschotteten, die Eltern traten auf, als gehörten sie seit ewigen Zeiten zusammen und bräuchten niemand weiteren zu ihrem Glück. Ich selbst aber war der sichtbare Ausdruck ihrer Zusammengehörigkeit und daneben das stumme und gesteigerte Bild allen Leids, das ihnen widerfahren war. Wahrhaftig hatte ich in diesen Jahren auch nie das Gefühl, im Mittelpunkt ihres Lebens zu stehen, ich war nicht das behütete, verwöhnte oder mit Liebe überschüttete Kind, sondern eine Art herumwandelndes Phantom, von dem man niemals genau wusste, was in ihm gerade vorging und wie es tickte.

Als ein solches, oft nur am Rande wahrgenommenes Wesen lief ich während unserer gemeinsamen Spaziergänge hinter den Eltern her oder begleitete sie auf meinem Roller, während Mutter und Vater meist eng zusammen gingen. Vater legte den Arm um die Mutter, oder Mutter hängte sich bei ihm ein, und oft gaben sie sich in fast regelmäßigen Abständen einen Kuss, als wollten sie damit ihr gegenseitiges Einverständnis besiegeln. Fast immer küsste Vater die Mutter zuerst, und fast jedes Mal schaute ich vorher, wenn sich Derartiges anbahnte, genauer hin, um zu sehen, wohin genau der Vater die Mutter küssen würde, ob auf die Stirn, den Mund oder etwas seitlich, hinter das Ohr, auf den Hals.

Die Küsse auf die Stirn waren die häufigsten, während die Küsse auf den Mund viel seltener waren, weil hierzu ja auch gehörte, dass die Mutter ebenfalls Lust hatte, den Vater zu küssen. Der seltsamste Kuss aber war der Kuss des Vaters hinter das Ohr auf Mutters Hals, es war, wie ich damals annahm, der verliebteste Kuss, und er kam vor allem in Augenblicken vor, in denen man dem Vater seine Verliebtheit anmerkte oder in denen er zeigen oder beweisen wollte, wie verliebt er war.

Solche Liebesküsse waren ganz anders als die Küsse, die ich selbst von den Eltern erhielt. Als das Kind, das sie begleitete, wurde ich dann und wann zwar ebenfalls kurz geküsst und manchmal auch abgeküsst, die Liebesküsse aber waren intensiver, wie ein Austausch unter Berauschten, deshalb lösten sie ja auch schon beim bloßen Zuschauen einen leisen Schauer aus. Manchmal überlegte ich, wie es wohl wäre, genauso geküsst zu werden, gab diese Überlegungen aber rasch wieder auf, weil ich nicht daran glaubte, irgendwann in meinem Leben einmal einen Menschen zu finden, den ich selbst so küssen oder der mich so küssen würde. Die Eltern, dachte ich damals, gehörten zusammen, für mich aber gab es niemanden meines Alters, zu dem ich gehörte, ich war eben allein.

Und so trieb ich mich meist seit den frühen Morgenstunden auf dem dunklen, lang gestreckten Flur unserer Wohnung herum, nach beiden Seiten gingen die Zimmer ab, das Wohnzimmer, das Esszimmer, das Schlafzimmer der Eltern und die große Küche. Von manchen Zimmern aus schaute man in den kleinen Innenhof, von den anderen, jenseits des Flurs liegenden, aber auf den großen ovalen Platz mit seinen Pappeln, den gepflegten Rosenbeeten und dem Kinderspielplatz, auf dem erst später die ersten Kinder mit ihren Müttern eintrafen.

Im dunklen Flur war ich allein, ich schlug den blauen Vorhang der Abstellkammer beiseite und ordnete mei-

ne Zeitschriften auf den hellen Holzregalen in schweren
Stapeln, ich nahm das Spielzeug aus den unter den Regalen stehenden Kisten und baute es dann irgendwo in
einer Ecke des Flurs oder entlang der Wände auf: Den
kleinen Bauernhof mit all seinen Tieren, Hütten und
Zäunen, die winzigen, mit einem kleinen Drehschlüssel
aufziehbaren Autos, die ich zu kleinen Wettrennen durch
die ganze Länge des Flurs schickte, vor allem aber die
Bälle, unendlich viele, kleine und große Bälle, die ich
durch den Flur wirbeln ließ, hintereinander, wie auf der
Jagd, oder gezielt, wie Kugeln, die an der Front ein paar
Kegel abschießen mussten. Mit diesen Bällen konnte ich
Stunden verbringen, indem ich mir immer ein neues
Spiel ausdachte, insgeheim ließ ich Mannschaften gegen-
einander antreten und merkte mir dann die Spiel- und
Punktestände, auch hier entwarf ich Pläne und Systeme
und beschäftigte mich mit der Erfindung der seltsamsten
Spielvarianten.

Manchmal kam dann die Mutter vorbei, sie hatte auf-
gehört zu lesen und ging hinüber in die Küche, tat aber,
als bemerkte sie mich nicht, jedenfalls blieb sie niemals
stehen oder schaute mir zu, sondern warf höchstens
einmal einen kurzen Blick auf mein Treiben, als könnte mein Tag ja gar nicht anders verlaufen als genau so.
Wenn sie etwas länger und aufwendiger kochte, ließ sie
die Küchentür offen, schaltete das Radio ein oder legte
eine Schallplatte auf, sie hörte ausschließlich klassische
Musik, aber auch die nur sehr gedämpft, so dass sie im
Flur fast kaum noch zu hören war.

Oft waren es Frauenstimmen, in allen Höhenlagen singende Frauenstimmen, die eine Arie oder sonst etwas

Getragenes sangen, ich mochte all diese Stimmen nicht sehr, sie machten mich traurig, denn jedes Mal, wenn ich sie hörte, kam mir ein seltsames Bild vor Augen: das Bild einer einsamen Frau in einer abgelegenen Landschaft, die ihre Einsamkeit oder etwas ganz und gar Unheimliches, ja Furchtbares beklagte. Auch Vater mochte diese Art von Musik nicht, der musikalische Geschmack der beiden war sehr verschieden, zwar hörte auch Vater nur klassische Musik, aber fast ausschließlich orchestrale und nur in seltenen Fällen etwas mit Gesang.

Hatte Mutter in der Küche mit der Vorbereitung des Essens begonnen, wartete ich meist noch eine Weile, bis ich meine Spielsachen stehen ließ und zu ihr in die Küche ging. Ich setzte mich an den Küchentisch und schaute ihr bei der Küchenarbeit zu, ich bekam etwas zu probieren oder half ihr beim Kleinschneiden von Gemüse oder Obst, manchmal legte ich mich auch einfach nur auf das schmale Sofa, das für mich bestimmt war, weil ich auf diesem Sofa in meinen Zeitschriften blätterte und mir dort auch eine kleine Ecke mit Bilderbüchern eingerichtet hatte.

Meist gab es am Mittag für Mutter und mich nur eine Suppe mit etwas Brot, Mutter liebte das Suppenkochen, und sie kochte gewiss die besten Suppen, die ich je gegessen habe. Das Suppenkochen hatte den Vorteil, dass man mit seiner Vorbereitung irgendwann beginnen und während des Vor-sich-Hinkochens der Suppen etwas anderes tun konnte, genau so machte es Mutter jedenfalls meist, sie enthäutete Tomaten, schnitt sie klein, gab sie in den mächtigen Suppentopf und ließ daneben, in einem zweiten Topf, eine gute Brühe ziehen.

Zwei, drei oder auch vier Stunden brauchten diese Suppen, bis sie gut eingekocht waren, es gab wunderbare Linsensuppen mit sehr feinen, kleinen Linsen, klein geschnittenem Gemüse und etwas Speck, es gab Tomaten-, Kartoffel-, Gemüse- und Zwiebelsuppen, und immer wurden sie mit einer selbst gemachten, ebenfalls über viele Stunden gekochten Brühe angesetzt, so dass sie einen kräftigen, intensiven Geschmack hatten.

Kochten Gemüse, Kartoffeln oder Tomaten sowie die Brühe vor sich hin, konnten Mutter und ich am späten Morgen entweder zum Einkaufen aufbrechen oder hinunter auf den Kinderspielplatz gehen. Wenn wir nach zwei oder mehr Stunden zurückkamen, durchströmten die ganze Wohnung Wolken eines schweren, kompakten Geruchs, es war, als träte man in eine warme Höhle mit den üppigsten Aromen, mit Aromen von Gemüse, Kräutern und etwas Fleisch, die so köstlich und verführerisch dufteten, dass man sich am liebsten noch im Stehen über die beiden Kochtöpfe hergemacht hätte.

Bis es aber so weit war, hatten wir Zeit, auf den Kinderspielplatz zu gehen, und dieser für mich sehr unangenehme Gang war so etwas wie ein Tribut an die Gemeinschaft um uns herum. Der ganze Zweck dieses Unternehmens nämlich bestand darin, den anderen zu zeigen, dass wir uns mit ihnen zumindest ein wenig verbunden fühlten und doch zu ihnen gehörten. Merkwürdig war nur, dass wir diese Gemeinschaft während unserer Aufenthalte dann keineswegs suchten.

Wir brachen auf, als wollten wir zu den vielen anderen Kindern und ihren Müttern hinuntergehen, in Wirklichkeit aber ließen wir uns am Rand des Platzes nieder, weit im Abseits, als wollten wir doch für uns bleiben. Meine Mutter setzte sich nämlich meist in eine kleine Laube, die nur als Unterstand bei schlechtem Wetter dienen sollte. Im Sommer war sie von Efeu und wild wachsenden Rosen beinahe zugewuchert, aber auch sonst ähnelte sie eher einem Versteck, in dem sich Mutter an einen kleinen, runden Tisch setzte, auf dem sie ihre Bücher und die anderen mitgebrachten Utensilien ausbreiten konnte. Selbst bei schönstem Sonnenschein setzte sie sich in diese Laube, es war, als brauchte und suchte sie diesen Schutz und als wäre es ganz und gar unmöglich, dass sie sich auf eine ungeschützte, frei stehende Bank setzte.

Dieser Rückzug führte dazu, dass auch ich mich nicht auf die anderen Kinder zu bewegte, sondern allein spielte, die anderen Kinder hatten sich daran längst gewöhnt und beachteten mich nicht mehr, als käme ich für das gemeinsame Spielen sowieso nicht in Frage.

Die Folge dieser Nichtbeachtung war, dass ich nur ein paar Minuten vor mich hin spielte, dann aber resigniert aufgab, es machte schließlich nicht das geringste Vergnügen, allein im Sand zu sitzen und mit einigen Förmchen zu spielen, die sonst niemand in die Hand nahm. Mit der Zeit führte meine Lustlosigkeit zu einer immer stärker werdenden Erstarrung, ich saß regungslos oder wie festgefroren auf dem Boden und beschäftigte mich schließlich nur noch damit, genau zuzuhören, was die anderen Mütter miteinander besprachen und wie sie ihre Kinder anredeten.

Dabei erschien es mir sehr merkwürdig, wie oft das geschah, im Grunde sprachen die anderen Mütter nämlich ununterbrochen mit ihren Kindern und sagten ihnen laufend, was sie nicht und was sie anders tun sollten. Gehorchten die Kinder nicht sofort, standen sie meist auf und fassten die Kinder an und drehten und wendeten sie hin und her, bis sie zumindest teilweise gehorchten und genau das machten, was die Mütter von ihnen verlangt hatten.

Am wichtigsten schien es zu sein, sich nicht schmutzig zu machen, die Kinder sollten zwar im Sand spielen, auf keinen Fall aber den Sand an die Kleidung bekommen, immer wieder sagte eine Mutter, dass sie nun wieder alles waschen müsse, obwohl sie doch gerade erst alles gewaschen habe, und dass dieses ewige Waschen eine Qual sei und sie noch zur Raserei bringe.

Oft ging es auch um die Frage, ob eines der Kinder bereits etwas beherrschte, was die anderen Kinder noch nicht beherrschten, denn immerzu betrachteten die Mütter nicht nur ihre eigenen, sondern auch die anderen Kinder, stellten Vergleiche an und brachten ihre Beobachtungen in bestimmte Rangordnungen. *Der Konrad kann schon freihändig schaukeln*, sagte zum Beispiel eine Mutter, die nicht die Mutter Konrads, sondern die Mutter eines anderen Kindes war, denn die Mütter hoben niemals hervor, was ihre eigenen Kinder bereits konnten, sondern nur das, was die anderen besser konnten als ihre eigenen.

An den eigenen beobachteten die Mütter stattdessen vor allem das, was sie noch nicht konnten oder irgendwie ungeschickt machten, *Ursula sitzt immer so schief da*, sagte dann zum Beispiel eine Mutter über ihr Kind, worauf die anderen Mütter Ursula genauer anschauten und behaupteten, das sei übertrieben, Ursula sitze genauso schief da wie Konrad und überhaupt säßen alle Kinder etwas schief.

Für mein Leben gern hätte ich einmal gehört, was ich selbst besonders gut konnte und was nicht, es kam aber niemals vor, dass die anderen Mütter über mich sprachen, sie taten einfach, als wäre ich nicht vorhanden. Ab und zu aber passierte es dann doch einmal, dass irgendein Spielzeug in meine Nähe geriet, ein Ball kullerte versehentlich zu mir hin, oder eine Papierschwalbe segelte direkt gegen meine Brust, dann schauten die anderen Mütter mich alle zugleich an und hörten von einem Moment zum nächsten auf zu sprechen.

Ich hasste diesen vollkommen stillen Moment, denn ich spürte mich mitten im Zentrum aller Blicke, nichts war schlimmer als das, mir wurde heiß, und die Hitze schoss mir in den Kopf, als wäre mir nicht nur ein kleiner Ball oder eine Papierschwalbe zu nahe gekommen, sondern ein explosives, gefährliches Ding, das ich sofort wieder beiseiteschaffen musste.

Ich hätte die unangenehme Situation leicht dadurch beenden können, dass ich den Ball oder die Papierschwalbe einfach zurückgeworfen hätte, das aber tat ich nicht, ich nahm vielmehr den Ball oder die Papierschwalbe in die Hand und trug alles langsam zu den anderen Kindern zurück, um den Gegenstand dann genau jenem Kind zu übergeben, dem der Ball oder die Papierschwalbe gehörte.

Während ich aber die paar Meter aus meinem Reich hinüber ins Reich der anderen Kinder zurücklegte, war es weiter so still, dass ich immer unsicherer wurde. Ich wusste, dass mich alle beobachteten, die Blicke waren ja beinahe zu spüren, trotzdem gelang es mir dann aber doch jedes Mal, den Hin- und Rückweg ohne jedes Stolpern oder ein anderes Missgeschick zurückzulegen. Kaum aber machte ich mich auf den Rückweg, begannen die anderen Mütter wieder zu sprechen, meist sagte eine von ihnen in mitleidigem Ton *Der hat es wirklich nicht leicht* oder *Der arme Kerl*, was mich immer empörte, denn niemand sollte behaupten, dass ich es nicht leicht habe oder dass ich ein armer Kerl sei. Ein armer Kerl war ein Kerl, der schwer krank und dem nicht mehr zu helfen war, manche Männer in der *Kappes*-Wirtschaft waren arme Kerle, weil ihnen ein Arm oder ein Bein fehlte, mir aber fehlte im Grunde nichts Schlimmes, sondern nur die Sprache, und deshalb war ich eben kein armer Kerl, sondern nur ein stummer Junge.

Wenn ich solche mitleidigen Bemerkungen der anderen Mütter zu hören bekam, stiegen mir manchmal die Tränen hoch, und ich musste zwanghaft nach Luft schnappen, was aber meist nicht gelang, weil ich ja schließlich die Lippen gegen die sich ankündigenden Tränen fest zusammenpressen und dennoch tief einatmen musste. Meist führte das alles zu einem starken Husten oder Niesen, was nun wiederum einen Anlass bot, dass die anderen Mütter erneut über mich sprachen, oft sagten sie dann nicht mehr *Der arme Kerl*, sondern *Man muss Gott danken, dass man ein gesundes Kind hat.*

Wenn ich diesen schlimmen Satz hörte, und dieser Satz gehörte zu den schlimmsten, die ich immer wieder zu hören bekam, hielt ich es nicht mehr aus, sondern ging hinüber in die Laube, zur Mutter. Ich setzte mich neben sie und rührte mich nicht mehr, niemand hätte mich jetzt noch dazu bringen können, auf dem Kinderspielplatz zu spielen. Meist bemerkte Mutter auch sofort, was mit mir los war, und dann packten wir unsere Sachen zusammen und schlichen davon wie zwei Geschlagene.

All diese unschönen Vorgänge hätten dazu führen können, dass Mutter und ich den Kinderspielplatz nicht mehr betreten hätten, dazu aber kam es nicht, ich machte ohne jede Gegenwehr weiter mit, zum einen deshalb, weil meine Mutter einen solchen Aufenthalt anscheinend von mir verlangte, zum anderen aber, weil ich auf dem Kinderspielplatz doch wenigstens etwas von dem anderen, fremden Leben erfuhr, zu dem ich sonst keinerlei Zugang hatte.

Hätte ich nur einen richtigen Freund gehabt! Ich sehnte mich gar nicht danach, viele Freunde zu haben, nein, ich sehnte mich nach einem einzigen, richtigen, guten Freund. Mit seiner Hilfe wollte ich die fremde Welt kennenlernen, denn ein guter Freund stand einem immer bei und redete niemals schlecht über einen.

Unter den anderen Kindern schien es solche guten Freundschaften durchaus zu geben, und genau diese Kinder, die einen guten Freund hatten, beneidete ich sehr. Zwar spielten auch diese Kinder nicht nur mit ihrem besten Freund, sondern immer auch mit anderen Kindern, es war aber nicht zu übersehen, dass sie besonders häufig und gern mit ihrem jeweiligen besten Freund spielten.

Ich erkannte gute Freundschaften daran, dass diese Freunde sich manchmal von den anderen Kindern etwas zurückzogen und dann eine Weile nur zu zweit spielten.

Hingerissen von so viel Zusammengehörigkeit starrte ich solche Freunde oft minutenlang an und beobachtete jede ihrer Bewegungen. Wie schön zum Beispiel war es, wenn ein Kind einem andern etwas in die Hand drückte, und dieses Kind das Überreichte dann in die Hand nahm, damit spielte und nach einer Weile wieder zurückgab.

Am schönsten aber war es, wenn ein Kind seinem Freund etwas schenkte, auch das kam vor, ein Kind schenkte seinem Freund irgendeine Kleinigkeit, die es gebastelt hatte, solche Kleinigkeiten gab man nicht zurück, sondern steckte sie ein.

Manchmal stellte ich mir vor, dass bestimmte Kinder zu Hause lauter geschenkte Kleinigkeiten gesammelt hatten, so hätte ich es jedenfalls gemacht, ja genau, ich hätte die Geschenke in einen bunten Schuhkarton gelegt oder irgendwo aufgestellt, und dann hätte ich sie immer anschauen und mich daran erinnern können, wer mir wann welches Geschenk gemacht hatte.

Da ich aber weder Freunde, geschweige denn einen richtigen, guten Freund hatte, dachte ich mir ab und zu einen aus. Mein Freund hieß Georg, Georg war stark und freundlich und etwas größer als ich, leider war er nicht immer da, wenn ich mich auf dem Kinderspielplatz aufhielt, doch wenn ich ihn dringend brauchte, kam er meist rasch vorbei und setzte sich neben mich, und dann spielten wir zu zweit oder unterhielten uns über die Zeitschriften, die wir uns gegenseitig ausgeliehen hatten.

Einmal hatte Georg mir eine bunte Murmel geschenkt, die schönste von allen Murmeln, die er selbst gehabt hatte, so großzügig und freundlich war Georg zu mir gewesen. Meine Eltern aber wussten natürlich von Georg nichts, Mutter hatte sich nur einmal gewundert, als ich die bunte Murmel aus meiner Hosentasche gezogen und begonnen hatte, mit ihr zu spielen. Sie hatte die Murmel in die Hand genommen, um sie genauer zu betrachten, wahrscheinlich hatte sie geglaubt, ich hätte die Murmel irgendwo gefunden, und genau in dieser Vermutung bestärkte ich sie, indem ich auf einen nahen Strauch zeigte, als hätte die Murmel genau dort gelegen, während doch in Wahrheit mein Freund Georg sie eigens dort für mich versteckt hatte ...

5

AM GESTRIGEN Sonntagmorgen bin ich noch früher aufgestanden als sonst. Ich bin hinunter auf den weiten Platz vor meinem römischen Wohnhaus gegangen und habe in einer der vielen kleinen Bars einen Caffè getrunken. Für einen Moment habe ich überlegt, ob ich in einen Frühgottesdienst gehen sollte, dann aber bin ich erst hinunter zum Tiber und eine Weile an seinem Ufer entlang spazieren gegangen. Ich war beinahe allein, nur ein paar Jogger liefen an mir vorbei, ich blieb stehen und schaute durch das aquarellgrüne Laub der Platanen hinüber zum anderen Ufer.

Erneut dachte ich daran, in einen Gottesdienst zu gehen, beinahe an jedem Sonntag kommt dieser Gedanke immer wieder und ganz unwillkürlich. Der Sonntag ist ein Tag, dessen Verlauf und dessen Rituale mir aus den

Kindertagen geblieben sind, es ist, als wäre ich damals für immer mit bestimmten Sehnsüchten und Erwartungen geimpft worden, ohne die ich mir einen Sonntag einfach nicht vorstellen kann.

In den Kindertagen war dieser Tag nämlich der Tag des ganz anderen Lebens, des Lebens mit festlichem Charakter, das mit dem sonstigen Werktagleben nur sehr wenig gemein hatte. Einige Bestandteile dieses anderen Lebens hatte ich schon während jener Kirchgänge mit meiner Mutter kennengelernt, die alle paar Tage stattfanden, meist aber nicht länger als einige Minuten dauerten. Sie führten uns in eine nahe gelegene Kapelle mit einem spitz zulaufenden Dach, in der es gleich rechts vom Eingang eine Gebetsnische mit einem Marienbild und vielen brennenden Kerzen gab.

Wenn wir uns zum Gebet vor dieses Bild knieten, ereignete sich jedes Mal etwas Merkwürdiges. Schaute ich nämlich konzentriert auf das Bild, wurde die Kirchenstille ringsum um einige Grade stiller, nur noch die feinsten Geräusche waren zu hören, das leise Knistern der brennenden Kerzen oder ein Holzknarren, irgendjemand hatte den Finger auf den Mund gelegt und allem Lebendigen befohlen, stiller und immer stiller zu werden.

Je stiller alles wurde, umso deutlicher aber strahlte das Marienbild auf, so dass ich schließlich sehr ruhig wurde und nur noch in das Gesicht der schönen Maria starrte, als würde ich von ihm in eine Hypnose der Stille versetzt. In dieser Hypnose begann ich zu beten, aber nicht so, dass ich mir bestimmte Worte ausgedacht hätte, sondern eher, indem ich zunächst zuhörte, wie das Beten in mir von selbst begann.

Das Beten begann, wenn mir die bekannten, großen Gebete einfielen, eins nach dem andern kam mir ganz von allein in den Sinn, und ich dachte und sprach sie im Kopf dann von Anfang bis Ende. Die Intensität, mit der ich betete, kam aber auch daher, dass ich neben meiner hingebungsvoll betenden Mutter kniete. Wenn ich etwas verstohlen zur Seite blickte, sah ich genau, wie sehr sie das Beten berührte, es war, als nähme sie sich aufs Äußerste zusammen, so angespannt und konzentriert kniete sie auf der harten Bank und schaute unentwegt die schöne Maria an.

Dieses Anschauen wirkte so, als bettelte sie um ein Gespräch, eine Entgegnung oder zumindest um einen kleinen Wink, alles an ihr hatte etwas Dringliches, so dass ich annehmen musste, es gehe um das Wichtigste überhaupt, um Leben und Tod. Die Anspannung und die hohe Bedeutung, die dem Beten anscheinend zukam, ließen mich daher annehmen, es gebe zwei Leben, das Werktagsleben mit all seinen kleinen Hindernissen, Sorgen und Peinlichkeiten, und das Sonntagsleben mit den Gebeten, dem Besuch des Gottesdienstes und einem festlichen Mittagessen, das an Schönheit und Feierlichkeit genau zu den sonntäglichen Gebeten und Gottesdiensten passte.

Das Gebet und die Gottesdienste waren also ein Hintreten vor Gott, man machte sich klein, sagte seine Verse und Texte auf, bat um seinen Segen und erzählte ihm, was in der letzten Zeit alles geschehen war. Vor allem solche Erzählungen machten das Besondere des Betens aus, man schaute noch einmal zurück, man ließ sich etwas durch den Kopf gehen, oder man überlegte, ob man in dieser oder jener Situation richtig gehandelt hatte.

So war Gott die höchste und strahlendste Instanz, vor der das kleine Leben zusammenschnurrte und sich in ein weites, offenes, großes Leben verwandelte. Der gewaltigste Ausdruck dieses großen Lebens aber stand am Rhein, denn ganz in der Nähe des Rheinufers befand sich der Dom und damit eine Kirche, die alle anderen Kirchen überragte und auch sonst nicht mit ihnen zu vergleichen war.

Alle paar Sonntage in den Dom zu gehen – das war in jenen Kinderjahren eines der Erlebnisse, die mich gewiss am stärksten geprägt haben. Es begann damit, dass wir zu dritt am Rhein entlanggingen, die Eltern zu zweit und ich oft auf dem Roller, ihnen voraus. Schon von Weitem waren die mächtigen Domglocken zu hören, ihr schwerer Klang füllte das ganze Rheintal und zog einen wie magisch in die Nähe des hohen, schwarzen Gebirges aus Stein, das auf einer kleinen Anhöhe stand, zu der man über viele Stufen hinauf gelangte.

Ich weiß noch genau, wie sehr ich damals bei jedem Betreten des Kirchenraums erschrak, denn sofort nach Passieren des großen Portals ging der Blick ja hinauf, in die schwindelerregenden Höhen, an den Pfeilerbündeln und bunten Kirchenfenstern entlang. Ich blieb stehen und wusste nicht weiter, so wie mir erging es aber den meisten Besuchern, sie blieben stehen und schauten eine Zeit lang in die Höhe, als müssten sie zunächst einmal Maß nehmen und sich auf diese den Körper überwältigenden Größenverhältnisse einstellen.

Hinzu kam eine plötzliche, heftige Kühle, es war, als hauchte einen diese eisige Kühle von den Pfeilern und grauen Steinen her an und als bliesen all diese Steine einem ihren jahrhundertealten, leicht modrigen Atem entgegen. Etwas Säuerliches, Bitteres war in diesem Atem, etwas, das einen zurückschrecken und hilflos werden ließ, man wusste nicht genau, ob man in diesem Bau denn auch willkommen war, so viel Fremdheit und Strenge begegneten einem.

Da war es gut, dass der Vater dabei war, denn mein Vater nahm mich meist an der Hand und ging dann mit mir voraus, wir bahnten uns einen Weg durch das rechte Seitenschiff, wo die Menschenscharen bereits dicht gedrängt standen. Nahe der Vierung warteten wir auf meine Mutter, die sich am liebsten gleich nach dem Betreten des Doms in eine der hinteren, noch leeren Bankreihen gesetzt hätte, das jedoch kam für Vater nicht in Frage, er wollte jedes Mal weit nach vorn, in die Nähe des Hauptaltars, die Weihrauchwolken, die während des Gottesdienstes von dort durch das Kirchenschiff zogen, sollten uns erreichen und einhüllen wie schwere Gewänder.

Erst im rechten Querschiff, ganz in der Nähe der Vierung, knieten wir uns in eine Bank, und mein Blick schoss wieder hinauf in das hohe Gewölbe über dem Hauptaltar, wo es eine winzige, helle Öffnung gab, durch die das Sonnenlicht hineinströmen konnte. Ich glaube nicht, dass jemand sonst diese Öffnung bemerkte, sie war eines der vielen Details, wie sie nur Kindern auffallen, ein winziges, kreisrundes, helles, das Sonnenlicht einatmendes Loch, das Schlupfloch des großen Gottes, der in diesem Dom sein eigentliches Haus und in die kleineren Kirchen seine Stellvertreter, seine Jünger und Heilige, vor allem aber die Gottesmutter geschickt hatte, damit sie einen vorbereiteten für das Schwierigste, dafür, seine Größe zu ertragen und vor ihm zu bestehen.

Bis der Gottesdienst begann, dauerte es dann meist noch einige Zeit, das machte aber nichts, denn in der Zeit bis zu seinem Beginn hatte ich viel damit zu tun, mir alles in meiner Nähe anzuschauen, die Heiligenfiguren an den hohen Pfeilern, den mächtigen, goldenen Schrein im Chor oder die vielen brennenden Kerzen in der Nähe des Altars mit einem großen Bild der schönen Maria.

Schließlich aber war es so weit, ein feines, helles Glöckchen meldete sich, und dann standen alle rasch, mit einer einzigen, entschlossenen Bewegung, auf, und die Orgel begann etwas sehr Lautes zu schmettern, unglaublich laut brauste ihr Klang, als rauschten viele Engel zugleich mit ihren Flügeln und sausten wie im Sturm zwischen den Pfeilern hindurch, hinauf, bis unter das Dach und pfeilschnell an den bunten Fenstern aus Glas vorbei, die ich so gerne betrachtete.

Vom Eingang der Kirche, also von dort, wo jetzt eine unübersehbare Menge von Menschen stand, näherte sich dann die lange Schar der rot-weiß gekleideten Ministranten, die kleinen voran, die großen hinterher, dann aber kamen die Priester, viele Priester, und endlich der Erzbischof, ein älterer, die Menschen unablässig segnender Mann mit einem Hirtenstab in der Hand. Die Orgel schmetterte noch eine Weile und trieb die Engelsscharen zu immer schnelleren Flügen an, dann aber brach ihr

Klang von einem auf den andern Moment zusammen, und es war sekundenlang still.

Während dieses erschreckend plötzlichen, stillen Moments holte ich meistens tief Luft, die rasenden Engel waren verschwunden, jetzt kam alles ein wenig zur Ruhe, denn jetzt war der Chor dran, nur wenige Stimmen, anfangs kaum hörbare, dann aber immer deutlicher werdende Stimmen. Ich wusste längst, was sie sangen, ohne dass ich den Text verstanden hätte, im Dom wurde in seltsamen Sprachen gesungen und gebetet, Bruchstücke der Gebete hätte ich nachsprechen können, am liebsten aber hätte auch ich mit den anderen gesungen.

Statt meiner sang aber nur der Vater, jedes Mal wartete ich darauf, dass er zu singen begann, denn er sang lauter und kräftiger als alle anderen Gläubigen in unserer Nähe, was mich immer wieder so sehr erstaunte, dass ich ihn jedes Mal einen kurzen Moment lang anschaute. War das wirklich der Vater, der da so laut sang?

Ich schaute genau hin, um mich zu überzeugen, ja, es war der Vater, das aber war jedes Mal schwer zu verstehen, denn der laut singende Mann hatte eine ganz andere Stimme als die, die Vater sonst hatte. Es war eine tiefe, beharrliche Stimme, es war, als träte sie langsam, wie eine ernste Gestalt, aus einem dunklen Raum hervor, denn sie begann leise und vorsichtig, um sich dann von Ton zu Ton immer lauter zu steigern. *Wunderschön prächtige, hohe und mächtige, liebreich holdselige himmlische Frau ...* – so ein Lied für die schöne Maria sang der Vater, nach einem kurzen Anlauf stieg seine Stimme in die Höhe und hörte sich schließlich beinahe an wie eine Fanfare.

Ich wäre über Vaters Stimme nicht weiter verwundert gewesen, wenn er auch sonst, zu einem anderen Anlass, einmal laut und kräftig gesungen hätte, er sang aber sonst niemals irgendein Lied, ja er summte nicht einmal eine Melodie vor sich hin. Im Dom aber sang er urplötzlich wie ein großer, mächtiger Sänger, der die anderen Gläubigen mit seinem Gesang ansteckte, so dass auch sie sich bald etwas trauten und lauter sangen als gewöhnlich.

Überhaupt war es schön, dass die Menschen während eines Gottesdiensts so viel gemeinsam und meist auch noch dasselbe taten, endlich redeten sie nicht ununterbrochen, sondern nur dann, wenn sie darum gebeten wurden, und endlich bewegten sie sich auch nicht laufend von einer Stelle zur andern, sondern hielten es eine Zeit lang singend und betend auf einem einzigen Platz aus.

Singen und Beten, beides mochte ich sehr, im Stillen sang und betete ich ja mit und stimmte ein in das, was nun alle sangen und beteten, dadurch aber machte ich endlich einmal etwas mit den anderen Menschen zusammen und befand mich nicht mehr im Abseits, nahe einer Laube, oder ganz allein mit der Mutter, am Ufer des Flusses.

Im Dom gehörte ich vielmehr dazu, ich gehörte zu all diesen laut singenden und betenden Menschen, niemand fragte mich aus, sprach mich an oder behauptete, dass ich *ein armes Kind* sei, denn im Dom gab es überhaupt keine armen Kinder, sondern nur Gotteskinder, jedenfalls nannte der Erzbischof die Gläubigen so. Ein Gotteskind zu sein, war für mich also die eigentliche Erlösung und einer der schönsten Zustände überhaupt, deshalb bemühte ich mich im Dom auch sehr, alles richtig und so wie die anderen zu machen.

Die einzige Störung des Gottesdiensts, die jedes Mal nur schwer zu ertragen war, war die Predigt. Von Anfang, vom Stürmen der Orgel und den leisen Gesängen des Chores, an, war der Gottesdienst etwas Feierliches, Festliches, wenn aber die Predigt kam, war es für eine Weile aus mit der Feierlichkeit. Die Predigt störte mich nicht deshalb, weil ich nicht alles verstand, sondern vor allem, weil überhaupt so lange geredet und alles erklärt wurde. Musste denn alles, aber auch alles, beredet und umständlich erklärt werden? Selbst der sonst aufrecht und gerade dasitzende Vater sackte während der Predigt immer ein wenig müde und gelangweilt in sich zusammen, während die Mutter das Predigen erst gar nicht aushielt und in einem Gebetbuch zu lesen begann.

Nach der Predigt musste man erst wieder in den Gottesdienst hineinfinden. Eine Weile sangen und beteten alle etwas leiser und gedämpfter, und erst wenn das große *Heilig, heilig, heilig, heilig ist der Herr. Heilig, heilig, heilig, heilig ist nur Er* ... gesungen wurde, hatte der Vater seine mächtige Stimme wiedergefunden und sang wieder so laut, dass ich durchatmen konnte.

Solche festlichen, oft bis zu zwei Stunden dauernden Gottesdienste endeten mit dem erzbischöflichen Segen und der lakonischen lateinischen Formel *Ite missa est* (so geht nun hinaus, die Messe ist vorbei). Danach verbeugte man sich noch einmal kurz, und der Organist spielte ein letztes, jubelndes, die Festscharen aus dem gewaltigen Gebäude mit Schwung hinausfegendes Stück. Wie betört flog man ins Freie, auf windiges, unwirtliches Terrain, wo man es nicht lange aushielt.

Die Zeremonie hatte einen verwandelt, vom ersten Musikstück an nahm sie einen gefangen und richtete den Blick aus auf die langsamen Bewegungen der Geistlichen am Hochaltar. So war der Blick für Stunden fixiert, und während man jede Einzelheit genau verfolgte, die sich dort als eine heilige Handlung vollzog, rückte einen die Musik immer näher heran an das Geschehen. Das laute Singen, das deklamierende Beten – sie machten aus dem schmächtigen, unsicheren Kindskörper einen erregten, gebannten Körper für die großen Momente.

Im Dom lernte ich also das eigentliche Sehen und Hören, ein Sehen von schönen Gebärden und kunstvollen Gestalten, ein Hören der reinsten Musik, einer Chormusik ohne Begleitung, oft einstimmig. Sie füllte den Kindskörper aus und machte ihn zu ihrem Widerpart, es war, als gösse der gewaltige Gott diese Musik in einen hinein, damit man allen Kummer und alle Sorgen zumindest für die Dauer des Gottesdienst vergaß.

Danach aber war Mittag, und zu einem sonntäglichen Mittag gehörte ein Mittagessen in einer der Wirtschaften ganz in der Nähe des Doms. Nur selten habe ich erlebt, dass wir an einem Sonntag zu Hause gegessen haben, eine gewisse Leere fiel einen in solchen Fällen an, etwas Lähmendes, Erstickendes, als wäre man gar nicht zu Hause oder als wäre man geschlagen mit schlechter Laune.

Zum Mittagessen in einer Wirtschaft dagegen nahm

man die gute Laune, die einen nach jedem Besuch eines Gottesdiensts beflügelte, einfach mit. Wir saßen zu dritt an einem kleinen, festlich gedeckten Tisch und bestellten jeden Sonntag dasselbe: Rheinischen Sauerbraten oder Saure Nierchen oder Kassler mit Sauerkraut. Mit jedem Bissen nistete sich die Müdigkeit ein wenig mehr in uns ein, doch wir taten, als wären wir hellwach und munter.

Vater erzählte, was er während der Woche bei seinen Fahrten in die nähere Umgebung alles erlebt hatte, und seine beiden stummen Begleiter aßen dazu mit langsamen Bewegungen, in der Vorfreude darauf, dass alles am Nachmittag weiter und weiterging, das Spazierengehen, das Rollerfahren, das gefahrlose und unbefragte Dasein, in Begleitung eines starken Beschützers ...

Auch gestern war ich seit den frühen Morgenstunden zu Fuß in Rom unterwegs. Immer wieder kam ich an einer Kirche vorbei und zögerte manchmal kurz, ob ich nicht hineingehen sollte. In Rom kenne ich viele Kirchen, und in den meisten, die ich kenne, habe ich auch schon an einem Gottesdienst teilgenommen.

Es war aber schon Mittag und mein Hunger so groß, dass ich mich auf einem kleinen, ruhigen Platz ins Freie an einen Tisch setzte und allein zu Mittag aß. Allein zu essen, macht mir nichts aus, ja es gibt sogar Tage, an denen ich unbedingt nur allein essen möchte. Zwei, drei Stunden an einem schön gedeckten Tisch, zwei oder drei Zeitungen, vielleicht noch ein Buch – ich genieße das Essen in Verbindung mit guten Lektüren, ich notiere mir etwas, ich komme in Fahrt.

Seit meiner Ankunft in Rom vor einigen Wochen habe ich immer nur allein gegessen, natürlich geht das so nicht weiter, irgendwann werde ich es nicht mehr aushalten ohne eine Gesellschaft bei Tisch. Aber ich zögere dieses Zusammensein hinaus, denn ich habe auf solche Gespräche noch keine Lust. Mir fehlen die richtigen Menschen, mir fehlen die Freunde und am meisten fehlt mir eine Frau, mit der ich gern essen gehen würde. Mit einer Frau essen zu gehen, das ist am besten, das Dumme ist nur, dass ich hier in Rom keine Frau kenne, die ich gern zum Essen einladen würde.

Was soll ich tun? Wo könnte ich einer Frau begegnen, mit der es ein Vergnügen bereiten könnte, gemeinsam essen zu gehen? Als ich jung war, war so etwas ganz einfach, ich ging zu Konzerten oder zu Vernissagen von Kunstgalerien, bei solchen Gelegenheiten kam ich oft mit jemandem ins Gespräch. Jetzt aber, wo ich älter bin, fällt es mir viel schwerer, Kontakte zu knüpfen. Ich nehme es mir vor, aber wenn es darauf ankommt, gebe ich rasch auf, obwohl ich keineswegs wählerisch bin. Mir fehlt der richtige Schwung, ich grüble zu viel. Doch ich habe die Hoffnung noch nicht aufgegeben, ich arbeite daran …

Gestern Abend bin ich dann doch noch in einen Gottesdienst gegangen. Ich kam an Sant' Andrea della Valle, einer der größten Kirchen Roms, vorbei. Von der anderen Straßenseite her strömten die Gläubigen zur Abendmesse, so dass die Kirchentüren offen standen und Orgelmusik nach draußen drang. Ich blieb einen Moment stehen und atmete tief ein, rings um mich herum rauschte der Verkehr, es war ein mildwarmer Abend, die Sonnenstrahlen versanken gerade in den Häuserschluchten. Ich sehnte mich nach dem Duft des Weihrauchs und der Kühle des Weihwassers im Weihwasserbecken rechts am ersten Pfeiler, gleich nach dem Kircheneingang.

Ich komme, flüsterte ich leise, dann überquerte auch ich die Straße und folgte der Musik ins Innere der Kirche.

6

ICH HABE davon erzählt, was mich als Kind am Glauben so begeisterte: Mit allen Sinnen ein großes Haus zu bewohnen, in dem viele Menschen zusammenkamen und das Lob des Höchsten sangen. Eine solche Zusammenkunft war für mich damals etwas ganz Außergewöhnliches, denn sie war etwas Festliches und Feierliches, wie ich es sonst nicht kannte. So hatte ich Anteil an einem anderen Leben und an einem damals für mich natürlich noch nicht durchschaubaren Glauben, den man »katholisch« nannte.

Dass es noch andere Kirchen und Glaubensformen gab, ahnte ich damals nicht, vielmehr nahm ich ganz selbstverständlich an, die ganze Welt sei katholisch. Immerhin wusste ich aber, dass diese katholische Welt vom Papst in Rom beherrscht und regiert wurde, schon die bloße Erwähnung dieser mysteriösen und fernen Gestalt löste in mir so etwas wie Ehrfurcht und Bewunderung aus. Wenn ich mir überhaupt ein Ziel in der Ferne erträumte, dann war es Rom, dort, dachte ich allen Ernstes, würde ich in der großen Peterskirche dem Papst begegnen, er würde mir die Hand auflegen und mich segnen, und ich würde nach Köln zurückkehren als einer, dem man anmerkte und ansah, dass er dem Papst begegnet war.

Gab der Glaube meinem kindlichen Leben ein Fundament und eine Bedeutung, so konnte er mir, was mein Stummsein betraf, nicht wirklich helfen. Manchmal stelle ich mir vor, wo ich wohl gelandet und was aus mir geworden wäre, wenn dieses Leben immer so weiter verlaufen wäre, wie ich es bisher beschrieben habe. Im Grunde war ich zu nichts anderem geeignet als dazu, ein ewiger Idiot zu werden, einer, der sich aus dem Staub machte, wenn die anderen ihm zu nahe kamen, einer, der niemals etwas begreifen und lernen würde von dem, was sie so leicht und selbstverständlich lernten.

Dass es nicht zu diesem Idiotendasein gekommen ist, verdanke ich einem nicht einmal geplanten Anstoß von außen, im Grunde war es sogar nur ein Zufall in Form einer Eingebung, die ein Bruder meiner Mutter plötzlich hatte. Dieser ältere Bruder lebte als Pfarrer in Essen, wo er eine große Pfarrei betreute und mit seinen imponierenden Predigten gut unterhielt.

Im Arbeitszimmer seines Pfarrhauses stand damals bereits seit einiger Zeit ein Klavier, das ihm seine Gemeinde in dem guten Glauben geschenkt hatte, er werde es täglich benutzen. Wahrscheinlich hatten die Gläubigen es sich wahrhaftig so ausgemalt: Den allabendlich Bachs Choräle spielenden Herrn Pfarrer, der während des Klavierspiels über die nächsten Predigten nachdachte.

In späteren Jahren hat mir mein Onkel einmal erzählt,

dass er ausgerechnet dieses Klavier immer gehasst habe. Es habe ihn an den Klavierunterricht erinnert und daran, dass seine Mutter (und damit meine Großmutter) von ihm immer ein gutes, ja sogar ein sehr gutes Klavierspiel erwartet habe. In Wirklichkeit sei er jedoch dafür gar nicht geeignet gewesen, es habe ihn nicht im Mindesten interessiert, vielmehr sei die eigentlich gute Klavierspielerin der Familie meine Mutter gewesen.

Um sich von der Last falscher Zumutungen zu befreien, hatte mein Onkel an einem Nachmittag beim Blick auf das ungespielt dastehende, lästige und zudem noch vorwurfsvoll dreinschauende Klavier plötzlich beschlossen, sich für immer von ihm zu trennen. Aus den Augen wollte er das Klavier haben, niemals mehr wollte er erinnert werden an all die Ermahnungen und all den Ärger, den er wegen seines schlechten Klavierspiels hatte ausstehen müssen. Und so hatte er den Pfarrgemeinderat seiner Pfarrei darüber informiert, dass er sein Arbeitszimmer anders und zeitgemäß und aus eigener Tasche neu möblieren wolle.

Das dunkelbraune Klavier war ein Klavier der Marke *Sailer*, es wurde an einem Vormittag von zwei Möbelpackern das Treppenhaus hinauf in unsere Wohnung geschleppt und dort in unser Esszimmer geschoben. Ich habe das Aufsehen, das die Lieferung dieses Möbels machte, noch genau in Erinnerung. Die Hausnachbarn versammelten sich im Treppenhaus, und wir bekamen den üblichen Spott zu hören, ausgerechnet die Familie der Sprachlosen schaffte sich ein Klavier an, das war in den Augen unserer Nachbarn ein weiterer Anlass für deftige Witze.

Als die Möbelpacker verschwunden waren, machte sich meine Mutter daran, das Instrument gründlich zu reinigen. Sie säuberte das Holz mit einer hellen Tinktur und nahm sich dann Taste für Taste vor, bis das ganze Möbel glänzte und einen betäubenden Tinktur-Duft ausstrahlte. Ich saß neben ihr auf dem Boden und schaute ihr zu, ich hatte schon davon gehört, dass Mutter gut Klavier spielen könne, aber ich konnte mir so etwas nicht vorstellen, deshalb wartete ich geduldig auf den großen Moment.

Der aber ließ auf sich warten, denn nachdem das Instrument gereinigt worden war, klappte meine Mutter den Deckel zu, strich noch einmal prüfend mit der rechten Hand über das Holz und entfernte sich dann. Sie entfernte sich aber auf seltsame Art, denn sie ging langsam rückwärts, Schritt für Schritt, den Blick weiter prüfend und bewundernd auf das Instrument gerichtet, als wollte sie es nicht mehr aus den Augen lassen.

Ich stand langsam auf und folgte ihr, auch ich verließ das Esszimmer rückwärts, Schritt für Schritt, es muss ein merkwürdiger Anblick gewesen sein, wie Mutter und Sohn sich da bewegten, als entfernten sie sich von einer Hoheit oder Exzellenz, die nach den Strapazen einer langen Reise im Möbelwagen nun der Ruhe bedurfte.

Hatte ich erwartet, das Reinigen des Klaviers sei die Vorstufe zu Mutters Klavierspiel, so sah ich mich bald getäuscht. Jeden Tag wartete ich darauf, dass Mutter Ernst machen würde, doch sie tat nichts anderes als immer wieder den Deckel des Klaviers zu öffnen und die

Tasten erneut so vorsichtig mit Tinktur zu säubern, dass kaum einmal ein richtiger Ton zu hören war.

Am liebsten hätte ich mich selbst an das Instrument gesetzt und seinen Klang ausprobiert, das aber wagte ich nicht, weil ich Mutter den Vortritt lassen wollte. Vater schließlich warf jeden Nachmittag nur einen kurzen Blick auf das Instrument, als wollte er nachschauen, ob es noch da sei und ob es ihm gut gehe. Es war, als sei ein Gast bei uns eingezogen, dem man eine allzu große Nähe noch nicht zumuten könne.

Ich selbst aber ließ das Klavier nicht mehr aus den Augen. Vom ersten Moment seines Erscheinens in unserer Wohnung an hatte ich zu ihm eine besondere Verbindung, die mit seinem seltsamen Status zu tun hatte. Zum einen schien es zu meiner Mutter und ihrer Vergangenheit zu gehören, zum anderen aber war es ein fremdes Wesen, das in unseren geschlossenen Kreis eingedrungen war und seinen eigentlichen Ort noch nicht gefunden hatte. Stattdessen stand es da wie eine kapriziöse Erscheinung, die man päppeln und pflegen musste, ohne dass es sich durch seinen Einsatz hätte bedanken können. Anscheinend wussten wir nichts anderes mit ihm anzufangen als es zu polieren und anzustarren, während es doch geradezu ideal dafür geeignet war, in unseren stummen Haushalt endlich etwas Leben und Klang zu bringen.

Mit der Zeit ärgerte mich das alles, ich wollte nicht länger warten, und ich begriff nicht, warum Mutter es mit dem Säubern und Polieren derart übertrieb. Der braune, meist geschlossene Kasten glänzte längst so strahlend, dass man sich darin spiegeln konnte. Manchmal robbte ich langsam auf dem Boden zu ihm heran und betastete die beiden kühlen Pedale, ich schob den Deckel etwas nach oben und richtete mich auf Knien in die Höhe, um die Parade der schwarz-weißen Tasten zu überblicken. Es roch ein wenig nach Kirche, nach Geheimnis, Holz und Weihrauch, ich schloss die Augen und sog diesen seltsamen Geruch ein, ja, wahrhaftig, irgendwie hatte dieser Geruch mit den Gottesdiensten zu tun, mit dem Rauschen der Orgel, den Flügen der Engel, dem Gesang der Gemeinde. Wie schön wäre es, diese Tasten anzuschlagen, welche Festlichkeit hätte so auch in unsere Wohnung einziehen können!

Der große Moment ereignete sich völlig unerwartet an einem frühen Abend, als ich mit Vater in der Küche saß. Wir blätterten und lasen in unseren Zeitungen und Zeitschriften, ich erinnere mich genau, dass es etwas zu dunkel war und nur ein diffus schwaches Oberlicht die Küche erhellte. Die Tür der Küche stand weit offen, als wir Mutter spielen hörten. Es war ein Perlen, ein allmählich immer lauter werdendes Hineinströmen eines großen Klangs in den Flur, als hätte eine starke Erscheinung die Mauern des Schweigens plötzlich durchbrochen und als dränge die lange ausgesperrte Außenwelt endlich triumphal und mächtig herein.

Heute weiß ich, dass ich einen stärkeren und schöneren Augenblick nie erlebt habe. Von einem Moment zum andern verwandelte sich alles: Jetzt spürte ich plötzlich das Leben, da war es, frisch, überwältigend, hinreißend, als wollte es einen mit Gewalt packen und von den bloßen Träumereien befreien! Es war wie eine Offenbarung, die mich sofort berauschte, ja, diese Musik war ein Sog, dem ich ohne jedes Nachdenken folgte, denn sie sang und erzählte von Freiheit und Glück und ließ mich alles Leiden mit einem Schlag vergessen.

Ich starrte Vater an und sah, wie entgeistert er war, sein Mund stand offen und die Augen waren so weit geöffnet, als habe die Musik ihn geschockt, ich sah, wie er ungläubig den Kopf schüttelte, sich durch die Haare fuhr und einen Handrücken gegen die Lippen presste, er wusste nicht, was er tun sollte, dieses Klingen und Strömen schien ihn zu treffen, als müsste er sich dagegen wehren.

All das dauerte vier, fünf Minuten, in denen aus unserer Mietwohnung ein Schloss mit weiten Fluren und großen Sälen wurde, weit hinten, am Ende aller Gemächer und Gänge war der Festsaal, der blaue Salon, in dem uns ein Musikwunder aufspielte, eine geniale Spielerin aus der Fremde, aus Russland oder dem Orient, die eigens gekommen war, nur uns zu verzaubern.

Wir blieben sitzen und rührten uns nicht, ich sah, wie Vater sich schließlich mit beiden Händen am Tisch festklammerte, ein wenig bekam ich es mit der Angst zu tun, so hilflos hatte ich ihn noch nicht gesehen. Stärker als dieses leicht flackernde Angstgefühl war aber das Glück, diese Musik erschien mir instinktiv wie ein Ausweg ins Freie und in jene schönere Welt, von der ich bisher nur in den Gottesdiensten eine schwache Ahnung erhalten hatte. War es schwer, so zu spielen? Oder gelang so etwas bereits nach einigem Üben?

Ich wollte hinüber ins Esszimmer schleichen, als alles zusammenbrach. Ich hörte noch einige Akkorde, dann laute, dissonante Schläge, schließlich einzelne Töne, mal sehr hoch, mal wie ein dröhnendes Pochen aus tiefsten Kellern, als hacke jemand voller Wut und außer Kontrolle auf das Instrument ein. Dann aber war es still, und wir hörten die Mutter schluchzen und krächzen, es hörte sich an wie ein wilder Schreckens-Gesang, als sei sie von Sinnen oder als habe sie sich verletzt. Seltsamerweise passte das alles aber noch zu den lauten Akkorden und Tönen, es klang wie eine zweite, andere Musik, wie eine Musik des Teufels, die sich jetzt unaufhaltsam ihren Weg durch die Engelsklänge bahnte, um sie zu vernichten.

Vater stand sofort auf und gab mir ein deutliches Zeichen, dass ich auf meinem Platz in der Küche bleiben solle, es war klar, ich sollte das Schreckliche nicht sehen, auf keinen Fall. Einen Moment kämpfte ich mit mir, ob ich wirklich in der Küche bleiben sollte, dann aber stand ich auf und ging vorsichtig in den Flur, wo ich mich an der Wand entlang bis zur Tür des Esszimmers drückte. Einen kurzen Blick wollte ich hineinwerfen, nur eine Sekunde, sie konnten mich doch nicht so ausschließen, nein, warum ließen sie mich denn einfach sitzen?

Nie habe ich etwas Schrecklicheres zu sehen bekommen. Mutter saß noch auf dem Klavierhocker, hatte ihn jedoch weit vom Klavier weggeschoben. Mit dem Kopf tief nach unten saß sie zusammengekrümmt und heftig weinend da, während Vater sie zu halten und an sich zu ziehen versuchte. Er bewegte sich nicht, sondern hielt nur ihre Schultern und presste sie unbeholfen, sein Ge-

sicht war starr, wie versteinert, er mahlte mit den Zäh-
nen und hielt die Lippen fest aufeinandergepresst, der
Blick aber richtete sich nicht auf Mutter, sondern ging
hoch hinauf an die Decke. Mit aller Macht versuchte er
sich zu beherrschen, vor lauter Anstrengung traten die
Adern an den Schläfen hervor, hellrote Rinnsale waren
es, die das glatte Gesicht plötzlich furchten und rapide
altern ließen. Warum schreit er bloß nicht?, dachte ich,
er soll schreien, Vater, so schrei doch endlich, schrei, so
laut Du kannst!

Ich spürte, wie mir eiskalt wurde, ich konnte mich
nicht mehr bewegen, aus einem Traum-Schloss war ich
in einen düsteren Film geraten, ein fremder Horror hatte von meinen Eltern Besitz ergriffen und sie waren nun
nicht mehr zu retten. Ich konnte nicht länger im Flur stehen bleiben und mich verstecken, ich musste ihnen jetzt
helfen, deshalb atmete ich tief durch und ging dann auf
sie zu, ohne irgendeine Idee zu haben, was ich hätte tun
können. Dicht vor ihrer Zweiergruppe blieb ich stehen
und ließ die Arme hängen, ich wagte es nicht, sie zu berühren, als könnte ich ihnen etwas antun oder als würde
mich ihr Kummer ebenfalls derartig erschrecken wie sie.

Das Einzige, was mir vorläufig zu tun blieb, war, ganz
in ihrer Nähe darauf zu warten, dass sich ihr Zustand
besserte. Ich konnte Mutters Gesicht in der aufgelösten
Haarflut nicht erkennen, daher blickte ich zu Vater hinauf und sah, dass seine versteinerte Miene sich wahrhaftig langsam wieder belebte. Er hatte es anscheinend geschafft, er war über den Berg, und dann sah ich, dass er
sich wieder bewegte und Mutter mit einer kalkweißen
Hand übers Haar strich, immer wieder. Dann aber taste-

te sich diese Hand bis zu seiner Hosentasche vor und zog aus ihr ein Taschentuch, zum Glück hatte Vater immer große Stoff-Taschentücher dabei, er benutzte sie ganz selten, steckte aber an jedem frühen Morgen ein neues ein.

Seine Hand zitterte noch ein wenig, als er Mutter dieses Taschentuch hinhielt, direkt vor meinen Augen, nur wenige Zentimeter von mir entfernt, sah ich dieses zitternde Vater-Taschentuch, es war eine Geste, die mir einen Stich versetzte und mich zugleich so sehr rührte, dass ich fast auch zu weinen begonnen hätte. Dabei begriff ich nicht, was da vor mir geschah. Warum hatte Mutter so plötzlich zu weinen begonnen, und warum wurden meine Eltern von der Musik so gepackt? Sie hatten doch auch sonst immer Musik gehört, Musik aus dem Radio, Musik in der Kirche! Nie aber hatte ich sie bei derartigen Anlässen weinen sehen. Ich vermutete, es musste etwas mit der Vergangenheit zu tun haben, mit dieser dunklen, verfluchten Vergangenheit, irgendetwas Schlimmes musste da geschehen sein, das dem Klavierspiel der Mutter dieses furchtbare Ende gesetzt hatte.

Da Mutter aber das Taschentuch gar nicht sehen konnte, nahm ich es Vater aus der Hand und hielt es ihr hin, indem ich sie mit der Hand an der Seite berührte. Sie richtete sich ein wenig auf und fuhr sich mit der Rechten durchs Haar, jetzt erkannte ich ihr Gesicht wieder, die langen schwarzen Haare fielen zu beiden Seiten wie durcheinandergeratene, verdrehte Lianen herab, es war, als erwachte sie aus einem hässlichen Traum, so benommen kam sie mir vor. Erleichtert sah ich, dass sie mich erkannte, ganz selbstverständlich nahm sie mir das Taschentuch ab und trocknete und rieb sich die Augen, und dann umarmte sie mich, als hätten wir uns nach einer langen Irrfahrt endlich wiedergefunden.

Vater aber verließ das Esszimmer und ging hinüber ins Bad. Ich hörte, wie er Wasser laufen ließ und aus der offenen, hohlen Hand trank. Bestimmt würde er sich jetzt auch mit der nassen Hand durchs Gesicht fahren und den Kopf daraufhin mit einem Handtuch massieren. Ich konnte mir das alles genau vorstellen, in dieser Hinsicht wusste ich wenigstens einmal Bescheid.

Mutter aber stand auf und schnäuzte sich noch ein letztes Mal, dann hielt sie einen Moment inne, als käme ihr ein guter Gedanke. Ich spürte förmlich, wie dieser Gedanke entstand und sich in ihr festsetzte. Er hatte mit ihrer Verzweiflung, dem Klavier und mit mir zu tun, es war die eine Sekunde, die über mein ganzes, weiteres Leben entschied.

Während sie sich nämlich vom Klavierhocker erhob, zog sie mich näher an sich heran, näher, immer näher. Sie brauchte mich nur noch ein wenig zu drehen und zu führen, damit ich begriff, was sie wollte. Sie wollte, dass ich mich auf den Hocker setzte und an ihrer Stelle dort Platz nahm. Ich setzte mich und ließ die Füße wie auf der Bank am Rhein baumeln, ich saß jetzt vor der schwarz-weißen Tastatur, die ich schon einige Male heimlich betrachtet hatte. Sollte ich jetzt darauf spielen, hatte sie das mit mir vor?

Die schwarz-weißen Tasten starrten mich an und schienen darauf zu warten, was nun geschehen würde. Ich wollte ein Zeichen geben, dass ich bereit war, deshalb legte ich meine beiden Hände mit weit ausgestreckten Fingern vorsichtig auf die Tastatur, ohne eine einzige Taste niederzudrücken. Wie Geisterhände lagen meine Hände nun auf den Tasten, da beugte meine Mutter sich über mich und schlug mit dem Zeigefinger ihrer rechten Hand eine einzelne Taste an, dreimal, viermal tippte sie auf das weiße Elfenbeinholz, dann war es still. Ich streckte den Zeigefinger meiner rechten Hand aus und schlug dieselbe Taste an, ich blickte mich kurz nach Mutter um, ja, sie war einverstanden damit, dass ich nun spielte. Und so begann ich, mit dem Zeigefinger der rechten Hand langsam von Taste zu Taste hinaufzuwandern, erst die weißen, dann nur die schwarzen, dann abwechselnd weiß und schwarz, dann von oben nach unten, erst nur die weißen, dann nur die schwarzen, dann abwechselnd weiß und schwarz, bis ich die ganze Tastatur durch hatte.

Ich hörte aber nicht auf, sondern machte mit dem Zeigefinger der linken Hand weiter, die weißen, die schwarzen, ich hatte alles andere aus dem Blick verloren, ich hörte und achtete auf nichts mehr als auf die Musik, es war meine Musik, ich machte Musik, ich hatte endlich etwas gefunden, mit dem ich mich bemerkbar machen konnte.

Später hat man mir erzählt, dass ich beinahe zwei Stunden Tasten angeschlagen habe und nur durch den Protest der Nachbarn daran gehindert wurde, noch länger zu spielen. Alle Ticks und Spleens, die ich bisher entwickelt hatte, schienen in dieses Spiel einzugehen. Ich merkte mir Tastenkombinationen und probierte neue Varianten, ich gab ihnen Namen von Tieren und Pflanzen und entwarf im Kopf große Karten, auf denen diese Tiere und

Pflanzen ihre jeweils eigenen Plätze hatten. Es war, als hätte man mir die Aufgabe gestellt, eine Liste mit Hunderten und Tausenden von Eintragungen anzulegen, die nur ich im Kopf hatte und deren Posten ich auseinanderhalten konnte.

Waren die langen Gottesdienste im Dom wie eine Ahnung der Erlösung, so war das Klavierspiel noch mehr, es war die Umsetzung dieser Ahnung. Das kleine Gotteskind war nicht mehr ein stummer, hilfloser Idiot, sondern ein Klavierspieler, der jetzt einer regelmäßigen Beschäftigung nachging. Noch am Abend meines ersten Klaviertages räumte ich all meine Spielsachen hinter den Vorhang im Flur und verstaute sie in den hellen Holzregalen. Nur mit meinen Zeitschriften würde ich mich noch weiter beschäftigen, sonst aber würde es für mich nichts anderes mehr geben als das Klavierspiel.

Dieses Spiel bedeutete die Befreiung und das Ende der demütigenden Tage, an denen ich mich allein im Flur der Wohnung herumgetrieben hatte und in den Läden und Geschäften in der Umgebung verhöhnt oder auf dem Kinderspielplatz ins Abseits abgeschoben worden war. Endlich wusste ich, wie ich aus dem Idiotendasein herausfinden konnte, endlich hatte ich einen konkreten Plan mit einem festen Ziel: Ich wollte ab jetzt morgens und nachmittags üben, ich wollte beweisen, dass auch ich etwas konnte, ich wollte ein guter Klavier- und später vielleicht sogar ein noch besserer Orgelspieler werden.

7

Ich habe meine Mutter erst sehr viel später wieder richtig spielen hören, zunächst aber wurde sie meine erste Klavierlehrerin. Man muss sich das vorstellen: Mutter und Sohn sitzen vor einem Klavier und erforschen, ohne miteinander sprechen zu können, gemeinsam das Instrument.

Es begann damit, dass der Deckel des dunkelbraunen Gehäuses aufgeklappt wurde. Von oben war die gesamte Mechanik zu sehen: die weißen Filzhämmer, die straff gespannten Saiten. Man konnte an ihnen zupfen oder die Filzhämmer auf die Saiten prallen lassen, man konnte mit allen fünf Fingern an ihnen entlangstreichen und ein rauschendes Glissando erzeugen, man konnte aber auch mit beiden Händen wild in die Saiten greifen, um einige ekstatisch wirkende Tonfolgen zu erfinden. Das Innere des Klaviers ähnelte einem kleinen Orchester, das toben und rauschen und in dem man mit immer heißer werdenden Fingern eine freie Komposition spielen konnte.

Viel schwieriger waren dagegen die Fingerübungen, mit denen wir auch sofort begannen. In den ersten Unterrichts-Monaten lernte ich keine Noten, sondern spielte immer wieder die kurzen Phrasen und Melodien nach, die Mutter mir vorspielte. Zunächst waren es kleine Motive für die rechte, dann Bassübungen für die linke Hand, nach etwa einem Monat spielte ich mit beiden Händen zugleich.

Ich begriff sofort, dass es darum ging, sich die Motive

und Phrasen gut einzuprägen und sie dann wieder und wieder zu spielen, zuerst im Zeitlupentempo, allmählich dann immer schneller, jedoch immer so, dass man die Bewegung der Finger noch kontrollieren konnte. Schluderte ich und spielte zu schnell, zog Mutter meine Hände abrupt von der Tastatur zurück und spielte die jeweilige Passage noch einmal in langsamem Tempo.

Es war ein hartes, große Geduld erforderndes Training, ja es war eine Art Sport, der darauf zielte, jeden einzelnen Finger zu kräftigen und ihm zu immer schnellerer und leichterer Bewegung zu verhelfen. Mit der Zeit hörte ich mit diesem Training auch in den Stunden abseits vom Klavier nicht mehr auf. Ich ertappte mich dabei, dass ich während des Zeitschriften-Blätterns die Finger bewegte, ja ich trommelte manchmal sogar während des Essens mit den Fingern rasch auf der Stelle, als wäre ich ununterbrochen im Einsatz.

Erst später begriff ich, dass Mutter ihrem Unterricht die *Fingerübungen* von Czerny zugrunde gelegt hatte. Aus diesem Lehrbuch stellte sie ein kleines Übungsprogramm zusammen, ohne sich an die von Czerny empfohlene Reihenfolge zu halten. Ich kann mich jedoch nicht erinnern, diese Noten in den ersten Monaten des Unterrichts jemals gesehen zu haben, nein, es gab keine Noten, Mutter hielt sie vor mir verborgen, erst Jahre später entdeckte ich sie mit vielen Anstreichungen und eigens von Mutter zusammengestellten Listen.

Neben dem Üben der kleinen Stücke war meine größte Freude aber das freie Spiel. Das freie Spiel fand nach den

Übungseinheiten statt und bot mir die Möglichkeit, etwas Neues auszuprobieren. Ich konnte eigene, kleine Melodien erfinden und mir meine eigenen Stücke basteln, ich konnte tun und lassen, was ich wollte, niemand redete mir drein, auch Mutter nicht, die sich zurückzog, wenn ich mit diesem Improvisieren begann.

Oft nahm ich mir dafür mehr Zeit als für das eigentliche Üben, und ich glaube noch heute, dass eine tief sitzende Infektion durch Musik weniger durch manisches Üben als durch Improvisieren geschieht. Das Improvisieren machte mich ohne Befehle und Regeln mit dem Klavier vertraut und sorgte für einen starken, emotionalen Kontakt. Meist verlief es wie ein Gespräch mit dem Instrument, und in besonderen Momenten kombinierte ich das Spiel auf den Tasten sogar mit den Griffen ins Innere des Instruments. Ich spielte dann stehend, mit der linken Hand in der Tiefe des Kastens, mit der rechten auf der Tastatur.

Jahrzehnte später habe ich einmal ein Konzert mit Keith Jarrett erlebt, der seinen Auftritt ebenfalls im Stehen begann, eine Hand zupfte an den Saiten des Flügels, die andere begleitete auf der Tastatur. Ich schloss die Augen und glaubte plötzlich, das kleine Kind, das ich einmal war, spielen zu hören. Ich weiß noch, wie mir ganz heiß wurde, es war ein heftiger emotionaler Schub, der mich plötzlich wieder in die Kindheit versetzte. Einen Moment lang hatte ich sogar Angst, wieder die Sprache zu verlieren. Ich musste aufstehen und das Konzert sofort verlassen, ich floh geradezu auf und davon, obwohl ich mich monatelang auf nichts so sehr gefreut hatte wie auf dieses Konzert.

Erst heute ist mir klar, wie ideal das Klavierüben damals für mich war. Es bedeutete das Ende der langweiligen, vertrödelten Stunden auf dem Kinderspielplatz und den Anfang eines straffen Übungs-Programms, dessen Erfolge deutlich zu erkennen waren. Zwei Stunden am Vormittag und zwei am Nachmittag — das war keine Qual, sondern es war die wichtigste und schönste Zeit des Tages für mich.

Hinzu kam, dass ich sehen und erleben konnte, wie sehr die Eltern sich über meine Leistungen freuten. Manchmal war Mutter von ihnen sogar so begeistert, dass sie während meiner Improvisationen aus einem anderen Raum der Wohnung in das Esszimmer kam, eine Weile zuhörte und irgendwann zu klatschen begann. Mutter klatschte! Mutter lächelte! Hatte ich bisher jemals erlebt, dass sie sich so über mich freute und dass sie so einverstanden mit dem war, was ich tat?

Ich war nicht länger ein kleines, wenig beachtetes Etwas, nein, ich war nun ein Klavierspieler, der das fehlende Sprechen durch das Klavierspiel ersetzte und sich mit Hilfe dieses Spiels auszudrücken versuchte. So rückte das Musizieren an die Stelle des bisherigen Sprachunterrichts, das aber hatte Konsequenzen vor allem für eine Person, mit der ich mich bis dahin nicht hatte anfreunden können.

Es handelte sich dabei um die Sprachlehrerin, die einmal in der Woche erschien. Wenn sie klingelte, gingen Mutter und ich keineswegs sofort zur Tür, sondern taten erst so, als hätten wir das Klingeln nicht gehört. Wenn die fremde Person dann aber wahrhaftig in der Tür stand, würdigte ich sie nur eines kurzen Blicks und zog mich dann sofort, ohne ihr die Hand zu geben oder sie auf eine andere Art zu grüßen, in das Wohnzimmer zurück.

Ich setzte mich auf den Sessel schräg vor das Fenster und wartete, bis sie hereinkam, sie musste den ganzen Weg durch das Wohnzimmer zurücklegen, ohne dass ich ihr entgegengekommen wäre. Vor meinem Sessel machte sie halt und schaute mich lächelnd an, ich ahnte bereits, dass sie als Erstes *Heute habe ich Dir etwas besonders Schönes mitgebracht* sagen und dann irgendeinen Gegenstand aus ihrer Tasche ziehen würde. Zunächst aber ging sie tief in die Hocke und blickte mich ein wenig von unten her an, manchmal konnte ich riechen, was sie am Abend zuvor alles gekocht und gegessen hatte, dann roch sie nach Zwiebeln oder Gemüse oder sogar nach Fisch.

Die Gegenstände, die sie anschleppte, waren meist Spielsachen, die sie in einem Kindergarten aufgegabelt hatte, *das habe ich aus dem lustigen Kindergarten mitgebracht, von dem ich Dir schon so viel erzählt habe,* sagte sie oft. Ich wusste aber genau, dass sie immer wieder vom Kindergarten sprach, weil sie alles darauf anlegte, mich in den Kindergarten zu bringen, jedes Mal sprach sie davon und von den anderen lieben Kindern, die es dort gebe, und davon, welchen Spaß es allen mache, in diesem Kindergarten miteinander zu spielen.

Sie fragte mich aber nie ganz direkt, ob ich einmal mitkommen wolle, sondern nahm meist den kleinen Teddy, den sie aus dem Kindergarten mitgebracht hatte, in die Hand, um mit ihm zu besprechen, was im Kindergarten so alles los war. Dabei redete sie mit zwei Stimmen, mit der Stimme des Teddys und mit ihrer eigenen, *wie gefällt es Dir denn so im Kindergarten, lieber Teddy?*, begann sie, und dann redete der Teddy so, wie die anderen Kinder auf dem Kinderspielplatz redeten, genau so albern und aufdringlich, bis es mir einfach zu bunt wurde, und ich mich von meinem Sessel herabgleiten ließ, um mich in eine andere Ecke des Zimmers zu setzen.

Nun waren wir wieder weit voneinander entfernt, und die Sprachlehrerin musste mir in die andere Ecke des Zimmers folgen, das aber tat sie zunächst keineswegs, sie setzte sich vielmehr selbst auf den großen Sessel und schaute eine Zeit lang aus dem Fenster, als warte sie auf eine Person, die gleich kommen werde. Statt dieser Person betrat aber meist Mutter das Zimmer, sie brachte der Sprachlehrerin etwas zu trinken und stellte das Getränk auf das runde Samttischchen, wo es dann meistens herumstand, ohne dass die Sprachlehrerin mehr als einmal an ihm genippt hätte.

Wenn die Mutter das Zimmer dann wieder verließ, ging ich hinter ihr her, so dass die Sprachlehrerin eine Weile allein im Wohnzimmer blieb. Ich zählte dann oft die Sekunden, die sie dort verbrachte, einmal waren es über hundert gewesen, über hundert Sekunden hatte die Sprachlehrerin also allein am Fenster des Wohnzimmers gesessen und nichts anderes getan als hinauszustarren und an einer Tasse Tee zu nippen. Kam sie dann endlich doch, um nach mir zu schauen, folgte ich ihr sehr langsam wieder ins Wohnzimmer und setzte mich genau dahin, wo ich zuletzt gehockt hatte.

Diesmal setzte sie sich wieder zu mir, hatte aber erneut den kleinen Teddy dabei und begann, in der Teddysprache zu reden, der Teddy sprach also von mir und erzählte, dass er mein *guter Freund* sei und mit mir spielen wolle, er brauchte so etwas aber nur einmal zu sagen, schon packte ich ihn und brachte ihn hinüber zu dem Sessel vor das Fenster, um ihn dorthin abzuschieben und ein- für allemal mundtot zu machen.

Die Sprachlehrerin wartete dann meist, bis ich wieder zurückkam, ihr erster Anlauf, sich mit mir zu beschäftigen, war gescheitert, und ich schaute zu, wie sie den zweiten startete, indem sie ein Buch aus ihrer Tasche nahm, es vor mir ausbreitete und daraus vorzulesen begann.

Gegen das Vorlesen war nichts zu sagen, denn beim Vorlesen gab es keine zweite Stimme und keinen dämlichen Teddy, also blieb ich still sitzen und hörte mir alles an. Die Sprachlehrerin las jedoch nicht sehr gut, vor allem störte mich, dass ihre Stimme immer leiser und leiser wurde, außerdem las sie lustlos, weil die Geschichten, die sie vorlas, sie anscheinend nicht im geringsten interessierten.

Wenn sie schließlich nur noch schwach vor sich hin las und dazu immer häufiger stecken blieb, verließ ich meinen Zuhörersitz und ging zurück zum Sessel, um den Teddy beiseite zu legen und wieder dort Platz zu nehmen, auch der zweite Anlauf der Sprachlehrerin, mit mir in Kontakt zu kommen, war also danebengegangen.

Es kam vor, dass sie danach aufgab, sie seufzte ein wenig oder fuhr sich durchs Haar oder begann in ihrer Tasche zu kramen, als bemerkte sie mich nicht mehr oder als wäre ich für sie gar nicht vorhanden. Warum blieb sie auch nicht da, wo sie herkam, wenn sie so wenig Interesse an mir hatte? Irgendjemand hatte ihr aufgetragen, mich wöchentlich zu besuchen, das wusste ich doch. Sie besuchte mich nicht, weil sie mich kennenlernen und wirklich etwas mit mir anfangen wollte, sondern ausschließlich deshalb, weil diese Besuche zu ihren Pflichten gehörten.

Wenn wir wieder weit voneinander entfernt saßen und niemand von uns beiden sich rührte, wurde es mir nach einer Weile zu viel. Manchmal holte ich mir dann ein paar Spielsachen und verteilte sie auf dem Boden, um so zu tun, als wollte ich mich mit ihnen beschäftigen. Oder ich verließ das Zimmer und baute auf dem Küchentisch ein kleines Spiel auf, um es dann später mit der Sprachlehrerin und der Mutter gemeinsam zu spielen.

Ein solches Spielen zu dritt gefiel mir am meisten, denn in so einem Fall hatte die Sprachlehrerin wenigstens etwas zu tun und spielte wirklich mit mir und ich auch mit ihr. War die Mutter dabei, war alles einfacher, die Sprachlehrerin hätte also nur von vornherein dafür sorgen müssen, die Mutter häufiger mitspielen zu lassen, dann hätten wir uns vielleicht jeden Ärger erspart.

Gerade die Beteiligung der Mutter war jedoch für die Sprachlehrerin nur der letzte Ausweg. Sie kam dann nur sehr widerwillig und zögernd in die Küche und machte ab und zu auch eine böse Bemerkung: *Na gut, tun wir dem Dickkopf halt den Gefallen.* So einen Satz sagte sie irgendwohin in die Runde, nicht zu mir, nicht zur Mutter, es war, als spräche sie mit sich selbst und hielte Mutter und mich für dumme Esel, denen man dann und wann einen kleinen Gefallen tun müsse, damit sie nicht völlig verdummten.

Nach solch bösen Bemerkungen holte ich das Spiel *Mensch ärgere Dich nicht* hervor und baute es auf dem Küchentisch auf. Bei *Mensch ärgere Dich nicht* gewann die Sprachlehrerin nie, denn ich verbündete mich immer mit Mutter, und Mutter wiederum verbündete sich mit mir. Standen Mutters Figuren sehr gut, ließ ich ihr beim Gewinnen den Vortritt und räumte die Figuren der Sprachlehrerin ab, und umgekehrt war es meist genauso.

Dann konnte ich sehen, wie sich die Sprachlehrerin erst so richtig ärgerte, sie stand auf, verließ die Küche und ging auf die Toilette, als müsste sie sich beruhigen oder als hätte man sie beleidigt. Meist war das der Moment, in dem alle Anläufe der Sprachlehrerin gut sichtbar ins Leere gelaufen waren. Sie ging dann wie eine Verliererin in das Wohnzimmer zurück und setzte sich beleidigt irgendwo hin, und ich ging dann auch ins Wohnzimmer und spielte allein mit meinen Spielsachen auf dem Boden, auf den sie sich niemals gesetzt hätte.

So blieben wir noch eine Weile jeder für sich an seinem Platz, ich spielte für mich, und die Sprachlehrerin ordnete ihre paar Sachen und schaute wichtigtuerisch in ihren Kalender oder fummelte an ihren Haaren herum. Nach einigen zähen Minuten war dann die lange Stunde vorbei, und die Sprachlehrerin verschwand wieder im Treppenhaus.

Kaum war sie verschwunden, ging Mutter ins Wohnzimmer und öffnete das große Fenster, danach aber ging sie auch noch in die Küche und riss auch dort das Fenster weit auf. Alles, was zur Sprachlehrerin gehörte und noch an sie erinnerte, flog hinaus, so dass wir durchatmen und uns wieder beruhigen konnten. Mutter kochte sich einen Tee und setzte sich wieder mit einem Buch in den Sessel schräg vor dem Fenster, und ich beschäftigte mich ebenfalls wieder allein, nachdem die lästigen Annäherungsversuche der fremden Person endlich vorbei waren.

So waren die Stunden immer verlaufen, bis ich das Klavierspiel entdeckte. Seit ich täglich am Klavier saß, war die Sprachlehrerin nur noch lästig. Ich schleppte keine Spielsachen mehr an, um anstandshalber damit zu spielen, ich hörte nicht mehr zu, wenn sie lustlos aus Kinderbüchern vorlas, und ich baute auch keine Gesellschaftsspiele wie *Mensch ärgere Dich nicht* mehr auf, um wenigstens irgendetwas mit ihr gemeinsam zu machen.

Stattdessen ließ ich sie abblitzen. Ich musterte sie kurz, drehte mich um und verließ das Zimmer, in dem sie ihren Teddy auspacken wollte. Im Esszimmer setzte ich mich an das Klavier und übte. Die Zeit mit der Sprachlehrerin war verlorene Zeit, ich konnte auf sie verzichten – das wollte ich beweisen und offen zeigen, dass ich zu keinerlei Kompromissen bereit war. Nicht einmal die Rolle des kleinen Ekels, die ich im Umgang mit der Sprachlehrerin schließlich so gut beherrscht hatte, reizte mich noch. Ich war über diese Kindereien hinweg, für mich hatte ein anderes Leben begonnen, ein Leben mit der Musik.

Einige Wochen, nachdem das Klavier im Haus war, gab die Sprachlehrerin auf, und ich habe sie nie wieder gesehen.

8

MEINE ENGE Verbindung zur Musik begann mit zwei
Live-Auftritten: Ich hörte meine Mutter Klavier spielen,
und ich hörte mich selbst spielen. Noch heute erlebe ich
solche Auftritte, egal, um welche es sich handelt, meist
stärker als eine von Medien übertragene Musik, häufig
bin ich sogar wie ein Süchtiger unterwegs, um irgendwo
etwas Live-Musik aufzuschnappen.

Hier in Rom kenne ich viele Gegenden, wohin ich gehen kann, um so etwas zu hören: Zum Beispiel in die
Nähe des alten Konservatoriums nahe der Piazza del
Popolo. An schönen Tagen stehen viele Fenster dort offen, ich setze mich nach draußen, in ein Café, und höre
dann einige Zeit den Klavierübungen eines Studenten
zu. Etwas derartig Unfertiges und Verbesserungsfähi-
ges zu hören, befriedigt mich manchmal noch mehr, als
in ein Konzert zu gehen. Natürlich gehe ich häufig und
gern vor allem in Konzerte von Pianisten, ebenso oft aber
suche ich nicht den perfekten Konzertklang, sondern den
Klang der Überäume und Übezellen.

Tausende von Stunden habe ich in meinem Leben in solchen Räumen verbracht, allein mit den verschiedensten
Instrumenten und allein mit der Wollust. Meist habe ich
mich in diesen Räumen vollständig verausgabt. Wie ein
Sportler, der bis an extreme Leistungsgrenzen gegangen ist, habe ich diese Räume verlassen und war in den
Stunden danach für nichts mehr zu gebrauchen. Und
das alles habe ich getan, um nichts anderes zu wieder-

holen als zwei ekstatische Kindheits-Momente: das Klavierspiel meiner Mutter und mein eigenes Spiel. Beides überlagert sich und bildet in meiner Vorstellung so etwas wie eine Art Zwangs-Hypnose: Ich höre die befreit Klavier spielende Mutter, und ich schlüpfe allmählich in ihre Rolle, in der Hoffnung, ihr Spiel noch zu übertreffen.

Wenn ich irgendwo auf einer Straße oder einem Platz plötzlich Live-Musik höre, setzt die Hypnose ein. Ich bleibe stehen, ich höre wie gebannt zu. Es kommt nicht darauf an, dass ich die Musik kenne oder dass sie besonders gut präsentiert wird, nein, es kommt auf den Klang an sich oder, einmal pathetisch gesagt, es kommt auf die Offenbarung des Klangs an. Der Alltag um mich herum tritt zurück, die Klänge beherrschen den gesamten Raum, ich stehe oder sitze da wie in Trance und empfinde das Glück der Musik.

Längst habe ich inzwischen eine eigene Rom-Karte im Kopf, meine geheime Karte der Klangräume. Wie ein Voyeur auf der Suche nach Bildern treibe ich mich, süchtig nach Tönen, in der Nähe bestimmter Häuser herum, um etwas Musik mitzubekommen. Manchmal aber ist es ganz einfach, dann wird in der Wohnung gleich nebenan Klavier geübt. Ich weiß genau, wer dort spielt. Es ist die zwölfjährige Marietta, die seit fünf Jahren Klavierunterricht hat. Einmal bin ich mit ihrer Mutter ins Gespräch gekommen und habe mich nach dem Mädchen erkundigt, daher kenne ich ein paar Details. Im Augenblick übt das Kind den ersten Satz des *Italienischen Konzertes* von Bach. Wenn ich Marietta üben höre, bewegen sich meine Finger manchmal mit.

Ich habe in meiner römischen Wohnung kein Instrument, aber ich denke oft daran, mir für einige Monate einen Flügel zu leihen. Ich weiß jedoch nicht genau, was dann passieren würde. Würde ich mich stundenlang an das Instrument setzen? Würde ich improvisieren oder sogar bestimmte Stücke üben? Und würde ich vielleicht aufhören, an dieser langen Erzählung zu arbeiten? Ich habe lange nicht mehr Klavier gespielt, ich habe mir das Klavierüben verboten, ich weiß nicht einmal, ob ich heute noch fähig wäre, Bachs *Italienisches Konzert* im richtigen Tempo fehlerfrei zu spielen. Aber über das alles später mehr.

Die ersten Folgen meiner großen Passion waren schon bald nicht mehr zu übersehen: Ich kam noch weniger als zuvor unter Leute, manchmal blieb ich sogar den ganzen Tag im Haus und verbrachte die Zeit nur mit Üben, Radiohören und dem Blättern in Zeitschriften.

Im Radio gab es spannende Kinder-Hörspiele mit Kindern, die laufend in der Stadt unterwegs, munter und gut erzogen waren und trotzdem ein kleines Abenteuer nach dem andern erlebten. Die meisten Abenteuer spielten auf Ruinengeländen, wie es sie entlang der langen Einkaufsstraße auch in unserem Viertel noch gab. In den dunklen Ruinen kletterten die munteren Radio-Kinder herum, bauten sich Geheimverstecke und führten Bandenkämpfe gegen die Kinder eines anderes Ruinengeländes, die meist eine Spur bösartiger und ungezogener waren. Die dreißigminütigen Hörspiele waren eine Vorform des Fernsehens, das es damals erst in wenigen Haushalten gab: Man saß versunken und stumm vor dem alten

Radiokasten, während im Kopf ein Schwarz-Weiß-Film mit einigen Rissen und Sprüngen entstand.

Weil die Eltern fürchteten, ich könne mit der Zeit vereinsamen (ich habe noch genau meinen Vater im Ohr, wie er zu meiner Mutter sagt *Das Kind vereinsamt ja, das Kind vereinsamt*, zweimal hintereinander und in einem Tonfall, als wäre die Vereinsamung längst passiert und als könnte man kaum noch etwas dagegen tun) ..., weil also anscheinend die Vereinsamung eine große Gefahr darstellte, fuhren wir von nun an häufiger als zuvor auf das Land. Ich mochte diese kurzen Reisen, die aus einer einstündigen Zugfahrt entlang der Sieg nach Osten bestanden, sehr. Schon nach wenigen Minuten blieben die Häuser und Straßen Kölns zurück, und eine weite Ebene tat sich hinter den Zugfenstern auf, die dann allmählich überging in eine leicht hügelige Landschaft: Seen, Wiesen, Felder und entlang der gesamten Bahnstrecke der Fluss, der sich zwischen den Hügeln und Höhen hindurch wand.

In der kleinen Ortschaft unseres Zielbahnhofs wohnten die Großeltern, die Eltern meiner Mutter und die meines Vaters. Vom Bahnhof aus waren es zu den mütterlichen Großeltern nur wenige Schritte, ihr großes Wohnhaus stand mitten im Ort, nahe der alten Dorfkirche, und direkt neben dem Wohnhaus gab es das Geschäftshaus einer Firma, die meinem Großvater gehörte und in dem noch zwei Brüder meiner Mutter arbeiteten. Das Geschäftshaus war ein Haus mit vielen Büros und einer Lagerhalle, laufend kamen die Bauern aus der Umgebung, um dort Öl, Kohlen, Briketts, Samen und Dünger zu bestellen.

Im Wohnhaus der Großeltern war immer viel los, denn hier lebten auch noch eine Schwester meiner Mutter und ihr Sohn, außerdem aber kamen immer wieder die beiden im Geschäft des Großvaters mitarbeitenden Brüder der Mutter vorbei und saßen beinahe zu allen Mahlzeiten mit am Tisch. Immerzu klingelte es, dann eilte die Großmutter zu einem kleinen Fenster in der Küche und streckte den Kopf hinaus, während unten eine Bekannte oder ein Bekannter standen, um sich kurz mit ihr zu unterhalten.

Beinahe alle Menschen im Ort kannten die Großmutter, jedenfalls wurde sie ununterbrochen gegrüßt, wenn man mit ihr durch den Ort ging, noch lauter und häufiger aber wurde der Großvater gegrüßt, der ein in der gesamten Gegend bekannter Kaufmann mit festen politischen Ansichten und Meinungen war. Natürlich kannten die meisten Dorfbewohner auch meine Mutter, sie wurde aber viel vorsichtiger und leiser gegrüßt als ihre Schwester oder ihre Brüder. Mutter nickte in solchen Fällen mit dem Kopf oder machte eine kurze winkende Bewegung mit der Hand, sie blieb aber nicht gern auf der Straße stehen, sondern lief wie auch in Köln meist eilig von einem Geschäft zum andern.

Sonst aber erlebte ich sie auf dem Land ganz anders als sonst. Sie arbeitete viel in der Küche und half der Großmutter beim Kochen, ja sie bewegte sich überhaupt den ganzen Tag durch das Haus oder im Garten und ging alle paar Tage mit mir in die kleine Bibliothek nahe der Kirche, wo ich mir jedes Mal einige Kinderbücher ausleihen durfte. Bei solchen Besuchen hatte ich bald begriffen, dass sie einmal in dieser Bibliothek gearbeitet hatte, die jungen Bibliothekarinnen sprachen jedenfalls oft von dieser Zeit, und neben dem Eingang hing sogar eine Fotografie meiner Mutter, auf der sie in einem langen schwarzen Kleid gerade die Bibliothek verließ, einen kleinen Stapel mit Büchern in der rechten Hand.

Wenigstens ein kleines Detail aus der dunklen Vergangenheit war so erhellt, Mutter hatte früher mit Büchern zu tun gehabt, so viel war immerhin klar. Wie aber weiter? Ich ahnte, dass es in dem kleinen Ort viele Menschen gab, die mir mehr hätten erzählen können, aber ich konnte ja niemanden fragen, und von sich aus erzählte mir keiner etwas. Kam während der Mahlzeiten im Großelternhaus das Gespräch auf die Vergangenheit, so erstarb das Gespräch schon nach wenigen Worten. Nicht selten sagte die Großmutter den merkwürdigen Satz *Das Kind sitzt am Tisch*, und dann schauten alle mich an und schwiegen von einem Moment auf den anderen, als wollten sie bestimmte Geheimnisse ganz unbedingt für sich behalten und mir um keinen Preis davon erzählen.

Ich mochte meine Großmutter sehr, aber der Satz *Das Kind sitzt am Tisch* gefiel mir ganz und gar nicht. Gerade die Großmutter hätte doch verstehen müssen, dass ich gerne mehr von der Vergangenheit und von dem, was die Eltern in ihr erlebt hatten, erfahren hätte. In dieser Hinsicht aber war nichts zu machen, ich kam, obwohl ich die Ohren offen hielt, einfach keinen Schritt weiter, denn alle Menschen in meiner Umgebung hielten zusammen und sprachen in meiner Gegenwart kein einziges Wort über die frühere Zeit.

Nur einen einzigen Menschen gab es, von dem ich mir in dieser Hinsicht etwas erhoffte, es war der älteste Bruder der Mutter, der Pfarrer, von dem ich bereits erzählt habe. An hohen Feiertagen bekam ich ihn manchmal zu sehen, und dann fiel mir jedes Mal auf, dass er kaum Ähnlichkeit mit der Mutter und seinen Geschwistern hatte und auch in seinem Verhalten ein ganz anderer Mensch war. Was für ein Mensch dieser Onkel aber eigentlich war, das konnte ich nur erahnen, jedenfalls war es ein ernster, kluger und besonnener Mann, ein Mann, der bei Tisch nicht viel redete, dann aber ganz unerwartet etwas Merkwürdiges sagte, das einem dann eine Weile nicht aus dem Kopf ging. Ich mochte die Art und das Sprechen dieses Onkels ganz ungemein, am liebsten hätte ich ihn gefragt, ob ich ihn nicht einmal in seinem Pfarrhaus besuchen dürfe, aber auch das war ja nicht möglich, weil ich mich gegenüber dem Onkel nicht verständlich machen konnte. Hätte ich doch wenigstens schreiben können, so wie die Mutter, auf Zetteln!

Auch im Haus der Großeltern beschrieb Mutter nämlich ihre Zettel, hier waren es rechteckige, große aus dem Geschäft des Großvaters, auf denen bereits all die Waren aufgedruckt waren, die man dort kaufen konnte. Mutter schrieb über dieses Aufgedruckte einfach hinweg, und wie in Köln legte sie die voll geschriebenen Zettel zum Lesen hin. Seltsam war nur, dass die Großmutter und die anderen Geschwister meistens längst wussten, was Mutter geschrieben hatte. Sie warfen einen kurzen Blick auf die Zettel, und dann sagten sie *Ja, da hast Du recht* oder *Ja, das hab ich mir schon gedacht*. Was aber hatten sie sich gedacht? Und worin hatte die Mutter recht?

Manchmal war ich darüber verzweifelt, von alldem nichts mitzubekommen und derart von allen Geheimnissen ausgeschlossen zu sein. Wenn das Ausgeschlossensein besonders wehtat, stieg ich nach oben, in den zweiten Stock des Großelternhauses. Auch die Großeltern besaßen nämlich ein altes Klavier, es stand in einem halbrunden Raum mit Blick auf die Kirche, den alle nur *das Musikzimmer* nannten. Im Musikzimmer gab es außer dem Klavier, zwei Sesseln und einem Tisch keine Möbel, anscheinend suchte außer mir keiner das Klavierzimmer auf, denn von den Verwandten der Mutter spielte niemand Klavier. Ich setzte mich an das alte, verstimmte Instrument, schlug den Deckel auf und spielte so lange, bis sich Mutter aus der Stille des Hauses heraus näherte, auf ganz leisen Sohlen.

Spielten wir beide im Haus der mütterlichen Großeltern die Rolle eines Paars, dem viel Fürsorge galt, so wurden wir im väterlichen Großelternhaus schon wenige Minuten nach unserer Ankunft kaum noch wahrgenommen. Das Haus der Eltern des Vaters war nämlich kein einzelnes Wohnhaus, sondern ein großer Bauernhof mit einer an seine Gebäude und Stallungen angeschlossenen Gastwirtschaft. Der große Hof und die Gastwirtschaft lagen direkt an einem schmalen Fluss, der im Heimatdorf der Eltern in die Sieg mündete.

Weil Bauernhof und Gastwirtschaft an einem Fluss lagen, kamen an schönen Tagen viele Menschen, um im Garten der Gastwirtschaft etwas zu trinken oder zu essen und später im Fluss zu schwimmen oder mit einem Kahn auf ihm zu fahren. Manchmal war dann die Menschenmenge, die sich rund um die Gastwirtschaft aufhielt, kaum noch zu übersehen, und es herrschte ein derartiges Treiben, dass die Eltern und ich in der großen Menschenmenge überhaupt nicht mehr bemerkt wurden. Niemand starrte mich an, niemand machte ein grüblerisches Gesicht, um anzudeuten, welche Sorgen er sich um meine weitere Entwicklung machte, ja viele Gäste wussten nicht einmal, wer genau ich denn nun eigentlich war.

Das kam daher, weil mein Vater zehn Geschwister hatte, von denen sich viele dann und wann in der Gastwirtschaft und auf dem Hof aufhielten. Die meisten dieser zehn Geschwister des Vaters hatten aber selbst wiederum Kinder, was alles derart durcheinanderbrachte, dass auch ich nicht mehr wusste, ob ich in der großen Menschenmenge gerade einem nahen oder entfernten Verwandten oder nicht doch einem Fremden begegnete. All die vielen Menschen waren nicht zu unterscheiden, und so kam es immer wieder vor, dass ich mit einem falschen Namen angeredet wurde, weil man mich mit irgendeinem Cousin oder auch einem anderen, mir völlig fremden Jungen verwechselte.

Das alles machte mir aber nicht das Geringste aus, im Gegenteil, nichts war ja angenehmer als verwechselt oder gar nicht angesprochen und somit in Ruhe gelassen zu werden. Kleinere Kinder wie ich kamen auch nicht für das Helfen in der Gastwirtschaft in Frage. Mich übersah man einfach den größten Teil des Tages, während Mutter und Vater, sobald sie auf dem Hof und in der Gastwirtschaft angekommen waren, in der Küche oder beim Bedienen im Garten mithelfen mussten. Mutter ver-

schwand denn auch immer sofort in der großen Wirts-
hausküche, während sich der Vater beim Bedienen nützlich zu machen versuchte, was aber meist so komisch und
kurios wirkte, dass seine Geschwister ihn schon bald
drängten, das Bedienen der Gäste sein zu lassen und sich
einfach zu einer Runde an den nächstbesten Tisch zu setzen, um dort für Unterhaltung zu sorgen.

Nirgends sonst auf der Welt ließ man mich also derart
gewähren und tun, was ich wollte, wie auf diesem grünen, sich mit weiten Wiesen und mächtigen Bäumen an
dem schmalen Fluss entlang erstreckenden Gelände, es
war jenes Gelände, auf dem ich mich am weitesten von
den Eltern entfernte und auf dem die Entfernung vor
allem deshalb nicht auffiel, weil Vater sich stundenlang
mit anderen Menschen unterhielt und Mutter so viel und
so hart zu arbeiten hatte, dass sie zumindest für einige
Zeit einmal vergaß, nach mir zu schauen.

Die weiten Wiesen am Fluss — sie waren mein erstes großes Freiheits-Revier, das ich als einziges einmal
allein durchstreifen durfte, ohne mich immer wieder
bei den Eltern melden zu müssen. Meist lief ich hinunter zum Wasser und streunte dann langsam durch die hohen Schilfgräser an ihm entlang, manchmal stiegen kleine Vogelschwärme zu beiden Seiten des Flusses auf und
kreisten kurze Zeit über ihm. Am schönsten aber war es,
wenn ein Fischreiher ganz in meiner Nähe aufstieg und
dann langsam den Fluss entlangsegelte.

Ich liebte die grauen, meist allein in den niedrigen
Gewässerpartien auf Fische wartenden Reiher von allen
Vögeln am meisten. Oft stand ich lange Zeit still, um sie

genauer zu beobachten, wie sie regungslos vor sich hin sinnierten, um dann ganz plötzlich aufzusteigen und in einem mir unendlich lang und kunstvoll erscheinenden Gleitflug das Wasser entlang zu segeln.

Hatte ich das weite Gelände an einem Ufer durchstreift, machte ich kehrt, zog die Schuhe aus und legte den Rückweg mit bloßen Füßen im Wasser zurück. Das Wasser war sehr niedrig und klar, und in der Mitte des Flusses lauerten zwischen den dickeren Steinen manchmal seltsame Fische, deren Namen ich nicht kannte. Die kleineren und die sehr kleinen Fische zogen in Schwärmen in der Nähe des Ufers entlang und hielten sich vor allem in den Schilfzonen auf, so dass ich, um sie noch genauer beobachten zu können, die Schilfgräser vorsichtig beiseite bog und mir einen Pfad durch das dunkle Grün bahnte. Näherte ich mich dann wieder der Gastwirtschaft, geriet ich allmählich in die lautere Zone der Badenden, bis zu denen ich aber meist nicht mehr vordrang.

Ich wünschte mir jedoch sehr, schwimmen zu können, denn dann wäre ich einfach zum anderen Ufer hinübergeschwommen, oder ich hätte sehr tief getaucht, um in der Tiefe des Flusses und damit in seinen dunkelsten, schattigsten Zonen für eine kleine Weile ganz und gar zu verschwinden und vollständig unsichtbar zu werden.

9

So vergingen die Tage, bis ein Brief der Schulbehörde eintraf, in dem nicht nur der Tag und die Stunde des Schulbeginns angegeben, sondern darüber hinaus noch genau vermerkt war, was ich als zukünftiges Schulkind am ersten Schultag mitbringen sollte. Vater las mir diesen Brief in der Küche vor und legte ihn danach in eine Schublade des Küchenbüfetts, während Mutter sich das alles nicht einmal anhörte, sondern die Küche verließ, als ginge sie das nichts an.

Ich selbst aber begann über die Schule nachzudenken. Eher nebenbei hatte Vater erklärt, dass jedes Kind die Volksschule besuchen müsse und dass meine Schule nicht weit entfernt liege, höchstens zehn Minuten zu Fuß. In der Volksschule, hieß es weiter, lerne jedes Kind Lesen, Schreiben und Rechnen und noch einige andere nützliche Dinge, auch ich werde das alles lernen, und das Lernen werde mir außerdem Freude machen und mich ganz nebenbei mehr unter Kinder bringen. Das aber sei unbedingt notwendig, damit ich nicht zum Eigenbrötler oder sogar zum Außenseiter werde, ich müsse lernen, mit anderen Menschen gut auszukommen, ich müsse Freunde und Weggefährten gewinnen, was in der Schule nicht schwer sei, da es in der Schule immer ein paar Mitschüler gebe, mit denen man sich gut verstehe.

»Weggefährten«? Ich sollte »Weggefährten« gewinnen? Ich wusste nicht, wie ich das anstellen sollte. Wie sollte ich mich zum Beispiel mit den Mitschülern verständigen, wenn ich doch gar kein Wort sprach? Wie sollte ich überhaupt am Unterricht teilnehmen? Und was sollte ich, einmal angenommen, ich würde »Weggefährten« gewinnen, mit ihnen anstellen, wenn sie nicht einmal Klavier spielen konnten? Bedeutete, »Weggefährten« zu gewinnen und mit ihnen Zeit zu verbringen, also nicht einen Rückschritt in die längst überwunden geglaubten Zeiten auf dem Kinderspielplatz, ja war die Schule insgesamt nicht ein einziger Rückschritt?

Ich hatte Mutter im Verdacht, dass sie ganz ähnlich dachte, denn sie kümmerte sich auffallend wenig um das Thema Schule. Ich selbst aber öffnete jeden Tag heimlich die Schublade des Küchenbüfetts, um nach dem Brief der Schulbehörde zu schauen und immer wieder festzustellen, dass er jeden Tag an derselben Stelle lag, wie eine versteckte Bombe, die irgendwann hochgehen würde. Am liebsten hätte ich ihn verschwinden lassen, denn ich fürchtete mich vor der Schule und allem, was mit ihr zu tun hatte. Hätte man mir die Wahl gelassen, hätte ich auf die Schule zugunsten des Klavierspiels verzichtet, was sollte ich mit der Schule und dem sogenannten »Ernst des Lebens« anfangen, der anscheinend nun unvermeidbar war, mir genügte zum Leben das Klavier und den Ernst konnte man sich ganz schenken, für mich jedenfalls taugte er nicht.

Die Sache spitzte sich zu, als mein Vater an einem Abend sofort nach dem Betreten der Wohnung begann, den Brief der Schulbehörde zu suchen. *Wo ist nur der verdammte Brief?*, hörte ich ihn immer wieder rufen und weiter erfuhr ich, dass die Schule nun bald beginne und noch einiges besorgt werden müsse. Als ich Vater hörte, war ich zunächst erleichtert, endlich reagierte zumindest er, während meine Mutter nicht einmal von ihrem Lesesessel aufblickte, um bei der Suche nach dem Brief zu helfen. Wie gut also, dass ich genau wusste, wo er sich befand, er befand sich doch in der Schublade des Küchenbüfetts, ich eilte hin, nahm den Brief aus der Lade und übergab ihn dem Vater. Sofort wurde er ruhiger und setzte sich zusammen mit mir an den Küchentisch, um die Liste mit all den Sachen durchzugehen, die nun rasch gekauft werden mussten.

Als er aber schon am nächsten Tag mit einem kleinen Haufen all der Dinge erschien, die er, wie er sagte, *auf einen Schlag* gekauft habe, wurde ich von einem Moment auf den anderen mutlos. Was sollte ich denn in der Schule mit all diesen Papierbögen, Buntstiften und Linealen anfangen, wenn ich kein einziges Wort sprach? All diese Dinge passten nicht zu mir, sondern zu den anderen Kindern, die sich vielleicht schon seit Wochen mit ihnen beschäftigten und sie längst ausprobiert hatten. Zu mir dagegen hätten Blätter mit Notenlinien und gut gespitzte Bleistifte für das Aufmalen von Noten gepasst, denn meine Schule war das Klavierspiel. Ich gab aber nicht zu erkennen, was mir durch den Kopf ging, sondern nahm die frisch gekauften Gegenstände nacheinander kurz in die Hand, als zeigte ich für sie zumindest ein wenig Interesse. Mutter jedoch hatte, wie ich genau bemerkt hatte, sofort nach dem Auspacken der Dinge die Küche verlassen und keinen einzigen Blick auf die neuen Sachen geworfen. Ich glaubte daher genau zu wissen, was sie dachte, sie dachte dasselbe wie ich, sie dachte, dass die Schule für einen wie mich nicht das Richtige sei.

Am nächsten Morgen verabschiedete sich Vater von mir mit der feierlichen Mitteilung, dass er mich nicht zur Schule begleiten könne, Mutter, hieß es weiter, werde mich zur Schule bringen, und Mutter werde mich an meinem ersten Schultag auch wieder von dort abholen.

Mein Vater trug das alles sehr schnell und bestimmt vor, er schien nicht im Geringsten daran zu zweifeln, dass ich mich, wie er auch noch gesagt hatte, in der Schule *gut einleben* werde. *Gut einleben* – sollte das etwa heißen, dass ich in der Schule eine Zeit lang richtig *leben* sollte, stunden- oder vielleicht sogar tagelang? Was aber würde in all diesen vielen Stunden geschehen, und wie wäre diese Unmenge an Stunden mit den Stunden vereinbar, die ich jeden Tag am Klavier zubrachte?

Als Vater verschwunden war, streifte Mutter mir den dunkelbraunen Ranzen über, in dem sich all die Dinge befanden, die ich in der Schule brauchte, dann zog sie einen der schönsten Mäntel an, die sie besaß. Das alles hätte mich durchaus beruhigen können, weil der schöne Mantel den Eindruck erweckte, dass auch die Schule etwas Schönes und Freundliches war, stattdessen aber steigerte sich meine Unruhe durch eine andere kleine Geste, die Mutter bisher noch nie gemacht hatte.

Wenige Sekunden vor Verlassen der Wohnung nämlich standen wir beide vor dem großen Ankleidespiegel im Flur und blickten hinein, als Mutter sich plötzlich bekreuzigte. Ich sah genau, wie sie langsam das Kreuz schlug, als stünde uns etwas Unangenehmes oder sogar Furchtbares bevor. Von genau diesem Moment an bekam ich es mit der Angst zu tun. Vielleicht war die Schule gar nicht etwas Harmloses und Kinderspielplatz-Ähnliches, vielleicht bekam man es dort mit allerhand feindlichen oder gar bösen Mächten zu tun, gegen die nur viele Gebete halfen?

Das Sich-Bekreuzigen der Mutter ließ mich jedenfalls glauben, dass die Schule nichts Heiteres, sondern wahrhaftig etwas durch und durch Ernstes war, schließlich bekreuzigte man sich während des Gottesdienstes auch nur, wenn es ernst oder sogar sehr ernst wurde. Zur Sicherheit schlug auch ich ein Kreuz, langsam und feierlich, dann aber öffnete Mutter die Wohnungstür, und wir gingen gemeinsam hinunter auf die Straße, wo wir sofort einer anderen Mutter mit einem Schulkind begegneten.

An anderen, gewöhnlichen Tagen hätte meine Mutter niemals Anschluss gesucht, ja sie hätte mit dieser anderen Mutter keinen einzigen Schritt gemeinsam getan, diesmal jedoch machte sie sogar eine Bewegung auf die andere Mutter zu und gab ihr die Hand. Ich stand daneben und schaute verblüfft, zum ersten Mal erlebte ich, dass meine Mutter in Köln einem anderen Menschen die Hand gab! Dann drehte sie sich zu mir und deutete an, dass auch ich der fremden Person die Hand geben und danach auch noch das fremde Kind mit Handschlag begrüßen solle. Sah sie, wie sehr ich zitterte, als ich meine Hand ausstreckte, um ihr diesen Gefallen zu tun? Danach aber versteckte ich sie sofort wieder in meiner Manteltasche, ich begriff nicht, was plötzlich in meine Mutter gefahren war, denn wir gingen den Weg zur Schule zu viert, als wären wir schon immer mit anderen Menschen gegangen und als gehörten Mutter und ich nun doch auf irgendeine Weise zur Gemeinschaft der Sprechenden.

Der Schulweg dauerte nur wenige Minuten und endete an einem hohen Gebäude mit vielen Fenstern und einem großen Schulhof, an dem ich schon oft vorbeigegangen war, ohne zu ahnen, dass es sich dabei um einen Schulhof handelte. Jetzt aber war das nicht mehr zu übersehen, der Schulhof war bis ins letzte Eck mit Kindern angefüllt, die auf dem Gelände hin und her eilten oder sich an den Rändern zu kleinen Gruppen zusammenballten.

Unter all diesen vielen Kindern war die Schar der Neulinge gut zu erkennen, denn die Neulinge waren jene Kinder, in deren Nähe sich eine Mutter oder ein Vater oder manchmal auch gleich beide Elternteile befanden. Ich bemerkte, dass es den Neulingen anscheinend ganz ähnlich wie mir ging, der Schulhof war ihnen nicht geheuer, deshalb standen sie neben ihren Müttern oder Eltern still auf dem Fleck, ohne vorerst miteinander Kontakt aufzunehmen.

Mutter und ich – wir stellten uns einfach dazu, und so warteten wir, bis die Schulglocke läutete und die etwas älteren Schüler nach und nach durch das hohe Eingangstor in die Klassenräume verschwanden. Schließlich blieben nur noch die Neulinge übrig, niemand schien sich um uns zu kümmern, die meisten waren schweigsam und wirkten bedrückt, gerieten jedoch etwas in Bewegung, als ein älterer Mann das Schulgebäude verließ und geradewegs auf uns zukam. Er stellte sich vor, er war der Direktor, er hatte sich noch um dies und das kümmern müssen, jetzt aber hatte er nur noch Augen und Ohren für die lieben Neulinge, herzlich willkommen!

Wir mussten uns aufstellen, in Reih und Glied und zu zweit, ich schaute, ob sich jemand finden ließe, neben den ich mich hätte stellen können. Aber es kam anders und so, wie ich es beinahe erwartet hatte, denn plötzlich stand ich ganz hinten und vollkommen allein, niemand hatte sich neben mir aufgestellt, und so trottete ich denn hinter den anderen her, nachdem meine Mutter sich von mir verabschiedet hatte.

Seit dem frühen Morgen dieses Tages hatte ich darüber nachgedacht, wie ich mich von der Mutter oder wie die Mutter sich von mir verabschieden würde. Ich hatte überlegt, ob es möglich wäre, der Mutter noch einen Kuss zu geben, auf dem Schulhof jedoch hatte sich eine derartige Frage nicht mehr gestellt, denn ich hatte schon beim ersten Betreten des Schulhofs gewusst, dass ich der Mutter auf diesem Schulhof und in Gegenwart der vielen anderen Kinder keinen Kuss geben konnte. Mutter wiederum schien das alles ganz ähnlich zu sehen, denn auch sie hatte mir zum Abschied keinen Kuss gegeben, sondern nur kurz mit der Rechten über das Haar gestrichen, um sich dann rasch von mir abzuwenden und den Schulhof zu verlassen. Ich wunderte mich etwas, wie schnell sie sich auf und davonmachte, aber ich hatte keine Zeit, lange darüber nachzudenken, weil ich den anderen Neulingen ins Schulgebäude folgen musste.

Noch ein letztes Mal schaute ich mich nach der Mutter um, sie war schon ein ganzes Stück von der Schule entfernt, ich sah ihre schwarze Gestalt nun von hinten, wie sie sich langsam von der Schule fortbewegte. In genau diesem Moment aber blieb sie in der Ferne plötzlich stehen und drehte sich noch einmal nach der Schule um, ich sah es genau, Mutter war wirklich stehen geblieben, so wie ich kurz vor dem Schuleingang stehen geblieben war, und nun schauten wir nacheinander, wie wir das ganze bisherige Leben nacheinander geschaut und aufeinander aufgepasst hatten.

Da wusste ich, dass ich die Schule nicht betreten, sondern am liebsten ein Leben lang bei meiner geliebten Mutter bleiben würde, um weiter auf sie aufzupassen. Und so machte ich kehrt und verließ den Schulhof. Als ich aber wieder außerhalb, auf der Straße, stand, sah ich, dass sie mir entgegenkam, um mich wieder einzusammeln und mitzunehmen, in das Haus am großen, ovalen Platz.

10

MEINE SCHÖNE Mutter! Beinahe sechs Jahre waren wir ununterbrochen zusammen gewesen und hatten uns kaum einmal für einige Stunden getrennt! Wie sollten wir es da von einem Tag auf den andern schaffen, verschiedene Wege zu gehen? Wir gehörten so eng zusammen, dass wir uns blind verstanden, der eine war die Ergänzung und der Spiegel des anderen, damals waren wir nicht im Geringsten darauf vorbereitet, Stunden oder vielleicht sogar ganze Tage an verschiedenen Orten zu verbringen.

Noch heute habe ich unzählige, mich immer noch rührende Bilder dieser frühen gemeinsamen Kinderjahre im

Kopf: Wie Mutter Levkojen oder Lupinen in Vasen steckte und in jedem Zimmer einen Strauß aufstellte! Wie wir vom Wochenmarkt heimkamen und das gekaufte Obst und Gemüse auf dem Küchentisch auspackten! Wie wir uns Bücher aus der Bibliothek ausliehen und am frühen Morgen oft noch etwas Zeit mit ihnen im Elternbett verbrachten, um zu blättern, zu lesen und Tee zu trinken!

Später, als es uns beiden wieder besser ging, hat sie mir einmal erzählt, wie sie in diesen stummen Jahren erst langsam wieder genesen ist. Jeden Abend hat sie notiert, wie es um sie stand, sie hoffte so sehr, irgendwann einmal wieder sprechen zu können, aber es ging lange Zeit nicht voran, sondern auf und ab, so dass auf Tage der Besserung immer wieder Abstürze folgten. Die aber hielt sie, soweit es möglich war, vor mir geheim, ich sollte ihre Zusammenbrüche und ihre Trauer nicht mitbekommen, und das ist ihr auch gelungen: Ich bekam von alledem kaum etwas mit, ahnte aber doch, dass sie etwas Schlimmes vor mir verbarg.

Deshalb gingen wir in all diesen frühen Jahren sehr vorsichtig und liebevoll miteinander um. Selbst bei Kleinigkeiten haben wir einander geholfen, als wäre es ganz selbstverständlich, dass wir alles zu zweit machten. Zu zweit einkaufen, spazieren gehen, kochen, aufs Land fahren, zu zweit, immer alles zu zweit! Selbst unsere Kleidung war aufeinander abgestimmt, so dass es häufig vorkam, dass Mutter mich mit vor den großen Ankleidespiegel nahm und wir uns dann nebeneinander postierten wie für eine Fotografie: *Das Duo Mutter und Sohn!*
Weder sie noch ich dachten damals über die Gefah-

ren nach, die ein so enges Zusammensein mit sich brachte: Dass jeder von uns kaum noch selbständig handeln und leben konnte, dass wir eine abnorme Angst davor hatten, für Stunden ohne den anderen zu sein. Uns beiden fehlte die Kraft, voneinander zu lassen, das weiß ich heute genau, und ich weiß auch, dass wir es niemals geschafft hätten, uns zumindest ein wenig voneinander zu lösen, wenn mein Vater das jahrelange Schweigen über die dunkle Vergangenheit nicht endlich gebrochen hätte. Ich glaube, er hat sich das nicht vornehmen müssen, sondern es instinktiv und aus Not heraus getan. Die erste Mitteilung, die ich von den Katastrophen im Leben meiner Eltern erhielt, erfolgte nämlich am Abend des ersten Schultages, der mit der vorzeitigen Rückkehr von Mutter und Sohn in unsere Wohnung endete.

Den ganzen restlichen Tag bis zum Abend verbrachten wir damals in dieser Wohnung, als trauten wir uns nicht mehr, auch nur noch einen einzigen Schritt vor die Türe zu gehen. Ich übte Klavier, und Mutter schrieb eine längere Mitteilung, die sie dann auf das Küchenbüfett legte. Für diese Notiz waren die sonst benutzten Zettel anscheinend zu klein, denn diesmal verwendete sie große Briefbögen, die sie sonst nur für die Briefe an ihre Schwester benutzte. Am Nachmittag legte sie sich dann etwas hin, als wäre sie sehr erschöpft, während ich mich auf das Fensterbrett setzte und den Kindern auf dem Kinderspielplatz beim Spielen zusah. Insgeheim aber wartete ich auf Vater und darauf, was er sagen und wie er wohl reagieren würde, wenn er von dem ersten, vergeblichen Anlauf, aus mir ein Schulkind zu machen, erfahren würde.

Endlich war es dann so weit, endlich sah ich Vater näherkommen und den ovalen Platz überqueren, ich wünschte mir sehr, dass er so winkte wie immer, und tatsächlich, er winkte wie immer zu mir hinauf. Auch sonst verlief seine Ankunft wie üblich, nur dass er die Mutter nicht im Wohn-, sondern im Schlafzimmer antraf, wohin sie sich mit einem Buch in ihr Bett zurückgezogen hatte. Statt aber wie sonst zunächst ins Bad zu gehen und Wasser zu trinken, ging Vater diesmal in die Küche. Ich wagte nicht, ihm zu folgen, sondern blieb auf dem Boden des Wohnzimmers sitzen, bis er Mutters Brief gelesen hatte.

Das aber dauerte sehr lang, ja es dauerte sogar so lang, dass ich es beinahe nicht mehr ausgehalten hätte und ebenfalls in die Küche gegangen wäre. In dieser Zeit musste der Vater den Brief nicht nur einmal, sondern mehrmals und immer wieder gelesen haben, warum aber, dachte ich, war das nötig, warum war der Brief der Mutter denn so schwer zu verstehen?

Als Vater schließlich in der Tür des Wohnzimmers erschien, hielt er die Briefbögen in der rechten Hand. Er blieb zunächst in der Tür stehen und schaute mich an, sein Mund stand ein wenig offen, aber er sagte nichts weiter, sondern betrachtete mich, als hätte ich mich seit dem frühen Morgen verändert und wäre nun ein ganz anderes Kind. Was war denn bloß los, warum betrachtete mich Vater so seltsam und warum sagte er nichts, sondern starrte mich nur die ganze Zeit derart merkwürdig an?

Als ich ihn ebenfalls länger anschaute, bemerkte ich, dass auch er sich verändert hatte, er hatte den obersten Knopf seines Hemdes geöffnet und stand in der Tür, als habe er zuvor eine schwere, schweißtreibende Arbeit getan. Anscheinend schwitzte er so stark, dass ihm das weiße Hemd am Leib klebte, jedenfalls erkannte ich plötzlich auch das Unterhemd, das er unter seinem weißen Hemd trug. Dass mein Vater aber gleichsam im Unterhemd dastand, hatte ich noch niemals gesehen, im Unterhemd wirkte er sehr mager und viel schmaler als sonst, als trüge er noch viel weniger als ein Unterhemd, ja, als trüge er ein dünnes Leibchen von der Art, wie auch ich manchmal eines trug.

Ich wollte aufstehen und auf ihn zugehen, als er sich näherte und sich dann vor mich auf den Boden setzte. Er schlug die Beine zu einem Schneidersitz übereinander und stützte sich mit den Händen nach beiden Seiten ab, dann legte er die von Mutter beschriebenen Briefbögen beiseite und begann langsam zu sprechen. Ich aber war von all diesen Gesten derart überrascht, dass ich plötzlich sehr aufgeregt und angespannt war. Noch nie hatte mein Vater so ausgesehen, und noch nie hatte er sich im Schneidersitz so vor mich hingesetzt.

Er begann davon zu sprechen, was am Morgen geschehen war, er gab es ganz richtig wieder, denn er sagte, dass ich die Schule anscheinend nicht möge und deshalb mit der Mutter wieder nach Hause zurückgekehrt sei. Dann aber sagte er weiter, dass sich so etwas nicht wiederholen dürfe und ich mich nun dringend bemühen müsse, die Schule zu mögen, weil sonst nichts aus mir werden würde, nichts, rein gar nichts, niemals.

Ich verstand genau, was er meinte, er machte jetzt ernst mit dem Thema Schule. Lieber wäre es mir gewesen, wenn er schon vor ein paar Wochen ernst damit gemacht hätte, das wäre auf jeden Fall besser gewesen. Ich überlegte, was das alles, was er sagte, nun im Einzelnen bedeutete, als er nach einer langen Pause noch einmal von vorne, aber jetzt in einem ganz anderen Ton, zu sprechen begann.

Er sagte nämlich sehr leise, dass Mutter und er sich ein Leben lang viele Kinder gewünscht hätten. Kaum dass sie geheiratet hätten, habe Mutter auch einen ersten Jungen zur Welt gebracht, und später habe sie noch drei weitere Buben geboren. All diese vier Buben seien jedoch gestorben, nur ich sei von all diesen Kindern übrig geblieben. Wenn es den Krieg nicht gegeben hätte, säße ich also hier nicht allein, sondern mit vier Brüdern, so jedenfalls hätten Mutter und er sich das gedacht und gewünscht. Die vier Brüder aber befänden sich nun im Himmel, und von ihren Plätzen im Himmel aus würden sie mich beschützen und in die Schule begleiten. Deshalb könne mir in der Schule nichts zustoßen, und deshalb brauche ich vor der Schule auch keine Angst zu haben. Am nächsten Morgen werde er selbst mich dort hinbringen, und er wünsche sich sehr, dass ich dann in der Schule bleibe, schon allein meinen gestorbenen Brüdern zuliebe.

Ich sah, dass Vater, je länger er sprach, immer mehr ins Schwitzen geraten war, das Unterhemd war nun in allen Einzelheiten zu erkennen. Etwas oberhalb der Lippen und auf seiner Stirn befanden sich kleine Schweißperlen, und wenn man ganz genau hinschaute, sah man, dass seine Unterlippe leicht zitterte. Es musste ihn große

Anstrengungen gekostet haben, mir von der Vergangenheit zu erzählen, das sah ich genau. Ganz genau und bis ins Letzte hatte ich auch verstanden, was er gesagt hatte: Ich hatte einmal vier Brüder gehabt, diese vier Brüder waren gestorben, sie befanden sich jetzt im Himmel, und sie würden mich von nun an auf all meinen Wegen begleiten, damit aus mir etwas werden würde.

Ich stützte mich vom Boden ab und stand langsam auf. Dann ging ich auf Vater zu und legte ihm beide Arme um den Hals. Ich drückte seinen breiten, schweren Kopf fest an meine Brust, und dann gab ich ihm einen Kuss auf die Stirn, so heftig und fest, wie Vater sonst meine Mutter auf die Stirn küsste. Ich wollte ihm zeigen, dass ich nun bereit war für die Schule. Ich würde ab jetzt geradewegs hineingehen in das große Gebäude, ich würde mich nicht mehr nach anderen Menschen umschauen, auch nicht mehr nach meiner Mutter, und ich würde versuchen, die Schule zu mögen.

Plötzlich zu erfahren, dass man einmal vier Brüder gehabt hat, die alle nicht mehr am Leben sind – eine so ungeheuerliche Nachricht würde jeden Menschen erschüttern und ein Leben lang begleiten. In jedem Menschen würde sie aber auch jeweils andere Wirkungen und Spuren hinterlassen, je nachdem, wann, wo und unter welchen Umständen ihn eine solche Nachricht ereilte. Ich selbst habe erfahren, dass sie mich bis heute nicht losgelassen hat, sie steckt in meinem Körper als eine Schrecken erregende, Angst machende, überdimensionale Erzählung, die mich unablässig verfolgt.

Damals aber, als ich noch ein kleiner Junge war, nahm ich diese Nachricht nicht nur als einen gewaltigen Schrecken wahr, sondern auch noch auf ganz andere, kindliche Art. Ich fühlte mich nämlich nicht mehr allein, ja, ich empfand mich jetzt als den Fünften und Letzten in der Reihe meiner Brüder. Da ich keinen Augenblick daran zweifelte, dass meine Brüder im Himmel seien, konnte ich mich sogar mit ihnen unterhalten. Ich konnte zu ihnen beten, ich konnte ihnen von meinen Gefühlen erzählen, ich konnte sie an meinem Leben teilnehmen lassen.

Das aber war für mich etwas ganz Neues. Ein Großteil des Unglücks, das ich bisher empfunden hatte, hatte darin bestanden, dass ich allein war, ohne »Weggefährten«, ohne eine einzige Person meines Alters, mit der ich hätte spielen und sprechen können. Das hatte nun aber ein Ende. Tatsächlich war ich nicht allein, sondern befand mich in der Gemeinschaft mit meinen Brüdern. Ich konnte sie zwar nicht sehen, doch sie waren vorhanden, wenn auch nur in meinen Gedanken und Gebeten.

Die Toten waren also für mich nicht »tot« und verschwunden, nein, sie wurden zu meinen Wegbegleitern. Die unerwartete Nachricht von ihrer Existenz ließ mich nicht nur erschauern, sondern auch stärker werden: Ich war nicht mehr Teil einer kleinen Familie aus Vater, Mutter und Kind, sondern Mitglied einer großen, mächtigen Sippschaft. Wir sieben gehörten zusammen, wir würden der Welt noch beweisen, was in uns steckte.

Das alles empfand und spürte ich, und ich glaube heute, dass ich von dem Moment an, als ich vom Vorleben meiner vier Brüder erfuhr, fest daran glaubte, bald sprechen zu können. Den ersten Aufschwung in meinem Leben hatte mir das Klavierspiel gebracht, mit seiner Hilfe allein aber hätte ich wahrscheinlich niemals sprechen gelernt, sondern mich eher noch tiefer im Schweigen vergraben. Die Nachricht vom Tod meiner Brüder aber brachte mit sich, dass ich von nun an eine gewisse Verpflichtung empfand: Ich war auf der Erde, um sie zu vertreten, ich war derjenige, der nicht nur in eigenem Namen, sondern im Namen von uns allen fünfen leben und handeln musste. Um das aber hinzubekommen, musste ich sprechen und noch viel mehr können: Lesen und Schreiben und all das Übrige, was man in der Schule lernte.

Daher war es keine Frage mehr, dass ich in die Schule gehen und mich anstrengen würde, die plötzliche Nachricht hatte diesen Umschwung meiner Ansichten bewirkt. Meine Haltung zu dieser Nachricht hat sich dann aber in meinem weiteren Leben immer wieder auf radikale Weise verändert, im Grunde war es diese Nachricht, an der ich meine ganze Biographie dann ausgerichtet habe, jeden Lebensabschnitt anders, aber doch immer von ihr geprägt, bis zum heutigen Tag.

II

DA ICH einen Tag später als die anderen Schüler in die Schule kam, wurde ich in die letzte Reihe des Klassenzimmers gesetzt. Dort saß niemand außer mir, ich hockte hinter einem kleinen Tisch und neben vielen leeren Stühlen. Mir war kalt, deshalb behielt ich während des Unterrichts den Anorak an.

Die anderen Schüler fanden das merkwürdig, sie schauten sich oft nach mir um, und eines der Kinder sagte immer wieder, dass ich noch einen Anorak trüge und ihn doch lieber ausziehen solle. Der junge Lehrer, der ganz vorne in der Nähe der Tafel stand, meinte jedoch, ich brauche den Anorak nicht auszuziehen, man dürfe mich nicht zu irgendetwas zwingen, irgendwann werde ich ihn schon ausziehen und dann sei es gut.

An meinem ersten eigentlichen Schultag erklärte er den anderen Schülern auch, dass ich stumm sei. Ich sei stumm, aber keineswegs taub, sagte der junge Lehrer, und weiter, dass ich nicht mit den anderen Schülern sprechen, wohl aber verstehen könne, was man mir sage. *Das stimmt doch?*, fragte er mich dann wie zur Probe, und man schaute sich wieder nach mir um, während ich kurz nickte, um zu zeigen, dass ich den Lehrer wie angekündigt verstanden hatte. Danach aber sagte er noch, dass ich wegen meiner Stummheit keinen Kindergarten besucht habe und mich daher erst noch an einen Ort wie die Schule, wo es viele andere Kinder gebe, gewöhnen müsse. Auf keinen Fall solle man mir also zu Leibe rücken oder mich sonst irgendwie ärgern, ich sei stumm, und ein stummes, armes Kind ärgere man nicht. Am besten sei es, man lasse mich ganz in Ruhe und kümmere sich nicht weiter um mich, ich sei jedenfalls keineswegs bösartig oder gefährlich, sondern lebe nur in einer anderen, eigenen Welt.

Während der folgenden Tage hielten die anderen Kinder sich an diese Worte des Lehrers, die meisten schlossen rasch Freundschaften und gründeten kleine Runden, die in den Pausen dann zusammen waren und spielten. Kaum hatten sie das Klassenzimmer verlassen, verteilten sie auch schon die Aufgaben und Rollen und riefen sich zu, wer beim Fußballspielen ins Tor gehen und wer im Sturm spielen solle. Schon wenn sie sich am frühen Morgen vor dem Unterricht trafen, begannen sie mit dieser Rollenverteilung, im Grunde waren sie den ganzen Vormittag damit beschäftigt, deshalb kamen sie auch gar nicht auf den Gedanken, mir zu Leibe zu rücken, denn ich gehörte als stummes, armes Kind nicht in ihre Spielrunden und wurde deshalb auch nicht weiter beachtet.

Am frühen Morgen stellte ich mich daher auf dem Schulhof in die letzte Reihe und ging hinter den anderen, aufgeregt redenden Schülern in das Klassenzimmer, wo ich dann bis zur ersten Pause wiederum in der letzten Reihe aushalten musste. Da mich weder der Lehrer noch die anderen Schüler ansprachen, hatte ich den Eindruck, dass ich dort bloß meine Zeit absitze, es war wieder das alte, mir nur zu vertraute Gefühl, als wäre ich überhaupt nicht vorhanden und als könnte ich mich genauso gut in Luft auflösen, ohne dass jemand etwas bemerkte.

Statt den Anorak abzulegen, ging ich mit der Zeit dazu über, mich vom Unterricht zu verabschieden, indem ich die Kapuze des Anoraks über den Kopf zog und so, mit hochgezogener Kapuze, in der letzten Reihe ausharrte. Manchmal behauptete eines der anderen Kinder, ich mache ihm damit Angst, ich solle die Kapuze und den Anorak doch endlich auszuziehen, noch aber drang es damit bei dem jungen Lehrer nicht durch, denn der junge Lehrer behauptete weiter, irgendwann werde ich das tun, man dürfe und wolle mich aber keineswegs dazu zwingen.

Was nun den Unterricht betraf, so hörte ich den ganzen Vormittag über aufmerksam zu. Ich wollte mir Mühe geben, ganz unbedingt, und um das zu beweisen, machte ich bei allem mit, was der junge Lehrer von uns verlangte. Ich legte den Block und die Stifte vor mich hin auf den Tisch, ich begann zu zeichnen oder zu malen, und ich strengte mich an, den ersten Buchstaben, der uns beigebracht wurde, in immer derselben Größe zwanzig oder dreißig Mal nebeneinander zu schreiben.

A – so hieß dieser Buchstabe, die anderen Kinder riefen ihn laut immer wieder, *A* – *A* – *A*, sie hatten eine richtige Freude daran zu zeigen, dass sie einen ersten Buchstaben kannten, ihn laut und deutlich aussprechen und ihn schließlich sogar schreiben konnten. Vorn auf der großen Tafel prangte er: *A!* – am liebsten hätte auch ich ihn einmal laut aus einem Fenster geschrien, *A!*, das ist der erste Buchstabe des Alphabets, und ich beherrsche ihn jetzt! Jedes der Kinder durfte das A sprechen, von einem zum andern lief es durch das ganze Klassenzimmer, bis weit nach hinten, zu mir, in die letzte Reihe. Dann schauten sich wieder alle nach mir um und starrten mich an, und eines der Kinder sagte, dass ich kein A sprechen könne, weil ich blöd sei, ich sei eben blöd, das habe seine Mutter gesagt, und weil ich blöd sei, könne ich kein A sprechen und trage außerdem noch die blöde Kapuze.

Nach solchen Beleidigungen lachten die anderen Kinder, als habe jemand einen guten Witz gemacht, manchmal bogen sie sich sogar regelrecht vor Lachen und kamen, obwohl der junge Lehrer immer wieder etwas dazwischenrief, nicht zur Ruhe. Noch immer nahm er mich in Schutz, tadelte die anderen Kinder und verbot ihnen, einen solchen Unsinn über mich zu verbreiten. Ich sei nicht blöd, nur stumm, mit Blödheit habe Stummheit nichts zu tun. Doch ich spürte, dass er es leid wurde, mich in Schutz zu nehmen, er fand es lästig und anstrengend, und es wäre ihm sicher am liebsten gewesen, wenn ich wieder aus der Schule verschwunden wäre.

Das alles war aber noch nicht das Schlimmste. Das Schlimmste war, dass ich mich seit der ersten Minute, in der ich im Klassenzimmer Platz genommen hatte, nach Hause sehnte. Ich sehnte mich nach dem Geruch im Treppenhaus des großen Hauses am ovalen Platz, ich sehnte mich danach, die Wohnung endlich zu betreten und von der Mutter umarmt zu werden, und ich sehnte mich danach, mich an das Klavier setzen und endlich, ohne dass mir irgendjemand dreinredete, spielen zu dürfen. Nach dem Klavierspiel hätte ich mich auf das Fensterbrett gesetzt und den Vögeln bei ihren Runden hoch über den Pappeln des Platzes zugeschaut, und dann hätte ich mit Mutter Tee in der Küche getrunken, und wir hätten Musik aus dem Radio gehört. Später wären wir einkaufen gegangen, und auf dem Rückweg von den Einkäufen hätte ich für Mutter eine kleine Tasche mit Gemüse und Obst tragen dürfen.

Solch schöne Tage aber waren jetzt, seit Beginn der

Schulzeit, vorbei. Kam ich am Mittag nach Hause, setzte ich mich nach dem Essen an meine Hausarbeiten. Die Hausarbeiten fielen mir schwer, nichts war langweiliger, als immer wieder das blöde A zu malen oder gar ein Haus oder eine Wiese zu zeichnen. Die Hausarbeiten kosteten viel Zeit, und erst wenn ich mit ihnen fertig war, durfte ich tun, was ich wollte, und endlich Klavier spielen. Immer häufiger ging Vater auch am Abend allein in die Wirtschaft, während Mutter ihre Einkäufe bereits am Morgen, wenn ich in der Schule war, erledigt hatte. Mein Leben war in Unordnung geraten, und daran war die Schule schuld.

Das einzig Gute war der Schulweg, den ich allein zurücklegen durfte, so dass ich zum ersten Mal in meinem Leben die Gelegenheit hatte, durch die Straßen des Viertels zu schlendern. Hier und da machte ich auch immer häufiger halt, etwa bei dem Zeitschriftenhändler, der mir die Zeitschriften, die ich früher während der Spaziergänge mit Vater angesehen und gekauft hatte, ohne jede Aufforderung hinlegte, ich suchte mir dann eine der Zeitschriften aus, und Vater bezahlte sie später. *Komm doch rein, Junge! Setz Dich!*, sagte der freundliche Zeitschriftenhändler zu mir, und manchmal ging ich dann wirklich hinein in den kleinen Kiosk, um auf einem winzigen Schemel Platz zu nehmen und in Ruhe in den Kinderzeitschriften zu blättern.

Eine andere Station, die ich regelmäßig aufsuchte, war die Nische mit der schönen Maria in der kleinen Kirche. Dort zündete ich eine Kerze an, kniete mich vor das Altarbild und erzählte der schönen Maria und meinen gestorbenen Brüdern, was mir durch den Kopf ging. Dass die schöne Maria und meine Brüder mich den ganzen Tag über begleiteten, das spürte ich, nicht genau aber war herauszubekommen, ob sie auch meine Gedanken kannten. War das denn möglich, dass sie vom Himmel aus meine Gedanken lasen und alles mitbekamen, was ich überlegte?

Da ich in dieser Hinsicht nicht sicher war, fasste ich meine Überlegungen in der dämmrigen Nische in Kurzform zusammen. So kam zumindest für die Dauer meiner Gebete etwas Ordnung in meine Gedanken, auch wenn diese Ordnung, kaum dass ich die kleine Kirche verlassen hatte, sofort wieder durcheinandergeriet. Das jedoch konnte ich außer Acht lassen, denn ich dachte wahrhaftig, dass es die Aufgabe der schönen Maria und meiner gestorbenen Brüder sei, sich um meine in der Kirche geordneten Gedanken zu kümmern, ich selbst konnte doch keine Antworten auf meine vielen Fragen wissen, und am wenigsten wusste ich, wie die vielen Probleme, die sich jetzt in der Schule auftaten, zu lösen wären.

Ich schlug denn auch gar nicht erst solche Lösungen vor, sondern beendete die Erzählungen von meinen Sorgen und Nöten einfach mit zwei Gebeten. Das *Vater unser im Himmel ...* und das *Gegrüßet seist Du, Maria ...*, mit diesen beiden Gebeten kam man in jeder Notlage aus, das wusste ich, denn genau das, dass man nämlich mit diesen beiden Gebeten *überall durchkomme* und in ihnen *alles Wichtige drinstecke*, hatte der Vater einmal nach einem Gottesdienst so felsenfest behauptet, als gäbe es daran nicht die geringsten Zweifel.

Eine weitere wichtige Station meines Schulwegs war schließlich die *Kappes*-Wirtschaft, in die sonst nur Erwachsene gingen. Nach der Schule aber war ich einmal kurz hinein und heimlich auf die Toilette gehuscht, und auf dem Rückweg durch den Vorraum, in dem ich früher oft mit Vater gestanden hatte, einem Köbes aufgefallen, der mir sofort, ohne dass ich irgendein Zeichen gegeben hätte, ein Kölschglas mit Trinkwasser hingestellt hatte.

Kaum eine Geste hatte mich derart überrascht und glücklich gemacht wie dieses selbstverständliche, wortlose Hinstellen eines Glases mit Trinkwasser, hatte es mir doch gezeigt, dass ich in der *Kappes*-Wirtschaft einfach dazugehörte. Hier schaute sich niemand nach mir um, und hier starrte mich niemand an, ich gehörte einfach dazu, ohne viele Worte! Und so hatte ich eine Weile allein unter den trinkenden und sich unterhaltenden Männern gestanden, um in Ruhe mein Glas zu leeren und nach einem kurzen Winken wieder auf die Straße zu verschwinden.

Seither besuchte ich die *Kappes*-Wirtschaft häufiger und wurde schließlich sogar jedes Mal lauthals begrüßt, *Leute, unser jüngster Stammgast ist da!*, hieß es dann, worauf die trinkenden Männer mir zuprosteten, nach dieser kurzen Begrüßung aber ohne Umschweife wieder ihre Unterhaltungen fortsetzten.

Wenn ich über all diese Veränderungen in meinem Leben nachdachte, kam ich trotz der schlimmen Schulstunden manchmal auch zu dem Ergebnis, dass es in meinem Leben nicht nur Veränderungen hin zum Schlechten, sondern auch zum Guten gab. Alleine unterwegs zu sein, machte Vergnügen. Und, noch viel wichtiger: Ich war zwar allein unterwegs, konnte mich aber zum ersten Mal in meinem Leben auf Freunde verlassen.

Der Zeitschriftenhändler zum Beispiel, der war mein Freund, die Köbesse in der *Kappes*-Wirtschaft waren Freunde, und die schöne Maria und meine gestorbenen Brüder waren so gute Freunde, dass ich mir keine besseren hätte wünschen können. Solche sehr guten Freunde übernahmen sogar vieles von dem, was ich aus eigener Kraft nicht bewerkstelligen konnte, sie zauberten hier und da, und wenn sie so richtig drauflos zauberten, geschahen manchmal sogar richtige Wunder.

Ein solches Wunder ereignete sich zum Beispiel, als ich Vater an einem sonnigen Vorfrühlingstag zum Training der Galopper auf der nahen Galopprennbahn in Weidenpesch begleiten durfte. Bei Spaziergängen mit den Eltern hatte ich diese Rennbahn aus der Entfernung bereits mehrmals gesehen, diesmal aber ging Vater mit mir allein dorthin. Wir standen hinter den weißen Latten der Absperrung und erlebten ganz aus der Nähe, wie die Pferde von den Jockeys auf die ovale, weite Rennbahn geritten wurden.

Nur wenige Meter entfernt galoppierten die Tiere an uns vorbei, ich fand es schade, dass sie so schnell waren, jedes Mal blickte ich starr auf ein heraneilendes Tier und versuchte, seine Bewegungen genau im Blick zu behalten. Dunkle Erde spritzte unter den dumpf aufschlagenden Hufen, ein heftiges Schnauben näherte sich und verebbte rasch wieder, all das ereignete sich in einem derart hohen Tempo, dass ich die Bewegungen der Tiere nicht richtig verfolgen konnte.

Das änderte sich aber, als einer der Trainer sein Pferd nach dem Absitzen dicht an Vater und mir vorbeiführte und sogar für einen kurzen Augenblick haltmachte. Ich konnte das Tier nun ganz aus der Nähe anschauen und tat das auch so genau, dass ich nicht mitbekam, wie der Jockey mich anredete. Dass ich angeredet worden war, wurde mir vielmehr erst klar, als Vater für mich einsprang und erklärte, dass ich nicht antworte, weil ich stumm sei. *Stumm?*, antwortete der Jockey, *richtig stumm?* Ich nickte und erkannte gleichzeitig, wie entsetzt er über Vaters Hinweis war, denn er schüttelte immer wieder ungläubig den Kopf und sagte laut *Nä*, immer von Neuem: *Nä...*, es hörte sich nicht nur so an, als glaube er nicht, was er da gesagt bekam, sondern als dürfe so etwas überhaupt nicht sein. *Nä, ist doch nicht möglich*, sagte der Jockey, *nä, das kann doch nicht wahr sein!*

Mein Vater, der solche Reaktionen von Fremden gut kannte, blieb ganz still, während ich bei jedem *Nä* und jeder weiteren Wendung nickte, bis er begriff, der Vater hatte die Wahrheit gesagt. Dass er aber endlich verstanden hatte, bewies er durch seine Einladung, eine oder zwei Runden mit mir zu reiten. Ich nickte sofort, worauf der Jockey keinen Moment zögerte, sondern mit einem *na dann mal los!* auf mich zuging und mich hoch hinauf in den Sattel hob. Für ein paar Sekunden saß ich allein auf dem Tier, dann aber schwang sich der Jockey ebenfalls hoch und setzte sich hinter mich, und es ging im Trab auf die Rennbahn und nach einem kurzen Befehl in leichtem Galopp durch die Welt.

Noch nie war ich so schnell unterwegs gewesen, noch nie war ich derart geflogen! Ich beugte mich tief nach vorn und zog die Schultern hoch. Das Tier schlug anfangs in einem ganz regelmäßigen Rhythmus mit seinen Hufen den Boden, schien sich mit der Zeit aber von der Erde zu lösen. Selbst in den Kurven verlor es nicht an Geschwindigkeit, und auf der Zielbahn nahm es Fahrt auf und war schließlich so schnell, dass man glaubte, es streckte sich erst jetzt so recht und hechtete dem Ziel wie ein kleiner, in immer weiteren Sprüngen davonfliegender Sprungball entgegen. Das alles aber geschah unglaublich leicht, und die Bewegungen des Tieres waren sanft, so dass ich das Gefühl hatte, alle Sorgen und Nöte müssten Teil eines ganz anderen Lebens sein.

So hatte ich noch einen weiteren guten Freund gefunden, und ich besuchte ihn von nun an in Vaters Begleitung einmal in der Woche, um hoch oben auf dem Sattel einige Runden zu drehen und pfeilschnell auf und davon zu galoppieren.

12

NACH EINIGEN Wochen Schule saß ich noch immer in der letzten Reihe des Klassenzimmers in der Gemeinschaft von Freunden, von denen meine Mitschüler nichts ahnten. Den alten Anorak zog ich nun aus und bemühte mich, dem Unterricht weiter zu folgen, ohne ganz verbergen zu können, dass er mir keinen Spaß machte. Das blöde *Gitter-A*, das dämliche *Brezel-B* und das magere *C mit dem offenen Maul!* Am liebsten hätte ich mich aus dem Staub gemacht und die anderen Schüler ihrem Eifer überlassen, schließlich hatte ich doch jetzt etwas zu tun und zwar etwas, für das ich gut und gern den ganzen Tag gebraucht hätte. Das Klavierspiel nahm an jedem Tag mehrere Stunden in Anspruch, und für die Begegnungen mit all meinen Freunden benötigte ich auch einige Zeit.

Hinzu aber kam noch, dass die anderen Schüler mich nicht mehr in Ruhe ließen, sondern immer mehr dazu übergingen, mich mit kleinen, gezielten Aktionen zu quälen. Irgendeiner schnitt mir heimlich die Kapuze des Anoraks ab, ein anderer stieß mir beim Verlassen des Klassenzimmers immer wieder fest in den Rücken, und kleinere Gruppen schossen in den Pausen mit Bällen auf mich oder rempelten mich während ihrer Nachlaufspiele so fest an, dass ich oft stürzte.

Zu diesen Attacken kam es auch deshalb, weil der junge Lehrer mich nicht mehr in Schutz nahm und zunehmend schroffer und boshafter wurde. *Nur weil Du stumm bist, können wir Dir nicht alles durchgehen lassen!* war noch die harmloseste Vorhaltung, die ich zu hören bekam, wenn er mein Dasitzen einfach leid war. Auf die Mitschüler färbten diese Angriffe ab, sie ließen bald ihre Hemmungen fallen. Ich war nicht mehr nur *blöd*, sondern *eine blöde Sau*, ja ich war *ein kompletter Idiot, der in die Klapsmühle gehörte.* Die Version des Lehrers hörte sich nicht viel anders an: *Du bist ein Fall für die Sonderschule!* rief er manchmal, und dasselbe wiederholten die Mitschüler in gesteigerter Form in der Pause: *Vollidiot! Sonderschüler! Hau endlich ab!*

Schließlich begann jeder Schultag am frühen Morgen damit, dass ich auf dem Schulhof getreten, herumgestoßen und laut verhöhnt wurde, ohne dass ein einziger Mensch etwas dagegen unternommen hätte. Die Schule wurde für mich immer mehr zu einer Anstalt, in der ich dafür bestraft wurde, dass ich stumm war und ein anderes Leben als die anderen Schüler führte, obwohl sie nicht einmal ahnten, dass ich Klavier spielen, auf Pferden galoppieren und mit der schönen Maria und vier Brüdern im Himmel sprechen konnte.

Nach etwa zwei Monaten gab ich mitten in einer Schulstunde auf. Der Junglehrer hatte sich wieder einmal über mich lustig gemacht, daraufhin raffte ich den ganzen Krimskrams, der vor mir auf dem Tisch lag, zusammen und warf ihn wie lästiges Geröll in meinen Ranzen. Dann schloss ich ihn zu, zog mir den Anorak über und setzte mich wieder, als warte ich nur noch das Ende der Stunde ab, um endlich zu verschwinden. Für den Junglehrer war das alles zu viel, er schickte die Mitschüler nach draußen, baute sich vor mir auf und verkündete, dass dieser Schultag wahrscheinlich mein letzter sein werde. Ich saß regungslos da, während er meinem Vater einen kurzen Brief schrieb und ihn in die Schule bestellte. Dann drückte er mir den Brief in die Hand und schrie *Geh, hau ab, geh sofort!*, wobei er mir zur Verstärkung noch die Faust zeigte.

Und so machte ich mich mitten in einer dritten Stunde bereits auf den Heimweg. Ich hatte etwas Zeit, daher ging ich langsamer als sonst und machte einige kleine

Umwege, an dem kleinen Kino neben der Kirche vorbei, und weiter, über den Markt, wo an drei Tagen in der Woche einige Stände mit frischem Gemüse und Obst vom nahen Land aufgebaut waren. Auf dem Wochenmarkt schenkte mir ein Verkäufer einen Apfel, ich steckte ihn in eine Hosentasche und ging dann in die kleine Kirche, um der schönen Maria und meinen vier Brüdern von dem grausamen Schulmorgen zu erzählen.

Ich wusste nicht, wie es mit mir weitergehen sollte, vielleicht würde man mich ja wahrhaftig in eine Sonderschule stecken, allerdings konnte ich mir nicht vorstellen, dass Vater einem solchen Vorhaben zustimmen würde. Alles, aber auch alles kam nun auf Vater an, ich vertraute ihm, Vater hatte mich noch nie enttäuscht, und Vater würde mir auch nicht böse sein, sondern sich darum bemühen, irgendeine Lösung zu finden.

Am einfachsten wäre es gewesen, wenn ich eine Schule hätte besuchen dürfen, in der die Schüler nur Musik gemacht und Klavier gespielt hätten. In einer solchen Schule hätte ich nicht zu reden brauchen, und in ihr wäre ich bestimmt ein glänzender Schüler geworden. Buchstaben schreiben, zeichnen und malen konnte mit gutem Willen ein jeder, Klavier spielen dagegen, das konnten nur wenige. In der Volksschule konnte gewiss kein einziges Kind so gut Klavier spielen wie ich. All das nutzte mir aber nichts, denn anscheinend hatte man in meiner Schule für Musik kaum etwas übrig. Da Musik und Klavier spielen aber das Einzige waren, was ich konnte, gab es wohl nirgends irgendeinen Ort, wo man mich hätte unterbringen können. Und zu Hause, zu Hause konnte ich doch wohl auch nicht bleiben. Natürlich wäre ich am liebsten genau dort geblieben, Vater hätte mir alles Wissenswerte beibringen können, und in der übrigen Zeit hätte ich Klavier gespielt und Mutter wieder so wie früher bei ihren Einkäufen und Besorgungen geholfen.

Als ich nach vielen Umwegen endlich gegen Mittag zu Hause ankam, zeigte ich Mutter den Brief des Junglehrers nicht, sondern ließ ihn bis zum Abend, als Vater nach Hause kam, in meinem Ranzen. Dann erst nahm ich ihn heraus und überreichte ihn Vater, der das Couvert sofort aufriss, einige Sätze überflog und dann mit mir in die Küche ging. Die ernsten und wichtigen Dinge wurden bei uns immer am Küchentisch durchgenommen und entschieden, ich kannte das schon, am Küchentisch setzte der Vater seine Studierbrille auf und las und las, auch das kannte ich ja bereits, denn Vater las ernste und wichtige Sachen langsam und mehrmals, und wenn er alles langsam und mehrmals gelesen hatte, wusste er meist genau, was zu tun war.

Diesmal aber nahm er nach der Lektüre das Papier in die linke Hand und drosch dann mit der rechten immer wieder darauf ein. *Unglaublich!*, sagte er, *unglaublich! Was untersteht sich der Kerl?!* Danach aber stand er auf und ging durch die Wohnung zur Mutter und zog die Wohnzimmertür hinter sich zu und sprach mit ihr allein, so aufgebracht und laut, wie ich ihn bis dahin noch nicht hatte sprechen hören. Ich wollte ihn aber auf keinen Fall belauschen, deshalb blieb ich in der Küche sitzen und hielt mir die Ohren zu, doch trotz zugehaltener Ohren hörte ich den Vater toben, mit jener Donnerstimme, die er sonst nur beim Gesang in der Kirche einsetzte. Mit aller

Macht presste ich mir mit beiden Zeigefingern auf die Ohren, doch es half nichts, Vaters Stimme war nicht zu überhören, denn Vater war außer sich. Erst nach einiger Zeit kam er zurück in die Küche, schaute mich an und sagte: *Für diesen Brief wird sich Dein Lehrer bei Deiner Mutter, bei mir und bei Dir entschuldigen! Und auch der Schuldirektor wird sich entschuldigen! Und zwar hier, an diesem Tisch! Und zwar morgen, sobald ich mit ihnen gesprochen habe!*

Als ich das hörte, war ich im ersten Augenblick überwältigt. Der Lehrer und der Direktor sollten sich entschuldigen, natürlich, das war das Erste, was als Nächstes geschehen musste, und danach würde man weitersehen! Vater aber war von alldem derart mitgenommen, dass er die Wohnung verließ, um, wie er sagte, *etwas Luft zu schöpfen.* Ich eilte zum Fenster, um zu sehen, was er nun draußen tun würde, als er aber auf dem ovalen Platz erschien, schaute er kurz zu meinem Fenster hoch, und als er mich dort sitzen sah, schüttelte er den Kopf, machte kehrt und kam die Treppen wieder hinauf, um mich mitzunehmen und mit mir gemeinsam spazieren zu gehen.

Ich zog rasch den Anorak über, und dann gingen wir zusammen hinaus. Draußen angekommen, bemerkte ich aber, dass Vater überhaupt nicht wusste, wohin es gehen sollte, vielmehr gingen wir nur einfach drauflos und machten dann irgendwo wieder kehrt und gingen wieder drauflos, als wären wir vollkommen durcheinander. Da wurde mir klar, dass Vater kein richtiges Ziel hatte und dass es vielleicht helfen würde, ihm meine Hand hinzuhalten. Ich streckte sie ihm hin, und er nahm sie auch wahrhaftig, und dann gingen wir Hand in Hand eine

Weile, bis wir in die Nähe der *Kappes*-Wirtschaft gerieten. Kurz vor der Wirtschaft blieb ich stehen, und dann zeigte ich auf die Wirtschaft, um Vater zu bedeuten, dass wir in die Wirtschaft gehen sollten. *Was willst Du denn?*, fragte er, der sonst doch immer sofort verstand, was ich meinte. Ich aber machte eine kurze Geste, als trinke ich gerade ein Kölsch-Glas leer, und da verstand er endlich, was ich gemeint hatte.

Am nächsten Morgen sagte er, dass er nun als Erstes in die Schule gehen werde und dass Mutter und ich die Wohnung nicht verlassen, sondern auf seine Rückkehr warten sollten. Kaum zwei Stunden später kam er dann wirklich zurück, und dann gingen wir zu dritt in die Küche, und Vater sagte, dass der Lehrer und der Direktor gegen Mittag kommen würden, um sich, wie er es verlangt habe, bei uns zu entschuldigen.

Im Grunde hatte ich diesen Ausgang der Sache erwartet, niemand kam gegen Vater an, kein Lehrer und kein Direktor, meine starke Aufregung legte sich aber trotzdem nicht, denn ich ahnte ja nicht im Geringsten, wie es nach den Entschuldigungen weitergehen würde. Auch Vater sagte dazu nichts, sondern redete wie schon am Tag zuvor eine Weile auf Mutter ein, während ich wieder allein in der Küche saß, ängstlich und furchtsam.

So verging die Zeit bis zum Mittag voller Unruhe, bis es endlich klingelte, und ich genau hörte, wie zwei leise murmelnde Männerstimmen sich durch das Treppenhaus näherten. Vater begrüßte die Männer an der Tür, und dann führte er sie in die Küche, wo sie mir die Hand gaben. Danach aber ging er mit ihnen ins Wohnzimmer und schloss wieder die Tür hinter sich zu, so dass ich meine beiden Ohren wieder zustopfte, weil ich befürchtete, dass Vater nun wieder die Donnerstimme einsetzen und entsetzlich wüten werde.

Ich hörte aber nichts dergleichen, vielmehr kamen die drei Männer schon bald in die Küche zurück, und der Direktor sagte, dass er sich im Namen der Schule bei mir und meinen Eltern entschuldige. Der Lehrer und er, setzte er noch hinzu, hätten *keine Ahnung* gehabt, wie es zu meinem Stummsein gekommen sei, es tue ihnen leid, alles tue ihnen *wirklich sehr leid.* Ich hörte genau zu, wusste aber nicht genau, wovon der Direktor sprach. Sprach er von meinen vier Brüdern, oder hatte Vater den beiden noch mehr von unserem geheimen Familienleben erzählt?

Vater selbst schienen die Worte des Direktors auch nicht sehr zu behagen, jedenfalls machte er nur eine kurze Geste, als sei nun genug geredet worden. Dann aber kam er zu mir und packte mich von hinten an beiden Schultern. *Wir beide,* sagte er zu mir, *wir beide werden nun eine Weile verreisen.* Jetzt verstand ich auch nicht, was er meinte und schaute mich nach ihm um. Da aber packte er mich noch fester an beiden Schultern und sagte zum Abschluss des Gesprächs: *Wir verreisen aufs Land, da gibt es die große Natur, und die große Natur ist die beste Schule, die es überhaupt gibt.*

II

Lesen und Schreiben

13

W ENN ICH an diese frühen Jahre meines Lebens zu-
rückdenke, kommen sie mir vor wie ein Film aus den
dreißiger Jahren. Es ist ein Film in Schwarz-Weiß mit
einem dumpfen, wackligen Ton, man sieht die Darsteller sprechen, hört sie aber zeitversetzt, einige Bruch-
teile von Sekunden später. Die Personen bewegen sich
langsam, wie in Trance, der Hintergrund ist leicht ver-
schwommen, alles wirkt gedämpft und durchdrungen
von einer nicht abzuschüttelnden Melancholie. Die Jahre des Krieges scheinen noch allgegenwärtig, als wären
die Menschen erst gerade den Luftschutzkellern und
Bunkern entkommen und als hätten sie den Staub noch
nicht ganz von den Mänteln geschüttelt. Angst und Erschöpfung sind im alltäglichen Leben zu spüren, das viel
langsamer verläuft als das Leben heutzutage, ja beinahe
zeitlupenhaft an einem vorbeizieht. Ich aber, der stumme Beobachter, schaue auf das alles aus einer starren
Distanz. Es ist, als hätte sich zwischen mir und der Welt
ein unüberwindbarer Graben aufgetan. Ich blicke über
diesen Graben hinweg, ich blicke hinüber in das Land
der Handelnden und Sprechenden, dieses Land aber ist
für mich nicht zu erreichen.

Ich weiß nicht, wie zeittypisch solche Wahrnehmungen sind, vielleicht sind sie auch weniger zeittypisch als typisch für meine eigene, besondere Wahrnehmung, die Sehen, Hören und Denken oft nicht zusammenbrachte. Häufig kam es nämlich vor, dass ich beinahe zwanghaft nur mit einem meiner Sinne beschäftigt war, ich starrte auf irgendein Detail meiner Umgebung und hörte nichts mehr, oder ich hörte Musik und nahm den Raum um mich herum nicht mehr wahr. Wollte ich aber einmal über etwas nachdenken, störten sowohl Sehen wie Hören, und ich brauchte für mein verqueres Phantasieren eigene Räume wie zum Beispiel den Raum der kleinen Marien-Kapelle, in dem mich nichts ablenkte.

Noch viel schwieriger aber wurde alles, wenn die Außenwelt direkt auf mich zukam und von mir eine rasche Antwort verlangte. In solchen Fällen brauchte ich einige Zeit, um die jeweilige Frage zu verstehen und mir zusätzlich auch noch zu überlegen, was ich tun sollte. Da ich nicht sprechen konnte, musste ich auf irgendeine andere Weise reagieren, die aber fiel mir oft nicht gleich ein, so dass ich nicht selten eine hilflose, unverständliche Geste gemacht habe. Manchmal wirkte eine solche Geste, als wollte ich in Ruhe gelassen werden, genau das aber wollte ich eigentlich nicht sagen, die Geste sah nur danach aus und wirkte so schroff, weil ich nicht anders reagieren konnte.

Später erst ist mir aufgefallen, wie sehr gerade Lesen und Schreiben das Zusammenspiel der Sinne trainieren. Ununterbrochen waren die Mitschüler in der ersten Volksschul-Klasse ja genau damit beschäftigt: Einen an die Tafel gemalten Buchstaben oder ein Bild zu kopieren, ihn nachzuschreiben oder abzumalen und das alles mit bestimmten Lauten, Worten und Sätzen in Verbindung zu bringen. Für mich ging das alles zu schnell, jedes Mal blieb ich im Training dieser Abläufe irgendwo stecken und widmete mich einem Detail, das ich dann in meinem Kopf durchzuspielen begann.

Dabei aber entstanden die seltsamsten Systeme: Seiten, die aus lauter As bestanden, manche auf dem Kopf, andere ineinandergeschoben oder miteinander verflochten, wieder andere wie zu einem Berg aufeinandergetürmt; innere Laute und Klänge, die gar nicht mehr aufhören wollten zu tönen und in mir das Bild von ins Unendliche verlaufenden Linien hervorriefen; Abbildungen solcher Linien, die ich mit leichten, kaum merklichen Lücken und Unterbrechungen (sie sollten das Atemholen darstellen) wie Ketten von Morsesignalen zeichnete, immer enger und dichter untereinander, bis sie schließlich ineinander übergingen und in ein schwarzes Feld mündeten.

Das alles muss auf den Lehrer verstörend gewirkt haben. Je weiter er mit uns in seinem Pflichtprogramm fortschritt, umso merkwürdigere Phantasie-Systeme entstanden auf meinem Papier. Auf das Schultempo und die damit verbundene Überforderung reagierte ich panisch: Ich zeichnete unaufhörlich vor mich hin, ich malte lauter Ornamente und Arabesken, ich behandelte alles, was mir aufgetischt wurde, wie Spielmaterial, das ich in meine eigenen Systeme einbaute, um damit unbegrenzt spielen und mich seiner lästigen Aufdringlichkeit entledigen zu können.

Von Woche zu Woche muss mein Umgang mit allem, was uns beigebracht wurde, dabei immer kurioser geworden sein, schließlich bewegte ich mich nur noch in einem System von Geheimzeichen, die nur ich verstehen und mit denen nur ich etwas anfangen konnte. Ich saß da wie ein Schüler Paul Klees: Unablässig verwandelte ich die gesamte Schulwelt in ein kindliches Gekritzel, das alle Blätter lückenlos bedeckte. Die Ergebnisse waren in meinen Augen *Die Schularbeiten*, denn *Schularbeiten machen* hieß damals in meinem Verständnis: Mit hochrotem, immer heißer werdendem Kopf die Weiße des Papiers allmählich auslöschen, sie zudecken, sie ein für allemal zum Verschwinden bringen …

Mein Vater hat den Brief aufbewahrt, den der Junglehrer ihm damals geschrieben hat. Viele Jahre später habe auch ich ihn gelesen. *Ein stummes Kind wie Johannes ist eine Zumutung für unsere Schule …*, so beginnt er, und er endet nach vielen, immer drastischer werdenden Vorhaltungen vernichtend: *Ich möchte Sie aus all diesen Gründen bitten, für Ihren Sohn, der an unserer Schule nichts als Anstoß erregt, eine andere, seinen verminderten und wirren Fähigkeiten eher entsprechende Aufbewahrungsanstalt zu finden.*

In den Augen des Lehrers war ich also nicht nur lästig, sondern verrückt. Obwohl er sich niemals auch nur eine Minute Zeit für mich genommen hatte, glaubte er doch fest zu wissen, dass ich für den Besuch einer Volksschule nicht geeignet war. Ich gehörte abgeschoben, wohin, das interessierte ihn nicht, Hauptsache, ich kam ihm nicht mehr unter die Augen und fiel in seinem Unterricht nicht mehr dadurch auf, dass ich nichts sagte.

Bereits dieses Stummsein war zu viel, denn es machte mich zu einem, der anders, schwierig und damit ein Störfall war. Dass so einer von den anderen Mitschülern dazu noch täglich und von Tag zu Tag mehr gequält wurde, war angeblich auch nicht zu vermeiden, denn wer stumm blieb, der hatte mit so etwas zu rechnen und war selber schuld. Um einen Stummen brauchte man sich schließlich auch nicht länger zu kümmern oder nachzuschauen, was er alles so leistete, es war sowieso nichts wert, es war *Schrott, nichts als Schrott,* und aus diesem Schrott würde niemals etwas werden. So war die Abrechnung, die der Junglehrer vornahm, in jeder Hinsicht komplett und lückenlos. Es gab, wollte er sagen, keinen Ausweg mehr, die Sache war hoffnungslos, ich gehörte von der Schule entfernt.

So schlimm und herabsetzend ein solches Urteil auch war, im Nachhinein muss ich diesem Lehrer – trotz all des Zorns, den ich noch heute empfinde, wenn ich an diesen Brief denke – für seinen Ausraster beinahe danken. Denn obwohl der Brief nichts anderes war als eine einzige, demaskierende Entgleisung, sorgte er doch dafür, dass von einem Tag auf den andern etwas geschah.

Noch heute verstehe ich jedoch nicht, wieso meine Eltern es überhaupt so weit kommen ließen. Ich nehme an, meine Mutter wollte generell nicht, dass sich etwas änderte, und Schule bedeutete natürlich eine starke Veränderung, während mein Vater sich durch meine anderen Leistungen und nicht zuletzt durch meine Leistungen am Klavier täuschen ließ. Wer so rasch Klavier spielen lernte und derart verblüffende Fortschritte machte, der würde – nach einigen Anlaufschwierigkeiten – auch in der Schule zurechtkommen.

Anlaufschwierigkeiten – das war die Vokabel, die mein Vater benutzte, um sich meine Lernprozesse zu erklären. Er hatte beobachtet, dass ich mich hier und da schwertat, nach einiger Zeit jedoch mit den Problemen zurechtkam. Dasselbe erwartete er auch von meinen Leistungen in der Schule: Nach einigen Monaten würde ich schreiben und lesen wie die anderen Schüler auch, davon war er fest überzeugt. Nicht in Rechnung gestellt hatte er, dass meine Wahrnehmung durch die vielen Jahre einer beinahe totalen Isolation längst stark geprägt und nur noch schwer veränderbar war. Und erst recht hatte er nicht daran gedacht, wie schwer man mir das Leben in der Schule machen würde.

An so etwas nämlich dachte Vater nicht, so etwas war für ihn unvorstellbar, erst der Brief des Lehrers zeigte ihm die ganze Brisanz der Lage und deren volle Wahrheit: Man beschimpfte mich, man wollte mich loswerden, ja man gab sogar zu, für meine Sicherheit nicht bürgen zu können, da der Hass der meisten Schüler auf mich nur zu verständlich und *durchaus begründet* sei. Keinem dieser Schüler hatte ich je etwas getan, keinem war ich zu nahe gekommen, jeden Affront und jede Provokation hatte ich zu vermeiden versucht. All das aber spielte keine Rolle, denn bereits meine bloße Anwesenheit war das Ärgernis, das man beseitigen wollte.

Es war also höchste Zeit, es musste wirklich etwas geschehen. Im Grunde befand ich mich – wie in der Zeit vor dem Beginn meines Klavierspiels, als ich mich beinahe vollständig auf meine autistischen Spielereien zurückgezogen hatte – wieder an einem Anfang: Einige Wochen Schule waren bereits vergangen, doch es stand um mich schlimmer als in den ersten Schultagen, als ich wenigstens noch die Hoffnung gehabt hatte, etwas lernen zu können.

Diese Hoffnung gab es nun nicht mehr, denn anstatt zu lernen, hatte ich mich in ein Niemandsland begeben, in dem einzig und allein meine Phantasien das Sagen hatten. Daher hieß es, ich sei *zu nichts fähig* und *für nichts zu gebrauchen*. Die bösen Formeln enthielten indes durchaus einen Teil Wahrheit, denn wenn es mit mir so weitergegangen wäre, wäre ich in der Tat zu nichts fähig und für nichts mehr zu gebrauchen gewesen.

Selbst meinem Klavierspiel merkte man inzwischen meine schulischen Misserfolge an: Ich übte immer verkrampfter, ich traute mir nichts mehr zu, ja ich glaubte nicht mehr so fest wie früher, dass ich wirklich einmal ein guter Pianist werden würde.

Mein Leben war also an einem Nullpunkt angekommen. Vielleicht hätte ich noch ein paar Wochen auf meinem Klavier improvisiert und geübt, dann aber auch damit Schluss gemacht. Ich wäre in eine Sonderschule gesteckt worden und hätte mich dort zu Tode gelangweilt, ja ich hätte mich allen Anforderungen vielleicht vollständig entzogen und für immer aufgegeben.

Diese Tendenz, die Tendenz zu Passivität und Selbstaufgabe – sie habe ich in den kritischen Momenten meines Lebens, aber auch in anderen, unvorhersehbaren Au-

genblicken, immer wieder sehr heftig gespürt. Meist
kündigt sich eine solche Empfindung durch einen Stim-
mungsumschwung an, durch ein Abstürzen in Lustlosigkeit und Erstarrung, von denen ich mich dann meist nur
mühsam und mit Hilfe von mehreren gewaltsamen Anläufen befreien kann. *Es ist aus*, denke ich dann, es ist aus,
ich werde es nie mehr schaffen, ich brauche mich nicht
mehr zu bemühen, es ist alles aus, vergebens, umsonst.

Damals, nach meinen ersten Schulwochen, erlebte ich die
Dramatik einer solchen schweren Krise zum ersten Mal,
hatte jedoch gleichzeitig das große Glück, dass mein Vater diese besondere Dramatik in ihrem ganzen Ausmaß
begriff. Auf den Nullpunkt, an dem ich angekommen
war, reagierte er mit einem Programm, wie man es sich
nicht genialer hätte ausdenken können, dabei hatte er
nicht die geringste Idee und nicht einmal die Spur eines
Plans. Die Genialität seines Vorhabens entstammte denn
auch nicht langen Überlegungen oder irgendeinem Kal-
kül, sondern ausschließlich seiner Intuition, die instinktiv, geradlinig und direkt vorging.
   Mein Vater handelte also beinahe blind, und doch tat
er in allen, aber auch allen Einzelheiten genau das Richtige. Insgesamt ist aus diesem instinktiv richtigen Handeln ein Rettungsprogramm für mein ganzes Leben entstanden. Ich weiß, das hört sich etwas übertrieben und
großartig an, aber es stimmt, denn aufgrund dieses Programms war ich dann wahrhaftig, wie sich freilich erst
sehr viel später herausstellte, fürs Erste gerettet. Doch
nicht so voreilig, lieber der Reihe nach …

14

DASS *die große Natur die beste Schule ist, die es überhaupt gibt,* das war, in eine einfache Form gebracht, Vaters ganzes Credo. Auf einem abgelegenen Bauernhof mit angeschlossener Gastwirtschaft zusammen mit zehn Geschwistern aufgewachsen, hatte er alle prägenden Erfahrungen in einem weiten Naturraum gemacht, in dem er sich bis in die kleinsten Details auskannte. Schon in der Jugend hatte er sich daher nur einen Beruf vorstellen können, der es ihm ermöglichte, so viel Zeit wie nur irgend möglich in der Natur zu verbringen. Eigentlich hatte er Förster werden wollen, dann aber hatte er sich – aufgrund seiner guten mathematischen Fähigkeiten – für den Beruf des Geodäten entschieden.

In Bonn studierte er Vermessungskunde und erhielt nach dem Studium eine Anstellung als Vermessungsingenieur bei der damaligen Deutschen Reichsbahn. Sein erster Arbeitsort wurde Berlin, dort machte er schnell Karriere, bis der Krieg seine Laufbahn für mehr als sechs Jahre unterbrach und ihn als Soldaten bis nach Russland brachte. In den letzten Kriegsmonaten kam er während der Endkämpfe in Berlin zum Einsatz, dort wurde er schwer verwundet, auf Krücken legte er den unfassbar weiten Weg von Berlin bis zu seinem Elternhaus im Westerwald zurück.

Wenige Monate nach Kriegsende fand er dann in Köln wieder eine Anstellung bei der Bahn. Er vermaß Bahnlinien und Brückenbauten und brachte später die Elektrifizierung der Bahnstrecken im Rheinland voran. Im alten Gebäude der Bundesbahndirektion hatte er ein großes Büro mit Blick auf den Rhein, in dem er sich jedoch höchstens ein paar Tage im Monat aufhielt. Sonst zog er täglich mit einem Stab von Mitarbeitern ins Freie, ich sehe ihn noch genau vor mir, wie er morgens manchmal in Knickerbockern und voller Elan zu den Vermessungsarbeiten aufbrach, die ihn in die Rheingegenden bis nach Koblenz führten.

Die Natur zu vermessen – das bedeutete für ihn aber mehr als nur eine Vertiefung in exakte Rechenarbeit. Im Grunde bedeutete es nämlich, sich dem gesamten Naturraum beobachtend zu nähern, ihn in seiner Eigenart zu erschließen, ihn in Segmente und Bruchstücke zu zerlegen und wieder zusammenzusetzen, all seine Eigenheiten und Atmosphären zu studieren.

Das große Thema dieser detailreichen Studien war also der Raum der Natur, dem Vater sich mit einer seltenen Mischung aus Rücksichtnahme und Begeisterung näherte. Am Anfang jeder dieser Annäherungen stand immer der Blick auf das Ganze, darauf, wie sich die Hügel an den Fluss schmiegten, welche Horizontlinien sich dadurch ergaben, wie die Ortschaften und Dörfer sich jeweils dazu verhielten, wie sie die Umgebung des Flusses prägten und veränderten.

Danach aber kam das Studium der Details, die Beobachtungen der Pflanzen- und Tierwelt, des Verlaufs der Pfade und Straßen, der Anordnung der Höfe und Häuser. Das alles wurde vor Ort studiert und dann mit den Angaben auf den Messtischblättern verglichen, bis sich so etwas wie ein Empfinden dafür einstellte, wie die je-

weilige Landschaft gestaltet war. Dieses Empfinden bestätigte oder veränderte sich dann in den Gesprächen
mit den Bewohnern, die Vater nicht schwerfielen, weil
er leicht und ohne Umstände selbst mit ihm völlig unbekannten Menschen auf der Straße ins Gespräch kam.
Seine einfache Herkunft vom Land hat ihm dabei gewiss
geholfen, denn er sprach mit den Menschen sehr direkt
und hatte ein gutes Gespür dafür, was sie beschäftigte
und um was sie sich sorgten.

Diese Begabung führte schließlich auch dazu, dass ihm
die Grundstückskäufe der Bahn entlang der Rheintrassen
übertragen wurden. Manchmal zogen sich die Verhand-
lungen mit Bauern, Winzern und anderen Grundstücks-
eigentümern tagelang hin. Dann zog Vater in einen Dorf-
gasthof und richtete in ihm ein kleines Büro ein. Mittags
aß er zusammen mit seinen Mitarbeitern an einem großen Tisch, abends lud er die Bewohner zu einem Glas in
die Wirtschaft. Man kam ins Gespräch, manchmal dauerte so etwas nächtelang, doch Vater hatte durch seine
Herkunft als Gastwirt- und Bauernsohn eine solide Kon-
dition und eine nicht zu unterschätzende Erfahrung darin, wie solche Gespräche verliefen. So wurden nicht selten kurz vor Mitternacht noch Vereinbarungen getroffen
und in manchen Fällen sogar Verträge geschlossen …

All das, was er von seinem Beruf und seiner Herkunft
her wusste, all seine Erfahrungen aus einigen Jahrzehnten kreisten also um die weite Natur, ihre verschiedenen
Zonen und Räume und deren Erschließung. Seit seinen
frühsten Tagen war er mit ihnen in allen nur denkbaren
Nuancen vertraut, deshalb konnte er sich auch gar kei-

nen anderen Rettungsplan für mich vorstellen als eine Heranführung an genau dieses lebendige, anschauliche Wissen.

Es war das Einzige, über das er verfügte, in seinen Augen hatte es etwas Starkes, Fundamentales, und damit etwas, das kein Brot- oder Gelehrtenwissen einem vermitteln konnte. *Sich in der Natur aufhalten, in die Natur gehen* – so lauteten die einfachen Prämissen, von denen aus sich die weiteren Schritte, wie er ohne die geringsten Zweifel dachte, dann schon von allein ergeben würden.

Daher wurden ohne weitere Überlegungen die Koffer für einen längeren Aufenthalt auf dem Land gepackt. Vater hatte sich freigenommen, für wie lange, sagte er nicht, ich würde ihn begleiten, die Mutter würde zunächst allein in der Kölner Wohnung zurückbleiben – so hatte Vater es beschlossen, und so verkündete er es mir dann mit einer Entschiedenheit, als handle es sich um Entscheidungen, denen gegenüber jeder Widerstand zwecklos war.

Und wahrhaftig: Selbst Mutter, von der ich zumindest einen leisen Widerstand erwartet hatte, schien mit diesen Entschlüssen einverstanden, als wären genau sie und keine anderen jetzt notwendig. Jedenfalls war ihr nicht anzumerken, dass sie Bedenken dagegen hatte, sich von mir zu trennen.

Ich sehe sie noch jetzt vor mir, wie sie beinahe einen ganzen Tag mit dem Packen der Koffer verbrachte, die auf den Betten des Elternschlafzimmers lagen und Schicht für Schicht mit Kleidung für jedes Wetter gefüllt wurden. Sie bewegte sich rasch und leicht durch die

Wohnung, holte von hier und dort eine Kleinigkeit zum Einpacken, verstaute alles mit großer Sorgfalt, ordnete es wieder um und machte den Eindruck einer beflissen arbeitenden Frau, die eine Sache unbedingt voran und zum Abschluss bringen wollte.

Zum ersten Mal in unserem Familienleben benutzten wir für die Fahrt zum Bahnhof ein Taxi, es wartete mit laufendem Motor unten vor dem Eingang unseres Wohnhauses. Mutter begleitete Vater und mich nicht mit hinab, sie blieb oben in der Wohnungstür alleine zurück, nachdem sie mich genauso umarmt und verabschiedet hatte wie an den bisherigen Schulmorgenden. Ich spürte genau, dass Vater und sie sich über diesen Abschied unterhalten und sich anscheinend darauf geeinigt hatten, alles solle so spontan und harmlos erscheinen, als machten Vater und ich nur einen Ausflug, ja, ich hatte Vater sogar im Verdacht, das Taxi lediglich deshalb bestellt zu haben, damit wir keine Zeit für ein langes Abschiednehmen hatten.

Unten angekommen, wuchtete er die Koffer eigenhändig in den Kofferraum des Autos und setzte sich im Wagen dann nach hinten, neben mich. Kurz schaute er mich von der Seite aus an, um sich zu vergewissern, dass mit mir alles in Ordnung war. Ich aber schaute nicht zurück, denn ich hatte zu viel damit zu tun, die Zähne zusammenzubeißen und Haltung zu bewahren. Nein, ich konnte mir ein Leben ohne Mutter nicht vorstellen, ich konnte es schon deshalb nicht, weil ich mir nicht vorstellen konnte, wie sie die folgenden Tage allein in der Wohnung verbringen würde. Was war denn ein Leben ohne mich noch für sie? Sie würde die Tage in der immer stiller werdenden Wohnung absitzen, sie würde keinen Schritt mehr hinaus tun, sie würde ein Buch nach dem andern lesen und immer unruhiger werden, sie würde Musik hören, hohe, helle Frauenstimmen in einsamen Felslandschaften …

Ich wollte Vater aber nicht zeigen, wie unruhig ich war und was in mir vorging. Er hatte alles genau durchdacht, das konnte ich ja erkennen, er würde mich begleiten und nicht allein lassen, und außerdem fuhren wir ja nicht in eine uns beiden unbekannte Fremde, sondern *heimwärts*, wie er es nannte, heim zu dem großen Bauernhof mit angeschlossener Gastwirtschaft an dem schmalen, im Sonnenlicht funkelnden Fluss, an dem Vater seine ganze Kindheit verbracht hatte.

15

WIR BEZOGEN eines der fünf Fremdenzimmer im ersten Stock der Gastwirtschaft, die sonst vor allem von Ferien- und Wochenendgästen aus dem Rheinland belegt wurden. Aus dem einzigen Fenster hatten wir einen schönen Blick auf den Fluss, die großen Eichen und Buchen an seinem Ufer und das jenseitige, etwas ansteigende Wiesengelände mit Kühen und Pferden. Frühmorgens gingen wir vor dem Frühstück kurz ins Wasser, Vater schwamm einige Minuten, und ich ging zumindest bis

zum Kopf ebenfalls hinein und machte einige Schwimmbewegungen. Danach wurde in der großen Küche an einem langen Tisch, auf dem sonst die Bestandteile der
Mahlzeiten klein geschnitten und für das Kochen und
Braten präpariert wurden, gefrühstückt.

Manchmal saßen bis zu zwanzig Personen an diesem
Tisch, Geschwister meines Vaters, ihre Ehepartner, Mäg-
de und Knechte, Küchenhilfen – trotz der vielen Personen war es aber die ruhigste Mahlzeit des Tages und für
alle Anwesenden anscheinend ein großer Genuss. Fast
alles, was sich auf dem Tisch befand, war nämlich auf
dem Hof hergestellt worden, das Brot in dem kleinen
Backes, der sich im flussnahen Teil des Gartens befand,
die Wurst bei den Schlachtungen in den weiten Kellerge-
wölben der Wirtschaft, der Honig, die Marmeladen, der
Käse, die Butter – all das schmeckte kräftig und eigen
und war einer der Gründe dafür, warum die Wirtschaft
so gut besucht wurde.

Nach dem Frühstück gingen alle ihren Tätigkeiten nach,
einige auf den Feldern, andere im Garten oder in der Küche. Vater ging meist mit aufs Feld und kam dann erst
am Mittag wieder zurück, während ich ihn nicht begleitete, sondern mich an das Klavier setzte, das sich in einem Winkel eines Gastraums befand. Das Klavier hatte
mein damals bereits verstorbener Großvater einmal gespielt, alle, die mich üben sahen, sagten mir das und erzählten von ihren Erinnerungen: Wie der meist gut ge-
launte, lebenslustige ältere Mann mit seinem dunklen
Schnauzer am Klavier gesessen und die Gäste unterhal-

ten habe, stundenlang, ohne die Kenntnis einer einzigen Note.

Zwei oder drei Stunden übte auch ich jeden Morgen, ohne dass es jemanden störte. Am Morgen waren noch keine Gäste da, der Morgen war die Zeit der Vorbereitung der Mahlzeiten und der kleinen Reparaturen und Instandsetzungen im Haus und draußen, im Garten, zu all diesen Tätigkeiten passte mein Üben, auch dieses Üben war schließlich nichts anderes als eine Vorbereitung und ein Training für Größeres. Und so arbeitete in der Früh die ganze Hofgemeinschaft, und ich hatte das Gefühl, meinen Teil zu dieser Arbeit beizusteuern. Dabei wurde ich nicht einfach nur geduldet, sondern wirklich gemocht, niemand sprach von meinen Problemen, und auch mein Vater machte keine großen Worte über die schulischen Vorgänge, die uns an diesen abgelegenen Ort geführt hatten.

Nach dem Üben ging ich hinab zum Fluss, ich schaute zu, wie die Kähne gesäubert und frisch gestrichen wurden, oder ich half im Garten, indem ich die Pflanzen begoss oder das Unkraut von den schmalen Gehwegen harkte. Im Grunde gab es laufend irgendetwas zu tun, man brauchte keinen Moment zu überlegen, was genau, die Arbeit ergab sich von allein, indem man mir dieses oder jenes Gerät in die Hand drückte oder mich hinter den kleinen Tisch an der Kahnanlegestelle setzte, wo ich die Kasse verwaltete und den Gästen in einen Kahn half, ihnen die Ruder nachreichte und die Kähne ins Wasser schob, mit bloßen Füßen, die Hosen hochgekrempelt bis zu den Knien ...

Mein Gott! Die Erinnerung an diese ersten Tage in meinem Leben, die ich ohne meine Mutter verbrachte, stimmt mich heute melancholisch. Indem ich von ihnen erzähle, entstehen vor meinem inneren Auge Bilder von so großer und nachhaltiger Schönheit, dass sie mir vorkommen wie Bilder von Claude Monet: Die langen Pappelalleen entlang des Flusses mit den hellgrün blitzenden und sich im Wind drehenden Blättern, die Raubvögel hoch oben auf den Baumspitzen entlang der Straße, die unvermutet hinab aufs Feld stießen und sich dort eine Maus schnappten, die schweren Gänse, die sich jeden Mittag am Wehr zeigten und sich später im Schilf versteckten ...– endlos könnte ich in der Aufzählung und Beschreibung solcher Bilder fortfahren, die in der Erinnerung etwas Weites und Strahlendes haben, ohne jede Beimischung von Trauer oder Unbehagen.

Natürlich frage ich mich heute, ob diese Tage wirklich so friedlich und klar, so beinahe festlich und entspannt, verliefen, aber ich kann trotz allen Nachdenkens nichts Gegenteiliges finden. Die Trauer, die ich bei meiner Abreise aus Köln noch so heftig gespürt hatte, verschwand auf dem Land vor allem dadurch, dass ich unaufhörlich etwas zu tun hatte. Hinzu kam, dass ich in einer Gemeinschaft lebte, die selbst dauernd beschäftigt war und all ihr Arbeiten anscheinend nicht als eine Qual, sondern als eine mit einer gewissen Hingabe zu absolvierende schöne Pflicht empfand.

Schon nach wenigen Tagen verblasste Mutters Bild daher allmählich, es kam immer seltener in meinen Gedanken vor, und wenn ich an sie dachte, dann mit einem leichten Erschrecken, als krampfte sich in meinem Innern etwas zusammen bei der Erinnerung an die dunkle, stille und meist etwas unheimliche Wohnung in Köln, in der sich jetzt vielleicht die hellen Frauenstimmen austobten.

Wenn ich aber heute an diese grünen, leuchtenden Landbilder denke, stellt sich ein Heimweh ein, wie ich es in Rom beinahe noch nie erlebt habe. Nun aber, in meiner Erinnerung an diese erste Zeit ohne Mutter, werde ich davon überwältigt und gerate in eine starke Unruhe, wenn ich inmitten meiner römischen Wohnung die Bilder meiner Kindheitslandschaften vor meinem inneren Auge sehe.

Dabei möchte ich gar nicht zurück in diese Landschaften, nein, das ist es nicht, mein Heimweh ist keine Nostalgie und auch keine Verklärung all dieser Tage. Ich sehne mich vielmehr nach einem langen Tisch und nach Tischgesprächen am Mittag, ich sehne mich nach dem Dahintreiben in einem Kahn in Begleitung von zwei oder drei anderen Träumern, und ich sehne mich über alle Maßen danach, Klavier spielen und mit diesem Spiel die Arbeit anderer Menschen unauffällig aus dem Hintergrund begleiten zu dürfen.

In einem Anfall von Hilflosigkeit habe ich in den letzten Tagen sogar manchmal daran gedacht, bei meinen Nachbarn zu klingeln und der kleinen Marietta meine Hilfe bei ihren Klavierübungen anzubieten. Als ich ihrer schwarzhaarigen Mutter im Treppenhaus begegnete, fing ich sofort an, davon zu sprechen, geriet aber bei der umständlichen Erwähnung der Tatsache, dass auch ich – angeblich als Kind – einmal Klavier gespielt habe, völlig durcheinander. *Spielen Sie denn noch heute?*, fragte mich Mariettas Mutter, und ich antwortete: *Keineswegs, seit Langem nicht mehr, und doch* … Darauf winkte ich ab und verabschiedete mich rasch, ich hatte meinen Auftritt nicht richtig vorbereitet, ich hatte es gründlich vermasselt.

Als wollte ich mich bestrafen, verließ ich danach das Haus, untersagte mir, bei Marietta zu klingeln und nahm an der Metro-Station Piramide einen Zug ans Meer. Etwas über eine halbe Stunde saß ich in einem hellblauen, von den salzigen Winden der Umgebung gebleichten Zugwagen und zwang mich, auf Gegenden zu schauen, die mit den heimatlichen der Kindheit nicht die geringste Ähnlichkeit hatten. Trockene, ockergelbe Schilflandschaften, kleine, verlassene Bahnhöfe mit verfallenen Bahnhofsgebäuden, Reparaturwerkstätten mit herumstreunenden Hunden und Katzen.

Als ich in Ostia ankam, hatte ich das Gefühl, alle Wehmut hinter mir zu haben, ich hatte eine andere Seite der Erdkugel erreicht, ich war dem Heimweh entkommen. Ich ging die paar Schritte bis zum Meer und erreichte die Ufer-Promenade über eine kleine Treppe. Von dort oben sah man auf die Weite des gärenden Blaus, das in eine unendliche Ferne zu rollen schien.

In die Ferne? Nein, ich hatte mich gründlich getäuscht, denn während ich die kleinen Wogen beobachtete, wie sie an dem dunkelgrauen Strand ausliefen wie glitzerndes Zuckerwasser, das auf dem Sand feine weiße Spuren und Linien zeichnete, kam prompt das Heimweh zurück. Es war sogar so, als zöge mich dieses unendliche Blau immer tiefer hinein in einen Erinnerungsstrudel und als provoziere es geradezu die Gegenbilder: tiefdunkles Grün, die mächtige Andachtsstille der Wälder.

Ich wandte mich ab und ging die Uferpromenade entlang, ohne das Meer zu beachten. In einem kleinen Restaurant wählte ich einen Tisch mit dem Rücken zum Blau. *Erwarten Sie noch jemanden?*, fragte der Kellner, und ich antwortete: *Nein, heute nicht, aber in der nächsten Woche komme ich mit ein paar Freunden.*

Was für einen Unsinn ich daherredete! Und das alles nur, weil ich meine Wehmut nicht unter Kontrolle hatte! Ich sehnte mich danach, ein paar einfache Aufgaben in einer kleinen Gemeinschaft zu haben, die mit sich zufrieden war und keine großen, unerreichbaren Ansprüche stellte, und ich sehnte mich danach, endlich nicht mehr allein durch Rom und seine Straßen zu gehen.

In jenen ersten Tagen, die ich mit dem Vater auf dem Land verbracht hatte, hatte ich das zufriedene und arbeitsame Leben von Menschen kennengelernt, die dreimal am Tag an einem langen Tisch zusammenkamen, um all das zu genießen, was sie angebaut, geerntet und mit eigenen Händen hergestellt hatten. Die Erinnerung an dieses ruhige Dasein und all die weiten Bilder, die es begleiteten, waren so stark, dass anscheinend nicht einmal Rom und seine Umgebung dagegen ankamen.

Das war allerhand, damit hatte ich nicht gerechnet. Ich war nach Rom gefahren, um meine Erinnerungen auf Distanz zu halten und ihrem gefährlichen Sog durch ein Leben in der Fremde zu entgehen, jetzt aber stellte ich fest, dass diese Erinnerungen mich gefangen hielten und Unterwerfung verlangten.

Wie hatte ich denn in all der Zeit gelebt, in der ich den ersten Teil dieses Buches geschrieben und von meinem stummen Dasein erzählt hatte? Ich hatte mich in einer römischen Wohnung vergraben, zu niemandem richtig Kontakt aufgenommen, einzelgängerische weite Spaziergänge gemacht und letztlich an nichts anderes gedacht als an die bedrohlichen Szenerien meiner Kindheit. Innerlich und äußerlich war ich erstarrt, wie ein Mensch, der wochenlang unter einem Schock steht.

Jetzt aber, als ich mich daranmachte, von meinem zweiten Leben zu erzählen und von der Gemeinschaft mit den Verwandten auf dem Land, der Arbeit dort und der Nähe zur Natur, wurde dieses erstarrte Dasein mir unheimlich und fremd. Verblüfft beobachtete ich, dass ich mich nach Menschen, gemeinsamen Spaziergängen und Musik sehnte.

Diese Sehnsucht war also der geheime Grund meines Heimwehs und meiner Wehmut, das begriff ich, als ich am Meer von Ostia in einem Restaurant saß und kleine, geschmorte Tintenfische bestellte. Warum koche ich nicht selbst einmal an dem neuen Herd in meiner Wohnung und lade ein paar Bekannte oder Nachbarn zum Essen ein?, dachte ich auf einmal und bestellte ein besonders gutes Glas Wein, wobei ich den Kellner bat, sich selbst ebenfalls ein Glas davon einzuschenken.

Mit einem Menschen anstoßen! Ein paar Worte mit ihm wechseln! Ihn fragen, ob er etwa hier am Meer aufgewachsen sei, nahe diesem Blau, das einem das Herz so angenehm weite! Ja, er war hier aufgewachsen, ja, er hatte seine Kindheit am Meer verbracht! Ich lud ihn ein, sich neben mich zu setzen, das Restaurant war zum Glück beinahe leer, so dass es an diesem gewöhnlichen Wochentag nichts zu tun gab.

Am Nachmittag fuhr ich dann zurück und kaufte auf dem Markt von Testaccio noch etwas ein. Ich schleppte alles hinauf in meine Wohnung und füllte den Eisschrank. Ich wollte nicht mehr so weiterleben wie bisher, ich wollte zurück zu dem geselligen und freundschaftlichen Leben, das ich in Rom schon einmal als Jugendlicher geführt hatte.

Die Grundlagen für ein solches Leben hatte ich, so seltsam mir das auch heute vorkam, in den ersten Tagen mit Vater auf dem Land gelegt. Diese Tage hatten mich aus meiner jahrelangen Einsamkeit und Isolation herausgerissen und mich zu einem Menschen gemacht, der mit anderen zusammenarbeitete und sein Klavierspiel nicht nur, um sich selber daran zu erfreuen, sondern auch als Unterhaltung für die anderen betrieb.

So gesehen, hatte das Leben auf einem abgelegenen Westerwälder Hof mein späteres römisches Leben als junger Mann vorbereitet. Doch ich hole zu weit aus, ich muss zurück zu den frühen Tagen, als ich das alles natürlich noch längst nicht ahnte …

16

DER ERSTE Schritt, den Vater instinktiv an den Anfang meines Lernprogramms gestellt hatte, bestand darin, mich von der Mutter und dem einsamen Leben mit
ihr zu trennen und in eine Gemeinschaft zu versetzen,
in der ich kleine Aufgaben hatte. Das Leben in dieser
Gemeinschaft unterlag bestimmten Regeln und vor allem Rhythmen, die den Tag gliederten und mich aus der
passiven Lethargie meiner Kölner Tage herausrissen. So
wurden die Mahlzeiten immer zu denselben Zeiten eingenommen und großer Wert darauf gelegt, dass alle auf
dem Hof an diesen Mahlzeiten teilnahmen, und so wurden beinahe täglich die kleinen Pflichten und Aufgaben
abgesprochen und genau vereinbart, wer nun wem bei
diesen Aufgaben half und wann sie zu erledigen waren.

Die Leitung all dieser Tätigkeiten hatte dabei der älteste Bruder meines Vaters, der in den frühsten Morgenstunden als Erster in der Wirtschaft war und alle Planungen im Auge hatte. Er sagte, was als Nächstes zu tun war
und er machte das so geschickt, dass niemand das Gefühl
hatte, unter einem strengen Regiment zu leben oder harten Befehlen Folge leisten zu müssen. Die meisten Anweisungen wurden vielmehr zunächst in die Form einer
Frage gekleidet: *Könntest Du nicht … Wäre es nicht gut?*
Was darauf folgte, waren kurze Absprachen darüber,
wie man an eine Sache herangehen sollte, allein, zu zweit
oder mit mehreren, je nachdem, was gerade zu tun war.

Ich habe während all dieser Tage bei keinem der auf dem Hof und in der Wirtschaft Arbeitenden auch nur einen Anflug von Gegenwehr oder Ablehnung, ja nicht einmal eine Spur von Unlust bemerkt. Man machte sich keine langen Gedanken, nein, man grübelte überhaupt nicht über dies und das, sondern ging an die Arbeit und sorgte dafür, dass sie rasch getan wurde.

Diese Einstellung wirkte auf mich sehr befreiend. Hatte ich früher unendlich viel Zeit zum Nachdenken gehabt, so kam ich jetzt nicht einmal mehr dazu, mir zu überlegen, was ich gern oder weniger gern tun würde. Außerdem waren den ganzen Tag lang ununterbrochen Menschen um mich herum, auf deren Gesten, Handreichungen und sonstige Zeichen ich reagieren musste. Ich konnte nicht lange nachdenken, wie mir dies oder jenes gefiel oder was ich lieber tun würde – so etwas war jetzt unmöglich, und ich hätte mich damit auch nur lächerlich gemacht. Ruhig und konzentriert eine bestimmte Arbeit zu tun – darum ging es jetzt und nur darum, auch mein Klavierüben wurde als eine solche Arbeit betrachtet, denn sie sorgte in der Gastwirtschaft und ihrer Umgebung für gute Laune.

All das aber gehörte, wie schon gesagt, lediglich zum ersten Schritt des Programms, das Vater im Kopf hatte. Als er beobachtete, dass sein Programm anschlug und ich durchaus willens war, etwas zu tun und mich in die Gemeinschaft einzugliedern, war er zwar noch nicht zufrieden, wohl aber erleichtert. Ich sah ihm an, dass er manchmal nach mir schaute, dabei blieb er aber auf Distanz und kam nur selten zu mir, um sich mit mir zu unterhalten, vielmehr betrachtete er mich aus größerer Entfernung, als wollte er das Bild des arbeitenden Kindes auf sich wirken lassen und in Ruhe herausbekommen wie es mir ging.

Der Eindruck, den ich dabei machte, war, wie man mir später einmal erzählte, der einer raschen Genesung. Von Tag zu Tag verschwand ein wenig mehr von dem blassen, dünnen und so überaus furchtsamen Kind, das sich in Köln keinen einzigen Schritt von den vorgesehenen Wegen entfernt und letztlich doch immer nur das Zuhause der Wohnung im Kopf gehabt hatte. Dieses blasse Kind bekam Farbe und legte seine Vermummungen allmählich ab.

Schon das Arbeiten im Unterhemd bedeutete eine Befreiung – weg mit all den Stoffen, Bekleidungen und Überkleidern, die mir Mutter aus lauter Angst vor einer Grippe oder einer anderen Erkrankung früher angezogen hatte. Unten am Fluss konnte ich mich an warmen Tagen sogar mit freiem Oberkörper herumtreiben, so dass dieser lange wie gelähmt wirkende Körper endlich auch mehr Beweglichkeit und Kontur erhielt. Zusammen mit den anderen körperlichen Anstrengungen, die mich nachts gut und tief schlafen ließen, war die dauernde Bewegung im Freien der Grund dafür, dass ich meinen Körper endlich spürte. Er war nicht mehr nur ein verquerer Bau aus ungelenken Knochen, der mit Armen und Händen dann und wann ein wenig Musik hervorbrachte, sondern eine zusammenhängende Gestalt, von der im Verlauf eines Tages der Einsatz sämtlicher Glieder verlangt wurde.

Kein Wunder also, dass ich kräftiger und schneller wurde. Vor allem die beinahe von Tag zu Tag zunehmende Schnelligkeit ließ mich selbst manchmal erstaunen, konnte ich doch leicht erkennen, um wie viel rascher ich bestimmte Wege plötzlich zurücklegte. Das schnelle Laufen am Fluss entlang oder die Wiesen hinauf auf die hügeligen Anhöhen in der Ferne erlebte ich mit wachsender Euphorie, nie hatte ich mir früher vorstellen können, dass pures Laufen eine solche Freude machen konnte.

Hinzu kam das Reiten. In Köln hatte ich immer nur zusammen mit einem Jockey reiten dürfen, wobei es mir am Ende beinahe so vorgekommen war, als traute man mir wohl niemals zu, einmal allein in einen Sattel zu steigen. Die schnellen Ritte auf der Galopprennbahn hatten eher wie Zirkus-Kunststücke oder wie Unterhaltungsprogramme für einen Beschränkten gewirkt und meist auch höchstens eine halbe Stunde gedauert. Danach hatte ich wieder einmal zuschauen dürfen, zuschauen, wie das Training verlief, oder zuhören, wie sich die Reiter über ihre Pferde unterhielten. So war ich auf der Rennbahn nichts anderes gewesen als eine pittoreske Figur am Rand oder ein Sozialfall, dem gegenüber man sich karitativ verhalten konnte. Wirklich ernst hatte mich niemand von all diesen Reitern und Pferdefreunden genommen, kein Einziger hatte jemals daran gedacht, mich einmal allein auf ein Pferd zu setzen oder mit mir bestimmte Übungen zu machen.

Auf dem Hof jedoch war das anders, denn es war selbstverständlich, dass man auf Pferden zu den weiter entfernten Feldern oder Wiesen ritt. Das Reiten war weder eine Kunst noch ein Sport, es gehörte einfach zum

Alltag. Alle paar Tage bewegte man die Tiere übers Land und ritt dabei immer in der Gruppe, mit den erfahrensten Reitern an der Spitze und am Ende. Selbst ein im Reiten unerfahrenes Kind wie ich brauchte man nicht lange darüber zu belehren, wie es sich verhalten sollte. Ich hatte dann und wann schon einmal auf dem Rücken eines Pferdes gesessen, umso besser, dann würde ich schon alles richtig machen.

Es waren diese Einfachheit und Geradlinigkeit, die mich damals stark beeindruckten. Sie nahmen mir das Nachdenken ab und machten mich mit meiner Umgebung vertraut. Ich arbeitete, ich rannte die Strecken in immer schnellerem Tempo, ich ritt stundenlang mit aus, ohne dass jemals etwas passierte – meine ganze Leidenschaft aber galt noch etwas anderem, das nicht so leicht zu lernen war und von dem ich mir doch ein besonderes Vergnügen versprach. Ich hatte mir nämlich in den Kopf gesetzt, so bald wie möglich schwimmen zu lernen.

Schwimmen konnten beinahe alle, die auf dem Hof und in der Gastwirtschaft arbeiteten. Am frühen Abend, wenn die Arbeit getan war, liefen die jüngeren Männer hinunter zum Fluss, entkleideten sich und badeten nackt, indem sie sich bis nahe ans Wehr treiben ließen und dort tauchten. Die Frauen schwammen in einem Flussstück weiter flussaufwärts und hielten sich später an einer schattigen Uferpartie auf, an der drei mächtige Eichen dicht nebeneinanderstanden. Am schönsten aber schien es zu sein, an einer schmalen Kehre des Flusses hinüber ans andere Ufer zu schwimmen und dort einen steilen Felsen bis zur Spitze hinaufzuklettern. Von dort oben konnte man in den Fluss springen, der an dieser Stelle recht tief war, es waren Sprünge aus fünf bis sechs Meter Höhe, die vor allem die älteren Jugendlichen sehr reizten und dann mit viel Geschrei verbunden waren.

Warum sollte ich nicht auch einmal von dort oben hinabspringen können? An den Abenden dachte ich vor dem Einschlafen oft daran und stellte mir vor, wie ich allein auf der Spitze des Felsens stehen und ohne weiteres Nachdenken herunterspringen würde. Dazu aber musste ich mir vorher das Schwimmen beigebracht haben, allein, ohne Hilfe, was sich im Grunde von selbst verstand, denn niemand in meiner Umgebung wäre wohl auf den Gedanken gekommen, sich eigens darum zu kümmern, dass ich schwimmen lernte.

Reiten, schwimmen, laufen, Gras mähen – das alles war auf dem Land ja nicht eigentlich eine Sache des Lernens, sondern des Anpackens. Man wurde auf ein Pferd gesetzt, ließ sich ins Wasser fallen oder nahm eine Sense in die Hand – irgendwann war man dann so weit, dass man so etwas beherrschte. Deshalb war es am besten, einfach an jedem Abend mit in den Fluss zu springen und dann im Wasser ein Stück dicht am Ufer entlangzugehen.

Ich duckte mich ins Wasser, ich versuchte, die Beine so zu bewegen, wie ich es bei den guten Schwimmern gesehen hatte, vorerst aber kam ich damit nicht weiter, sondern sank jedes Mal, wenn ich schwimmen wollte, wie ein Stein in die Tiefe.

Weiter kam ich mit meinen unbeholfenen Übungen erst, als ich durch einen Zufall erkannte, dass dieses Sinken in die Tiefe, das mich sonst nur ängstigte und mich die Füße sofort wieder auf den Boden setzen ließ, den eigentlichen Schwimmgenuss darstellte. Diese wichtige Entdeckung machte ich an einem sonnigen Frühabend, und zwar nicht beim Baden im Fluss, in dem alle anderen badeten und schwammen, sondern ganz in der Nähe von Hof und Wirtschaft in einem Weiher, von dem ich fest annahm, dass ihn außer mir kaum jemand kannte.

Dieser Weiher lag in der Talsohle eines kleinen Wäldchens, in das ich einmal mit Vater während eines Spaziergangs geraten war. Vater hatte davon gesprochen, dass es in diesem Wäldchen im Herbst oft viele Pilze gebe und dass der Grund für die besondere Vegetation in diesem Waldgrundstück das leicht sumpfige Gebiet weit unten in der Talsohle sei. Ein Weiher oder auch ein kleiner See befinde sich *dort unten in der Tiefe*, hatte Vater gesagt, und genau diese magisch und geheimnisvoll wirkende Formulierung war es gewesen, die mich sofort dazu gebracht hatte, ihm etwas zu signalisieren: Ich wollte mit ihm nach *dort unten* gehen, ja ich wollte mir unbedingt genauer anschauen, was es dort zu sehen gab. Vater aber hatte nur abgewinkt, nein, hatte er gesagt, nach *dort unten* begleite er mich nicht, es sei dort dunkel und stickig, und außerdem gebe es dort keine richtigen Wege, sondern nur totes Unterholz.

Wenig später war ich dann einmal allein in das Wäldchen gegangen und langsam das recht steil ins Tal hin abfallende Gelände hinabgestiegen, es war viel einfacher gewesen als ich gedacht hatte, und unten, in der Talsohle, hatte es durchaus noch einige Wege gegeben, die alle auf den kleinen See zuliefen, der ringsum von dichten Schilfmatten umgeben war. An einer Seite des in dunklem Schatten daliegenden Gewässers aber stand noch eine alte Holzhütte und neben ihr befand sich noch immer ein schmaler Holzsteg, der weit in den See hinausführte.

Auf diesem Steg war ich mehrmals entlanggegangen, wenn ich mich für eine halbe Stunde vom Hof hatte entfernen können, ohne dass es weiter auffiel. Ich hatte mich sogar mit dem Rücken auf den Steg gelegt und mir vorgestellt, wie paradiesisch es wäre, wenn die Sonnenstrahlen bis zu mir hinabreichen würden, unvorstellbar schön könnte das sein, und dann hatte ich an einem frühen Abend bemerkt, dass die Sonnenstrahlen für den Bruchteil einer Abendstunde wirklich genau bis hinab zum See reichten.

Dieser Beobachtung war ich nachgegangen und deshalb zu den verschiedensten Tageszeiten zumindest für ein paar Minuten hinunter zum See geklettert, um zu sehen, ob sich die Sonne dort unten auch einmal länger zeigte. Das war aber nicht der Fall gewesen, die Sonnenstrahlen erreichten den See immer nur für höchstens eine halbe Stunde am frühen Abend, und zwar genau dann, wenn die Sonne sehr tief stand und gerade noch wie eine auslodernde Flamme über der Bergkuppe hing.

Es war ein letztes, prachtvolles Glimmen, das sich dann in die Tiefe des Tales ergoss und dort auf den beinahe kreisrunden See traf, dessen laichgrünes Wasser golden aufglühte, wie ein schwerer, kostbarer Trank in einem dunklen Gefäß.

Nach dieser Entdeckung war ich immer wieder einmal am Frühabend an den See gegangen und hatte mich allein auf seinem Steg aufgehalten, bis die Schönheit des abendlichen Sonnenmoments mich irgendwann derart überwältigte, dass ich mich auszog und langsam vom Steg aus ins Wasser gleiten ließ.

Am Fluss und in der unmittelbaren Nähe der Gastwirtschaft hätte ich es nie gewagt, mich nackt zu zeigen, so etwas war ganz ausgeschlossen, niemals hätte ich meine Scham überwunden, die vielleicht noch stärker und empfindlicher war als die Scham vieler Frauen, die sich während des Nacktbadens gut versteckten und genau darauf achteten, dass sie von keiner Stelle des Flusses aus beobachtet werden konnten.

Ein so schamhaftes Verhalten wurde von allen anderen Schwimmern ohne lästernde oder spöttische Worte respektiert, denn am ganzen Flussstück gab es genügend Partien, an denen sich die verschiedensten Nacktbader aufhalten konnten: Solche, denen es nichts ausmachte, gesehen zu werden, solche, die auf keinen Fall gesehen werden wollten, aber auch solche, die so taten, als wollten sie nicht gesehen werden, und doch von vielen Stellen aus leicht gesehen werden konnten.

Am liebsten hätte ich mich den anderen Jungen angeschlossen, die ohne die geringsten Hemmungen nackt badeten, aber, wie gesagt, es ging nicht, ich war noch nicht so weit, ich war noch viel zu sehr an das Verhüllen, Verbergen und Mich-Verstecken gewöhnt. Hinzu kam, dass auch Vater anscheinend nicht daran dachte, nackt zu baden. Bevor er ins Wasser ging, zog er sich vielmehr umständlich in unserem Zimmer um, und dann erschien er wie ein geübter Rettungsschwimmer mit allerhand Zeichen und Emblemen auf der Badehose und einem großen Badetuch um den Hals, um sich nicht einfach in der Strömung treiben zu lassen, sondern mit großem körperlichen Einsatz so schnell zu kraulen, dass man annehmen musste, er wolle jedes Mal einen neuen Rekord aufstellen.

Jener Abend jedoch, als ich mich zum ersten Mal auszog, war einfach zu schön, als dass ich lange Überlegungen hätte anstellen wollen. Und warum denn auch? Bisher hatte ich niemanden unten in der Talsohle an dem kleinen See gesehen, niemand kannte anscheinend dieses Gelände, selbst Vater hatte ja während unseres gemeinsamen Spaziergangs so getan, als lohnte es sich nicht, dieses Gelände aufzusuchen und als käme es nicht einmal für irgendwelche Nachforschungen in Betracht.

Ich war also allein und unbeobachtet, die Sonnenstrahlen berührten die ruhige Oberfläche des Wassers, langsam ließ ich mich sinken und fallen und schloss unter Wasser die Augen. Es war ein unglaublich schöner, dichter und schwereloser Moment, keine aufdringlichen Geräusche waren zu hören, vielmehr befand ich mich in einer schalldichten Welt, einer Welt des herrlichen Schweigens, wie ich es mir intensiver nicht hätte vorstellen können.

Das war es! Nach genau diesem Schweigen hatte ich mich gesehnt, es war ein Schweigen, das mir vorkam wie ein Schweigen im weiten All, fern von der Erde und allen ihren Klängen und Sprachen! Ein solches Schweigen war wie für mich gemacht, es gehörte zu meiner Welt, in ihm fühlte ich mich aufgehoben, denn in ihm gab es nichts anderes mehr, keine Gegenstimmen, keine Verbote, keine Kommentare, einfach nichts außer dem Schweigen selbst, das etwas Großes und Feierliches hatte, wie das Schweigen der Menschen während der Gottesdienste im Dom!

Ich hielt die Luft an und versuchte, die Augen zu öffnen. Durch meine zusammengepressten Lider erkannte ich das ruhige, flimmernde Grün des Wassers, kompakt und porös wie eine Blase Zuckerwatte auf dem Jahrmarkt. Es war ja so leicht, unter Wasser zu bleiben! Ich musste nur die Luft anhalten und möglichst langsam ausatmen, dann ließen die Sekunden sich strecken! Wie ein dem Leben auf der Erde entglittener Körper schwebte ich regungslos im Wasser, drehte mich auf den Rücken, kam langsam nach oben und spürte die Sonne auf meinem Gesicht! Langsam ausatmen, die Arme ausbreiten, sich nicht mehr bewegen!

Jetzt kannst Du schwimmen, dachte ich auf einmal, Du kannst schwimmen, wahrhaftig, Du kannst es wirklich, und niemand hat es Dir beigebracht, kein Mensch hat es Dir beigebracht, das Wasser und die Sonne, die haben es Dir beigebracht!

Ich weiß noch genau, wie ich später die Füße wieder auf den Boden des Sees setzte und langsam den See verließ. Ich fühlte mich plötzlich unendlich müde, als wäre ich lang unterwegs gewesen und hätte eine anstrengende Reise hinter mir. Dann legte ich mich auf den Steg und blickte zum Himmel. Und während ich hinauf starrte in das Blau und noch gar nicht richtig begriff, was gerade passiert war, durchzuckte es mich: Dort unten in der Tiefe des Sees …– da gab es nicht nur die vollkommene Schönheit des Schweigens, sondern da lauerte auch die Schönheit des Todes. Nur einige Momente länger dort unten in der Tiefe des Wassers geblieben – und schon wäre alles vorüber gewesen! So leicht konnte man sich also das Leben nehmen, mühe- und schwerelos, ganz ohne großen Aufwand!

Mich fröstelte, die Sonne war längst untergegangen. Ich stand auf und zog mich rasch an, und als ich wieder in der Gastwirtschaft war, glaubte ich fest, dass man mir ansah, was ich erlebt hatte. *Wo bist Du denn so lange gewesen?*, fragte mein Vater und fuhr mir mit der Hand über den nassen Kopf. Ich presste mich an ihn, eine leichte Angst war von dem Erlebnis geblieben. *Hat jemand gesehen, wo der Junge gewesen ist?*, rief mein Vater in die Runde.

Die anderen schauten mich an, und ich spürte, wie peinlich es war, wieder so angeschaut zu werden wie früher. Ich fuhr mir über das Gesicht, als wollte ich alle Schatten vertreiben. Da aber stand der älteste Bruder meines Vaters auf und führte mich in die Küche. *Junge, trink was!*, sagte er und drehte den Wasserhahn auf.

Sofort begriff ich, was er meinte. Ich hielt meine beiden Hände hin und ließ das Wasser hineinlaufen. Und dann trank ich zum ersten Mal so, wie ich Vater seit Jahren in unserer Kölner Wohnung hatte trinken sehen, wenn er am Abend von der Arbeit nach Hause gekommen war und mächtigen Durst gehabt hatte, großen, mächtigen, nicht enden wollenden Durst!

17

DIE GESTE des Wassertrinkens aus der hohlen Hand ist die erste, die ich von meinem Vater übernommen habe, noch hier in Rom ertappe ich mich beinahe jeden Tag dabei, dass ich an irgendeinem der vielen Wasserspender haltmache und lange trinke. Überall in der Stadt sind diese kleinen, unablässig sprudelnden Wasserreservoire zu finden, und das Wasser, das sie so freigebig austeilen, ist immer kalt, klar und frisch. Wenn ich dann meine beiden Hände ausstrecke und das Wasser hineinlaufen lasse, ist jedes Mal die Erinnerung da: Wie mich mein Onkel als Kind in die Küche der Gastwirtschaft führte, um mich trinken zu lassen.

Noch heute kommt mir diese Idee seltsam vor. Wie kam er nur darauf, dass ich durstig sein könnte, durstig nicht nur vom Schwimmen und vom Liegen in der Abendsonne, sondern auch durstig von meinem Erschrecken darüber, dass ich dem Tod so nahe gewesen und dass Sterben so einfach war?

Später habe ich von meinem Onkel erfahren, wie mein Vater schwer verwundet aus dem Krieg nach Hause, auf seinen elterlichen Hof, zurückgekehrt ist. Mein Onkel hatte seinen Bruder zunächst nicht erkannt, sondern lediglich einen auf Krücken humpelnden Mann wahrgenommen, der auf der Landstraße nur langsam voran und näher kam. Dieser Mann hatte schließlich die Wirtschaft betreten, sich aber weder an einen Tisch noch an die Theke gesetzt. Stattdessen war er grußlos an meinem

Onkel vorbei in die Küche gegangen, mit tief gesenktem Kopf, den Blick auf den Boden gerichtet.

Mein Onkel hatte nichts dazu gesagt, sondern war dem Mann nur in die Küche gefolgt, wo er den Wasserhahn aufgedreht und minutenlang aus den hohlen Händen getrunken hatte, um sich schließlich das Wasser über den Kopf zu gießen und nach einem Handtuch Ausschau zu halten. Der Onkel hatte dem Mann dabei geholfen und ihm ein Handtuch gereicht, und als der schwer verwundete Mann sich die Haare getrocknet und das Gesicht abgewischt hatte, hatte er meinen Onkel zum ersten Mal angeschaut und ihn mit seinem Vornamen angeredet: *Hubert, ich bin's, ich bin Josef, Dein Bruder, entschuldige, dass ich Dich nicht gleich begrüßt habe, aber ich wollte mich erst fein machen für Dich und mir den ganzen Dreck aus dem Gesicht waschen!*

Es gibt kaum eine Geschichte, die deutlicher macht, was für ein Mann mein Vater eigentlich war. Er hatte etwas ungemein Gerades, Schlichtes und Ehrliches und war nicht zu der geringsten Boshaftigkeit fähig. Wenn man ihn beobachtete, wie er einer Arbeit nachging oder anderen half, bei einer Arbeit voranzukommen, überkam einen nicht selten eine starke Rührung darüber, einen so uneigennützigen, hilfsbereiten und gut gelaunten Menschen vor sich zu haben.

Die meisten seiner vielen Schwestern liebten ihn deswegen sehr, ohne dass er auf diese Zuneigung besonders reagiert oder sie noch durch besondere Gesten der Anteilnahme weiter genährt hätte. Er war einfach ein Mann, den viele von ihnen vom Fleck weg gerne geheiratet hätten, einfach schon deshalb, weil man so gern in seiner Nähe war und sich in dieser Nähe aufgehoben und geborgen fühlte. Ein Mensch ohne falschen Ehrgeiz und ohne die Spur von Neid! Gab es so etwas sonst überhaupt?

Ich habe ihm damals nicht sofort verraten, dass ich schwimmen konnte, sondern meine Freude darüber noch eine Weile für mich behalten. Irgendwann würde der Augenblick kommen, wo ich es ihm zeigen konnte, das wusste ich, zumal er nach einiger Zeit damit anfing, die Spaziergänge, die wir täglich vom Hof aus machten, immer mehr auszudehnen.

Diese Spaziergänge begannen nach meinem morgendlichen Klavierüben, meist schmierten wir uns in der Küche vorher einige Brote und nahmen noch etwas zu trinken mit. Vater trug einen kleinen Rucksack, und auch ich hatte einen Rucksack bekommen, in dem ich einige Utensilien unterbringen konnte.

Zunächst waren wir einige Stunden in der Umgebung des Hofes unterwegs gewesen, dann aber hatten wir unsere Gänge ausgedehnt und waren mittags nicht mehr auf den Hof zurückgekehrt. Wir wanderten schmale Landstraßen und Feldwege entlang, stiegen die oft steil ansteigenden Hügel und Höhen hinauf, durchstreiften das Unterholz der Wälder und liefen quer über die Äcker und Felder, ohne eigentlichen Plan und anscheinend auch ohne ein richtiges Ziel.

Es war das erste Mal, dass ich tagelang mit Vater allein unterwegs war, und insgeheim war ich darauf sehr stolz.

Vater nahm sich Zeit für mich! Vater ging nur mit mir allein durch die Gegend, als wäre das auch für ihn eine große Freude! Aber war es das auch? War dieses Gehen und Wandern auch für ihn etwas Besonderes? Oder musste er sich nicht langweilen, in der Begleitung eines Kindes, das ja nur stumm neben ihm herlief und nichts zu irgendeiner Unterhaltung oder Abwechslung beitragen konnte?

Ganz sicher war ich mir nicht, was Vater empfand, wenn er mit mir zusammen unterwegs war. Manchmal holte er eines seiner exakten Messtischblätter aus dem Rucksack und studierte längere Zeit, wo wir uns befanden, ein anderes Mal setzte er sich für einige Zeit auf eine Bank und zeichnete die Umgebung. In solchen Pausen hatte ich nichts Rechtes zu tun, ich durchstreifte ein wenig die Umgebung und war froh, wenn ich auf einen Hochsitz traf, dessen wacklige Leiter ich hinaufsteigen konnte, oder wenn wir auf eine Lichtung gerieten, wo einige Strohballen gestapelt waren, auf denen ich dann etwas herumturnte.

Hatte er seine Zeichnung beendet, rief er mich jedes Mal zu sich und zeigte sie mir. Es handelte sich um sehr feine Bleistiftskizzen, die er in großer Geschwindigkeit entwarf. Meist zeigten sie ein kleines Panorama der näheren Umgebung: eine zum Tal hin abfallende Wiese mit dem gegenüberliegenden Gelände eines kleinen Dorfes ..., ein Flusstal mit einer Brücke, von hoch gelegenen Felsen aus in seiner ganzen Länge betrachtet ..., eine versteckte Wildhütte an einem Waldrand, mit den hinter ihr aufsteigenden dichten Nadelwäldern.

Während Vater seine Zeichenblätter vor mir ausbreitete, deutete er mit dem Stift auf die Einzelheiten und benannte sie: *Das ist ...*, *und dort, das ist die Höhe von ...*, *und
von dieser Hütte aus sind Hubert und ich einmal zur Jagd aufgebrochen.* Während dieser Erklärungen schaute er mich
an, als wollte er sehen, ob mich das alles auch interessierte, ich aber nickte und nickte, ich nickte zu jeder Bemerkung, denn wie sollte ich ihm mein Interesse bekunden,
wenn nicht durch ein heftiges Nicken?

Natürlich interessierte mich nicht alles, was er mir
zeigte, aber es wäre nicht richtig gewesen, ihm ein solches Desinteresse zu zeigen. Ich freute mich doch so, dass
er mit mir allein unterwegs war und mir die ganze Umgebung erklärte! Diese Freude aber wollte ich ihm auch
beweisen, indem ich nickte und ihm zustimmte und alles
tat, damit er weitermachte mit seinen Zeichnungen und
Erklärungen.

An einem Mittag saßen wir in brütender Hitze nebeneinander auf einer Bank und tranken gemeinsam aus einer Flasche Wasser. Vater setzte die Flasche vom Mund
ab und reichte sie mir und während ich sie ihm abnahm,
deutete er mit dem Kinn auf die unter uns liegenden
Wälder und sagte nur: *Alles Eichen, nichts als Eichen!* Ich
nahm einen Schluck und nickte, doch Vater machte weiter: *Nichts als Eichen, verstehst Du? Weißt Du, was das ist,
eine Eiche? Weißt Du genau, was eine Eiche ist?*

Ich nickte wieder, natürlich wusste ich das, ich wusste, wie eine Eiche aussah und wie sie sich von einer Buche oder einer Fichte unterschied, so etwas wusste ich,
auf jeden Fall. Immer wieder nickte ich, aber Vater hörte

nicht auf: *Wenn Du genau weißt, was eine Eiche ist, dann solltest Du mal eine zeichnen! Hier, hier ist Papier! Fang mal an!
Zeichne mir mal eine Eiche!*

Ich wunderte mich ein wenig, warum er von mir so etwas
verlangte, aber ich hatte keine Zeit, lange nach Gründen
zu suchen, gleich würden wir ja wieder weiterziehen,
also musste ich rasch zeichnen und in kurzer Zeit eine
Eiche aufs Papier bringen. Ich setzte am Erdboden an
und zeichnete einen Stamm und Äste, und dann drückte
ich Vater mein Blatt in die Hand. *Das ist ein Baum, aber
keine Eiche,* sagte er, *Du solltest aber eine Eiche zeichnen und
nicht irgendeinen Baum!* Ich nickte und versuchte es ein
zweites Mal, um schon bald festzustellen, dass ich nicht
genau wusste, wie man eine Eiche und nicht nur einen
Baum zeichnete.

Als Vater meine Hilflosigkeit bemerkte, packte er unsere Sachen zusammen und sagte: *Es ist doch ganz einfach!
Komm, wir gehen hinüber in den Wald und dann setzt Du Dich
neben eine Eiche und zeichnest sie!* Wir standen auf und liefen über eine Wiese zu dem unter uns liegenden Eichen-
wäldchen, wo ich mich gleich hinhockte, mir eine Eiche
aussuchte, sie genauer betrachtete und dann zu zeichnen begann. Vater aber setzte sich neben mich und nahm
ebenfalls ein Blatt heraus, so dass ich ihn, während ich
selbst die ersten Linien zeichnete und wieder ausradier-
te und neu zeichnete und wieder radierte, beim raschen
Skizzieren beobachten konnte.

Als er fertig war, wartete er eine Weile, bis auch ich zu
Ende gezeichnet hatte, und dann schauten wir uns un-

sere beiden Eichen an und verglichen, wie wir beide versucht hatten, möglichst exakt zu zeichnen. Vater hatte natürlich eine komplette Eiche genau in ihrem besonderen, etwas verrenkten, schräg nach hier und dort ausholenden Wuchs hinbekommen, während ich noch immer einen viel zu geraden Stamm und einander viel zu ähnliche Äste, immerhin aber doch auch einige Eichenblätter gezeichnet hatte, die keinen Zweifel mehr daran erlaubten, um was für einen Baum es sich handeln sollte.

Bravo!, sagte Vater, *das ist jetzt eine Eiche, eine richtige Eiche! Man muss sich die Sachen, die man zeichnen möchte, ganz genau anschauen, ganz genau, hörst Du, in allen Einzelheiten! Und erst dann sollte man mit dem Zeichnen anfangen, hörst Du?* Ich nickte und nickte und radierte noch ein wenig an meiner Eiche herum, während Vater nach meiner Skizze griff, sie auf seinen Schoß nahm und unter meine Eiche schrieb: *Das ist eine Eiche.*

Vier Worte, ein Punkt: *Das ist eine Eiche.* Ich starrte auf meine Zeichnung und auf die Schrift meines Vaters, meine Blicke wanderten unaufhörlich zwischen der Zeichnung und der Schrift hin und her. Jetzt, jetzt hatte ich es, jetzt hatte ich mir eingeprägt, was Vater geschrieben hatte: *Das ist eine Eiche.* Ich griff nach Vaters Skizze und legte mir diese Skizze auf den Schoß. Dann setzte ich den Bleistift an und schrieb unter Vaters Zeichnung: *Das ist eine Eiche.* Vier Worte, ein Punkt.

Vater starrte auf das Blatt, das ich beschrieben hatte, dann schaute er mich an. Was war mit mir los? Konnte ich mir etwa die Buchstaben und Worte merken? Behielt ich sie, wenn man sie mir aufschrieb, im Kopf? *Gut*, sagte er, *sehr gut! Du kannst Dir die Buchstaben merken? Du hast sie im Kopf?* Ich nickte und nickte, ja, wenn es darauf ankam, konnte ich mir alles merken. Wenn die Buchstaben und Worte unter einer Zeichnung oder einem Bild standen, konnte ich mir sogar jede Einzelheit merken. Ich stellte mir einfach die Zeichnung vor, die Zeichnung der Eiche, wie sie da mit ihren leicht verkrüppelten Ästen und Zweigen wie eine leicht aus den Fugen geratene Skulptur vor mir auftauchte! Zu genau dieser Zeichnung gehörte der Satz *Das ist eine Eiche*. Eine Zeichnung, vier Worte, ein Punkt. So war das, und es war wirklich ganz einfach.

Komm mal mit!, sagte Vater und stand sofort auf. Er schaute in die Umgebung, und dann gingen wir rasch durch die ins Tal abfallenden Eichenwälder und kamen schließlich unten an dem kleinen Fluss an, der auf unseren Hof zufloss. *Siehst Du die Bäume da drüben?*, fragte Vater, und ich nickte. *Das sind Buchen*, sagte Vater, *geh hin und setz Dich neben sie und zeichne eine Buche! Und dann bringst Du mir Dein Blatt!*

Jetzt ging es voran, jetzt, dachte ich, geht es voran, jetzt habe ich alles verstanden, jetzt lerne ich schreiben, lesen und zeichnen, jetzt lerne ich alles. In ein paar Tagen werde ich das alles können, alles, einfach alles! Ich werde Vater beweisen, dass es Spaß macht, mit mir unterwegs zu sein, ich werde die Namen aller Bäume und Pflanzen lernen, ich werde lernen!

Ich setzte mich neben eine Buche und betrachtete sie genau: Die Stämme waren viel glatter und schwerer als Eichenstämme, sie steckten massiv in der Erde, und die Äste breiteten sich aus wie Schwingen, so weit und leicht! Und dann die Blätter! Nicht dieses gezackte Gerippp, sondern spitz zulaufende Zungen mit feinen Maserungen! Ich musste nur genau hinschauen, dann war es einfach, eine Buche genau zu zeichnen.

Als ich fertig war, brachte ich Vater das Blatt, er warf einen Blick darauf, dann sagte er *Donnerwetter, das ist wirklich gut, gut so!,* und dann schrieb er unter meine Buche: *Das ist eine Buche.* Vier Worte, ein Punkt. Danach aber zeichnete er noch im Stehen ebenfalls eine Buche und reichte mir das Blatt, und ich schrieb unter Vaters soeben gezeichnete Buche: *Das ist eine Buche.*

Ich sehe Vater vor mir, wie er einen kleinen Schritt zurück macht und mich anschaut, ich sehe, wie er sich mit der rechten Hand über den Kopf fährt, als wäre er ins Schwitzen geraten oder als wollte er die zerzausten Haare wieder glatt streichen. Und ich höre ihn wie damals, wie genau in diesem Moment, sagen: *Moment mal!*

Ich stehe ihm kaum einen Meter gegenüber, ich lasse die Arme hängen, in meinem Kopf tobt es ein wenig, aber ich will mich jetzt unbedingt beherrschen und keinerlei Schwäche zeigen. Vater hat *Moment mal!* gesagt, das verstehe ich gut, denn auch ich habe so ein *Moment mal!* im Kopf. Zum ersten Mal habe ich eine Reihe von Worten ordentlich und dazu noch aus dem Kopf aufgeschrieben. Ich habe sie aufgeschrieben, jawohl, ich habe sie aber keineswegs abgeschrieben, nein, ich kann anscheinend Worte aufschreiben, wenn ich die dazugehörenden Gegenstände vor mir sehe, ich kann aber keine Worte von irgendwo, zum Beispiel von einer Schultafel abschreiben, weil ich sie dann nicht richtig erkenne und erst recht nicht verstehe ...

Was ich hier nachvollziehe, ist das geheime und allen anderen bisher verborgen gebliebene Programm meines Gehirns. Es ist ein Programm, das die meisten anderen Kinder nicht haben, es ist ein gestörtes, unübliches, aber keineswegs unbrauchbares Programm. Man kann mit diesem Programm etwas anfangen, man muss es nur genau kennen. Spricht man mich auf dieses Programm an, arbeite ich sehr genau und exakt, fordert man mich auf, mit diesem Programm zu arbeiten, arbeite ich wie ein Teufel.

Das Problem ist nur, dass ich dieses Programm natürlich *nicht* genau kenne. Ich begreife nicht, was in meinem Gehirn geschieht, ich weiß nicht, wie es gebaut ist und was es kann und nicht kann. Nun aber steht mir mein Vater gegenüber, der gerade einige Strukturen und Zusammenhänge dieses Programms zu erkennen und zu begreifen scheint. *Moment mal!*, hat er gesagt, und jetzt arbeitet es in ihm. Ich sehe es deutlich, und ich halte still, als stünde ich da, um fotografiert oder geröntgt zu werden.

Der Blick meines Vaters! Ich sehe ihn, wie er auf mir ruht und wie es im Kopf meines Vaters arbeitet. *Was ist mit dem Kind? Wie stellt das Kind sich etwas vor? Wie begreift es? Wieso kann es plötzlich schreiben, nachdem es wochenlang nur gekritzelt und keinen vernünftigen Satz geschrieben hat?*

Ich habe das Glück, einem mathematisch und daher in Programmen geschulten Vater gegenüberzustehen. Dieser Vater ist darin geübt, sich den Zugang zu einem Problem durch ein Ausschließungsverfahren zu ebnen. Wenn dieses oder jenes gilt, dann gilt dies oder jenes nicht. So ist das und nicht anders. Der Junge kann dieses oder jenes, unter diesen oder jenen Bedingungen. Sonst geht es nicht, sonst geht es auf keinen Fall.

Ich sehe, wie es Vater allmählich dämmert. Er nimmt sich erneut ein Blatt vor und schreibt auf das Blatt: *Das ist Roggen.* Er zeigt mir den Satz und liest ihn laut vor, dann dreht er das Blatt um und bittet mich, den Satz hinzuschreiben. Als ich den Bleistift ansetzen will, bemerke ich sofort, dass ich den Satz nicht mehr im Kopf habe. Ich sehe den Satz nicht, er ist verschwunden, mein Gehirn hat den Satz nicht gespeichert, sondern sofort wieder gelöscht. Warum tut es das? Warum kann ich mir den Satz nicht einprägen wie die anderen Sätze?

Als ich auf das leere Blatt starre und mir die Worte nicht einfallen, beginne ich plötzlich heftig zu weinen. Ich weine, weil ich Vater um keinen Preis enttäuschen will. Gerade ging alles noch gut, gerade wurde ich noch von ihm gelobt, jetzt aber ist alles schon wieder vorbei, und mein Kopf ist der blöde Kopf, über den sich meine Mitschüler immer so lustig gemacht haben. Ich schmeiße den Stift auf den Boden, ich gebe auf, wahrscheinlich bin ich eben doch der Idiot, für den man mich in der Schule immer gehalten hat.

Aber ich sehe meinen Vater, wie er mich regungslos anstarrt, als dämmerte es ihm weiter. *Neinnein!*, sagt mein Vater, *neinnein, Johannes! Du brauchst nicht zu weinen, es ist alles in Ordnung! Jetzt beruhige Dich und mach genau, was ich Dir sage, hörst Du? Wir sind der Sache jetzt auf der Spur, wir sind nahe dran, jetzt geben wir beide nicht auf, jetzt schaffen wir es!*

Vater bückt sich und drückt mir den Stift in die Hand, Vater steht da mit angehaltenem Atem und überlegt. *Jetzt machen wir noch ein Experiment*, sagt Vater, *jetzt machen wir ein anderes, schwieriges Experiment! Streng Dich an und denk an nichts anderes! Denk nur daran, was ich Dir sage!*

Ich will gehorchen, ganz unbedingt, ich wische mir die Tränen ab und stehe still. Vater ist dabei, das Rätsel meines Idioten-Kopfes zu lösen, Vater ist ganz nahe dran! Was aber kommt jetzt? Was soll ich tun?

Johannes! Ich singe Dir jetzt den Anfang des kleinen Chorals vor, den Du heute morgen gespielt hast. Du weißt, was ich meine? Ich meine den kleinen Choral, den Du jeden Morgen als Erstes spielst.
Ja, ich weiß, ich weiß, was Vater meint. Manchmal singt Vater diesen Choral in der Kirche, auch Vater kennt diesen Choral bis in die letzte Note, er singt ihn sehr laut und mit großer Andacht, es ist einer von Vaters Lieblingschorälen. Ihm zuliebe spiele ich diesen Choral

manchmal morgens als Erstes, und meist kommen dann noch einige von seinen Verwandten hinzu und hören sich den Choral an und schlagen das Kreuzzeichen, bevor sie nach draußen gehen.

Onkel Hubert hat gesagt, der Choral sei unser Morgengebet, ich solle ihn ruhig weiter an jedem Morgen spielen. Ein gespielter Choral ist besser als ein Gebet, denn vielen auf dem Hof fällt das Beten außerhalb der Kirche nicht leicht. Es ist ihnen peinlich, in der Gastwirtschaft oder draußen im Garten zu stehen und zu beten, deshalb kommt der Choral ihnen gelegen. Sie hören zu und beten still mit, dann gehen sie zur Arbeit, den Text des Chorals wie ein stilles Gebet noch im Kopf.

Ich nicke, ich weiß, welchen Choral Vater meint. Und dann höre ich Vater singen, diesmal nicht sehr laut, sondern verhalten: *Jesu bleibet meine Freude, Jesu bleibet meine Zier …*

Schon als Vater mit dem Singen beginnt, nicke ich wieder. Ich habe verstanden, es ist alles klar, ich weiß genau, welchen Choral Vater meint. Was aber kommt als Nächstes? Was will Vater mit diesem Choral?

Nach dem Singen der ersten Takte des Chorals nimmt Vater erneut ein Blatt Papier. Ich sehe, wie er einige Striche untereinander zieht, einen, zwei, noch zwei, noch einen, Vater hat fünf Striche gezeichnet, ich habe genau mitgezählt. Dann dreht er das Blatt um und reicht es mir: *Johannes! Das sind Notenlinien. Du kennst solche Linien, es sind fünf, das weißt Du. Kannst Du die Noten zu dem Choral hinschreiben, den ich gerade gesungen habe, kannst Du das etwa?*

Was soll ich?! Ich soll die Noten aufzeichnen, die zu dem Choral gehören? Die Noten, die ich spiele, wenn ich den Choral spiele? Aber warum soll ich das? Und warum glaubt Vater, dass ich so etwas nicht kann? Ich kann vielleicht noch keine Wörter und Buchstaben schreiben, doch Noten, die kann ich natürlich aufschreiben. Es hat mich nur noch niemand darum gebeten, kein Mensch hat sich für die Noten in meinem Kopf interessiert.

Ich nehme Vater das Blatt aus der Hand und setze mich auf den Boden und notiere die Noten, die Vater gerade gesungen hat. Dann gebe ich ihm das Blatt zurück.

Vater starrt auf das Blatt, ich sehe Vater jetzt auf das Blatt starren. *Das sind die Noten, Johannes? Das sind genau die richtigen Noten und nicht irgendwelche Noten, die Du Dir bloß ausgedacht hast?*

Ich schüttle den Kopf und schaue Vater in die Augen, ohne den Blick ein einziges Mal abzuwenden. Ich schaue und schaue, ich warte darauf, dass Vater die Noten singt, die ich gezeichnet habe. Und dann macht er es wirklich. Vater blickt auf die Noten und singt, er singt leise und vorsichtig, als kennte er das Stück nicht genau, dann aber, zum Ende hin, legt er zu und erreicht die Zielgerade dann schnell.

Hast Du alle Noten im Kopf, die Du gespielt hast?, fragt Vater, und ich nicke sofort. Ja, ich habe alle Noten, die ich gespielt habe und spiele, im Kopf. Es ist ganz einfach, sie im Kopf zu haben, wenn man sie immer wieder geübt und dann auch in den Fingern hat. Ich vergesse sie nicht. Was ich gespielt und lange geübt habe, habe ich genau im Kopf, ich sehe es vor mir, ich sehe Note für Note, das ganze Stück rollt in meinem Kopf ab, wenn ich es abrufe: als würde ich es gerade spielen, als hätte ich es ausgedruckt vor mir.

Das ist fantastisch, sagt Vater, *das ist eine ganz seltene Gabe, die Du da hast!* Ich höre genau, was er sagt, aber ich begreife es noch nicht so richtig. Was für eine Gabe soll ich haben? Was ist das Fantastische daran?

Vater wirkt jetzt so, als habe er eine große Entdeckung gemacht. Noch nie habe ich erlebt, dass er mit sich selbst spricht, jetzt aber tut er das, er spricht mit sich selbst, ununterbrochen, er murmelt es vor sich hin, als könnte er es nicht mehr für sich behalten: *Das ist unglaublich. Das Kind hat alle Noten im Kopf. Und niemand hat etwas davon gemerkt. Unfassbar. Nicht zu fassen. Dabei hätte man doch darauf kommen können, irgendwie hätte man darauf kommen können, aber wie? Wie hätte man darauf kommen können?*

Ich bemerke, dass Vater den anderen von seinen Entdeckungen erzählen möchte, so schnell gehen wir jetzt in Richtung des Hofes. Es ist aber noch etwas früh, die meisten sind noch nicht von der Feldarbeit zurück. Deshalb werden wir dann doch wieder etwas langsamer und schließen noch einige Übungen an. Das Getreide! Nein, es gibt kein Getreide, sondern nur Hafer, Weizen und Gerste. Also suchen wir auf den Feldern danach, und dann zeichnet Vater die Getreidesorten einzeln und schreibt darunter: *Das ist Hafer. Das ist Weizen. Das ist Gerste.*

All das ebenfalls zu schreiben, ist für mich kein Problem, wenn ich die Sachen vorher gezeichnet habe. Ich muss sie zeichnen, dann sehe ich sie, und wenn ich sie richtig und deutlich sehe, sehe ich auch den Satz, der zu den Zeichnungen gehört.

Die Haferkörner zum Beispiel stecken in winzigen Mänteln, und die dicht geschlossenen Mäntel hängen an Stielen, die im Wind baumeln und sich im Wind wie ein Mobile drehen. Die Weizenkörner dagegen sind mantellos dick und nackt und kauern dicht an- und nebeneinander, als frören sie. Die Gerstenkörner schließlich sind nicht so rund wie die Weizenkörner, sondern viel schlanker und länglicher. Sie haben lange, sehr lange, in den Himmel schießende Haare, so dass ein Gerstenfeld von Weitem wie ein schön gebürsteter Haarkopf aussieht, der im Wind langsam hin und her schwankt.

Wenn ich die Dinge so vor mir sehe und sie mir ganz aus der Nähe genau anschaue, sehe ich deutlich ihr Bild. Ich präge mir dieses Bild ein, und wenn ich es mir eingeprägt habe, kann ich es mit den Buchstaben und Worten verbinden. In dieser Reihenfolge bringt mein Gehirn etwas zustande, in dieser Reihenfolge arbeitet vorläufig anscheinend mein idiotischer Kopf!

Als Vater gesehen hat, dass ich auch mit Hafer, Weizen und Gerste zurechtkomme, schaut er sich nach weiterem Material für meine Übungen um. Ich sehe, wie sein Blick jetzt über die Felder und an den Wegrändern entlang fliegt, und ich glaube zu sehen, dass Vater der Übermut packt. *Wir machen mit den Kornblumen weiter*, sagt er leise, *mit Kornblumen und Mohn, mit Rittersporn und den verdammten Ackerwinden.*

Ich verstehe nicht, warum die Ackerwinden diesen Fluch abbekommen, ich weiß noch nicht, dass sie sich oft um die Getreidehalme winden und sie ersticken. Was das *verdammt* bedeutet, ist mir im Moment auch egal, ich weiß nur, dass ich das alles und noch viel mehr zeichnen und aufschreiben werde, Tag für Tag, bis ich die ganze Umgebung gezeichnet und aufgeschrieben habe ...

Als wir später in die Gastwirtschaft zurückkommen, trennt sich Vater von mir. Ich gehe hinab zum Fluss und löse einen der Knechte hinter dem Tisch ab, auf dem die Kasse für die Bootsfahrten steht. *Das ist ein Boot.* Nein. *Das ist ein Kahn.*

In meinem Kopf beginnt es zu arbeiten. Mir fehlen jetzt die Zeichnungen und die Worte. Stattdessen spricht es unaufhörlich in mir, satzweise, ein Satz nach dem andern. *Das ist ein Baum. Nein. Das ist eine Weide. Und das ist eine Pappel. Pappeln sind viel schlanker und größer als Weiden. Weiden stehen selten so schlank und schön in einer Reihe hintereinander wie Pappeln. Weiden ducken sich an das Ufer, Pappeln stehen stramm. Ich beginne die Welt zu erkennen, ich beginne, sie zu verstehen, ab jetzt werde ich sie zeichnen und die richtigen Worte dazu notieren. Ich bin kein Idiot, ich war nie ein Idiot. Ich werde Mutter und Vater beweisen, dass ich kein Idiot bin. Ich habe alle Noten, die ich bisher gespielt habe, im Kopf. Mein Kopf ist nicht durcheinander, sondern nur anders. Bald werde ich wieder in die verdammte Schule gehen und allen zeigen, was ich alles so kann. Ich werde alles, was es hier zu sehen gibt, im Kopf haben, ich werde schreiben und lesen können. Auch das Sprechen werde ich noch lernen. Wenn ich sprechen kann, werde ich endlich zu den anderen gehören. Man wird mich nicht mehr unterscheiden, man wird mich nicht von den anderen trennen. Im Gegenteil, ich werde die anderen unterhalten, ich werde Klavier spielen und die anderen unterhalten. Und dann werden wir zusammen spielen. Ich werde mit den anderen Kindern und mit den Erwachsenen spielen. Dort unten auf der Wiese steht ein Vogel. Nein. Das ist ein Fischreiher. Ich mag Fischreiher sehr. Irgendwann wird der Fischreiher sich mit zwei, drei Flügelschlägen erheben und dann über den Fluss gleiten. Ich möchte mich bewegen können wie ein Fischreiher. Ich möchte manchmal ein Fischreiher sein, aber ich bin noch kein Fischreiher, sondern ich bin Johannes Catt, der Sohn meines Vaters, Josef Catt, und der Sohn meiner Mutter, Katharina Catt. Bald werde ich wieder gesund sein, dann kann meine Mutter hierherkommen. Meine Mutter wird sich freuen, mich gesund zu sehen. Ich werde ihr helfen, auch gesund zu werden. Wir werden es schon noch schaffen. Wir Catts, irgendwann werden wir alle gesund sein, und niemand wird uns weiter für verrückt oder für idiotisch halten. Das ist ein schöner Tag, das ist einer der schönsten Tage, die ich bisher erlebt habe. Seit dem Tag, als ich zum ersten Mal auf dem Klavier spielte, ist dies der schönste Tag. Es gibt auch schöne, sehr schöne Tage, an denen man kein bisschen traurig ist. Es gibt auch Tage ohne Traurigkeit, die gibt es. Heute ist so ein Tag. Ich freue mich. Ich werde mir niemals das Leben nehmen, nein, das werde ich nicht. Ich werde nicht einmal mehr daran denken, ob ich mir das Leben nehmen sollte. Es gibt keinen Grund, sich das Leben zu nehmen, wenn man gesund ist und wenn die anderen einen mögen. Hier auf dem Hof mögen mich die anderen. Ich werde ihnen zeigen, was ich jetzt so alles kann. Ich freue mich sehr, ich freue mich.*

18

SEIT VATER entdeckt hatte, wie es in meinem Gehirn aussah und wie es im Einzelnen arbeitete, gingen wir bei unseren weiten, tagelangen Spaziergängen in der Umgebung des Hofes gezielter vor. Wir durchstreiften die Gegend nicht mehr nach Lust und Laune, sondern bewegten uns viel langsamer und gezielter als zuvor durch bestimmte Zonen der Landschaft.

Aus dem Schreibwarenladen des Dorfes hatte Vater schwarze, handliche Kladden mit weißen Blanco-Seiten kommen lassen, die ich während unserer Spaziergänge dabei hatte und in die ich zeichnete und schrieb. Daneben aber gab es noch größere Kladden mit feinen Linien und dicken Strichen in der Mitte jeder Seite, auf deren linke Hälfte ich zeichnete, während auf die rechte die zu den Zeichnungen gehörenden Worte hinkamen.

Nach dem Abendessen setzte ich mich bei gutem Wetter nach draußen an einen Gartentisch, um all das, was ich tagsüber in die kleinen Kladden gezeichnet und geschrieben hatte, noch einmal in die großen Kladden zu übertragen. Die kleinen Kladden waren Notizhefte, die großen waren für die Reinschrift. So entstand das System von Beobachten, Zeichnen und Schreiben und wuchs von nun an jeden Tag etwas mehr.

Bei all unseren Wanderungen kam mir dabei sehr zugute, dass ich seit den frühsten Kindertagen genaues Beobachten gelernt hatte. Die vielen, endlosen Stunden mit der Mutter auf Bänken am Rhein, das lange Stehen in den kleinen Läden und Geschäften in der Nähe unseres Wohnhauses in Köln, das Ausharren neben Vater in der *Kappes*-Wirtschaft – all diese stillen und meist regungslos verbrachten Wartezeiten hatten dazu beigetragen, dass ich mir die Umgebung lange angeschaut und mich in ihre Einzelheiten vertieft hatte.

Ich hatte lauter Bilder im Kopf, unendlich viele Bilder mit den kleinsten Einzelheiten – nur wusste ich nicht, wie man diese Einzelheiten benannte und wofür sie da waren. Alles um mich herum und auf meinen Bildern war rätselhaft und unverständlich geblieben, denn kein Mensch hatte mir ja bisher erklärt, warum es dieses oder jenes Ding gab, wofür man es brauchte und wie man es benutzte. So war mein Leben wie ein stummes Durch-wandern langer Museumsfluchten mit lauter Bildern an den Wänden gewesen, zu denen mir jede Unterschrift und jede Erklärung gefehlt hatten. Ich hatte so exakt und genau beobachtet wie vielleicht kaum ein anderer, und doch hatte ich mit all meinen Beobachtungen nichts anfangen können.

Jetzt aber gingen Vater und ich so vor, dass wir immer andere Teile der Landschaft *studierten*. Das Studium be-stand darin, sich alles, aber auch alles genauer anzu-schauen und es mit Hilfe der Zeichnungen in eine Kladde zu übertragen. Zu den Zeichnungen wiederum gehör-ten Vaters Kommentare, die er meist vor sich hin mur-melte, denn er hatte sich seit Neustem angewöhnt, seine Gedanken nicht mehr nur für sich zu behalten, sondern sie auch auszusprechen.

So kam es immer häufiger vor, dass mein mit sich selbst

sprechender Vater und sein weiter sprachloser Sohn ein merkwürdiges und auf Außenstehende bestimmt komisch wirkendes Duo abgaben, das sich wie ein botanischer, in seine Forschungen verbohrter Trupp durch die Landschaft bewegte. Sprach der eine unaufhörlich mit sich selbst, so schien der andere darauf gar nicht zu achten, sondern seinen eigenen Gedanken nachzuhängen. Dem war aber keineswegs so, denn ich hörte meinem Vater sehr wohl aufmerksam zu, ja ich war ihm dankbar dafür, dass er mich endlich an seinen Ideen und seinem Wissen teilhaben ließ.

Viele Jahre später hat Vater mir gegenüber einmal zugegeben, dass sein sehr spärliches Sprechen und Reden in meinen ersten Kinderjahren ein schwerer Fehler gewesen sei. Im Grunde habe er mit der Mutter und mir ja immer nur das Nötigste gesprochen, dabei sei er doch der Einzige gewesen, der etwas Sprache in unseren Haushalt hätte bringen können. Er habe uns zwar durchaus dieses oder jenes mitgeteilt, nicht aber wirklich flüssig und viel gesprochen. Der Grund dafür sei gewesen, dass er einfach nicht auf den Gedanken gekommen sei, mit sich selbst zu sprechen. Dabei wäre genau das doch das Einfachste und für mich Richtigste gewesen: wenn er ununterbrochen mit sich selbst gesprochen und mir dadurch näher gebracht hätte, was ihm gerade so durch den Kopf ging.

Dass er nicht laufend mit sich selbst gesprochen habe, sei andererseits aber leicht zu erklären. Auf dem Land gelte jeder, der laufend mit sich selbst spreche, als nicht ganz normal oder sogar als verrückt. Deshalb sei es für ihn ausgeschlossen gewesen, mit sich selbst zu sprechen, er habe so etwas einfach nicht gekonnt, ja er habe es, ganz im wörtlichen Sinn, einfach nicht *über die Lippen gebracht.*

Seit Vater und ich nun aber zusammen *die Landschaft studierten*, brachte er sehr wohl über die Lippen, was er zu alldem um uns herum zu sagen hatte. Heute vermute ich sogar, dass er auf dieses Reden und Erklären durch seine Arbeit als Geodät sogar beinahe auf ideale Weise vorbereitet war. Ganz ähnlich nämlich wie im Umgang mit seinen Mitarbeitern und Gehilfen kam es darauf an, Menschen, die nicht auf dem Land und damit inmitten von Natur groß geworden waren, die Natur zu erklären. *Schau mal her ...– das hier ist ...–* so lauteten die Fundamentalsätze dieser Sprache, die alles in eine Sprachlehre mit unendlich vielen detaillierten Eintragungen, Geschichten und Redeweisen verwandelten.

Auf diese Weise ergänzten wir uns und arbeiteten die ganze Zeit eng zusammen, obwohl wir uns doch nicht so wie andere Menschen miteinander unterhalten konnten. Ich schaute genau hin und prägte mir die Details der Dinge ein, und Vater erklärte und erläuterte ununterbrochen.

Endlich lernte ich, dass all das, was uns umgab, nicht einfach *eine Landschaft* oder – noch viel allgemeiner – *die Natur* war, sondern dass Landschaft und Natur aus vielen kleinen Bezirken und Bereichen bestanden, in denen es jeweils nur ganz bestimmte Pflanzen, Bäume und Tiere gab. Die Pflanzen, Bäume und Tiere waren also nicht einfach willkürlich und grundlos an die Orte geraten, an denen sie sich befanden, sie standen vielmehr miteinander in enger Verbindung.

Die Entdeckung, dass die Welt um einen herum nicht einfach seit ewigen Zeiten so da ist, sondern in kleinste Bereiche zerfällt, die sich von anderen Bereichen unterscheiden und damit Eigenheiten aufweisen, die erst allmählich entstanden sind — diese Entdeckung machte ich während dieser Wanderungen und Spaziergänge mit meinem Vater zum ersten Mal.

Ich empfand diese Entdeckung als so aufregend, dass ich von den neuen Worten und all den Erklärungen gar nicht genug bekommen konnte. In meinem Kopf löste der frisch entdeckte Wissensstoff ein angenehmes, anhaltendes Kribbeln aus, das ich, sobald die Wissenszufuhr ausblieb, selbst zu erzeugen versuchte, indem ich die Augen schloss und mir einige besonders seltsam klingende Namen oder Worte im Stillen vorsagte.

Später hat mir Vater einmal einen kleinen Plan gezeigt, den ich damals auf dem Hof gezeichnet und auf dem ich beinahe seine gesamte Umgebung festgehalten habe. Dieser Plan bestand aus mehreren miteinander verklebten und auseinanderklappbaren Blättern und Seiten, auf denen eine kindliche, naive Hand mit den verschiedensten Buntfarben lauter kleine Reviere abgesteckt hatte. Es gab die Kahn-, Fischreiher-, Schwimm- und Fischreviere, es gab die Reviere der Auwälder in der Nähe meines Sees, es gab die Buchen- und Nadelbaumreviere, es gab Jagd-, Pferde- und Kühe-Reviere, und es gab, über den ganzen Plan verstreut und mit punktierten Linien verbunden, die Reviere der Raubvögel, die mehrere der anderen Reviere überflogen und beherrschten.

War schon ein solcher Plan für mein damaliges Alter eine besondere Leistung, so faszinieren mich heute noch mehr die Zeichnungen und Einträge in den schwarzen Kladden, bei denen ich deutlich sichtbar Vaters minutiösen Zeichnungen nachgeeifert habe. Natürlich konnte ich nicht so gut zeichnen wie er, natürlich sah alles, was ich skizzierte, noch unbeholfen aus und war hier etwas zu dick aufgetragen und da noch etwas zu eckig und verschroben – wichtiger als diese Zeichenleistungen war, dass ich mir die Dinge um mich herum nicht mehr nur einprägte, sondern mir ihre besonderen Strukturen und Eigenheiten nun auch selbst erklären konnte. Hatte ich die Welt zuvor auf, wie man sagen könnte, blöde und einfache Weise als ein passives Medium erfasst, das alles aufsaugt, was man ihm vorsetzt, so begriff ich sie jetzt als eine Summe von kleinen Details, die zueinander gehörten.

Die Auwälder in der Nähe meines Sees zum Beispiel hatten einen weichen und lockeren, dunklen und oft feuchten Boden, der beinahe überall so dicht zugewachsen war, dass die grünen, niedrigen Pflanzen das herumliegende Unterholz überwucherten und an den Stämmen und Ästen der Bäume hinaufkletterten. Dieses Wuchern und Wachsen nannte Vater einen *Dschungel*, und er sagte weiter dazu, dass die Natur in einem solchen Dschungel *sich selbst überlassen* sei und deshalb *wild* wachse.

In meinen Augen brachte gerade dieses wilde Wachstum besondere Schönheiten hervor. Dazu gehörten die dichten Schlingsträucher, die sich in eleganten Spiralen an einem Stamm emporrankten oder auch der leicht und mühelos an jedem Baum in die Höhe kletternde Efeu, der an seinen Zweigen winzige Wurzeln ausbildete, mit denen er sich überall festklammern konnte. Besonders gut aber hatte ich mir den Namen der *Nachtschattengewächse* gemerkt, die in andere Büsche und niedrige Strauchpartien hineinwuchsen und sich dann allmählich so ausbreiteten, dass sie diese Büsche und Sträucher zudeckten.

Aronstab, *Goldstern*, *Springkraut*, *Schneeball* und *Geißblatt* – ich lernte lauter Worte, von denen ich mir nicht vorstellen konnte, dass auch die Kinder in der Schule sie bereits kannten. In meinen Augen waren es Worte, die genau zu den kleinen Zeichnungen passten, Worte also, die diese Zeichnungen nicht nur abbildeten, sondern zum Klingen brachten.

Manchmal näherte sich einer der Hofbewohner heimlich von hinten, wenn ich mit roten Ohren an meinem Gartentisch saß und meine *Hausaufgaben* machte. Dann beugte er sich vorsichtig über meine Schulter, so dass ich seinen Atem oder einen Windhauch spürte, und begann, leise einige der Worte zu entziffern und zu flüstern, die ich gerade aufgeschrieben hatte.

Ich weiß noch genau, wie sehr mich dieses Flüstern und Säuseln erregte, es war, als wäre ich ein Zauberer, der lauter geheime und fremde Wörter notierte, die den anderen nicht geläufig waren, dabei aber magische Wirkungen hatten. *Silberpappel* zum Beispiel war ein solches Wort, *Silberpappel* hörte ich über die Maßen gern, denn das Flüstern dieses Wortes löste bei mir einen Schauer aus, der vom Nacken den ganzen Rücken hinab bis zum Becken reichte.

Ich verhielt mich vollkommen regungslos, wenn ich ein solches Schauerwort hörte, ich tat nur noch so, als wollte ich weiterschreiben und als hörte ich nichts, und ich spitzte, wenn sich der Flüsterer wieder entfernt hatte, die Lippen, als könnte ich das geheimnisvolle Wort nachbilden und aussprechen.

Konnte ich? Konnte ich all diese Klänge und Laute etwa längst insgeheim nachsprechen? Nein, noch war es nicht so weit, noch immer war etwas in mir blockiert und gehemmt. Und doch geschah gerade etwas sehr Wichtiges: Mit jedem neuen Tag hörte ich die Sprache ein wenig mehr klingen. Es waren keine beliebigen Worte und Sätze, die ich zu hören bekam, sondern Worte, die zu den Dingen gehörten und daher eine unverwechselbare Klanggestalt hatten. Deshalb begann ich ja nun auch, bestimmte Worte zu mögen und sie im Stillen immer wieder zu wiederholen. *Nachtschattengewächse* und *Silberpappel* gehörten zu diesen magischen Worten, neben denen es noch die gewöhnlichen, die langweiligen und die verrückten Worte gab.

Ich hatte also damit begonnen, die Worte zu unterscheiden, und mit diesem Unterscheiden war der Anfang des Sprechens gemacht.

19

AN ALL diesen Tagen, an denen ich so große Fortschritte machte, hörte ich von Mutter nichts. Ich vermutete, dass sie Vater und mir Briefe oder wenigstens doch einige Karten schickte, aber ich bekam solche Post nicht zu sehen. Wenn ich an sie dachte, hatte ich sofort das Bild der Kölner Wohnung vor mir, das mir allmählich jedoch immer fremder wurde. Warum hatten wir so viele Stunden am Tag in dieser Wohnung verbracht, anstatt hinauszugehen und die ganze Stadt zu erforschen?

Mutter hatte immer den Eindruck erweckt, als fühlte sie sich nur in der Wohnung sicher und wohl und als wäre alles, was man im Freien zu sehen bekam, fremd und gefährlich. Als kleines Kind hatte ich mich ihrem Gefühlshaushalt angepasst, ich hatte genauso empfunden wie sie, jetzt aber, wo ich ein anderes, freieres Leben kennenlernte, kamen mir die langen Jahre in der Kölner Wohnung vor wie Jahre in einem Versteck oder, schlimmer noch, in einem Gefängnis, aus dem es irgendwann keinen Weg ins Freie mehr geben würde.

Denn darauf, mich beinahe vollständig an sie zu binden, hatte Mutter von Anfang an alles angelegt. Der kleine Johannes — das war *ihr Junge*, *ihr Kind* und damit das Wertvollste, was von der Vergangenheit übrig geblieben war. Einen solchen Schatz hütete sie Tag und Nacht mit der größten nur denkbaren Wachsamkeit, nichts anderes durfte es zwischen ihr und ihrem Kind noch geben, nichts anderes durfte es beschäftigen und interessieren. Selbst der Vater näherte sich dem großen und einzigen Schatz ja nur auf eine gewisse Distanz und hatte zu ihm nicht denselben innigen Kontakt wie die Mutter. *Mutter und einziger, übrig gebliebener Sohn* – das war kein Bild von zwei Menschen, sondern eine mit allen Kräften und Klauen verteidigte und geschützte Symbiose.

Nur das große Elend, das ich in der Schule erlebt hatte, hatte sie bewegen können, mich freizugeben und mit Vater auf das Land ziehen zu lassen. Die Mutter-Sohn-Symbiose hatte erste, schwere Risse bekommen und war nicht einfach wieder zu erneuern gewesen. Meine Mutter hatte die Trennung hingenommen, ich bin mir jedoch bis heute nicht sicher, ob sie während ihrer einsamen Tage in Köln nicht darauf gewartet hatte, mich wieder ganz zu sich nehmen und für sich behalten zu können.

Im Westerwald aber erfuhr ich, wie gesagt, von ihren Gefühlen und Gedanken nichts, Vater sorgte dafür, dass ich ihre Post gar nicht erst zu lesen bekam. Für diesen harten, rigorosen Kurs hatte er sich offenbar entschieden, als er meine Fortschritte bemerkt hatte. Sein *Programm* schlug an und ebnete dem einzigen, übrig gebliebenen Sohn erste Pfade und Wege in die Freiheit – dem sollten keine Rückblicke auf die letzten Jahre und keine Gefühlsausbrüche meiner Mutter entgegenwirken.

Ich aber tat so, als machte mir Mutters Abwesenheit nichts aus. War es aber so, war es wirklich so? Einerseits spürte ich wohl instinktiv, dass es mit Mutter und mir nicht weitergehen konnte wie bisher. Wenn wir zusammen waren, nahmen wir mit niemand anderem Kontakt auf, wir igelten uns ein und berauschten uns an dem, was nur uns beiden gefiel und behagte. Andererseits aber liebte ich meine Mutter, ich liebte das ruhige und angenehme Zusammensein mit ihr, ich liebte es, wie sie mit den Gegenständen und Dingen umging, ich liebte ihren Geruch, der etwas Altertümliches und Feierlich-Schweres hatte, ja im Grunde liebte ich alles an ihr, selbst ihre Kleidung, selbst ihre Bewegungen. Seit meinen Kleinkindtagen hatten meine Augen vor allem ihre Gestalt und ihre Gesten im Blick gehabt, abgeschirmt von allzu vielen anderen, fremden Eindrücken, vollkommen fixiert auf die Nähe zu einer einzigen Person, von der ich mir alles Glück und alle Freude versprach.

Die Liebe zu ihr und zu allem, womit sie sich umgab, war also die stärkste Verlockung meines bisherigen Lebens. Nichts, außer dem Klavier, hatte bisher gegen diese Verlockung ankommen können. Die Gefahr, die diese Verlockung bedeutete, bestand jedoch darin, dass mein eigener Wille und meine eigenen Gefühle mit der Zeit ausgelöscht wurden. Ich hatte es ja jedes Mal gespürt, wenn ich aus der Schule nach Hause zurückgekommen war. Mit dem Betreten der Wohnung war ich wieder eingetreten ins Mutter-Reich, und mit diesem Eintritt hatte ich beinahe alles vergessen, was ich am Vormittag wahrgenommen hatte.

In einem solchen Haushalt konnte ich nichts lernen außer Klavier zu spielen, aber auch dann machte ich ja nicht meine eigene Musik, sondern spielte im Grunde nur die meiner Mutter. Alles, was ich spielte, klang in ihren Ohren wohl wie eine Fortführung der seltsamen Melodien und Gesänge, die sie so gern hörte, sie hatte selbst am Klavier solche Melodien zu spielen versucht, jetzt aber hatte ich mich an ihre Stelle gesetzt und brachte zum Klingen, was sie am liebsten selbst zum Klingen gebracht hätte.

Letztlich bestand die besondere Art der Verlockung, die von der intensiven Nähe zu ihr ausging, vielleicht darin, überhaupt nicht mehr handeln zu müssen. Ja, im Ernst: Das tiefste Moment dieser Verlockung war vielleicht die Verführung zu einer vollkommenen Passivität, zu einem Dahindämmern bei einigen Tassen Tee, einem Musikhören seltsamer Arien, einem Umblättern von Buch- und Zeitschriftenseiten.

Sich nicht mehr zu rühren, dabei aber die Nähe des anderen ununterbrochen zu wittern und zu spüren – darin bestand das *Programm* meiner Mutter, das mir das Leben auf Dauer verführerisch leicht gemacht hätte. Längst war ich ja bereits mit den besonderen Stoffen und Atmosphären dieses Programms geimpft und hatte deshalb manchmal nicht mehr herausgefunden aus der Regungslosigkeit und dem stundenlangen Dasitzen und Lauschen.

So war ich ein idealer Kirchgänger geworden: Ein Kind, das sich selbst während der längsten Hochämter und Gottesdienste kaum regte, das geduldig kniete, aufstand und wieder hinkniete, das auf jedes Wort und jeden Klang lauschte und all diesen Gehorsam aus *Liebe zu Gott* leicht ertrug, weil die *Liebe zu Gott* ja nur eine höhere Stufe der *Liebe zur eigenen Mutter* war.

Was *Liebe* war, das also glaubte ich zu wissen. *Liebe* war das Wort, das in der Kirche am häufigsten vorkam, *Liebe* – das war die Liebe zu Gott und die Liebe zur Mutter. *Liebe* bestand darin, den eigenen Willen aufzugeben und an nichts anderes mehr zu denken als an Gott oder einen anderen Menschen. Wenn man so an Gott oder einen anderen Menschen dachte und ihn mit aller Kraft liebte, sah und spürte man nur noch den Einen oder die Eine. Was man dabei empfand, war *der Friede*. Im Frieden gab es nichts Störendes mehr, keine Vergangenheit, keine Zukunft. Der *Friede* war das, was man in der Kirche *die Ewigkeit* nannte. *Von Ewigkeit zu Ewigkeit*, so betete man ja jedes Mal in der Kirche, und *von Ewigkeit zu Ewigkeit* waren gewiss für ein Kind keine leicht verständlichen Worte.

Ich aber glaubte sie zu verstehen, denn *von Ewigkeit zu Ewigkeit* – das war nichts anderes als das Leben mit meiner Mutter. Wenn wir zusammen waren, lebten wir, als lebten wir in einer *Ewigkeit*, wir achteten nicht mehr auf die Stunden, wir ließen sie verstreichen, sie bedeuteten uns nichts. Irgendwann wurden wir darin unterbrochen oder etwas kam uns dazwischen, dann setzten wir eine Zeit lang mit der Ewigkeit aus. Doch wir hatten die nächste Ewigkeit schon im Kopf, ja wir dachten an sie über jedes kleine Hindernis einfach hinweg.

Wenn ich auf dem Land an Mutter dachte, erinnerte ich mich sofort daran. Aber ich hatte nun gelernt, mit welchen Mitteln ich dagegen ankommen konnte: Ich musste unterwegs sein, ununterbrochen, ich durfte nicht nachlassen, die Welt zu verstehen und zu begreifen. Bei diesem Verstehen und Begreifen ging es nicht um *Ewigkeiten*, sondern um die *Geschichte*. Die Welt und alle Wesen und Dinge auf ihr hatten eine *Geschichte*, das war das Gegenteil der *Ewigkeit* und bedeutete den Anfang des wirklichen Lernens.

Das alles hatte ich ja nun konkret erfahren und auch begriffen, meine Gefühle und meine Liebe zur Mutter jedoch hatte ich mit diesem Begreifen noch nicht völlig abtöten können. Jeden Tag dachte ich an sie, und immer waren diese Gedanken und Erinnerungen mit einem plötzlichen Erstarren verbunden, als berührte sie mich noch aus der Ferne und als wollte sie mich veranlassen, in meiner Arbeit und meinem Tun innezuhalten und mich wieder ganz auf sie zu besinnen. In solchen Momenten standen mir Tränen in den Augen, meine Zunge wurde trocken und das Schlucken fiel mir schwer. Es war wie ein fortwährender, noch längst nicht entschiedener Kampf, ein Kampf mit den alten Bildern und Schrecken, die ich anscheinend nicht loswurde, solange ich von Mutter nichts hörte und sie nicht sah.

Dann aber geschah etwas Merkwürdiges, denn an einem Abend nahm mich Vater beiseite und ging mit mir zu dem unterhalb des Hofes rauschenden kleinen Wehr, in dessen Nähe sich oft die dicken Gänse aufhielten. Ich verstand nicht, warum er mit mir dorthin ging, das Wehr galt als gefährlich und einmal hatte man sogar einen guten Schwimmer in höchster Not dort kurz vor dem Ertrinken aus dem Wasser gezogen. Wir gingen jedoch noch weiter als nur bis zum Wehr, wir ließen es hinter uns und standen dann weit unterhalb des Hofes, zu dem wir von einer tief gelegenen Wiese aus aufschauen konnten. Vater hatte eine Decke dabei und breitete sie aus, und ich vermutete, dass er mir jetzt wieder etwas erklären wollte.

Ich setzte mich zu ihm auf die Erde, ich schaute zu Hof und Gastwirtschaft hinauf, ich hörte das Wehr im Hintergrund rauschen, als ich bemerkte, dass Vater einen Brief dabeihatte. Ich hatte nicht sehen können, wo er ihn her hatte, er hielt ihn plötzlich in der Hand, als habe er ihn hervorgezaubert, und dann sagte er, dass dies ein Brief meiner Mutter sei und dass er mir diesen Brief jetzt vorlesen werde ...

Ich muss meine Erzählung hier kurz unterbrechen, denn ich muss zugeben, dass es mir nicht leichtfällt, diesen Brief, den ich ein Leben lang aufbewahrt und sogar hierher, mit nach Rom, genommen habe, wiederzugeben. Um ihn wiederzugeben, brauche ich nicht nach ihm zu schauen und ihn hervorzuholen. Es ist vielmehr tatsächlich so, dass ich diesen Brief auswendig kenne. Ich habe mich zu den verschiedensten Zeiten meines Lebens an ihn erinnert, manchmal nur an bestimmte Stellen, manchmal habe ich aber auch irgendwo auf der Welt an einem ruhigen Ort gesessen und mir die Sätze dieses Briefes im Stillen vorgesagt.

In diesem Brief gibt meine Mutter mich frei, ohne Wenn und Aber. Sie stellt keine Bedingungen mehr, sie tritt zurück. Mit jedem Satz löst sie den engen Kontakt zwischen uns, der uns am Ende beinahe erstickt hätte, ein wenig mehr auf. Ich vermute, dass es beinahe über ihre Kräfte ging, diesen Brief zu schreiben, und ich verstehe bis heute nicht, wie sie es überhaupt fertiggebracht hat, so etwas zu tun.

Ich kann mir nicht einmal vorstellen, wo sie diesen Brief geschrieben hat. In unserer Wohnung? An einem anderen, eher abgelegenen, einsamen Ort? Ich habe mit ihr niemals darüber gesprochen, wir haben über diesen Brief einfach nicht sprechen können. Mein Vater hat ihn mir langsam vorgelesen, und ich habe ihn dabei nicht angeschaut, sondern ununterbrochen auf den Hof und das Wehr geblickt. Während mein Vater las, habe ich begriffen, warum er diese besondere Stelle für das Vorlesen des Briefes ausgesucht hatte: Ich sollte den Ort im Blick behalten, an dem ich bereits so viel gelernt hatte, und ich sollte das Wehr dabei rauschen hören, damit ich nicht mitbekam, wie meinem Vater ab und zu die Stimme versagte.

Mein lieber Junge, wir haben uns nun schon seit einiger Zeit nicht mehr gesehen, und ich sehne mich jeden Tag danach, dass wir endlich wieder zusammen sind. Jeden Morgen gehe ich ohne Dich nach draußen, und immer wieder fragen mich die Leute in den Geschäften, ob Du krank bist, wo Du Dich aufhältst und wann Du wiederkommst. Für mich ist es nicht leicht, diese Fragen zu hören und durch sie auch noch von anderen darauf hingewiesen zu werden, wie sehr Du mir fehlst. Du fehlst mir sehr, ja, das weißt Du, in den ersten Tagen unserer Trennung habe ich es beinahe nicht ausgehalten ohne Dich und Vater einen Brief nach dem andern geschrieben, um ihn zu bitten, zu Euch kom-

men und mit Euch zusammen sein zu dürfen. Vater aber meinte, dass es für Dich, mein lieber Junge, besser wäre, einige Zeit ohne mich zu verbringen, und so habe ich mich gefügt, wenn auch nicht ohne so manche Träne. Geholfen haben mir schließlich aber die Nachrichten, die ich von Vater zu hören bekam: dass es Dir gut gehe, dass Du Dich vom ersten Tag an ohne jedes Aufmurren eingelebt hättest, dass Du morgens regelmäßig Klavier üben würdest und schließlich, dass Du angefangen hättest zu zeichnen und zu schreiben. Ich habe bemerkt, dass Vater stolz auf Deine Fortschritte war, ja, dass er sogar davon begeistert war, wie gut es mit Dir voranging. Mit der Zeit habe ich mir Vorwürfe gemacht, dass ich selbst in der Vergangenheit so wenig dazu beigetragen habe, dass Du etwas lernst und vorankommst. Im Grunde habe ich dazu überhaupt nichts beigetragen, nein, wirklich nicht, ich habe früher nicht einmal darüber nachgedacht, wie Dir etwas beizubringen wäre, und dass ich Dir nichts beigebracht habe, ist mir elenderweise sogar erst so richtig aufgefallen, als Du nicht mehr hier warst und ich von Deinen Fortschritten hörte. Mein lieber Junge, es tut mir leid, dass ich Dir nicht die Mutter sein konnte, die Du gebraucht hättest, um ein Junge wie alle anderen Jungen zu werden. Stattdessen hattest Du eine Mutter, um die Du Dich auch noch kümmern musstest, als wäre sie selbst nicht lebensfähig und als müsste man ihr wie einem kleinen Kind beibringen, was als Nächstes zu tun ist. Was ich für diese oft so hilflose, zerstreute und geistesabwesende Mutter geltend machen kann, ist aber, dass sie Dich über alle Maßen gern gehabt hat und gern hat. Das, mein lieber Junge, hat sie wirklich und das wird sie ein Leben lang tun. Eben gerade deshalb aber, weil Deine Mutter Dich so gern hat wie sonst nichts auf der Welt außer Deinem Vater, müssen wir jetzt beide versuchen, ein anderes Leben zu führen als bisher. Ich darf

Dir nicht mehr im Weg stehen, ich muss Dir helfen, noch wei-
tere Fortschritte zu machen und einmal ein guter Schüler zu
werden. Genau das habe ich Deinem Vater nun versprochen und
mit ihm einige Vereinbarungen getroffen, an die ich mich halten
werde. Zu diesen Vereinbarungen gehört, dass Du in Zukunft
nicht mehr so lange Zeiten wie bisher mit mir allein in unse-
rer Wohnung verbringen wirst. Du wirst nach Deiner Rückkehr
hierher nach Köln wieder in die Schule gehen, Du wirst Freunde
gewinnen und Du wirst ein Leben führen, wie es andere Jungen
auch führen, das verspreche ich Dir. Bevor Du jedoch zurück-
kommst, werde ich Euch auf dem Land besuchen, auch das habe
ich mit Vater nun so vereinbart. Ich freue mich so sehr darauf,
Dich wiederzusehen, ich kann es gar nicht erwarten. Mein lieber
Junge, ich sage es noch einmal: ich habe Dich sehr gern, vergiss
das nie, und über das andere, über all das, was Deine Mutter
einmal so sehr gequält und dazu geführt hat, dass sie Dir keine
richtige Mutter sein konnte, sprechen wir einmal, wenn Du noch
etwas größer bist. Wichtig ist jetzt nur, dass ich mir große, ja
alle Mühe geben werde, eine bessere Mutter zu sein. In Liebe ...

20

WAS FÜHLT ein Junge von sechs, sieben Jahren, wenn
er einen solchen Brief seiner Mutter zu hören bekommt?
Ich jedenfalls war drauf und dran, meinen kleinen Koffer
zu packen und zu verlangen, sofort wieder zurück nach
Köln gebracht zu werden. Wie sollte ich denn verstehen,
dass meine Mutter sich anklagte, keine gute Mutter ge-

wesen zu sein, und versprach, in Zukunft eine bessere Mutter sein zu wollen?

Ich selbst hatte sie in der Vergangenheit für eine ideale Mutter gehalten, ich hatte mich nie über sie beschwert, und ich hatte mit der Zeit schon verstanden, dass sie etwas Schweres und Dunkles erlebt hatte und deshalb anders war als andere Mütter. Anders – aber doch nicht schlechter, wie sie es jetzt in ihrem Brief darstellte!

Ihre Anklagen, vor allem aber ihre Bereitschaft, in Zukunft alles anders machen zu wollen, machten mir Angst, ich wollte überhaupt nicht, dass alles anders wurde, vieles konnte doch so schön und vertraulich bleiben, wie es immer gewesen war! Sollten wir jetzt etwa keinen Tee mehr zusammen trinken und keine Frauenstimmen in einsamen Felslandschaften mehr singen hören? Sollten wir nicht mehr zusammen einkaufen gehen und auf dem Wochenmarkt Obst und Gemüse aussuchen? Eigentlich hatte ich doch gar keine Lust darauf, jeden Tag mit anderen Kindern zu spielen, eigentlich würde es doch genügen, mit Mutter weite Spaziergänge in Köln zu unternehmen, mit den Straßenbahnen zu fahren oder vielleicht sogar auf Fahrrädern gemeinsam unterwegs zu sein!

Hinzu kam, dass Mutters Brief von einer starken Feierlichkeit war und dass diese Feierlichkeit und der damit verbundene Ernst etwas Erdrückendes hatten. Selbst Vater blieb davon nicht unberührt, das konnte ich schon daran erkennen, dass er beim Vorlesen längere Pausen machte, sich immer wieder räusperte und die Lektüre kaum zu Ende brachte. Viel hätte nicht gefehlt und ich hätte ihn zum ersten Mal in meinem Leben weinen sehen ... – Vater weinen, einen weinenden Vater ... – etwas Abwegigeres konnte ich mir nicht vorstellen.

Ich wollte ihn aber nicht weinen sehen, auf keinen Fall, niemand sollte weinen, ich selbst wollte es auch nicht, nein, verdammt, es gab keinen Grund für das Weinen, es sollte mit dem verdammten Weinen endlich vorbei sein! Wenn man etwas lernte und sich große Mühe gab, bestand nicht der geringste Grund für das Weinen, man war einfach zu beschäftigt dafür, ja noch mehr: Man war zum Weinen gar nicht erst in der Lage!

Gut also, genug, ich schaute Vater an, dann aber tat ich etwas, was ich mir gar nicht vorgenommen hatte, sondern was aus einem Instinkt heraus geschah, angeblich tat ich es sehr entschlossen, ja sogar mit einer deutlich nach Entschlossenheit aussehenden Miene: Ich soll meinem Vater den Brief aus der Hand genommen, ihn zusammengefaltet und dann in meine Tasche gesteckt haben, ich soll einmal kräftig genickt haben und dann aufgestanden sein. Ich soll die Decke, auf der ich mit Vater gesessen hatte, zusammengefaltet und über den linken Arm genommen haben. Ich soll mit der rechten Hand nach Vaters linker Hand gegriffen und sie festgehalten haben. Dann aber sollen wir zusammen zurück in die Gastwirtschaft gegangen sein, wo es uns beide sofort in die Küche gezogen habe, um dort aus der hohlen Hand etwas zu trinken. Nach diesem gierigen Trinken aber soll ich Vater minutenlang nass gespritzt und dabei so laut und schrill geschrien haben, wie man es von mir bis dahin noch nie gehört hatte ...

Herrgott, es fällt mir wirklich nicht leicht, von diesen Erlebnissen zu erzählen! Die ganze Welt dieser Tage ersteht
wieder neu, bis hin zu ihren Gerüchen und Atmosphären.
Als ich für einen kurzen Moment lüften wollte und die
Fenster meines Schreibzimmers öffnete, glaubte ich plötzlich wahrhaftig, die alte Gewitterschwüle des Landes zu
riechen, diese warme, vom Boden aufsteigende Schwüle
mit ihrem betäubenden Gräser- und Wald-Geruch, eine
Schwüle wie zum Zerreißen kompakt und überspannt, so
dass man einen starken Regen herbeiwünscht, der diese
dichte, atemlos machende Ballung vertreibt!

Dabei war es hier in Rom überhaupt nicht schwül,
sondern nur heiß, eine große, mir meist sehr wohltuende
Hitze ließ alles erstarren, der Himmel aber war klar und
von jenem Blau, das es nur in Rom gibt, also nicht das
übliche Himmelszeltblau, sondern ein Kaiserzeltblau,
ein Triumphblau! Es ist ein Blau, das mir immer so vorkommt, als wäre es zu Zeiten der triumphalen Einzüge
der römischen Feldherren in die Ewige Stadt entstanden
und seither nicht mehr verschwunden. In diesem Blau
sind geheime Mischungen aus Silber und Gold, etwas
von der Schönheit der Meere und der Ferne Afrikas, ja
sogar von der Schönheit des Orients enthalten! Jedenfalls
ist es kein europäisches Blau und auch kein Mittelmeer-
blau, sondern eben ein einzigartiges, *römisches Blau*, das
mir immer so vorkommt wie ein Amalgam aus all den
Farben, die die Römer auf ihren weiten Feldzügen gesehen haben.

Römisches Blau … – wie komme ich jetzt auf diese Bezeichnung, warum denke ich über Himmelsblautöne

nach, während ich von jenen für mich so bedeutsamen Tagen auf dem Land erzähle? Wahrscheinlich hängt es damit zusammen, dass Vater während unserer Wanderungen nicht nur zeichnete, sondern schließlich auch zu aquarellieren begann. Das Aquarellieren wurde nötig, als wir uns mit den Wolkenformationen am Himmel beschäftigten und Vater mit seinen Zeichnungen unzufrieden war. *So geht das nicht! So geht es auf keinen Fall! –* ich sehe ihn vor mir, wie er den Kopf schüttelt und die Bleistifte wieder einpackt und wenige Tage später den kleinen, im Dorf erstandenen Aquarellkasten auspackt und öffnet.

Wolkenformationen nur mit Aquarellfarben!, bekam ich zu hören und dann erkannte ich, wie man die niedrig ziehenden Haufenwolken hintuscht, wie man sie von einem dichten Farbzentrum her angeht und von diesem Zentrum aus etwas ausfransen lässt, ein klein wenig, aber nicht zu viel, denn sie dürfen sich nicht zu langen Barken strecken, sondern müssen aussehen wie Mannschaften oder wie ein kleiner, auf Reisen gehender Trupp!

So lerne ich auch das, ja, ich lerne, dass man beim Spaziergehen nicht nur die Erde auf alle Details hin beobachten sollte, sondern dass so etwas auch mit dem nur scheinbar immer gleichen Himmel möglich ist. Hat man eine gewisse Übung darin, den Himmel zu betrachten, versteht man das Wetter und kann sogar mit einigermaßen großer Sicherheit voraussagen, wie das Wetter am nächsten Tag wird. Man muss nur die Wolken studieren und sich umschauen, man muss den gesamten Horizont betrachten, rundum, zum Studium der Wolken und des

Wetters ist es unbedingt notwendig, dass man sich mit erhobenem Kopf einmal im Kreis dreht, die Himmelsrichtungen fixiert, feststellt, woher der Wind weht, und aus all diesen Einzelbeobachtungen eine *Prognose* erstellt.

Doch auf solche Prognosen kam es natürlich letztlich nicht an, *Prognosen sind doch geschenkt!*, sagte Vater, und ich deutete die mir unverständliche Bemerkung so, dass *Prognose* ein hässlich klingendes Wort sei, dass dieses Wort keine genauen Wolkenformationen bezeichne und dass es zu den Worten gehöre, die man sich nicht zu merken brauche und deshalb schenken könne. *Prognose* war also ein überflüssiges Wort, das Vater auch nicht aufschrieb, während er die Wolkenformationen durchaus aufschrieb, so dass ich neue Lieblingswörter erhielt, Wörter wie *Zirruswolke*, *Türmchenwolke* oder *Quellwolke*.

Immer häufiger schauten mir nun am frühen Abend die Verwandten oder auch einige Feriengäste zu, wenn ich an meinem Gartentisch saß, um meine schwarzen Kladden zu füllen. Längst besaß ich von ihnen bereits mehrere, viele kleinere für die Eintragungen während des Wanderns, und einige große, wie schon gesagt, für die Reinschrift. Mit den Tagen hatte ich eine immer größere Sicherheit in diesen Eintragungen bekommen, ich verschrieb mich kaum noch, die Buchstaben waren gleich groß, und die Zeichnungen passten schließlich in ihrer jeweiligen Größe auch genau zu den Wörtern.

Was vor den Augen meiner Mitleser entstand, war im Grunde eine kleine Enzyklopädie, ein Lexikon der näheren Umgebung, in dem festgehalten war, was Vater und ich beobachtet und meist auch in die Hand genommen hatten. Wenn ich die rechte Seite abdeckte und nur auf die Zeichnungen der linken Seite schaute, hatte ich die Worte genau vor Augen, Buchstabe für Buchstabe. Und wenn ich die Zeichnungen abdeckte und nur auf die Buchstaben schaute, wusste ich genau, wie die zu ihnen passenden Zeichnungen aussahen.

So wuchsen die Bilder und die Schriftzeichen in meinem merkwürdigen Schädel immer enger zusammen und berührten einander, was nur noch fehlte, war der Klang und damit der letzte, entscheidende Schritt: Dass ich mich endgültig öffnete, dass ich die Welt nicht nur stumm in meinem Kopf sammelte, sondern sprechend an ihr teilnahm.

Von Tag zu Tag spürte ich mehr, dass dieser Schritt unmittelbar bevorstand, ja dass es nur noch einer letzten Überwindung bedurfte. Alles, was sich an Worten und Sätzen seit Jahren wie tote Materie in mir angestaut hatte, musste ich vergessen, um von Neuem und frisch mit den Sätzen anzufangen, die ich von Vater gelernt und in Hunderten von Variationen im Kopf hatte.

Manchmal wiederholte ich diese Varianten im Stillen und brach dann irgendwann ab. Es handelte sich um eine sehr lange Reihe von Sätzen, und wahrscheinlich würde es tagelang dauern, bis ich mit ihr am Ende war. Doch ich beherrschte sie, ja, genau, schließlich hatte ich sie mir immer wieder im Stillen vorgesagt und unermüdlich ein Wort an das andere gefügt. Die Verwandten und die Feriengäste bewunderten meine Kladden, was würden sie

erst sagen, wenn ich all die Worte und Sätze hintereinander aufsagen könnte, die ich in diese Kladden eingetragen hatte!

21

JETZT IST es so weit, jetzt bin ich so weit. Ich bin jetzt
in meiner Erzählung so weit, dass ich erzählen kann, wie
ich den ersten Satz sprach und danach viele weitere Sätze. Dass und wie es dazu kam, ist beinahe eine eigene
Geschichte, die mir noch heute unglaublich erscheint.
Ich habe diese Geschichte bisher noch keinem anderen
Menschen erzählt, niemand kennt sie, selbst meine Mutter und mein Vater, die längst gestorben sind, haben
während ihres Lebens von ihr nichts erfahren.

Ich gebe diese Geschichte jetzt preis, und ich tue dies
aus Gründen, die ich mir sehr genau überlegt habe. Diese Gründe jedoch tun im Augenblick nichts zur Sache,
erst später werde ich vielleicht auf sie zurückkommen.
Jetzt aber kommt es nur noch darauf an, die Geschichte
meiner Sprachwerdung möglichst genau und vollständig
zu erzählen. Und diese Geschichte vollzieht sich in genau
drei Schritten.

Es begann damit, dass ich an einem frühen Abend noch
einmal zu meinem See wollte, um dort in der letzten
Abendsonne zu baden. Meist verschwand ich, wenn ich
das tun wollte, für kaum mehr als eine halbe Stunde, ich

lief durch das kleine Wäldchen hinunter zum Wasser, zog mich aus, schwamm einige Runden, ließ mich auf dem Rücken treiben, rieb mich mit den eigenen Kleidern trocken, zog sie wieder an und lief zurück.

Auch an diesem Abend war ich schnell unterwegs und glitt den Abhang zum Wasser sogar auf dem Hosenboden herunter. Dabei hörte ich einige Geräusche, die ich bisher noch nie in diesem Wäldchen gehört hatte. Ich bremste meine Talfahrt mit beiden Händen ab und schaute hinunter zum See, und was ich dort zu sehen bekam, ließ mich erstarren.

Unten, in dem von der Abendsonne erleuchteten See, sah ich meine Mutter, die gerade und aufrecht in der Mitte des Sees stand und sich kurz vor dem Abtauchen die Haare zusammenband. Als sie damit fertig war, kühlte sie ihren Oberkörper mit dem Seewasser ab, sie ließ es langsam über ihre Brust und den Rücken rieseln und sie wischte sich damit durchs Gesicht, dann ging sie kurz in die Hocke, so dass ihr gesamter Oberkörper für einen Moment unter Wasser war. Ich konnte sie ganz deutlich erkennen, und es war keine Frage, dass es sich um meine Mutter handelte, anscheinend war sie vor Kurzem auf dem Hof eingetroffen und gleich zu einem kurzen Bad hierher geeilt, ohne zu ahnen, dass auch ich diesen See beinahe jeden Abend für ein kurzes Bad aufsuchte.

Sie breitete die Arme weit aus und drehte sich in die Richtung der Abendsonne, dann aber tauchte sie mit dem Kopf voran ab, ich sah ihren nackten, lang gestreckten Körper genau, wie er seine Bahnen durch das weiche Grün des Sees zog, immer im Kreis. Nach einigen Schwimmbewegungen tauchte ihr Kopf wieder auf, und sie schwamm ruhig weiter, ich hörte sie durchatmen, zwei-, dreimal atmete sie kräftig aus und ein, dann aber hörte ich sie plötzlich singen, sehr leise, aber ganz deutlich, ich hörte sie singen.

Es war ein ganz einfacher, schlichter Gesang, es war ein Vorsichhinsingen und damit wirklich nichts Besonderes. Jedem anderen, der diese singende Frau vorher nicht gekannt und jetzt hier gehört hätte, wäre nichts an diesem Gesang aufgefallen, vielmehr hätte er diesen Gesang für den Gesang einer Frau gehalten, die sich in diesem See wohlfühlt, die Abendsonne genießt und mit sich und der Welt vollkommen im Reinen ist.

Ich jedoch sah und hörte nun etwas, das ich in meinem ganzen Leben noch nie gesehen und gehört hatte. Ich meine nicht die Nacktheit meiner Mutter, natürlich nicht, obwohl es auch stimmt, dass ich meine Mutter zuvor noch niemals nackt gesehen hatte. Ihre Nacktheit war es jedoch nicht, die mich in den Bann zog, es war vielmehr die Ruhe, ja die Freude, die sie plötzlich ausstrahlte und zu der das merkwürdige Singen so gut passte, das sich zudem noch so anhörte, als könne es in jedem Moment umkippen in ein leises Sprechen. Waren nicht auch deutlich Worte zu hören, oder irrte ich mich?
Ich konnte die Worte jedenfalls nicht verstehen, der Gesang ähnelte sowieso mehr einer Art Summen, und wenn es wirklich Worte waren, die sie benutzte, dann waren es wohl keine deutschen, sondern Worte einer an-

deren Sprache. Etwas in der Art hatte ich einmal auf einer ihrer Schallplatten gehört, seltsame Worte und ein seltsames Summen, im Grunde hörten sich die Worte bereits an wie ein Gesang, jedenfalls ging ihr Klang in Musik über.

Immer wieder tauchte Mutter auch ab, und dann war es rings um den See beinahe erschreckend still, ich sah ihren hellen Körper wie etwas unfassbar Fremdes durch den goldgrünen See gleiten, als wäre sie nicht meine Mutter, sondern ein Waldwesen, und dann tauchte sie wieder auf, atmete kräftig durch und setzte ihren Gesang fort, als habe sie auch unter Wasser damit weitergemacht.

Keine Sekunde lang dachte ich daran, mich ihr zu zeigen, nein, auf keinen Fall, mit diesem Waldwesen wollte ich keinen Kontakt aufnehmen, und so starrte ich weiter hinab und beobachtete die Szene und hörte das Singen und versuchte mir alles genau einzuprägen: Die kleinen Wellen, die Mutters Schwimmbewegungen ans Ufer warfen, die golden aufblitzenden winzigen Kämme des aufgewühlten Wassers in ihrer Nähe, ihren schmalen, mal auf dem Rücken, mal auf der Brust dahin gleitenden und so unendlich leicht wirkenden Körper, ihre dunklen Haare, die sich, je länger sie schwamm, immer mehr auflösten und, wenn sie tauchte, wie eine dunkle Insel im Wasser trieben …

Man sollte wissen, dass ich bis zu diesem Moment noch nie einen Film gesehen hatte, ja dass ich nicht einmal genau wusste, was ein Film eigentlich war. In der Nähe unserer Kölner Wohnung gab es zwar ein kleines Kino, doch niemand hatte mich je mit hineingenommen. Auch ferngesehen hatte ich bis zu diesem Zeitpunkt nicht, in unserem Wohnhaus hatte kein Mensch Fernsehen, und auf dem Land gab es erst recht niemanden, der so etwas bereits besaß.

An bewegte, gut ausgeleuchtete und inszenierte Bilder war ich also nicht gewöhnt, bisher hatte ich nur Fotografien kennengelernt. Jetzt aber sah ich meinen ersten Film, wie ihn der erfahrenste Regisseur nicht besser hätte inszenieren können. Es handelte sich um einen durch und durch erotischen Film, es handelte sich um das Erotischste überhaupt, was ich bis dahin gesehen hatte und für lange Zeit sehen würde. Es war eine Erotik, die sofort unter die Haut ging, und das in einem ganz wörtlichen Sinn.

Am liebsten hätte ich mich nämlich sofort ausgezogen und mich zu der schwimmenden Schönen gesellt, die so aussah wie meine Mutter, am liebsten hätte ich die kostbare Zeit bis zum Sonnenuntergang mit ihr zusammen im Wasser verbracht. Ich hätte sie nicht berührt, nein, gewiss nicht, ich hätte mich ihr nicht genähert, ich wäre nur neben ihr durch den See geschwommen und hätte genauso getaucht und mich genauso wohlgefühlt wie sie auch.

So weit von ihr entfernt auf dem Waldboden zu hocken und sie lediglich zu betrachten, das war dagegen nur schwer zu ertragen, ja, es war schlimm, ein bloßer Beobachter bleiben zu müssen und in diese schönen Bilder nicht eindringen und mitschwimmen zu dürfen.

Was ich in diesen Momenten spürte, war ein wirklicher Schmerz, der von der Entbehrung herrührte, ich sah etwas durch und durch Begehrenswertes und durfte es nicht besitzen, ich blieb ausgeschlossen von der Wucht dieser Bilder und musste es hinnehmen, von ihnen überwältigt zu werden!

Deshalb erhob ich mich langsam und achtete sorgfältig darauf, dass mich die schöne Frau nicht bemerkte. Ich wollte sie jedoch weiter im Auge behalten, und so schlich ich langsam wieder den Hang hinauf, drehte mich laufend nach ihr um, sah sie kleiner werden und hörte währenddessen doch ununterbrochen ihr Summen, das, als wollte es mich verhöhnen, lauter wurde, je mehr ich mich entfernte.

Schließlich war sie gar nicht mehr zu sehen, doch das Summen blieb, ganz genau war es noch hoch oben im Wäldchen zu hören, ich schloss die Augen und versuchte, mich auf diese Melodien zu konzentrieren, und dann wusste ich plötzlich, dass es sich um ein französisches Stück handeln musste, ja genau, Mutter sang etwas *Französisches*, so nannte man es, denn ich glaubte mich gut zu erinnern, dass Vater einmal von jemandem gefragt worden war, ob Mutter noch immer *diese französischen Sachen* möge, Vater hatte genickt, und ich hatte dieses Nicken mit den vielen fremdsprachigen Musikstücken in Verbindung gebracht, die Mutter oft hörte und die *Chansons* genannt wurden. Keine Opern also, sondern *Chansons, französische Chansons!*

Ich legte mich auf den Rücken, schloss wieder die Augen und hörte Mutters leises Summen, das bis zum Waldrand reichte, ich versuchte, mir dieses Summen zu merken, ja, so ging es, so genau, ich würde so bald wie möglich einmal versuchen, diese Melodie auf dem Klavier zu spielen, das müsste wohl gehen, denn die Noten hatte ich ja bereits im Kopf, so dass ich später am Abend die ganze Melodie in mein Notenheft eintragen würde!

Dann aber wurde es endgültig still. Gleich würde die Sonne an dieser Stelle auch untergehen, während der Hof noch einige Minuten länger im letzten Licht lag. Ich wartete nicht, sondern lief über die Wiesen rasch in der Richtung des Hofes zurück, Mutter sollte mich auf keinen Fall sehen, ich würde mich vielmehr in die Wirtschaft setzen und abwarten, bis sie dort erschien.

Sonst war es in der Wirtschaft zu dieser Abendstunde meist richtig voll, diesmal aber war es das nicht, ich schlüpfte hinein und setzte mich an einen der leeren Tische, anscheinend waren alle gerade nach draußen in den Garten gegangen, um dort gemeinsam etwas zu trinken und irgendeinen Anlass zu feiern, jedenfalls hörte ich draußen einige Rufe und Deklamationen, als feierte man einen Geburtstag.

Ich war plötzlich sehr müde und gleichzeitig sehr aufgeregt, ich wusste nicht wohin mit all meinen durcheinandergeratenen Gefühlen. Am liebsten wäre ich draußen im Fluss schwimmen gegangen, aber das ging nicht mehr, denn am Fluss war es bereits dunkel. Die Tür der Gastwirtschaft stand offen, ich blickte hinaus, draußen vor der Tür wirbelte noch der letzte Sonnenstaub des Abends, das Licht fiel noch ein wenig hinein in die sonst bereits eingedunkelte Gaststube, ein letztes Licht war es, höchstens noch eine schmale Spur, wie ein kleiner Feuerbrand, der sich jetzt gerade zurückzog und schlafen legte …: ich stand auf und folgte dem kleinen Strahl und wartete dann in der offenen Tür, dass die vollkommene Dunkelheit einbrach, als ich auf der Straße vor der Wirtschaft noch zwei fremde Kinder Ball spielen sah.

Sie spielten ganz ruhig, als wäre dieses Spiel das wirklich letzte, das sie heute noch spielen würden, sie kickten den Ball in regelmäßigem Rhythmus hin und her, der eine zum andern, hin und her …, ich schaute ihnen zu, es war so schön, das zu sehen, dieses ruhige Kicken, keinen Streit, kein Sprechen, nur dieses Kicken, hin und her.

Da machte ich eine kleine Bewegung nach vorn und rief den beiden zu: *Gebt mal her!*

Ich war von diesem kurzen Zuruf selbst so erschrocken, dass ich beinahe gestürzt wäre. Wie bitte?! Hatte ich gerade etwa gesprochen?! War ich das gewesen? Waren diese wenigen Laute meine eigenen Laute gewesen?

Ich bewegte mich nicht, ich starrte die beiden Jungen an und sah, wie sich der kleinere zu mir drehte und mir den Ball zukickte, *klack!*, machte es, und der Ball sprang kurz vor mir auf, und ich bückte mich und packte ihn mit den Händen und hielt ihn fest und drückte ihn an meine Brust.

Was tust Du denn?, rief da der andere der beiden Jungen, *nicht mit den Händen, mit den Füßen!* Ich verstand aber nicht genau, was er meinte, ich hörte ihm nicht richtig zu, ich versuchte vielmehr zu verstehen, dass die beiden Jungs mich nicht kannten und daher nicht ahnten, dass der in der Tür stehende Bub, der soeben den Ball mit den Händen statt mit den Füßen berührt hatte, gerade den ersten Satz seines Lebens gesprochen hatte: *Gebt mal her!*

Gib wieder her!, rief der jüngere der beiden, sein Ruf ließ mich erwachen, so dass ich den Ball fallen ließ und ihn zu den beiden Jungen zurückkickte, die den Spaß daran, mit mir zu spielen, sofort wieder verloren hatten und allein weiterspielten. Das jedoch machte mir gar nichts aus, nein, sollten sie doch weiterspielen, das war jetzt nicht wichtig, wichtiger war, dass ich es geschafft hatte, laut und deutlich zu sprechen, und dass es Menschen gab, die dieses Sprechen verstanden und darauf auch reagierten.

Ich drehte mich um und ging wieder in die jetzt dunkle Gaststube zurück, ich tastete mich an der Theke entlang und bog dahinter in den schmalen Flur ein, über den ich zu der Treppe gelangte, die hinauf zu den Fremdenzimmern führte. Das Zimmer, das Vater und ich bewohnten, war nicht verschlossen, auf dem Bett lag jedoch ein schwerer geöffneter Koffer mit Mutters Sachen, es sah so aus, als wäre sie erst vor Kurzem angekommen und gleich zum Schwimmen gelaufen, um sich vor dem Abendessen noch zu erfrischen.

Ich setzte mich auf den Boden, neben das Bett, ich hielt mir die Augen zu und sagte ein zweites Mal: *Gebt mal her!* Ja, ich konnte mich hören, ja, ich konnte mich deutlich und gut verstehen! Noch einmal: *Gebt mal her!* Und immer wieder: *Gebt mal her! Gebt mal her! …*

Heute bin ich ganz sicher, dass ich damals ohne die Erlebnisse, die meinem ersten Sprechen unmittelbar vorausgingen, noch nicht gesprochen hätte. Die Bilder von meiner im Abendlicht schwimmenden Mutter und die Bilder vom letzten Abendlicht in der eindunkelnden Gaststube gehören auf geheimnisvolle Weise zusammen und bilden so etwas wie eine magische Spur, der ich danach mein Leben lang gefolgt bin, ohne dass ich sie bis heute begriffen hätte.

Viele einzelne Bausteine zur Lösung dieses Geheimnisses habe ich bisher gesammelt, und manchmal habe ich das Gefühl, ich wäre der Lösung dieses mich seither so stark beschäftigenden Rätsels sehr nahe. Was ist damals genau mit mir passiert? Warum entlockten mir die Bilder gerade dieses Abends die ersten Worte und warum verfolgten mich diese Bilder später ein Leben lang, so dass ich bis heute nicht von ihnen losgekommen bin?

Jetzt kann ich es ja zugeben, ich schreibe all das hier auf, um genau diese Rätsel und ihre Folgen, die mein ganzes weiteres Leben geprägt haben, zu lösen. Schritt für Schritt will ich mein Leben noch einmal ergründen und jedem kleinen Wink nachgehen. Letztlich folge ich dabei nur einigen Lichtsequenzen in einem großen Dunkel. Aber ich befinde mich in Rom, der Stadt des Lichts und des *römischen Blaus*, und damit befinde ich mich in der besten Stadt, die ich mir für mein Vorhaben hätte aussuchen können.

Es ist nun sehr still, ich habe bis weit nach Mitternacht geschrieben. Ich werde noch einmal hinausgehen, um mich zu beruhigen, aber ich ahne schon, dass mir das nicht gelingen wird. Mein Leben und meine Gefühle kreisen viel zu stark um die Bilder, von denen ich eben erzählt habe, als wäre in ihnen ein Zauber verborgen, den ich erst noch bannen muss, um die eigentliche Befreiung von den Schrecken meiner Kindheit zu erleben. Jedes Mal, wenn ich mich längere Zeit an diese Bilder erinnere und ihnen damit wieder näher komme, tue ich die seltsamsten und mir später oft nicht mehr verständlichen Dinge. Oft hat es mich große Mühe gekostet, diese Dinge wieder ins Lot zu bringen.

Johannes, pass auf Dich auf!

22

VON DEN ersten beiden Schritten meiner Sprachwerdung habe ich nun bereits erzählt, es fehlt aber noch die Erzählung vom dritten Schritt, von meinem ersten Sprechen im Kreise der anderen. Man könnte beinahe vermuten, dass sich dieser Schritt noch an demselben Abend ereignete. Und so war es denn auch. Deshalb setze ich dort wieder ein, wo ich meine Erzählung unterbrochen habe, ich befinde mich in dem Fremdenzimmer, in dem Vater und ich bisher übernachtet haben.

In diesem Zimmer wartete ich nun auf Mutter, denn ich wusste ja, dass sie bald vom See kommen würde. Durch das Fenster konnte ich den Weg, der vom Wäldchen zur

Gastwirtschaft führte, leicht überblicken, deshalb hielt ich nach ihr Ausschau, ungeduldig darauf, dass sie mich endlich begrüßen würde.

Als ich sie aus dem Wäldchen heraustreten und auf den Hof zu eilen sah, beugte ich mich durch das geöffnete Fenster etwas nach vorn, um in das Licht der Laternen zu geraten, die das Gelände rund um den Gasthof bereits erleuchteten. Da bemerkte ich, dass Mutter mich aus der Ferne erkannte, jedenfalls blieb sie einen Augenblick stehen und begann zu winken, ich winkte heftig zurück, endlich hatten wir uns beide wieder im Blick.

Es umgab sie jedoch etwas Fremdes, ja, das spürte ich sehr genau, und dieses Fremde wirkte wie eine leichte, irritierende Störung unserer früheren Zweisamkeit. Normalerweise wäre ich die Treppe so schnell wie ich konnte heruntergesprungen, um sie zu umarmen, jetzt aber ging ich die Treppe Schritt für Schritt hinab, als müsste ich mir erst überlegen, wie ich mich ihr nähern sollte.

Als ich ihr unten in der inzwischen erleuchteten Gaststube begegnete, hatte ich dazu aber keinen Moment Zeit, denn Mutter packte mich fest, ja sie riss mich beinahe an sich und drehte sich dann mit mir auf der Stelle, so dass meine Beine hoch durch die Luft flogen. Was machte sie denn? Sie war vor lauter Freude ja außer sich!

Sie schaute mich aber nicht richtig an, sondern hielt mich eine Zeit lang umschlungen, als genügte es ihr, meinen Leib wieder zu spüren und an sich zu pressen. Erst nach Minuten setzte sie mich wieder ab und ließ etwas locker, hielt jedoch weiter meine beiden Hände, als wollte sie nun mit mir tanzen. Bevor das aber geschehen konnte, blickte sie mir endlich auch ins Gesicht, und ich bemerkte, dass sie das Fremde jetzt ebenfalls spürte, ja, sie zuckte ein wenig zusammen und verlagerte ihr Gewicht wie nach einem kurzen Stolpern von einem Fuß auf den andern.

Dann aber ließ sie meine Hände los, und wir standen uns frei gegenüber. Ihr Mund stand etwas offen, ihre Lippen zitterten ein wenig, was mich jedoch am meisten hinschauen ließ und meine Blicke anzog, das waren ihre Haare, die durch das Baden im See vollkommen durcheinandergeraten waren und ihrem Gesicht etwas Wildes und Schönes verliehen.

So wild und schön hatte ich sie noch nie gesehen! Das offene Haar wirkte viel fülliger und üppiger als das gekämmte, geordnete, und das schmale Gesicht sah in diesem dunklen Wirrwarr noch schmaler als gewöhnlich aus, als bildete es eine strenge Maske, mit deutlich markierten Zügen. Die stark hervortretenden Backenknochen! Die sanft abfallende Stirn mit der alten Wunde über dem rechten Auge!

Wenn ich mich heute an diesen Anblick erinnere, so glaube ich, etwas beinahe Antikes, aber auch Rohes gesehen zu haben. Alles an diesem Kopf war Strenge, aber hinter dieser Strenge spürte ich etwas von Atemlosigkeit oder sogar von Gehetztheit, als wäre sie in Köln ununterbrochen unterwegs gewesen. Ihre Haut war von diesem Unterwegssein gebräunt, so dass der Schmuck, den sie nur an der rechten Hand trug, besonders hell aufleuchtete. Der Armreif, den mein Großvater ihr einmal geschenkt hatte! Der Hochzeitsring, den sie einmal verloren hatte und der dann doch im Keller unseres Kölner Wohnhauses wieder aufgetaucht war!

Ich staunte sie an, aber auch sie staunte, denn in vielen Zügen glich mein Äußeres dem ihren so, als wären wir nicht einige Zeit getrennt, sondern vielmehr ganz im Gegenteil noch enger als sonst zusammen gewesen. Auch ich war von den vielen Aufenthalten im Freien gebräunt, und auch meine Haare waren ganz anders als sonst, viel länger und außerdem vollkommen blond. Hinzu kam, dass die Spaziergänge und Wanderungen zusammen mit dem fast täglichen Schwimmen meinen Körper gekräftigt hatten, so dass an diesem Abend vor ihr in der Gaststube ein körperlich geschulter, ja beinahe athletischer Junge stand.

Später hat Mutter einmal behauptet, ich hätte den Eindruck einer Skulptur gemacht, die man gerade aus einem großen Steinblock herausgemeißelt habe, so glatt und kantig seien meine Umrisse gewesen. Meine Nase sei ihr viel spitzer und länger vorgekommen als zuvor, außerdem aber hätte ich hungrig ausgesehen, *mein Gott!, wie mager ist er geworden!*, habe sie mehrmals gedacht, wobei sie sich diese Magerkeit aber nicht habe erklären können, da jeder Gast von Hof und Wirtschaft im Normalfall wegen des guten und reichlichen Essens meist zugelegt habe.

Zum Glück kam in diesem Augenblick, als wir uns noch musterten, mein Vater hinzu, Vater ging direkt zu mir und legte mir den Arm um meinen Hals, als wollte er mich wie ein Schaustück präsentieren. *Na, sieht er nicht gut aus?*, fragte er, und ich sehe Mutter noch lächeln, als lächelte sie nicht über mich, sondern über den Stolz meines Vaters, der so tat, als habe er mich die ganze Zeit eigenhändig versorgt und gepäppelt.

Dann aber zog er mich mit in die Küche, *wir essen in einer halben Stunde zu Abend, Katharina*, höre ich ihn noch sagen, und ich wusste sofort, dass er Mutter mit diesem Satz aufforderte, sich die Haare zu kämmen und sich umzuziehen, damit sie später am Tisch einen ordentlicheren Eindruck machte.

Ich sah, wie sie mir noch einen letzten Blick zuwarf und dann wirklich die Treppe hinauf verschwand, während Vater und ich in die Küche gingen, um bei der Vorbereitung des Abendessens zu helfen. Da Mutter an diesem Abend aus Köln angereist war, wollte man sie mit einer besonders festlichen Mahlzeit begrüßen, zwei Schwestern meines Vaters hatten bereits den ganzen Nachmittag lang gekocht, und der älteste Bruder ging die Reihenfolge der Speisen noch einmal laut durch und gab den beiden jungen Kellnerinnen weitere Anweisungen. Daher herrschte in der Küche ein solches Gedränge, dass Vater mich bat, zu Mutter aufs Zimmer zu gehen, mir die Hände zu waschen und, wenn er uns rufe, mit ihr gemeinsam zum Abendessen zu erscheinen.

Ich ging also die Treppe zu unserem Zimmer hinauf und überlegte, ob ich noch weiter in diesem Zimmer schlafen oder ob man mich aus Platzmangel noch an diesem Abend in eines der anderen Fremdenzimmer verlegen würde. Die Tür unseres Zimmers stand ein wenig offen, so dass ich hineinschauen konnte. Mutter stand vor dem Spiegel und betrachtete ihr Spiegelbild, sie probierte ein Kleid an, das ich zuvor noch nie gesehen hatte. Dieses Kleid war rot, ja, genau, es handelte sich um ein rotes, nein, dunkelrotes Sommerkleid mit einem runden Ausschnitt über der Brust und einer langen Knopfleiste, die vom Ausschnitt aus bis hinunter zu den Knien verlief.

Da das Kleid keine Ärmel, sondern nur zwei einfache Träger hatte, waren Mutters Rücken, der Nacken und die Oberarme in weiten Partien frei, diese Partien aber waren nun viel heller als ihr Gesicht und erinnerten mich an den hellen, goldgelb aufschimmernden Körper, der kurz zuvor noch den See durchschwommen hatte. Die Holzbohlen im Flur quietschten ein wenig, als ich noch vor der Tür stand, deshalb drehte Mutter sich um, und ich sah sie bereits zum zweiten Mal an diesem Abend auf eine neue Weise, denn jetzt erschien sie mir plötzlich viel jünger als sonst und derart gut gekleidet, als habe sie sich fein gemacht für einen Auftritt …

Komm her, mein lieber Junge!, eine Aufforderung etwa dieser Art verbinde ich mit ihrer knappen, einladenden Geste, so dass ich endlich Mut fasse, das Zimmer auch zu betreten. Sie zieht mich wieder an sich, aber jetzt viel sanfter und geduldiger als noch eben unten in der Gaststube, sie wiegt sich mit mir eine Weile hin und her und dann küsst sie mich auf die Stirn. *Wir müssen uns erst wieder aneinander gewöhnen, nicht wahr?*, etwas in der Art will sie mir anscheinend sagen, und ich sehe mich vor ihr stehen, unendlich verlegen und hilflos, weil ich nicht weiß, was ich tun soll.

Der Raum, in dem ich mich jetzt befinde, ist aber nun Mutters Raum, ich rieche es genau, in diesen Raum ist nun der altertümliche, schwere Duft eingezogen, den ich später einmal als *Maiglöckchenduft* identifizieren werde. Noch aber weiß ich natürlich nichts von einem Maiglöckchenduft, sondern begreife nur, dass ich in diesem Zimmer nicht mehr übernachten werde, weil es nun das Elternzimmer ist.

Dieser kurze Gedanke, der Gedanke, gerade aus dem Zimmer vertrieben worden zu sein, in dem ich mich in den letzten Wochen so wohlgefühlt habe, lässt mich einen Moment lang traurig und damit noch hilfloser werden, Mutter aber bemerkt so etwas natürlich sofort, sie vermutet allerdings, dass meine plötzliche Traurigkeit von ihrer langen Abwesenheit herrühre. Immer wieder streicht sie mir über den Kopf, als wollte sie diese Traurigkeit mit allen Mitteln vertreiben, dann aber kommt ihr ein Gedanke, und sie geht hinüber zum Bett, auf dem noch immer ihr schwerer, noch nicht ausgepackter Koffer liegt.

Ich sehe sie, wie sie in diesen Koffer greift und einige Lagen ihrer Kleidung beiseite legt, schließlich stößt sie auf eine größere Mappe. Sie zieht diese Mappe hervor und winkt mir, ich solle zu ihr kommen, und dann öffnet sie die Mappe auf dem Bett und lässt mich sehen, was sich darin befindet: Meine Mutter hat mir das Alphabet in hunderten von bunten, anscheinend von ihr selbst aus Buntpapier ausgeschnittenen Buchstaben mitgebracht. Die bunten Buchstaben liegen in der Mappe alle wild durcheinander, aber ich erkenne sie deutlich, jedoch nicht als einzelne Buchstaben, sondern so, dass sich diese einzeln daliegenden Buchstaben in meinem Kopf sofort zu Wörtern verbinden.

P und *A* ...– und sofort funkt mein Kopf: *Pappel*. *R*, *E* und *I* ...– und sofort funkt mein Kopf: *Reiher*. In Windeseile verbinden sich die wild verstreut herumliegenden Buchstaben in meinem Kopf zu Wörtern und kleinen Sätzen, es geht viel zu schnell, das spüre ich sofort, es geht so schnell und so rasant, dass mir schwindelt, ich schließe die Augen, aber die Buchstaben verbinden sich miteinander, auch ohne dass ich sie anschaue, es ist, als habe nun ein Automatismus Gewalt über mich, es schüttelt mich richtig durch, mir wird schlecht, ich schaffe es gerade noch, das Waschbecken aufzusuchen und mich zu übergeben.

Mutter aber versteht anscheinend nicht, was da gerade mit mir geschehen ist, sie denkt wohl, dass mich ihre Ankunft so mitnimmt, jedenfalls lege ich ihr tröstendes Streicheln so aus, *beruhige Dich doch*, *wir sind ja wieder zusammen*, das will sie mir anscheinend sagen, denn sie tut nichts, mich von den bunten Buchstaben zu befreien, sondern breitet sie wenig später auch noch auf dem Bett aus, während ich mit dem Rücken zu ihr am Fenster stehe und mich an das Fensterbrett klammere.

Ich will, dass diese bunten Buchstaben verschwinden, am liebsten würde ich sie sofort aus dem Fenster oder am besten gleich ins Feuer werfen, das aber geht natürlich nicht, denn diese Buchstaben sind Mutters Geschenk an ihren lieben und einzigen Sohn, mit dem sie doch eigentlich ein neues Leben beginnen wollte.

Ich versuche, mich zu beruhigen, ich schaue hinunter in den Garten und sehe, dass an diesem Abend wegen Mutters Ankunft auf dem Hof im Freien gedeckt wird, die Kellnerinnen sind schon beinahe mit dem Decken der langen Tafel fertig, ich aber habe nicht den geringsten Appetit, nein, der Appetit ist mir wirklich vergangen. Dann aber höre ich schon, dass Vater uns ruft, *Johannes, Katharina!* und noch einmal: *Johannes, Katharina!*

Da nimmt Mutter mich an der Hand und geht mit mir hinaus auf den Flur, ich gehe links von ihr, sie rechts, und als wir so nebeneinander die kleine Treppe hinabgehen, weiß ich auf einmal, was nun geschehen wird. Ich weiß es ganz genau, es ist nicht nur eine Ahnung, nein, ich weiß es wirklich, und bis heute ist mir unerklärlich, woher ich derart genau wissen konnte, was als Nächstes passieren würde.

Ich erkläre es mir so, dass ich unseren gemeinsamen Gang die Treppe hinab als den Beginn eines Auftritts erlebte. Mutter ist so seltsam festlich gekleidet, wie eine Künstlerin, wie eine Sängerin … – genau eine solche Vermutung ging mir wohl durch den Kopf, und als wir unten, in der leeren Gaststube, ankamen, wusste ich auch sofort, zu welchem Zweck sie sich so festlich gekleidet hatte: Mutter wollte Klavier spielen.

Die abendliche Tischgesellschaft hatte sich längst draußen im Garten versammelt. Einige Fackeln brannten und die Laternen warfen ein weiches, diffuses Licht, während die Fenster der Gaststube weit geöffnet standen, um die frische Abendluft einmal durch den Raum ziehen zu lassen. Mutter aber ging mit mir nicht nach draußen, sondern direkt auf das Klavier zu, auf dem ich an jedem Morgen gespielt hatte. Kurz überlegte ich, ob ich ihr nicht zuvorkommen und ihren Auftritt verhindern sollte, dann aber setzte ich mich auf ihren Wink hin an einen Tisch und beobachtete sie, wie sie den Deckel des Klaviers öffnete, die Finger ihrer beiden Hände für einen Moment auf die Tasten legte, sich noch einmal nach mir umschaute und zu spielen begann.

Sie begann sehr leise, ja sogar unglaublich leise, ihr Klavierspiel war wohl zunächst gar nicht draußen zu hören, dann aber setzte der konstante Rhythmus sich durch, es war ein Walzer-Rhythmus, das bekam ich sofort mit, Mutter spielte einen schmeichlerischen, sich langsam erst aufbauenden, dann aber immer schneller drehenden Walzer. Nach kaum einer Minute hatte ihr Spiel auch eine gewisse Lautstärke erreicht, jedenfalls näherten sich draußen einige Personen den Fenstern, um hineinzuschauen und zu sehen, wer dort gerade spielte, ich hörte das Flüstern, *es ist Katharina, nein, das kann doch nicht sein, dochdoch, es ist Katharina, die spielt, aber ich bitte Dich, was redest Du denn, dochdoch, ich schwöre, es ist Katharina!*

Dieses Flüstern wuchs immer mehr, draußen herrschte ein regelrechtes Stimmengewirr, einige konnten es noch immer nicht glauben, doch an den Fenstern waren jetzt kleine Trauben von Neugierigen aufgetaucht, die, sobald sie Mutter erkannten, ruhiger wurden und endlich ganz schwiegen. Niemand kam jedoch hinein in die Gaststube, niemand wagte sich dort einzufinden, selbst die jungen Kellnerinnen, die eben noch durch die Gaststube geeilt waren, um die letzten fehlenden Gläser nach draußen zu tragen, blieben im Eingang der Küche stehen und trauten sich nicht mehr, die Gaststube zu durchqueren.

Nur ein einziger Mensch kam schließlich von draußen herein, ich sah, wie der große Schatten sich im Laternenlicht der Tür näherte, es war mein Vater, mein Vater kam in die Stube und ging weiter bis zu meinem Tisch, und dann setzte er sich neben mich, während meine Mutter spielte, als habe sie ihn nicht bemerkt.

Damit also hatte sie sich die Zeit meiner Abwesenheit in Köln vertrieben! Sie hatte sich wieder ans Klavier gesetzt und anscheinend unermüdlich geübt, denn ihr Spiel war so sicher und so gefestigt, als hätte sie in dieser Hinsicht nie eine Krise erlebt. Sie spielte sogar mit einer gewissen Brillanz, obwohl sie keine Virtuosenstücke ausgewählt hatte, sondern einen Walzer nach dem andern vortrug, es waren jedoch, wie dann auch rasch getuschelt wurde, Walzer von Frédéric Chopin, in denen es Passagen genug gab, die etwas durchaus Virtuoses hatten.

Ich möchte an dieser Stelle meiner Erzählung kurz innehalten und zugeben, dass dieses abendliche Vorspiel meiner Mutter der Grund für eine kuriose Hassliebe wurde, die mich bis heute mit den Kompositionen Frédéric Chopins verbindet. Ich muss das an dieser Stelle erwähnen, weil diese Hassliebe in meinem Leben immer wieder eine große Rolle gespielt hat und später der Anlass sowohl für eigentlich überflüssige Katastrophen als auch für bestimmte Sternstunden war.

Mein angespanntes Verhältnis zu den Kompositionen Chopins hatte zum einen damit zu tun, dass ich von Mutters Spiel hingerissen war wie noch von keinem andern zuvor. Ab und zu hatte ich auf Schallplatten große Pianisten spielen gehört, aber ich hatte noch nie einen spielen sehen. Mit Mutters Spiel erlebte ich daher zum ersten Mal live einen mir perfekt vorkommenden Auftritt, der die Verführungskraft der Musik inszenierte und sich dafür genau der richtigen Stücke bediente.

Die Walzer Chopins nämlich hatten etwas außerordentlich Verführerisches, ja sie kokettierten geradezu mit der Verführung, indem sie sich von Walzern in Traumtänze und wieder zurück in Walzer verwandelten, aparte Läufe einstreuten und daher letztlich ein raffiniertes Spiel mit dem Walzer trieben, das auch all denen gefiel, die an klassische Musik nicht gewöhnt waren, wohl aber sofort erkannten, dass es sich offenbar um Walzer handelte.

In Bewunderung dieses Raffinements und der Spielkunst meiner Mutter saß ich also mit offenem Mund da, ich liebte dieses Spiel, ich liebte es in diesem Moment über alles, und doch begann ich es von Minute zu Minute auch mehr und mehr zu hassen. Warum hatte Mutter mir nichts von ihrem Klavierüben verraten? Warum trat sie an diesem Abend unseres Wiedersehens so demonstrativ auf, als habe sie endlich Zeit gefunden, wieder ordentlich Klavier zu üben? Und warum spielte sie genau auf jenem Klavier derart perfekt, auf dem ich zuvor meine einsamen Übungen gemacht hatte?

Während sie brillierte und weiter und weiter spielte, kam es mir so vor, als geriete mein wochenlanges

Üben in Vergessenheit, ja als würde es vollkommen ausgelöscht. Nein, ich hatte in diesen Wochen nicht Kompositionen von Frédéric Chopin, sondern Stücke von Johann Sebastian Bach und Domenico Scarlatti gespielt,
und diese Stücke hatten nicht im Geringsten an das ver-
führerische Raffinement herangereicht, das die Stücke
Chopins mit jedem Takt ausstrahlten. Gefragt, ob ich
schon einmal Stücke von Chopin gespielt hätte, hätte ich
sogar antworten müssen, dass dies bisher nicht der Fall
gewesen sei, nein, verdammt, ich hatte noch nie Chopin gespielt, und wenn es in der Zukunft nach mir ginge, würde ich wohl auch nie Stücke von Chopin spielen, denn diese Stücke waren ein verführerisches und
sich einschmeichelndes *Träumer-und-Mitsummer-Gedudel*,
erfunden nur deshalb, um mit unlauteren Mitteln zu
prunken.

Träumer-und-Mitsummer-Gedudel — das war meine erste,
vom Hass auf das Spiel meiner Mutter genährte Beleidigung, die nun den Kompositionen Chopins galt, und
leider muss ich zugeben, dass ich mich in meinem weiteren Leben geradezu darin übertroffen habe, immer
neue Beleidigungen der Kompositionen Chopins zu erfinden. Natürlich konnte der Komponist Frédéric Chopin nichts dafür, dass meine Mutter seine Stücke miss-
brauchte, um bei all ihren Zuhörerinnen und Zuhörern
gut anzukommen, natürlich traf ihn an alledem nicht
die geringste Schuld, es ging in der Beziehung zwischen
Chopin und mir aber auch nicht um Gerechtigkeit und
Anerkennung, sondern um etwas Emotionales, Diffuses:
Ich konnte Chopins Musik nach einiger Zeit, so verfüh-

rerisch sie auch immer sein mochte, nicht mehr ertragen und ausstehen, in meinen Ohren war sie gerade wegen ihres Raffinements unerträglich durchschaubar, ein Narkotikum, das ich am liebsten sofort verboten oder auf andere Weise ausgeschaltet hätte.

Nun gut, lassen wir es vorerst dabei bewenden, von Chopins Kompositionen wird später noch ausführlicher die Rede sein …, wichtig ist im Augenblick nur, dass ich Chopin zu lieben und gleichzeitig zu hassen begann und dass dieselbe Liebe und derselbe Hass dem Spiel meiner Mutter galten, das nicht aufhören wollte, sondern einen Walzer nach dem andern kredenzte, Walzer für Walzer, und alle waren sie Walzer des Komponisten Frédéric Chopin.

Beinahe eine halbe Stunde, behauptete Vater später einmal, habe Mutter damals gespielt, und am Ende habe selbst das Küchenpersonal ein wenig gemurrt, weil man kein abendliches Konzert, wohl aber eine Abendmahlzeit in mehreren Gängen geplant hatte, die nun alle warm gehalten werden mussten, über eine halbe Stunde lang.

Dann aber war es vorbei, und der Beifall war groß, und mein Vater umarmte meine Mutter, die nun endlich nach draußen ging und sich dort weiter feiern und an ihrem Ehrenplatz in der Mitte des langen Tisches platzieren ließ. Nach ihrem Spiel hatte sie nicht nach mir geschaut, sie hatte mich übersehen oder nicht mehr an mich gedacht, auch das schmerzte mich, sie war also nach draußen geeilt, um den Beifall und das Lob zu genießen, darauf war es ihr angekommen, nicht aber darauf, den Abend vor allem als jenen Abend zu feiern, an dem sie ihren einzigen, geliebten Sohn nach langer Trennung wiedersah.

Am Ende ihres Auftritts saß ich also wahrhaftig allein in der Gaststube. Nur mein Onkel Hubert war noch in meiner Nähe, *na, Johannes*, fragte er, *willst Du uns später auch noch was spielen?* Ich stand auf und schüttelte den Kopf, nein, ich wollte auf keinen Fall später noch irgend ein Stück spielen, dessen Komponist kein Mensch genau kannte und das keiner unbedingt hören wollte, nein, das wollte ich auf gar keinen Fall.

Ich verließ die Gaststube und ging draußen zu dem langen Tisch, an dem schon die meisten Hofbewohner Platz genommen hatten, ich sah, dass Mutter in der Mitte einer Tischseite saß und anscheinend direkt neben ihr ein Platz auch für mich vorgesehen war. Ich wollte aber jetzt nicht neben ihr sitzen, ich war völlig verbockt, ihr Auftritt hatte mich tief gekränkt, in meinen Augen hatte sie mit den dürftigen Walzern Chopins auf meine Kosten einen billigen Sieg errungen.

Und so ging ich nicht hinüber auf ihre Tischseite, sondern zu der anderen Seite und setzte mich ihr genau gegenüber, Auge in Auge mit ihr wollte ich dieses Abendessen hinter mich bringen, und ich hatte mir vorgenommen, kein einziges Mal zu lächeln oder sonst eine freundliche Geste zu machen. *Willst Du denn nicht neben Deiner Mutter sitzen?*, fragte mich jemand, ich aber tat, als hätte ich die Frage nicht gehört, sondern setzte mich einfach hin, die Tischordnung musste wohl rasch geändert werden, aber das alles interessierte mich nicht, ich saß nicht neben Mutter, sondern ihr gegenüber, und nur darauf kam es jetzt an.

Endlich nahmen dann alle Platz, und Onkel Hubert sprach das Tischgebet. Danach sagte er noch zwei oder drei Sätze zu Mutters Begrüßung, und dass alle an diesem Tisch sich über ihre Anreise aus Köln freuten. Einen Moment war es in dem von vielen Fackeln zusätzlich erleuchteten Garten beinahe andächtig still, ich glaubte sogar, den nahen Fluss rauschen zu hören, so still kam es mir in diesem Moment vor. Der Onkel wünschte allen schließlich einen guten Appetit und setzte sich wieder ..., als ich, noch in die Stille hinein, zu sprechen begann: *Da ist eine Suppenschüssel, und daneben ist eine Suppenkelle. Da ist ein Unterteller, da ist ein flacher Teller, da ist ein tiefer Teller. Der tiefe Teller ist ein Suppenteller, der kleine Teller ist ein Nachspeisenteller. Da ist eine Soßenschüssel mit einem Soßenlöffel. Da ist eine Gemüseschüssel, und daneben ist eine Salatschüssel, und daneben ist das Salatbesteck. Da ist Salz, da ist Pfeffer. Da ist Öl, da ist Essig. Da ist ein Messer, da ist eine Gabel, da ist ein Löffel. Da ist eine Salatgabel, da ist ein Salatlöffel, da ist ein Wasserglas, da ist ein Bierglas, da ist ein Bierhumpen, da ist ein Weinglas. Da ist ein Weißweinglas, da ist ein Rotweinglas. Da ist der Brotkorb, da ist Brot ...*

Während ich das alles aufsagte, hatte ich die Augen geschlossen. Ich brauchte mir die Dinge auf dem Tisch nicht lange anzuschauen, ich hatte ihre Bilder im Kopf, und indem ich mich an die Bilder erinnerte, erinnerte ich mich an die Worte. So sprach ich nicht von dem schön gedeckten Tisch vor meinen Augen, sondern von dem mit Bildern und Worten gedeckten Tisch in meinem Kopf.

Als ich fertig war und die Augen wieder öffnete, schaute ich Mutter an und erkannte auf den ersten Blick, dass sie völlig überrascht und fassungslos war. Sie hatte die Schultern hochgezogen, als fürchtete sie sich vor etwas, sie saß angespannt da, als wäre sie geradezu entsetzt und als zöge sie den Kopf ein, weil die Welt um sie herum gleich zusammenzustürzen drohte. Eben hatte sie noch den Beifall und die Eleganz ihres Auftritts genossen, jetzt aber hatte ich meinen eigenen Auftritt folgen lassen, keine Kompositionen von Chopin, sondern glasklare Sätze, *da ist ..., da ist ..., und da ist ...*

Sie war gar nicht fähig, auf diesen Auftritt zu reagieren, sondern sie hielt sich die rechte Hand vor den Mund, als wäre gerade etwas Schreckliches, ja geradezu Furchtbares geschehen. Auch die anderen Teilnehmer an der festlichen Mahlzeit rührten sich nicht, sondern starrten mich an, als wäre ich ein außerirdisches Fabelwesen, das gerade aus dem Weltall gekommen und an diesem Tisch gelandet wäre. Es war wieder still, und die Stille kam mir noch schlimmer und anstrengender vor als die Stille nach dem Tischgebet und den Begrüßungsworten des Onkels. *Warum sagt denn niemand etwas?*, dachte ich, *warum, verdammt, sagt nicht endlich jemand einen ersten, freundlichen Satz? Und warum, verdammt, bekomme ich keinen Beifall?*

Niemand, wirklich niemand sagte zunächst einen Ton, alle waren anscheinend noch viel zu sehr damit beschäftigt, zu begreifen, was gerade geschehen war. Niemand sagte etwas, niemand klatschte, dann aber begann endlich doch jemand zu sprechen, und er tat es auf eine Art und Weise, die mir noch heute den größten Respekt und alle Bewunderung abverlangt.

Es war mein Vater, der endlich zu sprechen begann, mein Vater hatte sich zuerst gefangen, vielleicht gelang ihm das in diesem schwierigen Augenblick besser als den anderen, weil er meine täglichen Fortschritte am besten von allen mitbekommen und immer daran geglaubt hatte, dass sein Sohn einmal sprechen würde.

Das Erstaunliche war nur, dass Vater mit keiner einzigen Bemerkung auf mein Sprechen einging, dass er es weder kommentierte noch mich lobte, sondern aufstand und auf die Gastwirtschaft zeigte: *Und was ist das, Johannes?*, fragte mein Vater.

Perfekt! Mein Vater fragte mich, was das war, so wie er die ganzen letzten Wochen für mich gefragt und mir gezeigt hatte, was dieses oder jenes Ding da vor meinen Augen war. Mein Vater forderte mich also auf, vor den anderen das Frage- und Antwort-Spiel mit ihm zu spielen, mein Vater verlangte noch mehr von mir, mein Vater war nicht damit zufrieden, dass ich eine Kostprobe meines Sprechens oder ein paar luftige Kompositionen zum Besten gab, mein Vater wollte, dass ich den ganzen Reichtum meines neuen Wissens zeigte.

Ich stand auf, so wie er, ich stand jetzt hinter dem Tisch und schloss die Augen, und dann setzte ich wieder an: *Das ist die Wirtschaft. Das ist der Eingang mit einem Geländer. Das ist die Laterne. Das ist die Wand mit den Fenstern. Das ist der Balkon und der Balkonstuhl und der Balkontisch und die Balkonpflanze. Das ist das Dach und die Traufe und der First. Das ist der Schornstein und der Giebel und das Giebelfenster ...*

Da hörte ich, dass geklatscht wurde, ja, es wurde wirklich geklatscht! Das Klatschen wuchs und wurde lauter, und nun waren auch die ersten Stimmen zu hören, anfeuernde Stimmen, Stimmen, die mich zu Höchstleistungen anspornen wollten, gleichzeitig aber wurde auch auf den Tisch getrommelt, als wollte jemand den Rhythmus zu meinen Worten und Aufzählungen klopfen, weiter, weiter, ich machte weiter, das Weitermachen war für mich ja kein Problem, ich hätte die halbe Nacht weitermachen können, schließlich hatte ich Hunderte, ja vielleicht sogar Tausende Worte auf Lager.

Dann aber spürte ich, dass mich jemand an der Schulter berührte, ich öffnete die Augen, Vater packte mich jetzt an der Schulter, und ich sah, dass er mir vormachte, wie ich mich verbeugen sollte. Ich sollte mich also zum Klatschen der anderen verbeugen, tief verbeugen sollte ich mich, mehrmals, wie ein Klavierspieler nach seinem großen Auftritt sollte ich mich verbeugen.

Ich trat einen Schritt vom Tisch zurück, und dann verbeugte ich mich tief, wie Vater es mir gezeigt hatte, alle lachten und freuten sich, nur Mutter saß noch immer fassungslos hinter dem Tisch und schaute mich an, als könnte sie nicht begreifen, was ich gerade vollbracht hatte.

So stand ich minutenlang und verbeugte mich immer wieder nach allen Seiten, bis Vater mich an der Hand nahm und mit mir in die Gaststube zurückging. Warum tat er das? Was hatten wir beide noch in der Gaststube zu suchen?

In der Gaststube kam es mir jetzt sehr dunkel vor, ich konnte Vater kaum erkennen, dann aber hörte ich ihn in der Dunkelheit sprechen: *Das war wunderschön und großartig, Johannes! Du hast Deinem Vater gerade eine sehr große Freude gemacht! Alles, was wir hier auf dem Hof gemeinsam getan haben, war also nicht umsonst, nein, es war nicht umsonst. Manchmal habe ich, ehrlich gesagt, nicht mehr daran geglaubt, dass wir beide es schaffen, aber wir haben es doch geschafft. Du und ich, wir haben es geschafft, vor allem aber hast Du es geschafft! Wenn Du so weiter machst, kann Dir jetzt nichts mehr passieren! Wir sind über den Berg, Du kannst jetzt sprechen, lesen und schreiben! Ab jetzt wirst Du es allen zeigen …*

Ich war so unglaublich stolz, dass mein Vater das sagte, und noch stolzer war ich darauf, dass er mit mir in die Gastwirtschaft gegangen war, um mir das alles nicht vor den Augen der anderen, sondern allein nur mir zu sagen. Wir beide hatten es geschafft, ja, wahrhaftig, wir beide, Vater und Sohn, hatten etwas Großes hinbekommen.

Ich war nun kein einsames, stummes und zurückgebliebenes Kind mehr, ich war ein Junge wie alle anderen, mit einem nicht mehr zu bändigenden, jahrelang unterdrückten, jetzt aber umso vehementer ausbrechenden Wissensdrang. Von nun an würde ich alles lesen, was mir unter die Augen kam, und von nun an würde ich alles aufschreiben, was ich an neuen Dingen sah. Ich war nun bereit, an die Volksschule zurückzukehren und es, wie Vater gesagt hatte, allen zu zeigen …

23

GESTERN NACHMITTAG bin ich nach meinem täglichen Schreibpensum wieder einmal Mariettas Mutter im Treppenhaus begegnet. Wir sind stehen geblieben und haben uns etwas unterhalten, und da wir gerade so leicht ins Gespräch geraten waren, nahm ich einen Anlauf und lud sie und ihren Mann zu einem Abendessen in meine Wohnung ein. *Können Sie denn kochen?*, fragte Mariettas Mutter, und ich antwortete, dass ich recht ordentlich kochen könne und dass sie keine Angst haben müsse, etwas Ungenießbares zu essen zu bekommen.

Sie lächelte, sie tat etwas scheu, und als sie weitersprach, verstand ich auch sofort, warum. Sie berichtete nämlich davon, dass sie nicht mehr mit ihrem Mann zusammenlebe, ihr Mann und sie lebten seit einiger Zeit getrennt, doch er kam alle paar Tage vorbei, um Marietta zu sehen und etwas mit ihr zu unternehmen.

Ich wusste nicht so recht, was ich darauf erwidern sollte, ich hatte ihren Mann beinahe noch häufiger als sie im Treppenhaus und zweimal sogar unten in der Buchhandlung im Parterre gesehen. Er hatte allerdings keinen Kontakt mit mir aufgenommen, sondern mich jedes Mal nur mit einem kurzen, aber freundlichen Nicken gegrüßt, jeder von uns war seiner Wege gegangen, wir hatten anscheinend beide keine Lust verspürt, uns miteinander bekannt zu machen.

Jetzt aber, nach der Auskunft von Mariettas Mutter über den bedauerlichen Zustand ihrer Ehe, verstand ich sofort, warum sich ihr Mann mir nicht vorgestellt hatte und nicht auf mich zugekommen war. Er war dabei, sich von dem Haus, in dem er vielleicht ein paar Jahre gelebt hatte, zu entfernen, deshalb wollte er keine neue Verbindung zu einem anderen Hausbewohner mehr aufnehmen und gewiss keine zu einem Fremden, von dem er nicht wusste, ob er sich nicht nur für kurze Zeit in Rom aufhielt.

Der Hinweis von Mariettas Mutter auf ihre Ehe führte im weiteren Verlauf unseres Gesprächs dann dazu, dass wir das Thema *Einladung zum Abendessen* gar nicht mehr berührten, das Thema hatte sich anscheinend von selbst erledigt, und so sprach ich auf mehrere Nachfragen hin von etwas anderem, wie zum Beispiel davon, dass ich kein Rom-Neuling sei, sondern in meinen Jugendjahren und später immer wieder längere Zeiten in Rom verbracht habe. Meine Erläuterungen schienen Mariettas Mutter zu interessieren, denn ihr Interesse ging weit über das übliche, höfliche Maß einer kurzen Konversation hinaus, ja sie fragte mich sogar danach, in welchen Gegenden Roms ich früher einmal gelebt und was mich in diesen vergangenen Zeiten nach Rom geführt habe.

Wir gaben uns schließlich die Hand, sie ging einige Stufen hinauf zu ihrer Wohnung, und ich ging hinab ins Freie und machte einen kurzen Abstecher in die Buchhandlung, die ich für eine der besten Buchhandlungen Roms halte. Ich widmete mich ein wenig dem belletristischen Sortiment und suchte nach neuen italienischen Romanen, deren Lektüre meine Sprachkenntnisse weiter verbessern könnte, da ich aber nicht einen einzigen Titel fand, der mich irgendwie interessierte, kaufte ich mir eine historische Studie über das Leben Konstantins des Großen, ließ das Buch als Geschenk einbinden und verließ die Buchhandlung wieder.

Wie meist nach einem langen Schreibtag hatte ich starken Durst (ich trinke während des Schreibens nichts, nicht mal einen Kaffee, keinen Tee, nicht einmal Wasser, ich trinke rein gar nichts), und so streunte ich etwas über den großen Platz vor meinem Wohnhaus, um die richtige Adresse für ein erstes Getränk am Nachmittag zu finden. Meist trinke ich zunächst eine kleine Flasche Wasser, dann aber einen Campari, ich trinke Campari beinahe ausschließlich am späten Nachmittag oder am frühen Abend, nie käme ich auf die Idee, nachts noch einen Campari zu trinken, und erst recht würde ich niemals einen Campari nach einer Mahlzeit trinken.

Ich dachte ein wenig über meine merkwürdigen Trinksitten nach und spielte im Kopf zunächst das Campari-Spiel durch (wann und wo trinke ich Campari, vor welchen Mahlzeiten trinke ich ihn am liebsten, trinke ich ihn gerne zu zweit?), um nach einer Weile zu bemerken, dass meine morgendliche Romanarbeit mich noch immer im Griff hatte. Von diesen Spielen im Kopf mit bestimmten Begriffen, von diesem Ein- und Zuordnen und Sortieren und Umsortieren hatte ich nämlich am Morgen erzählt und geschrieben, jetzt aber wurde ich diese Themen nicht los und verhielt mich wie der kleine Junge, der am Tisch einer Gartenwirtschaft saß und lauter Worte für bestimmte Tischgeräte aufzählte und durchging.

Als ich mich dabei ertappt hatte, musste ich lächeln, ich wusste ja aus Erfahrung, wie stark mich das Schreiben usurpierte, am besten war es, quer über den Markt zu gehen und eine der kleinen Bars zu betreten, in denen ich angesprochen und damit auf andere Gedanken gebracht wurde. Und so ging ich quer über den Testaccio-Markt und dann in die nächstbeste kleine Bar und bestellte, ganz gegen meinen Vorsatz, einen schwarzen Caffè und einen Anisschnaps, mein Gott, ich war anscheinend wirklich etwas durcheinander, denn es gehörte gewiss nicht zu meinen Gewohnheiten, den späten Nachmittag mit einem Anisschnaps einzuleiten.

Ich dachte noch darüber nach, warum mir diese Bestellung unterlaufen war (*Campari ist im Grunde ein typisches Träumer- und Mitsummer-Gesöff*, dachte ich), als ich Mariettas Mutter die Bar betreten sah. Als wir uns erkannten, war es uns beiden peinlich, einander gleich wieder zu begegnen, sie lächelte aber tapfer und kam sofort auf mich zu und erklärte mir, dass sie während ihres Einkaufs etwas vergessen habe und deshalb noch einmal schnell auf den Markt geeilt sei.

Was trinken Sie denn da?, fragte sie, und ich erklärte es ihr, obwohl ich mich schämte, ja, ich schämte mich wahrhaftig, gerade ein so blödes Getränk wie einen Anisschnaps zu trinken, was hinterließ das bloß für einen Eindruck?, und was würde ich selbst von einem Men-

schen halten, der etwas so Dämliches wie einen Anisschnaps trank?

Was möchten Sie trinken?, fragte ich sie daher rasch, sie
überlegte einen Moment, dann aber sagte sie, dass sie
seit ewigen Zeiten keinen Anisschnaps mehr getrunken habe und eigentlich gar nicht mehr wisse, wie so etwas schmecke, und dass sie deshalb gern einen solchen
Schnaps trinken würde, einen solchen Schnaps und einen
schwarzen Caffè.

Wir unterhielten uns dann eine Weile sehr angeregt,
mein leerer, ausgeschriebener Kopf machte erstaunlich
gut mit, ich erfuhr, dass Mariettas Mutter mit Vornamen
Antonia und mit Nachnamen Caterino hieß, Letzteres
hatte ich bereits gewusst, aber nicht behalten, irgendwann war mir der Name auf dem Türschild der Wohnung aufgefallen.

Antonia Caterino war von Beruf Historikerin, sie hatte
einige kurze und anscheinend erfolgreiche Jahre als Assis-
tentin an der Universität hinter sich, dann aber hatte
sie geheiratet und Marietta geboren, der Karriereeifer
war ein wenig gebrochen, sie hatte die universitäre Stelle verloren, schließlich war sie Gymnasiallehrerin geworden. *Ich verstehe*, sagte ich am Ende ihres kurzen Vita-Be-
richts, *deshalb sehe ich Sie nie am Vormittag, ich sehe Sie nie,
weil Sie in der Schule sind!*

Zum Glück ging sie über diese einfältige Bemerkung hinweg und befragte mich nach weiteren biographischen Angaben zu meiner Person, ich sagte ihr, dass ich Schriftsteller sei und gerade an einem Roman über meine Biographie

arbeite, weswegen ich gerade jetzt nicht gern über mein bisheriges Leben sprechen würde, dieses Sprechen würde mich durcheinanderbringen, und gegenüber einem Schreibstoff gelte sowieso ein absolutes Schweigegebot.

Sprechen Sie mit niemandem über ein in Arbeit befindliches Manuskript?, fragte sie neugierig, und ich bedauerte sofort, nicht gelogen und mich als Architekt oder Immobilienhändler ausgegeben zu haben. Die meisten Menschen geraten nämlich, wenn sie einem Schriftsteller begegnen, in eine gewisse Verzückung, als wäre es das Großartigste und Seltenste auf der Welt, einem Menschen zu begegnen, der täglich einige Seiten mit Buchstaben und Worten füllt. Meist beginnt dann ein ewiges Fragen (*Schreiben Sie noch mit der Hand? Machen Sie sich vorher Notizen? Wie lange arbeiten Sie an einem Roman?*), es handelt sich um eine Fragerei, die niemand einem Architekten oder Immobilienhändler zumuten würde (*Besichtigen Sie die Wohnungen, die Sie verkaufen wollen, vor einem Kundengespräch selbst? Machen Sie sich dabei Notizen? Wie lange brauchen Sie für einen Verkauf?*), mit der ausgerechnet Schriftsteller aber unaufhörlich genervt werden.

Ich antwortete wahrheitsgemäß, dass ich während der Arbeit an meinem Manuskript mit niemandem über dieses Manuskript sprechen würde, und ich gab zu erkennen, dass ich wirklich nicht gern über dieses Thema sprach, nein, ich wollte am Ende eines anstrengenden Schreibtages wahrhaftig nicht über Einzelheiten meiner Arbeit sprechen.

Wir schafften es dann erstaunlicherweise, das Thema fallen zu lassen, und unterhielten uns etwa noch eine Viertelstunde weiter, am Ende unseres Gesprächs kam Antonia dann jedoch seltsamerweise noch einmal auf mein früheres Angebot zurück und schlug mir vor, einmal zu ihr und Marietta zum Abendessen zu kommen, wir könnten gemeinsam etwas kochen, Marietta mache das Kochen Spaß und außerdem spiele sie Gästen gern etwas auf dem Klavier vor.

Ich war von diesem Angebot regelrecht betört, sehr gut, dachte ich, endlich sind meine einsamen Tage zu Ende, nichts tue ich jetzt lieber als mit anderen Menschen nach einem langen Schreibtag ein Abendessen zu kochen, während der Kocharbeit etwas Wein zu trinken und einem leidlich gut spielenden Kind dabei zuzuhören, wie es den ersten Satz von Johann Sebastian Bachs *Italienischem Konzert* spielt.

Ich schlug vor, noch an diesem Abend schriftlich ein kleines Menu zu komponieren, meine Menu-Angaben würde ich Antonia in den Briefkasten werfen, sie könnte sie korrigieren oder ergänzen, je nach Mariettas und ihrem Geschmack, und dann solle sie den Zettel zurück in meinen Briefkasten werfen, damit ich am nächsten Tag einkaufen gehen und die Bestandteile unserer Mahlzeit besorgen könne.

Wollen wir gleich morgen Abend zusammen essen?, fragte ich, und Antonia Caterino lächelte wieder und stimmte zu, nicht ohne sich über das Procedere lustig zu machen, das ich für die Zusammenstellung des abendlichen Menus vorgeschlagen hatte. Dann aber leerten wir unsere Gläser Anisschnaps, und Antonia Caterino verabschiedete sich.

Als sie verschwunden war, griff ich gleich nach meinem Notizheft und notierte noch im Stehen an der Bar die Zusammenstellung des Menus, ich dachte an etwas typisch Römisches, an eine Kichererbsensuppe mit etwas Pasta, an Penne mit Artischocken und an eingekochte, fruchtige Aprikosen mit etwas Eis. Kein Fleisch, kein Fisch, sondern geradezu spartanische, einfache Gerichte! Marietta, vermutete ich, würde so etwas mögen, und Antonia mochte so etwas wahrscheinlich auch, jedenfalls konnte ich mir nicht vorstellen, dass ich den beiden mit gut gewürzten Fleischspeisen oder raffiniert zubereitetem Fisch eine Freude gemacht hätte.

Noch am gestrigen Abend warf ich diesen Menuvorschlag, den ich zuvor noch ordentlich abgetippt und ausgedruckt hatte, in den Briefkasten der Familie Caterino und erhielt ihn bereits heute Morgen mit der Bemerkung, dass meine Vorschläge mit Freude angenommen würden und es nichts zu ändern gebe, zurück. Nun gut, so etwas hatte ich mir ja bereits gedacht, ich hatte den Geschmack von Marietta und Antonia anscheinend genau getroffen.

Da mich der Gedanke an das abendliche Menu jedoch sehr beschäftigte, verbrachte ich den halben heutigen Morgen, ganz gegen meine sonstige Gewohnheit, auf dem Markt und in seiner Umgebung. Ich kaufte ein, ich unterhielt mich hier und dort über die beste Zubereitung einer traditionell römischen Kichererbsensuppe, ich notierte mir lauter Details, ja ich ging geradezu verschwenderisch mit meiner morgendlichen Zeit um, die ich doch sonst immer mit Schreiben verbracht hatte.

Kurz vor Mittag hatte ich meine Einkäufe dann endlich hinter mir und brachte alles zunächst in meine Wohnung. Ich stellte den Wein kühl und breitete meine Einkäufe auf dem Küchentisch aus, offensichtlich hatte ich viel zu viel eingekauft und mich keineswegs an die Menu-Vorschläge gehalten, schon allein all die Käsesorten, die ich in einem nahe gelegenen, stadtbekannten Feinkost-Geschäft erstanden hatte, hätten für eine passable Abendmahlzeit gereicht, ganz zu schweigen von den hervorragenden Würsten, die ich aus reiner Schaulust gekauft hatte und von denen ich zwei oder drei – ganz gegen meine Vorsätze – am Abend in der Pfanne braten würde.

Während ich so noch in der Küche hantierte, hatte ich plötzlich Lust, die gekauften Sachen zu einem Stillleben zu ordnen, im Grunde war das alles ja bereits in ungeordnetem Zustand ein schöner Anblick, um wie viel schöner aber würde es noch erscheinen, wenn ich es zu einem Stillleben komponiert hätte.

Ich begann auch gleich damit, ging aber zuvor hinüber in mein Arbeitszimmer, um eine CD einzulegen, ich dachte an ältere Bach-Aufnahmen des Pianisten Alfred Cortot, die ich lange nicht mehr gehört hatte, ich drückte die Play-Taste und ging wieder in die Küche zurück, als ich aber in der Küche ankam, bekam ich ausgerechnet eine Cortot-Aufnahme mit den Walzern Frédéric Chopins zu hören.

Im Grunde war es natürlich zum Lachen, ich lachte aber nicht, ja es amüsierte mich nicht ein bisschen, statt der erwarteten Stücke von Bach nun die Walzer von Chopin zu hören. Im ersten Ärger wollte ich sofort wieder zurück ins Arbeitszimmer gehen, um die falsch einsortierte CD aus dem CD-Player zu nehmen und durch eine andere zu ersetzen, dann aber blieb ich auf halbem Weg stehen, hörte einige Minuten zu und ging dann wieder zurück in die Küche, wo ich mich an den großen Tisch setzte, auf dem die Bestandteile des heutigen Abendessens lagen. Ich setzte mich, ich begann, etwas aufzuräumen, ich verteilte die eingekauften Lebensmittel auf dem großen Tisch, und ich hörte dabei ununterbrochen die Walzer Chopins. Sofort war die alte Szenerie wieder da: Der Hof und die Gastwirtschaft, meine Mutter, die letzten Tage auf dem Land …

24

MUTTER UND ich – wir hatten nach unserer mehrwöchigen Trennung nicht sofort wieder zueinandergefunden. Jeder von uns beiden spürte es, unser früherer gemeinsamer Rhythmus passte nicht mehr, der eine tat dies und der andere jenes, mehr als den halben Tag verbrachte jeder für sich allein.

Wenn ich mich am frühen Morgen an das Klavier setzte, nahm sie zwar neben mir Platz und kontrollierte mein Spiel, ich mochte diese Kontrolle aber eigentlich nicht mehr und noch viel weniger mochte ich, dass sie sich später selbst an das Klavier setzte und übte, während ich

draußen im Freien einer anderen Beschäftigung nachging.

Während der letzten Wochen hatte jeder von uns beiden ohne den anderen auskommen müssen, darunter hatte die frühere Symbiose gelitten. Wir hätten versuchen
können, die Risse wieder zu kitten, aber inzwischen
hatte jeder bestimmte Eigenheiten und Vorlieben entwickelt, auf die er nicht wieder verzichten wollte.

Ich selbst bemerkte zwar an vielen Kleinigkeiten, dass
Mutter sich Mühe gab, die alte Nähe zu mir wieder-
herzustellen, hielt mich aber ihr gegenüber etwas zurück, weil ich ihren Brief noch genau im Kopf hatte. Sie
hatte doch geschrieben, dass wir nicht so weitermachen
wollten wie bisher, ja sie hatte doch ausdrücklich den
Wunsch geäußert, dass sich etwas ändern müsse. Wenn
sie aber wirklich dieser Meinung war und es sich nicht
nur um Absichtserklärungen handelte, durften wir beide
nicht mehr einen Großteil des Tages in der Nähe des anderen verbringen.

Dass ich mich ihr gegenüber zurückhalten müsse und
dass ich meinen bisherigen Tagesablauf nicht wieder ändern dürfe – das alles ging mir die ganze Zeit durch den
Kopf, ich konnte über so etwas aber noch nicht sprechen,
da ich vorerst nur über eine sehr einfache Sprache verfügte.

Ich antwortete jetzt zwar meist, wenn ich etwas gefragt wurde und die Frage verstanden hatte, aber ich
antwortete in kurzen, einfachen Hauptsätzen, die auf die
Fragesteller nicht selten komisch wirkten. Alle Bewoh-

ner des Hofes waren zwar gebeten worden, mich nicht auszulachen und meine ersten sprachlichen Äußerungen nicht gleich wieder im Keim zu ersticken – die jüngeren hielten sich daran aber nicht, sondern begannen immer wieder zu lachen und lachten dann hinter vorgehaltener Hand weiter.

All dieser Spott machte mir aber nicht mehr viel aus, zum einen deshalb, weil ich an Spott schon seit den ersten Kinderjahren gewohnt war, zum anderen, weil ich fest daran glaubte, bald besser und freier sprechen zu können. Vorerst brauchte ich zum Sprechen noch sehr konkrete Bilder, ich musste sie vor Augen haben, und ich musste genau wissen, wie man die Gegenstände auf diesen Bildern benannte. Was mir jedoch fehlte, waren die Verben und Adverbien, die Bewegung und Aktionen in meine Sprache gebracht hätten. Deshalb antwortete ich zum Beispiel auf eine Frage wie *Wohin gehst Du, Johannes?* nicht mit einem *Ich gehe zum Fluss, ich gehe schwimmen*, sondern mit einem *Da ist der Fluss. Am Fluss sind die Pappeln*, womit ich ausdrücken wollte, dass ich in der Nähe der Pappeln im Fluss schwimmen wollte.

Um mich richtig zu verstehen, musste man also meine Sätze miteinander kombinieren und ein Gespür dafür haben, wie die Lücken in meinen Sätzen zu füllen waren. Der einzige, der das perfekt beherrschte, war mein Vater, der meist genau ahnte, was ich sagen wollte. Meine Mutter dagegen, die unsere Spaziergänge und Streifzüge ja nicht mitbekommen hatte, stand nicht selten vor einem Rätsel, zumal sie ja selbst noch nicht sprach und daher nicht weiter nachfragen konnte.

Auch von meinen anderen Fortschritten hatte sie selbst zunächst wenig, Mutter hatte keine Freude daran, sich viel draußen im Freien zu bewegen, und sie unternahm mit mir auch sonst nichts, obwohl ich zum Beispiel damit gerechnet hatte, dass sie mich einmal zum Baden in dem uns beiden vertrauten See mitgenommen hätte. Das aber tat sie nicht, sie nahm mich nicht mit, ging aber, wie ich rasch herausgefunden hatte, durchaus manchmal allein in das Wäldchen und damit zum See.

Für mich hatten ihre einsamen Gänge zur Folge, dass ich selbst den See nicht mehr aufsuchte, sondern nur noch im Fluss schwimmen ging, manchmal badeten und schwammen wir wahrscheinlich zur selben Stunde in zwei getrennten Gewässern, ich verstand das nicht, ich verstand nicht, warum Mutter nicht daran dachte, ihrem einzigen, geliebten Sohn einen Waldsee zu zeigen, in dem sie selbst doch offensichtlich gern badete.

Da ich mich aber auch nicht aufdrängen wollte, ging ich jetzt meist mit einigen anderen Kindern baden, wobei es mich immer häufiger zu der steilen Felspartie hinzog, von der aus die etwas älteren ihre waghalsigen Sprünge ins Wasser machten. Direkt unterhalb des Felsens war der Fluss sehr dunkel, schattig und viel ruhiger als an anderen Abschnitten, in einigem Abstand zu dieser fast kreisrunden, glatten und in den Felsen hinein ragenden Fläche dagegen strömte er schnell, so dass sich die jüngeren Kinder, die sich noch nicht auf den Felsen wagten, dort einige Meter mittreiben ließen.

Das tat nun auch ich immer wieder und beobachtete dabei aus einer gewissen Entfernung die älteren, die nahe an den Felsen heranschwammen, ihn über eine schmale, kurvenreiche Fährte hinaufkletterten, sich oben zu mehreren auf dem Felsplateau versammelten und dann einer nach dem anderen heruntersprangen.

Ich hatte mir schon oft ausgemalt, wie schön es sein müsste, ebenfalls einmal von dort oben zu springen, als ich an einem Nachmittag von einem der älteren Kinder aufgefordert wurde, mit hinaufzugehen. *Hast Du etwa Angst?*, fragte der Junge und sagte, nachdem ich den Kopf geschüttelt hatte: *Na dann komm mit hinauf!*

Angst war ein Wort, das ich nicht mehr gerne hörte, denn dieses Wort hatte ich meine halbe Kindheit lang hören müssen. *Der Junge hat ja eine solche Angst ..., Seine Mutter hat noch immer Angst ..., Die stehen vielleicht eine Angst aus ..., Haben die etwa schon wieder Angst?* – ich hatte alles, was mit der Angst zu tun hatte, in fast allen denkbaren Formulierungen geboten bekommen und schließlich selbst nicht mehr verstanden, warum anscheinend alles, was mit Mutter und mir zu tun hatte, immer wieder auf diese verdammte Angst hinauslief.

Hier, auf dem Land, hatte ich keine Angst, die Angst war bereits nach wenigen Tagen verschwunden und danach hatte es überhaupt keinen Grund mehr gegeben, sich ängstlich zu fühlen oder vor lauter Angst ein Versteck aufzusuchen. Nein, ich hatte wahrhaftig keine Angst mehr, und ich wollte nicht, dass wieder von Angst die Rede war, ich hatte keine Angst mehr zu sprechen und erst recht hatte ich keine Angst, von einem Felsen ins tiefe Wasser zu springen.

Weil ich mir in dieser Sache sehr sicher war, folgte ich dem älteren Bub, den ich sonst gar nicht kannte, vielleicht wusste er nicht, mit was für einer ehemals furchtsamen Kreatur er es zu tun hatte, ja vielleicht wusste er überhaupt nicht, wer ich war – umso besser, dann würde er mich auch nicht laufend beobachten, wenn ich mit ihm den Felsen hinaufkletterte.

Wir schwammen hintereinander zu der dunklen Stelle des Flusses, wir klammerten uns an dem Felsen fest und zogen uns hoch, bis wir Boden unter den Füssen hatten, dann kletterten wir den Felsen hinauf, ich hinterher, mit gesenktem Kopf, mich mit beiden Händen absichernd.

Oben angekommen, schaute ich hinunter. Ich erkannte die nahe Gastwirtschaft, die lang gezogenen Hügel am Horizont, das Wäldchen, die Wiesen mit den verstreut herumstehenden Gruppen von Kühen – all das war aus dieser Höhe gut zu überblicken und machte einen friedlichen, ruhigen Eindruck. Wenn ich jedoch direkt nach unten, in die Tiefe, schaute, bekam ich es nun doch mit der berüchtigten Angst zu tun. Wie weit das Wasser entfernt war, wie unglaublich weit! Wie dunkel und abstoßend es wirkte, als wollte es einen hinabziehen und nicht mehr freigeben! War es schon einmal vorgekommen, dass einer der Springer in der Tiefe geblieben war, konnte so etwas geschehen, konnte es vielleicht passieren, dass man sich in der Tiefe in irgendwelchen Algenwäldern verfing und dann nicht mehr auftauchte?

Wir standen zu zweit hoch oben auf dem Plateau, und mein Begleiter schaute mich an: *Du hast doch Angst! Du bist noch nie hier runtergesprungen, habe ich recht?* Ich wusste nicht, was ich antworten sollte, ich wollte nicht zugeben, noch nie gesprungen zu sein, denn ich war schließlich genau so groß und wohl auch genau so kräftig wie mein Gegenüber, der anscheinend schon viele Male den Sprung gewagt hatte. Gab es einen Satz mit *Angst*, den ich hätte sagen können? Fast hätte ich in der Eile *Die Angst ist tief* gesagt, dann aber fiel mir gerade noch eine andere Formulierung ein: *Der Fluss ist tief.*

Der Junge, der neben mir stand, nahm diesen hilflosen, ja törichten Satz aber anscheinend ernst, er beugte sich jedenfalls etwas vor, schaute herunter und antwortete: *Fünf Meter! Der Fluss soll hier über fünf Meter tief sein, aber nur an dieser Stelle, nur hier!* Er blickte kurz noch einmal zur Seite und schaute mich fragend an, ob sein Satz bei mir angekommen war und mich beeindruckt hatte, dann aber wurde es ihm zu viel. Einen Schritt trat er noch zurück, dann nahm er einen kleinen Anlauf, und ich sah ihn in die Tiefe fliegen, wo er im Wasser verschwand, bald aber wieder auftauchte und mir zuwinkte, als wäre der Sprung ein großer Spaß gewesen.

Nun war also ich dran, aber ich zögerte noch, verdammt, jetzt hatte ich wirklich wieder *Angst*, jetzt hatte mich dieses lähmende, erstickende Gefühl wieder gepackt, so dass ich mich nicht rühren konnte, sondern, wie früher als kleines Kind, auf der Stelle erstarrte. Hätte es hier oben bloß ein Versteck gegeben, in das ich mich hätte zurückziehen können! Sollte ich einfach wieder hinabsteigen oder was zum Teufel sollte ich tun?

Ich blickte noch einmal Hilfe und Rat suchend in die Ferne, als ich meine Mutter bemerkte, die vom Wäldchen aus näherkam und über die Wiese auf den Fluss zulief. Sie hatte mich anscheinend oben auf dem Felsen erkannt, denn sie winkte energisch, um mir zu bedeuten, auf keinen Fall in den Fluss zu springen. Ihr Laufen, ihre Unruhe, ihr dramatisches Abwinken – ich schaute mir das nicht gerne an, zumal es mich an viele Szenen in meiner Kindheit erinnerte, in denen sie mich immer wieder davon abgebracht hatte, einmal irgendetwas zu wagen.

Warum mischte sie sich wieder ein? Warum überließ sie nicht mir die Entscheidung und brachte mich jetzt wieder wie früher so durcheinander, dass ich am Ende gar nicht mehr wusste, was ich tun sollte?

Sie rannte auf den Fluss zu und blieb dann an seinem Ufer, direkt gegenüber dem Felsen, stehen, immer wieder signalisierte sie etwas mit beiden Armen, sie wollte mir anscheinend unbedingt verbieten, von der Höhe zu springen, am Ende war sie vor lauter Erregung beinahe außer sich.

Ich formte meine beiden Hände zu einem Trichter und rief ihr von der Höhe aus zu: *Der Fluss ist hier tief,* aber sie schüttelte nur abwehrend den Kopf, als stimmte nicht, was ich sagte. *Der Fluss ist sehr tief,* rief ich weiter, sie aber wollte das nicht hören und geriet derart in Panik, dass ich kaum noch hinschauen konnte.

Ich spürte genau, dass es für mich jetzt darauf ankam, bei meinem Vorhaben zu bleiben: Ich musste springen, ganz unbedingt, die alten Zeiten, in denen Mutter mir immer wieder gesagt hatte, was ich tun durfte und was nicht, waren endgültig vorbei.

Deshalb trat ich, wie ich es bei meinem Vorgänger gesehen hatte, einen kleinen Schritt zurück, um für den Anlauf auszuholen ... – als ich Mutter vom gegenüberliegenden Ufer her schreien hörte: *Johannes, Du springst nicht! Spring nicht! Tu das Deiner Mutter nicht an!*

Es war, als habe sie die stärkste und letzte Waffe eingesetzt, um mich von meinem Vorhaben abzubringen. Ich dachte aber in diesem Moment keinen Augenblick darüber nach, dass ich meine Mutter gerade zum ersten Mal einige zusammenhängende Sätze hatte rufen hören, nein, ich kam gar nicht dazu, darüber lange nachzudenken, sondern ich folgte dem starken inneren Impuls, den ich gerade noch gespürt hatte, lief an und sprang von der Höhe hinab ins Wasser.

Was für ein wunderbarer Moment! Das Eintauchen in die Kälte, das Verschwinden in der Tiefe, die plötzliche Erleichterung darüber, dass nicht das Geringste passiert war, das Vergnügen an der momentanen Entfernung von Licht, Luft und Sonne, die sekundenlange Zugehörigkeit zu den Bewohnern des Wasserreichs, das langsame, verzögerte Auftauchen und, am schönsten: das stolze Herausstrecken des Kopfes aus dem Wasser, wie nach einer zweiten Geburt! ...

Kaum eine Stunde später ist mir auf der Toilette der Gastwirtschaft schlecht geworden. Ich saß draußen an meinem Gartentisch und notierte meine Tages-Lektion, als ich eine plötzliche Schwäche und einen heftigen Schwindel spürte. Ich sagte niemandem etwas davon, aber als ich mich auf der Toilette befand, wusste ich, dass die Angst mich nun doch noch einmal gepackt hatte. Verdammt! Ich hatte sie längst besiegt, und nun rächte sie sich und verfolgte mich noch ein letztes Mal!

Wahrhaftig, ja, es stimmt, es war ein letztes Mal, denn seit diesem Abend habe ich nie wieder Angst gehabt, vor nichts und vor niemandem mehr. Später hat mir diese Angstfreiheit sehr geholfen, denn sie war wohl auch mit ein Grund dafür, dass meine Verlegenheit oder Scheu gegenüber anderen Menschen verschwand. So konnte ich zum Beispiel bereits wenige Monate nach diesem Ereignis die anderen Klavierspieler nicht verstehen, die mir vor einem gemeinsamen Klaviervorspiel in der Schule zuflüsterten, dass sie große Angst hätten oder sogar *vor Angst vergingen*. Nein, ich verging nicht vor Angst, und es war sogar noch viel besser: In angespannten Situationen, in denen es auf viel ankam, war ich besonders ruhig und konzentriert, als begleiteten mich die Schreie meiner Mutter gerade in solchen Augenblicken.

Andern mag so etwas seltsam vorkommen, aber ich hatte wahrhaftig in bestimmten, wichtigen Augenblicken meines Lebens das sonderbare Gefühl, von diesen Schreien meiner Mutter mit gesteuert zu werden. Diese Schreie, die ich nie aus dem Ohr bekommen habe und die mich seither begleiten, hatten auf mich nämlich nicht die erhoffte abschreckende Wirkung, sondern sie immunisierten mich vielmehr gegen die Angst, ja sie sorgten dafür, dass ich mich von der Außenwelt vollkommen zurückzog und mich ganz auf mich selbst konzentrierte.

Man muss es sich in etwa so vorstellen, dass mir in genau dem Moment, in dem meine Mutter zu schreien begann, eine Art Panzer wuchs. Dieser Panzer wehrte alle Attacken und Zugriffe auf meinen Körper ab und sorgte dafür, dass dieser Körper nur noch seinen eigenen, von außen nicht mehr zu beeinflussenden Regungen folgte. Vielleicht kennen Hochleistungssportler, die ja ebenfalls in bestimmten Momenten aufs Äußerste konzentriert sein und sich von niemandem ablenken lassen dürfen, dieses Gefühl, ich weiß es nicht, ich weiß aber, dass mich später vor vielen Auftritten am Klavier und später am Flügel eine Art Engelsruhe befiel, die mir jede Art von Aufregung oder sogar Angst ersparte.

Vielleicht waren diese Ruhe und diese Trance, die ich auch nach meinem Sprung noch eine Zeit lang empfand, letztlich der Grund dafür, dass ich auf die ersten Worte meiner Mutter überhaupt nicht reagierte. Ich ging ans Ufer und trocknete mich ab, und ich gesellte mich nicht zu den vielen anderen Menschen, die von den Schreien meiner Mutter angelockt worden waren und sich nun um sie kümmerten.

Nachdem ich aufgetaucht war, war sie erst langsam wieder still geworden. Sie war vor Aufregung und Erschöpfung auf den Boden gesunken und hatte kurze Zeit später wegen ihres heftigen Zitterns von den anderen eine

Decke umgelegt bekommen. Man hatte nach meinem Vater geschickt, der noch auf dem Feld gearbeitet hatte, schon bald aber zur Stelle gewesen war. Mutter war in die Gastwirtschaft gebracht und ins Bett gelegt worden, man hatte einen Arzt kommen lassen. Angeblich war sie bald eingeschlafen und hatte sehr fest geschlafen, so dass der Arzt unverrichteter Dinge wieder hatte abziehen müssen. Vater hatte die ganze Zeit an ihrem Bett verbracht, und als sie tief in der Nacht wieder aufgewacht war und eine Zeit lang mit ihm gesprochen hatte, kam er zu mir in mein Zimmer, setzte sich an mein Bett und sagte: *Johannes, es ist alles in Ordnung! Deine liebe Mutter spricht wieder mit uns …*

Die Walzer von Chopin liefen die ganze Zeit, als ich mich an all diese Szenen erinnerte. Ich räumte meine Küche ein wenig auf und ordnete die Lebensmittel, die ich gekauft hatte, immer wieder neu auf dem großen Küchentisch. Als ich sie in Ruhe überschaute, konnte ich erkennen, dass sie wohl für eine ganze Woche gereicht hätten. Warum hatte ich bloß so viel eingekauft und warum hatte ich mich nicht an die Idee eines schlichten Abendessens gehalten?

Das große Stillleben, das ich schließlich komponiert hatte, war derart schön, dass ich es Antonia und Marietta nicht vorenthalten wollte. Ich legte eine CD mit Stücken von Domenico Scarlatti auf und klingelte bei meiner Nachbarin, obwohl es noch früh am Nachmittag war. Antonia Caterino erschien in einem strengen, seidenen Morgenmantel in der Tür und vermutete, dass ich mich in der Zeit vertan habe. Ich sagte ihr, dass sie sich zusammen mit Marietta unbedingt *all die schönen Sachen* anschauen müsse, die ich am Vormittag gekauft habe. Sie lachte, sie verstand nicht genau, was ich meinte, vielleicht war ich auch etwas zu durcheinander, um mich klar auszudrücken. Jedenfalls sagte Sie: *Kommen Sie doch erst einmal herein!*, und dann betrat ich die Wohnung der Familie Caterino und hörte sofort, dass in einem der hinteren Zimmer der erste Satz des *Italienischen Konzerts* von Johann Sebastian Bach gespielt wurde.

Die Wohnung war viel größer und eleganter als meine, sie hatte vier Zimmer, von denen aus man auf den weiten Platz vor dem Wohnhaus schauen konnte, und dazu noch mehrere kleinere, die nach hinten, zum Innenhof hin, gingen. Antonia führte mich durch die vorderen, mit viel Geschmack möblierten, während sie die hinteren nur kurz erwähnte, als habe sich im einen Teil der Wohnung der schönere, im anderen aber der finstere Teil des Lebens abgespielt. Seltsamerweise brachte ich den hinteren Teil denn auch sofort mit ihrem inzwischen abwesenden Mann in Verbindung, ja die Vorstellung, dass dieser Mann in genau diesen Zimmern zum Innenhof hin gehaust habe, setzte sich wie eine dumme Fixierung sofort fest.

Im Grunde interessierte mich das alles aber nicht besonders, mich interessierte vielmehr das Klavierspiel, das ich die ganze Zeit hörte, nichts reizte mich jetzt so sehr, wie in die Nähe eines halbwegs gestimmten Klaviers zu geraten, mein Gott, mein Verhalten hatte sogar beinahe etwas von dem eines Süchtigen. Antonia bemerkte davon nichts, sie konnte ja nicht ahnen, was ich alles mit dem Klavierspiel verband, ich hörte sie fragen, ob wir nicht bereits einen Aperitif trinken wollten, und ich nickte sofort und sagte, dass ich gern einen Campari trinken und dabei am liebsten Marietta etwas beim Üben zuhören würde.

Antonia freute mein Vorschlag, sie führte mich auch sofort in das Zimmer ihrer Tochter, *nehmen Sie doch Platz*, flüsterte sie leise, und dann sah ich, dass ich direkt neben dem Klavier auf einem Sessel Platz nehmen sollte, auf dem anscheinend gerade noch Antonia selbst gesessen hatte, um das Spiel ihrer Tochter Marietta zu verfolgen und vielleicht hier und da zu korrigieren.

Ich setzte mich auf den Sessel und bemerkte sofort, dass mir in diesem Moment seltsam heiß wurde. In meinem ganzen Leben hatte ich keine Klavierschüler gehabt und niemanden im Klavierspiel unterrichtet, wohl aber war ich selbst ein Leben lang von den verschiedensten Klavierlehrerinnen und Klavierlehrern und am Ende sogar von einigen großen Pianisten unterrichtet worden. Ich kannte mich also mit diesem Sesselplatz aus, ich wusste, wie und wann ein guter Lehrer von diesem Sessel aus am besten in die Übungen seiner Schüler eingreift, ich wusste es ganz genau, und es reizte mich schon in dem Augenblick, in dem ich Platz nahm, genau das zu tun.

Ich schlug jedoch ein Bein übers andere und lehnte mich zurück, Marietta spielte immerhin so konzentriert, dass sie auf mein Erscheinen nichts gab, sie spielte weiter und weiter, aber ich sah auf den ersten Blick, dass sie an vielen Stellen einen völlig falschen, ja geradezu abwegigen Fingersatz benutzte. Wer hatte ihr diesen Fingersatz beigebracht, wer war der Idiot? Ein Kenner oder ein halbwegs erfahrener Klavierspieler konnte es nicht sein, dafür war alles zu chaotisch und unüberlegt.

Es reizte mich immer mehr, sofort einzugreifen, aber ich riss mich zusammen, zunächst wollte ich abwarten, bis der Campari serviert wurde. Ich versuchte, nicht auf die Tasten zu schauen, und blickte mich stattdessen etwas im Zimmer um, das in der Tat noch ein richtiges Kinderzimmer war, mit einigen Bildern einer mir unbekannten britischen Pop-Band an der Wand. Wie brachte so jemand wie Marietta das zusammen, die Stücke dieser Band, die sie doch wahrscheinlich sehr mochte, und den ersten Satz des *Italienischen Konzerts* von Johann Sebastian Bach?

Ich hatte nicht den Eindruck, dass sie gegen ihren Willen übte, nein, es sah nicht so aus, sie hatte anscheinend durchaus Freude daran, diesen Satz zu spielen, und sie spielte ja auch gar nicht schlecht, wenn auch noch viel zu gehemmt.

Als Antonia mit zwei Gläsern Campari und einem Glas Orangensaft erschien, hörte Marietta sofort auf zu spielen und drehte sich nach mir um. Sie war nicht erstaunt, mich zu sehen, nein, sie lächelte, es kam mir beinahe so vor, als freute sie sich über mein Erscheinen. Ich nickte, ich klatschte betont theatralisch, Marietta lachte jetzt sogar so, als wäre der freundliche, gerade aus dem Nichts erschienene Herr sehr willkommen.

Wir stießen mit unseren Gläsern an, wir nahmen einen Schluck, dann aber erklärte Antonia ihrer Tochter, dass auch ich einmal Klavier gespielt habe, *das stimmt doch?, das habe ich doch richtig in Erinnerung?*, fragte sie. Sie hätte so etwas nicht fragen, sie hätte meine sowieso bereits bestehende starke Anziehung durch das einen Meter vor mir stehende Klavier nicht verstärken sollen, ich antwortete jedenfalls nicht, sondern nickte nur und fragte Marietta dann sofort, wer für den Fingersatz verantwortlich sei, den sie eben benutzt habe.

Marietta begriff nicht, was?, was wollte ich wissen?, es ging um die Fingersätze?, waren Fingersätze denn wichtig? Sie fragte so naiv und so drollig, dass Antonia lachen musste, dann aber lachten die beiden zusammen, als hätten sie sich nie einen Gedanken über Fingersätze gemacht und als hätte ich gerade eine besonders unsinnige Frage gestellt.

Das Lachen der beiden reizte mich ein wenig und forderte mich gleichzeitig heraus, *dochdoch*, sagte ich, *Fingersätze sind sehr wichtig, es gibt Menschen auf der Welt, die machen sich überhaupt nur darüber Gedanken!* Marietta staunte: Wirklich? Und ich machte gerade keinen Spaß, sondern es gab wirklich Menschen, die sich nur über Fingersätze Gedanken machten? Aber nein, das war ja unmöglich, aber nein, ich machte ja nur einen Scherz!

Ich saß nicht kaum einen Meter vor einem halbwegs gestimmten Klavier, um mir nach beinahe zwei Jahrzehnten eines pianistischen Studiums sagen zu lassen, dass ich bloß einen Scherz machte, wenn ich über Fingersätze sprach. *Marietta, darf ich Dir mal etwas zeigen?*, fragte ich leise und war regelrecht erleichtert, als sie sofort ihren Platz räumte. Wir tauschten die Plätze, ich saß jetzt an einem römischen, halbwegs gestimmten Klavier, es war zu seltsam, wie war ich eigentlich hierher geraten?, ganz offensichtlich war ich doch einzig und allein diesen Klavierklängen gefolgt und hatte mir auf raffinierte Art Zugang zu dieser Wohnung und ihren Bewohnern verschafft, die mich im Augenblick vor allem deshalb interessierten, weil sie ein spielbares Klavier besaßen.

Schau mal, Marietta, hier diese Stelle ..., sagte ich, *an dieser Stelle bleibst Du immer wieder hängen, weil Du einen falschen Fingersatz verwendest.* Ich spielte die Passage betont langsam, Note für Note, damit man genau beobachten konnte, welche Finger ich benutzte. Als ich damit durch war, spielte ich sie noch zwei-, dreimal, und jedes Mal spielte ich ein wenig schneller. *Und schau mal, Marietta, genau dieselben Probleme hast Du wegen eines falschen Fingersatzes an dieser Stelle ...*

Ich geriet sofort in Fahrt und ging eine Stelle nach der andern an, viel hätte nicht gefehlt, und ich hätte meine Korrekturen sofort in die Noten eingetragen, in die eine unbeholfene Hand keine Fingersätze, wohl aber einige Angaben über die jeweils notwendige Lautstärke eingetragen hatte. Unwillkürlich schüttelte ich den Kopf, anscheinend hatte Marietta wirklich einen miserablen Lehrer, der sich statt um die durchaus wichtigen Fingersätze um Angaben über die Lautstärke kümmerte, die jeder einigermaßen musikalische Spieler gar nicht benötigte, weil sie sich von selbst verstanden.

Vielleicht hatten Marietta und Antonia erwartet, dass ich mir nur zwei oder drei kurze Passagen vornehmen wollte, da hatten sie sich verrechnet, denn natürlich genoss ich es sehr, endlich wieder einmal Klaviertasten zu berühren. Als ich gar nicht mehr aufhörte, stand Marietta auf und verließ das Zimmer, ich unterbrach mein Spiel und fragte Antonia, ob ich das Kind etwa langweile, *na ja*, antwortete sie, *vielleicht wäre es besser gewesen, Marietta zunächst einmal für ihr Spiel zu loben.*

Ich nahm einen Schluck Campari und antwortete: *Mein Gott, Sie haben völlig recht, ich bin ein Idiot, ich hätte Marietta zunächst loben müssen, anstatt gleich über die falschen Fingersätze zu sprechen. Aber einmal unter uns: Die Fingersätze sind wirklich das Letzte, und die Angaben für die Lautstärken hier in den Noten sind geradezu kindisch. Ich an Ihrer Stelle würde dem Kind einen besseren Klavierlehrer besorgen.*

Antonia lächelte wieder, aber ich bemerkte, dass sie leicht verkrampft lächelte. Und dann sagte sie: *I c h bin ihr Klavierlehrer, ich bin es selbst!*

Ich drehte mich auf dem runden Klavierhocker ganz zu ihr herum und ließ meine Arme an beiden Seiten des Körpers heruntersinken. *Entschuldigen Sie, Signora, ich wollte Sie nicht kränken, und ich kann zu meiner Ehrenrettung nur anführen, dass ich keineswegs ein paar Jahre Klavierunterricht erhielt, sondern ein paar Jahrzehnte, so dass ich, mit anderen Worten, ein ausgebildeter Pianist bin. Zum Teil wurde ich sogar hier in Rom ausgebildet, kaum einige Kilometer von hier, im römischen Conservatorio. Ich rede also nicht einfach daher und mokiere mich über Fingersätze oder Lautstärken-Angaben, sondern ich spreche als ein Mann vom Fach. Dennoch, Sie haben recht, ich hätte das nicht tun sollen, ich hätte feinfühliger und freundlicher vorgehen müssen, es tut mir leid.*

Ich stand auf, um mich vom Klavier zu entfernen, als Antonia eine entschiedene Bewegung machte, die mich stehen bleiben ließ. Sie antwortete, dass sie natürlich keine Ahnung von alldem gehabt habe und dass sie meine Reaktion unter diesen Umständen verstehe. Jetzt, wo sie über mein Vorleben Bescheid wisse, erinnere sie sich sogar daran, dass sie einmal vermutet habe, dass ich gut Klavier spielen könne. Ich habe nämlich in ihren Augen wie ein Pianist ausgesehen, ja, genau, ich habe auf sie den Eindruck eines Pianisten gemacht.

Ich konnte mir nicht richtig ausmalen, welche Vorstellung Antonia Caterino von einem Pianisten hatte, vor vielen Jahrzehnten hatte man sich darunter doch eher ephebische Jünglinge mit einer dekadenten Liszt-Mähne und damit einen Typus vorgestellt, mit dem mein Äußeres nicht das Geringste gemein hatte. Ich war groß, kräftig und in extremen Sonnenperioden zudem noch blond – man hätte mich vielleicht auch für einen norwegischen Speerwerfer oder einen finnischen Filmregisseur halten können, wie man aber auf den Gedanken kam, in mir einen Pianisten zu vermuten, war mir völlig unklar.

Egal, ein wenig fühlte ich mich sogar geschmeichelt, anscheinend hatte Antonia sich über mich und mein Vorleben ein paar Gedanken gemacht, so etwas gefiel mir schon allein deshalb, weil sich viele Jahre meines Lebens kein Mensch irgendwelche Gedanken über mich und mein Leben gemacht hatte.

Was meinen Sie, wie kann ich meinen Fehler wiedergutmachen?, fragte ich Antonia. Sie legte einen Finger auf ihren Mund, stand auf, verließ das Zimmer und kam nach kaum einer Minute wieder mit ihrer Tochter zurück. Sie sagte, dass sie Marietta erzählt habe, dass ich einmal Pianist gewesen sei, und dann sagte sie weiter, dass mir Mariettas Spiel gut gefallen habe. *Aber ja*, setzte ich sofort nach, *es hat mir sehr gefallen, wahrhaftig, Du hast mir damit eine große Freude gemacht, Marietta!*

Anders als ich befürchtet hatte, wirkte Marietta nicht beleidigt oder sogar gekränkt, sondern erleichtert, ja sogar zufrieden. Sehr gut, sie war also psychisch durchaus stabil und hatte auch noch nicht die üblichen Marotten pubertierender Mädchen, die es schaffen, jede kleine und noch so unschuldige Geste eines Gegenübers als eine Beleidigung auszulegen.

Danke, sagte Marietta also, und dann bat sie mich, ihr und ihrer Mutter nun den ersten Satz des *Italienischen Konzerts* von Johann Sebastian Bach *am Stück* vorzuspielen. *Am Stück?!* Um Himmels willen! Das hatte ich nun wiederum gar nicht gewollt, ich hatte das Klavier zwar berühren, aber keineswegs *am Stück* auf ihm spielen wollen, schließlich war ich auf so etwas nicht vorbereitet, nein, wirklich nicht.

Ich spürte aber sofort, dass es auch nicht gut angekommen wäre, sich jetzt noch lange zu zieren, ich hatte nun einmal von meinem früheren Pianisten-Dasein erzählt, da konnte ich jetzt nicht so tun, als koste es mich endlose Überwindung, ein Stück von Johann Sebastian Bach zu spielen. *Ich habe das Stück verdammt lange nicht mehr gespielt,* sagte ich und wusste noch in demselben Moment, dass all meine Entschuldigungen und Ausreden nicht halfen. Ich sollte spielen – und zwar sofort!

Nun gut, was stellte ich mich denn so an, es handelte sich schließlich nicht um ein Konzert, sondern um eine private Vorstellung, da durften mir durchaus ein paar Fehler unterlaufen, darauf kam es jetzt gar nicht an, es kam vielmehr darauf an, Marietta und ihrer Mutter eine Freude zu machen. Als Einstimmung auf unser Abendessen! Oder vielleicht sogar als Beginn einer Freundschaft!

Ich setzte mich, ich drehte den Klavierhocker etwas höher, ich legte beide Hände, so wie ich es gewohnt war, kurz auf die Tasten, ohne sie anzuschlagen. Dann konzentrierte ich mich und begann zu spielen.

Es hörte sich gar nicht so schlecht an, ich spielte nur etwas zu schnell. Durch irgendwelche trüben Erinnerungen hatte ich eine sehr rasche Version des Stückes im Ohr, ja, wahrhaftig, ich spielte es viel rascher als etwa Alfred Cortot, vor allem aber spielte ich es lauter, ich spielte es wirklich verdammt laut. Aber ich spielte nicht schlecht, nein, keineswegs, dafür, dass ich dieses Stück seit Jahrzehnten nicht gespielt hatte, spielte ich es sogar ganz ausgezeichnet! Was für eine Freude es machte, diese Finger wieder genau dafür einzusetzen, wofür sie eigentlich seit meiner Kindheit bestimmt waren! Nicht für das Schreiben mit einem Stift, nicht für das Tippen auf einer Computer-Tastatur waren sie nämlich bestimmt, nein, Gott hatte mir diese kräftigen, schönen Finger geschenkt, damit ich mit ihnen Klavier spielte!

Meine Finger ... – später hat mir Antonia auf meine Nachfrage hin einmal erklärt, dass sie mich nach einem angeblich zufälligen Blick auf meine Finger für einen Pianisten gehalten habe. Die Finger hatten mich also dazu gemacht, nicht mein sonstiges Äußeres! Ich wäre nie darauf gekommen, dass meine Finger das entscheidende Kriterium für diese Vermutung gewesen waren, so ein spezifisches Merkmal fiel wohl vor allem einer genau beobachtenden Frau und bestimmt nicht häufig einem Mann auf.

Jetzt, während meines Spiels, aber verstand ich nicht mehr, wie ich nicht selbst darauf gekommen war. Diese Finger waren doch wirklich auffällig, sie waren auch in früheren Jahrzehnten manchen Menschen sofort aufgefallen, zum Beispiel hier in Rom einer jungen Frau hinter der Theke einer kleinen Bar im Norden Roms, die mich bei meinem zweiten Besuch dieser Bar gefragt hatte, ob ich etwa ein Pianist sei. Diese Frage hatte damals ..., nein, ich erzähle diese Geschichte hier jetzt nicht weiter, nein, auf keinen Fall, ich erzähle vielmehr jetzt, was in der Wohnung von Antonia und Marietta Caterino geschah, als ich den ersten Satz von Bachs *Italienischem Konzert* spielte ...

Nach drei oder vier Minuten bemerkte ich nämlich plötzlich, dass Antonia ans Fenster ging und es öffnete. Sie strich die weißen Gardinen beiseite und dann ging sie auf Zehenspitzen anscheinend ins Nebenzimmer, um auch dort die Fenster zu öffnen. Da wir uns im ersten Stock des Wohnhauses befanden, musste mein Spiel nun auch draußen, auf dem weiten Platz, zu hören sein, *sie hätte mich fragen müssen, ob mir das recht ist,* dachte ich und überlegte, ob ich mein Spiel abbrechen sollte, eine solche Aktion kam mir aber zu eigensinnig und divenhaft vor, nein, ich war nie ein zickiger Jungpianist im Stile einiger zickiger Altmeister gewesen, das zickige Klavierspiel Arturo Benedetti-Michelangelis zum Beispiel hatte mir nie etwas bedeutet, obwohl es damals, als ich am römischen Conservatorio studiert hatte, als das Nonplusultra des italienischen Virtuosentums gegolten hatte.

Also weiter und, wie immer, nicht auf die Umgebung geachtet! Und so spielte ich den ersten Satz des *Italienischen Konzerts* von Johann Sebastian Bach zu Ende und empfand dieses Spiel sogar als ein großes, wiedergefundenes Glück, warum hatte ich mich bloß so lange dagegen gesperrt, wieder einmal Klavier zu spielen, warum hatte ich mich so lange von der schwersten Krise meines Lebens, die unter anderem dazu geführt hatte, dass ich das Klavierspiel abgebrochen hatte, entmutigen lassen?

Auch von dieser Krise erzähle ich an dieser Stelle meiner Lebenserzählung noch nichts, denn diese Passage meiner Erzählung hier ist ja eine rundum glückliche, ich spielte wieder Klavier und indem ich spielte, lockte ich die Bilder des kleinen Knaben wieder an, der damals ..., damals zum Schluss des langen Landaufenthalts auf dem Klavier in der Gaststube der großväterlichen Gastwirtschaft einmal Bachs *Italienisches Konzert* gespielt hatte.

Das Kind sitzt an einem halbwegs gestimmten Instrument, das Kind beherrscht dieses Stück, seit Kurzem beherrscht es auch das Sprechen einigermaßen, vor allem aber hat es jetzt eine Mutter, die wieder spricht, mühelos, ja sogar so gewandt, dass das Kind sie überaus gern sprechen und vorlesen hört, keine Stimme hört das Kind lieber als die Stimme seiner Mutter …, und während in der Gaststube die halbe Belegschaft der Wirtschaft und beinahe all ihre Bewohner versammelt sind, gehen in der Küche drei junge Köchinnen der Vorbereitung des abendlichen Abschiedsessens nach …, auf dem langen Küchentisch liegen die großen, glänzenden Fleischstücke und die frisch gefangenen Forellen, und daneben liegen Berge von Pfifferlingen, Steinpilzen, Hallimasch und Morcheln, die Vater und ich im nahen Wäldchen gefunden haben …

Ich spiele weiter und weiter, und kurz vor dem Ende gehen die alten Bilder vor lauter Vorfreude über in die Bilder meines eigenen Tisches in der Wohnung gleich nebenan, auch dort ist ja der Tisch festlich und üppig gedeckt, es gibt zwar keine Pfifferlinge und keine Morcheln, wohl aber weiße Trüffeln. Die letzten Töne, der Schlussakkord! … – und Antonia und Marietta beginnen zu klatschen, es ist ein Klatschen, das sofort überspringt, hinunter auf den weiten Platz vor dem Wohnhaus, auf dem sich anscheinend Gruppen von Zuhörern versammelt haben, um das Fest dieses glücklichen Moments mit uns zu begehen …

III

Die Flucht

25

Als wir zu dritt nach Köln zurückkehrten, war alles anders als zuvor. Wir waren nicht mehr eine in vielen Hinsichten hilflose und beeinträchtigte Familie, sondern ein inzwischen stark gewordenes Trio, dessen Mitglieder jetzt ihre jeweils eigenen, aber durchaus auch gemeinsame Ziele verfolgten. Jedes dieser Mitglieder konnte sich nun alleine behaupten, jedes hatte seine besonderen Aufgaben und Pflichten, und doch spielte dieses Trio inzwischen auch zusammen und bemühte sich, die neu erworbene Sicherheit zu festigen und auszubauen.

So arbeitete meine Mutter nur wenige Wochen nach unserer Rückkehr wieder in einer Bibliothek. Als ausgebildete Bibliothekarin und langjährige Leiterin einer Bücherei auf dem Land fand sie sich schnell zurecht, sie liebte ihre Arbeit sehr, und wir alle hatten von dieser Tätigkeit schon deshalb viel, weil sie alle paar Tage einige neue Bücher mitbrachte, die sie vor deren Auszeichnung mit einer Signatur und vor der Einreihung in das Ausleihkontingent unbedingt lesen wollte.

Auch in den vergangenen Jahren hatte sie sich durch ihre täglichen Lektüren auf dem neusten Stand gehalten, sie hatte sich durch ihre Krankheit nicht abhängen lassen, nein, im Gegenteil, die Krankheit hatte letztlich sogar dazu beigetragen, dass sie noch viel mehr gelesen hatte als in früheren Jahren.

Wegen dieser ausschweifenden Lektüren wurde sie in der Bibliothek eine geschätzte Ansprechpartnerin für viele Leserinnen und Leser, die ein ganz bestimmtes Buch oder aber ein Buch suchten, das ihrem persönlichen Lesegeschmack entsprach. Meine Mutter musste die Kunden der Bücherei also gut kennen, sie musste um ihre Lesevorlieben wissen, ja sie musste wohl auch über einige Details ihres Privatlebens informiert sein. Das aber gelang ihr, ohne dass ihre Gesprächspartner es merkten, denn meine Mutter konnte sich mit anderen Menschen auf eine so leichte, lockere und angenehme Weise unterhalten, wie ich es in meinem Leben bei kaum einem anderen Menschen erlebt habe.

Man muss sich nun aber vorstellen, mit welchen Kontrasten ich nach unserer Rückkehr nach Köln zu leben hatte. Hatte ich zuvor jahrelang nicht nur darunter gelitten, dass meine Mutter kein einziges Wort sprach, sondern vielleicht noch mehr darunter, dass sie sich beinahe allen Kontakten mit anderen Menschen entzogen hatte, so erlebte ich jetzt eine Mutter, die nicht nur sprach, sondern sich beinahe unentwegt unterhielt und von einer so verblüffenden Freundlichkeit war, dass sich manche Menschen sogar danach drängten, mit ihr zu sprechen.

Ich höre Sie so gerne reden ... – so etwas bekam nun ausgerechnet meine zuvor stumme Mutter zu hören, die auf solches Lob gar nicht reagierte, sondern einfach in ihrem melodiösen, warmen Tonfall weitersprach, dessen besondere Tonlage ich erst viel später als eine Folge ihrer sehr guten französischen Sprachkenntnisse begriff. Die französische Sprache und die französische Musik – meine Mutter liebte das beides seit ihrer Jugend, sie hatte damals eine gewisse Zeit ihres Lebens im Elsass verbracht und dort ihr Französisch verbessert.

Dabei hatte sie aber anscheinend nicht nur eine bestimmte Musikalität der Aussprache adaptiert und sich einen ungewöhnlich weichen und tiefen Sprachton angewöhnt, sondern auch eine Vorliebe für den, wie sie es nannte, *schönen Satz* entwickelt.

Der Satz, den sie für einen schönen Satz hielt, war gar kein besonderer Satz, sondern ganz einfach ein vollständiger Satz in einem abgerundeten Schriftdeutsch, dessen Formulierungen dazu führten, dass man Mutters Sprechen fast immer für ein Erzählen und weniger für ein Behaupten hielt. So gelang es ihr nur mühsam, einen knappen und auf den Punkt und die Pointe hin zu sprechenden Dialog zu führen, sie brauchte vielmehr Zeit, viel Zeit, sie holte aus, erinnerte sich, machte Umwege, streute kleine Exkurse ein, und das alles in einer Sprache, die sich keiner knappen Wendungen, sondern abgerundeter Formulierungen bediente.

Erst viel später habe ich für ihre Sprechweise eine genauere Erklärung und auch eine Bezeichnung gefunden. Während ihres Französisch-Unterrichts im Elsass hatte meine Mutter nämlich an rhetorischen Übungen teilgenommen, wie sie in Frankreich für junge Französinnen selbstverständlich waren. Diese Übungen umfassten nicht nur Übungen im korrekten und eleganten

Ausdruck, sondern griffen auch auf ein Standard-Repertoire bestimmter guter Formulierungen und sprachlicher Preziosa zurück. Wissbegierig wie sie war, hatte meine Mutter all diese Formulierungen und Wendungen aufgeschnappt und keine Ruhe gegeben, bis sie ihren französischen Mitschülerinnen in der Kenntnis und sogar im Gebrauch derartiger rhetorischer Formeln ebenbürtig war.

So war sie bereits in ihren jungen Jahren eine *Rhetorikerin* geworden, die Freude daran hatte, sich gewandt und lebendig auszudrücken. Und ausgerechnet diese Rhetorikerin hatte nach dem Verlust von vier Söhnen die Sprache verloren!

Ich aber erlebte nach all den damit verbundenen, stummen Jahren nun das genaue Gegenteil davon: Jetzt nämlich lebte ich mit einer Mutter zusammen, die beinahe ununterbrochen sprach, und das auf eine Art und Weise, die mich von Anfang an in einen gewissen Bann zog. Immer wieder bat ich meine Mutter, mir etwas vorzulesen oder mir etwas zu erzählen.

Auch mein Vater kam von unserem Aufenthalt auf dem Land verändert zurück. War er vorher der treu sorgende, pflichtbewusste und hilfsbereite Familienvater gewesen, der sich um all die Details kümmerte, die Mutter und Sohn nicht allein bewältigen konnten, so färbte Mutters neu erstandene sprachliche Eleganz jetzt auch auf ihn ab. Diese Eleganz machte ihm nicht nur gute Laune, sie ließ ihn insgesamt noch um einige Grade lebendiger und lebenslustiger werden.

Hatten wir uns früher in einem relativ kleinen Terrain der Stadt bewegt, so konnten unsere Ausflüge und Wochenendfahrten nun gar nicht weit genug gehen: Auf nach Holland! Auf an den Mittelrhein! Auf in den Rheingau und nach Franken!

Während solcher Reisen stürmte Vater mit einer geradezu gnadenlosen Lebenslust voran, alles wollte er in wenigen Tagen erkunden und genießen, es durfte einfach nichts mehr geben, was uns abschreckte oder von einem Vergnügen abhielt, nein, wir sollten *alles kennenlernen*, alles, aber auch wirklich alles!

Anfänglich machte meine Mutter bei solchen Reisen noch mit, aber dieses unruhige, nimmersatte und draufgängerische Unterwegssein war im Grunde nicht ihr Fall. Sie wollte sich länger an bestimmten Orten aufhalten können, sie wollte lesen, und zwar täglich eine bestimmte Ration, mit Vater war das aber nicht gut möglich, so dass sie sich bestimmten Unternehmungen oft entzog und Vater und Sohn am frühen Morgen allein aufbrechen ließ.

Meinem Vater war das nicht recht, er verstand nicht, wie meine Mutter bei sehr schönem Wetter das Sitzen und Lesen in einem Gartenlokal am Rhein einer mehrstündigen Schifffahrt auf demselben Fluss vorziehen konnte. Da er sich jedoch daran gewöhnt hatte, meine Mutter nicht zu kritisieren, und da er überhaupt ein Mensch war, der anderen nichts vorschreiben wollte, äußerte er sich zu ihrem Verhalten lieber nicht.

Vielleicht hatten wir beide, Vater und Sohn, während unseres Landaufenthalts auch bestimmte, andere Menschen ausschließende Eigenheiten des Zusammenlebens entwickelt, heute erscheint mir das sehr wahrscheinlich, damals aber bemerkte ich das natürlich nicht und dachte deshalb auch nicht weiter darüber nach.

Nicht zu übersehen war jedenfalls, dass wir beide während der Reisen eine geradezu ideale Kombination abgaben. Durch unser wochenlanges Naturstudium hatten wir uns daran gewöhnt, den Dingen auf den Grund zu gehen und die Umgebung weniger als einen zufälligen, denn als einen gewachsenen Raum zu betrachten. Um sich diesen Raum zu erklären, machte mein Vater die seltsamsten Anstalten: Er verwickelte die Menschen auf der Straße in ein Gespräch, er besuchte Wirtschaften und Kneipen, er fuhr mit mir den halben Tag in Straßenbahnen und Bussen – und das alles nur, um auf möglichst direkte Weise Informationen zu sammeln, nebenbei noch unterhalten zu werden und das, was er *Land und Leute* nannte, schließlich auch noch in vollen Zügen zu genießen.

Der körperliche, sinnliche Genuss – er spielte bei Vaters Reiseplänen eine nicht zu unterschätzende Rolle. All die Kenntnisse, die wir uns tagsüber aneigneten, kulminierten nämlich letztlich in einer Ausübung der von ihm so bezeichneten *Sinnenfreuden* (wie etwa schwimmen, spazieren gehen, trinken und essen), so dass man Vater kein größeres Vergnügen machen konnte, als abends in einer ländlichen Wirtschaft zu sitzen und mit den Einheimischen über die vielfältigen Aspekte ihres Landlebens zu reden.

Meine Mutter langweilte das nicht nur, nein, meine Mutter fand an diesen sich bis tief in die Nacht hinziehenden Gesprächen überhaupt kein Gefallen. Nachdem sie mit uns zu Abend gegessen hatte, verließ sie uns und legte sich ins Bett, der lange Abend war die Zeit der schönen Lektüren, während mein Vater dieselbe Zeit für seine sehr eigenen, letztlich aber immer auf Information zielenden Formen der Konversation nutzte.

Ich selbst aber konnte mich oft nicht entscheiden. Manchmal, wenn mich eine bestimmte Lektüre sehr lockte, folgte ich Mutter auf ihr Zimmer und ließ mir dann etwas vorlesen, manchmal blieb ich jedoch auch bei Vater und seinen meist männlichen Trinkkollegen und hörte zu, wie viel ein bestimmter Weinberg während eines Jahres an Einkünften brachte oder wie ein bestimmter Landrat es geschafft hatte, den gesamten Landkreis für seine Motorsägenfabrik einzuspannen.

Mit der Zeit aber kippte die Waage dann doch nach einer Seite, und diese Seite war die meines Vaters. Mit meiner Mutter war ich in Köln lange und häufig genug zusammen, auf Reisen dagegen sehnte ich mich nach Abwechslung und nach Gesprächen mit anderen Menschen, außerdem hatte ich ein großes Vergnügen an jener temperamentvollen und offenen Lebensweise, die mein Vater so mühelos kultivierte.

Daher reisten wir nach einiger Zeit nur noch zu zweit. Wir reisten zu den Salzburger Festspielen, wo ich zum ersten Mal einen großen Solo-Abend eines weltweit gefeierten jungen kanadischen Pianisten miterlebte, wir reisten an den Bodensee und nach Berlin, Wien, Prag und

Paris, wir fuhren auf Fahrrädern die Mosel, den Main und den Rhein entlang, wir bestiegen ein Frachtschiff, um von Rotterdam aus halb Europa zu umrunden und erst in Istanbul wieder an Land zu gehen …

All diese Reisen von manchmal nur wenigen Tagen, manchmal aber auch mehreren Wochen fanden zwischen meinem achten und vierzehnten Lebensjahr statt, jedes Jahr planten Vater und ich unsere Aufbrüche genau, und jedes Jahr blieb meine Mutter in Köln oder auf dem Land zurück, um französische Chansons zu hören, Bücher zu lesen, sich mit ihren Geschwistern, Freundinnen und Verwandten zu unterhalten und das Leben einer Frau zu führen, die einen unverwechselbaren Lebensstil pflegte, der zwar von vielen anderen Menschen als »schön« empfunden und daher manchmal sogar bewundert wurde, auf langen Reisen jedoch oft hinderlich wirkte.

Und mir?! Wie erging es mir nach meiner Rückkehr vom Land? Ich besuchte weiter dieselbe Volksschule wie bisher, kam jedoch in eine andere Klasse und erhielt durch diesen Klassenwechsel nun eine Lehrerin. Es handelte sich um eine kleine, schwarzhaarige und noch sehr junge Frau, die sich als ein Glücksfall herausstellte, weil sie einen ganz anderen Unterrichtsstil hatte als die jähzornige Lehrer-Figur, die mich zuvor unterrichtet hatte.

So verging kein Vormittag, ohne dass sie die große Klasse in kleinere Gruppen eingeteilt und diesen Gruppen bestimmte Lern- oder Spielaufgaben gestellt hätte. Gerade dieses Arbeiten in kleinen Gruppen kam mir sehr zugute, da mir zum einen von anderen Schülern, zum anderen aber von der Lehrerin selbst in einem kleinen Kreis besser geholfen werden konnte, wenn ich etwas nicht verstand.

Überhaupt war die Atmosphäre in meiner neuen Klasse viel angenehmer als in der alten. Meine Mitschüler akzeptierten sofort, dass ich noch nicht so flüssig sprach wie sie, ja sie gaben sich sogar Mühe, mir mit bestimmten Worten beizuspringen, wenn mir die passenden nicht sofort einfielen. Auch das ewige Rempeln, Schlagen, Verhöhnen und Verspotten kam nicht mehr vor, vielleicht auch deshalb, weil ich nun bei allen sportlichen Veranstaltungen mitmachte und in einigen Wettbewerben wie Laufen, Springen und Schwimmen sogar zu den besten in der Klasse gehörte.

Seltsamerweise kam ich mit meinen früheren Mitschülern kaum noch in Kontakt, ja ich vermutete sogar manchmal, dass sie gar nicht begriffen, dass ich derselbe Mensch war wie jener blasse und nur in seiner eigenen Welt lebende Schüler, der die Schule vor einiger Zeit verlassen hatte. Über den an die Schule Zurückgekehrten hieß es dagegen, dass er *vom Land* käme, diese Formulierung erweckte den Eindruck, ich sei mit meinen Eltern vom Land nach Köln gezogen, vielleicht dachten viele also, sie hätten einen ganz anderen Menschen vor sich, niemand sprach mich jedenfalls auf die Vergangenheit an, zudem gehörte ich ja inzwischen auch in eine andere Klasse und wurde deshalb nicht weiter nach irgendetwas gefragt.

So verlief meine Rückkehr an die Schule beinahe reibungslos, ich war in Gestalt einer größeren, kräftigeren und vor allem sprechenden Person an die Schule zurückgekehrt, und damit waren anscheinend auch die Voraussetzungen dafür geschaffen, aus mir einen einigermaßen soliden Schüler zu machen.

Der einzige Mensch, der über diese Verwandlung überhaupt ein paar Worte verlor, war der Direktor, der mich einige Tage nach meiner Rückkehr zu sich bestellt hatte. Er unterhielt sich mit mir ein paar Minuten, die wir zu zweit in seinem Direktorenzimmer verbrachten, er tat freundlich und besorgt, er erkundigte sich, womit ich die Zeit auf dem Land verbracht habe, verabschiedete mich dann aber mit dem Satz: *Ein begnadeter Schüler wird aus Dir nicht mehr werden, aber die Klasse könntest Du jetzt vielleicht schaffen, ich wünsche es Dir jedenfalls.*

Dass er noch immer so skeptisch war, lag wohl daran, dass ich auf dem Land zwar begonnen hatte zu sprechen, mich aber natürlich noch nicht flüssig und mühelos ausdrücken konnte. Vielmehr muss man sich mein Sprechen eher wie die Wiedergabe von eingeübten, ja trainierten Sätzen vorstellen, die ich auf eine durchaus willkürliche Weise mit anderen eingeübten Sätzen verband.

Insgesamt bewegte ich mich also noch in einem starren sprachlichen Kosmos, in dem zwar durchaus so seltene und jeden Gesprächspartner überraschende Wörter wie *Eisvogel*, *Silberpappel* oder *Speisemorchel* vorkamen, in dem es andererseits aber zu wenige Angebote für die Variationen von Sätzen gab. So äußerte ich mich vor allem in der Form von Hauptsätzen, die fast ausschließlich einen stark behauptenden oder feststellenden Charakter hatten, konnte aber kaum Aussagen über meine Empfindungen oder Gefühle machen. Dass etwas *gut, schlecht, schön, hässlich, unangenehm oder angenehm* war, sagte ich also nicht, wohl aber konnte ich sagen, dass ein Pilz *dick*, eine Maus *flink* oder ein Fluss *breit* war.

Die Erweiterung meines mit Vaters Hilfe aufgebauten einfachen Wortschatzes ließ freilich nicht lange auf sich warten, denn die Quelle für diese Erweiterung war ja zur Hand: Es war die Bibliothek, aus der meine Mutter beinahe täglich Bücher mitbrachte, ja es war die Lesewelt meiner Mutter insgesamt, in die ich schon deshalb gleich eintauchte, weil ich seit den frühsten Kindertagen eigentlich auf nichts so neugierig gewesen war wie auf alles, was in den Büchern stand.

Ohne dass mich jemand angeleitet hätte, begann ich daher bald, auch aus den gelesenen Büchern Sätze und kürzere Abschnitte abzuschreiben. Es handelte sich um Passagen, die ich behalten oder von denen ich Teile in meinen Wortschatz einbauen wollte, oder es handelte sich um Stellen, die ich für besonders *schön* hielt, meist aber gar nicht bis in Letzte verstand. Gerade jene Stellen, die mir etwas dunkel oder jedenfalls anspielungsreich oder schwer verstehbar erschienen, hielt ich nämlich damals noch für besonders *schön*, in ihnen kamen Worte wie *Analyse*, *Stigma* oder *Volumen* vor, die einen magischen Klang hatten und hinter denen sich nach meinen Vermutungen lauter Geheimnisse verbargen.

Mein tägliches Notieren von neuen und seltsamen Worten aus meiner Umgebung machte zusammen mit dem

Abschreiben von merkwürdigen oder gar schönen Stellen aus den Büchern ein unentwegt schreibendes Kind aus mir, das freilich keinen einzigen Satz aufschrieb, den es sich selbst ausgedacht hatte. Ich schrieb also ab, ich exzerpierte und ich kombinierte meine jeden Tag wachsenden Wort- und Satz-Sammlungen unaufhörlich, ohne je irgendeinen persönlichen Eindruck von der Welt um mich herum festzuhalten.

Begleiteten uns Freunde oder Bekannte auf einem Spaziergang, wunderten sie sich nicht wenig, wenn ich sofort, nachdem wir in einer Gartenwirtschaft Platz genommen hatten, damit anfing, die Speisekarte oder den Aufdruck einer Limonadenflasche abzuschreiben. Jede Eintragung stand unter einem genauen Datum, ich fixierte den Tag und die Uhrzeit, dann ging es los. Zwischen die in meiner Umgebung gefundenen Texte mischten sich die aus Büchern abgeschriebenen, daneben aber gab es kleine Zeichnungen, Skizzen und Ausschnitte aus Zeitungen oder Zeitschriften, die ich noch zusätzlich in meine Kladden klebte.

Bei flüchtiger Betrachtung hätte man durchaus denken können, dass es sich bei diesen Kladden um Objekte eines naiven oder auch wahnsinnigen Künstlers handelte, so einen geradezu manisch systematischen und irritierend kleinteiligen Eindruck machten sie. Und wahrhaftig habe ich in späteren Jahren viele Projekte und Installationen von Künstlern kennengelernt, die gewisse Ähnlichkeiten mit meinen früheren Schreibbüchern aufwiesen.

Seit ich mit diesen Kladden angefangen habe, habe ich sie gesammelt, keine einzige ist je verschwunden, und da ich diese Kladden bis zum heutigen Tag – wenn auch später in anderer Form – weitergeführt habe, ist inzwischen eine große Sammlung entstanden, die auf einem Gelände untergebracht ist, das ich bis heute *Die Familienphantasie* nenne.

Dieses Gelände befindet sich ganz in der Nähe der großelterlichen Gastwirtschaft, vor der ich den ersten Satz meines Lebens sagte, und es befindet sich gleichzeitig auch ganz in der Nähe des Wohnhauses meiner mütterlichen Großeltern. Ein Geodät wie mein Vater hat einmal errechnet, dass *Die Familienphantasie* zusammen mit den beiden großelterlichen Häusern fast exakt ein gleichschenkliges Dreieck bildet.

Die Familienphantasie ist also ein utopischer, konstruierter Raum. Er entstand, als wir in Köln ein wenig zur Ruhe gekommen waren und begannen, uns in regelmäßigen Abständen nach einem Aufenthalt auf dem Land zu sehnen.

26

SEIT WIR das Land wieder verlassen hatten, war nämlich die Sehnsucht, noch einmal oder immer von Neuem solche Tage wie in jenen unvergesslichen Sommer- und Herbstwochen zu erleben, ununterbrochen vorhanden. Natürlich sprachen wir nicht laufend davon, aber ich glaube, dass jeder von uns beinahe täglich Bilder dieses Aufenthaltes im Kopf hatte. In meinem Fall waren es die Bilder des Sees und des schmalen Flusses und damit die Bilder vom Schwimmen, daneben aber auch die Bilder der weiten, oft bis in die Nacht ausgedehnten Spaziergänge mit meinem Vater.

In Köln taten wir unsere Pflicht, wir gingen unseren Aufgaben nach, arbeiteten und knüpften im Laufe der Zeit viele neue Kontakte, auf dem Land aber verwandelten wir uns in Naturwesen, die sich auf ganz andere Erlebnisse freuten. Schon beim frühmorgendlichen Aufstehen spürte man dort die Freiheit, ja im Grunde war die Lebenslust sofort da, weil man sich durch nichts und niemanden eingeschränkt fühlte und der Kontakt mit der Natur jeden Tag tiefe Spuren einer inneren Befriedigung und eines stabilen Glücks hinterließ.

Auch meine Mutter, die sich an unseren Spaziergängen nur selten beteiligte und bei den üblichen Arbeiten auf dem Hof und in der Wirtschaft weniger mitmachte als andere, genoss diese Aufenthalte sehr. Selbst auf dem Land unterhielt man sich gerne mit ihr, sie war die Frau, die im Schatten der Gartenwirtschaft hinter einem Bücherstapel saß, anderen aus diesen Büchern vorlas und sich lange mit Freunden und Gästen unterhielt.

Auf dem Hof nannte man diese Stunden *Die Sprechstunden*, und genau diesen Eindruck machte es auch, wenn Mutter an ihrem kleinen Tisch saß und, ein Bein über das andere geschlagen, ein Buch auf dem Schoß, leicht vorgebeugt, als wollte sie keine Silbe ihres Gegenübers verpassen, ihre Unterhaltungen führte. Manchmal dehnten sich diese Unterhaltungen zu regelrechten Gesprächsrunden aus, und obwohl sich unter deren Teilnehmern oft auch Männer befanden, die durchaus wussten, wie man *das große Sagen* inszenierte, gelang es meiner Mutter doch fast immer, die Gesprächsführung zu behalten.

Mein Vater beobachtete das alles amüsiert, machte bei solchen Runden aber nicht mit. Niemals wäre ihm in den Sinn gekommen, sich über bestimmte Themen auszutauschen oder sogar über sie zu debattieren, nein, das alles war überhaupt nichts für ihn, bei ihm ging es stattdessen immer um Faktisches und damit um Berichte darüber, wie die Welt sich gestaltete und wie sie von ihren jeweiligen Bewohnern geordnet wurde.

Als ich bereits etwas älter war, habe ich ihm gesagt, dass ich meine Spaziergänge und Reisen mit ihm als eine Art *Feldforschung* betrachtet hätte, da schaute er mich verblüfft an und sagte: *Richtig, genau das war es, das Wort lag mir ein Leben lang auf der Zunge!*

Ihren Höhepunkt erreichte diese Feldforschung, als ich in einer Pfingstferienwoche mit ihm wieder täglich auf dem Land unterwegs war und wir dabei mehrere Male, aber ohne jede Absicht, auf ein Höhenplateau zusteuerten, auf dem sich, wie Vater detailliert erklärte, ein sogenannter *trigonometrischer Punkt* befand.

Ich bemerkte sofort, wie begeistert er von dem weiten Ausblick war, den man von diesem Plateau aus hatte. Der Höhenpunkt wurde von mehreren kleinen, separat stehenden Wäldern eingerahmt, die in ihrer Mitte eine

Lichtung frei ließen, von der aus man die gesamte Umgebung überblicken konnte.

Wir ließen uns auf dieser Lichtung nieder, wir aßen dort unseren Proviant, oder wir streckten uns aus, um uns von unseren langen Wegen ein wenig zu erholen. Unten im Tal lag das Dorf, in dem meine Eltern zur Schule gegangen waren, auf der anderen Seite des Hügels aber lag die Gastwirtschaft, in der mein Vater aufgewachsen war. Ich bin sicher, dass er diese ja geradezu aufdringlich bedeutungsvollen Bezüge jedes Mal im Kopf hatte, als wir auf dem Höhenkamm ankamen. Solche Bezüge merkte er sich, und auf sie spielte er gerne an, wenn er etwa behauptete, X sei von Y genauso weit entfernt wie Y von Z, das wiederum von X halb so weit entfernt sei wie Y von X. Mich brachte er mit solchen Rechnungen gern durcheinander, weil er in mir ein Opfer gefunden hatte, das er leicht schwindlig rechnen konnte, er machte so etwas aber nicht nur mit mir, sondern auch mit Erwachsenen, ja sogar mit gestandenen Geodäten und Mathematikern, mit denen er für sein Leben gern Rechenaufgaben löste. Auch das Schachspiel liebte er sehr, weil Schachspielen mit dem Lösen von Rechenaufgaben durchaus vergleichbar war. Ich dagegen mochte Rechenaufgaben und Schachspielen gar nicht, mein seltsames Hirn reagierte auf derartige Aufgabenstellungen überhaupt nicht, sondern stellte sich sofort tot.

Vater konnte mir also lange erklären, dass der Höhenkamm mit dem trigonometrischen Punkt vom Haus seiner Eltern genauso weit entfernt sei wie vom Haus der Eltern meiner Mutter, so etwas vergaß ich sofort wieder, weil ich es mir nicht vorstellen konnte. Sagte er dagegen, dass wir nun wieder auf *die Höhe* gingen, von der aus man das *Sonnenpanorama* sehen könne, wusste ich sofort, was er meinte. *Sonnenpanorama* war eines der dunklen, magischen Wörter, die ich so liebte, während geometrische Angaben zu jener Welt gehörten, die mir wohl für immer verschlossen bleiben würde.

Auffällig war jedenfalls, dass auch mein Vater sich immer wieder von diesem Sonnenpanorama anziehen ließ, dass er die Lichtung mit der weiten Wiese in allen Richtungen ablief, sich länger als nötig in den kleinen Wäldchen aufhielt und schließlich sogar begann, in einem dieser Wäldchen etwas von unserem Proviant zu deponieren. So wurde der Höhenpunkt mit den Tagen zu unserer Höhenstation oder unserem Außenposten, den wir bald so betrachteten, als gehörte er ganz selbstverständlich zu uns und zu unseren Wanderungen.

Am vorletzten Tag dieses Pfingstaufenthaltes bat Vater meine Mutter, uns ausnahmsweise während eines Spaziergangs zu begleiten. Er sagte, dass er ihr das Sonnenpanorama zeigen und dass man dort etwas essen und trinken wolle, die notwendigen Utensilien hatte er ganz gegen seine sonstige Gewohnheit selbst in einem kleinen Korb zusammengestellt.

Ich sehe Vater genau, wie er mit diesem Korb in der rechten Hand vorausgeht, Mutter und ich machen Witze über seine Planungen, er aber geht stur voran, schaut sich nicht nach uns um und reagiert kein einziges Mal auf unsere Bemerkungen. Nach einer Weile kommt es

uns sogar so vor, als stimmte mit ihm etwas nicht, *Josef,
ist was mit Dir?*, fragt meine Mutter zum Beispiel, aber sie
erhält keine Antwort und keine Auskunft.

Vater geht vielmehr voran, als grübelte er über etwas
nach oder als ginge er allein gegen einen schweren Sturm
an, erst als wir auf dem Sonnenpanorama ankommen, atmet er durch, bleibt stehen und bittet uns, auf einer Decke Platz zu nehmen, die er nebenbei auch noch mit hin-
aufgeschleppt hat. Mutter und ich – wir machen weiter
unsere Witze, denn Vater ist seltsam feierlich und wirkt
gleichzeitig etwas abwesend, Mutter vermutet, dass er
uns jetzt einen längeren Vortrag über *Land und Leute* halten werde, und als Vater zu sprechen beginnt, hört es
sich so an, als habe sie mit dieser Vermutung recht gehabt.

Vater steht nämlich vor uns und erklärt das Terrain, er
deutet auf die umliegenden Orte, er zeigt uns die Straßen und Verbindungen zwischen den Dörfern, die wir
nur undeutlich im tiefen Maigrün erkennen. In etwa einer Viertelstunde geht er die gesamte Umgebung durch,
benennt die Hügel, dreht sich im Kreis, spricht von den
Verkehrsverbindungen früher und jetzt und erläutert
dann die Lage der größeren Höfe in der Umgebung, zu
dem einen gehört Land in der Größe von soundsoviel
Hektar, zum anderen in der Größe von soundsoviel, hier
gab es einmal einen Erbschaftsstreit, und dort gehörte das Land einmal einem jungen Aufschneider, der es,
ohne dass seine Brüder davon wussten, parzellenweise an
Jagdfreunde aus dem Rheinland verkaufte.

Dann aber macht er eine Pause und stellt den Korb auf unsere Liegedecke, Vater hat alles dabei, was die Gastwirtschaft zu bieten hat, frische Leber- und Blutwürste, Kartoffelbrot, frischen Käse und Butter und dicke, schwere Radieschen und große, feste Tomaten und eingelegte Gurken vom letzten Jahr. Es gibt kühles Bier, auch Mutter trinkt sogar ein Glas kühles Bier, und ich, ich bekomme ein Glas *Libella*-Limonade, ebenfalls gut gekühlt.

Was ist denn bloß heute los?, fragt Mutter eher rhetorisch, denn sie ahnt bereits, dass sie von Vater keine Antwort erhält, und als er wirklich nicht antwortet, sondern nur die Flaschen öffnet und uns einschenkt, beginnt sie leise zu summen, ja, ich weiß genau, was sie summt, sie summt genau jenes Chanson, das sie auch damals während ihres Lustbads im See gesummt hat. Und weil ich mich an dieses Summen genau erinnere und die Noten im Kopf habe, summe ich mit, es ist, glaube ich, das erste Mal, dass ich so etwas summe, aber das fällt Mutter nicht auf, nein, sie bemerkt wirklich nicht, dass ich ein großer Kenner und Liebhaber gerade dieses Chansons bin, von dessen Text ich allerdings kein einziges Wort verstehe.

Vater stößt aber nun mit uns an, und dann sagt er, dass er sich über unsere gute Laune sehr freut, und dann leert er sein Glas in einem Zug, reckt sich ein wenig in die Höhe, geht sogar für einen Moment auf die Zehenspitzen und erklärt: *Genau hier, meine Lieben, werden wir bauen, ich habe die Pläne bereits im Kopf.*

Mutter summt nicht mehr, sie antwortet nicht, und ich kann mir nicht richtig vorstellen, wie man es fertigbringen könnte, ein Haus auf dieser einsamen Lichtung zu bauen. Gut vorstellen kann ich mir dagegen, was wir nun zu hören bekommen, und ich habe recht, ich habe es mir ganz richtig vorgestellt: Vater geht jetzt mit uns das gesamte Terrain ab und entwirft nicht nur einen Plan für ein einzelnes Haus, sondern einen Plan für den gesamten Raum, in dem wir uns befinden. Alles hat er im Kopf, jedes Detail, von der Farbe und Form der Dachziegel bis hin zur Beschaffenheit der Steinplatten rings ums Haus.

Im Grunde geht es aber gar nicht um dieses Haus, das Haus ist lediglich eine kleine räumliche Form unter vielen anderen räumlichen Formen, denn zum Haus gehören, wie er sagt, die angrenzenden Wälder, zwei Äcker, die Lichtung sowie die westlichen und östlichen Zufahrtswege. Die gesamte Lichtung wird sich einmal in einen großen Hanggarten verwandeln, die Wälder sollen durchforstet und gelichtet werden, und auf den Äckern werden wir Kartoffeln und Rüben anbauen, ganz zu schweigen von den kleinen Gemüse- und Gewürz-Rabatten in der angeblich windstillen Partie hinter dem Haus, in der es neben Gemüse und Gewürzen übrigens auch einen Steingarten geben wird …

Während Vater spricht und gar nicht mehr aufhören will, kommt mir aber immer wieder ein Wort in den Sinn, das ich gerade irgendwo gelesen habe, es ist das Wort *Phantasie* und damit bereits vom Klang her ein Wort, das ich mag und unter die dunklen und magischen Wörter einordnen würde. Was Vater erzählt, *das ist eine Phantasie*, denke ich und meine damit, dass es nicht so richtig klar ist, ob er von etwas Wirklichem, Möglichem oder ganz und gar Ausgedachtem spricht.

Ich selbst kann das alles sowieso nicht entscheiden und erst recht nicht übersehen, so etwas muss Mutter tun, daher schaue ich sie an und warte darauf, dass sie etwas sagt. Ich erwarte, dass sie etwas Ablehnendes sagt oder einen Scherz über diese weit ausholende Phantasie-Konstruktion macht, sie aber sagt nur: *Wir sollten kein allzu großes Haus bauen, sondern vor allem ein Haus für uns Drei …*

Genau in diesem Moment begannen die Planungen für all das, was ich *Die Familienphantasie* genannt habe und was dann wenige Jahre später zunächst als eine Art Feriendomizil verwirklicht wurde: der große Hanggarten, die Wälder, die Beete und Rabatten, ein kleines Haus für uns drei, dazu noch ein Blockhaus für meinen Vater und sein Büro, die schmalen Gehwege und Pfade und dazu von allen Seiten aus ein geradezu überwältigender Blick auf das umgebende Land.

An diesen Planungen und ihrer allmählichen Durchführung waren wir alle drei beteiligt: Vater war so etwas wie der Architekt und der Koordinator, Mutter kümmerte sich um die Stimmungsmomente und die Atmosphären der Landschafts- und Gartengestaltung bis hin zu den Sitzplätzen sowie den großen und kleinen Gärten, und ich brachte meine Ideen mit ein, indem ich mir allerhand Spielplätze im Haus und im Freien und vor allem einen Raum für einen Flügel wünschte.

In den späten fünfziger Jahren war unsere Familie so weit, sich Gedanken über eine solche Planung machen zu können. Sie galt einem Gelände, das den labilen Grund, auf dem wir uns vorerst noch bewegten, sichern sollte. *Die Familienphantasie* war das Projekt unserer allmählichen Gesundung, an ihm war abzulesen, was wir uns alles zutrauten und wie wir in Zukunft leben wollten. Natürlich kam ein vollständiger Umzug auf dieses Gelände vorerst nicht in Frage, an eine derartig endgültige Aktion hatten wir aber auch gar nicht gedacht.

Die Familienphantasie war vielmehr die Planung eines Raums, in den wir uns flüchten konnten, wenn uns danach war. Es war ein einsamer Raum im Abseits, unzugänglich für andere, ja es war im Grunde der Raum einer geplanten und dann mit viel Energie aufgebauten Idylle. Wenn wir in Köln etwas Schönes entdeckten, sagte daher oft einer von uns, dies sei etwas für unser *Domizil*.

Das Domizil war die Bezeichnung, die wir alle Drei diesem Märchenraum gaben, ich selbst aber nannte ihn für mich immer nur *Die Phantasie* und später, als ich in der Jugend auf Distanz zu diesem Raum ging, weil ich ihn in diesem Alter einfach zu schön und zu geschlossen fand: *Die Familienphantasie*.

Die Familienphantasie entstand in jahrelanger Arbeit gegen unsere Ängste und Sorgen und auch gegen die Erinnerungen an die Vergangenheit. Und doch hinterließ diese Vergangenheit auch in diesem Schutzraum ihre Spuren, denn es gab in ihm viele kleine Verstecke und Fluchtmöglichkeiten mit absonderlichen Behausungen sogar für *den Ernstfall*.

Den Ernstfall nämlich hatten wir trotz all unserem Hang zur Idylle, zur Abschottung und zur Stille natürlich nicht vergessen, nein, wir hatten gar nichts vergessen. Wir waren zwar auf dem Weg der Gesundung und taten alles nur Mögliche, um dabei voranzukommen, aber wir erlebten auch Rückfälle in Verhaltensweisen früherer Zeiten. Manchmal resignierte Mutter zumindest für einige Tage, dann zog sie sich in unsere Wohnung zurück und sprach kaum ein Wort, und manchmal wurde ich in der Schule aufgerufen und brachte vor lauter Stottern kaum eine Silbe über die Lippen.

Unter der Oberfläche waren wir also noch immer verwundet, beschädigt und nicht selten auch hilflos, nach außen hin aber wollten wir das nicht mehr zu erkennen geben. Manchmal schämten wir uns sogar, wenn wir wieder als jene hilflosen Gestalten dastanden, die wir längst abgestreift geglaubt hatten. In solchen Momenten erinnerten wir uns an unser *Domizil* und fuhren dann wenigstens für ein Wochenende aufs Land.

Mitten in dem weiten Terrain, das wir erst so ausführlich zu dritt geplant und auf dem wir dann gebaut haben, steht heute ein kreisrundes, doppelstöckiges, erst nach dem Tod meiner Eltern entstandenes Holzhaus, das sein Licht nur vom Dach her bezieht, weil es keine Fenster besitzt. Statt der Fenster gibt es durchlaufende Wände, die vom Boden bis zur Höhe mit Archiv-Kästen gefüllt sind. In diesen Kästen befinden sich meine Schreibbücher und all das Material über meine Familie und mich, das ich seit Jahrzehnten gesammelt habe.

Jedes Jahr wächst dieses Archiv um mehrere Meter, inzwischen ist es an allen Seiten des Holzhauses so hoch, dass ich in den ersten Stock steigen muss, um all die vorhandenen Kästen zu übersehen. Wenn ich dort oben ankomme, schaue ich hinab auf das ebenfalls kreisrunde, leere Zentrum des Hauses. In diesem Zentrum steht ein schwarzer Flügel, der, von oben angestrahlt, den Eindruck eines Bühnenraums komplettiert. Die Bühne ist menschenleer, aber der angestrahlte Flügel erweckt die Illusion, gleich werde ein Pianist erscheinen und zu spielen beginnen.

Ich habe viele Jahre bloß auf diesen Flügel hinabgeschaut und seine Tasten nicht berührt. Ich habe mich in einen Winkel dieses seltsamen Baus gesetzt, ein Buch gelesen oder Musik gehört. In diesem Haus kann man so laut Musik hören, wie man will, es gibt keine Nachbarn.

Wer das Terrain aber einmal in seiner vollen Ausdehnung überschauen möchte, sollte das am besten aus der Luft tun. Von dort oben würde man lauter dichte Laub- und Nadelwälder erkennen, als wäre die Natur dabei, die vielen Behausungen zu überwuchern.

27

NUN IST eingetreten, wovor ich mich vor einigen Wochen noch streng gehütet und wovon ich die ganze Zeit Abstand genommen habe: Ich habe nicht nur Kontakt zu meiner römischen Umgebung aufgenommen, sondern ich bin sogar ein Teil von ihr geworden. Seit jenem frühen Abend, an dem ich für Marietta und Antonia den ersten Satz des *Italienischen Konzerts* von Bach gespielt habe, kreist das Gerücht, ich sei ein in vielen Ländern der Erde gefeierter Pianist.

Rund um den kleinen Markt hat sich mein Ruf inzwischen so verbreitet, dass ich von wildfremden Menschen begrüßt und auf meine besonderen Fähigkeiten hin angesprochen werde. Die Details meines nicht beabsichtigten Auftritts tun bereits nichts mehr zur Sache und sind daher längst durcheinandergeraten. So haben mich einige Marktbesucher angeblich um Mitternacht spielen gehört, und andere waren bei einem Wohltätigkeits-Konzert im Freien zugegen, das ich direkt auf der vor meinem Wohnhaus liegenden Piazza gegeben habe.

Längst herrscht auch Unklarheit darüber, was ich eigentlich in dieser wundersamen Nacht gespielt haben soll. Die meisten Optionen gelten Stücken Beethovens, aber auch Mozart und Schumann sind im Gespräch, nur von Bach ist seltsamerweise niemals die Rede. Wenn ich versuche, die Angaben zu korrigieren und erkläre, dass ich lediglich den ersten Satz des *Italienischen Konzerts* von Bach gespielt habe, kommen auch diese Korrekturen nicht richtig an. Meist fragen meine Gesprächspartner nämlich noch einmal nach und wiederholen korrekt, dass es sich also um das *Italienische Konzert* gehandelt habe, der Name Bach ist dabei aber nur in seltenen Fällen hängengeblieben, weil man Bach anscheinend nicht mit einem *Italienischen Konzert* in Verbindung bringt.

So hat sich mit der Zeit das unsinnige Gerücht durchgesetzt, dass ich ein Italienisches Konzert gegeben habe, wahrscheinlich verstehen manche darunter sogar, dass ich gesungen oder die Gitarre gespielt habe. Hier und da wird auch behauptet, ich habe mich selbst auf dem Klavier begleitet und einige Opernpartien zum Besten gegeben, all das ist so grotesk, dass ich es irgendwann aufgegeben habe, die Sache richtig zu stellen, und nur noch freundlich nicke, wenn von meinem *splendiden* Italienischen Konzert die Rede ist.

Wichtiger als das Rumoren dieser Gerüchteküche erscheint mir aber die Frage, wie ich mit dieser Veränderung meines Status umgehen soll. Gefällt mir meine Aufnahme in die römischen Zirkel meiner näheren Umgebung? Bin ich erleichtert, dass ich jetzt überall angesprochen werde, nachdem ich doch wochenlang den schweigsamen und etwas abwesenden Fremden herausgekehrt habe, der nur zu einem kurzen Caffè in einer Bar erscheint?

Ehrlich gesagt, macht es mir ein gewisses Vergnügen, dass meine Anwesenheit in einer Bar oder auf dem Gelände der weiten Piazza jetzt jedes Mal von kurzen Presto-Dialogen eingeleitet wird. Jeder, der mich zu erkennen glaubt, spricht mich zunächst auf meinen Auftritt an, man wechselt einige rasche Bemerkungen zur Musik und ihrer angeblich enorm erlösenden und befreienden Kraft, dann aber wird das Neuste vom Tag verhandelt und besprochen, bis am Ende wieder eine knappe Bemerkung über die Musik und die pianistischen Zauberkünste fällig ist.

So hat jedes Gespräch jetzt einen Rahmen und eine

Struktur, ich erfahre viel mehr als zuvor, manchmal werde ich sogar zu einem Getränk eingeladen, ja, ich gebe zu, dass mir mein neuer Ruf in dieser Hinsicht durchaus gefällt.

Ganz anders und viel komplizierter verläuft jedoch meine neue Bekanntschaft mit Antonia und ihrer Tochter. Der fragliche Nachmittag und der spätere Abend in der Wohnung der beiden – sie haben mich zu einem *Freund der Familie* gemacht. Ein solcher Freund ist kein Fremder mehr, den man kurz grüßt und mit dem man ein paar knappe Worte wechselt, er ist vielmehr ein Mensch, den man mehr als andere schätzt und dessen Nähe man täglich sucht.

Daher haben sich zwischen uns gewisse Vertraulichkeiten ergeben, und ich habe noch keine Methode gefunden, damit umzugehen. Kommt Marietta am Mittag aus der Schule noch Hause, klingelt sie inzwischen bei mir, betritt meine Wohnung, trinkt mit mir in der Küche ein Glas Wasser und erzählt mir, was sich an diesem Vormittag in ihrer Schule ereignet hat.

Trifft wenig später Antonia ein, um für ihre Tochter und sich selbst das Mittagessen zu kochen, so erscheint sie ebenfalls zunächst bei mir, weil sie Marietta abholen möchte. Meist werde auch ich dann zum Mittagessen geladen, oder ich erhalte irgendeine kleine Aufmerksamkeit zum Geschenk, die Antonia mir und nur mir mitgebracht hat: Ein Glas Orangenmarmelade aus Sizilien! Ein irisches Dunkelbier! Einige frische Datteln vom Markt!

All diese Leckereien sind so etwas wie der Köder, den Antonia auslegt, weil sie genau weiß, wie empfänglich ich für solche Genüsse bin. Die Gegengabe, die sie dafür erwartet, besteht nun aber keineswegs aus ähnlichen kleinen Aufmerksamkeiten, die nun wiederum von meiner Seite her aufzubieten wären, sondern ausschließlich darin, dass ich ihr, wann immer sie es für nötig erachtet, für ein längeres Gespräch zur Verfügung stehe.

Auch damit könnte ich noch leben, wenn es in all diesen Gesprächen, wie ich übrigens erst nach einer Zeit der Verblendung bemerkt habe, nicht vor allem um die Trennung von ihrem Mann und eine eventuell bevorstehende Scheidung gehen würde. Jedes unserer Gespräche beginnt dabei noch relativ harmlos, biegt dann aber nach wenigen Minuten unweigerlich auf das *eine* Thema ab.

Nun kann ich ja durchaus verstehen, dass Antonia nach, wie ich inzwischen weiß, dreizehn Jahren Ehe damit zu kämpfen hat, eine Trennung von ihrem Mann hinzunehmen und zu ertragen, unverständlich dagegen war mir eine Zeit lang, warum ausgerechnet ich dazu berufen sein sollte, die Einzelheiten eines solchen Lebensumbruchs mit ihr in allen nur denkbaren Aspekten durchzugehen.

Erst langsam begriff ich dann, dass ich für Antonia der geradezu ideale Gesprächspartner bin: Anders als ihre Freundinnen und Bekannten bin ich in die Geschichte nicht involviert, und anders als diese Freundinnen und Bekannten bringe ich wohl eine geradezu grenzenlose Geduld auf, wenn es darum geht, sich in die Einzelheiten der Geschichte zu vertiefen.

Warum aber tue ich das? Warum sage ich ihr nicht einfach, dass mir die Trennung von ihrem Mann relativ gleichgültig und die Tatsache, dass er nach dreizehn Jahren Ehe noch einmal mit einem Fitnessprogramm begonnen hat, sogar noch gleichgültiger ist?

Ich muss an dieser Stelle erwähnen, dass ich gar nicht selten in solche Gespräche wie die mit Antonia hineingezogen werde. Anscheinend sende ich bestimmte Signale aus, als würde ich mich für derartige Gespräche wahrhaftig eignen. Ich werde mit den Details einer Freundschaft oder einer Liebe vertraut gemacht, ich erhalte Informationen zu den sexuellen Vorlieben von langjährigen Lebenspartnern, ich werde gebeten, darüber nachzudenken, ab wann und warum körperliche Attraktivität in bestimmten Liebesbeziehungen wohl nachlässt – und ich gehe wahrhaftig auf alle diese Themen ein, manchmal sogar gegen meinen Willen.

Eine gute Freundin hat mir einmal erklärt, dass ich in solchen Gesprächen eine bestimmte *Aura* aufbauen würde, und dann hat sie mir auf meine erstaunte Nachfrage sogar noch genau beschrieben, worin diese Aura besteht.
Das Wort *Aura* gefiel mir natürlich, wieder mal war ich auf eines meiner dunklen, magischen Lieblingswörter gestoßen, was jedoch mit dem Wort gemeint war, gefiel mir ganz und gar nicht. Angeblich vermittle ich nämlich den Eindruck einer besonderen Hingabe und Einfühlung, und angeblich würde meine Gesprächspartnerin das bemerken, weil sich der Raum um uns während des Gesprächs allmählich schließen und dadurch immer

intimer würde. *Emotionale Raumaufladung!* – so nannte sie das Kunststück, das ich angeblich, ohne es zu wissen, beherrschte.

Ich ließ mir das nicht zweimal sagen, sondern achtete seither darauf, dass so etwas nicht mehr vorkam, leider war es während meiner ersten längeren Begegnung mit Antonia an dem fraglichen Nachmittag und dem späteren Abend dann doch vorgekommen, ich hatte mich im Hochgefühl meines pianistischen Auftritts einfach nicht in der Gewalt gehabt.

Nun hätte ich Antonia ja irgendwann durchaus sagen können, dass ich in die Geschichte der Trennung von ihrem Mann nicht hineingezogen werden wollte, das aber unterließ ich sträflicherweise auch, und zwar deshalb, weil es in der ganzen Geschichte eben doch gewisse Details gab, die immerhin für ein schwaches Interesse und schließlich sogar für eine gewisse Neugierde von meiner Seite sorgten.

All diese Details hatten mit dem Umstand zu tun, dass Antonias Mann sich von einem Tag auf den andern aus der gemeinsamen Wohnung abgesetzt und dafür keine andere Erklärung außer der, dass er das Eheleben nicht mehr ertrage und dass es ihn *abgrundtief* langweile, gegeben hatte. Antonia glaubte diesen schnörkellosen und simplen Formulierungen nicht, sie vermutete vielmehr, dass hinter der ganzen Sache ein ganz anderes Motiv steckte. Eine andere Frau? Oder eine angebliche Erbschaft, die ihr Mann allein genießen wollte?

Zu all diesen Vermutungen hatte ihr Mann nur gesagt,

dass sie allesamt *dummes Zeug* seien, das aber genügte Antonia nicht, nein, es genügte ihr einfach nicht, dass ihr Mann die gemeinsame Wohnung so leicht wie ein Vogel verlassen hatte, um auf dem gegenüberliegenden Tiber-Ufer eine Zwei-Zimmer-Wohnung mit Ausblick auf den Fluss zu beziehen. Nichts hatte er mitgenommen, nichts, nicht einmal seine Anzüge und Schuhe! Stattdessen hatte er erklärt, er wolle das alles nicht mehr sehen, Antonia könne seine Siebensachen verschenken oder verkaufen und das Geld könne sie auch behalten, er wolle einfach nicht mehr an die Vergangenheit erinnert werden, sondern ein neues Leben beginnen.

In unseren Gesprächen waren wir die ganze Sache immer wieder durchgegangen, und als es mir allmählich zu viel geworden war, hatte ich Antonia sogar gefragt, ob ihr Mann nicht vielleicht am Ende einfach recht gehabt und ihre Ehe nicht wirklich Anzeichen einer gewissen Übermüdung gezeigt habe. Antonia hatte das sofort zugegeben, ja, so sei es gewesen, eine gewisse Übermüdung habe es gegeben, aber nicht mehr als in solchen langjährigen Verbindungen üblich. In den Ehen all ihrer Freundinnen gebe es diese Übermüdung, man gehe deshalb aber doch nicht auseinander, sondern arrangiere sich und jeder führe im schlimmsten Fall dann eben ein Leben für sich, mit allem Respekt vor dem Leben des andern. Sich aber einfach auf und davon zu machen und nicht zu verraten, was sich hinter dieser Flucht verberge, das sei respektlos und unaufrichtig, und so etwas Respektloses und Unaufrichtiges ertrage sie nicht.

Ihre Unruhe, ihre Verbissenheit, ihr ganzer Furor – das alles ließ mich nicht los, ja es trieb mich sogar an, als wäre ausgerechnet ich dazu berufen, Licht in die reichlich dunkle Geschichte zu bringen. Manchmal begegnete ich Antonias Mann noch immer im Treppenhaus, wir grüßten uns weiter kurz, er konnte ja nicht ahnen, dass ich mir überlegte, ihn direkt zur Rede zu stellen: *Nun heraus mit der Sprache!* Oder, noch etwas dramatischer: *Sie Lump, ich erwarte eine Erklärung!* Oder, in einer eher melodramatischen Version: *Darf ich Sie auf einen Drink einladen?*

Statt auf eine Klärung der Geschichte zu drängen, sagte ich nichts, so dass es mit den Vermutungen und Verdächtigungen weiter und immer weiter ging. Doch damit nicht genug: Antonia erklärte mir, dass sie wegen der Trennungs- und Scheidungs-Geschichte durcheinander und nicht recht zurechnungsfähig sei und aus diesem Grund den Noten des *Italienischen Konzertes* einen in der Tat unmöglichen Fingersatz verpasst habe. So etwas sei ihr noch nie passiert, sie schäme sich, außerdem aber schäme sie sich auch, weil sie es in den letzten beiden Jahren versäumt habe, ihrem fleißig Klavier übenden Kind einen guten Lehrer zu beschaffen. Sie selbst sei jedenfalls keine gute Klavierlehrerin und sie habe sich auch nicht für eine solche gehalten, sie habe vielmehr nur die Aufsicht über das Klavierspiel ihrer Tochter geführt, und das sei eindeutig zu wenig gewesen!

Natürlich ahnte ich, worauf sie hinaus wollte. Sie bettelte darum, dass ich Mariettas Klavierunterricht übernahm, und sie verband diese Bettelei mit der Nebenabsicht, mich noch detaillierter mit ihren Eheproblemen vertraut zu machen.

Nun war Antonias Eheproblem die eine Seite unserer gemeinsamen Geschichte, Mariettas Klavierspiel aber eine durchaus andere. Beide Seiten hatten nicht unbedingt etwas miteinander zu tun und bedurften deshalb getrennter Betrachtung. Ein Klavierlehrer wollte ich nicht gerne sein und war es ja auch bisher mein Leben lang nicht gewesen. Wohl aber fühlte ich mich verpflichtet, der kleinen Marietta zu helfen, einen gescheiten Klavierlehrer zu finden.

Das Angebot, das ich Antonia machte, war deshalb von, wie ich finde, salomonischer Weisheit: Ich erklärte, dass ich Marietta für eine gewisse Übergangszeit unterrichten, mich aber gleichzeitig um einen anderen, dauerhaften Klavierlehrer kümmern werde. Gleichzeitig bat ich sie, dass wir ihre gegenwärtigen Probleme nicht mit dem Klavierunterricht ihrer Tochter in Verbindung bringen sollten. Ich würde also ausschließlich zum Zwecke des Unterrichts in ihrer Wohnung erscheinen, über ihre Ehe-Probleme wolle ich aber nicht weiter sprechen. Wenn sie mit diesen Bedingungen einverstanden sei, könne ich mit dem Unterricht gleich beginnen.

Natürlich war Antonia einverstanden, und sie versuchte es mir zu beweisen, indem sie mir einen kleinen Brief in den Briefkasten warf, in dem sie mein Klavierspiel lobte und in einem Postskriptum versicherte, sie werde in meiner Anwesenheit kein einziges Wort mehr über ihren Mann verlieren. Ich misstraute diesem Pathos, und ich behielt recht: Kaum zwei Tage später klingelte sie bei mir und überraschte mich mit der Einladung, mit ihr eine kleine Portion schwarzen Reis mit etwas Fisch zu verzehren und dazu einen Weißwein aus dem nahe gelegenen Frascati zu trinken.

Konnte ich diese Einladung ablehnen? Nein, ich konnte es nicht, und so erfuhr ich, während ich mich über einen Teller mit schwarzem Reis und sehr feinem, klein geschnittenen Gemüse beugte und dazu Stücke einer gegrillten Seezunge in den Mund schob, dass ihr Mann angeblich in einen Ruderverein eingetreten sei und nun zweimal in der Woche auf dem Tiber mit einer Gruppe anderer Ruderer beim Training gesehen werde ...

Als ich einen Tag später dann neben Marietta saß, um ihr meine erste Klavierstunde zu erteilen, geriet ich schon nach wenigen Minuten ins Grübeln. Ich hatte mir zuerst die Noten des *Italienischen Konzerts* geben lassen und rasch die Fingersätze des ersten Satzes geändert, das aufgeschlossene und auf meinen Unterricht neugierige Kind danach aber gebeten, mit dem langsamen Üben einer bestimmten Eingangspassage zu beginnen.

Ich lehnte mich etwas zurück und hörte Marietta zu, wie sie immer wieder von vorne begann, manchmal hängen blieb, und es dann wieder eher zufällig schaffte, die Passage zu spielen, ich schaute zum Fenster hinaus auf das entschiedene Blau, das oberhalb der Häuser lauerte, als ich mich plötzlich an jenen Klavierunterricht erinnerte, der mein Klavierspiel und mein Üben so sehr verändert hatte.

Er begann noch in meiner Volksschulzeit, als sich meine Mutter nach unserer Rückkehr vom Land und der Wiederaufnahme ihres Berufs als Bibliothekarin nach einem Klavierlehrer für mich umgeschaut hatte. Durch Hinweise von Bekannten war sie auf einen Klavierpädagogen aufmerksam geworden, der damals in Köln bereits einen guten Ruf besaß. Er hieß Walter Fornemann und unterrichtete Musik an einem Kölner Gymnasium, galt zu dieser Zeit aber auch als ein ausgezeichneter Pianist, der an der Musikhochschule eine kleine Klasse von ausgewählten Schülern betreute.

Walter Fornemann war ein sehr lebendiger und ungemein ehrgeiziger Mensch. Man sah ihm den Ehrgeiz sofort an, wenn man seine raschen Bewegungen, seine Direktheit und die Zielstrebigkeit mitbekam, mit der er jede Sache anpackte. Der Unterricht an Gymnasium und Musikhochschule genügte ihm nicht, nebenbei war er noch als Dirigent tätig und veröffentlichte schließlich auch noch musiktheoretische Bücher, die wohl den größten Anteil an seinem schnell wachsenden Ruhm hatten.

Meine Mutter hatte mit Walter Fornemann telefoniert und von ihm bereits eine beinahe definitive Absage erhalten, nein, Walter Fornemann wollte ein so junges Kind nicht unterrichten, nein, Walter Fornemann hatte für Anfängerstunden überhaupt keine Zeit. Immerhin hatte er sich aber darauf eingelassen, dass ich mich kurz vorstellen durfte, ja, nun gut, meine Mutter durfte mit mir einmal erscheinen, ich durfte ein kleines Stück spielen, und Walter Fornemann würde eine Empfehlung im Hinblick auf einen geeigneten Klavierlehrer aussprechen.

Walter Fornemann hatte keine Ahnung, wozu er sich bereiterklärt hatte, denn nur wenige Minuten, nachdem er Mutter gesehen hatte, war er ihr auch schon verfallen. Sie sprach von ihrer Vorliebe zur französischen Musik, sie sprach von Berlioz, Debussy und Ravel, vor allem aber trug sie einen strengen, schwarzen und langen Mantel und dazu eine dunkle, schräg auf den schönen Kopf gesetzte Kappe.

Ihr Aussehen und ihre Worte harmonierten auf eine derart perfekte Weise, dass man ein Filmbild vor sich zu haben glaubte, Walter Fornemann konnte der Magie dieses Bildes nicht widerstehen, nach zehn Minuten sprachen die beiden miteinander auch französisch und gingen so vertraut miteinander um, als spielten sie gerade in einem Film von Jean Renoir.

So war unser Anliegen bereits auf dem besten Wege, als ich Platz nehmen und Klavier spielen durfte. Mutter bat mich, die erste *Arabeske* von Claude Debussy zu spielen, es handelte sich um ein Stück, das ich sehr mochte und wohl damals mit einem gewissen Kindercharme spielte.

Walter Fornemann stand mit dem Rücken zum Fenster und schaute mich an, als ich zu spielen begann, nach zwei, drei Minuten drehte er sich um und stand nun mit dem Rücken zu mir, und so blieb er auch die ganze Zeit regungslos bis zum Schluss des Stückes stehen.

Als ich damit fertig war, zeigte er keinerlei Reaktion, er spendete keinen Beifall, ja er lobte mich nicht einmal, obwohl ich nach meinem eigenen Eindruck gut gespielt hatte. Auch meine Mutter sagte nichts zu meinem Spiel, sondern sprach weiter über Debussy und die Eigenheiten seiner Klavierstücke, als wäre ich nur ein Demonstrationsobjekt für eine angeregte musiktheoretische Debatte zwischen Walter Fornemann und ihr.

Ich hatte mich bereits darauf eingestellt, unverrichteter Dinge wieder nach Hause zu gehen, außerdem war ich ein wenig darüber verärgert, dass Walter Fornemann mit mir kein einziges Wort sprach und mich nicht einmal aus Höflichkeit irgendeine Kleinigkeit fragte.

Dann kam er aber doch auf mich zu und fragte, ob ich ihm noch ein zweites Stück vorspielen wolle. Als ich nickte, fragte er weiter, von welchem Komponisten ich nun etwas spielen werde. Ich schaute ihn trotzig an und antwortete: *Das bestimmt Herr Fornemann.*

Das bestimme ich?, lachte er, und ich spürte in diesem Lachen einen leichten Hohn, als glaubte er nicht, dass ich bereits ein kleines Repertoire mit Stücken vieler bekannter Komponisten beherrschte. *Nun gut,* sagte er, *dann spiel uns doch eine Komposition von Frédéric Chopin!*

Walter Fornemann konnte nicht ahnen, was er von mir verlangte. Ich sollte Chopin spielen, ausgerechnet Chopin! Ich überlegte mir keine Ausrede, sondern sagte ihm, dass mir die Stücke von Frédéric Chopin nicht gefielen, und als Walter Fornemann nachfragte, warum diese Stücke mir um Himmels willen denn nicht gefielen, antwortete ich, dass diese Stücke *keinen Boden* hätten. *Keinen Boden?!,* fragte Walter Fornemann beinahe entsetzt, *keinen Boden?!*

Heute vermute ich, dass mir vor allem die skurrile Aussage, Chopins Klavierkompositionen besäßen keinen Boden, damals dazu verholfen hat, ein Schüler Walter Fornemanns zu werden. Später einmal hat Fornemann meiner Mutter gegenüber behauptet, er habe in mir ein junges Klaviergenie gewittert, eine Hochbegabung, ein rares Talent!

Ich jedoch kann mir einfach nicht vorstellen, dass mir das Vorspielen der schlichten *Arabeske* von Debussy diese günstige Prognose eingebracht hatte. Fornemann hatte weniger auf mein Spiel als auf meine gereizte Bemerkung über Chopin reagiert – das hatte ich doch genau bemerkt! Also hatte er in mir nicht einen jungen Virtuosen gesehen, sondern einen seltsamen, undurchschaubaren Typen mit gewissen originellen Spleens und Ideen, der ihm vielleicht einmal für seine musiktheoretischen Bücher nützlich sein konnte.

Wir haben es damals bei dem Vorspiel eines Debussy-Stücks bewenden lassen, Fornemann erklärte, dass er eine Ausnahme machen und mich ab sofort jede Woche eine Stunde privat und bei sich zu Hause unterrichten werde. Der Unterricht fand dann auch jeden Donnerstagnachmittag statt, Mutter kam von ihrer Arbeit zunächst in unsere Wohnung und brachte mich hin. Wenn ich bei Fornemann geklingelt hatte, erschien eine Haushälterin, führte mich in den Wintergarten, wo der Flügel stand, und brachte mir Tee und etwas Gebäck. Jede Unterrichtsstunde begann auf genau diese Weise, ich wartete ein paar Minuten allein und nippte am Tee, dann erst erschien Fornemann und begann mit seinem Programm.

Dieses Programm aber war darauf angelegt, die jeweiligen Stücke zunächst nicht zu spielen, sondern sie erst einmal zu verstehen. Um sie zu verstehen, zerlegte man sie in kleine Sinneinheiten und Phrasen und schaute sich an, wie diese Einheiten miteinander verbunden waren. *Man übt eine Komposition niemals von vorne nach hinten!*, sagte Fornemann und ließ mich die Phrasen einzeln und in völlig unterschiedlicher Reihenfolge üben.

Eine Komposition wurde so zu einem Mosaik, dessen Bausteine man aus dem Gesamtgefüge herauslöste, um sie dann wie Spielmaterial zu behandeln. *Schauen wir uns diese Drei-Takte-Idee einmal genauer an!*, schlug Fornemann vor und bat mich, eine bestimmte musikalische Idee in einer anderen Tonart zu spielen, sie auf zwei Takte zu verkürzen oder mit ihr zu improvisieren.

Damit solche Übungen nicht zu naiven Spielereien führten, musste ich möglichst rasch die Grundlagen von Harmonielehre und Kontrapunkt beherrschen. *Diese Sache hier geht über G erwartungsgemäß nach D und kehrt dummerweise nach C zurück*, zeigte er mir, um mich dann aufzufordern, *es ein wenig besser als Mozart in dieser Sonate zu machen und nicht nach C, sondern nach einem verblüffenderen Ton zurückzukehren.*

Was die Klaviersonaten der Klassik betraf, so war Joseph Haydn in Fornemanns Augen der uneinholbare Meister solcher Verblüffungen. Und warum war Haydn das? Weil er ein Meister des kleinteiligen, ironischen, eine Komposition in jedem Moment neu strukturierenden Denkens war! *Haydn überrascht den Zuhörer ununterbrochen*, sagte Fornemann, *Haydns Sonaten sind raffiniert,*

Mozarts Klaviersonaten sind dagegen Fingerübungen für Mannheimer Wirtshaustöchter, und genau das hört man ihnen auch an!

Zu Beginn meines Unterrichts verstand ich einen Großteil dessen, was er sagte, nicht. Warum Haydn besonders *raffiniert*, Mozart hier und da *breitflächig* oder Beethoven manchmal *geradezu einfältig* komponierte – das konnte ich wegen meines Alters auch noch nicht verstehen. Das Besondere an Fornemanns Unterricht aber war, dass er darauf keine Rücksicht nahm, sondern mich wie einen Erwachsenen behandelte. Diesem Erwachsenen erklärte er in allen Nuancen und Feinheiten, dass eine Komposition nichts Fertiges und Geschlossenes war, das man stumm bewunderte, übte und dann irgendwann vortrug, sondern etwas, mit dem man beinahe unbegrenzt spielen konnte. Eine Haydn-Sonate wurde so zu einer Erzählung, die man sich in Bruchstücken immer wieder anders erzählte, mit Bruchstücken anderer Erzählungen verknüpfte und dann mit der Zeit, ohne dass man einen besonderen technischen Aufwand betrieben hätte, beherrschte.

Ein solcher Unterricht war für mein damaliges Können geradezu ideal, ja er war sogar derart auf die besonderen Ticks meines Gehirns abgestimmt, dass sich die ersten Erfolge bereits nach wenigen Wochen einstellten. Bestimmte musikalische Phrasen rückwärts zu spielen, sie in eine andere Tonart zu verwandeln, sie über mehrere weitere Tonarten wieder zur Ausgangstonart zurückzuführen – das waren Nummern, die mein Kopf in Windeseile durchspielte und an denen meine Finger eine größere Freude hatten als an den eher mechanischen Übungen, die meine Mutter mir aufgegeben hatte.

Dass das Klavierspiel vor allem eine Sache des Kopfes und der Fähigkeit, sich die Noten vorzustellen, einzuprägen und sie nach Belieben neu zusammenzusetzen, war, hatte ich immer geahnt, ich hatte nur nicht über die richtigen Grundlagen verfügt, mit dieser Fähigkeit umzugehen. Das aber änderte sich durch Fornemanns Unterricht, den ich jedes Mal wie im Taumel und daher eher wie eine Zirkusdarbietung als einen typischen Klavierunterricht erlebte.

Fornemann aber wiederum hatte schnell bemerkt, an was für einen Schüler er da geraten war, es war in der Tat ein seltsamer Kopf mit verqueren Eigenheiten und kaum durchschaubaren Operationen. *Jetzt spielen wir dieses D-Dur-Präludium von Bach einmal in a-Moll*, sagte er und lachte, wenn ich eine solche Aufgabe fehlerfrei und ohne Nachdenken bewältigt hatte. *Jetzt machen wir aus dieser kleinen Aria einmal eine kleine Gavotte*, erhöhte er den Schwierigkeitsgrad und entfernte sich von seinem Platz neben dem Flügel, um meine Improvisation aus der Ferne zu verfolgen …

Meine Mutter hat mir später einmal erzählt, wie Fornemann damals von mir geschwärmt habe. Ein solches Talent hatte er noch nie gesehen, ein solches Talent musste überall vorgeführt und genauer untersucht werden!

Deshalb wurde der Einzelunterricht zunächst auf zwei und später sogar auf drei Stunden ausgedehnt, und deshalb begann Fornemann, sich während des Unterrichts Notizen zu machen. Er wollte dahinterkommen, wie mein Hirn arbeitete, ja er wollte darüber sogar einmal etwas Längeres schreiben!

Daneben aber machte er sich rasch zunutze, dass ich keine Scheu vor öffentlichen Auftritten hatte und vor solchen Auftritten nicht aufgeregt war. *Wenn er den Mund halten darf und nichts sagen muss, ist er keine Spur aufgeregt*, erklärte er einmal einer Jury, der ich im Rahmen eines Wettbewerbs vorgespielt hatte. Er tat, als wäre ich seine Schöpfung und als wüsste er alles über mich, und er beeindruckte all die vielen Juroren, vor denen ich damals antrat, mit seinen Kommentaren wahrscheinlich noch mehr als ich sie mit meinem Spiel.

Die Folge dieser rauschhaften Zusammenarbeit waren die ersten Preise und Ehrungen, kleine, glänzende Pokale, die in einem Glasschrank untergebracht und regelmäßig abgestaubt und geputzt wurden. Ich machte mir nicht viel aus all diesen Preisen, nein, sie bedeuteten mir wirklich nicht viel, denn ich hatte nach meinem Empfinden bei solchen Wettbewerben keine richtige Konkurrenz. Natürlich gab es immer wieder Konkurrenten, die technisch ebenso gut oder sogar besser waren als ich, sie spielten aber meist unglaublich nervös, verhedderten sich hier und da und machten, wenn sie zum Beispiel mit einer Beethoven-Sonate kämpften, einen unangenehm überforderten Eindruck.

Passabel gespielt, aber nichts kapiert, nannte Fornemann ein solches Spiel, um kurz danach vor den Juroren damit anzugeben, wie sehr zum Beispiel gerade meinem Spiel doch Haydns Kompositionen lägen. *Ich wette, er spielt Haydns Sonaten besser als Haydn sie selbst gespielt hat*, behauptete Fornemann, und die Juroren, die so etwas bereits für eine brillante Bemerkung oder auch einen guten Witz hielten, lachten, ohne zu ahnen, dass Fornemann so einen Satz ernst meinte.

So traten wir beide als eine Art Duo auf, Fornemann kommentierte und brillierte mit seinen von allen als *geistreich* bezeichneten Einfällen, ich aber blieb stumm, setzte mich ungerührt an jeden Flügel, spielte fehlerfrei und improvisierte, *auf ausdrückliches Bitten der Jury*, zum Abschluss meines Auftritts *außerhalb des Wettbewerbs*. Dass solche Arrangements außerhalb des Wettbewerbs sehr dazu beitrugen, den Wettbewerb zu gewinnen, war Fornemann und mir natürlich bewusst, ich wunderte mich nur darüber, wie leicht die Juroren es Fornemann machten, sich mit seinen Zusatz-Wünschen und dem Zirkusdirektoren-Talent, das er in großem Maße besaß, durchzusetzen.

In meiner Familie brachte mir das alles nicht nur Anerkennung und Bestätigung ein, meine Mutter und mein Vater waren vielmehr nun überzeugt, dass meine ganze Zukunft im Klavierspiel liege. *Johannes wird einmal ein Stern am Pianistenhimmel*, hatte Fornemann meiner Mutter gesagt, wohingegen er mir kein einziges lobendes Wort sagte, sondern meist nur bestätigend, und als habe er nichts anderes erwartet, nickte, wenn das Publikum nach einem meiner Auftritte begeistert klatschte.

Und ich?! Genoss ich das alles nicht auch? Machte es mir nicht Freude, derart anerkannt zu werden? Ja, schon, es machte mir Freude, aber ich war noch nicht sicher, ob ich auch wirklich für den Beruf des Pianisten geeignet war und es am Ende tatsächlich zu etwas Großem bringen würde.

In meinem Innern nagte nämlich eine gewisse Skepsis, und diese Skepsis hatte damit zu tun, dass ich mich eher als Mitglied eines Zauberer-Duos denn als eigenständige Erscheinung am Flügel wahrnahm. Walter Fornemann zauberte mit mir, und er wusste mit mir auch wahrhaftig zu blenden. Ich aber fragte mich, ob dem Publikum mein Spiel auch gefallen würde, wenn es hinterher nicht zu hören bekam, dass *diesem Kind dort vor Ihnen, meine Damen und Herren, ein neuer Schluss der zweiten Fuge des ›Wohltemperierten Klaviers‹ eingefallen ist, die unseren Großmeister Johann Sebastian Bach sehr verblüfft hätte. Und warum hätte sie ihn verblüfft?! Weil sie besser ist als seine eigene! …*

Von solchen Zirkus-Nummern waren die Auftritte der großen Pianisten, die ich zusammen mit meinem Vater etwa in Salzburg oder Wien erlebte, weit entfernt. Ich liebte diese Auftritte auf großer Bühne sehr, meist stand in ihrer Mitte nichts anderes als der schwarze, glänzende Flügel, die Rückenpartie weit geöffnet, als gäbe er sich vollkommen preis.

Minuten vor dem Beginn eines Konzerts gab es in den großen Konzertsälen noch ein aufgeregtes Hin-und-Her-Laufen, Begrüßungen wurden ausgetauscht, Programme herumgereicht, dann aber setzte endlich eine gewisse Ermattung ein, als wäre das gesamte Publikum auf einen

Schlag erschöpft. Man setzte sich, man fuhr sich noch einmal durchs Haar, man räusperte sich – und die Mienen erstarrten, als legte sich die allmählich einziehende, schwere Stille auf sie.

Am schönsten war aber dann der Moment, in dem der Pianist auf der Bühne erschien! Alle Blicke hefteten sich an seine Gestalt und begleiteten sie bis zum Flügel. Dort fand die erste, flüchtige Berührung statt, eine Kontaktaufnahme, ein erstes Streicheln, ein Touchieren des Holzkörpers! Dann das Platznehmen auf dem Klavierhocker und das Justieren seiner Höhe! Und schließlich der kurze, unmerkliche Ruck der Überwindung, heraus aus der körperlichen Zurückhaltung und Erstarrung!

Von so feierlichen und ernsten Auftritten war ich noch weit entfernt, und ich zweifelte, ob ich es jemals so weit bringen würde. Dennoch mochte ich den Unterricht Walter Fornemanns sehr, es war ein Unterricht, den ich immer als sehr lebendig, ja geradezu erregend empfand. Mit der Zeit lernten wir, einander blind zu verstehen, und mit der Zeit begriff ich auch, was er mit seinen seltsam pointierten Wendungen und Sätzen meinte. Wie üblich notierte ich auch sie in meinen Schreibbüchern: *Das C-Dur-Präludium des ›Wohltemperierten Klaviers‹ ist ein reines Rhythmus-Stück und daher etwas für Maurer und Dachdecker … Schumanns ›Von fremden Ländern und Menschen‹ hört sich an, als schilderte eine ältere Frau ihren Enkeln Länder, in denen sie selbst niemals war … Beethoven hatte nur selten musikalische Einfälle, er begnügte sich damit, mehrmals auf dieselbe Taste zu schlagen …*

Das alles ging mir durch den Kopf, während ich Marietta zuhörte, die sich am ersten Satz von Bachs *Italienischem Konzert* zu schaffen machte. Irgendwer hatte ihr gesagt, dass dies eine bedeutende Komposition sei, doch niemand hatte ihr erklärt, warum das so war. Was von einem solchen Missverhältnis übrig blieb, war ein im Leeren rotierender Fleiß und eine Hartnäckigkeit, die in keinem Verhältnis zu der sich entziehenden, verborgenen Schönheit des Stücks stand. Diese Schönheit konnte Marietta in ihrem jetzigen Alter noch nicht begreifen, nein, sie hatte einfach noch nicht die richtige Aufnahmefähigkeit für so eine Komposition! Warum aber drängte man sie dann, sie zu spielen? Warum, um Himmels willen?!

Ich bat sie, mit dem Üben aufzuhören, und fragte, wie lange sie sich bereits mit dieser Komposition beschäftigte. Fast ein halbes Jahr! Fast ein halbes Jahr übte Marietta jetzt also ein Stück, das sie keineswegs gerne spielte! Ich machte weiter und fragte sie, ob ihr bestimmte Passagen dieses Stück besonders gefielen, ob es also nach ihrer Meinung besonders schöne Stellen in diesem Stück gebe.

Marietta schaute mich an und schüttelte den Kopf, nein, diese schönen Stellen gebe es nicht, das Stück sei schön, nicht aber bestimmte Stellen! Vielleicht habe sie aber doch eine Lieblingsstelle, eine Stelle vielleicht, die sie besonders gern spiele? Nein, die habe sie nicht, ihr gefalle eben das ganze Stück, eine Lieblingsstelle gebe es nicht.

Soll ich Dir meine eigene Lieblingsstelle vorspielen?, fragte ich, doch Marietta schaute mich an, als redete ich in einer fremden, unverständlichen Sprache. *Ich spiele Dir eine meiner Lieblingsstellen vor*, sagte ich weiter und setzte mich an den Flügel. *Hör bitte genau zu!*

Manchmal hatte auch Walter Fornemann mich von meinem Übungsplatz an seinem Flügel verdrängt. Er hatte selbst Platz genommen und eine bestimmte Passage eines Stückes gespielt, doch dabei war es meist nicht geblieben. *Gute Pianisten erkennt man daran, dass sie einen Flügel von Weitem wittern und sofort bemerken, wo er sich im jeweiligen Raum befindet ... Gute Pianisten erkennt man daran, dass sie die Anziehungskraft des Instruments wie einen Magneten spüren ... Gute Pianisten erkennt man daran, dass sie sich nicht leicht von einem Flügel lösen ... Gute Pianisten erkennt man an ihrer zeitlich grenzenlosen Hingabe an das Instrument ...*

Der Tee, das Gebäck, ein paar leise, murmelnde Stimmen im Hintergrund. *Johannes, hör genau zu!*

Walter Fornemann hatte schließlich einen Plan entwickelt, wie er sich meine künftige Entwicklung vorstellte. Nach der Volksschule sollte ich ein Musik-Internat im Süden Deutschlands besuchen. Dieses Internat wurde von Zisterzienser-Mönchen geleitet, die angeblich in solchen Dingen die besten und unbestechlichsten Lehrer waren. *In so einer Anstalt wird der Junge nicht eitel!*
    Einmal im Monat sollte ich nach Köln kommen, wo ich von Walter Fornemann einen Nachmittag lang weiter unterrichtet wurde. Wenn ich etwa vierzehn Jahre

alt war, konnte festgestellt und exakt vorausgesagt werden, ob mein Talent, mein Fleiß und meine technischen Fertigkeiten ausreichten, um eine pianistische Laufbahn einzuschlagen.

War dies nicht der Fall, würde ich statt des Internats sofort wieder ein normales Kölner Gymnasium besuchen. *Flüssig und korrekt sprechen wird Johannes vielleicht nie, aber das macht nichts, alle guten Pianisten sind leicht behindert. Wenn er wirklich ein guter Pianist wird, braucht er den Mund sowieso nicht aufzumachen. Auf die Bühne, eine Verbeugung, brillantes Spiel, und wieder eine Verbeugung! Im Grunde ist das Klavierspiel für einen wie Johannes doch geradezu ideal ...*

Nein, Marietta verstand nicht, warum die Stelle, die ich gerade vorgespielt hatte, meine Lieblingsstelle war. Auf meine Nachfrage hin erklärte sie, dass diese Stelle doch gar nichts Besonderes sei, sondern einfach eine Stelle wie viele andere auch. Ich fragte sie, ob sie vielleicht einen Lieblingskomponisten habe. Nein, den hatte sie auch nicht.

Ich wollte nicht sofort wieder aufstehen, ich wollte mich nicht von Mariettas Flügel lösen. *Soll ich Dir etwas anderes vorspielen?*, fragte ich, *etwas, das mir besonders gut gefällt?* Marietta schaute mich wieder sehr ernst an, als fiele ihr einfach keine Antwort ein. Dann aber sagte sie: *Spielen Sie doch einmal ein Stück, das gar keinen Komponisten hat!* Ich zögerte. Ein Stück, das gar keinen Komponisten hatte? Was meinte sie denn? Vielleicht meinte sie, dass ich keine klassische Musik spielen sollte, sondern einfach ein Stück, wie man es auf den Straßen und Plätzen zu hören bekam. Ein anonymes Stück, ein Stück purer Musik, ohne Bühne, ohne Glanzlichter.

Das ist ein guter Vorschlag, Marietta, sagte ich, *das ist ein sehr guter Vorschlag.* Ich schloss die Augen und konzentrierte mich einen Moment. Dann aber waren die Noten da und das leise Summen und eine heimlich in einem See badende Frau und das Sonnenlicht eines Abends auf dem Land ..., und während ich spielte, verschwanden diese schönen Bilder allmählich, und ich befand mich in jenem lang gestreckten, dunklen Flur einer Kölner Mietwohnung, in der ich dieses Chanson zum ersten Mal und dann immer wieder gehört hatte. Meine Mutter war in der Küche und ging dort auf und ab, meine Mutter hörte ihr Lieblingschanson und kochte.

28

WALTER FORNEMANNS Plan für meine weitere Zukunft war eine Zeit lang in unserer Familie ein beinahe tägliches Gesprächsthema. Vor allem meinem Vater leuchteten Fornemanns Vorschläge ein, und da er nicht gern nur rein theoretisch über sie nachdachte, reisten wir zu dritt nach Süddeutschland und schauten uns dort das Musik-Internat an, das Fornemann für mich ausgesucht hatte und das er für eines der besten in Deutschland hielt.

Das Internat war in einem großen Klosterbezirk mit Klosterkirche, Klostergarten und barockem Klosterbau untergebracht und wurde in der Tat von Zisterzienser-Mönchen geleitet. Der zuständige Abt, der auch gleichzeitig der Direktor des Internats war, empfing uns kurz vor Mittag in seinen Privaträumen und hielt einen etwa halbstündigen, erstaunlich nüchternen Vortrag, in dem mehrfach davon die Rede war, dass an dieser Schule nur *die Besten der Besten* willkommen seien, dem einmal Aufgenommenen aber dafür auch alle Fürsorge und Aufmerksamkeit der Lehrenden gelte.

Meine Eltern waren nach diesem Vortrag eigenartig stumm, Mutter sagte beinahe gar nichts, sondern bat nur darum, sich den sonst unzugänglichen Kreuzgang einmal anschauen zu dürfen, und Vater informierte sich derart sachlich über die monatlichen Zahlungen, die Unterrichtspläne und die jährlichen Ferien, als wollte er nicht seinen einzigen Sohn in diesem Internat unterbringen, sondern Material für eine Dokumentation sammeln.

Ich selbst erlebte diese Stunden in einer starken Anspannung, ja ich war sehr nervös, zeigte diese Nervosität aber nicht, sondern ging still und wie abwesend hinter den Eltern her. Ein jüngerer Mönch führte uns in die Kirche und später auch in den Kreuzgang, man zeigte uns das Refektorium, die Bibliothek und die Schulräume, eigentlich machte alles einen beeindruckend soliden und weiträumigen Eindruck, und doch benahmen wir drei uns etwas seltsam, als wollten wir uns von dem, was wir sahen, auf keinen Fall allzu sehr mitreißen lassen.

Vater war es dann, der dem Abt kurz vor unserer Verabschiedung ganz unerwartet den Vorschlag machte, mich ein Stück vorspielen zu lassen, anscheinend wollte er dem Abt noch eine Andeutung darüber entlocken, ob meine Bewerbung überhaupt Chancen hatte. Der Abt lehnte diesen Vorschlag sofort ab, nein, darauf könne er nicht eingehen, solche Vorab-Prüfungen würden schon allein deshalb nicht durchgeführt, weil sonst mit einem wahren Ansturm von Eltern zu rechnen sei, die ihr Kind ebenfalls einmal testen lassen wollten.

Erst nach diesen ablehnenden Worten des Abts schaltete sich meine Mutter in das Gespräch ein, indem sie dem Abt erklärte, dass sie noch einige *persönliche und eher private Fragen* habe und darum bitte, diese Fragen kurz mit ihm allein besprechen zu dürfen. Weder Vater noch ich ahnten, was sie meinte, wir sagten zu ihren dunklen Sätzen aber weiter nichts, sondern warteten noch eine Weile in dem Klosterhof des Kreuzgangs, bis Mutter ihre Unterredung mit dem Abt beendet hatte.

Als sie wieder mit ihm erschien, hatte er seine Einstellung zu uns merklich verändert, er wirkte interessierter, ja geradezu passioniert, und er erklärte zu unserem Erstaunen, dass er eine Ausnahme machen werde und ich vor dem Abschied noch ein von mir ausgewähltes Stück spielen dürfe.

Seine Worte erinnerten mich an unsere erste Begegnung mit Walter Fornemann, damals hatte Mutter es mit viel Geschick bereits einmal geschafft, dass ich jemandem, der dies eigentlich gar nicht wollte, vorspielen durfte. Was aber hatte sie jetzt dem Abt erzählt? Mit Ausführungen über die besonderen Schönheiten der französischen Musik konnte sie ihn doch nicht überzeugt haben! Was also war es gewesen?

Ich habe in meinem Leben immer wieder erlebt, dass Mutter andere Menschen auch in nur sehr kurzen Gesprächen von etwas überzeugen konnte. Ihre starke Wirkung war zum einen sicher eine Folge jenes ruhigen und melodiösen Tons, von dem ich schon erzählt habe. Jeder, der diesen Ton hörte, wurde zum Zuhören gezwungen, aber er tat es gern, als folgte er einer Verlockung.

Daneben bestand Mutters Wirkung wohl aber auch darin, dass sie in ein Gespräch immer wieder sehr grundsätzliche Sätze einstreute, die einen aufhorchen, nachdenken und innehalten ließen. Sie benutzte nie zu viele solcher Sätze, es waren höchstens zwei oder drei, doch der Zuhörer gewann oft den Eindruck, dass er gefordert oder gefragt sei.

Mutters stärkste Waffe aber waren kurze Mitteilungen über ihre Vergangenheit, die sie jedoch nur als Andeutungen in ein Gespräch einbrachte. Solchen Andeutungen konnte man sich nicht entziehen, sie hinterließen Rat- und Hilflosigkeit, und sie führten fast immer dazu, dass der Gesprächspartner ihr auf irgendeine Weise beistehen und helfen wollte.

Ich vermute, dass sie gegenüber dem Abt zu allen drei Hilfsmitteln gegriffen hat. Statt Kloster und Internat wie eigentlich vorgesehen nun zu verlassen, begleiteten wir ihn jedenfalls noch einmal zurück in die langen Fluchten der auffallend stillen Gebäude. Wo befanden sich eigentlich die dreihundert Schüler, die aus allen Gegenden

Deutschlands hierhergekommen waren, um einmal gute Musiker zu werden? Nichts war von ihnen zu hören oder zu sehen, draußen, auf dem weiten Hof vor dem großen Klostergebäude, schritt nur manchmal ein Mönch oder ein schwarz gekleideter Geistlicher über den knirschenden Kies und verschwand in irgendeiner Pforte.

Als wir den Musiksaal des Internatsgebäudes erreicht hatten und der Abt noch dabei war, die Tür aufzuschließen, hörte ich meine Mutter flüstern: *Kein Bach! Kein Mozart! Kein Beethoven!* Ich erschrak einen Moment, weil ich dieses Diktat überhaupt nicht verstand. Warum denn keine Stücke dieser Komponisten? Und welche denn sonst?

Ich betrat den Musiksaal als Letzter, ich war etwas durcheinander, als Mutter mich zurückhielt und erneut flüsterte: *Spiel die große C-Dur-Fantasie! Spiel den Anfang der großen C-Dur-Fantasie!* Ich wusste jetzt zwar sofort, was sie meinte, begriff jedoch immer noch nicht, warum ich im Musiksaal dieses Internats ausgerechnet Robert Schumanns große *Fantasie in C-Dur* spielen sollte. Mutter selbst hatte mich das Stück nämlich noch nie spielen hören, und Vater hatte ich im Verdacht, dieses Stück überhaupt nicht zu kennen. Warum also gerade dieses Stück?

Erst später an diesem Tag, als wir bereits wieder im Zug saßen und zurück nach Köln fuhren, wurde das Rätsel gelöst, denn auf mein Nachfragen hin erklärte mir meine Mutter, dass Walter Fornemann vor wenigen Wochen behauptet habe, lange Zeit habe er keinen Schüler die große *C-Dur-Fantasie* von Robert Schumann so gut spielen hören wie mich.

Dass Walter Fornemann so etwas *in vollem Ernst* behauptet hatte, galt als *ein starkes Stück*, denn Walter Fornemann war niemand, der sein Lob besonders freigebig verteilte. Mir zum Beispiel hatte er davon kein Wort gesagt, und ich hatte auch nicht den Eindruck, dass ich ausgerechnet diese Komposition bereits so gut beherrschte, dass der Zeitpunkt für ein öffentliches Vorspiel gekommen wäre.

Was ich dagegen wusste, war, dass ich dieses Stück anders spielte als andere Stücke, ja dass es im Grunde sogar kein einziges Klavierstück gab, das ich so spielte wie dieses. Diese Besonderheit hatte damit zu tun, dass die *C-Dur-Fantasie* meine inneren Bilder und damit auch meine Gefühle besonders stark ansprach und dass ich die Bilder, die ich mit diesen Klängen verband, mit unserer *Familienphantasie* und damit mit unserem Domizil auf der ländlichen Höhe in Zusammenhang brachte.

Der stürmische, leidenschaftliche Beginn! Die Schläge der rechten Hand zu den rollenden Wirbeln der Linken! ... – und schon stand ich allein auf der Höhe des Hügels und schaute in die weite Umgebung, an deren Horizont blasse Wolken entlangzogen ...

Vielleicht war es dieser geheime Zauber gewesen, der mein Vorspiel so besonders hatte erscheinen lassen, jedenfalls hatte der Abt mich schon bald unterbrochen und meinen Eltern im Flüsterton mitgeteilt, dass er sich eine

Ablehnung durch die Aufnahme-Kommission der Lehrenden in meinem Fall nicht vorstellen könne.

Während unserer Rückfahrt im Zug sorgte diese Reaktion aber keineswegs für ungetrübte Freude, vielmehr spürten wir die Schwere der Entscheidung und waren uns noch bei der Ankunft in der Nacht unsicher, wie wir handeln sollten.

Später habe ich die geheimen Signale dieses für mein Leben wichtigen Tages immer als ein schlechtes Omen verstanden. Dass ich mit der *C-Dur-Fantasie* Schumanns einen so starken Eindruck hinterlassen hatte, hatte uns alle etwas betört, gleichzeitig aber auch verhindert, dass wir dem eigentlichen Hintergrund dieses kleinen Erfolges auf den Grund gegangen waren.

Die *C-Dur-Fantasie* war in meinen Augen nämlich damals eine große Erzählung, die nicht mit anderen Musikstücken und Erzählungen zu vergleichen war, sondern ausschließlich mit meinem eigenen Leben zu tun hatte. Ich kannte keine andere Komposition, die solche Verbindungen herstellte, wie ich überhaupt keinen anderen Komponisten neben Robert Schumann kannte, der meine eigenen Bilder und Erlebnisse mit seiner Musik derart berührte und traf. Seit ich begonnen hatte, Schumann zu spielen, war mir vom ersten Moment an klar gewesen, dass er mein Lieblingskomponist war, und nach einer Weile war meine Anhänglichkeit sogar so weit gegangen, dass ich ernsthaft glaubte, ihm ähnlich zu sehen.

Seltsam war nur, dass ich bisher niemandem von dieser besonderen Zuneigung erzählt hatte. Fornemann hatte ich nichts gesagt, weil er auch Schumann bereits einmal in seine Lästereien mit einbezogen hatte, und meiner Mutter hatte ich meine Schumann-Sympathien verschwiegen, weil die Zuneigung noch zu frisch war und ich noch nicht die richtigen Worte dafür fand.

Ausgerechnet diese Zurückhaltung war nun aber der Grund dafür gewesen, dass meine Eltern und wohl auch der Abt mein Vorspiel falsch eingeschätzt hatten. Sie hatten nicht ahnen oder gar wissen können, dass ich während dieses Vorspiels mit nichts anderem beschäftigt war als mit meinen Geschichten sowie den suggestiven Bildern der Vergangenheit, und dass hinter diesen geheimen Verbindungen nichts anderes steckte als die tiefe Sehnsucht, weiter mit den Eltern zusammen sein und leben zu dürfen.

Gerade weil Schumanns Kompositionen diese Sehnsucht beinahe ununterbrochen ansprachen, liebte ich sie also, es war jedes Mal, als entrückten sie mich in lauter Kinderszenen und erzählten von meinen einsamen Stunden in der Kölner Wohnung, von den Stunden allein mit der Mutter, von der Ankunft des Vaters am Nachmittag, vom stillen Spielen am Rhein, aber auch von der morgendlichen Begeisterung auf dem Land, von den Spaziergängen zwischen mannshohen Maisstauden und Kornähren und von der Begleitung durch den Vater auf Wegen, die nur uns gehörten.

Das alles aber konnten meine Eltern und der Abt damals nicht ahnen. Sie hörten ausschließlich brillant gespielte Musik, während ich selbst aus diesem Spiel vor allem meine Sehnsucht nach den Orten meiner Kindheit heraushörte. Dieser starken Sehnsucht hätte ich vertrauen und von ihr hätte ich unbedingt sprechen müssen, doch genau das tat ich nicht. Ich blieb still und wartete darauf, wie meine Eltern sich entscheiden würden, während meine Eltern von meinem ersten Schumann-Auftritt derart überrascht und wohl auch verführt waren, dass sie diesen Auftritt der neuen Umgebung und der angeblich besonderen *Aura* des Klostergeländes zuschrieben.

Niemals habe ich den Jungen zuvor so gut spielen hören, soll mein Vater nach diesem Auftritt heimlich zu meiner Mutter gesagt haben, und meine Mutter soll sich beim späteren Durchqueren des Hofes vor dem Kloster bekreuzigt haben, als hätte der gute Geist des Ortes dazu beigetragen, dass ich so glänzend gespielt hatte.

Heute frage ich mich, ob damals wirklich niemand, selbst nicht der Abt, bemerkte, dass mein Schumann-Spiel überhaupt nicht in dieses Kloster und sein Internat passte. Man hätte es hören und sehen müssen, ja man hätte von der ersten Sekunde meines Spiels an begreifen müssen, dass man einen Jungen, der derart Schumann spielte, nicht Hunderte von Kilometern von seinem bisherigen Zuhause entfernt in ein Internat stecken konnte, in dem Schumanns *C-Dur-Fantasie* ein beliebiges Stück unter anderen Übungsstücken war.

An jenem denkwürdigen Tag aber spürte und empfand das alles wohl keiner. Wir verließen das Internat zu dritt mit der Gewissheit, dass man mich aufnehmen würde, und seit diesem Zeitpunkt arbeitete diese Idee noch heftiger und aufdringlicher als zuvor in unseren Köpfen, ohne dass wir hätten ahnen können, dass genau diese Idee und dieser Plan es waren, die mein Leben von Grund auf gefährden und alle bisherigen Errungenschaften wieder zum Einstürzen bringen würden …

Vielleicht aber hätten wir uns ja noch besonnen und anders entschieden, wenn damals nicht plötzlich auch von weiteren Veränderungen die Rede gewesen wäre. Wir reisten nun schon eine ganze Weile zwischen Köln und dem Land hin und her, in Köln zahlten wir Miete, doch auf dem Land bewohnten wir inzwischen das kleine Einfamilienhaus auf der Höhe, um dessen Gärten sich meine Mutter mit besonderer Hingabe kümmerte.

Als sie hörte, dass in der ländlichen Ortsbücherei, in der sie ihren Beruf als Bibliothekarin erlernt hatte, die Stelle der Leiterin neu besetzt werden sollte, spielte sie sofort mit dem Gedanken, sich zu bewerben. Eine Weile sprach sie von der sich plötzlich eröffnenden Chance, genau dort wieder zu arbeiten, wo sie als junge Frau gearbeitet hatte, sogar mit einer Freude, als wäre unsere endgültige Übersiedlung aufs Land bereits beschlossene Sache.

Vielleicht waren es Mutters Schwung und ihre damit verbundene gute Laune, die auch Vater über seine Arbeit nachdenken ließen. Warum machte er sich nicht auf dem Land selbständig und eröffnete dort sein eigenes Büro? Im Grunde hatte er das bereits vor dem Krieg tun wollen, es sich aber in jungen Jahren wegen mangelnder Berufserfahrung noch nicht zu tun getraut. Jetzt aber war anscheinend der Zeitpunkt dafür gekommen, und diesen Zeitpunkt galt es zu nutzen.

Meine Eltern spürten das Verlockende all dieser neuen Perspektiven, und die Gespräche darüber in unserer Kölner Küche führten regelrecht zu einer Aufbruchsstimmung. Nur ich konnte sie nicht recht genießen, weil ich unsicher war, ob die Einschulung in ein Internat auch für mich eine Verbesserung darstellte. Dass ich jedoch auf dem Land kein Gymnasium besuchen konnte, das stand fest, denn auf dem Land gab es kein Gymnasium mit einer besonderen Förderung musisch begabter Schüler.

In den Planungen und Gedanken der Familie lief also alles immer entschiedener auf den endgültigen Umzug aufs Land und auf ein neues Berufsleben meiner Eltern zu. Ich sah meine Mutter bereits vor mir, wie sie jeden Morgen zu der Bücherei direkt gegenüber der alten Pfarrkirche aufbrechen würde, wo noch immer ein Jugendfoto von ihr neben der Eingangstür hing, und ich konnte mir auch meinen Vater gut vorstellen, wie er am Morgen mit seinen rot-weißen Vermessungsstäben und einem Theodolit loszog, um für die Bauern in der Umgebung Grundstücke und Felder zu vermessen.

Während ich mir das alles jedoch vorstellte, spürte ich, dass ich in den elterlichen Planungen nicht mehr so vorkam wie früher. Früher hatte man alles an meinem Befinden und dem Befinden meiner Mutter ausgerichtet, jetzt aber, wo es uns besser ging, spielte das alles kaum noch eine Rolle. Aus unserem Leben zu dritt schien jedenfalls auf einmal eher ein Leben zu zweit zu werden, ja, ich hatte wirklich den Eindruck, dass meine Eltern dabei waren, sich von mir zu entfernen.

Natürlich sagte ich so etwas nie, ich konnte so etwas nicht sagen, denn selbst in späteren Jahren habe ich es nur sehr selten und dann auch nur gegen die größten inneren Widerstände fertiggebracht, anderen von meinen Empfindungen und Gefühlen zu erzählen. Für all diese Empfindungen und Gefühle hatte ich keine Worte, denn die Worte, die ich so mühsam gelernt und dann miteinander verbunden hatte, bezogen sich noch immer auf die direkt zugänglichen, sinnlich wahrnehmbaren Gegenstände. Alles, was darüber hinausging, gehörte für mich in das Reich des Ungefähren und war daher schwer zu benennen und erst recht nicht zu beschreiben.

Trotz der anhaltenden Sprachlosigkeit in diesen Dingen spürte ich aber dennoch genau, welche Zukunft sich für mich abzeichnete. Ich sah mich auf mich selbst gestellt und weitgehend allein, ich sah einen Jungen, den man in einem Kloster unterbrachte, damit er von dort aus ohne weitere Ablenkungen den direkten Weg in den pianistischen Himmel fand. Und ich sah ein Elternpaar, das nun ein vor mir verborgenes Leben in der Ferne führen würde, mit lauter neuen Interessen und Beschäftigungen, die ich vielleicht nicht einmal kennenlernen würde.

Was aber sollte ich tun? Das Klavierspiel aufzugeben, war unmöglich. Mit dem üblichen Klavierunterricht weiterzumachen, war halbherzig. Nein, es war schon richtig, ich gehörte nun auf eine strenge und auf mein jetziges Können hin zugeschnittene Schule, die genau dieses Können förderte und mir den zeitraubenden Umgang mit vielen anderen Lernstoffen ersparte. Was ich an solchen Lernstoffen brauchte, das verschaffte ich mir durch die Bücher und meine Lektüren, das sogenannte Grundwissen ergab sich dann schon von allein. In früheren Jahren hatte ich oft von einer Schule geträumt, in der die Musik die wichtigste Rolle spielte, warum aber bekam ich es jetzt, wo man mich genau auf eine solche Schule schicken wollte, mit der Angst zu tun?

Ach, ich wusste es doch genau und konnte es doch mit keiner Silbe sagen: Ich wollte mich um keinen Preis von den Eltern trennen. Bis zum damaligen Zeitpunkt meines Lebens waren sie mir Freunde, Vertraute, Spielkameraden, einfach alles gewesen. Ich hatte zwar inzwischen gelernt, auch mit anderen Jungen auszukommen, mit ihnen zu spielen und mit ihnen etwas zu unternehmen. All diese Beschäftigungen aber reichten doch nicht im Geringsten an das Zusammensein mit meinen Eltern heran. Wie sollte das denn aussehen, ein Tag und eine Nacht ohne sie? Wie sollte denn überhaupt ein Morgen beginnen ohne die Stimme meiner Mutter, und wie wäre es abends, wenn ich meinen Vater nicht begrüßen konnte, wenn er von der Arbeit nach Hause kam?

Schon allein bei der bloßen Vorstellung eines Lebens ohne Eltern geriet ich in leise Panik, warum begriff das denn niemand, und warum behaupteten alle, mit denen über unser neues Leben gesprochen wurde, der Junge könne sich wirklich freuen, eine so *ideale Ausbildung* zu bekommen. War eine Ausbildung ohne die Gegenwart meiner Eltern wirklich *ideal*? Und was war das Wort *ideal* für ein tückisches und böses Wort, wenn man mit ihm derart leicht die Ängste eines Kindes überdecken konnte?

29

DER TAG, an dem meine Eltern mich ins Internat
brachten, erinnerte mich an den ersten Tag in der Volksschule, nur war alles um mich herum etwas größer, pom-
pöser, feierlicher und daher auch ernster. Die Schüler, für
die an diesem Tag ein neuer Lebensabschnitt begann,
kamen aus ganz Deutschland, aus Österreich und der
Schweiz, und man sah ihnen an, dass ihre Eltern sich um
sie gekümmert hatten. Die meisten trugen eine auffällig
modische und auf den ersten Blick teure Kleidung und
wirkten daher schon in diesem frühen Alter leicht pro-
fessionell. Viele von ihnen hatten ähnlich wie ich bereits
einige Wettbewerbe gewonnen und ließen erkennen,
dass sie über die Anfangsgründe der Musik weit hinaus
und längst auf dem Karriereweg waren.

Bevor der eigentliche Unterricht begann, kamen alle in
der großen Aula des Internats zusammen. Der Abt hielt
eine Ansprache, das Schulorchester spielte, und einige
hochtalentierte, ältere Schüler glänzten mit derart gelun-
genen Auftritten, dass die Neuankömmlinge gleich um
eine Spur ruhiger und bescheidener wurden.
    Ich schaute mir einige von ihnen genauer an und
stellte mir vor, dass jeder von ihnen seit seiner Kindheit mit einem bestimmten Instrument verwachsen war.
Im Grunde waren es keine normalen Schüler, die hier
Mathematik oder Deutsch, Gemeinschaftskunde oder
Biologie lernen wollten, es handelte sich vielmehr um
lauter Jungen, die an nichts anderes dachten als daran,

ihrem Instrument immer perfektere Töne und Klänge zu entlocken. Die Schwierigkeitsgrade steigern! Eine Komposition noch schneller und virtuoser spielen! Den Konkurrenten mit Stücken überraschen, die er noch nicht im Repertoire hatte! All das war die Hauptsache, der gegenüber alle anderen Lerninhalte anscheinend als nettes Beiwerk empfunden wurden. *Die Jungen hier sind ganz auf die Musik konzentriert, auf die Musik, und nur darauf …*, hatte der Abt während unserer ersten Begegnung gesagt.

Dieser Satz hatte im Kopf meiner Eltern wie kein anderer gezündet. Wahrscheinlich stellten sie sich vor, dass ich nach wenigen Monaten wie eine Rakete abheben und den von Walter Fornemann anvisierten pianistischen Himmel schon bald als kleiner Satellit durchkreisen würde. Ich sah, dass sie stolz waren, Mutter auf ihre begeisterte, Vater auf eher zurückhaltende Art.

Doch als ich sie später vom ersten Stock des Hauptgebäudes aus beobachtete, wie sie zu zweit hinüber zu der kleinen Bushaltestelle gingen, wären mir fast die Tränen gekommen. Da ging das Paar, mit dem zusammen ich bisher jeden Tag verbracht hatte, da entfernte es sich von mir, ohne sich noch ein einziges Mal umzuschauen.

Es regnete, und natürlich hatten die beiden keinen Schirm dabei. Mutter hatte sich bei Vater eingehängt, und sie gingen beide mit etwas hochgezogenen Schultern. Gerade hatten sie sich von dem Menschen getrennt, der nach all den gemeinsam erlebten Katastrophen als Einziger noch übrig geblieben war. Bestimmt war es ihnen nicht leichtgefallen, so etwas zu tun, aber keiner von beiden hatte je darüber gesprochen, und auch in den letzten Stunden unseres gemeinsamen Zusammenseins hatte ich bei keinem von ihnen eine stärkere Rührung wahrgenommen. Wir drei hatten den Abschied inmitten des Trubels nach der Willkommensfeier wahrhaftig hinter uns gebracht, ohne eine Spur von Schwäche zu zeigen.

Später sah ich sie dann noch einmal, wie sie noch immer an der Haltestelle warteten, während alle anderen Eltern längst in ihren Fahrzeugen in alle Richtungen davongebraust waren. Einen kurzen Moment regte sich in mir die Erinnerung an den Beginn der Volksschulzeit, als Mutter und ich es einfach nicht fertiggebracht hatten, uns zu trennen. Jetzt waren wir über so etwas anscheinend hinweg, aber es gelang mir nicht, diese Entwicklung als einen Fortschritt zu betrachten. Vater hatte den Kragen seines Mantels hochgeschlagen, und Mutter stand in einem ihrer schönen langen Mäntel da wie eine Frau, die man sich in einem Landbus nicht vorstellen konnte.

Ich konnte nicht länger hinschauen, dieses Bild war ja beinahe …, verdammt noch mal, wie sagte man denn? Kurze Zeit später entdeckte ich in einem Text ein Wort, das ich noch nicht kannte, und wusste sofort, dass es genau die Empfindung bezeichnete, die ich während des letzten Blicks auf meine im fernen Regen vor einer Bushaltestelle stehenden Eltern gehabt hatte: Meine Empfindung war *herzzerreißend* gewesen, ja genau, ich hatte *eine herzzerreißende Empfindung* gehabt …

In den ersten Tagen und Wochen des Internatslebens wurde ich das *Herzzerreißende* nicht los, es war wie ein

Fieber, das mich jeden Tag in nicht vorhersehbaren Momenten befiel und lähmte. Irgendeine Kleinigkeit genügte bereits, um meine Sehnsucht nach Köln und unserem Zuhause auszulösen, manchmal war es ein Geruch, dann eine Geste oder eine Bemerkung, ja ich war so empfindlich, dass ich regelrecht danach suchte, wieder an etwas Vertrautes erinnert zu werden.

Denn die Entfernung von diesem Vertrauten war nichts anderes als ein schmerzlicher, gewaltiger Schock, der so groß war, dass ich ihn oft nur durch die Vorstellung, all das, was ich gerade erlebte, sei bald vorbei und sowieso nur ein böser Traum, überstand.

Dabei wurden wir Neuankömmlinge keineswegs besonders streng oder finster behandelt, im Gegenteil, jeder von uns bemerkte, dass man uns einen Bonus einräumte, indem man uns langsam und geduldig mit unserer neuen Welt vertraut machte. Es waren also nicht die Patres und die anderen Lehrer, die mir so zusetzten, es waren auch nicht die neuen Mitschüler, mit denen ich mich nach einer Weile denn doch arrangierte, nein, das alles war es nicht, es war vielmehr die gesamte Planung und das System selbst.

Über dieses System hatten sich meine Eltern, wie ich heute glaube, nicht genügend Gedanken gemacht. Sie hatten das große Ziel im Blick, nicht aber den Weg dorthin, und genau das war der entscheidende Fehler, den man erst später, als es längst viel zu spät war, bemerkte.

Um eine Vorstellung von diesem Weg zu erhalten, hätten meine Eltern in Gedanken den normalen Tagesablauf eines Schülers durchspielen und sich danach auch den Ablauf einer Woche vorstellen müssen. Sie hätten sich dabei bis ins Einzelne zu vergegenwärtigen gehabt, was ich Stunde für Stunde, Tag für Tag, Woche für Woche an genau welchen Orten zu tun hatte. Dann hätten sie sich fragen müssen, ob eine solche Planung gut und wirklich *ideal* für mich war.

Mit Sicherheit hätten sie auf diese Weise nicht genau vorhersehen können, was dann später wirklich geschah, aber sie hätten doch sofort gewusst, dass sie mich in ein Leben verabschiedet hatten, das nicht das richtige für mich war, ja in dem ich mich von Tag zu Tag in eine nicht beabsichtigte Richtung verändern würde.

Ein besonders unangenehmer Bestandteil dieses Lebens war die dauernde Anwesenheit der Mitschüler in meiner unmittelbaren Umgebung. Dabei störte ich mich nicht an den besonderen Macken und Eigenheiten bestimmter Mitschüler, nein, es störte mich generell, dass ich den ganzen Tag von anderen Menschen umgeben und beinahe keine einzige Minute allein war.

Es begann schon damit, dass etwa fünfzig Schüler in einem großen Schlafsaal schliefen, Bett neben Bett. Jeden Morgen begegnete man nach dem frühen Aufwachen sofort einer kaum überschaubaren Zahl von Fremden, denen man dann bis zum Mittag nicht mehr entkam. Man ging zusammen ins Bad, man frühstückte zusammen, man besuchte manchmal den Gottesdienst und setzte sich dann wieder dicht nebeneinander in den Klassensaal. Die einzigen Minuten, die man bis zum Mittag allein verbringen konnte, waren die knappe, halbe Stunde vor dem wiederum gemeinsamen Mittagessen, in der sich die meisten Schüler auf ihrem schmalen Bett im Schlafsaal aufhielten.

Nun war das ununterbrochene Zusammensein und das Dasein in einer Gemeinschaft an und für sich ja nichts Schlimmes, und es gab auch viele Schüler, denen so etwas überhaupt nichts ausmachte, weil sie sich in einer solchen Gemeinschaft wohlfühlten. Für mich aber bedeutete ein solches Leben eine Umstellung, an die ich mich die ganze Zeit meines Internat-Aufenthaltes nicht gewöhnen konnte. Über ein Jahrzehnt hatte ich mit nur wenigen Menschen ein sehr stilles Leben geführt, jetzt aber sollte ich mich darauf einstellen, vom frühen Morgen bis in die Nacht Teil einer unruhigen, nervösen und oft sehr lauten Gemeinschaft zu sein.

Hinzu kam die körperliche Präsenz der Mitschüler, die einem mit ihren Bewegungen und Aktionen viel zu nahekamen. Auch diese Dauerpräsenz anderer Menschen um mich herum war ich nicht gewohnt, ich hatte, verglichen mit meinen Mitschülern, in einem großen Abstand zu anderen Menschen gelebt, so dass ich jedes plötzliche, unerwartete und meist noch heftige Eindringen in den unmittelbaren Raum um mich herum nur wie eine lästige und dazu noch überflüssige Störung empfand.

Dadurch aber entwickelte sich mein Aufenthalt in den Räumen des Internats und des Klosters zu einer einzigen Flucht, während der ich ununterbrochen damit beschäftigt war, Ruhezonen und andere Räume aufzutun, in denen ich es zumindest nur mit einer begrenzten Zahl von Mitschülern zu tun hatte.

Zur wichtigsten dieser Zonen entwickelte sich mit der Zeit die Klosterkirche, in der das Sprechen verboten war und in der es genaue Regeln für das Verweilen gab. Bald genügte es mir nicht mehr, nur zu den Gottesdiensten zu erscheinen, sondern ich versuchte, die Kirche so oft wie möglich aufzusuchen, um mich wenigstens für kurze Zeit in diesem stillen Raum aufzuhalten.

Besonders still war es in ihr in der Morgenfrühe, kurz vor sechs, wenn die Patres im Chorraum erschienen und den Tag mit ihren gregorianischen Wechselgesängen begannen. Wir Schüler waren nicht verpflichtet, bereits so früh aufzustehen, andererseits war der Besuch dieses frühen Choralgesanges aber auch nicht verboten. Und so saß ich jeden Morgen meist als der einzige, noch vor den anderen aus dem Schlafsaal geschlüpfte Schüler im hinteren, dunklen Bereich der Kirche, um nichts anderes zu erleben als die Stille des Raums und den mir neuen, aber mich von Anfang an bewegenden Gesang.

Dieser Gesang begann fast immer mit demselben Gebetsruf, der mich dann mein ganzes weiteres Leben lang begleitet hat und in ihm immer wieder eine nicht unbedeutende Rolle spielte. Es handelte sich, wie bei den weiteren Gesängen auch, um einen Text in lateinischer Sprache, der zu einem einzigen, im weiten Kirchenschiff verebbenden und den Gesang daher nur stützenden Orgelklang gesungen wurde.

Ich weiß diesen lateinischen Text noch heute auswendig, er lautet: *Deus, in adjutorium meum intende/ Domine, ad adjuvandum me festina*, was auf Deutsch heißt: *O Gott, komm mir zu Hilfe/ Herr, eile mir zu helfen.*

Die starke Wirkung, die diese beiden Zeilen bei mir jedes Mal auslösten, hatte mit der Einfachheit der Worte zu tun, die in eine absolute Stille hinein gesungen wurden. Vor ihm gab es nichts anderes als diese Stille, es war die schwere Stille der tiefen Nacht, die noch immer den gesamten Gottesraum füllte und durch diese ersten Klänge erst langsam vertrieben wurde.

Daneben war der Gesang aber auch deshalb schön, weil er nicht aus einer Melodie, sondern nur aus der Wiederholung eines einzigen Tons bestand. Dieser Ton wurde sehr leise und mit einer geradezu rührenden Vorsicht gesungen, es war ein Ton, dessen Reinheit man in der Dunkelheit suchte und den man dann im weiten Raum langsam zum Schwingen brachte.

So begann der Tag nicht mit etwas Lautstarkem oder Demonstrativem, nein, ganz im Gegenteil, er begann mit der Bemühung, einen einzigen Ton zu treffen, um dann eine Weile lang auf ihn zu horchen. Der gesamte Gestus dieses Morgengebets hatte dadurch etwas von einer bescheidenen und vorsichtigen Annäherung, man trat aus dem Dunkel ins Helle, man lauschte dem ersten Morgenlaut und verneigte sich vor Gott, ohne mehr aufzubieten als einen einzigen Ton und die flüsternde Schwachheit der Stimme.

Dazu aber passte auch der zweizeilige Text, der ja im Grunde nur der etwas direktere Ausdruck all dieser Gebärden war und deshalb nicht mehr meinte als: Gott, ich beginne diesen Tag mit der Bitte um Deine Hilfe, ohne diese Hilfe werde ich ihn nicht bestehen. Herr, begleite mich durch den Tag, das ist meine erste und einzige Bitte.

Ich habe den zweizeiligen Text des Gesangs hier mit meinen eigenen Worten umschrieben, um deutlich zu machen, wie ich diesen kurzen Text damals verstand. Ich verstand ihn nämlich nicht als ein Gebet wie jedes andere auch, sondern ich bezog ihn direkt auf mich selbst. *O Gott, komm mir zu Hilfe ...*, besser hätte ich nicht bitten und beten können, *Herr, eile mir zu Hilfe ...*, ja, um den Beistand des Herrn betete ich, da ich dieses Beistands während des weiteren Tags dringend bedurfte.

So bot die frühe Stunde in der Klosterkirche einige der schönsten Augenblicke des Tages überhaupt. Im Winter trat man noch wie erstarrt in die scharfe Eiseskälte der Kirche, im Frühjahr und Sommer erlebte man in ihr aber die Erscheinung des Morgenlichts, das sich sehr allmählich durch die hohen Glasfenster im Chor in den Kirchenraum schob und sich von Minute zu Minute mehr im Altarraum verteilte.

Fühlte ich mich zu Beginn des Tages dort geborgen und sicher, so musste ich in seinem weiteren Verlauf nach anderen Orten Ausschau halten, wo ich dem üblichen Trubel entgehen konnte. Einer dieser Orte war die Küche, in der täglich einige Schüler bei der Vorbereitung der Mahlzeiten aushelfen mussten. Diese Mitarbeit war nicht sehr beliebt, sie galt als mühsam und langweilig, so dass ich als einer, der sich freiwillig zum Küchendienst meldete, jedes Mal zum Einsatz kam.

In der Küche befanden sich etwa zehn Personen, denen unter der Leitung des Chefkochs ganz bestimmte Aufgaben zugewiesen wurden. Die einen kümmerten sich nur um die Suppe, die anderen um das Gemüse oder den Nachtisch, während wir Schüler noch kleinteiligere Aufgaben, wie etwa das Schälen von Zwiebeln oder das Putzen von Salat, zu erledigen hatten. Wenn die Aufgaben verteilt waren, arbeiteten alle still vor sich hin, aus dem Hintergrund kam etwas Radio-Musik, mehr war jedoch nicht zu hören. Auch hier fand ich also Zeit und zumindest etwas mehr Raum als sonst während des Tages üblich, ich konnte abtauchen und meinen eigenen Gedanken nachhängen.

Der dritte Ort schließlich, den ich immer wieder aufsuchte, war die Klostergärtnerei. Auch für diese Arbeit konnten die Schüler sich freiwillig melden, und auch hier gab es meist nicht genug Freiwillige, um die viele Arbeit zu tun. Zweimal in der Woche wurde man hier mit leichten Tätigkeiten beschäftigt, man musste die frisch getriebenen Blumen und die Topfpflanzen begießen oder die Gemüsesteigen mit dem Frischgemüse hinauf in die Klosterküche tragen oder die Rollmatten aus Stroh auf den Dächern der Gewächshäuser ausrollen, um sie vor der Sonne zu schützen.

Schon allein das regelmäßige Aufsuchen dieser drei Fluchtorte sorgte für eine bestimmte Ordnung im Zeitplan einer Woche, diese Ordnung aber war noch gar nichts gegenüber den weiteren, für alle Mitschüler verbindlichen Ordnungen. Solche bis ins Kleinste ausgearbeiteten Zeiteinheiten regelten den Ablauf jedes Tages vom Aufstehen bis in die Nacht, sie gruppierten sich um den Schulunterricht am Morgen, die Mahlzeiten während des Tages und die musikalischen Übungsprogramme am Nachmittag.

Neben der halben Stunde kurz vor Mittag blieb jedem Schüler meist nur die Stunde vor dem Abendessen zur freien Verfügung. Die Stunden nach dem Abendessen bis zum Schlafengehen gegen 22 Uhr waren dagegen entweder den Hausaufgaben oder weiteren Musikproben vorbehalten. Tat sich durch einen Zufall oder eine Fehlplanung einmal eine Lücke im Tageslauf auf, so wurde sie für Sport genutzt. Sport! – gab es etwas Langweiligeres als Internats-Sport und damit einen Sport, der nur darin bestand, mit einigen Mitschülern, deren sportliche Fähigkeiten man bald bis ins Letzte kannte, immer wieder Fußball, Handball und andere Mannschaftssportarten zu spielen, die doch nur dann Spaß machen, wenn man es zumindest dann und wann einmal mit neuen und unbekannten Gegnern zu tun hat?

Das *System* Internat, wie ich es vorhin genannt habe, bestand also darin, die Schüler ununterbrochen so zu beschäftigen, dass ihnen kaum ein Moment für sich selbst blieb, ja selbst kleinere Pausen waren noch in die Zeitplanung eingebaut, weil man darauf hoffte, dass die Schüler sie für ein Gebet in der Kirche oder die Teilnahme an einer Vesper nutzen würden.

In ihren Grundlagen gingen diese Planungen auf die uralten *Regeln* des heiligen Benedikt aus dem sechsten Jahrhundert nach Christus zurück, die dem Mönchsleben in ganz Europa Form und Ordnung gegeben hatten. Mochten diese Regeln für die halbwilden Abenteurer des frühen Mittelalters richtig gewesen sein und mochten diese lebenslustigen Abenteurer dadurch erst erfahren haben, was man alles in einer Stunde, an einem Tag oder sogar in einer Woche bei geregeltem Dasein tun konnte, so waren sie doch gewiss nicht das Richtige für einen Jungen, der eigentlich nur Fortschritte im Klavierspiel machen wollte und bis zu diesem Zeitpunkt ein relativ freies Leben geführt hatte.

Bisher nämlich hatte ich die Schule nie als eine besonders lästige Pflicht empfunden, ich war am Morgen einige Stunden dort hingegangen, ich hatte am Nachmittag dann und wann ein paar Hausaufgaben gemacht, ansonsten aber war ich von weiteren Anforderungen verschont geblieben. Gerade wegen dieser Freiheiten war ich ja damals der festen Ansicht, das eigentliche Lernen finde nicht in der Schule, sondern außerhalb statt. Ein solches Lernen etwa am Flügel, auf einem Pferderücken oder mit dem Vater in der Natur brauchte man nicht zu planen, denn es ergab sich ganz leicht und einfach von selbst, wenn man dem eigenen Antrieb nur begeistert genug folgte. Bis zum Eintritt ins Internat hatte ich daher nicht einmal eine Uhr gehabt, jetzt aber führte die Empfehlung der Patres, jeder Schüler solle nach Möglichkeit den ganzen Tag eine Uhr tragen, dazu, dass ich auf der Suche nach jeder freien Minute nun auch mit einer Uhr herumlief.

Solche Minuten hatte ich früher täglich für mein Notieren und Schreiben genutzt, jetzt aber wusste ich nicht mehr, wann ich mich auch noch damit hätte beschäftigen können. Ich vernachlässigte also anfänglich meine Kladden und Schreibbücher, bemerkte aber bald, wie stark ich inzwischen doch bereits an das Schreiben gewöhnt und gebunden war. Wenn es nicht täglich stattfand, wurde ich unruhig, es war, als stauten sich die Worte, Sätze und Wendungen in meinem Kopf, und weil ich keine Methode mehr hatte, sie zu speichern, vermehrten sie sich unaufhörlich, wie Wildwuchs. *Gregorianischer Gesang*, *Monstranz*, *Katakombe* – wohin mit all diesen schönen Worten und wohin mit den kleinen Zeichnungen, mit deren Hilfe ich mich an sie erinnerte?

Als ich nicht mehr weiterwusste, nahm ich meine Kladden mit in die Kirche. Wann immer es möglich war, flüchtete ich mich für einen kurzen Aufenthalt in die Bänke oder sogar in einen Beichtstuhl, um dort in aller Eile zu zeichnen und zu notieren. Von Weitem mögen die schwarzen Hefte dabei ausgesehen haben wie Gebetbücher, ihre besondere Farbe war dann jedenfalls der Grund dafür, dass einer der Mönche, der mich einmal bei meiner Schreibarbeit beobachtet hatte, annahm, dass ich fromme Texte abschrieb oder sogar selbst welche erfand. Wegen meiner häufigen Kirchenbesuche und wegen meines Gebetseifers galt ich sowieso als fromm und damit als eine Ausnahme unter den Schülern. War ich fromm, war ich das wirklich? Ich sage gleich noch etwas zu diesem Thema, möchte vorerst aber nur andeuten, dass meine täglichen Kirchenbesuche und die Nähe des Klosterlebens auf mich in einer Weise abfärbten, an die wohl keiner gedacht hatte.

Darüber gleich mehr, zuvor aber – zum besseren Verständnis des Späteren – noch der Versuch eines Resumés: Warum also besuchte ich überhaupt dieses Internat und was brachte mir dieser Besuch?

Ich besuchte das Internat aus einem einzigen Grund: Ich wollte in der pianistischen Ausbildung rasch vorankommen, damit ich schon bald eine Musikhochschule besuchen und ein guter Pianist werden konnte. Anstatt mich auf dieses Ziel zu konzentrieren, verbrachte ich die Tage im Internat jedoch mit vielen kleinen Aufgaben, Pflichten und damit Ablenkungen, die mein eigentliches Ziel immer mehr in den Hintergrund treten ließen. So blieben jeden Tag kaum zwei Stunden für das Üben, von denen ich oft noch einen Großteil mit anderen Schülern und dem Einstudieren von Kammermusik verbrachte.

Gegen den Klavierunterricht war auf den ersten Blick nichts zu sagen, ich hatte einen soliden, jede Woche einmal aus München anreisenden Lehrer, der sich einen Tag lang mit sechs bis acht Klavierschülern beschäftigte, die in die erste Leistungs-Kategorie eingeordnet worden waren. Ich hätte stolz darauf sein können, dass ich unter diesen Schülern der jüngste war, doch ich dachte nicht einmal über so etwas nach, weil ich den Eindruck hatte, keine Fortschritte zu machen, sondern mich immer mehr zu verzetteln.

Dieser Eindruck entstand auch dadurch, dass ich es plötzlich mit ganz anderen Kompositionen und Komponisten zu tun bekam. An erster Stelle stand nämlich nun Bach, Bach und noch einmal Bach. *Das Wohltemperierte Klavier* und *Die Kunst der Fuge* bildeten gleichsam das meditative Zentrum des Unterrichts, um das sich die anderen Werke und Komponisten nur wie ferne Trabanten gruppierten. Ich spielte Händel, Corelli und Gluck, ich studierte die Sonaten Mozarts und Beethovens, danach aber war vorerst Schluss, als drohte von Komponisten wie Schumann, Brahms oder Liszt eine große Gefahr.

Im Grunde widmete ich mich also einer Musik, die noch in einer mehr oder weniger engen Verbindung zum Glauben und zur Religion stand, man schätzte und liebte die Werke der frühen Meister (wie etwa Monteverdi), und man untersuchte Stücke der sogenannten *Geistlichen Musik*, als bildeten sie bis in die Gegenwart die eigentlichen Fundamente der gesamten Musikentwicklung. Selbst die am Ende dieser Phalanx auftauchenden Komponisten wie Mozart, Haydn und Beethoven hatten anscheinend noch gebetet und den Kontakt mit Gott nicht verloren, während man sich im Falle Schumanns schon nicht mehr sicher war, ob er Musik überhaupt in irgendeiner Form mit Gott und der Religion in Verbindung gebracht hatte.

Dass ich Schumanns Stücke und die der Späteren nicht mehr spielen, sondern mich stattdessen in eine von Woche zu Woche unübersichtlicher werdende Zahl von viel älteren Kompositionen vertiefen sollte, fiel mir anfangs sehr schwer. Die Folge war, dass ich diese Kompositionen lustlos und mechanisch einstudierte, um sie möglichst schnell nicht mehr spielen zu müssen. So hetzte ich von einem Stück und einem Komponisten zum andern, von der Technik her waren diese Sachen ja kein Problem, gerade die scheinbare Anspruchslosigkeit der Stücke aber war anderseits auch der Grund dafür, dass ich glaubte, immerzu auf der Stelle zu treten, ja letztlich immer nur ein und dasselbe Stück zu spielen.

Nun kann man sich nicht vorstellen, dass ein elf- oder zwölfjähriger Junge das alles bereits in voller Klarheit wahrnimmt, um daraus die Konsequenzen zu ziehen und vor seinen Lehrer mit den Worten *Ich möchte endlich wieder Schumann spielen!* zu treten.

In voller Klarheit also war mir sicher nicht bewusst, welchem Umerziehungsprogramm man mich damals unterzog, andererseits spürte ich aber, dass meine Lust am Klavierspiel merklich nachließ und ich immer häufiger das Gefühl einer starken Eintönigkeit hatte. Dabei hätte ich nicht einmal behauptet, dass mir die Stücke, die ich nun einstudierte, nicht gefielen, nein, das war es nicht, ich hatte nur den Eindruck, dass meine Lehrer es bei ihrer Auswahl mit der religiösen und meditativen Ausrichtung einfach übertrieben. Zu viel Glaube, zu viel *Versenkung* und *Einkehr* – am liebsten hätte ich es einmal klipp und klar gesagt: *Es ist einfach zu viel …*

Ich besuchte das Internat doch nicht, um einmal unter die musizierenden Engel eingereiht und im Himmel des Glaubens mit bedeutenden Aufgaben betreut zu werden, nein, verdammt, ich wollte ein Stern am irdischen Pianistenhimmel und damit an jenem Himmel werden, in dem Walter Fornemann angeblich für mich bereits einen Platz reserviert hatte …

Wenn ich nun dieses Resumé überblicke, komme ich von heute aus zu einem schlichten Ergebnis: Das *System* Internat war für mich ein einziges Zuviel an verlorener Zeit und an menschlicher Gruppen-Präsenz! Zu viel Zeit ging mit unendlich vielen, kleinteiligen Nebentätigkeiten verloren, zu viel Zeit galt dem Einstudieren von belanglosen Klavierstücken und noch viel belangloserer Kammermusik, und zu viel Zeit verwendete ich allein schon darauf, mir im üblichen Getümmel der Tagesgeschäfte einige freie Augenblicke zu verschaffen. Und das alles ereignete sich auch noch in einem Zuviel an Menschen um mich herum, deren dauernde Gegenwart doch ebenfalls Kraft und Aufmerksamkeit kostete und manchmal geradezu erstickend wirkte!

Wie aber reagierte ich nun auf diese Verengung von Zeit und Raum? In der ersten Zeit reagierte ich instinktiv, indem ich das Klavierüben immer mehr vernachlässigte und mich nach etwas anderem umschaute. Dieses andere war das Orgelspiel, in das einige wenige begabte Klavierschüler von einem erfahrenen Organisten eingeführt wurden. Orgel üben und spielen zu dürfen, war ein großes Privileg, dieses besondere Privileg aber war nicht der Grund dafür, warum ich mich darum beworben hatte, die Orgel zu spielen.

Ein Grund war vielmehr die Möglichkeit, für das Üben die Klosterkirche aufsuchen und dort allein einige Zeit verbringen zu dürfen, und ein weiterer Grund war, dass die Stücke der frühen Meister, die auf dem Klavier nicht zur Geltung kamen, auf der Orgel erst ihren eigentlichen Klangcharakter entfalteten. Bachs Toccaten und Fugen auf der Orgel, Händels Orgelkonzerte, die Orgelstücke von Pachelbel und Buxtehude – all das zu spielen, war für einen Jungen meines Alters ein großes Ereignis, für

das ich bereitwillig etwas von der Zeit für das Klavierüben dreingab.

Bald waren mein besonderer Einsatz und meine Freude an diesem Spiel dann so offenkundig, dass man mir
sogar erlaubte, auf das Kammermusik-Spiel ganz zu verzichten, das Orgelspiel, hieß es, ersetze in meinem Fall
die Kammermusik, ja genau, genau so dachte ich auch
und war froh, endlich eine richtige Aufgabe und ein neues Ziel gefunden zu haben.

Dieses neue Ziel brachte mich nun allerdings von meinem früheren und lange Zeit ins Auge gefassten Ziel ab,
so dass es nun nicht mehr allein der Pianistenhimmel
war, der mir vorschwebte, sondern auch das Dasein als
Organist in einer so beeindruckenden Kirche wie etwa
dem Dom zu Köln.

Der Dom zu Köln und die anderen schönen Kirchen,
die ich in Köln besucht hatte – nein, ich hatte sie keineswegs vergessen, sondern ich dachte im Gegenteil sehr
häufig an sie. Durch meine Übersiedlung in das Internat
hatte ich mich zwar äußerlich von ihnen entfernt, rückte
ihnen innerlich aber immer näher.

Denn ohne dass ich die Veränderungen deutlich bemerkte oder gar begriff, begann meine sehr besondere,
von der Musik geleitete und geprägte Frömmigkeit sich
im Internat zu entwickeln. Diese Frömmigkeit hatte
nichts mit bestimmten Glaubensinhalten zu tun, sie war
auch keine blinde Hysterie oder gar Frömmelei, nein, sie
wurde vielmehr zu so etwas wie einer Lebensform, die
mich, ohne dass ich es, wie gesagt, deutlich bemerkte,
von Tag zu Tag mehr anzog.

Dabei war natürlich von großer Bedeutung, dass ich die Vorbilder für eine solche Lebensform direkt vor Augen hatte. Es waren diejenigen Mönche, die ich besonders schätzte und häufiger beobachtete als andere und von denen ich daher bestimmte Verhaltensweisen übernahm. Einige dieser Verhaltensweisen hatten mit einem bestimmten Ernst und einer besonderen Hingabe an bestimmte Aufgaben zu tun, andere mit einer beeindruckenden Gründlichkeit, wieder andere mit einer starken Zurückhaltung, die sich in einer gewissen Scheu oder in einer Art Schamhaftigkeit ausdrückte.

Besonders dieses scheue und gleichsam schamhafte Verhalten verstand ich gut, es bestand vor allem darin, auf allzu laute, vulgäre oder penetrante Worte zu verzichten und sich überhaupt so zu verhalten, dass man nicht viel von sich preisgab. Ich hatte von anderen Orden gehört, die ihren Mitgliedern vorschrieben, wenig oder gar nicht zu sprechen, diese Nachricht hatte mich elektrisiert und mir bewiesen, dass ich auf dem richtigen Weg war, wenn ich mich verstärkt dem Orgelspiel widmete und das Sprechen auf das Notwendigste beschränkte.

Von dieser Entwicklung her kann man sich nun vorstellen, was mit mir geschah: Allmählich, aber mit den Wochen und Monaten immer mehr, wurde ich, ohne dass meine Umgebung diese schleichende Veränderung bemerkte, wieder zu einem meist schweigenden, ja manchmal sogar sprachlosen Kind. Ich hörte auf zu notieren, ich zog mich ganz auf mich selbst zurück, schließlich nannte man mich *den Stillen*.

Die Bezeichnung war gar nicht einmal böse gemeint,

sondern hatte eher den Charakter einer sachlichen Fest-
stellung. Ich war eben *der Stille*, so wie es auch *den Müden*
oder *den Blassen* gab. Solche Bezeichnungen erweckten
den Anschein, als handelte es sich um ein paar liebens-
werte Spleens oder Eigenheiten, denen man keine weitere Beachtung schenken müsse.

In meinem Fall aber war diese Nichtbeachtung ein gra-
vierender Fehler, denn ich verwandelte mich mit den
Wochen und Monaten wieder in jenes einzelgängerische
und isolierte Kind zurück, das ich vor vielen Jahren einmal gewesen war. Diesem Kind hatte man die Eltern genommen, ja man hatte die Verbindung zu seinen Eltern
mit Gewalt unterbrochen und zumindest zeitweilig getrennt. Was lag da näher, als dass dieses Kind sich neue
Eltern suchte?

Diese Eltern waren nicht sichtbar und nicht immer dieselben, und sie waren auch keine richtigen Eltern, eher
war es so, dass es jetzt eine Art großer Verwandtschaft
gab, die mit dem Kind sprach und sich um es kümmerte.
Manchmal sprach diese Verwandtschaft zu dem Kind direkt aus ihrem Domizil im Himmel, dann aber betete sie
mit dem Kind, als befände sie sich ganz in seiner Nähe
mitten in der Klosterkirche oder hoch oben auf der Orgelempore.

Die große Verwandtschaft verlangte von dem Kind einen
starken Glauben und viel Gehorsam, und das Kind ge-
horchte, weil es keinen anderen Ausweg mehr sah.

30

MEINE ERSTE Unterrichtsstunde für Marietta war kein großer Erfolg. Sie hat mir etwas vorgespielt, und ich habe dieses Spiel unterbrochen; dann habe ich wiederum ihr etwas vorgespielt, und sie hat das alles mit einem freundlichen Lächeln ertragen. Am Ende waren wir beide etwas ratlos: Wie sollte es weitergehen?

Nun hatte ich ja lediglich versprochen, sie in einer Übergangsphase zu unterrichten, und mir dabei von vornherein ausgemalt, dass diese Übergangsphase nicht von allzu langer Dauer sein werde. Ich hatte aber auch versprochen, mich um einen guten Klavierlehrer zu kümmern, obwohl ich augenblicklich keine große Lust und nicht den richtigen Antrieb für diese aufwendige Suche habe.

Am einfachsten wäre es gewesen, in das Conservatorio zu gehen, dort hätte ich rasch die Adresse eines jungen Studenten bekommen, der sich gern mit Klavierunterricht etwas Geld dazuverdient hätte. Ich wollte und konnte das Conservatorio aber aus gewissen Gründen jetzt noch nicht aufsuchen, ja ich hatte sogar das dumpfe Gefühl, als wäre mir der Zugang zu diesem Gebäude versperrt. Ich möchte auf diese auf den ersten Blick kindliche Hemmung jetzt nicht näher eingehen, zu einem späteren Zeitpunkt meiner Erzählung wird wohl deutlich werden, worin die ernst zu nehmenden Ursachen dieser Hemmung bestanden.

Marietta und ihrer Mutter gegenüber befand ich mich jedenfalls in einer Klemme: Ich sollte das Mädchen unterrichten und wusste doch nicht, wie ich das tun sollte. Mich einmal in der Woche neben sie ans Klavier zu setzen, Fingersätze zu korrigieren und sonst alles beim Alten zu lassen, kam nicht in Frage. Gespräche über Lieblingskomponisten und die Schönheiten bestimmter Stellen in einem Stück zu führen, war jedoch auch nicht das Richtige.

Eine Idee wäre es gewesen, Marietta mit den Grundlagen der Harmonielehre vertraut zu machen, doch wollte nicht ausgerechnet ich es sein, der ihr solche Leistungen abverlangte und sie mit Musiktheorie quälte. Und, um ehrlich zu sein: Ich konnte mir nicht vorstellen, wie gerade dieses lebenslustige und offene Mädchen den Vorschlag aufnehmen würde, zu einem vorgegebenen Generalbass die passenden Akkorde zu suchen.

Marietta hätte mich bestimmt angeschaut, als verlangte ich von ihr etwas ganz und gar Überflüssiges, ja sogar Sinnloses. Und vielleicht hätte sie damit sogar recht gehabt, vielleicht war es wirklich überflüssig und sinnlos, ein Mädchen wie Marietta mit Harmonielehre vertraut zu machen. Obwohl die Kenntnis von Harmonielehre den Hörgenuss erheblich steigert! Obwohl die Harmonielehre viele Raffinessen und Schönheiten für einen wirklich passionierten Klavierspieler bereithält! Und obwohl die Harmonielehre mir selbst gerade in Mariettas Alter viel Freude gemacht hat!

Schluss damit! Ich war von meiner Ausbildung und meinen Neigungen her weder ein Klavier- noch ein Harmonielehre-Lehrer, das konnte ich immerhin zu meiner Ehrenrettung sagen. Was aber dann? Wie sollte ich Marietta unterrichten?

Die Fragen, die ich hier stelle, sind inzwischen rein rhetorischer Natur, denn ich habe nun wahrhaftig einige Einfälle zu diesem Thema gehabt, auf die ich geradezu stolz bin. Diese Einfälle ergaben sich dadurch, dass ich Unterrichtsstunden neben Marietta am Klavier vorerst kategorisch ausschloss. Wo und wie aber konnte ich sie denn sonst unterrichten? Ganz einfach: In der Stadt, während langer Spaziergänge, die wir gemeinsam unternehmen würden, um Rom ganz nebenbei als ein einziges großes Musikangebot kennenzulernen!

Die Idee war nicht neu, ich erinnere nur daran, dass ich selbst ja längst mit derartigen Spaziergängen begonnen hatte. Neu war nur, dass ich solche Spaziergänge nicht mehr allein unternahm, sondern von nun an zusammen mit Marietta unterwegs war.

Marietta, sagte ich also, *lass uns Musik sammeln, und zwar überall, wo wir ihr begegnen!* Und dann zogen wir los, nahmen ein Notenheft mit, lauschten und hörten uns um, und ich notierte, was wir gerade hörten und was Marietta gefiel. Die Melodie eines Schlagers, der Rhythmus eines Schlagzeugs, das Summen eines Walzers, der Klingklang von Glocken ... – all das sammelte ich und skizzierte es in unserem Heft, und dann notierten wir dazu, wo und wann wir den jeweiligen Musikfetzen gehört hatten.

Damit aber nicht genug, sondern noch viel mehr! Ich fragte Marietta, welche Stücke sie in den letzten Jahren gespielt hatte. Das Ergebnis war ebenso trostlos wie jämmerlich: Anscheinend hatte ihr Klavierunterricht ausschließlich aus Stücken klassischer Musik bestanden! Warum aber das? Natürlich war nichts dagegen einzuwenden, solche Musik zu üben, natürlich nicht, wohl aber war es sehr einfallslos, ja geradezu sträflich dumm, einem zwölfjährigen Mädchen ausschließlich solche Musik vorzusetzen. Längst musste es den Eindruck haben, das Klavier sei lediglich erfunden worden, um darauf Bach, Händel und Mozart zu spielen. Was für ein Unsinn! Und wer hatte sich so ein traniges Übungsprogramm ausgedacht?!

Ich kam darauf lieber nicht zu sprechen, fragte aber doch nach, ob Marietta schon einmal Jazz gehört habe. Nein, hatte sie nicht. Und andere als westeuropäische Musik, Musik aus Cuba, der Karibik oder Indien? Nein, auch an solche Musik konnte sie sich nicht erinnern. Ihre Vorstellung von Musik hatte also bisher beinahe vollständig darin bestanden, sich auf der Empore der Leipziger Thomaskirche oder in einigen klassizistischen Wohnungen der Wiener Innenstadt ein unauffälliges Sitz-Plätzchen in längst vergangenen Jahrhunderten zu verschaffen. Wir lebten inzwischen im einundzwanzigsten Jahrhundert, wenigstens das bisschen Pop-Musik, das Marietta hörte, kam aus unserer Gegenwart, mit den Stücken ihres bisherigen Klavierunterrichts jedoch hinkte sie mehr als zweihundert Jahre hinter der Entwicklung her.

Es genügte also nicht, nur mit ihr spazieren zu gehen, um hier und da eher zufällig etwas Musik aufzuschnappen, ich musste noch viel mehr tun. Und so beschaffte ich mir ein monatlich erscheinendes Veranstaltungsprogramm der Stadt Rom und suchte zusammen mit Marietta Konzerte vor allem jener Musikrichtungen und Stile heraus, die sie noch nicht kannte. Argentinischer Tango, portugiesischer Fado, äthiopischer Soul, aber auch sizilianische Trauermärsche, lateinamerikanische Revolutionslieder oder russische Mönchsgesänge – wir hörten uns das alles dann wirklich an, wobei für mich selbst von großer Bedeutung war, dass wir solche Musik auch wirklich *live* hörten.

Das alles wurde mit guter Klassik gemischt, mit Konzerten in den römischen Ruinen spätabends, mit Auftritten junger Pianisten in den Kellern des Viertels Trastevere oder mit Opern-Aufführungen in den Thermen an den Wochenenden, wenn wir es uns leisten konnten, bis weit nach Mitternacht draußen im Freien Musik von Verdi oder Puccini zu hören.

Meist ganz nebenbei erkundigte ich mich danach, was Marietta von all diesen Darbietungen besonders gefiel. Hatten wir etwas gefunden, suchte ich nach den entsprechenden Noten oder komponierte selbst ein kurzes Stück in der jeweiligen Musikrichtung für das Klavier. Der Unterricht wirkte dadurch locker und wie improvisiert, und doch lagen diesem Programm die vielen kleinen Skizzen und Aufzeichnungen zugrunde, die ich oft noch während der Konzerte notierte. Es waren meist nur ein paar Noten, ich konnte mich auf mein absolutes Gehör und mein Gedächtnis verlassen, und doch brauchte es einige Kenntnis und Erfahrung, um aus diesen Andeutungen kleine Stücke oder Songs zu machen.

Nach kurzer Zeit fand auch Antonia an diesem Programm ein derartiges Gefallen, dass wir uns abends schließlich immer häufiger zu dritt auf den Weg in das Zentrum machten. Antonia lenkten solche Abendunternehmungen von ihren Ehe-Problemen ab, und in Gegenwart ihres Kindes kam sie erst gar nicht auf den Gedanken, lange über ihren Mann zu sprechen. Überrascht stellte ich fest, dass sie auch ohne die Fixierung auf solche Themen existieren konnte und dass sie mit der Zeit in mir nicht mehr nur den Adressaten für ihre rasch wechselnden psychischen Stimmungen sah.

Ab und zu setzten wir uns in der tiefen Nacht, wenn Antonia ihre Tochter bereits ins Bett gebracht hatte, noch einmal für einen letzten nächtlichen Drink auf den großen Platz vor unserem Wohnhaus. Meist waren wir sehr müde und von der Musik, die wir zuvor gehört hatten, noch immer betäubt. Gerade in solchen Momenten aber gelangen uns die besten Unterhaltungen. Sie fielen uns beiden erstaunlich leicht, dabei wurden doch nur sehr knappe Sätze gewechselt, als wäre uns längst die Luft ausgegangen.

Vorgestern zum Beispiel, es war schon nach eins, sagte Antonia plötzlich sehr müde, tonlos und langsam, als wollte sie sich nicht mehr richtig anstrengen: *Ich hatte seit anderthalb Jahren keinen Sex!* Ich antwortete nicht, ich ließ diesen Satz einfach so stehen. Jeder Satz, den ich darauf geantwortet hätte, wäre nachts um eins wahrscheinlich ein großer Blödsinn gewesen.

Nach einer längeren Pause aber schob sie dann noch eine Frage nach, und in meinen Ohren hörte sie sich merkwürdigerweise an wie ein kurzer, lässiger Griff einer Hand in die Saiten eines Cellos: *Und Sie, Johannes, wann hatten Sie das letzte Mal Sex?* Ich antwortete wieder nicht, sondern schaute nur kurz auf die Uhr. Dann trank ich langsam mein Glas aus und sagte: *Liebe Antonia, die ganz großen Themen besprechen wir morgen, einverstanden?* Antonia war einverstanden, sie nickte, und wir ließen es in dieser Nacht dabei bewenden.

Seither bekomme ich diesen Dialog nicht mehr aus dem Kopf. Er lässt mich aber nicht nur wegen seines Themas nicht los, nein, er irritiert mich vor allem auch deshalb, weil die Frage, wann ich das letzte Mal Sex hatte, die erste Frage nach meinem Privatleben war, die Antonia mir überhaupt stellte. Sicher, sie hatte mich, seit wir uns kannten, auch einiges halbwegs Private gefragt, diese Fragen hatten eine gewisse Grenze jedoch nie überschritten. Selbst wie es mir ging oder wie ich mich fühlte oder ob ich zufrieden, glücklich, melancholisch oder euphorisch war, hatte Antonia mich niemals gefragt, während ich selbst sie doch so etwas beinahe täglich gefragt hatte und wir dann gemeinsam ihrem jeweiligen Gefühlszustand auf den Grund gegangen waren.

Jetzt, wo mir unser kurzer tiefnächtlicher Dialog wieder durch den Kopf geht, fällt mir aber erneut auf, dass es mir mit vielen Menschen so ergeht. Kaum jemand fragt mich etwas sehr Privates oder gar Intimes, während ich mit meinen Gesprächspartnern rasch in die Untiefen ihrer Psyche gerate. Warum aber fragt mich kaum jemand? Warum nicht?!

Wenn ich es genauer bedenke, haben mich auch meine Eltern fast niemals etwas sehr Privates gefragt. Meine Mutter fragte danach grundsätzlich nicht, und mein Vater fragte mich dann und wann derart allgemein und vorsichtig, dass ich eine solche Frage meist nur noch abnicken und damit erledigen konnte. *Geht es Dir gut?* Aber ja doch, mir ging es gut. *Kommst Du gut voran?* Aber sicher, ich kam gut voran. *Hast Du Freunde im Internat gefunden?* Jawohl, es gab ein paar Jungs, mit denen ich häufiger zusammen war als mit anderen Jungs. *Macht Dir das Leben im Internat Spaß?* Ja, ich war mit dem Leben im Internat sehr zufrieden.

Zu Hause also merkte man mir überhaupt nicht an, was im Internat vor sich ging. Ich sprach von den Stücken, die ich auf der Orgel übte, und meine Eltern waren derart stolz auf mein Können, dass sie dem Pfarrer unserer Pfarrei auf dem Land vorschlugen, mich einmal auf der Orgel der Dorfkirche spielen zu lassen. Wollte ich das? Machte das auch mir Spaß? Ja, es machte mir Spaß, wenn niemand außer meinen Eltern und dem Herrn Pfarrer zuhörte.

Beinahe beflissen und übereifrig war ich dabei, alle eventuellen Bedenken der Eltern beiseite zu fegen. Nein, die zeitweilige Trennung von ihnen machte mir nichts aus, ich kam inzwischen damit zurecht. Nein, die anderen Jungs gingen mit mir nicht ungerecht, sondern freundlich und aufmerksam um. Manchmal hörten sich unsere Unterhaltungen so an, als hätte ich die Antwort schon vor der Frage parat, und wahrhaftig war es ja so, ich hatte mir die Antworten auf die Fragen der Eltern längst überlegt, ich war bestens auf sie vorbereitet.

Um richtige, ernsthafte, sich Zeit lassende Fragen handelte es sich, wie gesagt, sowieso nicht. Die Fragen, die meine Eltern stellten, waren vielmehr *Pflichtfragen*. Mit diesem Begriff hatten wir Schüler all die Fragen getauft, die wir während unserer Aufenthalte zu Hause über uns ergehen lassen mussten. *Pflichtfragen* brachte man hinter sich, sie hatten nichts zu bedeuten, *Pflichtfragen* mussten gestellt werden, um den schönen Schein des elterlichen Interesses an der Zukunft des Kindes zu erhalten.

Waren aber meine Eltern an dieser Zukunft wirklich noch so interessiert, wie sie es in meinen Kinderjahren doch einmal gewesen waren? Wenn ich jetzt manchmal für ein paar Tage nach Hause kam, hatte ich den Eindruck, dass ihr Interesse nachgelassen hatte und sie mit ihren eigenen Sorgen und Problemen beschäftigt waren. Diese Sorgen kreisten nach ihrem Umzug um Vaters neue Existenz und Mutters Arbeit in der Bibliothek. Mich wunderte, wie leicht es ihnen anscheinend gefallen war, Köln zu verlassen und unsere gemeinsame, von mir sehr geliebte Wohnung aufzugeben. Gelegentlich schien es so, als wären sie sogar erleichtert, sich von Köln getrennt zu haben, dabei hatten wir in dieser Stadt doch so viel erlebt, von dem man sich gar nicht trennen konnte.

Ich selbst jedenfalls glaubte, von Köln niemals Abschied nehmen zu können, wusste aber nicht, wie ich die Verbindung zu der einzigen Stadt, in der ich mich vollkommen zu Hause fühlte, hätte aufrechterhalten können. Meine Eltern waren *mit Sack und Pack*, wie Vater das nannte, aus ihr verschwunden, so dass ich irgendwann einmal allein auf dem großen, ovalen Platz stehen und zu den Fenstern jener Wohnung hinaufstarren würde, in der ich meine Kindheit verbracht hatte. Schon bei diesem Gedanken wurde mir beinahe übel, ich durfte daran nicht denken, nein, ich durfte mich auf solche Phantasien keineswegs einlassen.

Schließlich konnte man das Ganze aber auch noch von der Seite meiner Eltern her betrachten: Meine Eltern nämlich freuten sich, endlich wieder in ihrer Heimat angekommen zu sein. Auf dem Land und damit in ihren eigenen Kindheitsgegenden fühlten sie sich nach wie vor am wohlsten, hier lebten die vielen Verwandten und die Freunde, hier verging kein Tag, ohne dass man nicht mit vielen Menschen, die man liebte oder achtete, gesprochen hätte.

Bald zwei Jahrzehnte nach dem Krieg durfte das einzige noch am Leben gebliebene Kind nicht mehr die Hauptrolle spielen. Es hatte sich einzuordnen in die neuen Verhältnisse – so dachten meine Eltern wohl insgeheim und glaubten dabei fest, dass mir so etwas gelingen würde. Ich aber wusste damals noch nicht, wie ich diesen Sprung in das neue, veränderte Leben schaffen sollte. Noch war ich gehorsam und erschien nach außen hin ruhig und einverstanden mit allem, was um mich geschah. Doch ich wurde stiller und stiller, und dieser in-

nere Rückzug dauerte so lange, bis ich mich beinahe wie
von selbst zu wehren begann.

31

DIE ERSTE Unregelmäßigkeit in meinem Internats-
Leben ereignete sich, als mein bisher monatliches Vorspielen bei Walter Fornemann in ein halbjährliches um-
gewandelt worden war. Mit der Zeit hatte sich nämlich
herausgestellt, dass eine Fahrt einmal im Monat nach
Köln zuviel war und mir kaum etwas brachte; ich spielte Fornemann meine *kirchlichen Passionsstücke*, wie er sie
nannte, vor, und er erteilte mir eher eine Lektion in Mu-
sikgeschichte als in pianistischer Technik.

Dass mein Repertoire nicht mehr weit über Beethoven
hinausging, beschäftigte Fornemann nicht, vielmehr war
er der Meinung, dass mir ein gründlicher Unterricht in
früher Musik nicht schaden könne. Unser Lehrer-Schü-
ler-Verhältnis war zwar gut, aber auch in diesem Fall
hatte ich wie im Fall meiner Eltern manchmal den Eindruck, als entfernte sich Fornemann allmählich von mir
oder als wäre ich für ihn nicht mehr wie früher der helle,
leuchtende Stern am Himmel seines pianistischen Schü-
ler-Universums.

Über all diese verstörenden und für einen Jungen meines
Alters schwer einzuschätzenden Erfahrungen konnte ich
im Internat mit niemandem sprechen. Mich den Patres

oder gar dem Abt anzuvertrauen, kam nicht in Frage, die einzige Möglichkeit hätte vielmehr darin bestanden, einen Mitschüler ins Vertrauen zu ziehen. Einen solchen Mitschüler aber, dem auch ich selbst vertraut und mit dem ich meine Erfahrungen und Erlebnisse geteilt hätte, gab es im Internat nicht. Ich kam mit meinen Klassenkameraden durchaus gut aus, aber unter ihnen war keiner, zu dem ich mich besonders hingezogen gefühlt hätte. Auch meine Mitschüler pflegten nur selten typische Zweier-Freundschaften, eher kam es vor, dass man sich zu kleinen Gruppen oder Zirkeln zusammentat. Diese Gruppen lösten sich aber ebenso rasch wieder auf, wie sie sich gebildet hatten, meist hatten sie mit bestimmten Vorhaben oder Projekten zu tun, intensivere Beziehungen zu anderen Schülern stellten sich also auch in ihnen nicht her.

So konnte ich die geheimen Ursachen meines fortschreitenden Rückzugs auf mich selbst mit niemandem besprechen. Die einzige Unterhaltung, die es noch für mich gab, bestand im Kontakt mit den Büchern, die ich meist von zu Hause mitbrachte, da ich in der Internatsbibliothek nicht die richtige Lektüre fand. Unter ihnen gab es ein Buch mit Kurzgeschichten, das seltsamerweise mein Vater, der sich sonst um meine Lektüren nicht kümmerte, mir geschenkt hatte.

Es waren Geschichten von Ernest Hemingway mit dem Titel *In unserer Zeit*, bei deren Lektüre ich sofort verstand, warum sie Vater so gefallen hatten. All diese Geschichten handelten nämlich auf verblüffende Weise von Erfahrungen, die Hemingway selbst in seiner Kindheit und Jugend auf dem Land gemacht hatte. Um diese Erfahrungen zu beschreiben, hatte er sich eine Stellvertreter-Figur mit Namen Nick Adams entworfen. Nick Adams war ein Junge meines Alters, der in einigen Kurzgeschichten sogar wie ich selbst mit seinem Vater in der freien Natur unterwegs war. Vater und Sohn unterwegs – zum ersten Mal in meinem Leben hatte ich es mit einer Lektüre zu tun, die ich so las, als handelte sie beinahe ausschließlich von meinem eigenen Leben.

Vor allem zwei Geschichten waren es, in die ich mich immer wieder vertiefte, sie hatten die Titel *Großer doppelherziger Strom I* und *Großer doppelherziger Strom* II und erzählten sehr detailliert von Erlebnissen des jungen Nick beim Fischen in einem ländlichen Fluss. Die Schilderungen des Lebens an diesem Fluss, besonders aber die Schilderungen der Natur-Beobachtungen des jungen Nick erinnerten mich derart stark an alles, was ich selbst an dem kleinen Flüsschen neben der großelterlichen Gastwirtschaft erlebt hatte, dass ich viele Sätze bald auswendig kannte.

Das Schöne an diesen Sätzen aber war, dass es sehr einfache, schlichte Sätze waren, ungefähr von der Art, wie ich früher selbst welche in meine Notizhefte eingetragen hatte. Nie hätte ich geglaubt, dass anerkannte und große Schriftsteller solche Sätze benutzten, umso häufiger und gieriger wiederholte ich einige von ihnen nun im Stillen. Oft stellte sich dabei die täuschende Empfindung ein, es wären meine eigenen Sätze: *Der Fluss strömte klar und schnell dahin ... Ungefähr zweihundert Meter weiter unten lagen drei Baumstämme quer über den ganzen Fluss ... Oberhalb war das zurückgedämmte Wasser glatt und tief.*

Die beiden schönsten Sätze aber handelten davon, dass der junge Nick von einer kleinen Brücke über dem Fluss aus eine Forelle im Wasser erkannte: *Nicks Herz zog sich zusammen, als die Forelle sich bewegte. Er fühlte all die guten Gefühle.* In diesen beiden Sätzen war sehr einfach, aber doch genau ausgesprochen, was ich so häufig selbst am Fluss erlebt hatte: das Sich-Zusammenziehen des Herzens, ein kurzes Luftanhalten, eine Erstarrung, einen Moment des tiefen Glücks.

Wenn ich am frühen Abend im Schlafsaal des Internats solche Sätze und Geschichten las, überfiel mich eine so starke Sehnsucht nach dem Draußen, der Vergangenheit und dem Leben auf dem Land, dass ich hinterher oft wie betäubt durch die Klosterräume streifte, um hier und da wenigstens einen Luftzug oder einen Blick durch ein Fenster auf eine brachliegende Wiese zu erhaschen. Und wenn ich dann später in der Nacht einschlafen sollte, gelang das oft nicht, weil Hemingways Geschichten mich so sehr beschäftigten und meine Phantasie derart in Bewegung hielten, dass mich eine starke Unruhe befiel.

Aus dieser Unruhe heraus entstanden denn auch zum ersten Mal jene Bilder, die mich in der Folgezeit beinahe täglich heimsuchten und mich dann jahrelang nicht losließen. Auf diesen Bildern war ich allein in einer weiten, menschenleeren Landschaft unterwegs, ich trug einen kleinen Seesack mit ein paar Utensilien und mit zwei, drei Büchern sowie einem Notizheft, und ich kehrte nachts in irgendeinem kleinen Dorf ein, wo man mir in einem Gasthof ein Abendessen spendierte und ein Nachtlager einräumte.

Immer wieder waren es diese Bilder des Alleinseins und des dauernden Unterwegs-Seins, die mich verfolgten, es waren Bilder, die Hemingways Nick-Adams-Geschichten noch einmal erzählten und dabei in den Details beinahe mit denselben Bestandteilen auskamen. Nur war Nick Adams jetzt ein Junge, der sich danach sehnte, überall und wann immer er wollte, Klavier spielen zu dürfen. Hier und da auf seinen langen Wegen würde er eine Rast einlegen und haltmachen, um zu üben, dann aber würde er weiterziehen, still und glücklich darüber, nicht ununterbrochen etwas tun zu müssen, das ihn vom Klavierüben abhielt.

In den kleinen Dörfern, in die er während seiner Wanderungen geriet, würde er hier und da während einer Hochzeit oder einer anderen festlichen Gelegenheit die Orgel spielen, so würde er sich etwas Reisegeld verdienen. Sonst aber würde er ein leichtes, sorgloses Leben führen, und dieses Leben wäre genau das richtige, ja im Grunde das einzig richtige Leben für einen Jungen in seinem Alter.

Während derartige Phantasien immer aufdringlicher wurden, lebte ich immer unauffälliger. Nichts von dem, was mich wirklich beschäftigte, sollte nach außen dringen. Dieser Konflikt führte mit der Zeit zu beinahe trancehaften Bewegungen, ich schlich durch die langen Flure und Korridore des Internats wie ein Heimlichtuer, ich duckte mich weg, am liebsten wäre mir gewesen, ich hätte mich ganz in Luft auflösen können. Auf Fragen reagierte ich kaum noch, ich tat meine Pflicht, fiel nirgends auf und erschrak höchstens ein wenig, wenn ein Mitschüler mir in die Quere kam: *Na, Johannes, mal wieder ganz woanders?!*

Ja, natürlich, ich war ganz woanders, vom frühen Morgen an war das bereits so. Die Schulstunden und das sich daran am Nachmittag anschließende Unterrichtsprogramm brachte ich regungslos hinter mich, und die einzige Freude am Tag war jener Moment, wenn ich auf der hochgelegenen Orgelempore die Orgelbank bestieg und die ersten Töne erklangen. Manchmal hielt ich sofort inne und lauschte ihnen nach, um sie dann noch einmal langsamer zwei- bis dreimal zu wiederholen. Auch die Musik sollte mir keine Tempi mehr vorschreiben, auch sie sollte mich nicht beherrschen.

Dann aber wurde es mir zu viel. Ich hatte mir nicht lange überlegt, was ich konkret tun konnte, nein, ich hatte solche Überlegungen meist gleich wieder aufgegeben, weil ich mit ihnen einfach nicht weiterkam. Was damals an einem Nachmittag geschah, geschah also ohne jede Planung, es geschah plötzlich, ich hatte es selbst nicht erwartet, nein, es passierte einfach.

An diesem Nachmittag hatte ich in der Internatsküche gearbeitet und danach den kleinen Transport begleitet, der hinauf in die nahe gelegene Ortschaft fuhr, um die Küchenvorräte zu erneuern. Ich hatte das schon mehrmals getan, diesmal aber ergab es sich zufällig, dass ich allein in der Nähe des Transportwagens auf die anderen

Schüler und zwei Patres wartete, die in den Lebensmittelmarkt gegangen waren, um die Waren zu holen und dann im Wagen zu verstauen.

Ich stand also auf dem Parkplatz und blickte auf das weite, umgebende Land, auf der nahen Landstraße fuhren zwei langsame Traktoren dicht hintereinander her, es war ein warmer Tag im Frühsommer, in der Ferne schien die Luft sogar bereits zu vibrieren.

Da spürte ich plötzlich das ganze Elend meiner Lage: Gleich würde ich wieder mit hinunter ins Kloster fahren, um mich dort abfüttern zu lassen und ins Bett zu legen. Ein Tag nach dem andern würde jetzt auf diese Weise vergehen, noch viele Jahre bis zum Abitur. Bis dahin aber hätte ich meine pianistischen Fähigkeiten wahrscheinlich verloren, oder ich hätte sie eingetauscht gegen die Fähigkeit, eine Gemeinde während eines Gottesdienstes auf der Orgel bei ihrem Gesang zu begleiten. Nach einem solchen Gottesdienst wäre mir höchstens noch ein kurzes Solo gestattet worden: Etwas Händel, etwas Pachelbel oder Buxtehude, schon Max Reger aber hätte ich nicht spielen dürfen, denn die Orgel-Stücke von Reger gehörten bereits einer Musik-Epoche an, in der beinahe nur noch Verwirrte oder absonderliche Genies für die Orgel komponiert hatten ...

Es war eine Entscheidung von Sekunden, und in diesen Sekunden dachte ich nur darüber nach, wieviel Geld ich gerade dabeihatte. Es war jämmerlich wenig, aber immerhin, ich hatte etwas dabei. Ich wollte weg, und zwar sofort! Ich schaute mich noch einmal nach den anderen um, dann entfernte ich mich von dem Internats-Wagen.

Zunächst ging ich noch langsam, wie zur Probe oder als wäre mir langweilig. Ich schlenderte ein wenig daher, bewegte mich jedoch schon auf die abgelegene Seite des Parkplatzes zu. Dahinter fiel das Gelände steil ab, und kaum hundert Meter entfernt in der Tiefe erschien an dem steilen Hang ein größeres Waldstück.

Ich dachte nicht weiter nach, sondern verließ den Parkplatz und lief den Abhang hinab auf das Waldstück zu. Als ich es erreichte, wusste ich sofort, dass sie mich hier nicht suchen würden. Sie ahnten ja nicht, dass ich mich absetzen wollte, sie ahnten überhaupt nichts. Einen flüchtigen Schüler würde man suchen und verfolgen, ich aber war in ihren Augen kein Flüchtling. Sie würden sich meine Abwesenheit nicht erklären können und vielleicht vermuten, ich hätte eine Toilette aufgesucht. Sie würden nachschauen, auf der Toilette natürlich und rund um das große Marktgebäude. Irgendwann aber würden sie aufgeben und ohne mich zurückfahren. In der Abtei würden sie sagen, sie könnten sich meine Abwesenheit nicht erklären, ich sei *wie vom Erdboden verschluckt* gewesen.

Als ich das alles im Kopf durchgespielt hatte, war ich erleichtert. Was konnte denn schon passieren? Ich hatte einfach getan, was ich tun musste. Wenn es ewig so weitergegangen wäre, würde ich vielleicht schon bald keinen einzigen Satz mehr sprechen. Ich würde wieder in dem hilflosen Leben ankommen, das ich bereits als Kind geführt hatte, ich würde ein stummer, Orgel spielender Idiot werden, den man die weiteren Jahre verstärkt mit Küchen- und Garten-Diensten beschäftigt, bei dem man wegen seiner Hilfsbereitschaft aber nicht so streng auf die sonstigen schulischen Leistungen geschaut hätte.

Johannes, hörst Du mich? Ein paar Mal hatte ich eine solche Frage eines Lehrers bereits schon wieder zu hören bekommen. *Johannes ist wieder in seiner eigenen Welt ...* – auch das hatte ich schon ein paar Mal wieder gehört. Solche Fragen und Bemerkungen erinnerten mich an früher, und wenn ich mich auch nur entfernt an diese früheren Tage erinnerte, stieg sofort die kalte Angst in mir hoch. Noch einmal würde ich das alles nicht mitmachen, noch einmal nicht! Lieber würde ich irgendwo abtauchen, in die Tiefe eines Flusses, um in dieser Tiefe für immer zu verschwinden ...

Eine Nacht und insgesamt etwa anderthalb Tage hielt ich durch. Ich bewegte mich so voran, wie es mir gerade gefiel, und vermied es dabei, auf den Landstraßen zu laufen. Stattdessen blieb ich meist in den Wäldern und folgte den schmalen Waldwegen und Forstpfaden. Am ersten Abend entdeckte ich eine Jagdhütte, machte mir dort ein kleines Feuer und saß dann die ganze weitere Nacht still in seiner Nähe, bis ich müde wurde und unter dem Vorbau der verschlossenen Hütte einschlief.

In der Nacht wurde mir kühl, ich stand auf, bewegte mich ein wenig und legte weiteres Holz in das Feuer. Ich schlief wieder ein und wachte erst beim Morgengrauen auf, dann ging ich los, nicht ohne vorher das Feuer gelöscht zu haben.

Am Mittag plagte mich dann der Hunger. Ich überlegte, ob ich mir in einer Ortschaft etwas zu essen beschaffen sollte, entschied mich jedoch dagegen. Stattdessen begann ich, nach Waldfrüchten zu suchen, entdeckte aber nur eine kleine Lichtung, an deren Rand sich ein paar verkümmerte Brombeer- und Himbeersträucher befanden. Ich aß die teilweise noch unreifen Früchte und nahm mir vor, lieber mehr zu trinken als weiter nach Essbarem zu suchen. Etwas zu trinken zu finden, war nicht schwer, in der Gegend war es selbst im Sommer in den Wäldern sehr feucht, und man hörte häufig das Rauschen irgendeines Baches, wenn man nur hier und da stehen blieb.

So bewegte ich mich weiter, ohne einem Menschen zu begegnen. Ich fühlte mich erleichtert, als hätte ich zumindest für kurze Zeit das rettende Ufer erreicht. Im Verlauf des Morgens hatte sich diese Erleichterung immer mehr verstärkt, ich spürte genau, wie sich etwas in mir löste und ich langsam ruhiger und ruhiger wurde. Es war, als hätte ich riesige Gewichte, die ich vorher noch gebuckelt hatte, am Wegrand zurückgelassen.

Als ich eine besonders weite Lichtung erreichte und über die nächsten Höhenkämme hinwegschaute, hatte ich auf einmal sogar ein solches Freudengefühl, dass ich vor lauter Glück zu schreien begann. Erst war es nur ein kurzer, heller Schrei, wie der Schrei eines Tieres, dann aber schrie ich immer lauter, als müsste ich die ganze unsinnige Verkrampfung der letzten Monate und Jahre aus mir herausbrüllen.

Es ist gar nicht zu glauben, wie gesund und erleichternd ein solches Schreien sein kann. Der ganze Körper öffnet sich, ja es ist, als würde man sich langsam die Haut abziehen, aber auf angenehme Weise und daher ohne dass

es irgendwo schmerzt. Ein Sich-Schütteln ist es, ein Aus-
speien des Fremden, ein Hinübergleiten in eine andere
Existenz! Wer Opern nicht erträgt oder nicht begreift,
was das Schöne an Opern sein kann, sollte eine Zeit lang
allein durch einen großen Wald gehen und, wann immer
ihm danach ist, zu schreien beginnen. Es sollte aber ein
lautes, unermüdliches Schreien sein, bis hin zur Erschöpfung, am Ende sollte man vergessen haben, was einen
umtreibt, man sollte nur noch den Körper spüren, sein
Zittern, seine Ermattung ...

Aber zurück zu meiner Flucht. Natürlich wusste ich,
dass ich nicht tagelang unterwegs sein konnte und man
mich zur Rechenschaft ziehen würde, aber vorläufig war
mir das gleichgültig. Ich hatte die anderen nicht verlassen, um ihnen irgendetwas zu beweisen oder um sie
zu beunruhigen, nein, ich hatte nur mir selbst beweisen
wollen, dass die alten Träume und Phantasien noch in
mir lebten. Ich war noch nicht ganz der Lethargie verfallen, nein, ich war noch nicht gestorben, etwas Text
und eine Unmenge von guter Musik steckten noch in
mir.

Wenn ich mich irgendwo in den Schatten legte und
auf dem Rücken wegträumte, begann der Text sogar von
alleine zu wachsen. Ich schloss die Augen und hörte alles
genau, Satz für Satz: *Am Morgen stand die Sonne hoch, und
im Zelt begann es heiß zu werden. Nick kroch unter dem Moski-
tonetz, das vor den Zelteingang gespannt war, heraus, um sich
den Morgen zu betrachten. Das nasse Gras netzte seine Hände,
als er herauskam. Er hielt seine Hosen und Schuhe in den Händen. Die Sonne war gerade über dem Hügel aufgegangen. Dort*

waren die Wiese, der Fluss und der Sumpf. Dort waren Birken
im Sumpfgrün auf der anderen Seite des Flusses ...

Am zweiten Abend meiner Flucht ließ ich mich auf eine
kleine Ortschaft zutreiben und telefonierte von der ersten Telefonzelle, auf die ich traf, mit dem Kloster. Ich
nannte meinen Namen und bat darum, mit dem Abt verbunden zu werden, nach einer kurzen Pause hörte ich
seine Stimme.

Er wirkte nicht einmal besonders erstaunt oder aufgeregt, sondern wollte nur wissen, wo ich mich befand und
ob ich gesund sei. Ich nannte den Namen des Ortes, von
dem aus ich anrief, und sagte, dass ich großen Hunger
hätte. Der Abt erwiderte, dass ich in die Mitte des Ortes
gehen und auf dem Platz neben der Kirche warten solle.
Ich sei etwa zwanzig Kilometer vom Kloster entfernt, er
werde einen Wagen schicken.

Ich bedankte und wunderte mich, dass er nicht weiter
nachfragte. Als ich noch etwas zögerte und nicht sofort
auflegte, hörte ich ihn dann aber doch fragen: *Hast Du*
mir etwas zu sagen, Johannes? Ich dachte keinen Moment
nach und antwortete schnell: *Ich kann mir das alles auch*
nicht erklären, ich habe mich wohl verlaufen. Ich hörte das
plötzliche Schweigen am anderen Ende des Hörers, einen
Moment glaubte ich den Abt beinahe zu sehen, wie er
nachdachte und sich um eine kluge Antwort bemühte.
Dann aber hörte ich ihn sagen: *Ja, das glaube ich auch, ich*
glaube auch, Du hast Dich verlaufen.

Neben der Kirche des Ortes wartete ich etwa eine halbe
Stunde auf den Wagen. Einer der jüngeren Mönche, der

im Internat Geographie und Geschichte unterrichtete, holte mich ab. Ich gab ihm die Hand und setzte mich dann neben ihn in den Wagen. Bevor wir losfuhren, schaute er mich von der Seite her an: *Wo hast Du Dich denn herumgetrieben?* Ich sagte ihm, dass ich vom Parkplatz des Lebensmittelmarktes aus in das tiefer gelegene Waldstück gelaufen sei, um dort zu urinieren, in diesem Waldstück hätte ich mich dann wohl verlaufen, es sei wie verhext gewesen, ich hätte den Ausgang aus dem Waldstück einfach nicht mehr gefunden. *Und das sollen wir Dir glauben?*, fragte der junge Mönch und fuhr endlich los.

Während der Fahrt unterhielten wir uns nicht mehr, ich hatte die ganze Zeit das Gefühl, als wäre meinem Fahrer aufgetragen worden, so wenig wie möglich mit mir zu sprechen. Stattdessen räusperte er sich mehrmals und stöhnte zwei-, dreimal vor sich hin, als wollte er mir zeigen, dass ich der Gemeinschaft und besonders ihm unnötige Arbeit machte. Um ihm zu zeigen, dass ich ihn verstanden hatte, sagte ich schließlich mitten in die Stille *Es tut mir leid*, schwor mir danach aber sofort, keinen weiteren Satz mehr zu sagen.

Als wir das Klostergebäude erreichten, sah ich, dass der gesamte Internatsflügel heller erleuchtet war als sonst. In einigen Fenstern bewegten sich Schüler und schauten hinab auf den Hof, wo ich aussteigen musste. Ich wollte die kleine Strecke bis zum Eingang ins Foyer des Klosters, wo mich der Abt angeblich erwartete, rasch zurücklegen, als ich meinen Vater im Eingang des Klosters erkannte. Niemand hätte mir zu bestätigen brauchen, dass er es war, ich sah es sofort: seine große, stolze Gestalt, das weiße, weit offen stehende Hemd, der ruhige Blick. Er bewegte sich nicht, sondern wartete darauf, dass ich zu ihm kam. Mich selbst aber erschreckte seine Erscheinung so sehr, dass ich stehen blieb. Ich presste die Lippen fest zusammen, nein, ich durfte jetzt auf keinen Fall weinen, jetzt nicht, wo ich von so vielen Mitschülern beobachtet wurde. Hier und da öffneten sich bereits einige Fenster, ein Rufen und Schreien war zu hören, doch wurden die Fenster, anscheinend auf Geheiß der Lehrer, die sich ebenfalls in den Fluren aufhielten, sofort wieder geschlossen.

Verdammt! Ich konnte doch nicht weiter im Hof stehen bleiben und mich von allen angaffen lassen! Ich drehte den Kopf etwas zur Seite und spuckte den weichen Klumpen aus, der mir im Hals steckte, dann ging ich auf meinen Vater zu. Ich sah, dass er mich ununterbrochen anschaute, er ließ den Blick wahrhaftig die ganze Zeit auf mir ruhen. Als ich ihn aber erreichte, streckte er plötzlich die rechte Hand aus und führte sie mit einer unerwarteten Geste nach hinten, an meinen Hinterkopf, als wollte er den Kopf dort einen Moment halten und stützen. Dann aber spürte ich, wie er ihn näher an sich heranzog und mich kurz auf die Stirn küsste.

Ich hatte auch diese Geste so wenig erwartet, dass mir beim Eintritt in das Kloster plötzlich die Tränen kamen. Im Foyer standen der Abt und zwei der Patres, die mich unterrichteten. In meiner dreckigen und von der Feuchtigkeit in den Wäldern ausgebeulten Kleidung stand ich vor ihnen wie ein Hund, der sich zu lange in fremden

Terrains herumgetrieben hatte. Ich gab allen die Hand, dann wurde ich gebeten, mich zu waschen und umzuziehen. In einer Viertelstunde erwartete man mich zum Abendessen.

Auch auf diese Reaktion war ich so wenig gefasst, dass ich sehr unruhig in den Trakt des Internats ging, in dem sich mein Schlafsaal und meine Kleider befanden. Zum Glück war Essenszeit, so dass die Mitschüler nicht zu sehen waren. Was würde denn jetzt bloß geschehen? Dass Schüler aus dem Internat verschwanden, kam dann und wann durchaus vor. Fast immer aber waren es ältere Schüler, deren Leistungen sich verschlechtert hatten oder die sich irgendetwas zuschulden hatten kommen lassen. All das traf auf mich nicht zu, in meinem Fall war die Sache viel komplizierter.

Im Grunde wollte ich das Internat, so schnell es irgend ging, verlassen. Nicht, weil ich mich mit bestimmten Lehrern angelegt hätte oder mit dem Schulstoff nicht zurechtgekommen wäre, auch nicht, weil mich der starke Akzent, der hier auf dem Glauben lag, bedrückt hätte. Das *System* Internat war vielmehr als Ganzes einfach nichts für mich, denn es machte aus mir einen Menschen, der ich auf keinen Fall sein wollte. Nein, ich wollte kein Schweiger werden, nein, ich wollte nicht mein Leben lang nur die Orgel spielen, und nein, ich wollte meine musikalische Laufbahn nicht mit Kompositionen von Mozart beenden, und wären sie auch noch so schön!

Der Abt hatte angeordnet, dass wir beim Abendessen zu viert waren. So saß ich an einem runden Tisch zusammen mit dem Abt selbst, meinem Vater und meinem Klassenlehrer, einem Mönch mittleren Alters, der mich in Latein und Griechisch unterrichtete. In den Jahren zuvor hatte ich mit diesem Lehrer kaum einige Worte gewechselt, ich glaubte nicht, dass er irgendetwas von mir wusste, außer der Tatsache, dass ich einigermaßen gut Klavier und inzwischen auch die Orgel spielte.

Die Speisen wurden aufgetragen, und wir begannen zu essen, ohne dass der Anlass dieser besonderen Mahlzeit erwähnt wurde. Stattdessen sprach der Abt vor allem mit meinem Vater über Köln und einige andere Orte am Rhein, anscheinend kannte er diese Orte genau und wollte einiges über ihren jetzigen Zustand erfahren.

Ich selbst hörte aber die ganze Zeit nicht richtig hin, sondern überlegte ununterbrochen, was wohl auf mich zukommen würde. Würde man mich bestrafen? Oder würde man mir glauben, wenn ich erneut die Version, mich verlaufen zu haben, auftischte? Und wie weiter: Wenn man mich bestrafte, drohten mir einige Tage Arrest, der Ausfall mehrerer Mahlzeiten und zusätzliche Arbeitszeiten in Küche und Gärtnerei, danach aber würde wohl alles beim Alten bleiben. Wie aber musste ich reagieren und was musste ich sagen, damit eben nicht alles beim Alten blieb?

Nach dem Ende des Abendessens machte der Abt ernst. Er wartete, bis das Küchenpersonal den Raum verlassen hatte, dann sagte er: *Wir haben schon von Dir gehört, dass Du Dich verlaufen hast.* Ich nickte, ja, ich bestätigte, dass ich mich verlaufen hatte. *Gleichzeitig haben wir von Deinem Vater gehört, dass Du Dich unmöglich verlaufen haben kannst.*

Ich erstarrte: Was meinte er denn? Hatte Vater so etwas gesagt, hatte er das wirklich gesagt?

Johannes, hörte ich Vater sagen, *Du hast Dich doch nicht verlaufen! Wir beide sind doch nicht jahrelang und immer wieder in ausgedehnten Wäldern und auf weiten Fluren unterwegs gewesen, damit Du hier erzählen kannst, Du habest Dich in einem kleinen Wäldchen verlaufen. Wo willst Du Dich denn verlaufen haben, wo denn?!*

Vater beugte sich etwas zur Seite, als ich die Aktentasche neben seinem Stuhl stehen sah. Ich schaute auf das alte, braune Lederstück, auf das ich als kleines Kind immer geblickt hatte, wenn er am Nachmittag den großen, ovalen Platz vor unserem Kölner Wohnhaus überquert hatte. Ich wusste jetzt genau, was sich in dieser braunen Aktentasche befand, ganz genau wusste ich, was Vater jetzt aus der Tasche hervorziehen würde.

Dazu aber hörte ich seine Stimme, ich hörte sie natürlich nicht wirklich, noch sagte Vater kein Wort, aber ich hatte sie doch bereits im Ohr, Wendung für Wendung, so dass ich, als das Messtischblatt auf dem Tisch ausgebreitet und glatt gestrichen wurde, mit der Sprache meines Vaters zu sprechen begann: *Wir befinden uns jetzt genau hier, der Lebensmittelmarkt befindet sich genau dort. Unterhalb des Parkplatzes liegt das bewusste Wäldchen, genau hier. Von dort aus habe ich mich nach Süden bewegt, weg vom Parkplatz, in Richtung dieser Lichtung hier. Unterhalb fließt ein Bach, den ich überquert habe, von dort aus ging es weiter, genau hier entlang, durch den nächsten, sich anschließenden Wald. Hier, wo er aufhört, befindet sich ein Hochsitz. Ich bin hinaufgeklettert und habe etwas Luft geschnappt. Nach einer längeren Pau-*

se habe ich die daneben liegende Lichtung überquert und bin in
die kleine Schlucht eingedrungen, die sich nach Westen hin an-
schließt.

Ich habe mich auf direktem Weg von dem Parkplatz entfernt.
Ich hatte den zurückgelegten Weg dabei exakt im Kopf und ori-
entierte mich an der Abendsonne. Ich wusste immer genau, wo
ich mich jeweils befand. Ich wollte fort, ich wollte mich vom
Parkplatz und vom Kloster entfernen. Ich möchte nicht länger
im Internat bleiben. Ich möchte für immer fort.

32

IN DEN letzten Tagen bin ich einige Male im Hausflur
stehen geblieben und habe auf Mariettas Klavierspiel geachtet. Es ist wirklich erstaunlich, sie übt jetzt ganz anders als früher und oft mehrmals am Tag, jedes Mal etwa
zwanzig bis dreißig Minuten.

Ich höre, dass sie begonnen hat, mit dem Klavier zu
spielen, sie spielt sich zunächst etwas ein, indem sie
eine Melodie oder ein kleines Lied intoniert, dann folgen meist ein paar Akkorde die ganze Tastatur hinauf
und hinab. Schließlich widmet sie sich zwei, drei kleinen
Stücken, jedes aus einem anderen Genre.

Auch klassische Musik behandelt sie jetzt so, dass sie
zum Beispiel eine Sonate nicht in voller Länge und nicht
Satz für Satz einstudiert, sondern meist nur einen einzigen Satz übt und ihn dann mit anderen Klavierstücken

verbindet. Dabei stellen sich ganz ungeahnte, überraschende Effekte ein: Ein Stück Ragtime und danach der langsame Satz einer Mozart-Sonate, ein Tanzstück aus einer Suite von Händel und danach ein Tango!

Marietta hat gerade an diesen Kontrasten großen Gefallen gefunden, und die Freude, die ihr die Musik seit Neustem macht, ist schon daran zu erkennen, dass sie sich immer neue CDs ausleiht und sie auf Stücke hin durchhört, die sie dann unbedingt spielen möchte.

Außerdem aber gibt es noch eine weitere kleine Veränderung, die bisher niemandem außer mir aufgefallen ist: Marietta hat den Sitz ihres Klavierhockers etwas tiefer gedreht und berührt jetzt während des Übens mit ihren Füßen die Erde! Als ich Antonia darauf aufmerksam machte, reagierte sie, als wäre diese Veränderung nichts Besonderes, ich aber weiß, dass diese Umstellung ein gutes Zeichen ist.

Marietta schwebt nämlich jetzt nicht mehr wie ein kleines Kind mit lästig hin und her pendelnden, unruhigen Beinen auf ihrem Sitz, sondern sucht den Bodenkontakt und die Haftung. Das aber zeigt mir, dass sie nicht mehr die übende Puppe sein will, die man einfach vor ein Klavier gesetzt hat, weil die Eltern das nun einmal so wollten, sondern dass sie ein junges Mädchen sein möchte, das Klavier übt, wann immer es sich dafür entscheidet.

Sie springt an das Instrument, sie zieht den Klavierhocker ein Stück beiseite, schwingt sich darauf, rückt ihn zurecht, und schon geht es los! Früher näherte sie sich dem Instrument sehr vorsichtig und als ginge von ihm etwas Einschüchterndes aus, jetzt aber geht sie mit ihm wirklich so um, als gehörte es ganz selbstverständlich zu ihrem Leben.

Ich habe ihren neuen Schwung noch dadurch weiter angefacht, dass ich ihr vorgeschlagen habe, auf dem großen Platz vor unserem Haus einmal ein kleines Konzert im Freien zu geben. *Wie soll das denn gehen?*, hat sie sehr ernsthaft gefragt, und ich habe ihr vorgeschlagen, dass wir einen Flügel ausleihen und auf einem kleinen Podium in der Mitte des Platzes postieren. Weiter habe ich ihr angeboten, mich um Scheinwerfer, die passende Beleuchtung und Sitzreihen mit Stühlen zu kümmern, *wir sollten uns das durch den Kopf gehen lassen*, habe ich abschließend gesagt und das Thema damit vorläufig beendet. Ich weiß aber genau, dass Marietta weiter darüber nachdenkt, und ich hoffe insgeheim, dass sie irgendwann von allein wieder auf das Thema zurückkommt.

In den Gesprächen mit ihr mache ich so etwas oft, ich tippe ein Thema bloß an und komme irgendwann dann wieder darauf zurück. Kinder in Mariettas Alter, denke ich, lieben das monotone Erwachsenen-Grübeln nicht, sie wollen leicht und möglichst abwechslungsreich unterhalten werden und mit den Themen jonglieren, anstatt sie Punkt für Punkt durchzugehen. Am einfachsten ist es, genau hinzuhören und zu beobachten, wie sie selbst etwas erzählen, und dann in ganz ähnlicher Form darauf zu reagieren. In Mariettas Fall habe ich damit jedenfalls großen Erfolg, denn inzwischen erzählt sie mir sogar Dinge, die vor ein paar Monaten noch völlig tabu waren.

So weiß ich zum Beispiel nun, dass sie die Trennung ihrer Eltern viel weniger schlimm findet als ihre Mutter das früher vermutete. Sergio, ihr Vater, wohnt zwar jetzt etwa zehn Minuten entfernt, auf der anderen Seite des Tibers, sie kann aber, wann immer sie will, mit ihm telefonieren, ihn besuchen, mit ihm ein Eis essen gehen oder am Wochenende mit ihm in die Albaner-Berge fahren, wo die Großeltern wohnen. Das alles ist kein Problem, ja es ist sogar alles viel besser als früher, als die Familie zu dritt unterwegs war und die Eltern sich angeblich laufend stritten. *Was haben sich Mamma und Papa gestritten, was haben sie sich gestritten!*, sagt Marietta und schaut mich dabei nicht an. Über die Ehe ihrer Eltern redet sie, als wäre sie eine ältere Verwandte mit einer jahrzehntelangen Lebenserfahrung.

Dass ihr Vater Sergio Journalist bei einer römischen Tageszeitung ist, wusste ich schon, erst Marietta versorgte mich dann aber mit Nachrichten über das, was er schreibt und wofür er sich von Berufs wegen interessiert. Manchmal zeigt sie mir sogar einen Artikel, den ihr Vater extra für sie ausgeschnitten und ihr dann geschenkt hat. Sie klebt diese Artikel auf ein Blatt Papier und reiht sie in große Ordner ein, *Sergio schreibt wirklich gut*, sagt sie, wenn sie in einem der Ordner blättert, danach aber seufzt sie kurz, als werde sie nie seine stilistische Brillanz erreichen, und stellt den Ordner schließlich wieder an seinen Platz.

Obwohl sie mir wirklich viel erzählt und wir beinahe jeden Tag miteinander sprechen, weiß ich doch nicht genau, was sie von mir hält. Ich selbst habe das Gefühl, als wären wir gute Freunde, wozu denn auch passt, dass wir die wöchentliche Unterrichtsstunde aufgegeben haben und uns zusammen ans Klavier setzen, wann immer es uns gerade gefällt. *Kommst Du später mal auf eine halbe Stunde vorbei?*, ruft Marietta, und dann komme ich später einmal vorbei, um mir anzuhören, wie sie ein bestimmtes Klavierstück angeht und übt.

Bisher haben wir uns noch kein einziges Mal gestritten, ja es gab nicht einmal eine richtige Meinungsverschiedenheit. Nur als ich ihr vorschlug, auch einmal zusammen in die Oper zu gehen, lehnte sie ab, und als ich sie fragte, warum sie denn ausgerechnet dieses Angebot so entschieden ausschlage, antwortete sie, dass die Menschen sich in Opern immer so heftig streiten würden und dass sie solche Streitereien einfach nicht sehen und hören wolle. Gibt es Opern, in denen sich Menschen nicht streiten? Gibt es das? Gegenwärtig bin ich dabei, mir das genauer zu überlegen.

Antonia, mit der ich mich oft über Mariettas Ansichten und Meinungen unterhalte, behauptet jedenfalls, ihre Tochter erfahre die Trennung ihrer Eltern inzwischen nicht mehr als eine Einschränkung, sondern im Gegenteil als eine günstige Erweiterung ihrer Lebensumstände.

Früher habe es nur eine Wohnung mit uneinigen Eltern gegeben, jetzt aber gebe es zwei und mit meiner Wohnung sogar drei Wohnungen, in denen Marietta sich zu Hause fühle. Und da alle drei Wohnungen nicht weit voneinander entfernt seien, könne sie in jeder ein Stück des Tages mit jeweils anderen Menschen und Themen verbringen.

Mit ihr, Antonia, bespreche sie die sogenannten weiblichen Themen, mit ihrem Vater rede sie über seine Artikel, über Sport und Politik, und in den Gesprächen mit mir schließlich gehe es um Musik. So ein Gesprächsangebot habe sie, Antonia, in ihrer Kindheit nicht gehabt, sie sei vielmehr mit zwei älteren Brüdern groß geworden, die ab einem bestimmten Alter überhaupt nicht mehr mit ihr geredet und ganz nebenbei noch das Interesse der Eltern übermäßig beansprucht hätten.

Wie im Falle Mariettas sind für Antonia beinahe alle Lebensverhältnisse Teil eines psychologischen Dramas, das in allen Facetten besprochen und gedeutet werden muss. Selbst die große Geschichte, die sie ihren Schülern am Gymnasium beibringt, ist in ihrer Perspektive vor allem eine Fundgrube für solche Dramen. Schon kurz nach Beginn einer Unterhaltung geraten wir beide daher immer wieder auf die Ebene der Deutung, Antonia ist die Expertin, ich bin der Laie, man kann sich vorstellen, wie unausgeglichen solche Gespräche verlaufen und wie einseitig sie ausgehen.

Selbst dann nämlich, wenn ich glaube, einen sicheren Treffer gelandet zu haben, zieht Antonia noch eine letzte Variante aus der Tasche und übertrumpft meine Deutung einer Geschichte mit einem letzten, schlagenden Argument. Meist gebe ich in solchen Fällen dann auf und denke im Stillen weiter darüber nach, um das Drama vielleicht irgendwann noch einmal aufrollen und mir die nächste Abfuhr vonseiten Antonias holen zu können.

Gut, dass sie nicht weiß, worüber ich gerade schreibe! Mit vollem Elan hätte sie sich auf meine Internatsjahre gestürzt und mir erläutert, dass die Trennung von meinen Eltern mich aus dem Gleis geworfen, gleichzeitig aber auch erst jene Freiheitsimpulse freigesetzt habe, deren ein Junge in der Adoleszenz so dringend bedürfe.

Insofern, hätte Antonia weiter behauptet, wären meine Internatsjahre keine vergeblichen Jahre gewesen, schließlich hätte ich dort gelernt, meinen eigenen Gefühlen zu vertrauen und sie auch gegenüber weit überlegenen Mächten, wie zum Beispiel denen der Kirche, auszusprechen.

Einer solchen Deutung hätte ich wieder einmal nur zustimmen können, denn, ja, genau so empfand ich meine Jahre auf dem Internat aus dem Rückblick wohl auch: Als Jahre, die meine Widerstandsimpulse verstärkt und meine Selbständigkeit gefördert hatten. Im Nachhinein war ich sogar stolz darauf, sie erlebt und überstanden zu haben. Ich hatte in diesen Jahren durchaus etwas gelernt, und doch hatte ich gerade noch zum richtigen Zeitpunkt den Absprung geschafft ...

Noch an dem fraglichen Abend meiner Rückkehr ins Internat nämlich hatten mein Vater und der Abt in einem Zweier-Gespräch das Ende meiner Internatszeit beschlossen. Zuvor hatten wir zu dritt länger über meine Eindrücke und meine Einschätzungen des Internats-Daseins gesprochen, und ich hatte, ohne zu zögern oder irgendwelche Umwege zu machen, gesagt, wie ich die Sache sah und was ich dachte. Da die großen Sommerferien unmit-

telbar bevorstanden, ließ man mich ziehen und bestätigte mir später sogar noch in meinem Zeugnis, dass ich die
vierte Gymnasialklasse geschafft hatte.

Bereits am Morgen des nächsten Tages packte ich meine Sachen und reiste mit meinem Vater zurück aufs
Land. Erst während der Zugreise erfuhr ich, dass er meiner Mutter nichts von meiner Flucht aus dem Internat
erzählt hatte. Einer solchen Nachricht, behauptete er, sei
sie noch immer nicht gewachsen, eine solche Nachricht
würde sie weit zurückwerfen. Mir selbst aber machte er
keinen einzigen Vorwurf, sondern tat stillschweigend so,
als hätte ich das einzig Richtige getan.

Als ich ihn fragte, wie es denn nun mit mir weitergehen sollte, sagte er noch während der Fahrt, dass er daran denke, mich in Köln aufs Gymnasium zu schicken.
Wenn ich das ebenfalls wolle, müsste ich allerdings an jedem Morgen eine Hinfahrt von fast einer Stunde im Zug
und am Mittag oder Nachmittag noch einmal eine Stunde Rückfahrt in Kauf nehmen. Das alles sei eine Stra-
paze, keine Frage, aber er selbst sei als Schulbub an jedem Morgen beinahe vierzig Minuten auf dem Fahrrad
vom Hof seiner Eltern aus zum Bahnhof und von dort
noch einmal dreißig Minuten mit dem Zug zum Gymnasium in der nächsten Kreisstadt gefahren.

Mit der Zeit habe er sich daran gewöhnt, und auch ich
werde mich daran gewöhnen, außerdem könne ich unterwegs Hausaufgaben machen oder etwas lesen oder mich
mit sonst etwas Interessantem beschäftigen. In Köln
gebe es jedenfalls inzwischen ein Gymnasium mit so-
genanntem musischem Zweig, und außerdem gebe es in

Köln schließlich noch Walter Fornemann, der mich von nun an wieder wöchentlich unterrichten könne.

Ich antwortete, dass ich mir das alles durch den Kopf gehen lassen werde, dabei konnte ich kaum verheimlichen, wie sehr ich mich freute. Ich würde in Köln aufs Gymnasium gehen! Ich würde beinahe jeden Tag zumindest eine gewisse Zeit wieder in dieser mir so vertrauten und nahen Stadt verbringen! In Walter Fornemanns Unterricht würde ich Stücke von Schumann und Brahms spielen, und während der freien Zeit zwischen Schule und Klavierunterricht würde ich mich am Rhein herumtreiben, stundenlang ...

Genauso ist es dann wenig später auch gekommen. Ich bezog im noch immer einsam gelegenen Haus meiner Eltern auf dem Land ein kleines Zimmer unter dem Dach und ging während der sich direkt anschließenden Sommerferien wieder zusammen mit meinem Vater auf Reisen. Damals ahnte ich noch nicht, dass es das letzte Mal war, denn damals konnte ich noch nicht wissen, dass meine Sehnsucht nach langen Wanderungen und dem sorglosen Unterwegs-Sein keine einmalige Sache, sondern ein tief sitzender Drang, ja beinahe eine Sucht war, die sich nicht mehr bändigen ließ.

Ich war nun vierzehn Jahre alt und bekam immer wieder zu hören, in so einem Alter beginne die *Pubertät*. Meine Eltern jedoch hatten keine richtige Ahnung davon, was das im Einzelnen bedeutete, und auch ich wusste nicht, was ich mir darunter vorstellen sollte.

Antonia übrigens verwendet das Wort *Pubertät* nicht, weil sie es für abstoßend und kalt hält. Stattdessen sagt sie *Adoleszenz*, was sich im Italienischen wie nostalgisches Latein anhört. Marietta steht also, wie Antonia behauptet, kurz vor dem Eintritt in die Adoleszenz, ich dagegen kann nicht feststellen, dass sie irgendwelche Anzeichen pubertären Verhaltens zeigt.

Von ihrem Schulunterricht her kennt Antonia jedoch angeblich diese Anzeichen genau. Alles beginnt, wie sie behauptet, mit einer häufigeren Abwesenheit des jungen Menschen von zu Hause. Zunächst fällt diese Abwesenheit niemandem so richtig auf, selbst der junge Mensch nimmt sie nicht bewusst wahr. Sie entsteht vielmehr ganz nebenbei, zum Beispiel dadurch, dass er für den Schulweg länger braucht als zuvor. Er macht Umwege, verweilt hier und da, unterhält sich, streift umher. Am Nachmittag bleibt er nicht mehr so lange in der elterlichen Wohnung wie bisher, sondern hat in der Umgebung oder in der Stadt bestimmte *Termine*. Er schließt sich einer Freundin oder einem Freund an, zu zweit sind sie dann unterwegs, erkunden fremde Gegenden, nehmen Witterung auf, sondieren das Erwachsenen-Leben. Auf schleichende Weise beginnt damit die Entfernung von der Kindheit. Erst sind es nur einige Minuten am Tag, dann werden es Stunden, am Ende sind die jungen Menschen alle paar Nächte unterwegs, um kurz vor Mitternacht völlig überanstrengt wieder zu Hause zu erscheinen.

Für Antonia steht fest, dass auch Marietta schon bald mit solchen Streifzügen und kleinen Expeditionen in unbekannte Gegenden der Stadt beginnt. Die Vorzeichen sind angeblich bereits daran zu erkennen, dass sie jetzt mittags mit einer Schulfreundin von der Schule zurückkommt, mit der sie den Schulweg früher niemals geteilt hat. *Allein gehen sie nicht auf Tour!*, behauptet Antonia und macht bei solchen Sätzen den Eindruck einer Detektivin, die einem schwierig zu lösenden Fall auf der Spur ist.

Erst richtig angeheizt wurde ihr Spürsinn aber an einem Nachmittag, als Marietta sich zum Tennisspielen verabredet hatte, jedoch nicht, wie vereinbart, zu einer bestimmten frühen Abendstunde wieder erschien. Als die Frist um eine halbe Stunde überzogen war, klingelte Antonia bei mir und bat mich, ihr auf einen Drink Gesellschaft zu leisten. Sie sei nicht nervös, nein, ganz gewiss nicht, aber sie sei doch etwas unruhig, und im Fall einer solchen Unruhe habe sie sich einfach nicht mehr im Griff. Die Folge davon sei manchmal, dass sie auf irgendeine Weise peinlich reagiere, das aber wolle sie diesmal vermeiden, und zwar dadurch, dass sie mit mir zusammen ein Glas Campari trinke.

Ich war einverstanden, schloss die Tür hinter mir zu und ging hinüber in die gegenüberliegende Wohnung, auf deren Namensschild es noch immer eine *Familie Caterino mit Sergio, Antonia und Marietta* gab. Ich setzte mich zu Antonia in die Küche, wir tranken Campari und versuchten, etwas zu plaudern, währenddessen bereitete Antonia eine Pizza vor, angeblich, um Marietta eine besondere Freude zu machen, in meinen Augen aber, um sich etwas abzulenken.

Ich tat, als machte es mir nichts aus, ihr etwas zu helfen, und schnappte mir einen kleinen Korb mit Zwiebeln und Knoblauch, um eine Portion davon in winzigste Stücke zu schneiden. Auf dem Herd blubberten frische, gute Tomaten vom Markt, das Küchenfenster stand offen, die letzte Abendsonne fiel noch herein. Hätten wir nicht beide laufend an Marietta und ihr Fernbleiben gedacht, wäre es eine friedliche, schöne Szene gewesen, ein Betrachter hätte Antonia und mich sogar für ein Paar halten können, das mit all seinen eingeübten Handgriffen und seiner stillschweigenden Vertrautheit jederzeit ein Paar für eine Pasta-Werbung im Fernsehen hätte abgeben können.

Statt diesen Eindruck zu erhalten, steuerte Antonia jedoch zu den harmonischen Bildern einen Text bei, der von den schwankenden Interessen junger Mädchen, ihrer Orientierungslosigkeit und ihrem angeblichen Hang zu Extremen handelte. Je länger Marietta fortblieb, umso dramatischer und leider auch theoretischer redete Antonia, schließlich erging sie sich in der Schilderung von dubiosen Fällen an ihrer Schule, die alle in einer Katastrophe geendet hatten.

Man kann sich daher vorstellen, wie erleichtert ich war, als kurz vor neunzehn Uhr Vater Sergio anrief und mitteilte, dass Marietta auf dem Rückweg von ihrem Tennis-Spiel bei ihm vorbeigekommen sei und nun auch bei ihm übernachten wolle. Antonia war von ihren fehlgeleiteten furchtbaren Phantasien und Ängsten derart erschöpft, dass sie ohne Gegenrede zustimmte, natürlich könne das Kind bei seinem Vater übernachten, warum nicht?, sie habe sich ein klein wenig Sorgen gemacht, aber, nun gut, sie wolle Mariettas Wünschen nicht im Wege stehen. Das Gespräch dauerte nicht lange und endete mit ein paar Vereinbarungen für den kommenden Morgen, danach legte Antonia das Telefongerät beiseite und fuhr sich mit dem Rücken der rechten Hand über die Augen, ich schaute kurz hin, konnte aber nicht entdecken, dass sie den Tränen nahe war.

Vor uns auf dem Tisch lag auf einem großen Holzbrett ein gewaltiger, gerade erst aufgegangener Hefeteig für die Pizza, auf dem Herd kochten die Tomaten, und auf meinem Platz türmte sich ein Berg mit klein geschnittenen Zwiebeln und Knoblauch. Bereits in dem Moment, als Antonia das Gespräch beendet hatte, wirkte all das jedoch wie Makulatur. Im Grunde wollten Antonia und ich doch gar keine Pizza essen, und im Grunde wollten wir auch nicht kochen.

Ich musste lachen und sagte ihr, dass unsere Bemühungen in meinen Augen etwas Rührendes hätten, eigentlich hätte ich nämlich gar keinen Appetit auf Pizza. Antonia begann auch sofort zu lachen und ging dann zum Herd, um die Flamme abzustellen. Danach räumte sie den Teig sowie die Zwiebeln und den Knoblauch beiseite, ich half ihr, die Sachen zu verpacken und in den Kühlschrank zu stellen, doch während wir noch dabei waren, hielt Antonia plötzlich einen Moment inne und sagte: *Wie schön, Johannes, jetzt sind wir endlich einmal allein.*

Ich hatte alles verstanden, jedes Wort hatte ich gehört, und doch hörte sich das alles in meinen Ohren noch nach etwas anderem an, ja, genau, es hörte sich an wie eine direkte Fortsetzung ihrer nächtlichen Bemerkung: *Seit anderthalb Jahren hatte ich keinen Sex!*

Durch einen einzigen, auf den ersten Blick unschuldigen Satz herrschte in der Küche plötzlich eine andere Atmosphäre. Wir waren nicht mehr das besorgte und treu sorgende Paar, das für seine Kinder eine gute Pizza zubereitet, nein, wir waren Mann und Frau, die man gerade aus ihren Einzel-Käfigen gelassen hatte, ohne zu bedenken, dass beide eine Weile keinen Sex mehr gehabt hatten.

Ich antwortete nicht sofort, denn mit mir ist es in solchen Momenten immer dasselbe: Ich sage nichts, ich warte ab, was geschieht, ich erlebe eine gewisse, sehr angenehme Unruhe und eine gewisse, sich allmählich steigernde Anspannung, und das alles ist mir lieber als eine rasche und eindeutige Klärung der Situation.

Es hat schon Fälle gegeben, in denen ich einen Abend und eine halbe Nacht damit zugebracht habe, die Steigerungsphasen einer erotischen Annäherung zu genießen, während ich doch beinahe die ganze Zeit über nichts anderes gesprochen habe als über ein zu langes Tennis-Match, das ich am Nachmittag desselben Tages im Fernsehen gesehen hatte.

Über Tennis zu sprechen, fällt mir leicht, ja ich glaube sogar, dass ich über Tennis besser sprechen kann als über jede andere Sportart. Antonia hat auch dafür eine Erklärung, und zwar die, dass Tennis eine Sportart für verrückte Einzelgänger und ewige Kämpfer mit immenser Ausdauer sei und eben deshalb genau die richtige Sportart für mich, der ich für meine Romanarbeit doch ebenfalls die Erfahrungen eines verrückten Einzelgängers und die eines ausdauernden Kämpfers bräuchte. Kein Wunder also, dass Tennis mich mehr interessiere als Fußball, Fußball sei eben mehr etwas für Männer mit einem gut ausgeprägten Gemeinschafts- oder Gesellig-keits-Sinn wie ihn etwa Sergio, ihr Mann, schon allein dadurch besitze, dass er mit vier Geschwistern groß geworden sei …

Ich sagte also zunächst nichts, ärgerte mich dann aber, dass ich schon wieder dabei war, in die Rolle des zu-rückhaltenden Beobachters zu schlüpfen. Wegen dieses leichten Ärgers begann ich daher nun doch zu reden, ich sprach davon, dass ich einmal eine Zeit lang Ten-nis gespielt hätte, es sollte sich so anhören, als wollte ich wieder einmal über das Thema Tennis plaudern, klang nun aber so, als wollte ich auf dem Weg über das The-ma Tennis wieder den Faden zum Thema Marietta auf-greifen.

An Antonias Reaktion bemerkte ich, dass sie diesen Faden aber keineswegs aufgreifen wollte, *ach*, sagte sie, *reden wir nicht über Tennis und Marietta, reden wir lieber ein-mal von Dir!*

Von mir?! Wirklich von mir?! Hatte sie das wirklich gesagt und meinte sie das etwa auch so?!

Ich habe bereits erzählt, wie selten es geschieht, dass mich jemand bittet, von mir zu erzählen. Da es aber so selten geschieht, bin ich auch nicht daran gewöhnt, so etwas zu tun. Ich kann mich jedenfalls nicht erinnern, wann ich das letzte Mal in einem Restaurant oder in einer Kneipe zusammen mit einem Freund oder einer Freundin gesessen habe und ihnen etwas Privates von mir erzählt hätte.

Wenn ich aber doch einmal von mir erzähle, tue ich das in schriftlicher Form wie zum Beispiel in einem Roman, der von mir handelt. Auch in Briefen und Mails kann ich, wenn auch nicht so gut wie in der Romanform, von mir erzählen. In all diesen Fällen habe ich nämlich das Gefühl, die Steuerung und die Herrschaft über mein Erzählen zu behalten. Beim mündlichen Erzählen aber und beim Anblick eines vielleicht sogar noch nahen Gegenübers ist das nicht möglich. Vielleicht beginne ich in solchen Fällen manchmal noch, etwas von mir zu erzählen, schon nach wenigen Minuten ist das aber meist wieder vorbei, und ich habe eine geschickte Überleitung zu anderen Themen gewählt.

Nein, von mir erzählen kann ich einfach nicht, und natürlich ist auch diese Unfähigkeit eine Folge meiner frühsten Kindheit, als jede Frage an das stumme Kind mir wie eine Bedrohung erschien und ich wegen meiner Stummheit nicht antworten konnte. So gesehen, verfolgt mich meine Kindheit noch immer, ja, sie verfolgt mich, wohin auch immer ich gehe und obwohl ich gegen nichts so sehr anzukämpfen versuche wie gegen diese Verfolgung und gegen die Nachwirkungen, die mir von meiner Kindheit geblieben sind.

Der ausdauerndste und längste Kampf, den ich gegen diese Nachwirkungen führe, besteht in meinem Schreiben. All mein ewiges Schreiben, könnte ich nämlich behaupten, besteht letztlich nur darin, aus mir einen anderen Menschen als den zu machen, der ich in meiner Kindheit gewesen bin. Irgendwann soll nichts mehr an dieses Kind erinnern, irgendwann möchte ich Geschichten erzählen, die nicht mehr den geringsten Anschein erwecken, noch etwas mit meiner Kindheit zu tun zu haben. Bisher ist mir das selbst in mehreren Jahrzehnten noch nicht gelungen, auch wenn es bei manchen meiner Romane und Geschichten auf den ersten Blick so aussieht, als wäre ich meinem alten Thema endlich entkommen.

Der erste Blick aber trügt, es ist ein flüchtiger, oberflächlicher Blick, es ist der Blick von Lesern, die sich leicht täuschen lassen. All die Leser jedoch, die mich auch privat etwas genauer kennen, bemerken während der Lektüre meiner Bücher sehr schnell, an welchen Stellen ich mich wieder in meine privaten Obsessionen verstrickt habe. Ich selbst fürchte diese Stellen, denn natürlich fürchte ich, dass ich gerade in solchen Passagen etwas allzu Privates oder Intimes preisgebe.

Das Private oder Intime besteht übrigens nicht unbedingt darin, dass ich auf Details meines Lebens zu sprechen komme, nein, keineswegs, von solchen Details lässt sich vielmehr durchaus leicht und distanziert erzählen, und zwar gerade deshalb, weil sie Teile einer Erzählung und damit einer offenen Mitteilung sind. Das wirklich Intime dagegen ist unter der Oberfläche versteckt, es sitzt im Untergrund der Details, es arbeitet mit versteckten Andeutungen, mit winzigen Spuren und Fährten …

Genug davon, verdammt! Was denke ich über die Untiefen meiner Romane nach, ich wollte doch von dem Abend mit Antonia erzählen! *Reden wir von Dir*, hatte Antonia gesagt, und ich hatte die Aufforderung sofort als eine Bedrohung oder Überschreitung einer Grenze verstanden. Kein Wunder also, dass es mir in Antonias Küche zu eng wurde und ich sofort reagierte, indem ich sie betont locker, und als käme mir gerade ein glänzender Einfall, zum Essen einlud. Antonia erwiderte, dass sie keine Lust habe, ins Zentrum zu fahren und auch keine Lust, lange spazieren zu gehen, sie wolle sich mit mir unterhalten, dazu habe sie Lust. Ich tat, als ginge es mir genauso, obwohl ich mir gerade von einer Metro-Fahrt ins Zentrum bereits einige Übergänge zu anderen Gesprächs-Themen versprochen hatte. Ich kam aber gar nicht mehr dazu, noch weitere Vorschläge zu machen, denn Antonia machte unserem Hin und Her einfach ein Ende, indem sie sagte: *Komm, Johannes, dann gehen wir ins Cantinone!*

Ich kannte das Restaurant *Il Cantinone* genau, bereits mehrere Male hatte ich mittags oder abends allein in ihm gegessen, denn es liegt direkt am Markt, so dass man auch als allein essender Gast ein sehr lebendiges Umfeld für seine Beobachtungen hat. Das Essen dort besteht in einer einfachen, römischen Küche, ja die Küche ist sogar typisch für dieses Viertel rund um den alten Schlachthof, weil man in ihm noch immer jene Mahlzeiten (wie etwa Innereien verschiedenster Art) bekommt, die es früher in den alten Trattorien nach frischen Schlachtungen gegeben hat.

Ich kehrte noch einmal kurz in meine Wohnung zurück und holte mir eine Jacke, dann gingen Antonia und ich zusammen die Treppe herunter, wir sagten beide nichts, aber ich hatte das Gefühl, als empfänden wir in diesem Moment eine besondere Verbundenheit, wie ein Paar, das gemeinsam eine schwierige Situation erlebt und gut überstanden hatte. Unten auf der Straße glaubte ich dann sogar, dass Antonia sich bei mir einhängen wollte, sie machte jedenfalls eine kurze Geste in dieser Richtung, ließ es dann aber doch sein, als traute sie sich einfach noch nicht. Und so überquerten wir nebeneinander, und ohne uns zu berühren, den inzwischen bereits leicht erleuchteten Platz und gingen in das Restaurant, wo im Außenbereich noch ein Ecktisch frei war.

Eine Mahlzeit wie die, die nun folgte, habe ich noch nie erlebt. Denn in ihrem langen, bis weit nach Mitternacht dauernden Verlauf kam es immer wieder zu durchaus ernst gemeinten Versuchen von meiner Seite, etwas von mir zu erzählen. Die meisten Anläufe dazu brach ich unauffällig ab und kam nicht wieder auf das jeweilige Thema zurück. Als ich aber in einem stillen Moment darüber nachdachte, warum das so war, erkannte ich zum ersten Mal in voller Klarheit, dass es jedes Mal um Geschichten und Themen ging, die in irgendeiner Weise zurück in meine früheste Kindheit geführt hätten.

So war das also! Ich umging diese Kindheit um jeden Preis und konnte anscheinend nur von Zeiten und Zusammenhängen erzählen, bei denen ich keine Verbindung zu meiner Kindheit herstellen musste.

Als noch überraschender empfand ich dann aber eine weitere Entdeckung, die ich kurze Zeit später machte:

Ich konnte nämlich durchaus von mir und meinem Leben berichten, wenn ich dazu überging, Ausschnitte aus meinem Roman so zu erzählen, als fielen mir diese Geschichten gerade erst ein. Natürlich erwähnte ich in so einem Fall mit keinem Wort, dass es sich um Roman-Ausschnitte handelte, und natürlich hatte ich sie auch nicht Wort für Wort im Kopf. Die großen Zusammenhänge aber, die Erzähllinien, die kannte ich ja durchaus, schließlich war ich gerade dabei, mein halbes Leben auf Hunderten von Seiten in einem Roman zu erzählen!

Der Trick, den ich anwenden musste, bestand also darin, mich an die Schriftfassung einzelner Lebensgeschichten zu erinnern. Wenn mir das gelang, erzählte ich flüssig und ohne Hemmungen.

Ich kann kaum beschreiben, wie glücklich ich in dem Moment war, als ich diese für mich sehr bedeutsame Entdeckung machte. Das Schreiben half mir also nicht nur indirekt weiter, indem es Klarheit und Struktur in meine Phantasien und Gedanken brachte, nein, es half mir auch mitten im Leben, ganz direkt, indem es mir Erzähl-Versionen von Bruchstücken meiner Lebensgeschichte lieferte, die ich dann selbst einer mir noch relativ fremden Person erzählen konnte!

Stell Dir vor, Antonia, sagte ich also, *ich habe als junger Mensch einmal ein Internat besucht.* Und als ich sah, wie Antonia sich mir gegenüber etwas vorbeugte und mich so anschaute, als interessierte sie diese Geschichte wirklich, fuhr ich fort: *Das Internat war in einem großen Klosterbezirk untergebracht, es gab eine Klosterkirche, einen Klostergarten und einen barocken Klosterbau. Geleitet wurde es damals, in den frühen sechziger Jahren, noch von Zisterzienser-Mönchen …*

Gegen ein Uhr in der Nacht, als das *Il Cantinone* dann schloss, waren wir die letzten Gäste. Wir überquerten wieder den Platz vor unserem Wohnhaus, diesmal hatte sich Antonia bei mir eingehängt. Ich schloss die Haustür auf, dann gingen wir die Treppe hinauf. Als wir beide vor unseren Wohnungstüren standen, war die Versuchung groß, nur eine dieser beiden Türen zu öffnen.

Ich gab mir einen Ruck und sagte genau diesen Satz, ja, wahrhaftig, ich sagte: *Jetzt ist die Versuchung groß, nur eine dieser beiden Türen zu öffnen.*

Antonia stand dicht vor mir, ich sah, wie sie über meinen Satz lächelte. Dann gab sie mir einen flüchtigen Kuss und antwortete: *Ich finde, wir sollten dieser Versuchung heute noch widerstehen.*

Ich nickte und wandte mich zu meiner Tür, um sie aufzuschließen. Am liebsten hätte ich mich jedoch noch einmal mit Antonia in ihre Küche gesetzt. Wir hätten eine Flasche Wein geöffnet, und ich hätte zum ersten Mal in meinem Leben einem anderen Menschen von jenen Tagen in meiner Adoleszenz erzählt, als ich *mutterseelenallein* nach Rom aufbrach …

IV

Roma

33

ICH SEHE den Jungen genau vor mir, der an jedem Morgen kurz nach sechs Uhr das einsame Haus auf der Höhe verlässt und auf einem Feldweg hinab in den nahe gelegenen Ort geht. Er trägt eine braune Ledertasche mit Schulbüchern, passiert zwei, drei schmale Landstraßen und erreicht schließlich den Bahnhof.

Wenige Minuten später fährt der Eilzug nach Köln ein, der für die Strecke entlang der Sieg etwa eine Stunde braucht. Der Junge sucht sich einen freien Platz, der in dieser Frühe noch leicht zu finden ist, dann holt er einige Bücher hervor und verbringt die Zeit bis zur Ankunft in Köln mit Lesen. Er liest Ciceros Reden in Latein, Erzählungen und Novellen deutscher Dichter des neunzehnten Jahrhunderts oder Mommsens Studien zur Römischen Geschichte – vieles davon ist Schullektüre, das meiste aber sind Bücher, die er in einer Kölner Bibliothek ausgeliehen hat, die sich in der Nähe des Rheins und seines Gymnasiums befindet.

Noch nie hatte der Junge so günstige Bedingungen für das Lesen und Lernen wie seit dem Tag, da er das Kölner Gymnasium besuchen darf. In den Freistunden ist er nach wenigen hundert Metern am Fluss, wo er auch nach dem Unterricht viel Zeit verbringt, und wenn er Lust auf neue Bücher hat, läuft er zur Bibliothek und kommt hinterher meist mit einem kleinen Stapel aus dem ockerfarbenen Gebäude zurück, in dessen altem Lesesaal er häufig die neusten Zeitungen durchblättert.

Hinzu kommt, dass er an diesem Gymnasium ein absoluter Neuling ist. Kein einziger Lehrer und niemand von den Schülern weiß etwas von seiner Vorgeschichte, stattdessen heißt es über ihn, dass er zuvor ein Musik-Internat im Süden besucht habe und durch einen berufsbedingten Umzug seiner Eltern nun auf dem Land, in der Nähe von Köln, wohne. Das ist schon richtig, stimmt aber nicht ganz, doch ihm genügen diese Angaben, so dass er sie bestätigt und mit keinem Wort erwähnt, dass er seine gesamte Kindheit in Köln verbracht hat.

Zum Glück fragt ihn auch niemand nach seiner Kindheit, über die er nicht spricht und auch nicht sprechen will. Bloß nicht wieder diese alten Geschichten! Bloß nicht an das stumme Kind und seine stumme Mutter denken! Wenn irgendjemand ihn auf seine Vergangenheit anspricht, macht er einige Bemerkungen zum Leben im Internat und erklärt zum Beispiel, wie dort der Stundenplan ausgesehen und welche Kompositionen er einstudiert hat.

Mit seinem Klavierspiel hat er sich gleich in den ersten Tagen im Gymnasium großen Respekt verschafft. Im Musikunterricht musste er vorspielen, die Stücke konnte er sich aussuchen. Er spielte den ersten Satz einer *Englischen Suite* von Bach und als Zugabe einige der kurzen

Papillons-Stücke von Robert Schumann. Hinterher sagte ihm ein Mitschüler, dass er wahrscheinlich der beste Klavierspieler am ganzen Gymnasium sei, selbst die Schüler der letzten Klassen spielten nicht so gut wie er. Seit diesem Vormittag gilt er als großes Talent, das man bei öffentlichen Konzerten der Schule ins Rennen schicken wird.

Er macht sich nicht viel aus diesen Auftritten, denn er weiß, dass die eigentliche Pianisten-Konkurrenz nicht am Gymnasium, sondern an der Musikhochschule zu suchen ist. Den Unterricht bei seinem Klavierlehrer Walter Fornemann intensiviert er; seit er auf das Gymnasium geht, sucht er ihn wieder wöchentlich auf. Anfangs ist Fornemann nicht mit ihm zufrieden, er findet sein Spiel blass und viel zu beherrscht, doch das ändert sich, als sie sich endlich auch wieder mit Kompositionen beschäftigen, die jünger sind als die von Bach, Mozart und Beethoven.

Das im Internat begonnene Orgelspiel gibt er zum Teil auf, jedenfalls nimmt er keinen Orgelunterricht mehr, da Walter Fornemann ihm davon abgeraten hat. *Das Orgel- und das Klavierspiel sind zweierlei und schon wegen der Anschlags-Technik nicht miteinander zu vereinbaren* – so lautet eine der typischen Fornemann-Erklärungen zu diesem Thema, die keine Widerrede erlauben.

Ganz und gar trennen kann er sich jedoch noch nicht von der Orgel, und um die heimliche Zuneigung nicht von einem Tag auf den andern beenden zu müssen, sucht er während seiner Streifzüge durch die Kölner Kirchen manchmal die Empore oder einen Bereich seitlich vom

Altar auf, um auf einer Orgel zu spielen. Meist trifft er auf gut verschlossene Instrumente, aber es kommt – vor allem bei kleineren Orgeln – auch vor, dass sie unverschlossen dastehen.

Wenn er einen solchen Glücksfall erlebt, spielt er einige Zeit in der menschenleeren Kirche, manchmal sogar stundenlang. In dieser Zeit verwandelt er sich wieder zurück in den gläubigen Internats-Schüler, der sich den Mönchen so nahe glaubte und kaum etwas Schöneres kannte als ihre gregorianischen Gesänge. Diese Art des Gesangs liebt er noch immer sehr, aber auch darüber spricht er mit niemandem.

Ihm gefällt, dass er jetzt viel mehr Zeit hat als in den Jahren zuvor. Der Schulunterricht dauert bis auf eine Ausnahme in der Woche nur bis zum Mittag, danach hat er frei. Einmal in der Stunde fährt der Zug zurück aufs Land, aber er nimmt nicht den ersten, den er bekommen kann, sondern täglich einen anderen. Um rechtzeitig zum Mittagessen zu Hause zu erscheinen, ist es sowieso zu spät, deshalb verbringt er manchmal noch weitere Stunden in Köln und fährt erst am späten Nachmittag oder am frühen Abend nach Hause zurück.

Auch die abendliche Ankunft auf dem Land gefällt ihm, ja, es ist schön, noch bei Helligkeit auf dem kleinen Bahnhof anzukommen und über die Felder und am hoch gewachsenen Getreide vorbei wieder nach Hause zu gehen. Manchmal ist die Luft über den Wiesen milchig und ein brütender Dunst, dann sind die Gerüche, die die Landschaft ausströmt, schwer und betäubend. Oft kommt auch ein starker Regen vom Himmel, den er meist als sehr wohltuend empfindet. Nass geregnet kommt er zu Hause an und rubbelt sich die Nässe vom Haar, während in der Küche das Abendessen vorbereitet wird, die einzige Mahlzeit, die er zusammen mit den Eltern einnimmt.

Seit er mit ihnen auf dem Land lebt, fühlt er sich viel wohler als in den Jahren, die sie gemeinsam in Köln verbracht haben. Das Haus auf der Höhe ist ein helles, klares, genau für seine drei Bewohner geschaffenes Gebäude mit vielen kleinen Kammern und Räumen, in denen man gut allein sein kann. Seine Stube unter dem Dach zum Beispiel ist so eine Kammer für das Alleinsein, nur ein Schreibtisch und eine Liege passen hinein, und daneben gibt es noch ein Regal für seine Bücher und Schallplatten.

Auch die Mutter hat eine kleine Stube nur für sich selbst, ihr alter Lesesessel steht darin und ein Sekretär, an dem sie ihre Briefe schreibt. Sein Vater aber hat in dem kleinen Blockhaus, das etwas entfernt mitten im Wald steht, sein Büro eingerichtet. Neben den üblichen Büromöbeln gibt es auch hier einen Schallplattenspieler und eine große Schallplatten-Sammlung, Vater hört Musik meist unglaublich laut, im Wald ist das aber möglich, denn noch immer wohnt der nächste Nachbar einige Kilometer entfernt.

Weil jeder von den dreien gern allein ist und sich allein gut beschäftigen kann, ist das Abendessen meist die einzige Zeit des Tages, die sie gemeinsam verbringen. Fernsehen gibt es nicht, die Mutter möchte auf keinen Fall fernsehen, und der Vater würde sich höchstens politische Sendungen anschauen, kann darauf aber zugunsten des Radios gut verzichten. Wenn sie gemeinsam etwas unternehmen, spielen sie abends Karten oder Schach, Schach spielt er nur mit dem Vater, Karten spielen sie aber auch manchmal zu dritt, die Mutter liebt das Kartenspiel und ist oft die Einzige, die nach vielen Runden noch weiterspielen will.

Auch in dem kleinen Haus auf der Höhe mit dem weiten Panorama-Blick auf das umgebende Land ist es also tagsüber sehr still. Wenn er Klavier üben will, geht er in einen eigens hergerichteten, schalldichten Kellerraum, auf dessen schlichte Holztür der Vater mit Hilfe einer Schreibschablone das Wort *Überaum* geschrieben hat. Im Überaum steht das alte Klavier der Marke *Sailer*, das irgendwann gegen einen Flügel ausgetauscht werden soll. Ein solcher Flügel aber ist teuer, und das Geld für eine so teure Anschaffung ist noch nicht da.

Der Junge, den ich so deutlich sehe, hat jedoch eine Idee, wie er an das notwendige Geld herankommen könnte, doch er hat sich noch nicht getraut, diese Idee zu verwirklichen. Sie hat mit den Pferden auf der Galopprennbahn Weidenpesch zu tun, auf der er jetzt manchmal wieder etwas Zeit verbringt, und läuft darauf hinaus, durch eine einzige, riskante Wette auf einmal das gesamte Geld zu verdienen.

Damit das möglich ist, muss er sich jedoch vollkommen sicher sein, wie ein bestimmtes Rennen ausgehen wird, eine solche Gewissheit traut er sich aber nur zu, wenn er jedes der zu einem bestimmten Rennen antretenden Pferde auch genau kennt. Das jedoch wird sich so schnell nicht ergeben, was ihn vorläufig auch deshalb nicht stört, weil er sich dem Klavier der Marke *Sailer* verbunden fühlt und gar nicht sicher ist, ob er sich jemals von ihm trennen könnte.

Die drei, die zusammen im einsamen Haus auf der Höhe leben, lassen also einander viel eigenen Raum und vor allem auch Zeit. So fragen ihn seine Eltern nicht, was er während eines Tages nach der Schulzeit getan hat, sie vertrauen vielmehr darauf, dass er seine Zeit gut einteilt und sie auf eine ihn befriedigende Weise nutzt. Das aber tut er nach seinen eigenen Vorstellungen tatsächlich, auch wenn er auf den ersten Blick oft nur durch die Stadt schlendert, sich am Fluss entlangtreiben lässt, sich irgendwo ins Grüne zurückzieht, etwas liest oder in einer der Seitenrinnen des großen Flusses badet.

Während dieses Schlenderns und Streunens hat er das Gefühl, endlich mehr von der Welt, von der er in der Vergangenheit so wenig mitbekommen hat, zu erfahren. Immer wieder bleibt er stehen und schaut sich lange etwas an, so dass es wie in seiner Kindheit manchmal vorkommt, dass ihn jemand fragt, warum er denn derart lange auf einen einzigen Punkt starre. Er braucht aber nach wie vor Zeit, denn all das, was er sieht, hat erst noch einige Fremdheits-Sperren zu überwinden, bis es in seinem Gehirn und vor allem in seinen Empfindungen ankommt. Schaut er nur flüchtig hin, vergisst er sofort wieder, was er gesehen hat, er will aber nicht vergessen, sondern so viel wie möglich behalten, um es meist noch am selben Tag in seine Hefte notieren und damit festhalten zu können.

Am meisten aber sieht und lernt er im Kino. Während seiner gesamten Kinderjahre war er nur einziges Mal und auch wohl nur für ein paar Minuten dort, weil die Mutter sich im Kino nicht wohlfühlte, Platzangst bekam und wieder hinaus musste. Er aber hat im Kino keine Angst, nein, im Gegenteil, es gibt kaum einen Ort, wo er sich so sicher und geborgen fühlt wie im Kino. Im Kino nämlich ist und bleibt er für sich, niemand spricht ihn an oder stört, das Kino ist für ihn geschaffen.

Wenn er mittags nach der Schule in eines hineingeht, sitzen in den dunklen, schwach beleuchteten Innenräumen mit ihren schmalen Klappsesseln kaum ein paar Menschen. Es riecht etwas muffig, als wäre seit Monaten kein Luftzug durch diese Räume geweht, überhaupt hat die Atmosphäre etwas Schläfriges, etwas von unaufgeräumten Schlafzimmern und Dämmerstuben, das ist ihm aber nur recht, auch wenn viele Besucher den billigen Aufenthalt wahrhaftig zu einem kurzen Tiefschlaf nutzen. Er aber schaltet auf Empfang, er ist hellwach, angespannt setzt er sich in eine der letzten Reihen, legt seinen Anorak oder den Mantel ab, verstaut seine Tasche unter einem Stuhl und macht es sich bequem. Endlich darf er schauen, nur schauen, das Kino ist für ihn der Raum der unbegrenzten Blick-Kontakte mit der halben Welt, ärgerlich ist nur, wenn die Filmbilder zu schnell sind und er ihnen deshalb nicht folgen kann.

Filme, die ihn nicht interessieren, gibt es nicht, deshalb braucht er im Einzelfall auch nicht darüber nachzudenken, ob er sich lieber diesen oder jenen Film ansehen sollte. Er schaut kurz auf die Plakate in den Glasvitrinen neben den Eingängen, er lässt sich durch irgendein beliebiges Detail anlocken, dann zahlt er ein paar Groschen und schmiegt sich durch den Spalt eines abgewetzten Samtvorhangs ins Dunkel.

Meist beginnt das Programm mit Zeichentrick-Filmen, dann kommt die Werbung, und erst nach etwa einer halben Stunde beginnt der eigentliche Film. Von jedem, den er gesehen hat, schreibt er den Titel auf und dazu zwei oder drei Sätze darüber, was in dem Film vorkam und wie er ihm gefallen hat. Für diesen Zweck hat er eine eigene Kladde angelegt, in die er manchmal auch noch Zeitungsartikel über die jeweiligen Filme einklebt.

Seine Vorliebe gilt den Western-Filmen, von denen er sich viele mehrmals anschaut. Manchmal starrt er dann derart lange und genau auf die weiten Hintergründe der Berge und Landschaften, dass er den Faden der Handlung verliert. So etwas passiert ihm aber auch in anderen Filmen, er achtet einfach sehr auf Details, die mit der Handlung nichts zu tun haben, es sind Details der Einrichtung oder einer Nebenfigur, die ihn gelegentlich mehr interessieren als alles andere. In solchen Fällen ist er nach einer Weile so durcheinander, dass er sich den Film auf jeden Fall ein zweites Mal ansehen muss, um ihn zu verstehen. Oft genügt aber auch das nicht, dann braucht er sogar noch ein drittes Mal, er kommt von den merkwürdigen Ticks seiner Wahrnehmung einfach nicht los, und genau diese merkwürdigen Ticks sind es denn auch, die mit der anderen, dunkleren Seite seines Lebens zu tun haben …

Von dieser anderen, dunklen Seite muss ich jetzt auch erzählen, denn all das, was ich bisher von dem *Jungen in der Adoleszenz* erzählt habe, stimmt zwar, ist jedoch nur die halbe Wahrheit. Die andere Hälfte aber, die ich bisher ausgelassen oder verschwiegen habe, hat mit den Resten meiner Vergangenheit zu tun, über die ich damals am liebsten überhaupt nicht mehr gesprochen hätte. Ich sprach auch fast nie über sie, ich ließ sie beiseite, und zwar so konsequent, dass während meiner gesamten Gymnasialzeit weder ein Lehrer noch ein Schüler etwas von ihr erfuhr. Und genau mit dieser scharfen Konsequenz machte ich danach weiter: Kein Wort über das Vergangene, kein *Sterbenswörtchen*! – das war ein Leben lang meine Devise, und ich habe mich bis auf sehr wenige Ausnahmen auch bis heute daran gehalten.

Dass ich diese Vergangenheit aber nicht loswurde, das zeigte sich schon bald nach meiner Rückkehr in die mir so vertraute und nahe Stadt an Verhaltensweisen, die mir mit der Zeit selbst unheimlich wurden. Anstatt nämlich um die Gegend, in der wir früher gewohnt hatten, einen weiten Bogen zu machen, näherte ich mich dem großen ovalen Platz vor unserem ehemaligen Wohnhaus von Tag zu Tag etwas mehr.

Es war wie eine Sucht, ja, ich handelte und bewegte mich wie ein Süchtiger, als ich zunächst wieder das Brauhaus aufsuchte, in das ich früher mit meinem Vater gegangen war, und mich wenig später von einer früheren Lebensstation zur anderen treiben ließ. Die alten Räume, sie waren noch alle vorhanden, und alle erschienen sie unschuldig und harmlos, als wären sie nie Räume meines kindlichen Schreckens gewesen: Der Kiosk, die kleine Kirche mit dem Marienaltar, die Geschäfte und

Läden in den Seitenstraßen und schließlich der Kinderspielplatz direkt vor unserem Haus.

An jedem dieser Orte ließ ich mich sehen, wechselte ein paar Worte, kaufte eine Kleinigkeit oder unterhielt mich unter einem Vorwand. Schließlich hatte ich die gesamte Palette der Wege und Haltepunkte beisammen, das Bild meines Kindheitsraums war wieder komplett. Was aber suchte ich, warum zog es mich so an diese alten Orte, die ich doch eigentlich unbedingt hinter mir lassen wollte?

Noch heute fällt es mir nicht leicht, genau zu begreifen, was ich damals tat. Mein Tun ähnelte den Aktionen eines Verrückten oder eines Triebtäters, den es mit Macht an Orte zurückzieht, an denen sich etwas für ihn Schreckliches ereignet hat. Was also war mit mir los?

Um mein Verhalten besser zu verstehen, möchte ich nicht gewagt spekulieren, sondern mich an einige einfache Beobachtungen halten. So fällt mir als Erstes auf, dass ich die alten Orte vor allem deshalb aufsuchte, weil ich an ihnen erkannt werden wollte. Am liebsten war es mir sogar, wenn jemand während einer Begegnung mit mir eine Art Wiedersehen erlebte und mir im Verlauf eines Gesprächs von sich aus bestätigte, dass ich beinahe alle Ähnlichkeit mit dem stummen und hilflosen Kind von früher verloren hatte.

Ein plötzliches Innehalten beim Hören meiner Stimme, ein Erstarren beim Betrachten meines Gesichts oder meiner Bewegungen – das waren die starken Momente, die mich seltsam glücklich machten. Um solche Momente in möglichst großer Zahl zu erleben, belauerte und beobachtete ich die Reaktionen meines Gegenübers: Hatte diese Verkäuferin, an die ich mich noch gut erinnerte, nicht gerade für einen Moment gezögert, als ich ihr das Geld hingelegt hatte? Hatte mich der Zeitungsverkäufer am Kiosk nicht länger als nötig gemustert, als erinnerte mein Erscheinen ihn dunkel an etwas von früher?

In Glücks-Momenten passte alles zusammen. Ich betrat die *Kappes*-Wirtschaft, und mir lief ein Köbes über den Weg, der mich sofort erkannte. Ich ging in die kleine Kirche, und der Pfarrer verließ gerade die Sakristei, um bei meinem Anblick so heftig zu erstarren, als begegne er einer Erscheinung. Es war, als wäre ich aus einer langjährigen Gefangenschaft zurückgekehrt und würde nun von all denen, die an mich gedacht und die ganze Zeit für mich gebetet hatten, begrüßt und gefeiert.

Johannes – das kann doch nicht wahr sein! – oh, wie liebte ich solche Ausrufe und Beteuerungen, wie schluckte ich sie gierig und wiederholte sie später im Stillen noch einmal für mich selbst: Es konnte nicht wahr sein, dass aus mir ein anderer Mensch geworden war, nein, es konnte doch einfach nicht wahr sein, dass dieser groß gewachsene, deutlich und flüssig sprechende Junge der *Johannes von früher* war!

Als man mich fragte, wo ich jetzt wohne, antwortete ich, dass ich seit Neustem ganz in der Nähe aufs Gymnasium gehe und mit meinen Eltern in einem Kölner Vorort lebe. Solche Auskünfte wurden mit großer Begeisterung gehört, denn beinahe alle, die mich wiedererkannten, taten so, als wären sie von meiner Rückkehr nicht nur bewegt, sondern gerührt. Ich hatte es also doch noch geschafft, ich war *über den Berg*, ja, ich war gerettet!

Viele erzählten mir Einzelheiten oder Anekdoten aus den früheren Jahren, und ich hörte all diese Geschichten eine Zeit lang sehr gern. So wurde ich zu einem besessenen Zuhörer, dessen ganzes Vergnügen darin bestand, anhand von all diesen Erzähl-Details abzuschätzen, in welchen Belangen er sich von diesem früheren Leben entfernt hatte und in welchen er sogar weit darüber hinausgewachsen war.

Solche Vergleiche waren aber nur ein Grund, warum es mich so häufig an die alten Kindheitsstätten zurückzog. Ein weiterer bestand darin, dass ich das ruhige Zusammenleben mit meinen Eltern als trügerisch empfand. Gar nicht so selten hatte ich damals nämlich das Gefühl, in jedem Moment könnte dieses ruhige Leben wieder zu Ende sein oder sich auf bedrohliche Weise sogar langsam wieder in die alten, früheren Gegebenheiten zurückverwandeln.

Es waren kurze, winzige Schocks, die mich auf solche Gedanken brachten, Momente, in denen ich meine Mutter plötzlich wieder beinahe regungslos in ihrem Sessel sitzen sah, oder kleine Szenen wie die, wenn mein Vater nach getaner Arbeit nach Hause kam und als Erstes ins Bad ging, um aus der hohlen Hand Wasser zu trinken.

Am Schlimmsten aber war, wenn ich an mir selbst solche alten Verhaltensweisen entdeckte. So passierte es häufig, dass ich nach Verlassen eines Kinos eine Zeit lang nicht sprechen konnte, sondern Stunden wie ein Blockierter nur mit den Filmbildern im Kopf so lange durch die Stadt lief, bis die Blockade sich gelöst hatte. An anderen Tagen genügte schon ein kurzer Stimmungsabsturz nach

Verlassen des Gymnasiums, um eine stundenlang anhaltende Sprachlosigkeit entstehen zu lassen. In solchen Fällen konnte ich nicht nur mit niemandem reden, sondern trat sogar die Flucht an, um von niemandem angesprochen zu werden. Wie gehetzt suchte ich Orte auf, an denen ich kaum einem Menschen begegnete, und wenn ich endlich einen einsamen Ort gefunden hatte, machte mir die Einsamkeit nach einer Weile derartige Angst, dass ich mir nicht anders zu helfen wusste, als wieder zurückzukehren an die vertrauten Orte und Räume meiner Kindheit rund um den ovalen Kölner Platz.

Johannes, da bist Du ja wieder! ...– wenn ich diesen Zuruf zu hören bekam, löste sich alles in mir, ich erwachte aus meinem Trance-Zustand, schüttelte die Beklemmung ab und wandte mich meinem Gegenüber zu: Dort, kaum einen Meter entfernt, stand ein Mensch, der mich kannte, von meinen Ticks wusste und mir keine Angst machte!

Natürlich erzählte ich meinen Eltern von alledem nichts, denn ich wusste ja nur zu genau, dass in unserem Haus ein absolutes Schweigegebot galt. Meinen Vater nach der Vergangenheit zu befragen, hätte nichts als einen starken Unwillen hervorgerufen, und dasselbe mit meiner Mutter zu tun, hätte schon beinahe als ein brutaler Akt, ja sogar als ein Anschlag auf ihre Gesundheit gegolten.

In mir selbst aber wurde das Verlangen, diese Vergangenheit genauer zu kennen, immer stärker. Was war vor meiner Geburt geschehen? Wie waren meine vier Brüder ums Leben gekommen? Und warum hatte ich so viele Jahre nicht sprechen können wie andere Kinder? Diese

Fragen rumorten in mir, sie gingen mir beinahe täglich durch den Kopf, vor allem aber glaubte ich ganz naiv, dass ich erst nach ihrer Beantwortung und Klärung auf der sicheren Seite des Lebens stünde.

Vorerst aber fühlte ich mich ganz und gar noch nicht auf dieser Seite, denn vorerst empfand ich mich trotz aller Erfolge und trotz der unübersehbaren Fortschritte in meiner Entwicklung oft noch immer wie ein Verfolgter, der sich täglich in Acht nehmen musste, nicht von der Vergangenheit eingeholt und mundtot gemacht zu werden.

34

Seit dem Abend, den wir gemeinsam im *Il Cantinone* verbracht haben, habe ich Antonia nur zwei- oder dreimal kurz im Treppenhaus gesehen. Sie war eilig, sie hatte angeblich etwas Dringendes zu erledigen, oder sie erklärte, dass sie rasch in die Wohnung müsse, weil sie einen wichtigen Anruf erwarte.

Jedes Mal hatte ich dabei aber den Eindruck, dass sie eine längere Unterhaltung vermeiden wollte. Vielleicht fürchtete sie, es könne zu einer weiteren Verabredung und damit einer noch stärkeren Annäherung zwischen uns kommen, vielleicht brachte sie ihre frühere Lebenssituation aber auch noch nicht mit gewissen Veränderungen in unserer sich allmählich entwickelnden Freundschaft zusammen und brauchte einfach Zeit, sich auf diese Veränderungen einzustellen.

Ich dagegen erlebte unsere Annäherung ganz anders. Das lange nächtliche Gespräch im *Il Cantinone* hatte ich als eine Erlösung von der Zeit meines einsamen Umher-vagabundierens empfunden, ganz zufällig war ich hier in Rom auf jemanden getroffen, mit dem ich mich nicht nur unterhalten, sondern dem ich sogar etwas anver-trauen konnte. Ja, wahrhaftig, ich hatte begonnen, An-tonia zu vertrauen, langsam wuchs sie in die Rolle einer wirklichen Zuhörerin und Freundin hinein, weshalb ich von ihr nun erwartete, dass wir auf dem eingeschlagenen Weg weitermachten.

Genau solche Erwartungen haben in meinem Leben je-doch immer wieder zu großen Enttäuschungen geführt. Um das zu begreifen, muss man verstehen, dass fast alle Menschen, denen ich in meinem Leben begegnete und mit denen ich dann auch zu tun hatte, mir derart fremd waren, dass ich zwar mit ihnen auskommen und sogar bestimmte Zeiten in der Woche mit ihnen zusammen sein konnte, darüber hinaus aber keine engeren Verbin-dungen mit ihnen zustandebrachte.

In meiner gesamten Schulzeit kam es daher zu keiner einzigen wirklichen Freundschaft, obwohl ich mich gera-de nach einem richtigen Freund sehr gesehnt habe. Statt-dessen war ich höchstens ab und zu mit kleinen Gruppen von Mitschülern unterwegs, lange hielt ich es aber in die-sen Gruppen nicht aus, ich musste davon, ich wollte weg und wieder allein sein, und ich hatte immer eine Ausre-de parat, um mich zu verdrücken, ja ich hatte sogar eine richtige Sammlung solcher Standard-Ausreden, deren ich mich beinahe wahllos bediente. Kam es nach langen

Anläufen und Umwegen aber endlich doch einmal dazu, dass sich eine gewisse Nähe zu einem anderen Menschen herstellte, war ich von dem anderen oft so hingerissen, dass ich von dieser Verbindung sehr viel erwartete.

Mit einem anderen Menschen wirklich zusammen zu sein, das führte in meinem Fall zu Ansprüchen, von denen sich derjenige, dem ich vertraute, oft überfordert fühlte. Ich wünschte mir bedingungslose Nähe, Tag für Tag, und möglichst noch auf Dauer, während mein Gegenüber nicht laufend von meinem Enthusiasmus erdrückt werden wollte.

Für mich entstanden daraus, wie gesagt, schwere Enttäuschungen, die jedes Mal dazu führten, dass ich mich für lange Zeit wieder in meine einsamen Welten zurückzog und allmählich den Glauben daran verlor, überhaupt noch einmal einen Menschen zu finden, der es mit mir aushalten würde.

Davon möchte ich später noch etwas mehr erzählen, an dieser Stelle aber genügt der Hinweis, dass ich Antonias Vorsicht zwar gut verstand, jedoch auch etwas enttäuscht war. Am liebsten hätte ich mich täglich mit ihr getroffen, mit ihr gegessen oder mit ihr etwas unternommen.

Eben weil ich aber nun bereits einige Enttäuschungen im Verlauf solcher Annäherungen erlebt hatte, ermahnte ich mich diesmal, meine Ansprüche unter Kontrolle zu halten. Nein, ich durfte nicht bei Antonia klingeln, nein, ich durfte ihr keinen Zettel mit einer Einladung zum Essen in den Briefkasten werfen! Das Einzige, was ich durfte, war, dann und wann in ihrer Wohnung auftauchen, um Marietta zu unterrichten. Diesen Besuchen aber ging jedes Mal eine Aufforderung von Mariettas Seite und eine Vereinbarung mit ihr über den genauen Termin voraus, so dass ich nicht in Versuchung kam, die Wohnung häufiger oder sogar für mehrere Stunden aufzusuchen.

Auch bei solchen Gelegenheiten war ich vorsichtig, ich fragte nicht danach, wo sich Antonia befand, nein, ich unterhielt mich mit Marietta überhaupt nicht über ihre Mutter, sondern konzentrierte mich ganz auf den Unterricht. In diesem Unterricht aber machte Marietta so rasche Fortschritte, dass ich sie immer wieder lobte und ihr schließlich versprach, die Idee des kleinen Konzerts auf dem Platz vor unserem Wohnhaus auf jeden Fall zu verwirklichen.

Wir arbeiten am Programm, sagte ich zu ihr, wenn wir Stücke übten, die an dem fraglichen Abend gespielt werden sollten, und jedes Mal erlebte ich, wie sich ihr Rücken dann straffte und wie sie beim Üben ernster und aufmerksamer wurde. Irgendwo in ihrem Hinterkopf gab es nun das Bild eines schwarzen Flügels, der unten auf dem weiten Platz zwischen den hohen Pinien auf einem kleinen Podest stand, getaucht in ein diffuses Licht von Scheinwerfern und umgeben von lauter Reihen von Zuhörern, die sich in seinen Anblick verloren …

Wir arbeiten am Programm, das sagte auch Walter Fornemann damals, in meinen letzten Gymnasialjahren, immer wieder zu mir. Im Kern bedeutete das, dass wir an der Erweiterung meines Repertoires arbeiteten und dabei nicht mehr nach Lust und Laune, sondern gezielt vorgingen. Daneben bedeutete es aber auch, dass es bestimmte Konzert-Termine gab, auf die wir hinarbeiteten. Fast jeden Monat reiste ich daher in eine andere deutsche Stadt, um dort in einem Konservatorium oder einer anderen musikalischen Einrichtung aufzutreten, Walter Fornemann kümmerte sich um diese Termine, er vereinbarte sie und reiste dann und wann sogar mit.

Eine dieser Veranstaltungen führte mich nach Essen, wo ich zusammen mit einem anderen jungen Pianisten mehrere Stücke für zwei Klaviere aufführte. Zu diesem Konzert hatte ich meinen Onkel eingeladen, der, wie ich schon früher einmal erzählt habe, als Pfarrer in Essen lebte. Nach dem Konzert begegneten wir uns in einem kleinen Lokal, unterhielten uns eine Weile und kamen dabei auch immer wieder auf meine Kinderjahre zu sprechen. Hatte ich den Tag noch in Erinnerung, als das Klavier der Marke *Sailer* in unsere Wohnung gebracht worden war? Ja, das hatte ich. Erinnerte ich mich noch an den Garten des Essener Pfarrhauses, in dem ich als kleines Kind so gern die noch unreifen, grünen Birnen gegessen hatte? Nein, daran erinnerte ich mich nicht mehr.

Während dieses Gesprächs, in dem es dann immer wieder um das Gestern und das Heute, um die Internatsjahre, mein Klavierspiel und die Zukunft ging, kam mir dann plötzlich eine Idee: Warum fragte ich nicht einfach den Onkel nach der Vergangenheit meiner Eltern? Warum kam ich nicht beiläufig darauf zu sprechen und nutzte die Gelegenheit, ihn alles, was ich wissen wollte, zu fragen?

Ich war nahe daran, das zu tun, als mir ein noch besserer Gedanke kam. Ich fragte den Onkel, ob er mir erlaube, in seiner Kirche einmal die Orgel zu spielen, und dann erzählte ich gleich anschließend davon, dass ich in der Klosterkirche immer wieder Orgel gespielt hätte, mir das aber jetzt untersagt worden sei. Zum Schluss sprach ich noch von der geheimen Sehnsucht, die mich ab und zu überfalle, wenn ich in eine Kirche käme, in der sich eine schöne Orgel befände.

Mein Onkel reagierte genauso, wie ich erwartet hatte. Er fragte, wann ich mir denn etwas Zeit für das Orgelspiel nehmen könnte, und lud mich, nachdem ich ein paar mögliche Zeiträume genannt hatte, sofort ein, ihn zu besuchen. *Ein paar Tage solltest Du aber schon bleiben*, verlangte er, und ich sagte ihm auch gleich zu, dass ich auf jeden Fall so lange bleiben würde. *Dann können wir einmal in Ruhe miteinander reden*, sagte der Onkel, während ich auch schon nervös wurde, weil sich nun derart unerwartet die Chance auftat, etwas über bestimmte Details der Vergangenheit zu erfahren. Einen Moment fragte ich mich, ob die Gespräche mit dem Onkel mir nicht schaden würden, doch dann zwang ich mich, nicht an so etwas zu denken, sondern mich im Gegenteil darauf zu freuen, dass der Onkel sich Zeit für mich nehmen wollte.

Von außen betrachtet, waren die *Essener Tage*, wie ich sie später dann immer für mich genannt habe, von großer Schönheit. Morgens frühstückte ich mit dem Onkel im großen Pfarrgarten hinter dem Pfarrhaus, um dann am

Vormittag einige Zeit an der Orgel zu verbringen. Mittags fuhren wir oft mit einem Wagen ins Grüne, gingen spazieren und aßen irgendwo eine Kleinigkeit, um am Nachmittag übers Land zu gondeln, von Ortschaft zu Ortschaft.

Ich spürte, dass mein Onkel bemüht war, meinen Besuch wie einen Ferienaufenthalt zu gestalten, und als ich mich mit seiner alten Haushälterin unterhielt, erfuhr ich, dass er ihr genau das gesagt hatte: *Johannes macht bei uns Ferien.* Ferien zu machen, bedeutete, dass ich zwar Orgel spielen, nicht aber lange auf der Orgel und dem Klavier üben durfte, und Ferien zu machen, bedeutete weiterhin, dass ich mich um nichts zu kümmern brauchte, sondern dass mir viel vom üblichen Alltag abgenommen wurde.

So hatte ich wahrhaftig einmal etwas Zeit, von der ich einen Teil in der geräumigen Küche verbrachte, wo ich mich gern mit der Haushälterin unterhielt, die aus demselben Ort kam wie meine Eltern und in der Jugend sogar mit meiner Mutter befreundet gewesen war. *Deine Mutter war eine unglaublich hübsche Person,* sagte sie und erzählte dann von ihren Erinnerungen: Katharina, Blumen pflückend, im Garten des großelterlichen Hauses. Katharina in einem langen weißen Kleid, nach dem Kirchgang, auf der Dorfstraße. Katharina auf dem Schützenplatz, in einer Runde mit mehreren Freundinnen, ausgelassen und fröhlich. *Wir anderen Mädchen haben sie immer um ihre schöne Kleidung beneidet*, erzählte die Haushälterin weiter, *sie hatte einen unfehlbar guten Geschmack. Die Kleider entwarf und schneiderte sie sich selber, wir wussten nie, woher sie die Anregungen dafür bekam, das blieb ihr Geheimnis.*

Ganz nebenbei erfuhr ich, dass ich selbst in meinen ersten Kinderjahren bereits mehrere Male im Pfarrhaus gewesen war. Ich hatte daran keine Erinnerung mehr, bekam jetzt aber zu hören, dass ich meine Mutter für einige Tage begleitet und mit ihr oben, in dem großen, hohen Schlafzimmer unter dem Dach, übernachtet hatte, in dem ich auch diesmal schlief. *Du bist keinen Schritt von Deiner Mutter gewichen*, sagte die Haushälterin und lachte, als erzählte sie eine lustige Geschichte, *Du hast das Zimmer verlassen, wenn sie das Zimmer verlassen hat, Du bist ihr sogar bis zur Toilette gefolgt und hast dann vor der Toilettentür auf sie gewartet. Niemand durfte Dich berühren oder anfassen, geschah so etwas zufällig aber doch einmal, hast Du geschrien, als würdest Du richtige Schmerzen ausstehen. Bei Tisch hast Du so dicht neben der Mutter gesessen, dass Du Dich mit dem Oberarm an sie anlehnen konntest, und wenn Dich jemand aufgefordert hat, ihr doch ein wenig mehr Platz beim Essen zu lassen, hast Du ihn böse angeschaut und Dich noch enger an sie geschmiegt. Ich sehe noch, wie ihr manchmal zusammen spazieren gegangen seid. Kaum hattet ihr das Haus verlassen, hast Du nach ihrer Hand gegriffen und sie dann nicht mehr los gelassen. Du warst so ängstlich und schreckhaft, dass wir alle Angst hatten, Dir könne vor lauter Empfindlichkeit wirklich einmal etwas passieren. Es hat Dir aber niemand übel genommen, dass Du so seltsam warst, denn alle hier im Haus wussten ja, was mit Deiner Mutter während des Krieges geschehen war ...*

Und was war mit meiner Mutter während des Krieges geschehen? Ich fragte die Haushälterin nicht, sondern sprach über diese Zeit nur mit meinem Onkel. Er hatte sich schon gedacht, dass ich von meinen Eltern nichts über diese Jahre erfahren hatte, und er antwortete auf meine vielen Fragen, indem er seine Fotoalben als Erinnerungsstütze hervorholte und erzählte. Zwei ganze Nachmittage verbrachten wir zusammen in seinem Arbeitszimmer, es war sehr still, ab und zu hörte ich die Glocken der nahen Kirche schlagen. Während wir in den Alben blätterten, saßen wir dicht nebeneinander, der Onkel sprach, ich fragte nach, manchmal hatte ich das Gefühl, eine gespenstische Geisterschau zu erleben, ein Blick auf ein Leben, das ich nur hilflos betrachten, aber kaum begreifen konnte.

Wie seltsam war es zum Beispiel, die eigenen Eltern in noch jugendlichem Alter und damit als Liebespaar zu sehen! Da standen sie zusammen am Rand eines Feldes und umarmten einander, als hätten sie das Glück ihres Lebens gefunden! Meine Mutter war sichtlich hingerissen von der Eleganz des großen Mannes, der neben ihr stand, und mein Vater stand so stolz neben ihr, als hätte er eine Trophäe erobert. Sie plauderten, ja, sie hatten anscheinend beide während der Aufnahme der Fotografie miteinander gesprochen, so dass sie noch etwas Jugendliches, ja sogar Kindlich-Unverkrampftes hatten. Betrachtete man solche Fotografien, hielt man die beiden für ein lebenslustiges, humorvolles, ja sogar etwas draufgängerisches Paar, das sich gerade aufmachte, die Welt zu erobern.

Ein paar Albumseiten später aber war dann schon alles ganz anders. Meine Eltern hatten geheiratet und waren kurz nach ihrer Heirat nach Berlin gezogen, weil mein

Vater dort seine erste Stelle erhalten hatte. Aus einem kleinen westerwäldischen Dorf direkt nach Berlin! Vom ausgebleichten Grasrand eines Feldes direkt auf Berliner S-Bahn-Stationen! Auf einer solchen Station standen sie dann nebeneinander, *Botanischer Garten* war der gut erkennbare Name der Haltestelle, dort stiegen sie meist aus und ein, weil sie in der Nähe dieser Station wohnten.

Jetzt wirkten sie angestrengt, erschöpft, sehr ernst und ganz wie ein Paar, das den Kampf mit der Stadt aufgenommen hatte. Beinahe alle Berlin-Bilder zeigten sie dann auch bei bestimmten Tätigkeiten: Beim Einrichten der Wohnung, bei Einkäufen und Erledigungen, bei Treffen mit den Kollegen meines Vaters, selbst auf Ausflügen machten sie den Eindruck, als wären sie nicht aus reinem Vergnügen unterwegs, sondern um einer Pflicht zu genügen.

In Berlin wurde dann mein erster Bruder geboren, der aber bereits kurz nach der Geburt während eines Bombenangriffs ums Leben kam. Fotos von diesem früh gestorbenen Bruder gab es nicht, die einzigen Bilder, die mit diesen Ereignissen in Zusammenhang standen, zeigten meine Mutter vor einem Lastwagen, auf dem sich ein Teil der Möbel und der Wohnungseinrichtung befand. Sie schaute den unbekannten Fotografen nicht an, sie hatte den Kopf zur Seite gedreht, als gälte ihre ganze Aufmerksamkeit nicht dem Foto, das gerade von ihr gemacht wurde, sondern einer anderen, viel wichtigeren Sache.

Diese wichtigere Sache könnte die Fahrt zurück in die Heimat gewesen sein, denn unmittelbar nach dieser Aufnahme muss sie zusammen mit dem Fahrer dieses Lasters die Heimreise angetreten haben. Damals war mein Vater längst Soldat und konnte ihr bei all diesen Aktionen nicht helfen. So brachte sie das Kostbarste an Hab und Gut allein in die ländliche Heimat zurück und pendelte nur noch ab und zu nach Berlin, um die fast leere Wohnung weiter notdürftig zu bewirtschaften. *Sie hatte sich so auf Berlin gefreut*, sagte mein Onkel, *aber nach dem Tod des Kindes hielt sie es in der Stadt nicht mehr aus. Vorher war sie viel in den Museen und Bibliotheken unterwegs gewesen, sie hatte sich um eine Anstellung bei einer Bibliothek beworben und nach einem Bewerbungsgespräch auch fest damit gerechnet, genommen zu werden. Danach aber war von so etwas nie mehr die Rede, sie ging kaum noch aus und ernährte sich fast nicht mehr, im Grunde hatte sie nur noch die eine Sehnsucht, endlich wieder in die Heimat zurückzukehren. Wie konnten wir bloß von dort weggehen!*, sagte sie immer wieder, *wie konnten wir bloß!*

In der Heimat war sie dann kurze Zeit später wieder schwanger geworden, und von da an war es überhaupt nicht mehr möglich gewesen, sie auch nur zu einem Aufenthalt von wenigen Tagen in Berlin zu bewegen. Die Fotografien zeigten sie daher nun wieder ausschließlich auf dem Land, zusammen mit ihren Eltern, in deren Haus sie lebte. *Als der Junge zur Welt gekommen war, wurde er ihr ganzes Glück*, erzählte mein Onkel, *ich habe selten ein so strahlendes Paar gesehen.* Wahrhaftig, ja, von den ersten Fotos an, die von ihm gemacht wurden, lachte mein zweiter Bruder. Er hatte hellblonde Haare und einen großen Kopf und wirkte so beglückt, als wollte er mit aller Macht davon ablenken, dass er mitten im Krieg zur Welt gekommen war.

Ich schaute mir die Fotos, die von ihm gemacht worden waren, immer wieder an, die Ähnlichkeit mit mir war doch zu verblüffend. Seine blonden Haare waren an genau derselben Stelle des Kopfes wie bei mir gescheitelt, und die Stirn war beinahe genau so auffällig breit wie die meine. So hatte sein Anblick für mich etwas Irritierendes, als schaute ich in den Spiegel oder als betrachtete ich einen fernen Zwilling, der meine spätere Existenz vorweggenommen hatte. Ich fragte mich, ob er auch ganz ähnlich empfunden und gedacht hatte wie ich, ja ich vertiefte mich immer wieder in die scheinbar unbedeutendsten Details seiner Erscheinung, als könnte ich ihnen etwas entnehmen.

Dass er nur wenige Tage vor Kriegsende beim Einmarsch der Amerikaner auf einem abgelegenen Hofgut in der Nähe des elterlichen Dorfes dann ebenfalls ums Leben kam, vernichtete den Lebenswillen meiner Mutter beinahe ganz. *Sie soll in der Küche des Guts gesessen und Deinem Bruder ein Honigbrot geschmiert haben, als die Granaten in den Raum einschlugen,* erzählte mein Onkel. *Die Amerikaner hatten das Gut längst besetzt, aber im Tal gegenüber lag noch versprengte deutsche Artillerie, die einfach drauflos feuerte und dabei das Leben der eigenen Landsleute aufs Spiel setzte. Eine dieser Granaten ist Deinem Bruder in den Hinterkopf geschlagen, er war sofort tot.*

Mein Onkel sagte eine Weile nichts mehr, schließlich war es auch für ihn nicht leicht, mir das alles zu erzählen. Auf einigen Fotografien sah man das abgelegene Hofgut, dessen Namen ich noch nie gehört hatte. Neben dem Wohnhaus stand eine mächtige, verwitterte Scheune, im Hintergrund gab es Wiesen und windschiefe Zäune, in der Ferne verlief eine dünne, sanft auf und ab schwingende Horizontlinie, man konnte sich kaum einen einsameren Ort vorstellen. Wieso war es aber ausgerechnet dieser Ort gewesen, an dem sich die letzten Kampfhandlungen in der Gegend ereignet hatten? Und warum hatten diese letzten Kampfhandlungen ausgerechnet meinem kleinen, damals etwas über drei Jahre alten Bruder das Leben gekostet?

Nach dem Tod Deines zweiten Bruders hat Deine Mutter noch gesprochen, jedoch nicht mehr viel, nur noch das Nötigste. Sie nahm aber am Leben um sie herum immer weniger teil, denn sie war von der Trauer derart überwältigt, dass sie nichts mehr interessierte. Ich habe ihr damals zu helfen versucht, sagte mein Onkel, *ich habe viele Gespräche mit ihr geführt, aber wir drehten uns bei all diesen Gesprächen im Kreis. Deine Mutter konnte nicht verstehen, warum sie zum zweiten Mal ein so hartes Schicksal getroffen hatte, sie gab sich sogar selbst die Schuld, als wäre ihre besondere Vorsicht der Grund für den Tod Deines Bruders gewesen. Diese Vorsicht hatte sie das einsame Hofgut aufsuchen lassen, dort hatte sie sich sicher geglaubt, gerade dieser entlegene Ort hatte sich dann aber als der unsicherste der Gegend erwiesen.*

Wenige Monate nach Kriegsende hatten meine Mutter und mein schwerverletzt aus dem Krieg heimgekehrter Vater dann jene Wohnung in Köln bezogen, in der ich aufgewachsen war. Auch von der Inbesitznahme dieser Wohnung gab es keine Fotos, wohl aber einige wenige Aufnahmen von meinem Vater, der mit Hut und im Mantel vor der Haustür stand, als hätte er dort Posten bezogen und müsste jetzt tagelang unbeweglich an genau dieser Stelle stehen und ausharren. *Wir hatten uns von dem Umzug nach Köln viel versprochen*, sagte mein Onkel, *doch dann wurde alles noch schlimmer. Deine Mutter bewegte sich nicht mehr aus dem Haus, sie wurde stumm, und wir alle wussten nicht, was dagegen zu tun war. Auf keine mögliche Ablenkung ließ sie sich ein, sie hörte keine Musik, sie las nicht, ihre einzigen Wege führten sie in die Kirche, wo sie sich dann lange Zeit in der Nähe des Marienbildes aufhielt. Später hat Dein Vater einmal gesagt, der Anblick dieses Bildes habe ihr die Kraft gegeben, weiter am Leben zu bleiben, wir können heute nicht wissen, ob das so war, was wir aber wissen, ist, dass diese stumm und leblos gewordene Frau dann noch zweimal versucht hat, ein Kind zu bekommen. Jedes dieser beiden Kinder aber wurde tot geboren, und das war so furchtbar, dass ich selbst kurz davor war, den Beruf des Pfarrers aufzugeben. Ja, Johannes, so war es wirklich, ich habe mit Gott gehadert und mich am hellen Tag allein und verzweifelt in meinen dunklen Beichtstuhl gesetzt, um Gott anzuklagen, dass er etwas derart Furchtbares zuließ.*

Ich habe bisher noch wenig von Deinem Vater gesprochen, sagte mein Onkel später, *ich muss jetzt aber unbedingt auf ihn zu sprechen kommen. Ohne ihn hätte Deine Mutter nicht weitergelebt, ohne ihn nicht! Und damit Du genau verstehst, was für ein Mann er damals war, erzähle ich Dir von der Beerdigung Deines vierten Bruders, an der Deine Mutter natürlich nicht mehr teilnehmen konnte. Niemand von uns Verwandten konnte eigentlich noch an einer solchen Beerdigung teilnehmen, selbst mir war es in diesem Fall nicht mehr möglich, meine priesterlichen Pflich-*

ten zu erfüllen. Deshalb hatten wir den Pfarrer unseres Dorfes gebeten, diese schwere Aufgabe zu übernehmen, der Mann gab sich die größte Mühe, stoisch zu bleiben, aber auch ihm kamen am offenen Grab vor der versammelten Trauergemeinde dann die Tränen, so dass er nicht weitersprechen konnte. Stell es Dir vor, stell Dir vor, dass die Zeremonie stockte und keiner noch ein Wort sprechen konnte! Es war ein furchtbarer, allen Schmerz übersteigender Moment, aus dem niemand noch einen Ausweg wusste. In diesem Moment aber trat Dein Vater ans Grab, schnäuzte sich kurz, atmete zwei-, dreimal tief durch und betete dann mit fester Stimme: »Der Herr ist mein Hirte, mir wird nichts mangeln, auf grünen Auen lässt er mich lagern; an Wasser mit Ruheplätzen führt er mich, Labsal spendet er mir. Er leitet mich auf rechter Bahn um seines Namens willen. Auch wenn ich wandern muss in finsterer Schlucht, ich fürchte doch kein Unheil, denn Du bist bei mir, Dein Hirtenstab und Stock, sie sind mein Trost ...«

Es war ein schlimmer Moment, als mein Onkel mir von diesem Gebet meines Vaters erzählte, denn plötzlich sah ich ihn vor mir, wie er sich während meiner ganzen Kindheit um meine Mutter und mich gekümmert hatte, wie er später mit mir aufs Land gezogen war, wie wir zusammen in der freien Natur unterwegs gewesen waren, und wie er in jedem Moment darauf vertraut und gehofft hatte, dass ich irgendwann wieder sprechen würde ...

Was hatten meine Eltern bloß für ein Leben geführt! Konnte man sich überhaupt noch schrecklichere Jahre denken als die, die sie vor meiner Geburt zusammen erlebt hatten? Und wie war es meinem Vater nach dem Tod von vier Söhnen noch möglich gewesen, derartige Gebete zu sprechen? Ich unterhielt mich mit meinem Onkel darüber, und er antwortete, dass mein Vater einen tiefen, unerschütterlichen Glauben habe, einen Glauben, der durch kein irdisches Geschehen auch nur einen Deut ins Wanken geraten könne. Der Festigkeit dieses Glaubens hätten wir zu verdanken, dass meine Mutter am Leben geblieben sei, ja, auch mein eigenes Leben hätte ich wohl nur diesem starken Glauben zu verdanken.

Und wie hatte sich dieses, mein eigenes Leben vor den ersten Tagen, an die ich mich noch erinnern konnte, abgespielt? *Nach Deiner Geburt*, sagte mein Onkel, *warst Du ein Kind wie jedes andere auch. Dein Verstummen begann erst, als Du etwa drei Jahre alt warst. Es war die Zeit, in der Du gar nicht mehr von Deiner Mutter lassen wolltest und in der Du Tag und Nacht so eng mit ihr zusammen warst, dass wir Deine Mutter vor dieser gefährlichen Entwicklung warnen mussten. Sie wollte Dich aber nicht freigeben, denn sie hatte einfach zu große Angst, dass auch Dir etwas passieren könne. Und Du? Du wiederum entwickeltest Dich zu Ihrem Beschützer, denn natürlich nahmst Du jetzt wahr, dass ihr etwas fehlte, dass sie Hilfe brauchte, dass sie dies und das nicht so bewältigte wie andere Menschen. Mit der Zeit nahmst Du ihre Verhaltensweisen an, Du setztest Dich neben sie, wenn sie ein Buch hervornahm, Du trankst etwas, wenn auch sie etwas trank. Es war, als hättest Du ihr beistehen wollen, indem Du ihr zeigtest, dass Du immer für sie da warst und ganz und gar zu ihr gehörtest. Deshalb durfte Dich ja auch niemand anrühren, und deshalb gingst Du nur mit ihr aus! Erst wurdest Du immer verschlossener, dann aber sagtest Du keinen Ton mehr. Du hattest Dich ihrem Leben und vor*

allem ihren Leiden so angepasst, dass Du plötzlich selbst wie ein
Bild des Leidens erschienst …

So war das also gewesen! Plötzlich erkannte ich die Zusammenhänge und begriff deutlicher, warum ich manchmal so seltsam gehandelt hatte und manchmal noch immer so handelte. Mein Leben war eine mühevolle, schrittweise Befreiung von all diesen schlimmen Vergangenheiten gewesen, die ich erst allmählich hatte abstreifen und zumindest in ihren gefährlichsten Momenten hatte zurücklassen können.

Dann und wann tauchten diese nächtlichen, dunklen Momente aber wieder auf und machten mir zu schaffen, denn im Grunde besaß ich nur wenige schwache Hilfsmittel, um ihnen zu begegnen. Das stärkste dieser Hilfsmittel war das Klavierspiel, ein anderes, jedoch weitaus schwächeres, waren die Aufzeichnungen und Notizen, mit deren Hilfe ich das Leben um mich herum festhielt.

An diese beiden Hilfsmittel hatte ich mich mit den Jahren derart geklammert, dass ich ohne sie kaum noch existieren konnte. Ließ ich in einer dieser beiden Vergewisserungs-Arbeiten auch nur ein wenig nach, spürte ich eine starke Irritation und wurde schon bald sehr unruhig. Dann stieg die alte Angst in mir hoch, dann begann ich, mich von den anderen Menschen zu entfernen und schließlich zu trennen, als müsste ich ihnen den Anblick einer bedauernswert hilflosen Existenz ersparen.

Ich sagte bereits, dass die *Essener Tage* von außen betrachtet sehr schöne Tage waren, unter dieser ruhigen, schönen Oberfläche aber wuchs mit den Tagen eine innere

Unruhe, die mich dann lange Zeit keine Nacht mehr schlafen ließ. Waren die schlimmen Zeiten und Erfahrungen wirklich ganz vorüber? Oder musste ich Angst haben, sie in anderen Facetten und Konstellationen wieder zu erleben?

Niemand konnte mir helfen, solche Fragen zu beantworten, ich musste mit ihnen allein zurechtkommen. Vor allem aber musste ich mir Gedanken machen, wie es mit meinem Leben weitergehen sollte. Sollte ich mich – wie seit langen Zeiten geplant – um einen Studienplatz an einer Musikhochschule bewerben? Und sollte ich wirklich alles riskieren und nur auf eine pianistische Laufbahn setzen?

Es war in den Tagen nach meiner Rückkehr aus Essen, als sich am Horizont eine vage Idee abzuzeichnen begann, die mich dann von Tag zu Tag mehr beschäftigte. Sie war unter anderem dadurch entstanden, dass mein Onkel nicht nur vom Leben meiner Eltern, sondern schließlich auch von seinem eigenen Leben erzählt hatte. Dabei hatte er leidenschaftlich und begeistert von Rom und jenen beiden Jahren gesprochen, in denen er als junger Theologe dort studiert hatte.

Auch von diesen Jahren hatte er mir Fotografien gezeigt, und ich hatte einen schlanken, schwarz gekleideten jungen Mann gesehen, der sich von seinem kleinen ländlichen Heimatort abgesetzt hatte, um eine andere Kultur kennenzulernen und das Leben zu Hause zumindest für einige Zeit ganz hinter sich zu lassen.

35

Rom – ich kann gar nicht sagen, wie ich mich auf den Augenblick gefreut habe, von meinen Jugendjahren in dieser Stadt erzählen zu können! Innerlich spürte ich beim Nachdenken über mein Leben immer, dass alles auf diese Jahre in Rom zulief und dass sie die wichtigste Zeit meines Lebens waren. Vor allem um dieser Zeit wieder nahe zu sein, bin ich ja, ehrlich gesagt, auch hierher aufgebrochen und schreibe jetzt ausgerechnet hier Tag für Tag an meiner Erzählung.

Während dieser Arbeit habe ich mich jedoch an den Vorsatz gehalten, all jene Orte, an denen ich mich früher einmal herumgetrieben oder sogar gelebt habe, nicht aufzusuchen. Ich habe vielmehr möglichst einen weiten Bogen um sie gemacht, als wären es brandgefährliche oder riskante Orte, die meine gesamten Phantasien sofort besetzen oder durcheinanderbringen könnten.

So habe ich bis jetzt nur manchmal an sie gedacht, bis jetzt, wo ich mit der Schilderung meiner Kindheit und Jugend in Deutschland an ein vorläufiges Ende gekommen bin. Ich wollte all die in Deutschland verbrachten Jahre noch einmal genau vor mir sehen und sie ohne jede Ablenkung oder Störung besser begreifen, ja ich wollte sie unbedingt noch einmal in allen mir wichtigen Einzelheiten erleben, um mich danach wieder frei in Rom bewegen zu können.

Woher damals der erste Impuls kam, hierher zu reisen, habe ich bereits angedeutet. Zunächst handelte es sich nur um eine unbestimmte Idee, die sich an die Erzählungen meines Onkels und den ebenfalls seit Langem bestehenden Wunsch anlehnte, auch einmal ins Ausland und vor allem nach Italien zu reisen.

In meinen gesamten Ferienzeiten während der letzten Gymnasialjahre war ich nämlich nie ins Ausland gefahren, sondern hatte viele deutsche Landschaften meist zu Fuß oder mit dem Fahrrad durchstreift. Ich war durch Schleswig-Holstein und von Hamburg aus südlich an der Elbe entlanggefahren, ich war den Rhein von Mainz bis zur holländischen Grenze stromabwärts gewandert, ich war am Main und an der Donau gewesen und hatte ihren Lauf für einige Wochen begleitet – immer wieder war ich dabei allein unterwegs gewesen, und immer wieder hatten diese Reisen denselben Zielen gegolten.

Zum einen bestanden diese Ziele aus Konzertsälen aller Art, in denen ich möglichst auch gleich einen Klavierabend erleben wollte, zum anderen aber bestanden sie aus Kirchen, von denen ich die meisten nur wegen ihrer Orgeln, andere wegen ihrer Kunstdenkmäler, viele aber auch wegen ihrer Akustik besuchte. Das notwendige Reisegeld verdiente ich mir mit Auftritten in Wirtschaften, Clubs und anderen Versammlungsstätten, wo ich keineswegs nur klassische Musik, sondern die seltsamsten Programme spielte.

Es waren Programme von zweimal dreißig oder wahlweise auch fünfundvierzig Minuten, die aus kurzen, höchstens fünfminütigen Stücken bestanden, auf Domenico Scarlatti folgte Duke Ellington, auf Joseph Haydn folgte Ravel, und zwischendurch improvisierte ich frei über Motive, die ich aus der Pop-Musik, Schlagern oder einfach nur aus zufällig mitgehörten Radio-Sendungen entlehnt hatte.

Auch in Köln trat ich mit solchen Programmen auf, verwendete jedoch bei all diesen Gelegenheiten ein Pseudonym, da ich meinen guten Ruf als klassischer Pianist nicht vorzeitig ruinieren wollte. Hätte Walter Fornemann erfahren, mit welchen Musik-Programmen ich mein Geld verdiente, wäre ich nicht länger sein Schüler geblieben.

All diese Reisen und Unternehmungen aber hatten auf die Dauer immer mehr die Sehnsucht verstärkt, den deutschsprachigen Raum endlich einmal zu verlassen. Die Hauptursache dafür, dass ich das nicht tat, bestand in meiner geradezu abnormen und mir nicht auszureden- den Angst davor, im Ausland Tag und Nacht eine fremde Sprache sprechen zu müssen.

Ich hatte mich mit Leuten unterhalten, die mein Sprachproblem und meine daher rührenden Ängste kann- ten. Sie hatten zwar kategorisch ausgeschlossen, dass ich die eigene Sprache wieder verlieren würde, wenn ich mich intensiv auf eine fremde einließ, ich selbst war mir da aber nicht sicher, sondern argwöhnte lange Zeit, dass so etwas sehr leicht passieren könnte.

Schon im Schulunterricht hatte mich das Erlernen fremder Sprachen häufig verwirrt, weshalb ich keine Fremdsprache auch nur in Ansätzen richtig gelernt, son- dern es nur zu einem passiven Leser von Texten und zu einem Wiederkäuer von vorgefertigten sprachlichen Wendungen gebracht hatte. Flüssig und unangestrengt eine fremde Sprache zu sprechen, das war mir nie gelungen, ja ich hielt es sogar für unmöglich, dass mir so etwas je gelingen würde.

War es vor dem Hintergrund dieser Erfahrungen aber nicht denkbar, dass ich im Ausland, wenn ich nicht nur ein paar Stunden, sondern unaufhörlich eine fremde Sprache sprechen musste, in seltsame und unerwartete Konfusionen geriet? Schließlich verlief alles, was mit dem Sprechen, der Sprache und meiner Vorstellungskraft zu tun hatte, in meinem Fall nicht normal, sondern häufig auf unerwartete, verquere Art. Wie aber, wenn mich in einem solchen unerwarteten Fall niemand verstand und ich ganz auf mich selbst angewiesen war? Am Ende hätte ich vielleicht irgendwo krank und verstört im fernen Ausland gesessen und es nicht einmal fertiggebracht, einen einzigen verständlichen Satz zu formulieren.

Schon allein der Gedanke an Reisen ins fremdsprachige Ausland hatte in mir also bereits eine gewisse Panik ausgelöst, so dass ich mich höchstens bis in Regionen vorgetraut hatte, wo zumindest zum Großteil Deutsch und nur von Minderheiten andere Sprachen gesprochen wurden. Eine dieser bevorzugten Regionen war Zürich gewesen, dorthin war ich sogar immer wieder und fast regelmäßig mehrmals im Jahr gefahren.

In Zürich besuchte ich Klavierabende in der Tonhalle, dort trat ich in einem kleinen Club direkt an der Limmat auf, ja, ich hatte in Zürich sogar einige Bekannte, die sich über meine Besuche freuten und mit mir Streifzüge durch die Stadt unternahmen. Auf diesen Streifzügen durch die Cafés und Lokale war ich nicht nur einigen

Schweizer Schriftstellern begegnet, nein, ich war auch immer wieder in kleine Gesprächsrunden geraten, in denen entweder Schweizer-Deutsch oder Französisch, Englisch oder Italienisch gesprochen wurde.

Meine Zürcher Freunde hatten mit diesen plötzlichen Sprüngen von der eigenen Sprache in eine andere keine Probleme, meist beherrschten sie das Französische und Italienische sogar so selbstverständlich, dass sie mitten im Satz die Sprache wechseln konnten. Ich selbst aber geriet in solchen Situationen schon nach Sekunden derart durcheinander, dass ich mich wenige Minuten später unter einem Vorwand verabschieden und das Weite suchen musste.

Nichts wie weg! Hinaus aus diesem Café! Ich brauchte einige Zeit, bis ich mich wieder beruhigt hatte, denn während der mehrsprachigen Gesprächsrunden hatte ich das Gefühl gehabt, die deutschen Worte in meinem Kopf würden eins nach dem anderen durch fremdsprachige ersetzt. Ich spürte genau, wie sie zugunsten eines Kauderwelschs verschwanden, sie lösten sich auf oder veränderten sich, sie wurden flüssig oder zerbrachen in unverständliche, kleine Bestandteile.

Kann man sich vorstellen, dass ich mich in solchen Panik-Momenten an einen ruhigen Ort wie zum Beispiel den Zürcher-See setzen musste, um wieder zu mir zu kommen? Und kann man sich vorstellen, dass der dann regungslos dasitzende, konfus gewordene Mensch im Stillen begann, Gedichte zu rezitieren, um sich des besonderen Klangs und Ausdrucks der deutschen Sprache wieder zu vergewissern?

Ich möchte von diesen sonderbaren Momenten, die hoffentlich für immer hinter mir liegen, nicht weitererzählen, ich erwähne sie an dieser Stelle auch nur, um an einem Beispiel zu zeigen, dass meine Angst vor einem Aufenthalt im fremdsprachigen Ausland nicht unbegründet war. Solchen Aufenthalten deswegen aber ein Leben lang aus dem Weg zu gehen, war auch nicht möglich, irgendwann musste ich einen Versuch wagen.

Daher hatte ich mich schließlich auf die Phantasie eingelassen, sofort nach dem Abitur für zwei, drei Wochen nach Rom zu reisen. Vom ersten Moment ihrer Entstehung in den *Essener Tagen* an verwandte ich auf die Ausschmückung dieser Phantasie einige Arbeit. Ich las viel über Rom und schaute mir lauter Filme an, die in Rom spielten. Nach einer Weile war ich so voller Bilder, dass ich an einem Nachmittag in einem Kölner Brauhaus mit eigenartigen Notizen begann, die einem nicht informierten Leser wie *Römische Notizen* hätten erscheinen können.

Ich habe diese alten Notizen jetzt vor mir, und ich öffne jetzt die kleine, schwarze Kladde, die ich als junger Mann noch in Köln angelegt habe, um mich in die Ferne zu hexen und nach Rom zu phantasieren: *Ein einfaches, karges Zimmer mit einer schmalen, flachen Liege ... Eine Front von verschlossenen, grünen Läden ... Ein alter, kahlköpfiger Mann im weißen Unterhemd ... Die Palmen im Innenhof, in ihrer Mitte ein kleiner Brunnen ... In einer Kirche knien ausschließlich Frauen, jede von ihnen in einer anderen Bank ... Die gewundene Gasse, die so aussieht, als wäre sie ein immer schma-*

ler werdender Geheimnisweg, den man nicht mehr zurück-, son-
dern auf dem man immer nur vorangehen kann …

All diese kleinen Beobachtungen und Bilder hatte ich
entweder Büchern oder Filmen entnommen, ja, ich hatte
während meiner Lektüre und während meines Schauens
von Filmen begonnen, mir solche Bilder zu merken, um
sie schließlich auch schriftlich zu speichern.

Es war ein ganz und gar verrücktes Projekt, das ich
dem alten Sprachlernprogramm meines Vaters abge-
schaut hatte. Bild für Bild und Raum für Raum setzte
ich Rom in meinem Kopf zusammen, bis ich bei der Nen-
nung von bestimmten Straßennamen sogar einige entsprechende Bilder vor Augen hatte.

Ich wollte in Rom ankommen als einer, der bereits mit
Bildern von dieser Stadt gesättigt war, ich wollte Rom
nicht als eine fremde, sondern als eine Stadt betreten,
die ich in meiner Phantasie längst durchstreift hatte und
die mir daher vielleicht noch vertrauter war als eine mir
unbekannte deutsche Stadt. So glaubte ich, gegen meine
Ängste gewappnet zu sein …

36

JETZT, JA. Ich sehe mich jetzt, wie ich zwei Tage nach
dem endlich bestandenen Abitur auf der *Stazione Termini*
in Rom ankomme. Ich habe nichts als meinen alten Seesack mit wenigen Utensilien dabei, und als erste Anlauf-

station besitze ich nichts als die Adresse einer Kirche, die der deutschen Rom-Gemeinde gehört. Die Adresse habe ich von meinem Onkel erhalten, der mit dem Pfarrbüro der Gemeinde telefoniert und mich für den Morgen des kommenden Tages angemeldet hat.

Jetzt aber ist Nacht, es ist meine erste römische Nacht, und ich werde das wenige Geld, das ich bei mir habe, nicht für eine Übernachtung ausgeben, nein, ich werde meine erste römische Nacht im Freien verbringen. Und so gebe ich meinen alten Seesack an der Gepäckaufbewahrung ab und gehe ohne jedes Gepäck und nur mit einem kleinen Geldbetrag in der Tasche einfach los.

Ich stehe jetzt draußen im Freien, es ist kurz nach zweiundzwanzig Uhr, vor der *Stazione Termini* drängen sich die Ankommenden in die Busse und verschwinden ins Zentrum. Ich atme durch, ich bleibe stehen und schaue. Dort geht es zur Piazza della Repubblica, ja genau, und dort drüben ist das Thermenmuseum. Vor dem Bahnhof ballt sich eine wohltuende Wärme, die nach der langen Zugfahrt beruhigend wirkt. Ich gehe ein paar Schritte, spüre aber, dass mich etwas davon abhält, immer weiterzugehen. Ich habe es nicht eilig, ich habe Zeit, mich hier in der Nähe des Bahnhofs auf eine Bank zu setzen und nichts anderes zu tun als zu schauen. Es sind etwa zweihundert Meter bis zur Piazza della Repubblica, einem kreisrunden Platz mit einer großen Brunnenanlage. Von dort geht der Blick einen breiten Corso hinab in die vom gelben Straßenlicht durchfluteten Häuserschluchten. Der unermüdlich fließende Verkehr. Die Kaffeearomen in der Nähe der Brunnen. Die hohen Pinien mit ihren hellbraunen, gefleckt im Neonlicht schimmernden Stämmen.

Ich setze mich auf eine Bank, es ist eine breite, kühle Marmorbank ohne Rückenlehne, es ist eine Bank für mindestens sechs Personen, die ringsum auf ihren Rändern sitzen könnten. Ein junges, schwarzhaariges Mädchen in einem fleckigen weißen Kleid setzt sich zu mir und bettelt um etwas Geld. Ich mache ein paar Zeichen: Ich habe kein Geld, und außerdem bin ich stumm. Ich bin eine stumme, beinahe mittellose und hungrige Person. Sie starrt mich an und schüttelt den Kopf. Ich begreife nicht, was sie von mir will, ich verstehe kein Wort von dem, was sie sagt. Sie legt ihre rechte Hand auf meine Schulter, als müsste sie mich beruhigen, dann verschwindet sie.

Später erscheint sie plötzlich wieder, jetzt hat sie eine kleine, armselige Tasche dabei. Sie stellt die Tasche neben mir ab, holt zwei Gläser hervor und füllt sie aus einer großen bauchigen Flasche mit Wein. Sie sagt kein Wort, sie deutet auf die beiden Gläser, ich nehme eines in die Hand, wir trinken. Sie fragt mich etwas, ich nicke, sie fragt mich weiter, ich mache eine hilflose Geste, dann trinken wir aus, und sie verschwindet blitzschnell hinter meinem Rücken ins Dunkel.

Ich sitze und schaue weiter, ich bin ganz ruhig, es ist seltsam, aber ich habe nicht das Gefühl, an einem fremden Ort angekommen zu sein. Woher kommt das? Warum fühle ich mich nicht fremd? Was ist mit dieser Stadt?
Ich sitze da, als könnte ich mich nicht von der Bank

lösen, bevor ich diese Fragen nicht beantwortet habe. Irgendetwas ist seit meiner Ankunft geschehen, aber ich verstehe nicht, was es ist. Ich spüre nur, dass ich anders als bei meinen sonstigen Fluchten und Reisen weder eine gewisse Anspannung noch irgendeine Unruhe empfinde, im Gegenteil, ich fühle mich leicht, unbeschwert, ja kurz davor, etwas zu singen. Ich will singen? Wieso will ich singen? Was, verdammt noch mal, ist denn bloß mit mir los?

Endlich stehe ich auf, überquere den Platz und gerate unter die hohen Arkaden eines Cafés. Die Menschen sitzen draußen im Freien, niemand nimmt von mir Notiz, ich kann an all diesen kleinen Tischen entlanggehen, ohne beachtet zu werden. Und wie ist es drinnen? Ich gehe in das Café und setze mich an die lange Theke der Bar, ich will etwas auf mein Wohl trinken, ja, ich will diesen einzigartigen Moment feiern, meine Freude, meine Erleichterung.

Als die Bedienung kommt, mache ich eine Trinkgeste und deute an, dass ich stumm bin. Seltsamerweise lächelt der Kellner und greift nach einer Flasche, die er mir hinhält. Wasser? Nein, ich schüttle den Kopf. Wein? Ja genau, ich strecke den rechten Daumen hoch, Wein, ein Glas. Er versteht mich, füllt ein Glas und schiebt es mir hin. Er will wissen, ob ich ihn verstehen kann, er fragt mich mit einer Geste beider Hände, ob ich taub bin. Ich bleibe ernst und verneine die Frage mit einem Kopfschütteln, nein, ich bin nicht taub, ich bin stumm. Er nickt und lächelt wieder, er hat mich verstanden. Ich greife nach dem Glas und trinke, der Wein schmeckt beinahe genauso wie der, den mir das junge Mädchen angeboten hat. Es ist ein leichter, unmerklich perlender Weißwein, wie ich ihn noch nie getrunken habe. In Deutschland habe ich fast überhaupt keinen Wein getrunken, und in Deutschland wäre ich nie auf den Gedanken gekommen, ein solches Café zu betreten und dort ein Glas Wein zu trinken.

Warum aber hier, in Rom? Warum bin ich gerade ohne jedes Nachdenken in dieses Café und weiter an seine Bar gegangen? Ich erkenne mich nicht mehr wieder, nein, ich handle nicht mehr so, wie ich sonst immer gehandelt habe. Irgendetwas ist passiert, aber ich komme immer noch nicht darauf, was es sein könnte. Ich sitze regungslos an der Theke, als müssten mir jetzt endlich Antworten auf meine Fragen einfallen, es ist ein beinahe zwanghaftes Sitzen, denn ich spüre, dass ich ganz nahe an einer möglichen Antwort bin.

Drinnen im Café ist es angenehm kühl, ich leere mein Glas und will bezahlen. Der Kellner aber winkt ab, es ist so in Ordnung, ich brauche nicht zu bezahlen, anscheinend hat der stumme Mensch, als der ich aufgetreten bin, ihn gerührt. Ich schaue auf die Preisliste hoch oben hinter der Theke und erkenne, dass ein Glas Wein nicht viel kostet. Einen so geringen Betrag kann ich bezahlen, ja, das geht. Ich hole das Geld hervor, der Kellner macht eine abwehrende Geste, aber ich bezahle, denn ich will von meiner Notlüge nicht auch noch profitieren.

Als ich den Caféraum verlasse und wieder draußen unter den Arkaden stehe, habe ich die Ankunft hinter mir. Wie leicht und schön es war, in Rom anzukommen! Und wie leicht mir hier alles fällt! Ich spüre mich kaum noch, ich habe fast keine Erinnerung mehr daran, wie umständlich und schwer alles einmal war! Ist das Freude? Reine Freude? Ist das, was ich gerade empfinde, nicht die reinste, unbeschwerteste Freude?

Als sich die Fragen und Gedanken so zuspitzen, spüre ich eine plötzliche Hitze im Kopf. Es ist wie ein glimmendes Kribbeln, wie ein sich entzündendes kleines Feuer, das Flammen nach allen Seiten sprüht. Was ist mit mir? Ich verlasse den Arkadenbereich rasch und eile zurück zu der Marmorbank, auf der ich zuvor gesessen habe. Ich zwinge mich, jetzt an nichts Schlimmes zu denken, aber es geht schon, die Hitze lässt bereits nach. Ich brauche mich nicht zu beunruhigen, nein, ich brauche es nicht. Und warum nicht? Weil ich fort bin, ja, ich bin fort, ich lebe nicht mehr in dem Land, in dem ich so viel Angst ausgestanden habe, *ich bin fort.*

Als sich diese drei Worte immer wieder in meinem Kopf wiederholen, verstehe ich plötzlich, was seit meiner Ankunft in Rom geschehen ist. Ich fühle mich frei, ja, das ist geschehen, die Ankunft in Rom ist verbunden mit dem Gefühl einer einzigen, großen Befreiung. Niemand umkreist mich, nichts rückt mir auf den Leib, man lässt mich *in Ruhe*, zum ersten Mal in meinem Leben lässt man mich ganz und gar in Ruhe. *Ich bin fort*, murmle ich und sage dann den ersten lauten Satz in der Ewigen Stadt: *Johannes, Du bist jetzt fort!* Und weiter: *Ich bin draußen, ich habe es endlich geschafft.*

Als ich höre, wie ich das alles sage, und als sich die Sätze mit dem Anblick der herrschaftlich schönen und weiten Kulisse verbinden, ist aber nun doch alles zu viel. Verdammt! Ich sitze auf einer römischen Senatorenbank, und mir kommen die Tränen. Nicht einmal ein Taschentuch habe ich dabei, nicht einmal das! Und warum hört das Weinen nicht auf, warum nicht?

Es gibt nichts mehr zu weinen, es gibt hier keinen Grund für viele Tränen, Weinen und Tränen haben doch mit Schmerzen zu tun, aber ich empfinde hier keinen Schmerz. Nein, verdammt, wirklich nicht! Keinen Schmerz! Ich bin schmerzfrei! Zum ersten Mal in meinem Leben habe ich das Gefühl, vollkommen schmerzfrei zu sein! Und deshalb ist jetzt auch Schluss mit den Schmerzgesten. Auch von den Schmerzgesten bin ich nämlich befreit. Kein Stummentheater mehr, überhaupt kein Theater der Hilflosigkeit! Schluss mit der Pantomime! Sag es noch einmal, sag es laut: *Johannes, Du bist in Rom!*

Ich schlucke und schlucke, während das Weinen nicht aufhören will. Es ist aber kein richtiges Weinen, sondern eine Art Strömen, ein ununterbrochenes Strömen von Tränen. Sie sickern aus meinen Augen wie ein Rinnsal, als könnte ich nichts dagegen tun. Und es stimmt, ich habe keinen Einfluss auf dieses Fließen, denn es kommt von einem mir unzugänglichen Zentrum im Kopf, in dem sich gerade einiges klärt. Bald wird das alles vorbei sein. Dann werde ich hinüber zu dem großen Brunnen gehen und mein Gesicht waschen. Und danach werde ich hinab in die Stadt gehen, und wenn ich Lust habe zu singen, werde ich, verdammt noch mal, singen! ...

Etwas später habe ich mir das Gesicht mit dem Wasser des großen Brunnens gewaschen und gehe wirklich den breiten Corso hinab in die Stadt. Von einem der römischen Hügel gehe ich hinab in die römische Ebene. Dort sind die Kaiserforen, und dort hinten, das ist das Kolosseum. Ich gehe eine breite, nur noch wenig befahrene Straße an den Kaiserforen entlang auf das Kolosseum zu. Ich bleibe nicht vor ihm stehen, sondern umrunde es langsam. Von den sandigen Höhen, die es umgeben, weht ein weicher Kieferngeruch. Überall verstreut auf dem Boden liegen die Nadeln, braun und von der Sonne verbrannt. Der römische Teppich, der Teppich aus Pinien- und Kiefernnadeln.

Ich will jetzt nirgends lange verweilen, sondern eine nächtliche Spur durch die Ewige Stadt ziehen. Deshalb bewege ich mich einfach weiter und gehe die breite Straße zurück. In den dunklen, kaum angestrahlten Ruinen- und Tempelzonen brennen kleine Feuer. Ich sehe Menschen hin und her huschen, aber ich kümmere mich nicht weiter darum. Mein Ziel ist der Corso, die breite Gerade, die das römische Herz der alten Wohngegenden wie ein scharfer, massiver Hieb durchschneidet. Ich gehe auf einen fernen Obelisken zu, ich habe ihn fest im Blick.

Ich bin jetzt sicher, dass mir das, was mir eben passiert ist, nicht noch einmal passieren wird. Eine leichte, wunderbare Leere ist in mir, sie ist ein Zeichen dafür, dass ich keine Schmerzen mehr habe. Rechts und links, in den Seitenstraßen des Corso, sitzen die Menschen an kleinen Tischen und essen. Es ist weit nach Mitternacht, aber in diesen von kleinen Öllampen erleuchteten Seitenstraßen wird noch immer gegessen. Wie gerne würde ich mich jetzt dazusetzen! Irgendwann wird das möglich sein, irgendwann werde ich etwas Geld haben, um mich mitten in einer römischen Nacht mit ein paar Freunden an einen Tisch setzen zu können. Denn, jawohl, ich werde in Rom Freunde haben, das weiß ich. Seit ich in Rom unterwegs bin und die nächtliche Stadt durchstreife, weiß ich genau, dass ich hier zum ersten Mal in meinem Leben richtige Freunde haben werde. Ich werde mit ihnen essen und unterwegs sein, ich werde ein römisches Leben führen.

Als ich den fernen Obelisken erreicht habe, biege ich linker Hand Richtung Tiber ab. Dort muss der Tiber sein, und dort ist wahrhaftig der Tiber. Ich habe den Plan der römischen Innenstadt genau im Kopf, ich sehe ihn vor mir, Vater wäre stolz, wie genau ich den römischen Stadtplan im Kopf habe. Und wo ist Norden? Ich weiß genau, wo Norden ist, etwas nördlich des großen Obelisken muss sich die Milvische Brücke befinden, an der Konstantin gesiegt hat. Ich werde mir irgendwann einen ganzen Tag und eine Nacht Zeit für diese Brücke nehmen. Jetzt, wo ich auf den dunklen Tiber in der Tiefe blicke, ahne ich, wie es an der Milvischen Brücke aussieht. An den tiefliegenden, breiten Ufern werden Feuer brennen, und die Bogen der alten Brücke werden im Wasser matt schimmern.

Ich gehe aber nicht nördlich, sondern mit der Strömung des Flusses. Die hoch liegenden Uferstraßen werden von mächtigen Platanen gerahmt. Allmählich lässt der Verkehr nach, ich passiere mehrere Brücken, und dann, unerwartet, nach einer kleinen, unmerklichen Krümmung des Flusses, ist es so weit: Ich sehe die Peterskirche, ich sehe sie jenseits des Flusses, ich sehe die ausatmende, mächtige, ruhende Kuppel und das schwache, letzte Licht in ihrer schmalen Laterne hoch oben. Das Bild, das ich sehe, erscheint unglaublich entrückt, denn das, was ich nun sehe, ist keine Kirche mehr, sondern wirkt wie ein unbetretbares Jenseits. Wer hat das gebaut? Hat das überhaupt jemand gebaut? All das, was ich sehe, wirkt so makellos schön und so stimmig, als handelte es sich um eine Verkörperung der Schönheit selbst, um eine Verkörperung ihrer Idee, wie das Maß aller Dinge. Ich kann diesen Bau nicht in seinen Einzelheiten betrachten, sondern sehe ununterbrochen das Ganze, und dieses Ganze erscheint wie ein Modell.

Ich gehe über die Engelsbrücke hinüber zur Engelsburg, passiere sie aber, ohne sie weiter zu beachten. Dann biege ich auf die menschenleere Straße ein, die direkt auf die Peterskirche zuführt. Ich schaue auf die Uhr, es ist kurz nach zwei, mitten in der Nacht. Gleich werde ich den Petersplatz erreichen. Das große Oval liegt im Dunkel, nur die beiden Brunnen rauschen noch leise. Ich gehe auf den Obelisken zu und setze mich auf die Stufen, die zu seiner Basis führen. Ich habe die Peterskirche jetzt im Blick, das Hauptportal, die Loggia, die beiden Uhren, die Apostel Petrus und Paulus zu beiden Seiten und die ausschwingenden Kolonnaden. Hier werde ich eine Weile sitzen, hier werde ich das erste Licht abwarten.

Seltsam, dass ich nicht müde bin. Ich habe eine lange Zugfahrt hinter mir, komme mir aber vor, als wäre ich vollkommen frisch und bereits seit vielen Tagen hier. Lange habe ich nichts gegessen, aber das macht nichts. Ich habe zwei Gläser Wein und hier und da Wasser aus einem Brunnen oder einem der Wasserspender an den Straßen getrunken. Ich habe das starke Summen der Stadt noch in den Ohren, jetzt aber verebbt es langsam. Das vereinzelte Quietschen von Busbremsen. Der Windhauch, der lange auf dem Platz kreist und dann durch die Kolonnaden abzieht. Die klar leuchtenden Sterne, hinter die Kuppel gespannt, wie Leuchtsignale auf schwarzem Tuch. Ich lehne mich zurück gegen die Basis des Obelisken, ich strecke die Beine aus, was höre ich denn, ah, das ist es also, was ich höre, ich höre den alten Gesang: *Deus, in adjutorium meum intende/ Domine, ad adjuvandum me festina* ... – zwei-, dreimal höre ich dieses Summen, wie einen Refrain meines ersten römischen Spaziergangs. Herr, ich danke Dir, dass Du mich hierher geführt hast, Herr, ich danke Dir! Der Herr ist mein Hirte, mir wird nichts mangeln, auf grünen Auen lässt er mich lagern; an Wasser mit Ruheplätzen führt er mich ...

Ich sitze wahrhaftig bis zum Morgengrauen. Da kenne ich die breite Fassade der Peterskirche bis ins letzte Detail. Ich habe gesehen, wie sie weich wurde von der Wärme der Nacht, wie sie nachgiebig schwankte und in der morgendlichen Frühe wieder zu erstarren begann. Ich stehe auf und laufe auf dem weiten Platz ein paar Runden, sehr langsam, immer an den Kolonnaden entlang. Dann setze ich mich ab und folge weiter dem Fluss. Zu meiner Rechten führt eine Straße steil in die Höhe, das ist gut, ja, es könnte schön und genau das Richtige sein, jetzt diesen Hügel hinaufzugehen, um von dort oben auf die morgendliche Stadt zu schauen. Eine Kirche, eine Pinienallee, zwei Hunde, die mir voranlaufen.

Oben, auf der Höhe des Hügels, liegt mir die Stadt im dünnen Morgenlicht zu Füßen. Die Häuser und Bauten wie geduckt, und darüber die Kuppeln der vielen Kirchen. Die Kirchen werden mir ein gutes Zuhause sein, ja, das ahne ich schon. Immer, wenn ich für einen Augenblick ein gutes Zuhause brauche, werde ich in eine der vielen Kirchen gehen. Sitzen, warten, ein Gebet sprechen, vielleicht aber auch schauen, ob es eine Orgel gibt, auf der ich spielen kann.

Wie leicht wird es sein, in dieser Stadt zu leben, ganz leicht. Eine Kirche, ein Café, eine Unterhaltung, noch eine Unterhaltung, diese Stadt ist wie für mich geschaffen, einerseits lässt sie mich vollständig in Ruhe, und andererseits bietet sie mir alles, was ich brauche. Das, was ich brauche, ist einfach vorhanden, an jeder Ecke, es steht da zur freien Verfügung.

So müssten alle Städte gebaut sein, nicht zu hoch, mit ihren Häusern in eine Flusskrümmung geschmiegt, alles dicht, sehr dicht beieinander, viele kleinere Plätze, Pinienalleen, ein Kranz von Hügeln und überall unerwartete Orte der Stille. Und viele Kirchen, an jedem Platz eine Kirche. Im Grunde ist das Zentrum Roms leicht zu überblicken, es ist nicht allzu groß, es ist eine weite, verstreute Sonnenlandschaft mit einigen Thronsitzen und Aussichtsterrassen.

Ich setze mich auf eine Balustrade und lasse die Beine baumeln. Ich versuche, einige der vielen Bauten zu erkennen. Kurz schließe ich die Augen und lasse den römischen Stadtplan vor meinem inneren Auge entstehen, um in Gedanken ein Stück durch Rom zu wandern. Hier unterhalb, das muss das Viertel Trastevere sein, und dort oben, zur Rechten, das ist der Aventin mit seinen Klöstern. Was die Patres wohl sagen würden, wenn sie mich hier sähen! Einer von ihnen hat einmal vermutet, dass aus mir noch ein Priester oder sogar ein Mönch werden könnte. Jetzt kann aus mir aber kein Priester mehr werden, diese Versuchung habe ich hinter mir.

Als wenige Meter von mir entfernt eine kleine Bar geöffnet wird, gehe ich sofort hin. Der Mann hinter der silbernen, gerade sauber gewischten Theke begrüßt mich leise, und ich murmle die Klanglinie nach, die ich gerade gehört habe, ohne ein Wort zu verstehen. Er fragt mich etwas, wahrscheinlich nennt er den Namen eines Getränks, ich wiederhole, was er gesagt hat, und sofort beginnt er, sich um mein Getränk zu kümmern. Es kommt wenig später in einer großen weißen Tasse und duftet nach einem starken Kaffee. Seine Oberfläche aber ist mit dichtem Milchschaum bedeckt. Etwas Kakao? Ja, das habe ich jetzt sogar verstanden, etwas Kakao!
Es ist ganz einfach, mit diesem Mann zu sprechen, er baut sich nicht vor mir auf und macht aus mir keinen

sprachlosen, fremdsprachigen Clown, nein, er bietet mir laufend Bruchstücke seiner eigenen Sprache an. Ich muss nur genau hinhören und sie aufschnappen und sie dann wieder zurückgeben.

Ich habe verstanden, ich habe bereits ein wenig verstanden, wie das Italienische geht. Das Italienische geht vollkommen anders als das Deutsche. Es ist ein Geben und Anbieten von Sätzen, die der Gegenüber dann wieder zurückgibt. Was der eine sagt, greift der andere auf, dreht es um eine Nuance und sagt dann den Satz leicht verändert noch einmal. Und so geht es weiter und weiter, ohne Pause. Es ist mit einem guten Duett zu vergleichen, mit Gesang und Gegengesang. Das Deutsche aber ist anders. Im Deutschen sagt einer einen Satz, um den Satz irgendwo in die Landschaft zu stellen und dort stehen zu lassen. Danach ist es still. Derjenige, der antwortet, sagt einen anderen Satz und stellt ihn in etwas größerer Entfernung ebenfalls in die Landschaft. So ist zwischen den Sätzen viel Raum und viel Schweigen.

Ich tauche die Lippen in den weichen, porösen Milchschaum und nippe an dem Getränk. Durch die dichte Milchdecke sauge ich an einem sehr starken Kaffee, dessen Wirkungen ich sofort spüre. Nach dem zweiten Schluck ist jede Müdigkeit verflogen, und ein wohltuendes Leben durchströmt den ganzen Körper. *Acqua?*, fragt der Mann hinter der Theke, und ich sage: *Acqua!* Latein ist die höflichste Sprache überhaupt, Latein ist uneitel, sanft, geduldig und hilfreich, so wie jetzt, wo ich es einfach verwenden kann, um zu sagen, dass ich Durst habe.

Ich trinke die Tasse Kaffee leer und anschließend noch das Glas Wasser, ich zahle, der Kellner schaut nicht lange auf und verabschiedet mich wieder mit einem Gruß. Wir sprechen so leise miteinander, als befänden wir uns in einer Kirche oder als dürften wir niemanden stören oder als wären wir alte Freunde. Im leisen, vorsichtigen Sprechen des Kellners ist von alldem etwas, und darüber bin ich denn doch so erstaunt und verwundert, dass ich beim Abgang hinab in die Ebene vor mich hin summe. Nein, ein Sänger werde ich gewiss nicht mehr werden, aber ich werde in dieser Stadt ein guter Pianist werden, ja, auch das weiß ich jetzt bereits genau. Und wieso weiß ich das? Und was soll das heißen, dass ich in dieser Stadt ein guter Pianist werde?

Ich bin gerade unten in der Ebene auf einem Platz angekommen, wo viele Marktstände aufgebaut sind und längst Gemüse und Obst, Käse, Wurst und Brot verkauft werden. Moment, einen Moment! Was habe ich gerade gedacht? Ich werde in dieser Stadt ein guter Pianist werden! Ja und? Und was heißt das? Das heißt, mein Gott, das heißt, dass ich nicht für zwei Wochen in die Ewige Stadt gereist bin, nein, auch nicht für drei. Ich bin hierher gereist, um ein guter Pianist zu werden, deshalb bin ich hierher gereist. Das hier ist also keine Ferienreise, sondern eine Reise dorthin, wo aus mir ein guter Pianist werden wird.

Ich werde also hier in Rom mein Studium beginnen, natürlich, das ist jetzt bereits klar. Ich werde diese Stadt nicht wieder verlassen, nein, ich werde sie auf keinen Fall wieder verlassen, sondern mich hier um einen Studien-platz bewerben. Dass ich diese Idee nicht längst hatte! Aber ich konnte diese Idee ja noch gar nicht haben, weil ich diese Stadt ja noch nicht so kannte, wie ich sie jetzt bereits kennengelernt habe. Nach meiner ersten römi-schen Nacht ist jedoch alles anders. Ich gehe hier nicht mehr weg, denn ich bin genau an dem Ort und in der Stadt angekommen, wo ich nun hingehöre. Ich gehöre nach Rom, für ein Jahr, für zwei Jahre, vielleicht sogar für immer.

Ich lache, ich kenne mich nicht mehr wieder. In mir ist eine Ausgelassenheit, wie ich sie noch nie erlebt habe. Was habe ich mir für unnötige Sorgen gemacht, wie falsch habe ich jahrelang darüber gegrübelt, ob es mit mir im Ausland gut ausgehen würde. Was für ein Unsinn ist das alles gewesen, was für ein merkwürdig verschrobenes, verqueres Denken! Rom ist doch gar kein Ausland, ach was, Rom ist das eigentliche Inland, ja, *Rom ist das Inland*.

In der Mitte des Marktes trinke ich an der Theke ei-ner Bar erneut einen Kaffee und esse dazu eine Art von Croissant, für die ich keinen Namen habe. Im Französi-schen sagt man *Croissant*, doch dies hier ist kein Crois-sant, sondern die Variation eines Croissants. Sie ist noch warm und schmeckt nach einem Hauch duftender, guter Butter, die sich jedoch ganz in den Teig verzogen hat. Der Milchschaumkaffee und die Variation eines Crois-sants, das werde ich jetzt jeden Morgen essen, das reicht, damit werde ich ein paar Stunden auskommen.

Es wird heller und heller. Das Sonnenlicht glimmt zunächst oben an den Giebeln der Häuser und fällt dann hinab in die Schluchten. Auf dem Marktplatz wälzt es sich bereits zwischen den Ständen. Die Menschen bewegen sich nicht besonders schnell, sie sprechen unaufhörlich miteinander, aber nie allzu lange, sondern meist nur ein paar Minuten, danach setzen sie ihren Weg fort. Was gäbe ich darum, mich einmal so unterhalten zu können! Im Grunde ist auch diese Art von Unterhaltung wie für mich geschaffen! Kein Ausfragen und Anstarren, keine schweren Einzelsätze, in die Landschaft platziert! Stattdessen ein Auftakt, eine Wiederholung, eine Variation, ein Abgesang! So etwas könnte ich sogar lernen, ja, bestimmt, nach einer Weile werde ich so etwas ebenfalls können. Vielleicht ist das Italienische die einzige Fremdsprache, die ich am Ende einmal wirklich beherrschen werde. Vielleicht.

Ich überquere den Tiber und sehe die Kuppel der Peterskirche jetzt aus der Entfernung. Seltsam, sie schrumpft nicht, im Gegenteil, sie bleibt immer dieselbe noble, ideale Erscheinung, ob man sie nun aus der Nähe oder der Ferne betrachtet. Sicher liegt der Konstruktion dieses Baus ein Geheimnis zugrunde, anders kann ich mir seine Wirkungen auf den Betrachter nicht erklären. Ich werde Zeit haben, das herauszubekommen, vielleicht werde ich sogar Zeit haben, neben meinem Klavierstudium noch Kunstgeschichte zu studieren.

In Rom Kunstgeschichte zu studieren — auch auf diese sehr naheliegende Idee bin ich in Deutschland nicht einmal gekommen. Jetzt aber habe ich einen Plan, ein

Projekt, eine Zukunft. Was ich nun noch brauche, ist ein preiswertes, gutes Quartier. Ein einfaches Zimmer mit einer schmalen, flachen Liege, einem Tisch, einem Schrank. Mal sehen, immerhin habe ich eine Adresse, die Adresse der deutschen Gemeinde in Rom. Ihre Kirche liegt ganz in der Nähe der Piazza Navona.

Wenig später erreiche ich die Piazza, und als ich sie betrete, werde ich von dem Eindruck erneut überwältigt. Ich nähere mich durch eine schmale Gasse und stehe dann plötzlich mitten im Licht einer weiten, ovalen Öffnung. Ein Haus fügt sich nahtlos ans andere, so dass der Platz wie die Bühne eines Theaters erscheint und die Häuser ringsum wie Kulissen. Drei Brunnen messen die Länge des Platzes aus. Ein wenig erinnert das alles an den ovalen Platz vor unserem Kölner Wohnhaus, nur dass dort die Häuser von sehr unterschiedlicher Größe waren und daher keinen homogenen Eindruck erweckten. Ich gehe bis zur Mitte und setze mich an den Rand des größten Brunnens. Direkt gegenüber befindet sich eine Kirche. Der Platz ist fast vollständig leer, selbst die umliegenden Cafés sind noch nicht geöffnet. Das Sonnenlicht füllt ihn in seiner vollen Länge, der Platz badet bereits in diesem Licht.

Ich sitze eine Weile auf dem Brunnenrand und frage mich, wann ich jemals so glücklich gewesen bin wie gerade jetzt. Und wodurch entsteht dieses Glück? Durch das Licht, durch die großzügige Wohnlichkeit all dieser Räume und dadurch, dass ich weder an die Vergangenheit noch an die Zukunft denke. Ich lebe jetzt, in diesem

Augenblick, ich bin hier, nun muss ich nur noch die ersten Kontakte knüpfen.

Die Kirche der deutschen Rom-Gemeinde liegt nur wenige Schritte entfernt. Ich mache mich auf den Weg dorthin und biege in eine kleine Gasse ein, ja, es sind wirklich nur wenige Schritte. Da ist die Kirche, Santa Maria del Anima, ich habe sie gleich entdeckt. Ich gehe hinein, es ist kurz nach acht, anscheinend hat bereits ein Frühgottesdienst stattgefunden, der Weihrauchduft ist noch sehr stark.

Ich setze mich in eine Bank und schaue mir alles an. Da bleibt mein Blick an der kleinen Chororgel neben dem Altar hängen. Es ist eine Orgel, wie man sie zur Begleitung des Gesangs der Gemeinde benutzt, es ist eine Gottesdienstorgel, in der Klosterkirche habe ich oft auf einer solchen Orgel gespielt. Ich kann die starke Anziehung, die von ihr ausgeht, nicht unterdrücken. Ich gehe hin und nehme an ihr Platz, ich beginne, auf ihr zu spielen, ich sitze an meinem ersten römischen Morgen in der Kirche Santa Maria del Anima und spiele die Orgel.

Nach wenigen Minuten erscheint ein Priester. Er unterbricht mich nicht, nein, er macht sogar ein Zeichen, dass ich zu Ende spielen soll. Ich spiele einen Choral von Johann Sebastian Bach, ich spiele den alten Choral *Jesu bleibet meine Freude*, es ist ein Stück, das ich immer wieder von großen Pianisten gehört habe, so etwa von Dinu Lipatti, der es am ergreifendsten in seinem letzten Konzert kurz vor seinem Tod gespielt hat.

Als ich den Choral beendet habe, stehe ich auf, gehe

auf den Geistlichen zu und spreche ihn auf Deutsch an. Ich erkläre ihm, wer ich bin und was mich in diese Kirche geführt hat. Der Geistliche spricht ebenfalls Deutsch, er gibt mir die Hand und fordert mich auf, ihn in die Räume des Konvents zu begleiten, die an die Kirche angeschlossen sind. *Sie spielen sehr gut,* sagt der Geistliche und geht etwas voran. Dann aber bleibt er mitten im Gehen stehen und dreht sich noch einmal nach mir um: *Hätten Sie Zeit und Lust, in unseren Frühgottesdiensten werktags diese Orgel zu spielen?*

Ich schaue ihn an, ich glaube, nicht richtig zu hören. Dann aber antworte ich: *Ja, ich habe Zeit und Lust, die habe ich natürlich auch. Wenn Sie wollen, kann ich schon morgen früh anfangen.*

37

ICH BIN Antonia wieder im Treppenhaus begegnet und habe sie gefragt, ob sie vor mir davonlaufe. Sie hat kurz und ein wenig erschrocken gelacht und geantwortet, die Sache lasse sich nicht im Treppenhaus besprechen, wir bräuchten dafür etwas Zeit. Wir sind beide in unsere Wohnungen gegangen und haben uns für den Mittag in einer kleinen Bar am Testaccio-Markt verabredet.

Ich war erleichtert, dass ich es geschafft hatte, sie auf ihr merkwürdiges Verhalten anzusprechen, und genau das sagte ich ihr als Erstes, als wir einander in der Bar gegenüberstanden. Sie ging aber auf meine Bemerkung nicht ein, sondern fragte mich, wie weit ich mit meinem Buchprojekt sei. Ich fragte sie, warum sie das wissen wolle, und sie antwortete, es interessiere sie zu wissen, ob ich Rom nach Beendigung meines Buchprojekts wieder verlassen werde.

Ich zögerte einen Moment mit meiner Antwort, dann aber sagte ich, ich hätte darüber noch nicht nachgedacht. Im Augenblick wäre ich ausschließlich mit dem Manuskript beschäftigt, alles Weitere werde sich dann ergeben. Jedenfalls hätte ich in meinem bisherigen Leben feststellen können, dass sich in Rom immer alles von allein ergebe, auf natürliche Weise oder einfach von selbst. Ich könne ihr viele solcher Geschichten erzählen, die wichtigsten Dinge hätten sich für mich in Rom ganz leicht und beinahe ohne mein Zutun ergeben.

Du kannst Dir also auch vorstellen, in Rom zu bleiben?, fragte Antonia, und ich antwortete, *aber ja, natürlich kann ich mir das vorstellen.* Da sagte sie, dass sie in letzter Zeit immer wieder darüber nachgedacht habe, wie ich mir die Zukunft ausmale. Wir seien drauf und dran, eine engere Freundschaft einzugehen, eine solche Freundschaft aber wolle sie nur, wenn ich nicht in wenigen Monaten schon wieder verschwinde. Das Verschwinden eines Mannes aus ihrer Nähe habe sie erst gerade überwunden, das genüge, ein zweites Mal wolle sie so etwas nicht erleben. Ich antwortete, dass ich das gut verstehe, mich jedoch noch nicht entschieden hätte. Ich wolle mich mit der Zukunft jetzt nicht beschäftigen, es sei aber alles möglich, und vieles spreche dafür, dass ich bliebe.

Gut, sagte Antonia, *wenn das so ist, bin ich beruhigt. Wenn*

Du nicht ausschließt, hier in Rom zu bleiben, ist ja noch alles offen. Hättest Du dagegen gesagt, dass Du vorhast, wieder nach Deutschland zurück zu reisen, hätte ich mich nicht mehr mit Dir getroffen, Du verstehst? – Ja, antwortete ich, *ich verstehe genau.* – *Dann hätten wir das endlich geklärt,* sagte Antonia. *Und jetzt erzähl mir eine Deiner Rom-Geschichten, wie alles hier einfach von alleine passiert, das möchte ich gern einmal hören, ich habe nämlich genau den gegenteiligen Eindruck, dass alles hier sehr mühsam ist und beinahe nichts ohne großen Aufwand und Mühen vorankommt.*

Ich überlegte einen Moment, ich hatte einen Einfall, und dann sagte ich, dass ich ihr solche Geschichten am liebsten *vor Ort* erzählen würde, also direkt dort, wo sie sich hier in Rom ereignet hätten. *Und wo haben sie sich zum Beispiel ereignet?,* fragte Antonia. – *Zum Beispiel in der Via Bergamo 43,* antwortete ich. – *Dann lass uns dort hingehen,* sagte Antonia, *dann lass uns in der Via Bergamo zu Abend essen.*

Genau so haben wir es dann auch an einem der folgenden Abende gemacht. Wir sind mit einem Taxi in die Nähe der Via Bergamo gefahren und zunächst in ihrer Umgebung spazierengegangen. Je länger wir gingen, umso aufgeregter wurde ich, schließlich hatte ich in dieser Gegend vor Jahrzehnten einmal gelebt.

Dann war es so weit, und ich bog mit Antonia in die Via Bergamo ein. Es handelt sich um eine schnurgerade, sonnige Wohnstraße mit vielen kleinen Geschäften, die direkt auf eine Markthalle zuläuft. Wir kamen zum Haus Nummer 43 und gingen durch einen Torbogen in den Innenhof. Die Palmen, in der Mitte ein Brunnen, die Front von geschlossenen, grünen Läden, alles war noch so, wie ich es in Erinnerung hatte.

Wir standen einen Moment still nebeneinander, als der Portiere auf uns zukam und sofort fragte, was wir hier suchten. Ich erklärte ihm, dass ich vor Jahrzehnten einmal im fünften Stock dieses Haus zur Untermiete gewohnt habe. Wir unterhielten uns eine Weile und gingen in Gedanken die Liste der ehemaligen und jetzigen Mieter durch, der Portiere war sehr freundlich und fragte mich zum Schluss, ob ich noch einmal mit dem Aufzug hinauf in den fünften Stock fahren wolle. *Ja, sehr gern,* antwortete ich, und dann begleitete er uns hinüber zum Aufzug, öffnete ihn und ließ uns einsteigen. Er schloss das Außengitter, ich zog die Tür zu, dann drückte ich auf einen Knopf. Antonia und ich – wir fuhren langsam hinauf in meine Vergangenheit.

Vor Jahrzehnten bin ich in genau diesem Aufzug am ersten Tag meines Rom-Aufenthalts in den fünften Stock gefahren, erzählte ich. *Ich hatte die Adresse am frühen Morgen im Pfarrbüro der deutschen Gemeinde bekommen, und als ich hier oben klingelte, stand mir eine ältere Frau gegenüber, die eine kleine Pension vor allem für angehende Priester betrieb. Sie ließ mich eintreten, und als ich fragte, ob sie ein kleines, einfaches, preiswertes Zimmer für mich habe, sagte sie, dass ein solches Zimmer seit gestern frei sei. Wie lange wollen Sie denn bleiben?, fragte sie. Eigentlich hatte ich vorgehabt, nur zwei oder drei Wochen in Rom zu bleiben, es sollte ein Ferienaufenthalt sein, doch schon nach den ersten wenigen Stunden in dieser Stadt hatte ich mich entschieden, länger zu bleiben. Eigentlich möchte ich ein paar Monate bleiben, sagte ich damals. Und dann erklärte ich ihr,*

dass ich vorhabe, mich um einen Studienplatz für eine pianisti-
sche Ausbildung am römischen Conservatorio zu bewerben. Ah,
Sie sind ein Pianist!, sagte die ältere Frau, wenn Sie ein Pia-
nist sind, bekommen Sie das Zimmer zu einem günstigen Preis,
ich habe nämlich eine Schwäche für Pianisten.

Der Aufzug kam im fünften Stock an, wir stiegen aus
und standen nun im hohen Flur direkt vor der Wohnungstür, vor der ich damals gestanden hatte. Ich ging
mit Antonia ein paar Schritte beiseite und zeigte ihr den
Blick, den man vom Flur aus in den stillen Innenhof hatte, wo der kleine Brunnen plätscherte.

Die Signora, die mich damals aufnahm, war eine wunderbare
Frau, erzählte ich weiter, *sie hat mir in den nächsten Wochen*
sehr geholfen. Schon am zweiten Tag meines Aufenthalts durfte
ich sie Signora Francesca nennen, sie hatte mich darum gebeten.
Signora Francesca war vor vielen Jahren aus Südtirol nach Rom
gekommen und hatte zunächst in einem Hotel und in einem Re-
staurant gearbeitet, danach hatte sie sich mit dieser Pension selb-
ständig gemacht. Die Priester, die bei ihr ein und aus gingen, er-
hielten ein gutes Frühstück und ein einfaches bequemes Zimmer.
So hatte sie ruhige Gäste und brauchte keinen allzu großen Auf-
wand zu betreiben. Als ich eine Woche hier wohnte, nahm ich
der Signora die Einkäufe in der Markthalle ab, und mit der Zeit
wurde ich zu ihrem Vertrauten. Frühmorgens, frühmorgens ...,
ich stand meist bereits gegen halb sechs auf, frühmorgens ...

Ich stockte, ich konnte nicht weitersprechen, die Erinnerungen waren plötzlich zu stark. Ich blickte weiter hinab in den Innenhof und sah, wie ich den Hof durchquerte
und mich mit dem früheren Portiere unterhielt. Er gab

mir die Post für die Pensionsgäste, und ich reichte ihm eine Packung der schwarzen Zigarren, die ich für ihn in einem nahen Tabakladen gekauft hatte.

Anfangs sprachen wir sehr langsam miteinander, damit ich jedes Wort mitbekam. Er war so geduldig mit mir, dass er mir manche Sätze sogar mehrmals vorsprach, damit ich sie Wort für Wort wiederholen konnte. Jeden Tag gab es so eine Viertelstunde Sprachunterricht, Lektion für Lektion. Darüber hinaus hielt er mich an, in die Zeitung zu schauen, denn Zeitunglesen hielt er für das beste Sprachtraining. Manchmal saßen wir an einem schattigen Platz im Innenhof und lasen zusammen ein paar Artikel und Nachrichten. Er las vor, und ich musste ihm nachsprechen. Was ich nicht verstand, erklärte er mir, er übersetzte das Italienisch der Zeitung in ein einfacheres Italienisch.

Entschuldige, Antonia, sagte ich, *die Erinnerungen an früher überfallen mich gerade.* — *Ich verstehe*, antwortete sie, *dann lasse ich Dich jetzt einmal ein paar Minuten allein. Ich gehe in das Restaurant schräg gegenüber, dort warte ich auf Dich, einverstanden?* — *Einverstanden*, sagte ich. Sie schaute mich kurz an, als müsste sie sich vergewissern, dass mit mir alles in Ordnung sei, dann ging sie zum Aufzug, drehte sich jedoch vor dem Einsteigen noch einmal um, kam die wenigen Schritte zurück und gab mir einen Kuss auf die Wange. *Es geht Dir doch gut?*, fragte sie, und ich antwortete: *Mach Dir keine Sorgen, es geht mir sehr gut.*

Als sie verschwunden war, lehnte ich mich auf die Brüstung des Umgangs, von dem aus man in den Innenhof schauen konnte. Dieser kleine, umgrenzte, geschützte Raum war zusammen mit meinem Zimmer im fünften Stock einmal mein Lebensraum gewesen. Viele Nächte hatte ich dort unten gesessen, mich mit dem Portiere und den Nachbarn unterhalten, Wein getrunken, Erzählungen aus der Nachbarschaft gehört und Tag für Tag etwas mehr Italienisch gelernt.

Vom ersten Tag an hatte man mich hier gut aufgenommen und nicht wie einen hergelaufenen Fremden, sondern wie einen wirklichen Freund behandelt. Ich hatte mit den Menschen, die hier gelebt hatten, oft zusammen gegessen, ich hatte viel von ihrem Leben erfahren, ja, ich war mit der Zeit eine feste Größe im Reigen ihrer Gespräche und Unterhaltungen geworden. Wie oft war ich an den Abenden beim Betreten dieses Innenhofes erkannt und mit einem *ecco, Giovanni, il pianista!* begrüßt worden. Sie hatten mich behandelt, als wäre ich nicht ein junger, unerfahrener Pianist, sondern eine Berühmtheit, ja eine Zelebrität von der Art Arturo Benedetti Michelangelis.

Natürlich war es ein Spiel gewesen, ein Stück Komödie, aber wie elegant und abwechslungsreich hatten wir die Szenen dieser Komödie immer wieder gespielt! Und wenn es nötig war, hatten wir daraus etwas Ernstes gemacht, wie etwa in dem Fall meiner Anmeldung für die Prüfung im Conservatorio. Paolo, der Portiere, hatte mich dorthin ins Büro begleitet und später die Aufnahmeanträge für mich ausgefüllt, er hatte sich um alles gekümmert, bis ich das genaue Datum der Prüfung gewusst hatte und alle Formalitäten geregelt waren.

Das Klirren von Geschirr. Der Gesang des Vogels, den man in einem Käfig nach draußen, auf einen Balkon, gestellt hatte. Das blaue Rechteck des Himmels über mir, monochrom wie ein Rechteck von Mondrian.

Frühmorgens …, frühmorgens war ich gegen halb sechs aufgestanden und hatte in der Bar, die sich gleich neben dem Hoftor befand, einen Cappuccino und ein Cornetto gefrühstückt. Dann war ich zu Fuß hinab ins historische Zentrum gegangen, durch den großen Park der Villa Borghese bis zur Aussichtsterrasse des Pincio. Ich hatte Goethes römische Wohnung passiert und wenig später die Kirche der deutschen Gemeinde erreicht, um sieben Uhr hatte der Frühgottesdienst begonnen, in dem ich die Chororgel gespielt hatte.

Gegen acht Uhr war ich dann ein freier Mensch gewesen, bis zu den frühen Nachmittagsstunden, in denen allen Studenten die Überäume im Conservatorio zur Verfügung standen. Ich hatte drei, vier Stunden geübt, das war mir aber auf die Dauer zu wenig gewesen, so dass ich mich nach einer weiteren Möglichkeit zum Üben umgeschaut hatte. Im Konvent der deutschen Gemeinde hatte ich schließlich einen Flügel entdeckt, es war ein alter *Bösendorfer* gewesen, auf ihm hatte ich dann manchmal an den Morgenden noch einmal zwei bis drei Stunden geübt.

Und? Und was?! Und was noch?! An die wichtigste, stärkste Erinnerung wollte ich einfach nicht denken, obwohl sie es doch gewesen war, die mich gerade im Gespräch mit Antonia so durcheinandergebracht hatte. Clara also ..., die Erinnerungen an Clara ...

Am zweiten Abend meines Aufenthalts war ich unten, in diesem Innenhof, einer jungen Frau begegnet, die mich begrüßt und davon erzählt hatte, dass sie die Nichte von Signora Francesca sei. Sie hatte mich aufgefordert, mit ihr einen Caffè zu trinken, und dann waren wir in die kleine Bar nebenan gegangen und hatten uns zwei, drei Stunden unterhalten.

Clara studierte Geschichte und Italienische Literatur, sie war Südtirolerin wie Signora Francesca auch, wohnte jedoch nicht in der Pension ihrer Tante, weil sie von ihr angeblich noch strenger als eine Tochter behandelt wurde. Deshalb hatte sie sich ein Zimmer in der Nähe genommen, kam die Tante aber alle paar Tage besuchen.

Ich hatte mich mit Clara vom ersten Moment an sehr gut verstanden, wäre aber nie auf die Idee gekommen, sie als etwas anderes als eine gute Freundin zu betrachten. Fast täglich war ich ihr irgendwo in der Nähe dieses Hauses begegnet, und meist hatten wir etwas zusammen getrunken und uns über Rom und die Leute in der Nachbarschaft unterhalten.

Ich hatte ihr von meiner Vorliebe für das Kino erzählt, und so waren wir schließlich auch in das kleine Kino am Campo dei Fiori gegangen, in dem es auch viele der älteren Filme aus den sechziger Jahren noch einmal zu sehen gab. Die Kinobesuche waren der Anfang unserer gemeinsamen Unternehmungen gewesen, später waren wir zu Lesungen und Konzerten gegangen, ich hatte Clara davon überzeugen können, sich alle nur erdenkliche Musik anzuhören, ja, ich hatte es so gemacht wie jetzt mit Marietta und war mit ihr in die Jazz-Keller Trasteveres ebenso gegangen wie in die Abend-Vespern von Santa Maria in Domnica.

Clara und ich – wir waren beinahe gleich groß, und wenn Menschen, die uns noch nicht kannten, mit uns sprachen, hielten sie uns zwar nicht für Geschwister, wohl aber für Verwandte. Etwas Verwandtschaftliches, ja, das gab es von Anfang an zwischen uns, wir hatten sehr ähnliche Interessen, wir liebten Musik und Literatur, liefen gerne stundenlang durch die Stadt und waren zusammen so ausgelassen, wie es keiner von uns jemals war, wenn er allein durch die Stadt ging.

Ich glaube, wir waren beide von Rom völlig verzaubert, wir sprachen darüber nicht, natürlich nicht, aber ich denke, unsere Begeisterung hatte damit zu tun, dass wir beide in kleinen Schutzzonen und beinahe geschlossenen Räumen aufgewachsen waren, sie in einem kleinen Dorf in Südtirol nahe Brixen, und ich auf einer Insel in Köln und in einer Eremiten-Klause auf einem westerwäldischen Waldgrundstück.

Beide lebten wir zum ersten Mal in einer Stadt weit von unserer Heimat entfernt, wir betrachteten sie als ein Terrain, das wir erobern wollten, wir wollten es besser kennenlernen als jeder Römer es kannte, ja, wir wollten ihm unsere Liebe beweisen, indem wir diesen Stadtkörper tagelang auf der Suche nach den schönsten und entlegensten Plätzen durchstreiften ...

Ich hatte Antonia lange genug warten lassen, ich musste wieder hinab. Und so riss ich mich vom Anblick des Innenhofs mit den hohen, grünen Palmen los, betrat den Aufzug und fuhr in die Tiefe. Als ich das Haus verließ, gab mir der Portiere die Hand. *Kommen Sie wieder, Signore,* sagte er, und ich dachte einen Moment: *Ja, warum eigentlich nicht? Warum nicht noch einmal in diesem Innenhof sitzen, um ein Glas Wein zu trinken, warum nicht? Vielleicht kommt noch einer der Nachbarn von früher vorbei und erkennt mich an der Stimme! Vielleicht …, ach nun lass, lass das Vergangene vergangen sein, Antonia wartet auf Dich!*

Sie saß in dem Restaurant schräg gegenüber nahe der Tür und schaute mich wieder so an, als müsste sie sich Sorgen machen. *Es ist alles in Ordnung,* sagte ich wieder und musste lachen, als ich ihren misstrauischen Blick sah. Ich setzte mich neben sie, der Kellner kam zu uns, aber wir ließen uns mit der Bestellung noch etwas Zeit, um erst in Ruhe ein Glas Wein trinken zu können.

Der Raum um dieses fünfstöckige Wohnhaus schräg gegenüber war einmal so etwas wie meine Heimat, sagte ich, *nach einiger Zeit habe ich sogar nicht mehr ausgeschlossen, mein ganzes Leben in Rom zu verbringen. Stell Dir das vor, ich war achtzehn Jahre alt und hatte noch eine sehr enge Bindung an meine Eltern. Ich war ihr einziges Kind, ich war ihr fünfter …, nein, das wollte ich doch jetzt nicht sagen, ich war ihr einziges Kind, und sie hingen in einer geradezu verzehrenden Weise an mir. Und dann reist dieses einzige Kind zum ersten Mal ins Ausland und meldet sich nach drei Tagen von dort mit der Nachricht, ein paar Monate dort bleiben und eine Aufnahmeprüfung am Con-*

servatorio ablegen zu wollen. – Und, hast Du diese Prüfung dann wirklich abgelegt?, fragte Antonia. – *Paolo, der frühere Portiere des Hauses schräg gegenüber, hat mir damals geholfen. Gemeinsam mit ihm habe ich die vielen Formulare ausgefüllt und die notwendigen Unterlagen beschafft. Ich hatte zweieinhalb Monate Zeit, mich auf die Prüfung vorzubereiten. Drei Stücke von insgesamt einer Stunde musste ich spielen, es konnten darunter aber auch einzelne Sätze von größeren Kompositionen sein.*

– *Und wie war es, am Tag Deiner Prüfung? Warst Du nervös?* – *Nein, ich war überhaupt nicht nervös, ich bin vor öffentlichen Auftritten niemals nervös gewesen, das hat damit zu tun, dass ich als Kind ..., aber lassen wir das, das tut jetzt nichts zur Sache. Ich bin jedenfalls am frühen Morgen von hier aus mit dem Taxi zum Conservatorio gefahren, Paolo, der Portiere, hatte das Taxi bestellt und mir einen Anzug geliehen.*

Ich saß im Fond dieses römischen Taxis, trug einen schwarzen Portiersanzug und dachte: Jetzt geht es um Leben oder Tod! Mein Gott, ich dachte das wirklich, genau so: Es geht um Leben oder Tod! – *Aber wenn es doch um Leben oder Tod ging, musst Du doch nervös gewesen sein.* – *Nein, nervös war ich nicht, ich war vollkommen ruhig, fühlte mich aber eiskalt, Deine Hände sind ja eiskalt, sagte damals Clara zu mir.* – *Clara? Welche Clara?* – *Ach, Clara war eine Nichte von Signora Francesca, sie saß damals auch im Taxi und begleitete mich zur Prüfung.* – *War sie Deine Freundin?* – *Ja, sie war eine gute Freundin.* – *Wart Ihr ineinander verliebt?* – *Nein, wir waren damals wohl nicht ineinander verliebt, wir waren gute Freunde, das war alles.* – *Und weiter?*

– *Im Conservatorio musste man sich im Büro anmelden, man bekam eine Nummer und anhand der Nummer war dann klar,*

wann man vorzuspielen hatte. − *Weißt Du noch, wann Du vorspielen musstest?* − *Ich musste um 11.20 Uhr vorspielen, ich
weiß es noch genau.* − *Und was hast Du bis 11.20 Uhr getan?* −
*Ich habe mich von den beiden anderen getrennt und bin hinüber
zum Tiber gegangen. Ich habe mich an den Tiber gesetzt und
mich zu konzentrieren versucht. Und ich hatte dauernd diesen
Satz im Kopf: Es geht um Leben und Tod, ich wurde den Satz
einfach nicht los.* − *Und weiter? Was passierte um 11.20 Uhr?*

− *Ich musste vor dem Konzertsaal des Conservatorio warten, bis
ich hereingerufen wurde. An der Querwand saßen die Juroren,
viele Juroren, ich konnte gar nicht genau übersehen, wie viele
es eigentlich waren. Der Vorsitzende sprach mich an und fragte
nach dem ersten Stück, das ich vortragen wollte. Ich sagte ihm,
dass ich den ersten Satz der C-Dur-Fantasie von Robert Schumann spielen werde, er nickte, fragte dann aber, wie es um meine
Italienisch-Kenntnisse stehe.*

*Ich antwortete ihm, dass ich erst seit etwas mehr als zwei
Monaten in Italien sei und mich seither bemühe, Italienisch zu
lernen. Er lächelte und schaute weiter überlegen lächelnd zur
Seite, zu den anderen Juroren. Einen Moment dachte ich, dass
sie mich wegen meiner schlechten Italienisch-Kenntnisse nicht
nehmen könnten, ich hatte damit nicht gerechnet, deshalb fragte
ich noch einmal eigens nach, ob meine zugegeben schlechten Italienisch-Kenntnisse der Grund dafür sein könnten, dass ich nicht
aufgenommen würde.*

*Da wurde der Vorsitzende der Jury leicht unwillig und sagte:
Wir sind nicht zum Reden hier, sondern um zu hören, wie Sie
spielen! Das, ha!, das brauchte er gerade mir nicht zweimal zu
sagen, nicht zum Reden, sondern zum Spielen sind wir hier, das
hörte ich gern, das war ja geradezu ein Leben lang mein Grund-*

satz gewesen, mein Leben lang, seit ich als Kind begonnen hatte, das Klavierspiel zu lernen …, aber lassen wir das.

Ich setzte mich also an den Flügel und begann zu spielen, doch schon nach wenigen Minuten wurde ich unterbrochen. Bravo, sagte der Vorsitzende, bravissimo, es reicht bereits, Sie spielen erstaunlich! Er fragte mich nach meinen Lehrern, und ich erzählte von Walter Fornemann, den er glücklicherweise kannte. Das Mussorgskij-Buch von Walter Fornemann ist gerade im Italienischen erschienen, sagte er. Ich nickte und lächelte verkrampft, denn ich hatte das Mussorgskij-Buch von Walter Fornemann natürlich noch gar nicht zur Kenntnis genommen. Als Reizwort und Signal aber passte »Mussorgskij« geradezu ideal, denn eine Komposition von Mussorgskij war zufällig die zweite, die ich spielen wollte.

Der Vorsitzende wirkte beinahe betört, als ich das sagte und er sich an die Runde der anderen Juroren wenden konnte: Unser junger Freund spielt jetzt noch etwas von Mussorgskij, aus den »Bildern einer Ausstellung«. Ich legte wieder los, und wieder unterbrach er mich nach wenigen Minuten. Es ist gut, sagte er, Sie brauchen nicht weiterzuspielen. Wir nehmen Sie auf, ich brauche meine verehrten Kollegen gar nicht weiter zu fragen, ob sie einverstanden sind, wir nehmen Sie auf.

Ich dankte ihm und verbeugte mich. Da sagte er noch: Was ist das für ein Totengräber-Anzug, den Sie da tragen? Ich antwortete, es sei der Anzug eines Portiere. Da aber begannen alle zu lachen, der ganze Kreis der Juroren lachte plötzlich, und auch ich musste lachen. Machen Sie sich einen schönen Tag, junger Freund, sagte der Vorsitzende, reckte sich dann aber noch einmal vor: Einen Moment noch, ziehen Sie Ihre Anzugjacke aus, legen Sie die Jacke zur Seite und geben Sie noch eine Zugabe, spielen Sie zum Abschluss noch ein Etude von Chopin.

In dem Augenblick, als er das sagte, drohte noch einmal alles zu kippen. Ich spürte es genau, ich hatte plötzlich ein mulmiges, dumpfes Gefühl: Jetzt kippt doch noch alles, dachte ich, jetzt wird Dir Chopin zum Verhängnis. – Aber wieso denn?, fragte Antonia, *warum hätte Dir ausgerechnet Chopin zum Verhängnis werden können? – Weil ich seit der Kindheit ausgerechnet mit Chopin nicht zurechtkam,* antwortete ich, *weil … Chopin und ich keine gute Verbindung ergaben. – Und wie hast Du das Problem dann gelöst? – Indem ich darum bat, etwas anderes spielen zu dürfen, ja, ich bat darum, ein Stück aus dem Zweiten Teil der »Années de pelèrinage« von Franz Liszt spielen zu dürfen. Ecco!, sagte der Vorsitzende, sehr erstaunt, ja, genau, ich glaube ihn noch zu hören, wie er dieses Ecco! sagt und mich dann fragt, ob ich ein Stück aus dem Zweiten Teil der »Années de Pelèrinage« spielen wolle, weil dieser Zweite Teil von Liszts Komposition eine Hommage an Italien sei. Genau deshalb möchte ich dieses Stück spielen, antwortete ich. Also ebenfalls als eine Hommage an Italien?, fragte der Vorsitzende, und ich antwortete, als eine Annäherung an Italien …*

Danach gab er auf und sagte nichts mehr, er erhob sich, kam hinüber zu meinem Flügel und stellte sich neben mich. Er legte mir die Hand auf die rechte Schulter und sagte zu seinen Kollegen: Unser junger deutscher Freund spielt uns zuliebe jetzt einen Teil aus den Italien-Partien der »Années de pelèrinage«. Es war ein feierlicher, großer Moment, denn nachdem er das gesagt hatte, stand plötzlich die gesamte Jury auf, als hätte ich angekündigt, die italienische Nationalhymne zu spielen.

Vorsichtshalber behielt ich die Anzugjacke an, setzte mich wieder und spielte fast eine halbe Stunde aus den »Années de pelèrinage«. Danach gab es großen Beifall, und jeder der Juroren reichte mir die Hand. Ich war aufgenommen, ich hatte es geschafft.

— Und wie war es danach? Was passierte in den Minuten danach? — Ich verließ den Konzertsaal, ging eine breite Treppe hinab und stand dann einen Moment allein im Treppenhaus des Conservatorio. Mir war etwas schwindlig, ich klammerte mich an das Geländer und schaute durch die ovalen Fensterluken nach draußen. Dort draußen war aber nichts als eine Flucht ziehender Wolken zu sehen, es waren leicht gelblich getönte Wolken vor einem matten, hellblauen Grund. Als ich diese eilig ziehenden Wolken sah, dachte ich plötzlich, dass sie so etwas wie mein Glück und mein Leben symbolisierten, ja, ich brachte diese Wolken wirklich mit meinem Leben in Verbindung. Ich hatte das Gefühl, mir könne nie mehr etwas Schlimmes passieren, ja ich glaubte wirklich, ich sei für immer gerettet.

— Aber was hätte Dir denn passieren können? Und wovor fühltest Du Dich gerettet? — Mir passieren?! Was mir hätte passieren können? Na, das ist doch klar, ich hätte, ich hätte ..., wenn ich diese Prüfung nicht bestanden hätte ..., wenn das schief gegangen wäre ..., ich ..., nein, Antonia, lassen wir das, diese Überlegungen führen zurück bis in meine Kindheit, ich möchte aber nicht von meiner Kindheit erzählen, nicht heute, nicht hier.

— Du machst immer wieder einen Bogen um Deine Kindheit, was war denn mit Deiner Kindheit? — Ich mache heute Abend einen Bogen um meine Kindheit, Antonia, da hast Du recht. Ich habe aber in den letzten Monaten durchaus keinen Bogen um meine Kindheit gemacht, ich habe vielmehr nichts anderes

getan, als mir diese Kindheit zu vergegenwärtigen und von ihr zu erzählen. – Dein Buch handelt von Deiner Kindheit? – Ja, von meiner Kindheit und den ersten beiden Jahrzehnten meines Lebens. – Du möchtest jetzt nicht darauf angesprochen werden, habe ich recht? – Ich werde Dir, wenn Du magst, davon erzählen, aber hier und heute möchte ich von etwas anderem sprechen. – Von der Leichtigkeit, in Rom zu leben und zu bestehen? – Genau, von der Leichtigkeit, in Rom anzukommen und sich in dieser Stadt einzuleben! Glaubst Du mir jetzt, dass es in Rom so etwas wie Leichtigkeit gibt?

– Ich glaube, dass Du Glück gehabt hast, Johannes! Du hast ein geradezu unverschämtes Glück gehabt: Am ersten Tag Deines Aufenthalts hast Du eine Wohnung, eine Gönnerin und Freunde gefunden, und zwei Monate später ist ein Lebenstraum von Dir in Erfüllung gegangen. Und wenn Du mir jetzt noch sagst, dass Du Dich später in Clara verliebt hast und sie sich am Ende auch noch in Dich, dann zweifle ich an der himmlischen Gerechtigkeit.

– Es war aber himmlische Gerechtigkeit, sagte ich, es war nichts anderes als himmlische Gerechtigkeit. – Was meinst Du damit, Johannes? – Dass ich plötzlich so viel Glück hatte und dass alles so leicht gelang, das, Antonia, war himmlische Gerechtigkeit, Du ahnst gar nicht, wie viel himmlische Gerechtigkeit da im Spiel war. – Ich verstehe Dich nicht, Johannes, warum beharrst Du so darauf? – Ich erkläre es Dir später einmal, Antonia, hier und jetzt aber nicht. – Du bist ein Geheimniskrämer. – Nein, das bin ich nicht. – Dann sag mir aber wenigstens noch, ob Clara und Du …, ob ihr in Rom wirklich ein Paar geworden seid. – Ob Clara und ich? Clara und ich – ja, wir sind in Rom noch ein Paar geworden, damals, als ich …, ach, lassen wir das.

Es war mir etwas peinlich, davon nicht erzählen zu können, aber ich bemerkte, dass ich bisher noch niemandem davon erzählt hatte, wie Clara und ich ein Paar geworden waren. Hier in Rom hatten alle nach einer Weile gewusst, dass wir ein Paar geworden waren, aber in Deutschland habe ich später keinem einzigen Menschen von Clara erzählt, meinen Eltern nicht und meinen wenigen Freunden und Bekannten sowieso nicht. Clara war meine römische Freundin gewesen, ja, das war sie gewesen, aber sie war einzig und allein das und nichts anderes gewesen, sie war keine Figur für eine Geschichte oder eine Erzählung, nein, das war sie eben nicht gewesen.

Einen Moment spürte ich eine seltsame Hitze und Erregtheit, deshalb ging ich hinaus auf die Toilette, um etwas Wasser zu trinken. Ich drehte den Wasserhahn auf und ließ das Wasser in meine hohle, rechte Hand laufen, dann trank ich, mehrmals, immer wieder, um mir danach mit etwas Wasser durch das Gesicht zu fahren. Dann ging ich zurück.

Ich lade Dich jetzt zum Essen ein, sagte Antonia, *ist es Dir recht, wenn ich die Bestellung übernehme? — Natürlich ist es mir recht*, antwortete ich, *ich freue mich und bin gespannt.* Antonia rührte aber die Speisekarte nicht an, sondern gab nur dem Kellner ein Zeichen. Sie bestellte *antipasti*, ausschließlich Gemüse, danach sollte es Fisch geben, die Weinbestellung übernahm sie gleich mit. *Ich habe noch nie mit einer Frau zusammen gegessen, die nicht nur das Essen, sondern auch gleich den Wein bestellt hat*, sagte ich. — *Wir feiern, dass Du diesmal nicht mehr nach Deutschland zurückfährst, so wie damals*, sagte Antonia. – *Was sagst Du da?*, fragte ich und erstarrte. – *Wir feiern, dass Du diesmal in Rom bleibst*, sagte Antonia, *genau das feiern wir, hier und jetzt.*

Ich schaute auf, *hier und jetzt*, richtig, wir befanden uns …– ja, wo eigentlich? Wir befanden uns in einem *Hier und Jetzt*. War dieses *Hier und Jetzt* das *Hier und Jetzt* meiner Erzählung, oder war es das *Hier und Jetzt* meines Lebens? *Ich bin etwas durcheinander, Antonia*, sagte ich, *ich bin mit diesem Hier und Jetzt durcheinandergeraten.* – *Das macht nichts*, sagte Antonia, *dann erklären wir das Hier und Jetzt einfach zu meinem Hier und Jetzt. Ich nämlich sitze hier, neben Dir, hier und jetzt, ich bin ab hier und jetzt Deine, wenn ich richtig rechne, zweite römische Freundin. Das bin ich doch? Sag, bin ich das?* – *Ja*, sagte ich, *das bist Du auf jeden Fall, da gibt es kein Durcheinander, Du bist meine zweite römische Freundin …*

Jetzt, ja. Ich verlasse jetzt das Conservatorio, ich schaue auf die Uhr, es ist 12.30 Uhr. Draußen, in der Bar gegenüber, warten Paolo und Clara auf mich. Als ich die Bar betrete, stehen sie an der Theke und trinken beide ein Glas Mineralwasser. Ich blicke auf dieses Mineralwasser, gehe auf sie zu und sage: Ihr trinkt Mineralwasser? Wir trinken jetzt einen Spumante!

In diesem Moment wissen sie, dass ich es geschafft habe. Ich aber stehe herum und fühle mich so erschöpft und schwach wie seit Langem nicht mehr. Aber da ist Paolo, und Paolo umarmt mich länger als eine Minute, wischt sich unbeholfen ein paar Tränen aus den Augenwinkeln und sagt, dass er im Stillen für mich gebetet habe. Und da ist natürlich auch Clara, die zu mir kommt, meinen Kopf in beide Hände nimmt und mir einen Kuss gibt. Sie küsst mich aber nicht wie sonst, flüchtig und eher nebenbei auf die Wange, nein, Clara steht mir gegenüber, hält meinen Kopf und küsst mich auf den Mund.

Plötzlich ist alles ganz anders als zuvor. Es ist, als wäre dieser Kuss das Signal für unsere Liebe, ja, wahrhaftig, genau so empfinde ich es in diesem Moment, und genau so habe ich es später immer wieder empfunden. Ich stehe in der kleinen Bar, umarme Clara und denke, als wäre mir gerade blitzartig diese Erkenntnis gekommen: Ich bin verliebt, zum ersten Mal in meinem Leben bin ich verliebt! Eine winzige Drehung in unserer Freundschaft hat bewirkt, dass ich verliebt bin, eine kleine, winzige Drehung oder Umschichtung oder Potenzierung unserer Gefühle hat meine Verliebtheit bewirkt. Von einer Sekunde auf die andere ist es geschehen, in einem seltenen, glücklichen Moment, in einem Moment, in dem wir uns so berühren und so zusammenfinden, wie wir uns zuvor vielleicht immer hatten berühren wollen.

Ich bin aber nicht allein mit diesem Gefühl, nein, ich schaue Clara an, und ich sehe genau, dass sie in diesem seltenen, einzigartigen Moment dasselbe empfindet. Ich erkenne es an ihrem Strahlen, ich erkenne es daran, dass sie kein Wort sagt, mich anstrahlt und nicht aufhören kann, mich zu küssen. Immer wieder von Neuem fliegen unsere Münder aufeinander zu, immer wieder suchen sie die Berührung, es hört gar nicht auf, nein, wir können nicht aufhören, es ist, als hätte uns eine seltsame Sucht befallen, heftig und gewaltig. Wir nehmen die Umgebung nicht mehr wahr, wir sind völlig vernarrt in dieses unermüdliche Küssen und Einander-Berühren, die Empfindung ist so stark und so erotisierend, dass es beinahe nicht zum Aushalten ist.

Am liebsten würde ich mich sogar auf der Stelle entkleiden, und am liebsten würde ich Clara entkleiden, dieser plötzliche, irre Gedanke steckt von diesem Moment an in meinem Kopf. Dazustehen und sich zu küssen, das genügt einfach nicht mehr, vor allem genügt es aber nicht, sich in dieser viel zu kleinen und engen Bar zu küssen, und vor allem geht es nicht an, sich in Paolos Nähe zu küssen, denn Paolo weiß natürlich längst nicht mehr, wohin er noch schauen soll, um den Anblick der beiden sich Küssenden zu vermeiden.

Letztlich ist Paolos Anwesenheit aber der Grund dafür, dass Clara und ich den Absprung schaffen, denn Paolo hat inzwischen eine Flasche Spumante und dazu mehrere Gläser bestellt, und dann trinken wir nicht nur zu dritt, sondern laden auch noch die anderen Anwesenden ein, mit uns ein Glas Spumante zu leeren. Auch während wir trinken, können wir aber nicht voneinander lassen, nein, Clara und ich, wir halten uns weiter an den Händen, und als die Gläser leer sind, rücken wir noch enger zusammen und küssen uns wieder, denn es hat uns so gepackt, dass wir gar nicht mehr anders können.

Paolo macht sich dann zurück auf den Heimweg, wir aber denken nicht daran, jetzt zurück in die Via Bergamo zu gehen, wir wissen nicht, was wir als Nächstes tun werden, wir spüren nur, dass wir jetzt nicht mehr unserem Verstand gehorchen, sondern alle Vernunft abgegeben haben an unsere Körper, die völlig selbständig ticken und nichts anderes begehren als eine möglichst ununterbrochene, intensive, ja gar nicht mehr aufhörende Nähe.

Wir verlassen die Bar und stehen im hellsten römischen Mittagslicht, ich frage Clara, ob ich sie zum Essen einladen solle, aber wir wissen beide, dass das nicht das Richtige ist, nein, wir passen doch jetzt nicht an einen Mittagstisch, wir haben ja gar nicht die Geduld für ein Mittagessen und für ein ruhiges Sitzen und für all diesen zivilisierten Genuss, im Grunde wollen wir nichts anderes als uns bewegen, unterwegs sein, Hand in Hand durch die römischen Straßen oder besser noch durch die römischen Parks laufen, wir wollen unterwegs sein, um einen Platz für uns beide zu finden, wir suchen einen abgelegenen Platz, wo wir allein sind und jedem Anblick entgehen, das genau suchen wir jetzt.

Zum Glück aber hat Clara die gute Idee, etwas gegen unseren Hunger und gegen den Durst zu tun, deshalb fallen wir vor unserer Suche noch in einem Lebensmittelgeschäft in einer Seitenstraße des mächtigen Corso ein, es gibt dort alles, was wir brauchen, etwas Brot, Mortadella und Käse, Mineralwasser und Weißwein, das passt alles in eine leichte, handliche *Busta*, vielen Dank für die *Busta*, sage ich auf Italienisch zu dem Händler, weil mir das Wort *busta* so gut gefällt, denn *busta* ist natürlich schöner als *Tasche* oder gar *Tüte*.

Mit der gefüllten Busta in der linken und Clara an der rechten Hand steige ich dann hinauf zur Aussichtsterrasse des Pincio, dort oben beginnt das grüne Parkgelände der Villa Borghese, wir schlüpfen hinein in das schattige Grün der großen Steineichen, Zypressen und Pinien, die Stadtgeräusche treten allmählich zurück, das schrille Zirpen der Grillen beginnt in den Zonen des von der Sonne strohblond gebleichten Grases, wir sind unterwegs, bleiben aber zwischendurch immer wieder lange stehen, um uns zu küssen, einmal kollert die Busta während dieser Küsse einen kleinen Hang hinunter und die Lebensmittel verstreuen sich an seinem Auslauf zu einem pittoresken hellgrünen Bild wie von Warhol.

Zum Glück ist es so heiß, dass kaum Spaziergänger unterwegs sind, jetzt, in den Stunden zwischen 13 und 17 Uhr, döst die Ewige Stadt vor sich hin und hält ihre Bewohner unter Tausenden von Ventilatoren gefangen, Paolo hat gesagt, der Mittagsschlaf sei der eigentliche römische Tiefschlaf, nachts dagegen schliefen die Römer nicht tief, sondern eher nervös, in steter Erwartung des frühen Morgenlichts. Clara und ich, wir suchen aber nicht wirklich nach einem Ort, wo uns niemand beobachten kann, wir bewegen uns vielmehr weiter, obwohl es solche Orte für das Alleinsein doch überall gibt.

Ich weiß aber genau, warum wir noch nicht haltmachen, wir fliehen noch ein wenig vor dem, was ganz unausweichlich geschehen wird, wir laufen gegen unseren eigentlichen Willen noch etwas davon. Keiner von uns beiden sagt noch etwas, aber ununterbrochen rotiert in unseren Köpfen jetzt eine kleine Phantasie- und Erwar-

tungs-Maschine: Wie wird das sein, vor dem wir davon-
laufen? Was genau wird jetzt geschehen?

Dann aber sind wir so erschöpft, dass es nicht mehr weiter geht, wir machen im dunklen Schatten von Steineichen halt und tun dann noch einen Moment so, als
wollten wir wirklich die Lebensmittel Stück für Stück
aus der Busta auspacken. Clara beginnt jedenfalls damit,
aber es wird mir zu viel, mein Gott, ich habe nicht den
geringsten Hunger, nein, und dann gebe ich Clara das erwartete Zeichen, indem ich mit der Hand kurz über ihren Rücken streiche, so dass sie sich sofort zu mir um-
wendet und wir uns wieder zu küssen beginnen, immer
wieder von Neuem, aber jetzt in dieser schattigen, küh-
lenden Glocke des kleinen Wäldchens, wo wir den weichen, duftenden Boden ganz für uns haben.

Mit diesen erneuten Küssen ist aber alles vergessen, was
sich gerade ereignet hat, unser Einkauf, unser Weg, alles
ist ausradiert und bereits aus dem Gedächtnis getilgt, was
wir jetzt wahrnehmen ist nichts als die unglaublich er-
leichternde Anknüpfung an unsere Küsse in der Bar nahe
dem Conservatorio. In all unseren Bewegungen ist diese
Erleichterung, wir denken jetzt an nichts anderes mehr,
wir überlassen uns ganz diesem Empfinden, dem Gefühl,
dass die Körper alles von selbst wissen, alles von allein,
ja, die Körper haben ein geradezu phantastisches Repertoire an kleinen Gesten und Annäherungen, das mit dem
teilweisen Entkleiden beginnt, mit dem Ausziehen meines weißen, gestärkten Hemdes und mit dem raschen
Über-den-Kopf-Streifen des roten Shirts, das Clara trägt.

Die Nacktheit unserer Oberkörper verschwindet aber im Schatten der Bäume, sie wirkt nicht auffällig oder fremd, nein, ganz im Gegenteil, die Nacktheit der leicht gebräunten, aber noch nicht dunklen Haut wirkt wie genau die richtige, passende Ergänzung zum dunklen Steineichengrün, ich bekomme diese Harmonie gerade noch mit, es schaut aus wie ein Farbspiel auf einem impressionistischen *Picknick im Grünen*, dann aber sehe ich nichts mehr von all diesen Spielereien, denn ich spüre nur noch, wie die beiden nackten Oberkörper unter der gegenseitigen Berührung einen Moment erschauern und sich dann kaum noch bewegen, es ist der pure Genuss, die Urform des Genusses, denke ich noch, alle anderen Genüsse leiten sich her von diesem hinreißend schönen Erleben, dem Erleben der totalen Berührung eines anderen nackten Körpers, dem Erleben dieses Schocks, der Erstarrung, dem Einatmen und Einsaugen des Fremden, das so erleichternd nah und vertraut ist, ja, absolut fremd und absolut nah, beides zusammen in ein und demselben Moment.

Ich glaube, wir haben unendlich lange Zeit so beisammen gelegen, die Oberkörper dicht aneinander geschmiegt, nur noch vertieft in Orgien von Küssen, ja, wir haben das alles sehr lange genossen, bis wir nahe genug an der Klippe standen, sehr nahe, kurz vor dem Absprung, und als es denn so weit war, haben wir es in Windeseile beinahe zugleich geschafft, auch die anderen Kleidungsstücke noch loszuwerden, weg damit, und sofort spürten wir, dass jetzt die Erfüllung unserer lange gehegten Erwartung begann, das vollkommene Ineins der beiden

Körper, so selbstverständlich leicht und so schön, als wären sie nur dafür bestimmt.

Genau das aber dachte ich wirklich, eigentlich ist der Körper nur dafür bestimmt, dachte ich und war in diesem Moment über die Maßen glücklich, dass ich so etwas erfahren und herausbekommen hatte. Ich, ausgerechnet ich, der ich nie daran geglaubt oder gar darauf gehofft hatte, so etwas wie *Die Liebe* einmal zu erleben, ich erlebte das alles jetzt, und ich erlebte es als eine *Sensation*, ja, genau als das erlebte ich es, ich erlebte *Die Liebe* wie ein Ereignis, mit dem ich nie gerechnet hatte und das ich mir nie hätte ausmalen können. Als unerwartetes, ja geradezu blitzhaft eingetretenes Ereignis überstieg es meine Vorstellungen und Gedanken. Nicht einmal daran zu denken, hatte ich ja bisher gewagt, und es war gut gewesen, dass ich daran erst gar nicht gedacht hatte, denn ich hätte meine Zeit nur mit unsinnigen Grübeleien verschwendet, nichts geahnt oder erspürt. *Die Liebe* als Erlebnis ließ alles hinter sich, was ich mir hätte träumen können …

All diese Empfindungen erschienen mir aber wie ein rasanter Traum von nur ein paar Sekunden, während ich neben Antonia ein Glas Weißwein aus den *Castelli Romani* leerte, eine winzige, flüchtige Berührung von Antonias Seite hatte zu meinen Träumereien geführt, eine Berührung, die von ihrem nackten Unterarm nach jenem Moment ausgegangen war, als sie ihre Jacke abgestreift und mir übergeben hatte, damit ich sie über ihre Stuhllehne hängte.

Genau das tat ich, doch als ich mit dem eigenen nackten Unterarm eine Bewegung von dieser Lehne zurück an den eigenen Platz machte, streiften sich unsere Arme zufällig. Es war wirklich nur eine sehr flüchtige, momentane Berührung von einigen Zehntelsekunden, doch diese Berührung genügte, um den rasanten Traum auszulösen, denn plötzlich spürte ich die alte, vertraute Empfindung, eine Mischung aus starker Wollust und verhaltener, noch kontrollierter Gier, eine starke Sehnsucht, ein extremes Verlangen.

Ich wusste nicht, ob es Antonia ähnlich erging, ich sagte jedenfalls nichts, war aber erstaunt, dass sie mich nach einem kurzen, stummen Moment plötzlich fragte, ob ich wirklich Liebesromane schriebe. *Wie kommst Du denn darauf?*, fragte ich, und sie antwortete, sie habe sich in der Buchhandlung im Parterre unseres Wohnhauses nach den Büchern, die ich bisher geschrieben hätte, erkundigt. Zuletzt hätte ich anscheinend ausschließlich Liebesromane geschrieben, zwei oder sogar drei hintereinander. *Warum schreibst Du Liebesromane? Wie bist Du darauf gekommen? Du hast doch in all den Jahrzehnten vorher anscheinend keinen einzigen Liebesroman geschrieben!*
Ich sagte, dass ich darauf auch keine mich selber ganz befriedigende Antwort hätte, denn schließlich hätte ich mir überhaupt nicht vorgenommen, einen Liebesroman nach dem andern zu schreiben. Es sei vielmehr einfach geschehen, und zwar mit einer Dringlichkeit, als wäre es für mich geradezu notwendig, diese Romane zu schreiben. *Und es gibt keine bestimmten Ereignisse, die das Schreiben solcher Romane ausgelöst haben?*, fragte sie. — *Ah, jetzt ahne*

ich, warum Du mich so etwas fragst, sagte ich, *Du vermutest vielleicht, ich hätte mich wirklich verliebt oder ich hätte gerade Erlebnisse hinter mir, die dieses Thema berühren. Das ist aber nicht der Fall, nein, das stimmt nicht, Gott sei Dank stimmt es nicht, denn wenn es so wäre, wäre das ja nur peinlich. – Aber was war es dann? – Ich habe eine einzige, vage Vermutung,* antwortete ich, *und diese Vermutung hat mit meinem Aufbruch nach Rom zu tun. Seit mehreren Jahren habe ich nämlich bereits daran gedacht, mir eine Wohnung in Rom zu nehmen und hier in Rom am Roman meiner Kindheit und Jugend zu schreiben. Das Ganze war wie eine fixe Idee, ich war von dieser Idee besessen, immer wieder dachte ich daran, dass ich nach Rom reisen sollte, um endlich mit diesem Roman zu beginnen. – Und in dieser Zeit hast Du die Liebesromane geschrieben? – Ja, und in all diesen Jahren der Sehnsucht nach Rom habe ich einen Liebesroman nach dem andern geschrieben.*

Ich hatte über diese Zusammenhänge bisher nur im Stillen und sehr vorläufig nachgedacht, jetzt aber, als ich offen über sie sprach, erschienen sie mir plötzlich nicht mehr so vage, sondern durchaus überzeugend, ja sogar gut begründet. Mit dem Schreiben der Liebesromane hatte ich mich Rom genähert, mit diesem Schreiben hatte ich die jahrzehntelang unterdrückte Erinnerung an die bisher einzige, große Liebe, die ich erlebt hatte, angelockt und genährt.

Jetzt, wo ich mit Dir darüber rede, finde ich meine Vermutung überzeugend, sagte ich zu Antonia. – *Stimmt,* antwortete sie, *ich finde sie auch überzeugend, ja, ich finde sie zwar etwas seltsam und merkwürdig, aber durchaus überzeugend. Vielleicht finde ich sie aber auch bloß überzeugend, weil ich froh bin, dass Du nicht wirklich verliebt warst. – Ich verliebe mich nicht leicht,* sagte ich, *ich habe mich nur sehr selten in meinem Leben verliebt. – Und der Sex?,* fragte Antonia, *wie lief es denn mit dem Sex, wenn Du nur selten verliebt warst? – Ich mag das Wort Sex nicht,* antwortete ich, *ich finde, das Wort bezeichnet nur etwas Abstraktes, aber kein eigentliches Begehren. – Ah ja, und dieses eigentliche Begehren, wie Du es nennst, gibt es nur in Verbindung mit Liebe? – Aber nein, keineswegs, das Begehren gibt es latent ununterbrochen, es wird bloß nicht laufend geweckt. – Es gibt ein latentes, ununterbrochenes Begehren? – Aber ja. – Und dieses Begehren ist einfach da und richtet sich auf die gesamte Umgebung? – Ja, auf die gesamte Umgebung. Das latente Begehren wählt unablässig aus, wovon es jeweils mehr will: von diesem Wein, von den Artischocken dort drüben, von der Farbe Blau, von einem Dreiklang in cis-Moll oder von Deinem Unterarm, der meinen Unterarm eben gestreift hat. – Mein Unterarm hat Deinen Unterarm eben so gestreift, dass Du diese Berührung als ein Begehren erlebt hast? – Genau so. – Und jetzt ist dieses Begehren bereits wieder vorbei? – Aber nein, es ist nicht vorbei, sondern nur gespeichert, es kann jederzeit neu aufgeladen und intensiviert werden. – Und das hat mit Liebe zu tun? – Nein, mit Liebe hat es noch nichts zu tun, es kann aber damit zu tun bekommen. – Und wie kann es das? – Wenn sich das Begehren an irgendeinem Punkt kristallisiert, wenn es umkippt in Verliebtheit. – Und wie kommt es dazu? – Frag nicht so scheinheilig, liebe Antonia, Verliebtheit entsteht einfach von selbst, sie ist plötzlich da, wie eine Aufladung der Atmosphäre, wie ein Blitz. – Ach ja?, ganz leicht, wie von selbst entsteht die Verliebtheit?, jetzt verstehe ich, Verliebtheit ist in Deinen Augen wohl etwas durch und durch Römisches. – Im übertragenen Sinne ja, Verliebtheit ist eine römische Krankheit, eine Ekstase. – Das klingt interes-*

sant, *mein lieber Johannes, Du solltest ein Buch darüber schrei-*
ben. — Ein Buch? Wie kommst Du denn darauf? — Du solltest
ein Buch über die römische Ekstase schreiben. — Du wirst Dich
wundern, Antonia, aber ich habe daran auch schon gedacht.

Ich nippte an dem kräftigen, guten Weißwein aus den
Castelli Romani und beobachtete, wie versunken Antonia
plötzlich neben mir saß. Sie spielte mit einem Servietten-
ring, sie schob ihn hin und her, drehte ihn, tippte ihn
an und ließ ihn ein kleines Stück über den Tisch rollen.
Dann aber hielt sie plötzlich inne, als hätte sie bemerkt,
dass ich sie beobachtete. Sie drehte den Kopf zu mir, und
als sie sah, dass ich sie wirklich anschaute, lachte sie und
fragte: *Sag mal, wirst Du noch weitere Liebesromane schrei-*
ben? Oder ist es jetzt, wo Du in Rom lebst, damit vorbei? — Ich
sage dazu nichts mehr, antwortete ich, *ich kann dazu einfach*
nichts Weiteres sagen. Würde ich nämlich jetzt viel darüber re-
den und nachdenken, würde ich mir jede Chance verbauen, noch
einmal spontan so etwas zu schreiben. — Entschuldige, sagte
Antonia, *ich bin wirklich zu neugierig. — Schon gut,* sagte
ich, *wir unterhalten uns vielleicht später noch einmal darüber,*
aber jetzt lass uns essen, ich freue mich jetzt auf das Essen.

38

ICH HABE den jungen Mann jetzt genau vor Augen, der
sich in Rom ein neues Leben geschaffen hat. Er ist verliebt, wird von einer älteren Gönnerin unterstützt, hat

in dem Haus, in dem er wohnt, viele Freunde und kennt in Rom von Tag zu Tag immer mehr Menschen, die er regelmäßig trifft und mit denen er sich sogar oft längere Zeit unterhält.

Sein römisches Leben ist mit dem Leben, das er zuvor in Deutschland geführt hat, nicht mehr zu vergleichen, es ist ein Leben, wie er es sich immer gewünscht hat. Das Schönste aber ist, dass niemand, dem er begegnet, ihn auf sein früheres Leben anspricht oder von diesem früheren Leben etwas ahnt, natürlich spricht er selbst auch niemals davon, um keinen Preis will er noch weiter an seine stummen Tage oder an seine einsamen Streifzüge durch die deutschen Städte und Landschaften erinnert werden.

In Rom aber ist es unmöglich, einsam zu sein, denn selbst wenn er einige Stunden allein in der Stadt ist, hat er das Gefühl, mit allen Menschen und Dingen um ihn herum in einem direkten Austausch, ja sogar in einem engen Kontakt zu stehen. Er spürt diesen Kontakt physisch, wie eine innere und äußere Wärme, eine Geborgenheit, ein Vertrauen, nie empfindet er auch nur den Hauch einer Bedrohung oder einer Gefahr, die Ewige Stadt ist so sehr sein ureigenes, auf seinen Leib und seine Seele ausgerichtetes Terrain, dass er sich schon bald nicht mehr vorstellen kann, noch einmal in einer anderen Stadt zu leben.

Das einzige Problem, das er in dieser Zeit überhaupt hat, besteht darin, sein neues Leben den Eltern begreiflich zu machen. Jede Woche schreibt er ihnen einen ausführlichen Brief und erzählt ihnen von seinen Wegen durch

Rom, natürlich lässt er bestimmte Details weg, über seine Liebe zum Beispiel kann er nicht schreiben, wohl aber über die Abende im Innenhof seines Wohnhauses, über die Gespräche mit Paolo und den anderen Mitbewohnern, aber auch über den Unterricht am Conservatorio und seine Mitstudenten, über die Treffen und Begegnungen mit ihnen in den Bars und Cafés rund um die Piazza del Popolo.

Da die Telefonkosten viel zu hoch sind, verläuft der gesamte Kontakt mit den Eltern nur über diese Briefe. Ausschließlich die Mutter antwortet ihm, der Vater versieht jeden Brief nur mit einem kurzen Postskriptum. In diesen Postskripta schreibt er lauter aufmunternde und freundliche Sätze, *mach so weiter, Junge!*, schreibt er zum Beispiel, und daneben findet sich häufig die Wendung, dass er stolz ist auf seinen Sohn, *stolz und begeistert.*

Dass der Vater stolz und begeistert ist, kann er sich genau vorstellen, solche Wendungen sind bei ihm keine Phrasen, der Vater meint sie ernst, er freut sich mit seinem Sohn, schließlich hat er ja einmal viel dafür getan, aus einem stummen Idioten einen lebensfähigen Menschen zu machen.

Mit der Mutter ist es dagegen gar nicht so einfach. Auch aus ihren Briefen klingt zwar eine starke Zufriedenheit mit seiner Entwicklung heraus, diese Zufriedenheit wird aber immer wieder überlagert durch ihre langen Schilderungen und Berichte vom Leben im *Haus auf der Höhe.* Seit sie ihm von diesem Leben erzählt, begreift er erst, wie wunderbar sie erzählen und schreiben kann, im Grunde liest er kaum etwas anderes lieber als diese

Schilderungen und Berichte seiner Mutter, die Erzählungen vom Leben im großen Garten, seinen Veränderungen und den Gedanken, die sie sich über die kleinsten Details macht. Manchmal kommt es ihm sogar so vor, in diesen Briefen nicht die Stimme seiner Mutter, sondern die einer Schriftstellerin wiederzuerkennen, er kennt diesen Ton sonst nur aus französischen Texten, ja wahrhaftig, der Erzählton seiner Mutter liest sich so, als läse man eine Übersetzung aus dem Französischen.

So elegant und verführerisch diese Briefe auch sind, der junge Mann erliegt ihnen nicht. Vor einiger Zeit wäre das noch unmöglich gewesen, denn vor einiger Zeit hätte ihn der Ton dieser Briefe noch derart getroffen, dass er sich sofort auf den Weg nach Hause gemacht hätte. Es handelt sich nämlich um einen Ton, der ein starkes Heimweh auslösen kann, ja, es ist ein Ton, der ihn lockt und ihm all das, was er so genau und intensiv seit den frühsten Kindertagen kennt, wie eine geschlossene, harmonische Welt präsentiert.

Aus dieser Welt sind nun aber die alten Dunkelheiten verbannt, sie werden nicht einmal mit einer kleinen Bemerkung gestreift, die Welt rund um das *Haus auf der Höhe* ist jetzt vielmehr ein paradiesischer Garten mit einem Schutzwall aus Hecken und Wäldern, in dem man sich nur noch mit den schönen Dingen des Lebens beschäftigt.

Genau diese Lebenskunst beschreibt die Mutter wie ganz nebenbei in ihren Briefen, sie schreibt davon, wie sie an einer bestimmten Stelle des Gartens Tee trinkt und dazu ein bestimmtes Buch liest, sie erwähnt die Musik, die aus dem Blockhaus des Vaters dringt, sie schreibt von den Spaziergängen, die sie mit ihm zusammen macht und die beide *immer wieder an die alten, schönen Orte führt,* wo der junge Mann als kleines Kind das Sprechen gelernt hat.

So eindringlich und verlockend das alles auch ist, der junge Mann ist gegen die Versuchung, nach Hause zurückzukehren, gefeit, in Rom hat er nicht das geringste Heimweh, denn in Rom wirken die schönen Bilder von seinem deutschen Zuhause zwar noch immer sehr intensiv nach, sie lösen aber nicht so starke Emotionen aus, dass er verunsichert wäre.

Dass es zu solchen Verunsicherungen nicht kommt, liegt vor allem an seiner Liebe, denn diese Liebe hält seine gesamten Gefühle und Empfindungen derart stark besetzt, dass es für so etwas wie Heimweh keinen Platz mehr gibt. Auch die Liebe zu den Eltern ist gegenüber der Liebe zu seiner Freundin Clara von deutlich schwächerem Gewicht, natürlich liebt er seine Eltern, sie beherrschen nur nicht mehr so ausschließlich wie früher seine Gedanken und Empfindungen.

Hinzu kommt, dass ihn der strenge Unterricht am Conservatorio stark beschäftigt und ihm keine Zeit für Nostalgien lässt, jeden Tag übt er viele Stunden und jede Woche hat er eine Vielzahl von Theorie-Seminaren zu besuchen, ganz zu schweigen von den Treffen mit jenen Kommilitonen, mit denen er auch noch Kammermusik probt. In seinem Jahrgang hat er viele Mitspieler gefunden, er spielt vierhändige Kompositionen oder Kompositionen für zwei Klaviere, oder er tritt mit einigen älteren Studenten, die ein Streichquartett gegründet haben, bei allerhand festlichen Gelegenheiten in den römischen Häusern und Palazzi auf, um etwas Geld zu verdienen.

Das gefeierte Meisterwerk solcher Auftritte ist Schumanns *Klavierquintett*, dessen erster Satz, in einem hohen, geradezu tollkühnen Tempo gespielt, beim Publikum regelmäßig zu Begeisterungsstürmen führt, der junge Mann hat dieses Stück auf die Programme gesetzt, er hat es für die römischen Zirkel entdeckt, wie er mit der Zeit überhaupt Freude daran findet, die seltsamsten und ungewöhnlichsten Programme zusammenzustellen, mit denen er seine Freunde und Mitspieler, vor allem aber die Musik begeisterten Römer immer wieder verblüfft.

Die Fähigkeit, den Geschmack dieser Kreise zu treffen und ihnen das Gefühl zu vermitteln, etwas Außergewöhnliches, Raffiniertes und Rares zu hören, gehört nach einer Weile zu seinem rasch wachsenden Ruf, der junge Mann gilt nicht nur als ein guter Pianist, sondern auch als eine Art von Programmgestalter, der das Publikum mit abwegigen und ungewohnten Programmen zu verblüffen und in Scharen anzuziehen versteht.

Diese immer stärker werdende und durch Mundpropaganda verbreitete Anziehung hat aber auch damit zu tun, dass er mit seinen Freunden und Kommilitonen nicht an den bekannten Konzertstätten auftritt, sondern sich auf die Suche nach Räumen macht, in denen noch nie Musik aufgeführt worden ist.

Die meisten dieser Räume liegen zunächst im Stadtteil Trastevere, es handelt sich um alte Weinkeller oder ehemalige Zisternen, der halbe Untergrund dieses Viertels wird von katakombenartigen Gängen und Stollen durchzogen, die oft unterhalb von Wirtschaften und Restaurants liegen.

Meist findet sich das Publikum in diesen Wirtschaften ein und beginnt mit dem Abendessen, das zwei- oder dreimal von musikalischen Darbietungen in den Kellern unterbrochen wird. Auf die Ausschmückung dieser Keller verwenden der junge Mann und seine Freunde viel Energie, brennende Öllampen verbreiten eine intime Spannung, Blumendüfte sorgen für ein narkotisches Flair von intensiven Gerüchen, während die vielen, überall in den Gängen postierten Vasen und Schalen mit Blumen einen verschwenderischen, luxuriösen Eindruck machen.

Die Phantasien, denen der junge Mann bei solchen Inszenierungen folgt, hat er aus altrömischen Texten und Büchern über das *Alte Rom*, immer wieder liest er Gedichte, Briefe und Erzählungen aus dieser Zeit, ja er ist von den Bildern und Zeichen der altrömischen Kultur mit all ihren Villen, Wandgemälden und Festen derart eingenommen, dass er manchmal sogar davon träumt, in einer altrömischen Villa irgendwo in der römischen Campagna als Mitglied einer großen Hofhaltung zu leben.

Neben den Briefkontakten mit seinen Eltern ist der Kontakt mit Walter Fornemann der einzige, der noch nach Deutschland besteht. Auch an Fornemann schreibt der junge Mann Briefe und erhält von seinem früheren Lehrer ausführlich Antwort. Ihr gesamter Briefwechsel kreist ausschließlich um die Musik, um bestimmte Stücke und Komponisten, um neue Schallplatten und Interpreten. Am wichtigsten für den jungen Mann ist, dass Fornemann ihn immer wieder in seinem Tun und Handeln bestärkt und sich darüber hinaus sogar Gedanken macht, wie er ihn aus der Ferne animieren kann, noch mehr musikalische Neuheiten kennenzulernen.

So schickt ihm Fornemann Partituren und Bücher, empfiehlt ihm Stücke, von denen er noch nie gehört hat, und erzählt auf seine pointierte, unterhaltsame Art von den Auftritten großer Pianisten im Rheinland. *Ich habe Arrau gehört, lieber Johannes, es geht nichts über Arrau!* — in diesem Ton beginnen seine enthusiastischen Porträts, die der junge Mann seiner Freundin vorliest. Sie geraten über der Lektüre solcher Briefe oft gemeinsam in eine Begeisterung, die sie noch am Tag der Lektüre in ein Konzert treibt, am liebsten besuchen sie Konzerte im Freien, die Auftritte großer Pianisten in der gewaltigen Basilika des Maxentius auf dem Forum oder Konzerte in den Kreuzgängen der mittelalterlichen Kirchen, in denen die Musik es gegen die jahrhundertealte, schwere Stille oft schwer hat.

So ist das römische Leben für den jungen Mann ein einziger, unfassbarer, nicht enden wollender Rausch, ein Rausch aus Liebe, intensiver Arbeit und Freundschaft, der ihn vom frühen Morgen bis tief in die Nacht durch die Ewige Stadt treibt. Mit der Zeit füllt sich der seltsam arbeitende Speicher seines Gehirns darüber mit lauter Daten und Zeichen, seine alte Protokollsucht ist weiter am Werk, so dass er unablässig in seine schwarzen Kladden notiert, in welchen Gegenden Roms er sich bewegt und was genau er dort sieht. Was er einmal notiert hat, bleibt haften, so hat der junge Mann zum Beispiel ein gutes Gedächtnis für kunsthistorische Details und Daten, seine Freundin spielt manchmal mit ihm ein eigenartiges Spiel und fragt ihn, in welcher Kirche sich dieses oder jenes Gemälde befindet, er weiß es genau, ja er kann sogar die Kapelle nennen, in der das Gemälde hängt.

Das geplante Studium der Kunstgeschichte betreibt er nebenbei, er geht jedoch ausschließlich in bestimmte Überblick bietende Vorlesungen, nicht aber in Seminare, insgesamt ist ihm die universitäre Lehre zu langsam und zu wenig originell, nein, das alles packt ihn nicht, er findet an dieser Lehre nur wenig Gefallen, und wenn ihm einmal etwas imponiert, so ist es ein einzelner Lehrer, der sich traut, etwas zu behaupten, das sich von der allgemeinen Lehrmeinung entfernt. Solche Lehrer aber gibt es nur wenige, meist sind es die jüngeren, vielleicht ist es letztlich nur einer, er heißt Roberto Zucchari und ist ein später Nachfahre der römischen Künstlerfamilie Zucchari.

Mit Roberto, der nur sechs Jahre älter ist als er, trifft sich der junge Mann auch privat häufig, Roberto hat ein Faible für die Musik der Romantik, so wie er ein Faible für Renaissance-Malerei hat. Dazu passt, dass Roberto ein schöner Mann ist, ein Mann, der so erscheint, als denke und rede er nicht nur ununterbrochen über die Schönheit, sondern als trage er auch Sorge dafür, sie zu verkörpern. Diese Sorge schlägt sich in seiner Kenntnis von Stoffen und Kleidung und von beinahe allem nieder, was den Alltag berührt, in Robertos Nähe glaubt sich der junge Mann in ein ästhetisch stimmiges Reich versetzt, das ihn schließlich auch Robertos Ratschlägen zur Praxis des Schönen folgen lässt.

Diese Ratschläge verschaffen ihm auf kostengünstige Weise lauter angenehm zu tragende Kleidungsstücke aller Art, zum ersten Mal in seinem Leben achtet er jetzt darauf, wie er sich kleidet, und damit darauf, was er etwa während des Orgelspiels in der Kirche trägt oder wie er sich während einer abendlichen Séance in Trasteveres Kellern präsentiert.

So geht und wirkt für den jungen Mann in Rom alles zusammen und kreist ununterbrochen um seine Liebe und die Musik, die Liebe hat die starke Wirkung, die Musik auf ihn ausübt, aufgefangen und noch verstärkt, so dass er sich während seiner vielen Stunden in den Übezellen des Conservatorio nicht wie ein Übender vorkommt, sondern wie einer, der seinen Rausch und seinen Taumel zu bändigen sucht.

Das Üben erscheint ihm daher wie ein sportliches Training, wie langes, ununterbrochenes Laufen mit dem Einsatz aller Glieder und Muskeln oder wie ein Stemmen und Ausbalancieren von schweren Gewichten oder wie ein Schlagtraining, das Ganze ist ein ewiger Kampf mit der Schwere des Instruments, mit seiner Unbeweglichkeit, mit der Härte seiner Melodietönung, mit der Monstrosität seines Klangs. Das Ziel ist, diesem widerständigen, schwerfälligen Wesen so etwas wie Eleganz und Weichheit zu entlocken, eine perlende Melodieführung zu erreichen und dadurch einen Klang zu erzielen, wie man ihn einem Flügel nie zutrauen würde.

Auf der Suche nach diesem Klang ist der junge Mann

in Roms Klavierfabriken und Klavierläden unterwegs, er testet die verschiedensten Fabrikate und notiert, für welche Kompositionen sie sich jeweils eignen könnten. Im Conservatorio dagegen stehen beinahe ausschließlich Flügel der Marke *Steinway*, der junge Mann kommt jedoch gerade mit ihnen nicht gut zurecht, die meisten sind ihm zu starr und zu hart und vor allem in den Tiefenbereichen zu trocken, manchmal schlägt er resigniert und erschöpft auf sie ein, und sie antworten mit einem fahlen, matten Krachen und Ächzen, als empfänden sie bei derartigen Züchtigungen noch eine geradezu masochistische Lust.

Wenn der junge Mann aber eine ideale Kombination von Instrument und Komposition erwischt, wenn beides zusammenpasst und ein Stück so klingt, als wäre es nicht auf einem Tasten-, sondern einem Saiteninstrument gespielt oder sogar mit der Stimme gesungen, dann überfällt ihn während des Spiels oft eine alte Erinnerung.

Er beugt sich etwas vor, er macht den Oberkörper leicht und schlank, er lässt den Fingern ihren Lauf, er korrigiert sie nur unmerklich einmal hier und da in ihrer Ausrichtung – in solchen wilden, schönen Momenten ist manchmal die alte Erinnerung da und er glaubt, wie früher als Kind auf dem Rücken eines schnell galoppierenden Pferdes zu sitzen. Es ist dieselbe Schnelligkeit und dieselbe Lust, es ist ein sanftes Dahingleiten über einen weichen, nachgiebigen Boden, Schwindel erregend und doch kontrolliert, ein geradezu ideales Zusammenwirken von zunehmendem Tempo und unmerklicher Lenkung.

Er erzählt Clara davon, wie er ihr überhaupt das meiste erzählt, was ihm am Tag durch den Kopf geht. Das Erzählen ereignet sich in den Stunden ihrer Erschöpfung, in den ruhigen Minuten nach der ersten Überwältigung durch die Nähe der Körper, die weiter so stark ist, dass sie die beiden Liebenden von der ersten Minute ihrer Begegnungen an mitreißt. Kaum haben sie sich nämlich irgendwo in der Menschenmenge der Ewigen Stadt entdeckt, fliegen sie auch schon aufeinander zu und verfallen gleich, noch ohne ein Wort gesprochen zu haben, in einen heftigen Austausch von Küssen, sie haben sich so daran gewöhnt, dass jede andere erste Aktion sie durcheinanderbringt und unruhig werden lässt.

Nach diesen ersten atemlosen Minuten aber kommen sie erst recht nicht zur Ruhe, sie bewegen sich meistens rasch, sie kreuzen die Straßen und springen irgendwo in ein Abseits, Hauptsache, sie sind dort allein und am besten auch noch versteckt, denn die Körper wollen sofort, auf der Stelle, so nahe zusammen wie möglich, weshalb sie sich angewöhnt haben, eine sehr leichte Kleidung zu tragen, einfache, dünne, leicht abzustreifende Hemden und Hosen, ein Nichts von Kleidung über den nackten Körpern.

Unter dieser leichten, sommerlichen Kleidung spüren sie auch während der Abwesenheit des anderen ihre Nacktheit, es ist gut, diese Nacktheit den ganzen Tag über zu spüren, der Körper geht viel stärker auf die Umgebung ein und reagiert ununterbrochen auf ihre Reize, so macht die gespürte Nacktheit aus ihm ein sensibles Instrument mit einem feinen, exakten Sinn für Erotik, Rom, findet der junge Mann, ist ein Universum an erotischen Begegnungen, immerzu findet er Neues, das ihn erregt und beschäftigt, von den Besuchen der großen Märkte in der Nähe der *Stazione Termini* bis hin zu den nächtlichen Spaziergängen an den dunklen, tiefliegenden, einsamen Ufern des Tibers.

Sind der junge Mann und seine Freundin aber einmal mit Freunden oder Bekannten zusammen oder irgendwo unterwegs, spüren sie nach einer Zeit eine gewisse Nervosität, sie entsteht durch die Anwesenheit der anderen, die sie daran hindern, nur miteinander zu sprechen oder sich so zu berühren, wie sie sich nun einmal berühren müssen, um ein Durchdrehen und Ausrasten der Körper zu verhindern, es kommt dann immer wieder zu der seltsamen Szene, dass sich einer von ihnen aus dem Kreis der Freunde entfernt und der andere ihm wenig später folgt, es geht nicht anders, zumindest für ein paar Minuten müssen sie ausschließlich zu zweit sein, sich berühren, sich vergewissern, wie vollkommen und hingebungsvoll der Körper des anderen dem Verlangen des eigenen Körpers entspricht.

Leicht in Trance, aber getrennt kommen sie dann wieder zu den Freunden zurück, einmal ist ihre gleichzeitige Abwesenheit aufgefallen und hat nach ihrer Rückkehr für Gelächter gesorgt, sie scheren sich darum nicht und kümmern sich auch nicht darum, dass sie beneidet werden. Meist kleidet sich der Neid in die Kritik, dass die beiden zu häufig und jeweils zu lange zusammenseien, sie hören sich so etwas an und erwidern nichts, es gibt darauf nichts zu erwidern, ihre Liebe hat zu einer gegenseitigen Bindung geführt, die etwas Magnetisches und

Dämonisches hat, es ist ein Zauber, so nennt es der junge Mann, ja es ist, als hätte ihnen jemand eine Droge verabreicht, die sie nicht mehr ruhen und vernünftig denken lässt, sondern eine ununterbrochene Sehnsucht bewirkt, einander so häufig wie möglich nahe zu sein.

Lange haben sie darüber gesprochen, ob sie diese Nähe noch dadurch verstärken wollen, dass sie zusammenziehen, sie haben sich jedoch dagegen entschieden. Sie schlafen nachts nicht zusammen in einem Bett, sie möchten nicht erleben, wie der andere einschläft und morgens erwacht, nein, das alles wollen sie nicht sehen und nicht erleben. Viel stärker ist nämlich der Reiz der Entbehrung und der stundenlangen Askese, das einsame Schlafen während der Nacht und der erste Gedanken am Morgen daran, den anderen wiederzusehen. Außerdem können sie sich ihre geschmeidigen und beweglichen Körper nicht in Betten oder in geschlossenen Räumen vorstellen, sie liefern diese Körper lieber laufend anderen Umgebungen aus, sie suchen unentwegt nach Verstecken und geheimen Terrains, wo sich diese Körper in Windeseile oder in langsamer Verzögerung ineinander auflösen.
So sind sie in ganz Rom und seiner weiten Umgebung unterwegs, sie haben etwas Lektüre und etwas Ess- und Trinkbares dabei, aber sie verwenden für diesen Transport nie eine feste Tasche oder ein anderes Accessoire, nein, sie kaufen ein und stecken alles in eine leichte, im Wind flatternde *Busta*, die sich bis zum Abend hin leert und dann in einem Papierkorb verschwindet. So leicht und luftig wie ihre Kleidung ist diese *Busta*, und so leicht und vor allem spurenlos soll das ganze Leben sein, ein

Flug, ein Gleiten durch den weiten Raum der Ewigen Stadt, ein Umherstreifen an ihren Stränden und Schilfzonen am Meer, eine stundenlange, mittägliche Siesta in den kleinen Weinorten der *Castelli*.

Wenn sie aber doch einmal eine ganze Nacht miteinander im Freien verbringen, legen sie es oft darauf an, in gesperrte Bezirke wie das alte Gelände der Foren oder des Palatin einzudringen. Dort hineinzukommen, ist ganz einfach, sie verbringen den Nachmittag und den Abend in einem solchen Gelände und verstecken sich dann eine Weile, bis die Wärter bei einbrechender Dunkelheit abgezogen sind. Nachts aber gibt es keine Kontrollen, die stillen, von der Sonnenhitze des Tages erwärmten Zonen atmen aus, und wenn man es geschickt anstellt, kann man in der tiefen Nacht sogar ein kleines Feuer anzünden, das niemand sieht. Man muss nur in die Tiefe steigen, in die dunkle Weite einer Arena und ihrer Torbögen, in eine überdachte Hütte von der Art der alten Romulus-Hütten oder in kleine Gewächshäuser, in denen die Wärter der archäologischen Bereiche heimlich Tomaten und Zucchini anbauen.

In solchen Verstecken und Behausungen feiern sie dann ihre kleinen Feste, sie haben einen Weltempfänger dabei und hören Konzertübertragungen aus Finnland oder einer anderen unvorstellbaren Ferne, sie hören einen Auftritt des Pianisten Claudio Arrau in der Royal Albert Hall von London und bekommen mit, wie er die Sonate in As-Dur opus einhundertzehn von Ludwig van Beethoven spielt, der junge Mann hört zu, als spielte der große

Pianist das Stück nur für ihn, denn es ist eine der Beethoven-Sonaten, die auch er gerade spielt.

Einmal haben sie es sogar gewagt, eine Nacht in der Peterskirche zu verbringen, sie haben sich in einer überdimensionalen Gewandfalte eines marmornen barocken Papst-Grabes versteckt und die Rundgänge der Wächter abgewartet, der junge Mann wollte unbedingt eine ganze Nacht bleiben und sie zusammen mit seiner Freundin ganz für sich haben, sie wagten es dann aber kaum, sich in dem gewaltigen Bau frei zu bewegen, und schlichen hastig von Pfeiler zu Pfeiler, als wären unsichtbare Kohorten hinter ihnen her.

Zum Höhepunkt dieser römischen Zeit, ihrer Monate und schließlich sogar ihrer Jahre, wird dann sein zwanzigster Geburtstag. Um das Datum auch im Bild zu fixieren, lässt er sich von Roberto in eine römische Foto-Agentur einladen, wo einige Fotos von ihm gemacht werden sollen. Aus diesem Anlass trägt er einen leichten, schwarzen Anzug, ein weites, weißes Hemd und eine schmale, elegante Krawatte, es dauert Stunden, bis die Aufnahmen fertig sind, denn immer wieder korrigieren die beiden Fotografen den Sitz seiner Kleidung, den Stand der Beleuchtung oder ein Farbdetail einer Leinwand im Hintergrund.

Als er die teuren Fotografien, die Roberto ihm zum Geburtstag schenkt, schließlich in der Hand hält, erschrickt er. Er sieht einen schlanken, jungen Mann mit weit über die Ohren reichenden, langen Haaren, offener, breiter Stirn und schmalem, leicht überanstrengtem Gesicht, dessen dunkel getönte Erscheinung ihn wie einen

Römer erscheinen lässt. Die Augen blicken entschlossen, als stünde eine Entscheidung bevor, die breiten Lippen haben einen besonders dunklen Ton, alles an diesem *Foto eines jungen Mannes in Halbtotale* wirkt wie die Erscheinung eines anderen Menschen oder einer ihm fremden Figur, die niemand in der Heimat mehr wiedererkennen wird.

Der junge Mann hatte vor, das Foto nach Hause, an seine Eltern, zu schicken, er lässt es nach mehrfacher Betrachtung dieses Bildes dann aber doch bleiben, *sag mal, Clara, bin ich das, bin ich das wirklich?*, fragt er seine Freundin, die solche Fragen überhaupt nicht versteht, *aber ja, caro, das bist Du, Du bist das, was fragst Du denn so?* Irgendetwas an dieser Fotografie macht ihn aber unruhig und lässt ihn die Bilder schließlich verstecken, er erträgt es nicht, diesen anderen Menschen zu sehen, denn das Bild dieses anderen Menschen erinnert ihn jedes Mal an den Menschen von früher und an dessen Hilflosigkeit. Der andere, römische Mensch jedoch erscheint nicht im Geringsten hilflos, er wirkt wie eine Figur, die einen guten Weg hinter sich hat, ja er erscheint wie der Sohn aus vermögendem italienischem Haus.

Die Fotografien des reichen Sohnes haben ihn aber gerade noch rechtzeitig davon abgehalten, zur Feier seines Geburtstags ein großes Fest zu veranstalten, deshalb lässt er es mit einer kleinen Feier und höchstens zehn geladenen Gästen bewenden. Für diese Feier hat er sich ein Restaurant in Trastevere ausgesucht, in dem man ihn kennt, eine lange Tafel wird dort am Nachmittag des festlichen Tages gedeckt, und Clara, seine Freundin, kümmert sich um die Ausstattung des Raumes, in dem das Fest stattfinden soll.

Auf ihren Wunsch hin darf er bei den Vorbereitungen nicht zugegen sein, er ist etwas nervös, versteht aber nicht, warum er das ist, den ganzen Nachmittag treibt er sich allein in seinen Lieblingsgegenden herum und macht seiner Unruhe schließlich ein Ende, indem er den weiten Platz vor der Kirche Santa Maria in Trastevere betritt, lange Zeit auf den Stufen des Brunnens vor der Kirche verweilt und sie am frühen Abend endlich auch betritt.

In der schweren Dunkelheit des mittelalterlichen Baus sind nur noch wenige Menschen unterwegs, ein paar Kerzen brennen, im Chor leuchten die alten Goldmosaike mit Szenen aus dem Leben Mariens. Eine seltsame, lange nicht mehr gespürte Anspannung ist in ihm, als er sich hinkniet und ein Gebet spricht, er bringt das alte *Deus, in adjutorium meum intende/ Domine, ad adjuvandum me festina* nicht über die Lippen, sondern murmelt wie unter dem Zwang der strahlenden Marienbilder vor seinen Augen den Beginn des *Magnificat*, den er zum letzten Mal während seiner Schulzeit in der Klosterkirche gebetet hat: *Magnificat anima mea Dominum/ Et exultavit spiritus meus in Deo salutari meo ...*, *Meine Seele preist die Größe des Herrn, und mein Geist jubelt über Gott, meinen Retter ...*

Während er aber diese Zeilen spricht, stürzen die lange verdrängten Erinnerungen nun doch auf ihn ein, es ist wie ein Befall, als wären Schwarmgeister hinter ihm her und setzten ihm zu, jedenfalls sieht er in einem raschen, sich beschleunigenden Reigen lauter Bilder seines früheren Lebens, Bilder seiner Ohnmacht und Schwäche, als wollte ihm jemand mit aller Macht vorführen, woran er sich so lange Zeit nicht zu denken getraute.

Er kann denn auch nicht länger in der dunklen Bank knien, nein, er tritt die Flucht an, bekreuzigt sich und entzündet am Eingang der Kirche noch rasch eine Kerze. Dann tritt er hinaus auf die Weite des großes Platzes, auf dem die Römer allabendlich feiern. Er biegt nach rechts ab, das Restaurant, in dem sein Geburtstag stattfinden wird, ist ganz nahe, als er es beinahe erreicht hat, bleibt er stehen, denn er erkennt, dass ausgerechnet vor diesem Restaurant an diesem Abend eine lange Schlange mit Gästen wartet, die alle keinen Platz mehr bekommen haben.

Als er jedoch an ihnen vorbeischleicht, erkennt man ihn plötzlich, er hört seinen Namen, *ecco!*, *Giovanni!*, da begreift er, dass all diese Menschen nur seinetwegen hier stehen und gekommen sind, mit ihm zu feiern. Von drinnen ist jetzt auch Musik zu hören, die breite Tür des Restaurants öffnet sich, und man blickt auf einen mit einem Blumenmeer gefüllten Gartensaal von der Art altrömischer Gartensäle. Es gibt aber keinen langen Tisch, sondern eine Gruppierung von vielen Tischen in einer großen Hufeisenform, über dem zentralen Tisch an der Wand aber erkennt er sein Foto, das *Foto eines jungen Mannes in Halbtotale.*

Während er den Saal betritt und die Hochrufe hört, sieht er zur Rechten einen Halbkreis von Streichern, die ihm zuliebe den Anfang der *Meistersinger* intonieren. Er mag dieses Stück sehr, aber er mag nicht, wenn man es schmettert und wenn es dröhnt, deshalb haben sie anscheinend die kleine Besetzung gewählt, so dass es jetzt klingt wie ein munterer, festlicher Reigen, sie spielen es sogar leicht überdreht, mit einigen Hupfern und Schlenkern, als lieferten sie eine übermütige, ausgelassene Version dieses Beginns.

Unübersehbar viele Menschen füllen den Raum, die jetzt auf ihn zuströmen, viele studieren mit ihm, andere kennt er von seinen Konzerten oder von Begegnungen in den Cafés rings um das Conservatorio, er bleibt hilflos stehen und bedankt sich immer wieder für die guten Wünsche, als er seine Freundin, Clara, erkennt, die in einem weißen, kurzen Kleid direkt vor seinem Foto steht und ihn unverwandt anschaut. Er schaut zurück, einen langen Moment betrachten sie sich regungslos, kein Lächeln, nichts, geht durch ihr Gesicht, es ist ein Medusenblick, den sie plötzlich beide zugleich haben und auch an sich spüren, so lange, bis er sieht, wie sich Clara aus dieser kurzen Erstarrung löst und mit vor Rührung fest aufeinandergepressten Lippen auf ihn zukommt.

Sie umarmen sich, sie küssen sich wie ein Brautpaar, und als er seine Augen wieder öffnet, sieht er im Hintergrund sein unscharfes Foto, als wäre Clara genau diesem Bild entsprungen und hätte sich nun mit ihm vermählt wie eine *Roma*, wie die schönste Erscheinung der Ewigen Stadt.

V

Die Rückkehr

39

VOR EINER Woche habe ich am Schwarzen Brett des Conservatorio einen Aushang anbringen lassen, auf dem nach einer Klavierlehrerin oder einem Klavierlehrer für Marietta gesucht wird. Seither haben sich fünf Bewerber gemeldet, mit denen ich einen Nachmittags-Termin im Sekretariat des Conservatorio vereinbart habe.

Natürlich möchte ich nicht allein entscheiden, wer Marietta in Zukunft unterrichtet, sie selbst hat ein Wort mitzureden, die endgültige Entscheidung aber liegt bei Antonia, die mir inzwischen sagte, dass sie nicht nur neugierig auf die Bewerber, sondern auch auf das Conservatorio sei. *Wie lange bist Du nicht mehr in diesem Gebäude gewesen?*, fragte sie mich. Ich rechnete kurz nach und antwortete: *Mehr als drei Jahrzehnte.*

Seit unserem Abend in der Via Bergamo haben wir uns wieder täglich gesehen, ja, wir sind inzwischen wirklich gute Freunde geworden. Ich spüre deutlich, dass Antonia im Umgang mit mir gelassener und offener geworden ist, und auch ich bin ihr gegenüber viel entspannter als früher. Die Bewohner in der Umgebung sehen uns oft zu zweit unterwegs und machen manchmal schon Bemerkungen darüber, auch unten, in der Buchhandlung, sehen sie uns als zusammengehörend an und geben mir bereits die Bücher mit, die Antonia bestellt hat.

Wahrscheinlich denken alle, wir wären längst ein Paar, das ist aber nicht so, wir sind kein Paar, und wir haben seit dem Abend, als wir kurz darüber nachdachten, gemeinsam eine Nacht zu verbringen, auch keine Anstalten mehr gemacht, eines zu werden. In unserem Alter küsst man sich nicht mehr laufend auf Straßen und Plätzen oder streunt durchs Grüne auf der Suche nach abgelegenen, intimen Orten, vielleicht ist das im Fall von Antonia und mir aber auch keine Frage des Alters, sondern hat mit den vielen anderen Erlebnissen und Geschichten zu tun, die unsere Freundschaft berühren und die wir alle im Kopf haben. Letztlich aber vermute ich, dass auch diese Geschichten nicht mehr zählen würden, wenn es plötzlich zu dem einen, schönen Moment käme, der alles über den Haufen würfe. Diesen einen, schönen Moment haben wir jedoch noch nicht erlebt, wir haben uns darauf zu bewegt, ereignet hat er sich aber noch nicht.

In einem solchen Moment ist alles klar und selbstverständlich, und man tut das, was man tun möchte, ohne langes Hin und Her. Ein paar Mal habe ich in meinem Leben solche starken Momente erlebt, sie haben aber nicht nur mit so großen Erfahrungen wie Freundschaft oder Liebe zu tun, nein, es sind einfach Momente, in denen sich etwas, an das man mehr oder weniger bewusst bereits längere Zeit gedacht hat, blitzartig entscheidet ...

Nun gut, Antonia und ich – wir haben also am gestrigen späten Mittag ein Taxi bestellt und sind zusammen mit Marietta zur Piazza del Popolo gefahren, in deren Nähe sich das Conservatorio befindet. Wir hatten noch etwas Zeit, deshalb habe ich die beiden zu einem Getränk in eines der beiden bekannten Cafés an der Piazza eingeladen, Marietta sagte, sie stelle es sich nicht leicht vor, in kurzer Zeit zu entscheiden, wen man von den fünf Bewerbern bevorzuge, und ich antwortete, dass sie den Bewerbern Fragen stellen solle.

Fragen? Was soll ich sie denn fragen? – Frag sie nach ihren Lieblingskomponisten oder frag sie nach einem Stück, das sie hassen. – Darf ich sie so etwas wirklich fragen? – Aber ja, warum denn nicht? Frag sie nach ihrer Lieblingstonart und nach dem besten Pianisten, den es gegenwärtig auf der Welt gibt, und frag sie nach dem schönsten Buch über Musik. – Ich könnte sie auch fragen, woher sie kommen und was sie bisher so getan haben. – Kannst Du auch, aber das sind langweilige Fragen, Du solltest sie nicht das Übliche fragen, sondern Fragen stellen, bei deren Beantwortung sie nachdenken und Gefühle zeigen müssen. – Ach, am liebsten, Giovanni, wäre es mir, wenn ich weiter bei Dir Unterricht hätte. – Danke, Marietta, das freut mich, aber ich habe Dir schon erklärt, dass Du jetzt eine richtige Lehrerin oder einen richtigen Lehrer brauchst. Du brauchst eine Technik-Löwin oder einen Technik-Champion, die Dir lauter Kniffe und technische Besonderheiten beibringen, dafür bin ich nicht der Richtige, glaube mir.

Als es an der Zeit war, gingen wir die wenigen Meter zu Fuß hinüber zum Conservatorio. Das Gebäude ist sehr groß, man kann es in einer schmalen Straße an seiner Vorderseite betreten und nach seiner Durchquerung auf der Rückseite in einer Parallelstraße wieder verlassen. Ich ging voraus und war erstaunt, dass sich beinahe nichts verändert hatte. Es gab noch immer die kleine Portier-Luke, an der man unbefragt vorbeischlüpfen konnte, und es gab die langen Fluchten mit den Übe- und Unterrichtsräumen, aus denen die Musik weit nach draußen, in die gesamte Umgebung, schallte.

Na, fragte Antonia, *erkennst Du etwas wieder? – Es ist beinahe alles wie früher*, antwortete ich, *dieselbe stickige Luft, dieselben Kleiderhaken an den Wänden, die mich an die Kleiderhaken in meiner Volksschule erinnern, derselbe Innenhof mit den verdursteten Palmen, und die vielen Ankündigungen von Konzerten an jedem nur denkbaren Pfeiler*. Plötzlich bemerkte ich, dass Marietta nach meiner Hand griff, sie ging langsam und zögernd neben mir her, die Größe und Monotonie des Gebäudes schien sie einzuschüchtern. Um sie zu beruhigen, nahm ich auch ihre Hand, während wir zu dem etwas versteckt liegenden Sekretariat einbogen, wo man uns sofort in einen Nebenraum führte, in dem die Bewerber erscheinen würden.

Wir warteten ein paar Minuten, dann tauchten drei der Bewerber auf, sie machten auf mich alle einen sehr jugendlichen, frischen Eindruck und beantworteten Mariettas Fragen mit erstaunlicher Schnelligkeit. Wir sagten ihnen, dass sie noch einen Moment auf dem Flur warten sollten, und nahmen uns noch zwei weitere Bewerber vor.

Die gesamte Gruppe setzte sich aus drei Frauen und zwei Männern zusammen, am meisten gefiel mir die jüngste Bewerberin, die nicht lange wartete, bis sie von uns etwas gefragt wurde, sondern sich gleich nach den Stücken erkundigte, die Marietta zuletzt geübt hatte.

Marietta nannte einige, eine *Partita* von Bach, etwas von Pergolesi, *Walzer* von Brahms, etwas von Duke Ellington, daneben Samba und Tango.

Fantastisch, sagte die junge Frau zu Marietta, *Du hast anscheinend einen sehr guten Lehrer gehabt. Aber warum unterrichtet er Dich nicht weiter?* Ich erklärte ihr kurz, dass ich selbst Mariettas letzter Lehrer gewesen sei, die junge Bewerberin geriet für einen Augenblick durcheinander, lachte dann aber so schallend und herzlich, dass wir auch alle anfingen zu lachen.

Das aber war genau einer jener Momente, von denen ich eben erzählte, es war ein Moment der Befreiung und der Erleichterung, alles erschien plötzlich ganz einfach und selbstverständlich, so dass wir ohne weiteres Nachdenken wussten, dass wir genau diese Bewerberin nehmen würden und keine andere.

Wir unterhielten uns noch eine Weile, und Antonia konnte sich nicht verkneifen, ihr zu erzählen, dass ich vor Jahrzehnten selbst einmal ein Schüler dieses Conservatorio gewesen sei. *Haben Sie auch jeden Nachmittag hier drinnen geübt?*, fragte die junge Frau, und ich bestätigte, dass auch ich beinahe täglich in diesem Gebäude geübt hatte. Noch während ich das aber sagte, bekam ich Lust, noch einmal einen dieser früheren Überäume zu sehen, ich sagte das, und die junge Frau reagierte auch gleich, indem sie uns einen Stock höher zu genau dem Raum führte, in dem sie wohl vor wenigen Minuten noch selbst geübt hatte.

Das kleine Fenster stand offen, der Flügel war schräg davorgerückt, daneben gab es in dem winzigen Zimmer noch einen Tisch und einen Stuhl, ja, es sah alles genauso aus wie früher. Ich starrte vielleicht einen Moment zu lange auf das schwarze, glänzende Geschöpf vor mir, es war ein *Steinway*, ja, dann ging ich darauf zu und fuhr mit den Fingern der rechten Hand kurz über die Tastatur, als die junge Frau sagte: *Ich sehe schon, wir sollten Sie jetzt allein lassen.*

Ich wehrte ab und sagte, dass ich gar nicht vorhätte, etwas zu spielen, es half aber alles nichts, alle, die sich mit mir im Raum befanden, schienen plötzlich der Meinung zu sein, dass man mir unbedingt Zeit lassen müsse, unbeobachtet auf genau diesem Flügel zu spielen. *Eine Stunde? Reicht Dir eine Stunde?*, fragte Antonia. Ich wehrte noch einmal ab, doch es war nichts zu machen, sie zogen sich alle zurück und ließen mich mit dem Instrument allein, ich hatte nun eine Stunde Zeit, danach würde ich mich wieder mit Antonia und Marietta treffen.

Ich setzte mich auf den kleinen Stuhl und wartete, bis sie nicht mehr zu hören waren, dann legte ich meine Jacke ab, krempelte die Ärmel meines Hemdes zurück und wechselte auf den Klavierhocker. Ich legte beide Hände auf die Tastatur, als wollte ich ersten Kontakt mit dem Instrument aufnehmen und es beruhigen, dann begann ich zu spielen.

Weil Marietta gerade eine *Partita* von Bach geübt hatte, hatte ich das Stück genau im Kopf, ich hätte es Note für Note hinschreiben können, selber gespielt hatte ich es aber lange nicht mehr. Wie viel Zeit war überhaupt vergangen, seit ich dieses Stück das letzte Mal gespielt hatte? Ich verbot mir, über diese Frage nachzudenken, und legte einfach los, anfangs blieb ich zwei-, dreimal hängen und begann dann jedes Mal wieder von vorn, ich spürte, dass es nicht das richtige Stück für so einen Wiederbeginn war, deshalb brach ich ab, obwohl ich durchaus etwas Sicherheit gewonnen hatte.

Und wie stand es um meine Zugnummer, um Schumanns *Fantasie in C-Dur*? Ich fürchtete einen Moment, schlimm zu versagen, doch dann beruhigte mich der Gedanke, dass mich niemand beobachten konnte. Von der Straße aus würde man nichts anderes hören als einen übenden, jungen Studenten, er spielte noch unbeholfen und machte viele Fehler, immerhin hatte sein Spiel aber etwas Draufgängerisches, Wildes.

Ich wollte loslegen, aber dann störte mich die Schwüle im Raum. Ich zog das Hemd ganz aus und setzte mich mit nacktem Oberkörper auf den Hocker, *nun los!*, ich setzte an, und wahrhaftig, die raschen, rollenden Bewegungen der linken Hand verliefen vollkommen mühelos, als hätte ich sie in all den Jahrzehnten weiter ununterbrochen geübt. Sicher, ich spielte das Stück viel langsamer als früher, aber ich hatte keine technischen Probleme, nein, das Stück ließ sich mit einer Genauigkeit aus der Erinnerung abrufen, als hätten sich mir seine Bewegungsabläufe eingebrannt.

Ich spielte es aber nicht fortlaufend, sondern setzte an den verschiedensten Stellen ein, ich checkte es durch und unterhielt mich mit ihm, ich wechselte in eine andere Tonart, improvisierte mit dem Thema des letzten Satzes, trudelte über die Tasten, spielte zwei, drei Minuten etwas von Phil Glass und kam dann wieder auf die *Fanta-*

sie zurück. Zuhörer hätten glauben können, dass das Instrument gerade einem Klavierstimmer zum Opfer fiel, so sprunghaft ging ich mit ihm um.

Ich wollte nichts Fertiges spielen, ich wollte dem Instrument nicht gehorchen, nein, ich wollte weder ihm noch mir eine Freude machen, nein, verdammt, ich wollte niemanden und auch mich nicht mit meinem Klavierspiel beeindrucken, sondern ich wollte lediglich diesen harten, ungelenken *Steinway* testen und ihn domestizieren, um ihm etwas von seiner grässlichen, aufreizenden Arroganz zu nehmen.

Ich spürte nämlich, wie mich das Instrument reizte, schon früher hatte man von diesen *Steinway-Flügeln* so gesprochen, als wären sie die besten Instrumente überhaupt und geradezu unschlagbar, ich hatte das nie geglaubt und glaubte es noch immer nicht, nein, ich würde diesem Prachtexemplar vor meinen Augen jetzt zeigen, wie ich mit ihm zurandekam, ich würde es hetzen und jagen, bis es vor lauter Atemlosigkeit nur noch klirrenden Schrott produzierte.

Und womit würde ich das tun? Mit welchem Stück? Ich brauchte nicht lange zu überlegen, ich wusste es sofort. Am Ende meiner früheren Auftritte hatte ich manchmal ein richtiges Rasse-Stück gespielt, eine Orgie aus purem Rhythmus und Temperament, bei dem das Klavier wie ein Schlagzeug behandelt wird. Es dauert kaum vier Minuten, ja, ich meine den dritten Satz einer Prokofieff-Sonate, genauer gesagt, meine ich den dritten Satz der siebten Klaviersonate von Sergej Prokofieff.

Das Stück ist ein klassischer Rausschmeißer und ein echter Orkan, das Publikum gerät dabei immer in Rage. Wenn ich es früher im Konzert spielte, hörte ich das Aufstampfen und Mitmachen der Zuhörer, manchmal setzte sogar während der Darbietung bereits rhythmisches Klatschen ein, man kann sich dieser Hexerei als Zuhörer einfach nicht entziehen.

Ich rückte den Klavierhocker ein wenig vom Instrument fort und schraubte ihn höher, ich wippte einen Moment mit dem Oberkörper hin und her, dann schlug ich zu und sprang das Instrument an. Ha!, es war eindeutig zu langsam, zu fahl, zu trocken, ich musste an Lautstärke zulegen, nein, das reichte noch immer nicht, ich musste beschleunigen, jetzt, noch etwas mehr, ich musste es antreiben, in der Höhe begann es wahrhaftig zu klirren, während die linke Hand einen satten Rhythmus hinbekam, das passte nicht gut zusammen, das schepperte in dem kleinen Raum, aber ich hatte das Ding jetzt in meiner Gewalt, es machte mit, ja, es schwankte sogar etwas, jetzt bog ich auf die Zielgerade ein, und dann kam der plötzliche, rabiate Schluss, Ende, aus, keine Fortsetzung möglich.

Der Schweiß lief mir über den ganzen Oberkörper, von unten auf der Straße kam Beifall. Sollte ich ans Fenster gehen und mich gönnerhaft hinausbeugen? Sollte ich mich bedanken und winken wie ein Musterschüler? Nein, das kam nicht in Frage, ich wollte unbekannt und unentdeckt bleiben, deshalb rührte ich mich nicht und wartete, bis das Klatschen aufhörte.

Doch während ich noch durchatmete und wieder etwas ruhiger wurde, erinnerte ich mich, wie oft ich mich früher aus einem dieser Fenster gebeugt und nach niemand anderem als Clara Ausschau gehalten hatte. Sie hatte mich oft vom Conservatorio abgeholt und dann unten auf der Straße darauf gewartet, dass ich in einem der Fenster erschien, ich hatte sie rufen hören, kurz und hoch, ja, sie hatte einen kurzen und hohen Schrei ausgestoßen, den wir beide immer dann ausstießen, wenn wir dem anderen ein Signal geben wollten.

Ich griff zu meinem Hemd und rieb mir den Oberkörper trocken, jetzt dachte ich wieder an sie, verdammt, ja, ich dachte an sie jetzt so stark wie in den gesamten letzten Monaten nicht. Ich setzte mich wieder auf den Stuhl und stützte meinen Kopf in beide Hände, ich schloss die Augen. Der Geruch dieses Zimmers! Die leisen Stimmen unten auf der Straße! Der Duft aus den umliegenden Lokalen und Restaurants! Diese abendliche Auszehrung aller Geräusche! Es war kaum zu ertragen, wie mich das alles an früher erinnerte.

Ich hielt es nicht auf dem Stuhl aus, ich ging die paar Schritte zum Fenster und lehnte mich etwas nach draußen, in der Straße unten bemerkte mich niemand, nein, die Klatscher waren anscheinend bereits abgezogen. Dort unten, neben dem Schuhgeschäft, genau dort unten hatte Clara meist gestanden und zu mir hinaufgewunken: Eine schwarzhaarige, schlanke, schöne Erscheinung, meist in hellen, bunten Farben gekleidet, eine Erscheinung, der ich sofort verfiel, wenn ich sie sah, denn ihre Anziehung war so stark, dass ich nie auf den

Gedanken gekommen wäre, noch eine Minute weiter zu üben.

Manchmal fasste ich nicht, dass diese Frau dort unten ausgerechnet mit mir befreundet sein sollte. Sehnte sich diese Schönheit wirklich gerade danach, mit mir zusammen zu sein? Jedenfalls behauptete sie das und sprach *von uns beiden* so, als stünde ein für allemal fest, dass wir uns niemals trennen würden.

Vielleicht hatten diese Wendungen mich in Sicherheit gewiegt, vielleicht hatten sie dazu beigetragen, dass ich mich niemals länger gefragt hatte, ob Clara wirklich mit unserem Leben ganz zufrieden und von ihm restlos begeistert war. Nach außen hin machte alles diesen Eindruck, und doch stellte sich später heraus, dass ich in meinem dummen, einfältigen Wahn vieles übersehen hatte. Die Vorstellung von einer absoluten und totalen Liebe hatte mich derart geblendet, dass ich immer nur die Bestätigung dieser Liebe gesucht hatte, anstatt darauf zu achten, wie es Clara in meiner Gegenwart wirklich erging und wie sie sich fühlte.

Und wie erging es ihr? Und wie fühlte sie sich? Erst später und lange nach unserer Trennung habe ich mich mit solchen Fragen beschäftigt und darüber nachgedacht, wie Clara unsere gemeinsame Zeit wohl erlebt hat ...

40

ALS WIR uns kennenlernten, lebte sie zum ersten Mal in ihrem Leben von ihrer Familie getrennt. Von einem kleinen Ort in der Nähe von Brixen, wo sie zusammen mit zwei Brüdern aufgewachsen war, war sie zum Studium nach Rom gezogen. Als familiären Ansprechpartner gab es in der Ewigen Stadt die Signora Francesca, sonst aber kannte auch Clara in Rom keinen Menschen. Kaum angekommen, machte sie dann meine Bekanntschaft, ich gehörte zum Kreis der Signora und hatte daher etwas Vertrautes, außerdem imponierte ich ihr mit all meinen Vorhaben, Phantasien und meinem unbedingten Willen, ein guter Pianist werden zu wollen.

In den ersten Monaten unserer Liebe war denn auch von kaum etwas anderem die Rede, ich übte und übte und bereitete mich auf die Aufnahmeprüfung vor, daneben besuchten wir viele Konzerte, Ausstellungen und andere Veranstaltungen, meine geradezu unbegrenzte Gier nach Aktion und Bewegung kannte kein Maß, und fast immer gingen die Vorschläge, was wir als Nächstes unternehmen und erleben könnten, von mir aus.

Mein Eifer, meine Ungeduld, meine Freude über so viel Neues hatten Clara begeistert, immer wieder hatte sie gesagt, wie schön es sei, diese Begeisterung mitzuerleben, und wie sie es genieße, wenn der Funke auch auf sie überspringe. Solche Bemerkungen hatten mich stolz und glücklich gemacht, denn sie hatten in mir die Illusion genährt, in einer idealen Symbiose mit Clara zu leben.

Genau das aber war es ja, was ich suchte und wollte, ich wollte keine lose Verbindung oder eine flüchtige Freundschaft, nein, ich wollte die absolute Nähe, das tägliche Zusammensein, den ununterbrochenen, intensiven Kontakt. Wenn ich morgens aufwachte, war mein erster Gedanke der, wann ich Clara sehen und was ich mit ihr alles an diesem Tag unternehmen würde. Die anderen Dinge traten dahinter zurück und mussten sich unterordnen, was einzig zählte, war die Feier der Liebe und damit das schöne Leben zu zweit.

Dieses schöne Leben zu zweit …, ich hatte es als Lebensprogramm, in dem ich aufging und aus dem ich Tag für Tag Kraft bezog, an die Stelle des früheren, innigen Lebens mit meinen Eltern gesetzt. Aus den ersten Kinder- und Jugendjahren kannte ich ja ein solches Leben, den ausschließlichen Aufenthalt im kleinen Kreis, das Sich-Abschotten von der Umgebung, die ungeteilte Aufmerksamkeit für die geliebten anderen.

Genau diese Aufmerksamkeit und den liebevollen Blick nahm ich aber nicht mit hinüber in den römischen Liebeskokon. Viel zu selten fragte ich Clara, womit sie sich in ihrem Studium beschäftigte, und auch auf die anderen Themen, die sie sonst noch erwähnte, ging ich nie länger ein.

Zwar bemerkte ich durchaus, dass sie in unseren Gesprächen manchmal wie blockiert wirkte und einen Anlauf nach dem andern unternahm, um mich zu erreichen, ich nahm diese Hilflosigkeit aber nicht wirklich ernst, sondern führte sie auf eine leichte Sprachstörung zurück. Diese Störung trat bei Clara immer dann ein, wenn sie

rasch zwischen Italienisch und Deutsch wechseln musste, sie sprach beide Sprachen fließend, kam jedoch mit
ihrer gleichzeitigen Präsenz nicht immer zurecht. Die
Folge war ein kurzes Stammeln, eine Suche nach den
richtigen Worten, ein Abbrechen mitten im Satz und ein
neuer Anlauf, der dann meist wieder in sicheren Bahnen
verlief.

Sprach sie dagegen an einem längeren Stück Italienisch, so blieben diese Unbeholfenheiten aus, ja ich hatte sogar den Eindruck, dass sie ein besonders elegantes
und müheloses Italienisch sprach, in dem sie sich besser
verständigen konnte als im Deutschen. Manchmal erlebte ich, wie das Vergnügen an dieser Sprache sie um-
trieb, wir saßen in einem Lokal, und sie unterhielt sich
mit den Kellnerinnen, oder wir streunten durch einen
Schallplattenladen, und sie brauchte über eine Stunde,
bis sie mit den Verkäufern über die neusten Titel gesprochen hatte.

Während dieser Unterhaltungen stand ich meist etwas im Abseits, ich verstand kaum ein Wort, aber ich
hörte genau, wie lustvoll Clara das Italienische benutzte. Dieser Umgang entfremdete sie mir für kurze Zeit,
ich hatte das Gefühl, sie verwandelte sich in eine andere
Frau, ja sogar in einen ganz anderen Typ, dieses fremde
Wesen kannte ich nicht, nein, ich wusste nicht, was es
bewegte und woher es kam ...

Zwei- oder dreimal waren wir dann jedoch zusammen in
die kleine Stadt ihrer Kindheit gefahren und hatten ihre
Familie besucht, und wider Erwarten hatte ich mich dort
sehr wohlgefühlt. Das Wohlgefühl entstand dadurch,

dass Claras Eltern eine Gastwirtschaft führten und diese Gastwirtschaft mich an das Leben auf dem Land in der Gastwirtschaft meiner Großeltern erinnerte.

Ich empfand die verblüffende Ähnlichkeit zwischen diesen beiden Orten sogar derart stark, dass ich mich vom ersten Moment unserer Aufenthalte in die Arbeitsabläufe in der Wirtschaft einordnete. Ich arbeitete in der Küche mit, ich half beim Bedienen aus, ich kümmerte mich um die deutschsprachigen Gäste aus dem Rheinland und unterhielt mich mit ihnen über ihre Ferienaufenthalte in Südtirol.

Die Selbstverständlichkeit, mit der ich in dieses Leben hineinfand, gefiel Claras Eltern, sie sprachen immer wieder lobend und freundlich von mir, selbst die Brüder, die in Bozen und Innsbruck studierten, mochten mich, da ich nicht zu den angeblich *querulantigen*, sondern zu den erträglichen Deutschen gehörte.

Seltsamerweise behagte es Clara jedoch nicht, dass ich mit ihren Eltern und ihren Geschwistern so leicht zurechtkam. Einmal machte sie einen Witz darüber und behauptete, ich sei längst ein Sohn der Familie, ich erschrak, als sie das sagte, und hörte sofort auf, mich nützlich zu machen. Natürlich wusste auch sie nichts von meiner Vergangenheit, natürlich nicht, ich hatte ihr nur von der Gastwirtschaft meiner Großeltern erzählt, vom Landleben dort und von den Gemeinsamkeiten mit dem Landleben in Südtirol.

Auch das aber hörte sie gar nicht gern, denn sie verstand sich mit ihren Eltern nicht so gut wie die Brüder, ja, sie stritt sich beinahe täglich vor allem mit ihrer Mutter, die das Leben ihrer Tochter in ganz andere Bahnen lenken wollte.

Da nämlich nicht zu erwarten war, dass die Brüder die Wirtschaft einmal übernähmen, sollte das in absehbarer Zukunft Clara tun. Dem stand ihr Studium in Rom jedoch entgegen, es war ein Studium, das Claras Mutter überflüssig, ja im Grunde anstößig fand und das sie als einen offenen Affront gegen den Willen der Eltern bezeichnete.

Die Folge dieses von beiden Seiten heftig geführten Streits war, dass die Eltern das Studium der Brüder finanziell unterstützten, für Claras Studium jedoch nicht den geringsten Betrag aufbrachten. Um ihr Studium zu finanzieren, musste sie also nebenher arbeiten, und sie tat das vor allem als Übersetzerin, Dolmetscherin und Reiseführerin.

Du bist auch einer von denen, die angeblich mein Bestes wollen, hatte sie einmal zornig zu mir gesagt, als wir wieder einmal ein paar Tage in Südtirol verbrachten, und als ich versucht hatte, sie zu beruhigen, hatte sie behauptet, ihre Eltern seien zu mir so freundlich und liebenswürdig, weil sie in mir nicht einen Pianisten, sondern einen Gastwirtssohn sähen. *Die wollen, dass wir beide die Wirtschaft übernehmen,* sagte Clara, *das wollen sie und nur das! Mein Studium, Dein Klavierspiel – das ist für die nichts als Unsinn, verstehst Du?!*

So verliefen unsere Aufenthalte in ihrer Heimat jedes Mal so angespannt und gereizt, dass wir diese Besuche schließlich nicht mehr fortsetzten. Ab und zu fuhr Clara für ein paar Tage allein nach Hause, ich blieb währenddessen in Rom zurück und hütete mich nach ihrer Rückkehr, sie auf den Heimataufenthalt anzusprechen.

Später habe ich vermutet, dass sie einen Großteil ihrer starken Energien aus dem Kampf mit der Mutter und den Eltern bezog, ihnen wollte sie etwas beweisen, dafür studierte und arbeitete sie. Darüber hinaus aber blieb kaum noch weitere Kraft übrig, so dass sie in der Freundschaft mit mir eine eher passive Rolle spielte. Dass sie aber keineswegs immer so passiv war, bekam ich dann und wann mit, wenn sie in der Universität einen Vortrag oder ein Referat halten musste und mich dazu einlud.

Ich betrat einen Hörsaal und setzte mich in eine der letzten Reihen, ich wartete, bis Clara dran war, und ich erlebte zu meinem eigenen Staunen eine fließend und elegant Italienisch sprechende, rhetorisch geradezu auftrumpfende Studentin, in die wahrscheinlich alle ihre Kommilitonen heimlich verliebt waren. Man bekam den Blick nicht los von ihrem schönen, dunklen Gesicht und dem strengen Mund, von ihren knappen Bewegungen und den deutlichen Akzenten, sie sprach, als hielte sie eine Bewerbungsrede für höhere Aufgaben, ja ich sah sie bereits als junge Professorin, die auf Tagungen und Kongressen glänzte.

Der große Fehler, den ich machte, war, diesen Bildern und Eindrücken zu wenig Gewicht zuzumessen. Dazu aber trug durchaus auch Clara bei, erlebte ich doch immer wieder, wie sie sich nach solchen Auftritten an meine Seite flüchtete, ja, wie sie ihre Auftritte sogar parodierte und ironisch mit ihrem Wissen umging. Sie tat, als wollte sie auswischen oder ungeschehen machen, was ich gesehen hatte, ja, sie sprach von solchen Präsentationen wie von theatralen Vorstellungen, in denen sie nichts von dem sagen und zeigen könne, was sie in unsere Freundschaft einbrachte.

Ach, Johannes, das zählt doch alles nicht!, rief sie, und wenn ich fragte, warum es nichts zählte, legte sie mir eine Hand auf die Augen und küsste mich: *Das zählt, das allein zählt, merk Dir das!* Natürlich hörte ich so etwas gern, schließlich war ich süchtig danach, immer wieder Hymnisches über unsere Liebe zu hören, und schließlich war es mir recht, dass für Clara die Liebe allein zählte, denn auch mir bedeutete die Liebe ja neben dem Klavierspiel alles.

Das Klavierspiel und die Liebe gehörten aber nicht nur für mich, sondern für uns beide zusammen, Clara sprach immer wieder davon, welche Freude ihr mein Spiel und meine Auftritte in der Stadt machten. So lebte ich in der Vorstellung, dass sich letztlich wirklich alles darum drehte, und nahm Claras Studium ebenso wenig ernst wie das fremde Wesen, das fließend Italienisch sprach und sich mit anderen Menschen über ganz andere Themen unterhielt als mit mir.

Ich weiß nicht, was geschehen wäre, wenn ich wirklich mit meinem Klavierspiel Erfolg gehabt und ein großer Pianist geworden wäre. Vielleicht wären wir ja wirklich zusammengeblieben, und vielleicht wäre es uns gelungen, die Misstöne in unserer Liebe zu beheben. Das aber ist nicht geschehen, nein, unsere Liebe begann sich vielmehr genau von jenem Moment an aufzulösen, als mein Klavierprojekt scheiterte und damit das Schlimmste passierte, was für mich überhaupt hätte passieren können.

41

Erste vorzeichen bemerkte ich beim nachmittäglichen Üben in einem der Überäume, es war ein plötzlicher, stechender Schmerz im rechten Handgelenk und im Unterarm, ich dachte zunächst an eine Verspannung oder eine Verrenkung und kühlte die Hand unter kaltem, fließendem Wasser. Als ich danach weiterspielte, rötete sie sich schnell und schwoll oberhalb des Handgelenkknochens an, ich blickte entnervt auf das, was ich da sah, ich empfand es als lästige Störung und dachte allen Ernstes, es könne sich um einen Insektenstich oder etwas ähnlich Harmloses handeln.

Als ich mich wenig später mit Clara traf und ihr das geschwollene Handgelenk zeigte, wusste sie sofort, dass es sich um eine Sehnenscheidenentzündung handeln musste. Sie kannte das Leiden von einer Kommilitonin, die nach einem Stenografiekurs eine solche Entzündung bekommen hatte und niemals richtig davon geheilt wurde. Ich hörte mir an, was sie sagte, und ich sah, wie aufgeregt sie mit einem Mal war. *Johannes, das kann das Ende Deines Klavierspiels bedeuten*, sagte sie hastig und sichtlich nervös, *Johannes, das ist eine sehr schlimme Geschichte!*

Und ich? Ich nahm die angeblich schlimme Geschichte nicht ernst, nein, ich suchte nicht einmal eine Apotheke auf, um mir ein schmerzlinderndes Mittel zu beschaffen. Dabei brannte die Hand noch an demselben Abend abscheulich, es war ein bohrender, intensiver Schmerz, der starke Kopfschmerzen hervorrief und sich auch auf andere Partien des Körpers ausdehnte.

Ich aber wollte nicht glauben, dass ausgerechnet mir so etwas zustoßen konnte, nein, ich hielt mich für unverletzbar, weil mein ganzes bisheriges Leben ja aus fast nichts anderem als dem Klavierspiel bestanden hatte. Wenn ich nicht mehr Klavier spielen konnte, war alles aus, es durfte aber nicht alles aus sein, nein, auf keinen Fall, selbstverständlich nicht …, und weil alles nicht aus sein durfte, durfte ich auch nicht krank sein, auf keinen Fall …

In der ersten Nacht nach Claras Diagnose konnte ich nicht schlafen. Ich lag in meinem Bett und kühlte die entzündete Hand mit etwas Eis. Es half aber nicht, der Schmerz ließ nicht nach, nur die Rötung und die Schwellung gingen ein wenig zurück.

Am nächsten Morgen jedoch sprach ich davon, dass das Schlimmste vorbei sei, auch die Schmerzen, behauptete ich, seien zurückgegangen, alles sei nicht mehr der Rede wert, ich würde wieder üben, so wie bisher, so wie immer. Clara hatte inzwischen einen Arzttermin für mich vereinbart, sie machte sich große Sorgen, ich aber tat, als wäre bereits alles vorüber, ja, als brauchte man über das Thema nicht mehr zu reden.

Als ich am Nachmittag wieder in meinem Überaum saß, zuckte ich schon nach den ersten Akkorden zusammen. Jetzt nämlich war es nicht nur so, dass der stechende Schmerz sich sofort meldete, nein, ich konnte nicht einmal mehr richtig die Tasten anschlagen, sondern brachte nur noch einen schwachen und darüber hinaus noch elend verrutschten Akkord hervor. Wenn das so war, musste ich härtere Mittel anwenden!

Ich verließ das Zimmer und suchte eine Apotheke auf, ich tat, als hätte ich den Fuß verstaucht und deshalb schlimme Schmerzen, man gab mir ein starkes schmerzlinderndes Mittel, und ich nahm die dreifache Menge von dem, was mir der Apotheker geraten hatte. *Wann ist der Schmerz denn vorbei?*, hatte ich ihn gefragt, und er hatte von einer Stunde gesprochen. Also setzte ich mich in ein Café und wartete eine Stunde, der Schmerz musste jetzt nachlassen, ja er musste verschwinden, ich redete mir das immer wieder ein.

Nach einer Stunde glaubte ich wahrhaftig, kaum noch etwas zu spüren, na bitte, dieser Schmerz war wohl wie ein Fieber, er flog einen an und ließ sich genau so schnell wieder vertreiben, so dachte ich. Oben in meinem Überaum sah alles nach wenigen Minuten aber anders aus.

Ich hatte so geübt, wie ich immer geübt hatte, ich hatte mir keine Schonung auferlegt, und prompt bekam ich dafür die Quittung. Der Schmerz wurde so stark, dass ich aufstand und ans Waschbecken floh, ich drehte den Wasserhahn auf, ich kühlte wieder die Hand, ich nahm einen Schluck Wasser, und plötzlich erbrach ich mich heftig, zwei-, dreimal, in starken Schüben.

Ich habe nie in meinem Leben eine stärkere Panik erlebt als in diesem Moment, es war der Moment, in dem ich alles verloren sah. Ich verließ sofort wieder den Raum und telefonierte mit Clara, ich bat sie, den Arzttermin nun doch zu bestätigen, denn ich wollte jetzt sofortige Gewissheit.

Kaum zwei Stunden später erklärte mir ein Arzt in einer kleinen Praxis in der Nähe des Corso, dass eine schwere Sehnenscheidenentzündung vorliege, der Arm sofort geschient werden müsse und ein Spielverbot für mindestens drei Monate einzuhalten sei. Die Schiene wurde gleich angelegt und der Arm dick verbunden, am Schluss meines Besuchs fragte ich, ob dies das Ende meiner pianistischen Ausbildung sei, und der Arzt antwortete, ja, das könne durchaus das Ende sein.

Ich erzählte das Ganze dann Clara, die auf mich gewartet hatte, dabei gelang es mir, einigermaßen ruhig zu bleiben, die Erkrankung war noch nicht eingedrungen in mich, ich hielt sie noch weg von mir. Den weiteren Abend streunte ich mit Clara umher, wir kauften uns wie zur Beruhigung eine große Flasche Weißwein aus den *Castelli Romani*, und wir begannen, sie auf der Tiberinsel langsam zu leeren.

Der Wein half. Eigentlich durfte ich wegen der Schmerzmittel gar keinen Wein trinken, als ich aber spürte, wie beruhigend er wirkte und wie sich langsam eine gewisse Trance einstellte, wollte ich davon mehr. Clara trank nicht mehr mit, als ich eine zweite Flasche kaufte, wir saßen nebeneinander auf einer Treppe der

Inselanlagen und starrten auf den vorbeifließenden Tiber, ich erinnere mich nicht mehr, was ich damals zusammengeredet habe, jedenfalls glaubte ich nach der großen Menge Wein, dass ich gerettet und der Schmerz bereits verschwunden sei.

Ich riss den Verband und die Schiene herunter, triumphierend versuchte ich Clara zu beweisen, dass ich es geschafft hatte, ich bewegte meine Finger, als spielte ich, und ich setzte mich auf den Steinboden, um mit beiden Händen auf dem Boden zu trommeln ...

Das war der Anfang meines Kampfes mit der Krankheit, und es war ein Anfang, der geradezu typisch war für alles, was danach noch kam. Denn von nun an bestand mein Leben nur noch aus Gängen zum Arzt, aus Einnehmen von starken Medikamenten und aus verordneten und nicht eingehaltenen Zwangspausen. Nach jeder dieser Pausen war mein Spiel nicht mehr wiederzuerkennen, Stück für Stück verlor ich meine Fähigkeiten, bis es schließlich soweit kam, dass mir jegliches Klavierspiel für ein ganzes Jahr untersagt wurde ...

Ich stand noch immer im Überaum des Conservatorio und lehnte mich ein wenig aus dem Fenster. In einem dieser Räume hatte mein Abstieg begonnen, der schließlich zum Ende meiner Karriere geführt hatte. Eine Zeitlang hatte ich noch gegen den Schmerz angespielt, doch da hatte Clara mich bereits nicht mehr vom Conservatorio abgeholt. Die Tage, an denen ich auf die Straße geschaut und mein Herz bei jedem Anblick ihrer schönen Erscheinung einen kleinen Sprung gemacht hatte, waren vorbei.

Stattdessen trafen wir uns in der Stadt und verbrachten ein paar Stunden in einer ruhelosen Anspannung. Wir sprachen nicht von der Zukunft, wir erwähnten die Krankheit so wenig wie möglich, doch wir spürten immer deutlicher, dass unsere Treffen nicht mehr so leicht verliefen wie früher.

Ich war nicht nur unzufrieden, nein, ich war verzweifelt, vermied jedoch weiter um jeden Preis, von dieser Verzweiflung zu sprechen. Von Tag zu Tag empfand ich eine stärkere Leere, gegen die immer schwerer anzukommen war. Ich wurde wortkarg, ich saß stundenlang in der Nähe des Conservatorio, ich hörte meine früheren Kommilitonen üben und brach in Tränen aus, wenn ich hören musste, wie einem von ihnen eine besonders schwierige Stelle perfekt gelang.

Der schlimmste Punkt dieses Dramas war jedoch erst erreicht, als ich aggressiv wurde und diese Aggressionen sich gegen alles richteten, was noch mit Musik zu tun hatte. Dabei kam es schließlich auch zu dem Ereignis, das meine Trennung von Clara einleitete.

Sie hatte mir eine Schallplatte gekauft und wollte mir eine Freude machen, wir trafen uns in der Nähe eines Schallplattengeschäfts auf dem Corso, und sie schenkte mir die Platte mit einem unsicheren Lächeln. Ich schaute mir an, was es war, es war eine Brahms-Aufnahme des damals gefeierten Pianisten Bruno Leonardo Gelber, ich starrte auf das Geschenk und das Siegeslächeln dieser Pianisten-Legende, da wurde es mir zu viel.

Ich nahm die Platte und brach sie mitten durch, dann gab ich die beiden Hälften an Clara zurück und sagte:

Schenk mir so etwas nie wieder! Schenk mir überhaupt nichts mehr! Und lass uns endlich nach Südtirol gehen, um Deinen Eltern in der Wirtschaft zu helfen ...

Dort unten, dort unten neben dem Schuhgeschäft hat sie immer auf mich gewartet, ich sagte es schon. Wenn ich auf der Straße ankam, haben wir uns geküsst und standen dann eine Weile in so enger Umarmung, dass sich die halbe Umgebung wegen dieser Szene verzehrte. Ein Schnalzen, ein Zischen, ein paar Zoten, es machte uns nichts, wir achteten darauf nicht weiter ...

Jetzt hatten mich all diese Szenen doch noch ereilt! Dabei hatte ich so viel, ja alles dafür getan, nicht mehr an Clara erinnert zu werden!

Ich schloss das Fenster des Überaums, wusch mir die Hände, nahm einen Schluck Wasser und ging hinunter auf die Straße. Rasch eilte ich an dem Schuhladen vorbei, Antonia und Marietta warteten längst auf mich.

42

IN DIESEN Tagen bin ich sehr damit beschäftigt, das kleine Konzert auf dem Platz vor unserem Haus vorzubereiten, das ich Marietta versprochen habe. Im Grunde ist es das Konzert, das unsere gemeinsamen Klavierstunden beendet, denn eine Woche nach dem Konzert wird die junge, neue Lehrerin mein Amt übernehmen, und ich werde nur noch von ferne hören, wie Marietta ein Stück von Bach oder eine Komposition von Cole Porter spielt.

Bei all diesen Aktivitäten habe ich jedoch nicht das Gefühl, lediglich meine Pflicht zu tun oder ein nun einmal gegebenes Versprechen auch zu erfüllen, nein, ich spüre genau, dass mich dieses Konzert selbst sehr beschäftigt. So bin ich zum Beispiel zu den verschiedensten Verleihern von Konzertflügeln gegangen und habe dort einige Instrumente getestet, ich wollte keinen *Steinway*, wusste andererseits aber auch nicht, was es denn stattdessen sein sollte.

Schließlich entschied ich mich für einen *Bösendorfer* und damit für einen Kammermusik-Flügel, das Instrument ist etwas kleiner als die üblichen großen Konzertflügel, hat jedoch einen unvergleichlich weicheren, geschmeidigen Ton, der zu dem Programm, das Marietta eingeübt hat, sehr gut passt.

Das Ausprobieren der Instrumente aber bereitete mir ein so starkes Vergnügen, dass ich gar nicht aufhören wollte, wieder Klavier zu spielen. Ich erzählte niemandem etwas davon, sogar Antonia und Marietta gegenüber vermied ich jede Andeutung, fuhr aber alle zwei Tage unter einem Vorwand ins historische Zentrum, um mich nach einigen Alibi-Rundgängen und kleineren Einkäufen ins Conservatorio zu begeben. Im dortigen Sekretariat kannte man mich nun bereits, man begrüßte mich freundlich und gab mir sogar bereitwillig einen Schlüssel, wenn ich darum bat, für eine Stunde oder zwei in einem der Überäume proben zu dürfen.

Proben ..., ja, ich sagte wahrhaftig *proben*. Das Wort war mir herausgerutscht, eigentlich hätte ich *üben* sagen müssen, fand aber wohl, dass *üben* nicht das richtige Wort für einen Mann meines Alters war. Ein Mann in einem gewissen Alter mit einer langen Vorgeschichte übte nicht mehr, sondern er *probte*, ja, er probte selbst dann, wenn er überhaupt nicht vorhatte, wieder aufzutreten.

Das aber hatte ich natürlich nicht vor, nein, ich dachte daran nicht im Geringsten, obwohl man mich im Sekretariat sogar zweimal daraufhin angesprochen hatte. *Proben Sie für ein Konzert?*, hatte die Sekretärin mich nämlich gefragt und dabei so getan, als habe sie keinen Zweifel, dass ich bald auftreten werde. Ich stellte die Sache aber nicht klar, sondern erklärte hinhaltend, dass ein Konzerttermin noch nicht feststehe. Gerade diese Auskunft hatte die Neugierde des Sekretariats jedoch derart angestachelt, dass die Sekretärin sogar heimlich die Direktion des Conservatorio informiert hatte.

Ich saß kurz vor Mittag in einem Überaum und spielte Schumann, ich probte *Carnaval* und den *Faschingsschwank*, als ich durch ein Klopfen unterbrochen wurde. Ich öffnete die Tür einen Spalt und schaute auf den Flur, als ich den Direktor der Institution erkannte. *Darf ich Sie einen Augenblick stören?*, flüsterte er.

Ich nahm an, dass er mich bitten wollte, einen finanziellen Obolus für mein Proben und Üben zu entrichten, ja, ich schloss sogar nicht aus, dass er mich bitten wollte, auf weitere Aufenthalte in den Überäumen ganz zu verzichten. Für beides hätte ich Verständnis gehabt, schließlich war ich nichts anderes als ein entlaufener und gescheiterter *Ehemaliger*, der sich in fortgeschrittenem Alter noch einmal an den Jünglingsstücken Schumanns berauschte. Wie war es überhaupt dazu gekommen, dass ich mich wieder in diesem Conservatorio herumdrückte? Wie konnte ich mich derart gehen lassen und einem unbestimmten, nervösen Drang folgen?

Ich hätte mich beinahe auf der Stelle entschuldigt, als der Direktor wie ein Geheimbündler den kleinen Raum betrat und nicht aufhörte zu flüstern. *Warum flüstert er bloß so?*, dachte ich, *was ist nur mit ihm?* Er redete zunächst von früher und sprach davon, dass er von meiner Vorgeschichte als ehemaliger Schüler dieser Institution gehört habe. Gleichzeitig habe er jedoch auch mein Spiel gehört, dieses Spiel sei ja unüberhörbar, und es sei ein gutes, nein, ein sehr gutes Spiel. Die Sekretärin habe ihm mitgeteilt, dass es sich um Proben für ein Konzert handle, natürlich handle es sich darum, das hätte ihm die Sekretärin erst gar nicht mitzuteilen brauchen, wichtiger sei da schon die Mitteilung gewesen, dass ich über den genauen Termin und den genauen Ort nicht sprechen wolle. Er habe für eine derartige Geheimhaltung großes Verständnis, erlaube sich jedoch, einen Vorschlag zu machen. Er mache mir nämlich hiermit den Vorschlag, im Konzertsaal des Conservatorio mit einem Programm meiner Wahl zu einem Termin meiner Wahl aufzutreten. Er könne mir versprechen, ein solches Konzert gut vorzubereiten und breit zu bewerben, insgeheim habe er für diese gewiss Aufsehen erregende Veranstaltung auch bereits einen Titel. *Die Rückkehr eines Meisterschülers*, so wolle er den Abend nennen, denn ein solcher Titel beinhalte meine Geschichte. *Ihr Spiel hat eine Geschichte!*, rief er zum Schluss sogar so laut, dass ich grinsen musste. Was hätte er bloß gesagt, wenn er die *ganze* Geschichte und nicht nur die vom Abbruch meines Studiums durch eine Erkrankung gekannt hätte!

Anstatt jedoch diesem Zirkus gleich ein Ende zu machen, antwortete ich, dass ich mir seinen Vorschlag durch den Kopf gehen lasse und ihm sehr für seine Begeisterung danke. Zwei, drei Wochen solle er mir Zeit lassen, dann werde ich mich bei ihm melden, bis dahin aber wolle ich *proben*, in Ruhe und möglichst ohne dass jemand sonst davon erfahre.

Der Direktor willigte ein, natürlich werde niemand von meinen Proben erfahren, und natürlich lasse er mir Zeit, den Vorschlag zu durchdenken. Er bitte nur darum, ihn über meine künftigen Auftritte zu informieren, er wolle in dieser Hinsicht Bescheid wissen, ja, er müsse Bescheid wissen, unbedingt.

Als er wieder verschwunden war, war ich so durcheinander, dass ich nicht mehr spielen konnte, das Angebot war sehr verlockend, obwohl ich nicht wusste, ob ich noch einmal die Kraft haben würde, wochenlang für ein Konzert zu proben, das mich überdies sentimental und nostalgisch als einen heimgekehrten Sohn des römischen Conservatorio präsentieren würde.

Glücklicherweise war Mittag, und ich hatte ein wenig Hunger, deshalb schloss ich das Fenster des Überaums, lief die Treppe herunter und verließ das Gebäude. Selbst unten auf den Straßen wirkten die Worte des Direktors aber noch nach, ich hatte mit einem derartigen Vorschlag nicht gerechnet, nein, dieses Angebot hatte mich aus heiterem Himmel erwischt. Eigentlich kam ein solcher Auftritt überhaupt nicht in Frage, andererseits aber schmeichelte mir das Angebot, ja ich konnte doch nicht so tun, als sei mir das Ganze vollkommen gleichgültig.

Ich ging durch die Gassen in der Nähe der Spanischen Treppe, jetzt öffneten gerade die Restaurants, die Tische wurden eingedeckt und die Küchenfenster weit aufgerissen, von Minute zu Minute verwandelte sich diese Gegend nun immer mehr in ein einziges Herdfeuer, dessen Flammen von Küche zu Küche übersprangen. Die ersten Gäste hatten schon an den kleinen Tischen im Freien Platz genommen, ich ging an den langen Tischreihen entlang und überlegte, ob ich irgendwo Platz nehmen sollte, tat es dann aber doch nicht, sondern ließ mich eine Weile treiben.

Früher war ein Besuch von Restaurants nicht möglich gewesen, ich hatte kein Geld dafür gehabt, deshalb war ich nur wie ein Voyeur in diesen Genuss-Zonen unterwegs gewesen, ohne etwas anderes zu mir zu nehmen als kaltes Wasser.

Ich hatte die Restaurants und Lokale aber keineswegs links liegen gelassen, nein, ich hatte sie alle betreten und immer wieder durchstreift, ich hatte einfach so getan, als suchte ich nach einem Bekannten, mit dem ich zum Essen verabredet war. Das Schauen, die Blicke – manchmal hatte das sogar eine Weile gereicht, den Hunger zu stillen, ja, ich trieb das Ganze noch auf die Spitze, indem ich mir die Namen bestimmter Gerichte und die Angebote ausgesuchter Restaurants sorgfältig notierte.

So verfügte ich über kleine Kladden mit ausführlichen Listen römischer Speisen, ich wusste recht genau über ihre möglichen Kombinationen und die Eigenheiten der römischen Küche Bescheid, obwohl ich die wenigsten dieser Speisen gekostet, sondern meist von einer Küche der armen Leute gelebt hatte.

Diese Küche gab es auf den großen Märkten nach dem Ende der Marktzeiten, es war eine Küche von Resten, die dann fast umsonst zu bekommen waren. Brot, Fisch, Käse, Gemüse, Obst – all das wurde am späten Mittag an die herumstreunenden Hungerleider verschenkt, man packte alles in eine Busta und verschwand so schnell es ging, man beschaffte sich etwas Wein und natürlich das überall fließende kalte Wasser und zog an den Tiber oder in einen Park, dort lag man dann Stunden im milden Schatten, genoss die aufgetriebenen Speisen, trank mäßig und vertiefte sich in ein Buch oder einfach nur in das statische Blau des römischen Himmels …

Ich bewegte mich immer weiter durch die Genusszonen, das ganze mittägliche Leben bestand jetzt nur noch daraus, sich lange und besonnen den Speisen zu widmen, schon früher hatte ich meine Freude daran gehabt, zu beobachten, wie begeistert die Römer aßen, wie andächtig, wie passioniert und wie viel Zeit sie sich für diese mittäglichen Rituale doch nahmen!

Ab und zu kam ich auch an einer *Tavola calda* vorbei,

damals, in meinen Jugendjahren, hatte das Geschäft mit diesen kleinen Imbissen und Garküchen wieder vermehrt begonnen, jetzt aber gab es fast überall diese Lokale mit langen Vitrinen, die Gerichte aller Art zur Schau stellten.

Als ich an einer der ältesten am Largo Argentina vorbeikam, blieb ich einen Moment stehen und ging dann hinein. Richtig, hier hatte ich mich früher oft mit nur wenigen Lire herumgetrieben, es gab zunächst Pasta in allen nur erdenklichen Variationen, dann gebratenes Fleisch, Fisch und Gemüse aller Art. Mit einem Tablett in der Hand war ich an all diesen Köstlichkeiten entlanggelaufen, ich hatte grübelnd vor einem Lasagne-Auflauf gestanden und die guten, mit Pilzen übersäten dünnen Kalbsmedaillons angestarrt, bis ich mich den Beilagen gewidmet hatte.

Die kleineren Beilagen gab es für die richtigen Esser umsonst, wenn man es geschickt anstellte, trat man als ein solcher Esser auf und holte sich Beilagen nach, meist handelte es sich um mit Käse gefüllte Reisklöße, um lang eingekochte und mit etwas Käse überbackene Auberginen oder um sehr dünne, mit ein wenig Käsecreme gefüllte Kroketten.

Ich nahm mir einen kleinen Teller und belegte ihn mit jeweils einer dieser Köstlichkeiten, daneben gruppierte ich ein frisch gebackenes Brötchen und eine winzige Portion in Öl eingelegtes Gemüse. Als ich bezahlen wollte, schaute mich die Frau an der Kasse zweifelnd an: *Das ist alles? Wollen Sie nichts Richtiges essen?* Ich lachte, nein, ich wollte nichts Richtiges essen, denn ich befand mich in einer Nostalgie-Falle, bei der es nicht wirklich um das Essen, sondern um die Erinnerung ging.

Die Frau winkte mich durch und nahm kein Geld, genauso war es früher in glücklichen Momenten gewesen, ich lachte noch einmal und begann, vor mich hin zu pfeifen, ich kam mir beinahe so vor, als wäre ich wieder der arme Student von früher, der gerade einen Höhepunkt seines Hungertages erlebte und sich vor lauter Freude kaum beherrschen konnte.

Ich setzte mich an eines der großen Fenster, durch die man den Verkehr auf dem Largo beobachten konnte, ganz in der Nähe hatte der junge Thomas Mann mit der Niederschrift seiner *Buddenbrooks* begonnen, ich wusste das seit ewigen Zeiten, aber ich hatte mir nie vorstellen können, wie man angesichts der römischen Verhältnisse rings um diesen Largo ausgerechnet mit so etwas wie einer hanseatischen Kaufmannsgeschichte hatte beginnen können.

Ich kostete von den Reisklößen, unglaublich, sie schmeckten genau wie früher, bis in die letzte Nuance! Und die Auberginen? Ebenfalls unverändert! Und die kleinen Kroketten? Vielleicht eine Spur leichter und mit weniger Öl zubereitet! Ich lachte zum dritten Mal laut, man hätte mich für einen jener Menschen halten können, die sich gerade in solchen Garküchen häufig sehen ließen, sie sprachen gern mit sich selbst und waren immer allein, sie erzählten Geschichten, die niemand hören wollte, und hockten dann Stunden an einem der Tische, bis man sie vertrieb.

Ich lachte noch immer, da bemerkte ich Antonia, die mich von draußen, von jenseits der Scheibe, anblickte. Sie schaute irritiert, ja, sie traute ihren Augen nicht recht, dann schüttelte sie den Kopf und kam herein. *Hey, was machst Du denn hier?*, fragte sie. – *Ich spiele 70er-Jahre-Boheme*, sagte ich, *ich bin Mitglied einer Boheme-Gruppe, studiere am Conservatorio und muss mit fünfhundert Lire am Tag auskommen.* – *Hattest Du früher wirklich so wenig Geld?* – *Am Ende der Monate habe ich nur noch von Wasser und Brötchen gelebt.*

Sie nahm sich ebenfalls ein Tablett und holte sich etwas zu essen, und ich erklärte ihr, dass es nach Mariettas Konzert ebenfalls ein kleines Büfett mit lauter typischen Garküchen-Gerichten geben solle. *Glaubst Du denn, dass überhaupt ein paar Leute erscheinen?* – *Ich habe zweitausend Handzettel mit dem Programm drucken lassen*, antwortete ich. – *Und wer soll all diese Handzettel verteilen?* – *Na wer schon? Ich selbst werde sie verteilen, ich werde sie in der gesamten Umgebung des Testaccio-Marktes verteilen und in vielen Geschäften aushängen lassen.*

Antonia stockte einen Moment und schaute mich an: *Sag mal, Giovanni, warum gibst Du Dir mit diesem Konzert so viel Mühe? Ist das wirklich notwendig? Kostet es Dich nicht zu viel Zeit?* – *Nein, Antonia, es kostet mich nicht zu viel Zeit. Es ist Mariettas Konzert, aber ein klein wenig ist es auch mein Konzert, denn ich habe sie eine Weile unterrichtet. Als Lehrer bin ich stolz auf meine Schülerin, als Lehrer tue ich alles, um meiner Schülerin einen großen Auftritt zu verschaffen.*

Antonia blickte mich etwas skeptisch an und antwortete nicht. Wir sprachen noch eine Weile über einige andere

Themen, dann fragte sie mich, ob ich mit ihr nach Hause fahren wolle. *Noch nicht*, antwortete ich, *ich komme später nach.* Sie verabschiedete sich mit einem Kuss und verließ das Lokal, während ich auf meinen Teller blickte. Vor lauter Begeisterung für meine Vorhaben hatte ich kaum etwas gegessen, deshalb waren all die köstlichen Kleinigkeiten nun erkaltet und lagen da wie ein Stillleben. *Stillleben einer Boheme-Mahlzeit, Rom 1972*, flüsterte ich leise und lachte erneut.

Dann aber ließ ich mir einen Plastik-Teller geben, legte die Köstlichkeiten darauf, kaufte noch eine kleine Flasche Weißwein aus den *Castelli Romani* und machte mich auf den Weg hinüber zur Tiberinsel, um meine frugale Mahlzeit dort in Ruhe zu genießen.

43

NACH MEINER Trennung von Clara und dem Ende meiner Pianisten-Laufbahn packte ich dann irgendwann meinen Seesack und nahm von Signora Francesca und den Bewohnern des Hauses in der Via Bergamo 43 Abschied. Mehr als zwei Jahre hatte ich in diesem Haus gelebt und dort die glücklichsten, aber auch die traurigsten Zeiten meines Lebens verbracht.

Da ich glaubte, ich würde nie mehr nach Rom zurückkehren, fiel mir der Abschied von der Ewigen Stadt sehr schwer. Ich zögerte ihn denn auch mehrmals hinaus, indem ich die anvisierten Abreisetage verstreichen ließ und mich gar nicht erst um eine Zugfahrkarte bemühte. Signora Francesca drängte mich, noch länger zu bleiben, sie wollte für mein Zimmer nicht einmal Geld haben, ich aber wusste, dass meine Rom-Tage zu Ende waren, ja, ich spürte, dass ich trotz meiner starken Liebe zu Rom nichts mehr in dieser herrschaftlichen Stadt zu suchen hatte.

Eine weitere Hürde für meinen Abschied aber bestand darin, dass ich meinen Eltern nichts von meinen Niederlagen geschrieben hatte. Die Trennung von Clara brauchte ich ihnen gegenüber nicht zu erwähnen, denn von dieser Liebe wussten sie ja nichts, von meinem pianistischen Studium dagegen hatte ich immer detailliert berichtet und davon bisher ausschließlich Gutes erzählt.

Beide mussten also vermuten, dass ich in weniger als einem Jahr das Konzertexamen machen werde. Wir hatten den ungefähren Termin dieses Examens in unseren Briefen bereits mehrfach erwähnt und sogar vereinbart, dass die Eltern dann nach Rom kommen würden. Bis zu diesem Zeitpunkt wollten wir alle direkten Kontakte vermeiden, auch darüber waren wir einig gewesen.

Ich wusste, wie schwer meinen Eltern diese Vereinbarung gefallen war, wir hatten sie jedoch für notwendig gehalten. Unser Zusammensein vollzog sich nach so alten Ritualen, dass wir gar nicht absehen konnten, wie wir auf etwaige Treffen reagiert hätten. Deshalb hatten wir es für das Beste gehalten, uns für die Dauer meines Studiums nicht zu sehen, in der römischen Ferne sollte ich mein eigenes Leben führen, ohne es mit früheren Geschichten zu tun zu bekommen.

All diese gut gemeinten Pläne und Vorsätze hatten sich nach meinem endgültigen Scheitern jedoch erledigt. Mir blieb nichts anderes als zu meinen Eltern in die Heimat zurückzukehren, andere Pläne hatte ich nicht, ja es war mir sogar ganz unmöglich, über andere Pläne überhaupt nur nachzudenken. Wie aber sollte ich plötzlich wieder zu Hause auftauchen, um dort offen davon zu sprechen, dass die Jahre in Rom zu nichts geführt hatten? Ich wusste nicht, wie das gehen sollte, ja, ich zuckte allein schon bei der Vorstellung zusammen, mich einsam und allein dem Haus auf der Höhe zu nähern und in all meiner Hilflosigkeit und Armut vor meine Eltern zu treten.

Immer wieder überlegte ich Ausflüchte: Sollte ich mit Walter Fornemann telefonieren und ihn einweihen? Sollte ich meinen Onkel in Essen bitten, die Eltern auf die schlimmen Nachrichten vorzubereiten? Nein, das alles sollte ich keineswegs tun, ich wollte vielmehr den Mut aufbringen, die Rom-Geschichte den Eltern selbst zu erzählen! Brachte ich das aber wirklich fertig? Und wie konnte ich vermeiden, dass meine Erzählung für meine Mutter oder für mich in einer psychischen Katastrophe endete?

Ich erinnere mich gut, wie ich am späten Nachmittag meiner Rückreise mit dem Zug in Köln ankomme. Die Versuchung ist groß, den Bahnhof zu verlassen und sich in der Stadt herumzutreiben, ich widerstehe ihr aber und nehme den nächsten Zug auf das Land. Ich bin von der langen Reise müde und erschöpft, werde jedoch während des letzten Teilstücks plötzlich hellwach. Ich spüre ein Frösteln und eine irritierende Kälte, obwohl es im Zug und draußen im Freien warm, ja, beinahe schwül ist.

Jedes Mal, wenn der Zug hält, verstärkt sich mein Unwohlsein, ich spüre genau, wie ich Station für Station einem fernen Fluchtpunkt näherkomme, auf den mein Leben jetzt zuläuft. Meine Eltern wissen nichts von meinem Kommen, ahnungslos sitzen sie in unserem noch immer einsam gelegenen Haus auf der Höhe und gehen ihren Beschäftigungen nach. Ich werde mich bemerkbar machen müssen, denn ich habe keinen Schlüssel. Soll ich mich an einem Fenster zeigen, soll ich klopfen, soll ich die Klingel drücken?

Ich habe viel längere Haare als vor meiner Abfahrt nach Rom, und ich habe eine viel dunklere Haut, ich weiß gar nicht, ob meine Eltern mich auf den ersten Blick erkennen. Meine rechte Hand ist bandagiert, und meine Kleidung sieht nach der langen Zugfahrt nicht gut aus. Ich bin sehr nervös, meine Fingerkuppen sind feucht, während der Zugfahrt bin ich immer wieder für eine halbe Stunde eingeschlafen und habe von Rom geträumt.

Ich habe kleine Feuer gesehen und den Klang einer Orgel gehört, und ich habe Signora Francesca zugehört, wie sie mir Ratschläge für den Umgang mit meinen Eltern gab und mich zu trösten versuchte.

Schlimm ist, dass ich nicht weiß, wo Clara sich aufhält. Ich habe keine Ahnung, nein, nach unserer Trennung ist sie umgezogen und hat nichts hinterlassen. Ich hätte ihr so gerne zum Abschied geschrieben, ich hätte ihr am liebsten einen langen Brief geschrieben. Natürlich hätte ich nicht erwartet, sie zu einer Antwort oder einer letzten Begegnung bewegen zu können, es hätte mir auch schon gutgetan, ihr überhaupt eine Nachricht und ein paar Gedanken zu unserer Liebe hinterlassen zu können. Es ist verrückt, aber ich glaube nicht mehr daran, noch einmal nach Rom zu kommen, und genauso wenig glaube ich, mich noch einmal zu verlieben.

Als der Zug zum letzten Mal hält und ich aussteige, begegne ich schon auf dem Bahnhof einer Gruppe von früheren Bekannten meiner Eltern. Sie schauen mich an und erkennen mich nicht, ich mache einen Test und frage sie etwas auf Italienisch, sie schütteln die Köpfe, nein, sie verstehen mich nicht und ahnen anscheinend wirklich nicht, wer sie gerade etwas fragt.

Ich gehe hinüber zu dem kleinen Taxistand direkt vor dem Bahnhof, auch den Fahrer kenne ich von früher, ich stelle mich neben das Taxi, der Fahrer kurbelt die Scheibe herunter. Ich mache noch einmal den Test und frage auf Italienisch, wie weit es bis zu meinem Elternhaus sei. *Nix capito*, antwortet der Fahrer und kurbelt die Scheibe sofort wieder hoch.

Ich nehme den Seesack auf den Rücken und gehe los, ich verlasse die Dorfstraße, biege auf eine schmale Landstraße ein und gehe schließlich auf einem Feldweg weiter. Das Getreide ist schon gemäht, nur die dunkelgrünen Maisstauden stehen noch hoch. Als Kind bin ich zwischen ihnen wie in einem Dschungel verschwunden. Während des Gehens auf dem Feldweg wird die Rührung immer stärker, ich habe das beengende Gefühl, von allem, was ich sehe, begrüßt und erdrückt zu werden. Ich muss schlucken, immer wieder, schon wenn ich die weiten Stoppelfelder und die Waldlinien des Horizonts sehe, muss ich schlucken. Erst jetzt bemerke ich, wie lange ich keine Wälder wie diese mehr gesehen habe. Am liebsten würde ich mich irgendwo am Rand eines Feldes hinlegen und ausruhen, ja, am liebsten würde ich ganz in der Stille verschwinden.

Dann der letzte Anstieg, am Stromhäuschen vorbei, an den Kuhweiden, an der Pferdekoppel, das alte Wegkreuz steht jetzt neben einer neuen Bank. Ich sollte mich einen Moment setzen, nein, das sollte ich nicht, ich sollte es hinter mich bringen, ich sollte mich jetzt zeigen, ich sollte klopfen oder klingeln, ich sollte aufgeben, noch etwas anderes zu wollen als klopfen oder klingeln.

Dort drüben beginnt unser Wald, die Hecken am Zaun entlang sind viel höher und dichter als früher, man kann das Haus auf der Höhe nicht mehr sehen. Das breite Zauntor steht offen, rechts der kleine Briefkasten, dann die großen Holzstapel und die Haselnußsträucher. Die dunklen Eiben, wie groß sie geworden sind, und die schweren Buchen sind mit ihren Wipfeln dicht an das Hausdach gerückt!

Jetzt, jetzt erkenne ich das Haus doch, in der Küche ist Licht, auch im Esszimmer könnte sich jemand aufhalten. Ich kann aber nicht weitergehen, ich kann das Bild des Elternhäuschens nicht ertragen, es ist zu viel. Ich bleibe stehen und starre auf das erleuchtete Haus, dann schlage ich mich nach links in den Wald. Auch das Blockhaus meines Vaters ist erleuchtet, ich schleiche mich an und bleibe dann seitlich des Hauses stehen.

Ich höre Musik, vielleicht hört mein Vater gerade Musik, ja, jetzt erkenne ich das Stück wieder, mein Vater hört eine Arie aus einem Oratorium von Händel. Mein Vater liebt Händel, mein Vater liebt die alte Musik, wahrscheinlich hat er seine große Schallplattensammlung jetzt vollständig im Blockhaus untergebracht.

Einen kleinen Schritt noch mache ich vorwärts und schaue dann vorsichtig durch das Fenster. Der große Schreibtisch ist mit lauter Zeichnungen bedeckt, und auch an den Wänden sind viele Messtischblätter und Zeichnungen angebracht.

Es gibt einen bequemen Stuhl in der Nähe des Fensters, und es gibt lauter grüne, mit feinen Tuschbuchstaben beschriftete Kartons auf mehreren großen, bis zur Decke reichenden Regalen. Ich höre die Musik gut, aber mein Vater ist nicht im Zimmer, wahrscheinlich ist er vor wenigen Minuten hinunter ins Haus zum Essen gegangen.

Ich überlege, ob ich Vaters Blockhaus betreten soll, nein, auch das kommt gar nicht in Frage. Mein Weg führt jetzt direkt hinab zum Wohnhaus, dort habe ich zu klopfen oder zu klingeln. Ich wische mir die Stirn trocken, immer wieder, ich schwitze, ich stelle den Seesack vor der

Tür des Blockhauses ab. Dann gehe ich in der einsetzenden Abenddämmerung auf das Haus zu.

Ich gehe die letzte, schmale Treppe herunter, das erste Fenster, das ich erreiche, ist das Fenster der Küche. Ich stelle mich nicht vor das Fenster, ich klopfe noch nicht, ich schaue vorsichtig von der Seite hinein. Alles, was ich sehe, erscheint, als wäre es in den Stein der Ewigkeit gehauen: Der Küchentisch mit der grünen, abwaschbaren Decke, der alte Herd mit den kleinen Brikettsäulen im unteren Fach, der Elektroofen, die weiße Küchenuhr mit dem langsam voranrückenden Sekundenzeiger, die beiden Küchenstühle, der helle Fliesenboden.

Meine Mutter hat gerade das Abendessen vorbereitet, auf dem Tisch liegen Bündel von Radieschen, eine angeschnittene Gurke, Tomaten und grüner Salat. Daneben steht eine große Platte mit verschiedenen Käse-Sorten, die anscheinend später noch in das Esszimmer geholt werden soll.

Meine Eltern sitzen im Esszimmer am Esstisch, sie essen zusammen zu Abend ... – als ich die Küchenszene überflogen habe, weiß ich das genau. Ich schleiche um das Haus und nähere mich dem Fenster des Esszimmers entlang einer Reihe hoch stehender Eiben. Man kann mich vom Zimmer aus nicht sehen, nein, es ist viel zu dunkel. Ich kauere mich auf den Boden, ich drehe mich dem Fenster des Esszimmers zu, da sehe ich meine Eltern.

Meine Mutter und mein Vater sitzen einander gegenüber, sie essen zusammen zu Abend, es stimmt. Meine Mutter trägt ein dunkelgrünes Kleid und eine Halskette mit kleinen, glänzenden Perlen, ihre langen Haare sind offen, wie ich es noch selten so bei ihr gesehen habe. Mein Vater trägt ein weißes Hemd mit bis zum Unterarm hochgekrempelten Ärmeln und schwarze, breite Hosenträger. Auf dem Esstisch brennt ein Leuchter mit drei Kerzen, ich erkenne eine Flasche Rotwein, ich höre, dass mein Vater spricht, verstehe aber kein Wort.

Als ich meine Eltern sehe und wiedererkenne, weiß ich von einem auf den andern Moment, was ich tun werde: Ich werde mein Elternhaus nie mehr verlassen, nein, nie mehr, ich werde von nun an zusammen mit meinen Eltern leben und mich nie mehr von ihnen entfernen. Nichts anderes werde ich tun, als genau das, nichts anderes, ich werde weder studieren noch einen Beruf anstreben, ich werde überhaupt nichts anstreben, ich werde zusammen mit meinen Eltern leben. Wie hatte ich überhaupt den großen Fehler begehen können, sie zu verlassen? Mich über zwei Jahre von ihnen zu trennen? In Rom ein anderes Leben zu suchen, ein Leben ohne meine Eltern?

Es ist doch ganz einfach und klar, ich gehöre zu ihnen, und sie gehören zu mir. Zusammen bestehen wir das Leben, zusammen haben wir keine Angst, zusammen nehmen wir es mit allen Gefahren auf.

Ich atme durch und erhebe mich, ich spüre plötzlich, dass es mir besser geht und dass es mir jetzt leichtfällt, mich bemerkbar zu machen. Ich habe den Weg nach Hause gefunden, ich habe zurückgefunden, das ist es, ja, genau, ich kehre nun dorthin zurück, wo ich meine Kindheit verbracht habe und wohin ich gehöre. Ich gehöre nicht nach Rom, ich gehöre auch nicht an einen anderen Ort, nein, ich gehöre genau an diesen Esstisch vor meinen Augen!

Ich streiche mit der rechten Hand über die Kleidung und glätte sie ein wenig. Dann fahre ich mit beiden Händen durch meine langen Haare. Ich strecke mich, ich atme noch einmal aus, dann tue ich einige Schritte aus dem Dunkel der Eiben nach vorn und klopfe vorsichtig gegen die Scheibe.

Ich sehe, wie mein Vater sich umdreht, dann sehe ich, dass mich meine Mutter auf den ersten Blick, jäh, erkennt. Ich rühre mich nicht, niemand rührt sich, da höre ich meine Mutter: *Johannes! Mein guter Junge!*

Ich sehe, dass mein Vater aufsteht und mich durch die Scheibe anstarrt, ich sehe, dass er noch nicht ganz sicher ist, ob diese Erscheinung wirklich sein Sohn ist. Er schaut nach, ich spüre genau, wie er mich mustert, dann aber sehe ich, wie sein schönes, ernstes Gesicht sich in ein Lächeln verwandelt. Mein Vater lächelt mich an, ja, ich sehe, wie meinen Vater eine regelrechte Freudenwelle durchfährt. Er greift sich verlegen an die Stirn, er weiß vor Aufregung gar nicht, wohin mit den Händen, dann aber höre ich ihn lachen, immer lauter, ich höre meinen Vater ein so lautes Begrüßungslachen lachen, dass dieses Lachen bis nach draußen schallt.

Meine Eltern machen sich nun beide auf den Weg zur Haustür, als ginge es für jeden von ihnen darum, als Erster dort anzukommen. Ich umrunde das Haus und höre, wie die Haustür von innen aufgeschlossen wird. Klickklickklack, dreimal wird der Schlüssel umgedreht, ganz wie früher. Ich komme nun auch vor der Haustür an, ich bin angekommen, ich bin wieder zu Hause.

44

WOCHEN SPÄTER führe ich ein Leben wie vor meinem Aufbruch nach Rom. Die einzigen Unterschiede bestehen darin, dass ich kein Klavier mehr übe und nicht mehr jeden Tag nach Köln zum Gymnasium fahre. Ich übernachte in meinem früheren Zimmer oben unter dem Dach, ich habe die alten Bücher um mich und lese manchmal ein wenig in ihnen, meine Schallplatten habe ich ins Blockhaus meines Vaters gebracht und sie in seine Schallplattensammlung einsortiert.

Eine regelmäßige Arbeit habe ich nicht, und meine Eltern drängen mich auch nicht, eine solche Arbeit zu suchen. Im Gegenteil, meine Mutter hat sich für eine längere Pause ausgesprochen, und mein Vater meint ebenfalls, dass ich nichts überstürzen, sondern erst wieder ganz gesund werden solle.

Ich trage weiter eine Bandage an der rechten Hand und fahre ab und zu in die Kölner Universitätskliniken, um mich dort untersuchen zu lassen. Der zuständige Arzt legt mir jedes Mal nahe, nicht wieder mit dem Klavierspiel zu beginnen, er redet eindringlich auf mich ein und erzählt von Fällen, in denen sich die Krankheit nach vorzeitigem Üben so sehr verschlimmert haben soll, dass der Patient nur mit hohen Dosierungen an Medikamenten leben konnte.

Wenn ich so etwas höre, nicke ich und tue so, als sei ich beeindruckt, das bin ich aber nicht, schließlich weiß ich, dass ich nie mehr Klavier spielen werde, nie mehr. Ich habe die Pianistenlaufbahn endgültig aufgegeben, und ich werde erst recht keine Anstrengungen unternehmen, einen Beruf zu erlernen, der sonst etwas mit dem Klavier zu tun hat. Obwohl ich das absolute Gehör habe, werde ich kein Klavierstimmer werden, und ein Klavierlehrer werde ich auch nicht werden, auf keinen Fall, niemals.

In diesen ersten Wochen nach meiner Rückkehr kann ich sogar überhaupt keine Musik mehr hören. Sobald ich aus dem Blockhaus meines Vaters Musik höre, suche ich nach einem Ort, an dem ich davon nichts mitbekomme. Nur die französischen Chansons, von denen meine Mutter noch immer täglich einige hört, sind erträglich.

Überhaupt fühle ich mich in der Gegenwart meiner Mutter wieder am wohlsten. Sie führt inzwischen ein Leben, das mindestens zur Hälfte mit Frankreich zu tun hat und von französischen Romanen und französischer Musik genährt und begleitet wird. Noch immer liest sie gern vor, ja, das Vorlesen ist sogar zu einer ihrer liebsten Beschäftigungen geworden. So gibt es in der kleinen Landbibliothek, die sie leitet, einmal in der Woche einen Vorleseabend, an dem sie in Fortsetzungen aus Romanen liest.

Da ich das gerne auch einmal erleben möchte, gehe ich mit ihr und höre mir eine solche Lesung an. Der Lesesaal ist mit Menschen überfüllt, sie sitzen zwischen den Bücherregalen bis zum Fenster, sie kommen aus allen Altersklassen, und die meisten von ihnen haben bestimmt noch nie einem Vorleser zugehört.

Wegen der schlechten Luft stehen die Fenster weit offen, so dass man die weiche Stimme meiner Mutter auf dem gesamten Kirchplatz hört. Auch dort draußen bleiben die Menschen manchmal stehen und hören zu, die Wirkung, die von dieser sacht auf und ab schwingenden, jeder Satznuance folgenden Stimme ausgeht, ist unglaublich.

Mutter liest Romane von Balzac, einen nach dem andern, sie will den ganzen Balzac vorlesen, in einer jahrelang sich fortsetzenden Vorlese-Reihe. Wenn sie zu Hause etwas im Stillen liest, widmet sie sich Stendhal, Flaubert und Proust, ich bitte sie, mir und nur mir aus den Romanen dieser Schriftsteller vorzulesen, und sie freut sich, dass ich mir das von ihr wünsche.

Und so sitzen wir wie in meinen Kindertagen im Wohnzimmer, trinken Tee, hören Chansons und reisen in Gedanken nach Frankreich. Mutter meint, dass solche Nachmittage wertvoller seien als jede Medizin, und Vater stimmt so kühnen Behauptungen jedes Mal zu, weil ihm auch noch keine Alternative für mein Leben einfällt.

Ich selbst aber werde von Tag zu Tag ein wenig ruhiger. Ich schlafe morgens aus, gehe in der Umgebung spazieren, erledige für meine Mutter die Einkäufe und arbeite in dem großen Garten, der das Haus umgibt. Ich habe das Gefühl, in Rom einen steilen Weg hinauf in eine schwindelerregende Höhe gegangen und mitten auf diesem Weg abgestürzt zu sein. Ich habe alles gegeben und alles verloren, das rede ich mir ein, und mit der Zeit erscheint mir diese Version wirklich als meine Geschichte.

Die Sehnsucht nach der Ewigen Stadt freilich wird dadurch nicht schwächer. Ich träume noch immer von Rom, ich träume von Clara, und ich telefoniere heimlich mit Signora Francesca, um die brennende Sehnsucht wenigstens notdürftig zu stillen. Meist bitte ich sie, ein Fenster zu öffnen und mich die Geräusche aus dem Innenhof des römischen Wohnhauses hören zu lassen. Signora Francesca kommt diesem Wunsch gerne nach, sie versteht mich, und sie beendet jedes Telefonat mit den Worten: *Johannes, Du weißt, hier ist für Dich immer ein Zimmer frei!*

Es gibt Tage, an denen ich nahe dran bin, sofort wieder nach Süden zu reisen. Dann helfe ich mir, indem ich mich in mein Zimmer zurückziehe und über den Weltempfänger italienische Rundfunksender höre. Ich lege mich auf mein Bett und höre das Perlen der italienischen Sprache, ich stelle mir vor, ich sei in den römischen Straßen unterwegs. In der ersten Kapelle der Chiesa Sant' Andrea della Valle im rechten Seitenschiff befindet sich welches Gemälde? Und in der ersten Kapelle rechts der Chiesa Santa

Maria del Popolo hat der Maler Pinturicchio welche Szene gemalt? Rom ist ein großes Puzzle, das ich wie in einem Spiel mit wechselnden Schwierigkeitsgraden zusammensetze. Ich spreche darüber mit niemandem, es ist ein Spiel, das ich brauche, um die stets latente Trauer nicht allzu mächtig werden zu lassen.

Meinen Eltern erzähle ich von meinen römischen Lehrern und Freunden, von meinen Konzerten und Auftritten. Für Mutter sind diese Erzählungen ein Pendant zu ihren Vorlesestunden, während mein Vater sich meine Geschichten still anhört, als warte er insgeheim noch auf einen besonderen Clou. Manchmal vermute ich, dass meine Eltern mir die Liebe zu Clara anmerken, diese große Lücke in meinen Geschichten muss doch spürbar sein, niemand von ihnen fragt mich aber nach einem solchen Thema.

Ich vermute, dass ein solches Nachfragen in Mutters Fall mit einer starken Eifersucht verbunden wäre. Diese Eifersucht ist nämlich bereits zu spüren, wenn ich nur kurz Signora Francesca erwähne und davon erzähle, wie gut ich mich mit ihr verstanden habe. *In Deinen Briefen hast Du sie gar nicht so ausführlich erwähnt*, sagt Mutter und tut so, als verschweige ich etwas. Selbst als ich eher nebenbei sage, dass die Signora schon weit über sechzig Jahre alt ist, reagiert Mutter bei jeder Erwähnung mit einer leichten Unruhe. In meiner unmittelbaren Nähe gibt es nur Männer und eigentlich auch nur ernste Männer, so stellt Mutter sich mein bisheriges Leben und wahrscheinlich auch das zukünftige vor.

Und ich?! Wie stelle ich mir mein Leben vor? Ich denke oft darüber nach, habe aber keinen zündenden Einfall. Das Einzige, was ich früher wirklich gut konnte, war Klavierspielen, zu mehr habe ich es nicht gebracht. Auch wenn ich mich frage, was mir denn Freude machen könnte, komme ich auf nichts Nennenswertes. Freude machen könnte mir höchstens, eine Gartenwirtschaft an einem Fluss zu betreiben, vielleicht würde es aber auch reichen, wenn ich als Kellner in einer solchen Gartenwirtschaft arbeiten würde.

Auf keinen Fall aber möchte ich noch einmal ein Projekt angehen, mit dem es *hoch hinauf* gehen soll. Ich möchte nicht *hoch hinauf*, nein, ich habe in dieser Hinsicht nicht mehr die geringsten Ambitionen. Deshalb tue ich mich auch mit den Gedanken an ein Studium schwer. Was könnte ich denn studieren? Vielleicht *Landschaftsplanung* oder *Gartenbau*, vielleicht *Raumkomposition* oder *Spaziergangswissenschaft*, wenn es denn so etwas gäbe.

Schon die bloße Vorstellung aber, einen Hörsaal betreten, Vorlesungen hören, Seminare besuchen und Prüfungen ablegen zu müssen, wirkt auf mich sehr abschreckend. Ich möchte mit dem sogenannten *Ernst des Lebens* nichts mehr zu tun haben, ich möchte mich dem Leben entziehen, am liebsten würde ich mein Leben damit verbringen, in Ruhe weiter mit meinen Eltern zusammenzuleben und ihnen dabei zu helfen, das Alter, so gut es geht, zu genießen.

Das Einzige, womit ich mich immer wieder beschäftige, sind meine alten Kladden, die in den grünen Kartons von

Vaters Blockhaus untergebracht sind. Sie füllen etwa die Hälfte dieser Kartons, in der anderen aber sind die vielen Tausend Zettel, die Mutter während ihrer stummen Jahre beschrieben hat.

Wenn Vater tagsüber unterwegs und Mutter in der Bibliothek ist, ziehe ich mich in das stille Blockhaus zurück und lese in diesen Quellen. Mutters Zettel sind exakt datiert, mit Tages-, Stunden- und Minutenangabe. Ich erfahre, wo ich mich in diesen Zeiten aufgehalten, womit ich gespielt und welchen Eindruck ich auf meine Mutter gemacht habe. In solche Bemerkungen eingeschoben sind Notizen zum Wetter, zu dem, was Mutter gelesen und was sie an Gesprächsfetzen auf den Straßen aufgeschnappt hat, sowie zu bestimmten Waren, die dringend eingekauft werden sollen.

Manchmal kommt es vor, dass mein Hirn Phasen eines bestimmten Kindertages rekonstruiert und neu erzählt. Ich schließe dann die Augen und erlebe zum Beispiel noch einmal, wie ich an einem bestimmten Tag als Kind mit Mutter hinunter auf die Straße ging. Es ist ganz einfach, ich brauche die Notizen meiner Mutter nur in einen Text zu übertragen, der alles aus meiner Perspektive und von heute aus sieht: *Es war der siebzehnte September 1956, ich hatte Durst, die Finger meiner Mutter rochen nach Zimt, wir hatten vergessen, die Fenster des Wohnzimmers zu schließen, deshalb regnete es am frühen Abend, als wir noch am Rhein saßen, hinein …*

Ein noch größeres Vergnügen aber macht mir die Lektüre der Kladden mit meinen Reise-Notizen. Seltsamerweise ähneln die Eintragungen den Notizen meiner Mutter auf ihren Zetteln, sie sind jedoch eine Spur privater und emotionaler und enthalten allerhand erstaunte Ausrufe und Deklamationen, als hätte ich während dieser Reisen dann und wann einen Lyrik-Anfall bekommen: *Schloss Vollrads im Rheingau, 13. September 1969, 19 Uhr: Wenn ich doch hoch oben, im alten Turm des Schlosses, wohnen dürfte! Wenn ich hinabsehen könnte, bis zum Rheintal und seinen Auen und Inseln! Ich würde Hymnen schreiben, Hymnen, die staunen machen!*

Wenn ich so etwas lese, muss ich grinsen, was war ich vor meiner Rom-Zeit bloß für ein merkwürdig verspanntes Subjekt! Unaufhörlich hat sich dieses Subjekt Notizen gemacht, die Kladden machen sogar den Eindruck, als sei dieses Subjekt kein Pianist, sondern eher ein junger, romantischer Dichter, der halb Deutschland auf der Suche nach neuen Versen durchquert.

Die Musik dagegen kommt nur selten und meist nur in Zusammenhang mit dem Namen *Schumann* vor, manches Mal hat es sogar den Anschein, als halte sich der junge, unentwegt hymnisch deklamierende Dichter für eine Nachgeburt dieses über die Maßen verehrten Komponisten: *Abends in Bacharach, Schumann-Stunde. Eine dunkle, leichte Zigarre, fünf Gläser Rheinwein, ein verstimmtes Klavier. Spielte etwas aus den »Davidsbündlertänzen«, die mir sehr gut gelangen …*

Trotz ihrer Verspanntheit und ihres Überschwangs erregen mich diese Notizen. Irgendetwas Dunkles, Feuriges steckt in ihnen, irgendetwas wirkt weiter auf mich.

Hätte ich bloß auf die überdrehten Partien verzichtet, und hätte ich meinen Gefühlen bloß nicht derart oft unkontrolliert Raum gelassen: *As-Dur, das ist die zärtlichste, aber auch traurigste Dur-Tonart überhaupt!* ... *Beethoven und Schubert haben in As-Dur gedichtet!*

Ich ertappe mich dabei, wie ich ganze Passagen dieser Notizbücher umschreibe. Ich lege neue Kladden an und komponiere die Eintragungen zu kleinen Erzählungen. Die hymnischen Deklamationen lasse ich weg und vermeide überhaupt allzu stark Emotionales. Das Emotionale soll nicht benannt werden, aber auch nicht verschwinden, es soll unter der Oberfläche erscheinen – so will ich es jetzt: *Mainz, 17. Dezember 1969. Am Rhein. Um den Vollmond fliegen Wolkenfetzen, die sich sofort wieder zerstreuen. Die fahle Himmelsdecke ist an einigen Stellen weit aufgerissen, ich kann die leuchtenden Sterne erkennen. Auf einem vorbeifahrenden Lastschiff flattern Wäschestücke an einer Leine, eine Tür ist so weit geöffnet, dass der Lichtschein auf ein neben der Wäsche stehendes Fahrrad fällt* ...

Das alles sind Spielereien, nicht mehr, ich vertreibe mir mit ihnen die Zeit und komme mir vor wie ein Lehrer, der die Notizen seines Meisterschülers korrigiert und in eine erträgliche Fassung bringt. Insgeheim aber bin ich dabei, dem jungen Mann, der ich war, eine andere, zweite Geschichte zu schreiben. Diese Geschichte ist durch die Rom-Zeit geprägt, und sie macht aus dem euphorischen jungen Subjekt, das ganz Deutschland wie ein junger Schumann bereist, eine gebrochene, melancholische Erscheinung, die weder ein Projekt noch sonst eine Zukunfts-Idee hat. Stattdessen reist sie, sie reist unentwegt, ihr ganzes früheres Leben ist nichts als Reisen und Unterwegs-Sein.

Mitten in diesen Spielereien werde ich durch einen Anruf von Walter Fornemann aufgeschreckt, der sich angewöhnt hat, ab und zu mit meiner Mutter zu telefonieren. Sie sprechen über französische Literatur und Musik, Fornemann empfiehlt bei solchen Gelegenheiten neue Schallplatten oder macht Vorschläge für Konzertbesuche in Köln, meine Mutter hört sich das an, ohne je daran zu denken, einem solchen Vorschlag zu folgen. Diesmal erwähnt sie meine Rückkehr aus Rom, die sie vor Fornemann erst noch eine Weile geheim gehalten hat. Er will mich sofort sprechen, und da Mutter sich nicht zu helfen weiß, holt sie mich an den Apparat. Ich sage kaum ein Wort, ich wirke auf Fornemann *erschreckend schweigsam*, natürlich wittert er sofort, dass in Rom mit mir etwas geschehen ist. *Was ist in Rom geschehen, Johannes?*, fragt er gleich mehrmals, und ich weiche zwei- oder dreimal aus. *Ich frage Dich zum letzten Mal, was ist in Rom geschehen?*, sagt er schließlich mit besonderem Nachdruck.

Da antworte ich endlich: *Es ist aus, ich spiele nicht mehr Klavier, ich bin gescheitert.* Als Fornemann das hört, will er mich sofort sehen. *Du kommst morgen nach Köln*, sagt er und legt von sich aus fest, wo und wann wir uns treffen: Am Nachmittag …, Walter Fornemann und ich – wir werden uns am darauffolgenden Nachmittag am Rhein in Köln treffen.

Dort erzähle ich ihm die ganze Geschichte, von der er bisher nur jene positiven Bruchstücke kennt, die ihm meine Mutter früher einmal am Telefon erzählt hat. Fornemann hat geglaubt, dass ich mich *auf dem besten Weg* befand, nicht einmal im Traum hat er für möglich gehalten, dass ich mein römisches Studium irgendwann abbrechen würde. *Du siehst kaputt aus, richtig kaputt,* sagt er und möchte mich am liebsten gleich mit zu einem Friseur nehmen, damit mir dort die Haare gekürzt werden.

Wir gehen bis Rodenkirchen am Rhein entlang, machen wieder kehrt, gehen zurück und machen uns erneut auf den Weg Richtung Rodenkirchen. Fornemann drängt mich, dass ich mein Studium fortsetzen und ein guter Klavierlehrer werden soll. Ich lehne das ab, ich sage ihm, dass ich nie wieder Klavier spielen werde. Er ist so entsetzt, dass er ungewöhnlich laut wird, er nennt mein Verhalten *dreist, armselig und undankbar,* und er gerät außer sich, als ich ihm sage, dass mich seine Angriffe nicht erreichen, ja dass sie mich nicht einmal interessieren.

Eine halbe Stunde gehen wir schweigend nebeneinander her, dann macht Fornemann einen letzten Anlauf: *Hast Du irgendeine Idee für die Zukunft? – Nein, die habe ich nicht. – Was soll denn aus Dir werden, Johannes? – Ein guter Kellner. – Du bist unverschämt, Du benimmst Dich wirklich unverschämt. – Warum ist der Vorsatz, ein guter Kellner zu werden, so unverschämt? – Darauf antworte ich nicht. – Was sollte ich denn Ihrer Meinung nach tun? Etwa in Kölsch-Kneipen das musikalische Hänneschen spielen? – Du wirst immer unverschämter. – Ja, das werde ich, verdammt noch einmal, Ihnen fällt doch auch nichts mehr ein, Sie sind doch genau wie ich mit Ihrem Latein am Ende! Warum reden Sie denn noch so lange herum, geben Sie es doch zu und halten Sie endlich den Mund!*

Ich schreie Fornemann an, ich stehe am Rhein und tue etwas, das ich noch nie getan habe, ich beleidige meinen alten Lehrer, dem ich so viel verdanke. Ich spüre sofort, dass ich eine Grenze überschritten habe, und es tut mir auch sofort leid, noch nie habe ich mich so gehen lassen. Ich wende mich von Fornemann ab und blicke auf den Fluss, ich zittere, mir laufen Tränen übers Gesicht, verdammt, was ist denn bloß mit mir los?

Fornemann soll die Tränen nicht sehen, ich will ihm so einen entsetzlichen Auftritt ersparen, deswegen mache ich ein paar Schritte auf das Wasser zu. *Es ist ganz leicht, sich das Leben zu nehmen …*, warum geht mir dieser teuflische Gedanke gerade jetzt wieder durch den Kopf?

Ich hätte nach meiner Rückkehr aus Rom nicht sofort ins Haus meiner Eltern zurückkehren dürfen, ich hätte mich irgendwohin zurückziehen sollen, um mir zunächst meine Hilflosigkeit aus dem Leib zu schreien! Schreien, ja, ich hätte schreien sollen, tagelang schreien, nichts als schreien! Jetzt hat es mich zum falschen Zeitpunkt erwischt, jetzt bin ich in die Falle gelaufen.

Ich drehe mich wieder um und schaue Fornemann an: *Warum lassen Sie mich nicht in Ruhe?! Warum gehen wir hier noch zusammen spazieren? Ich möchte allein gelassen werden, verstehen Sie, ich möchte mit Ihnen nichts mehr zu tun haben! Ergötzen Sie sich an Ihrem Debussy oder, besser noch, spielen Sie Chopin, machen Sie, was Sie wollen, aber nehmen Sie nie mehr*

mit mir Kontakt auf. Haben Sie verstanden?! Haben Sie endlich
verstanden?!

Ich sehe, dass Fornemann schwer atmet, und ich sehe,
dass ihm plötzlich die Mundwinkel nach unten sinken.
Sein Gesicht verwandelt sich in eine fremde Maske, es
ist eine Maske aus Stein, *Fornemann schützt sich vor mir*
durch eine Maske, denke ich gleichzeitig und mache einen
Schritt auf ihn zu.
Leben Sie wohl, sage ich und strecke ihm meine Hand
entgegen, doch Fornemann rührt sich nicht. Ich halte
ihm meine Hand aber weiter entgegen, ich halte meine
Hand in die Luft, ein paar Sekunden halte ich sie ihm
entgegen und sage dann: *Hören Sie nicht auf den Mist, den*
ich rede, hören Sie nicht auf mich. Sie waren ein wunderbarer
Lehrer, Sie waren der beste Lehrer, den ich je hatte. Ich möchte
mich bei Ihnen bedanken, ich danke Ihnen. Aber jetzt möchte
ich gehen, für immer, Sie werden das sicher verstehen.

Ich lasse die Hand sinken und gehe davon, ich mache
mich aus dem Staub. Ich gehe weiter am Rhein entlang,
Richtung Eisenbahnbrücke, ich unterquere die Deut-
zer Eisenbahnbrücke und gehe weiter nach Norden. Ich
weiß, dass ich jetzt in eine gefährliche Nähe zu meinen
Kindheitsplätzen gerate, schon erkenne ich vertrautes
Terrain, ich tue aber so, als nähme ich das alles nicht zur
Kenntnis, ich schaue vor mich hin und gehe stur weiter.

Jetzt reicht's aber, höre ich da Walter Fornemann sagen,
der neben mir auftaucht. Ich antworte nicht, und auch
Fornemann sagt nichts mehr, wir gehen schweigend am

Rhein entlang und geraten jetzt in die Nähe der Bänke, auf denen ich als Kind immer mit Mutter gesessen habe. *Ich mag nicht mehr weitergehen*, sage ich, und Walter Fornemann antwortet: *Dann setzen wir uns, los, wir setzen uns jetzt, ich möchte, dass wir uns setzen.*

Wir setzen uns nebeneinander auf eine Bank, ich lehne mich etwas zurück und lasse die Beine über dem Boden baumeln. *Wo möchtest Du anfangen mit dem Kellnern?*, fragt Fornemann. – *Ich weiß nicht.* – *Ich kenne den Wirt eines Lokals in Rodenkirchen, soll ich ihn fragen?* – *Nein, ich suche mir allein etwas.*

Wir schweigen, wir schweigen mindestens eine halbe Stunde. *Sie haben noch einen letzten Vorschlag frei*, sage ich dann und lasse die Beine weiter baumeln. – *Du wartest auf etwas Originelles, Johannes, ich aber finde alles Originelle abscheulich.* – *Dann sagen Sie etwas Unoriginelles.* – *Ich an Deiner Stelle würde mich an der Universität umsehen, in allen Fächern, die mich auch nur eine Spur interessieren. Ich würde in Vorlesungen und Seminare gehen, ich würde versuchen, herauszubekommen, was an diesem Wissen dran ist. Und wenn ich fündig geworden wäre, würde ich zwei, drei Fächer studieren, intensiv. Was hältst Du davon?* – *Wenn ich ehrlich bin: Nichts!* – *Nichts?! Und womit willst Du Dir Deine viele Zeit vertreiben? Was willst Du in all Deinen freien Stunden tun, neben dem Kellnern?* – *Spazieren gehen, unterwegs sein, schreiben.* – *Und worüber willst Du schreiben?* – *Ich will meine Notiz- und Tagebücher von früher umschreiben.* – *Deine Notiz- und Tagebücher? Davon hast Du noch nie erzählt.* – *Warum hätte ich davon erzählen sollen? Es steht nichts Wichtiges drin.* – *Und warum willst Du sie dann umschreiben?* – *Weil ich den überdrehten Un-*

sinn, der drinsteht, nicht mehr ertragen kann, weil ich aus dem überdrehten Unsinn etwas Gutes machen möchte. – Wie viele solcher Tagebücher gibt es denn? – Es gibt Kladden, schwarze Kladden, seit meinen Kinderjahren habe ich in schwarze Kladden geschrieben. – Und wie viele sind dabei zusammengekommen? – Ich weiß es nicht, ich habe sie nicht gezählt, ich vermute, es sind an die tausend. – Du besitzt tausend Kladden mit Tagebüchern? – Ich besitze tausend Kladden mit sehr konkreten Eintragungen über das, was ich gesehen habe.

Ich rücke auf der Bank wieder etwas nach vorn, ich setze die Beine auf den Boden, es geht mir besser. *Darf ich Sie zu einem Kölsch einladen?*, frage ich Fornemann. *– Du darfst, wenn Du mich in Zukunft duzt,* antwortet er. *– Ich kann Sie nicht duzen, tut mir leid,* sage ich. *– Na dann eben nicht, Du verdammter Dickkopf,* sagt er und fragt dann noch, wo wir das Kölsch trinken sollen. *– Im »Kappes«,* sage ich, *gleich in der Nähe. – Warst Du schon mal im »Kappes«?*, fragt Fornemann. *– Ja, ich war schon einmal im »Kappes«,* antworte ich, *ich war sogar schon tausende Male im »Kappes« …*

Als wir aufstehen, sehe ich, dass Fornemann mit dem Kopf schüttelt. Er glaubt mir nicht, er hält meine letzte Bemerkung für einen weiteren Wutausbruch. Walter Fornemann ist also ahnungslos, Walter Fornemann ahnt nicht, wohin er mich am frühen Abend unseres Wiedersehens in Köln begleitet.

45

Es war vor drei Tagen ..., ja?, wirklich?, ist es schon so lange her? ..., ja, doch, es stimmt, der Flügel für Mariettas Konzert wurde vor drei Tagen gegen neun Uhr vormittags geliefert. Ich ging die Treppe hinunter auf den großen Platz, es war alles vorbereitet, die kleine Bühne stand vor einem Halbrund von Steineichen und Pinien, die Sitzreihen waren aufgebaut, zur Rechten der Bühne war eine lange Tafel für das spätere Büfett gedeckt.

Der *Bösendorfer* wurde von zwei Helfern aus dem Laster und dann auf die Bühne gerollt, ich testete die Position und schob ihn noch etwas hin und her, dann stimmte alles. Ich erhielt den Schlüssel und öffnete den Flügel, ich setzte mich auf den schwarzen Klavierhocker, schraubte ihn ein wenig höher und schlug ein paar Akkorde an.

Die Wirkung war unglaublich, denn der Klang der Akkorde füllte sofort den ganzen Platz. Es war, als würde allen Handlungen auf ihm Einhalt geboten und als erklängen Signale, die das bevorstehende Konzert ankündigten. Wahrhaftig hatte ich auch gleich das Gefühl, dass es stiller wurde, ja, ich glaubte, dass die Menschen ringsum verharrten und nach der Herkunft der Klänge Ausschau hielten.

Ich spielte aber kein Stück, natürlich nicht, ich testete nur die Wirkung des Klangs, dann verließ ich das Podium und ging wieder hinauf in meine Wohnung.

Dort aber befiel mich eine solche Aufregung, dass ich mich nicht richtig beschäftigen konnte. Ich schaute hinunter auf den großen Platz und betrachtete lange das inzwischen entstandene Bild: Die Bühne, der Flügel, die Sitzreihen – alles wirkte auf mich wie eine alte Szene aus meinem früheren römischen Leben. Noch viel seltsamer aber kam es mir vor, dass ich mit der Erzählung meines Lebens nun an jenem Punkt angekommen war, den ich mir als vorläufiges Ende vorgenommen hatte. Gerade jetzt, gerade zu dem Zeitpunkt, da Marietta ihr Konzert geben wollte, schrieb ich am Schlussstück meiner Lebensgeschichte und damit davon, wie aus einem jungen Pianisten ein junger Schriftsteller geworden war ...

Ich hielt es in meiner Wohnung nicht aus und klingelte bei Antonia. Sie war aber noch nicht zu Hause, und auch Marietta war nirgends zu sehen. Ich verließ das Haus und unterhielt mich draußen noch eine Weile mit dem Wirt des *Il Cantinone*, der am Abend das Büfett bereitstellen würde.

Dann ging ich hinüber zum Tiber, spazierte eine Weile an ihm entlang und bog Richtung Corso ab, um im Conservatorio noch etwas zu proben. Ich hatte den Direktor in der letzten Zeit immer wieder gesehen, er lief mir jetzt häufiger über den Weg, aber ich hatte mit ihm noch keine Verabredung wegen eines Konzertes getroffen. Wollte ich so etwas wirklich? Konnte ich auf solche Eitelkeiten nicht endlich verzichten?

Ich setzte mich in einen Überaum und spielte die beiden Stücke, die mir seit Wochen wieder verstärkt durch den Kopf gingen. Es handelte sich um meine Lieblingsnummer, Schumanns große *Fantasie in C-Dur*, danach aber war das Rausschmeißer- und Kraftstück dran, ich meine den dritten Satz der siebten Sonate von Sergej Prokofieff. Als ich den Überaum rasch verließ, stand der Direktor zusammen mit einem Kollegen in der Nähe der Tür. *Haben Sie sich noch nicht entschieden?*, fragte er, und ich verneinte. – *Sie sollten uns bald die Freude machen*, sagte er weiter, *bei dieser Perfektion brauchen Sie doch nicht weiter zu proben.* Ich dankte ihm und sagte, dass ich ihm in der kommenden Woche Bescheid geben werde, dann verließ ich das Conservatorio und ging zu Fuß nach Hause zurück …

Aus dem jungen Pianisten war also ein junger Schriftsteller geworden. Und wie genau war das geschehen? Im Grunde war es die Folge eines jener starken Momente, von denen ich schon mehrmals erzählte. Er ereignete sich unerwartet und plötzlich, als ich mit Walter Fornemann im *Kappes* stand und mit meinem früheren Lehrer Kölsch trank. *Wenn ich ehrlich bin, mag ich dieses Gesöff überhaupt nicht*, hatte er anfangs gesagt, und dann doch ein Glas nach dem andern mit mir getrunken.

Wir hatten uns die Stunden zuvor aus dem Leib geredet, ich hatte mich bei ihm entschuldigt, dann hatte er sich bei mir entschuldigt, wir waren in eine lockere, gute Stimmung geraten, als habe es zwischen uns nie irgendwelche Meinungsverschiedenheiten gegeben.

Irgendwann hatte er mich noch einmal auf die Kladden und ihren Inhalt angesprochen, und ich hatte begonnen, ihm von dem Projekt zu erzählen: Dass ich seit meinen Kindertagen solche Kladden mit mir herumtrug, dass ich alles aufzeichnete, was mir an neuen Worten und Sätzen begegnete, dass ich Wortlisten anlegte, Aufgeschnapptes festhielt, und dass dies alles geschah, weil ich noch immer glaubte, ohne dieses Notieren nicht existieren zu können.

Fornemann war einer der wenigen Menschen, die meine Kindheitsgeschichte kannten, meine Mutter hatte einmal andeutungsweise mit ihm darüber gesprochen. Jetzt, als ich ihm von meinen Kladden erzählte, brachte er das alles mit den Beobachtungen in Verbindung, die er früher an mir gemacht hatte.

Wir stießen zum soundsovielten Male mit unseren schmalen Gläsern an, als er sagte: *Im Grunde warst Du nicht nur ein Pianist, sondern seit Deiner Kindheit auch ein Schriftsteller. Du hast gelebt wie ein Schriftsteller, und Du hast gearbeitet wie ein Schriftsteller! Dein ganzes Leben war eine Erziehung zum Schreiben und ein Eintauchen in die Schrift!*

Ich fand diese Deutung großartig, sie hatte zwar etwas Berauschtes, gerade das aber gefiel mir besonders an ihr. Außerdem war zweifellos etwas daran, ja, es war nicht ganz von der Hand zu weisen, dass ich ohne mein Zutun seit den Kindertagen gewisse Eigenheiten hatte, wie sie sonst nur Schriftsteller hatten. Es hatte mich nur noch niemand darauf hingewiesen, ja, es war noch niemand auf diesen naheliegenden Gedanken gekommen.

Ich selbst hatte mein ewiges Notieren und Schreiben eher für ein Gekritzel gehalten, und meine Eltern, die als Einzige davon ebenfalls wussten, hätten es auch nicht viel anders bezeichnet, sondern zu den Skurrilitäten unseres Familienlebens gerechnet.

Fornemanns Deutung verblüffte mich daher selbst und machte mich zugleich auch ein wenig stolz, *er hat recht, ich bin ein Schriftsteller,* dachte ich, *verdammt, der kluge Fornemann hat es noch vor mir selbst erkannt!* Ich hielt ein Glas in der Hand, als ich diesem Gedanken noch etwas folgte: War das, was ich gerade zu Hause schrieb, dann vielleicht noch eine Steigerung, ja, war es am Ende bereits *Li-te-ra-tur?*

Ich spürte, wie mich der Übermut packte, ich klammerte mich an mein Glas, dann sagte ich leise: *Es ist ein Aufbruch, ich arbeite an der Geschichte eines Aufbruchs. Ich sehe den Vollmond, meine Geschichte beginnt mit dem Vollmond. An einem Abend fliegen Wolkenfetzen um den Vollmond, das ist der Beginn ... Um den Vollmond fliegen Wolkenfetzen, die sich sofort wieder zerstreuen. Die fahle Himmelsdecke ist an einigen Stellen weit aufgerissen, ich kann die leuchtenden Sterne erkennen. Auf einem vorbeifahrenden Lastschiff flattern Wäschestücke an einer Leine, und eine Tür ist so weit geöffnet, dass der Lichtschein auf ein neben der Wäsche stehendes Fahrrad fällt ...*

Was ist das?, fragte Fornemann und setzte sein Glas erstaunt ab. *– Das ist der Anfang einer Geschichte,* sagte ich. *– Und wo spielt diese Geschichte? – Die Geschichte beginnt am Rhein,* antwortete ich, *wo sollte meine Geschichte denn sonst beginnen? – Sehr gut,* sagte Fornemann, *Deine Geschichte beginnt am Rhein. Und genau diese Geschichte schreibst Du jetzt auch. – Die ganze Geschichte? – Die ganze Geschichte! – Und was mache ich dann mit ihr? – Wenn Du ein paar Seiten hast, schickst Du sie mir, dann sehen wir weiter. – Wie weiter? –*

Lass mich nur machen, ich kenne Menschen genug, die davon etwas verstehen! –

Kurze Zeit nach diesem Gespräch hatte ich beinahe alle Vorschläge Fornemanns in die Tat umgesetzt. Ich hatte zu studieren begonnen, wahllos und gleich mehrere Fächer, ich kellnerte in einem Lokal in Rodenkirchen direkt am Rhein, und ich schrieb fast jeden Tag eine oder zwei Seiten, den Beginn einer Geschichte. Als ich nach fünfzig Seiten noch nicht fertig war, sondern das Gefühl hatte, es müsse immer weitergehen, schickte ich Fornemann diesen Anfang und wartete auf seine Rückmeldung.

Sie kam nach etwa zwei Wochen und bestand zunächst in Fornemanns Erklärung, sich selbst zu der Geschichte noch nicht äußern zu wollen. Als zweites schlug er jedoch vor, ich solle zu einem Literaturwettbewerb an den Wörthersee fahren, um den Anfang meiner Geschichte dort vorzutragen. *Ich könnte das hinbekommen,* sagte er, *ich könnte Dich in diesem Wettbewerb platzieren. – Und ich soll vorlesen, ich soll meine eigene Geschichte vorlesen? – Ja, warum denn nicht? – Ich habe noch nie jemand etwas vorgelesen, und erst recht nichts von mir selbst. – Dann tust Du es eben zum ersten Mal. – Aber warum? Warum sollte ich an so etwas teilnehmen? – Weil sich dort unten am Wörthersee eine Riege guter Kritiker über Deine Geschichte unterhält. – Ich soll mich gleich einer solchen Kritik aussetzen? – Du sollst genau das tun, was Du früher als Pianist getan hast: an einem Wettbewerb teilnehmen, Dein Können beweisen. Es ist wie damals, es ist eine Rückkehr zu unseren gemeinsamen Auftritten. Du erinnerst Dich*

doch? – Ich erinnere mich an alles, an jedes Detail. – Na bitte,
Du kennst Dich mit so etwas aus, ein solcher Wettbewerb bringt
Dich nicht durcheinander. Im Vergleich mit einem Pianisten-
Wettbewerb ist dieses Vorlesen ein Klacks. Wenn Dich die Kri-
tiker verreißen, denken wir noch einmal über das Projekt nach.
Wenn nicht, erhältst Du einen Verlagsvertrag, da wette ich …

Ich erreichte wieder den großen Platz vor meinem römischen Wohnhaus, in der Nähe des Podiums hatten sich
bereits viele Schaulustige versammelt. Ich eilte die Treppe hinauf und klingelte wieder bei Antonia. Marietta öffnete mir und ließ mich herein. *Ich bin furchtbar nervös,*
sagte sie, *warst Du auch immer nervös, wenn Du vorspielen*
musstest? – Nein, sagte ich, *ich war kein bisschen nervös. –*
Kannst Du mir zeigen, wie man die Nervosität wegbekommt? –
Ich glaube, das ist bei jedem Menschen anders, sagte ich, *des-*
halb kann ich Dir wahrscheinlich nicht helfen. Am besten ist,
Du spielst mir Dein Programm noch einmal vor. – Jetzt, so-
fort? – Ja, jetzt sofort.

Ich ging mit ihr zu ihrem Klavier, und sie begann zu spielen. Ich unterbrach sie nicht, ich ließ sie ein Stück nach
dem andern spielen, in genau der Folge, die wir auch für
ihren Auftritt am Abend vorgesehen hatten. Es waren
kurze, etwa fünfminütige Stücke aus meist längeren
Kompositionen, ein Satz aus einer Haydn-Sonate, ein
Satz aus einer Partita von Bach, etwas von Duke Ellington und Cole Porter, ein Tango und eine Improvisation
über ein Choral-Thema von Bach.

Marietta spielte das alles fast fehlerfrei, sie wirkte nur
ein wenig verkrampfter als sonst. *Stell Dir vor, dass Du für*

Dich selbst spielst, sagte ich, *stell Dir vor, Du sitzt in Deinem Zimmer und spielst Dir das alles vor. Du hörst Dir zu, Du achtest darauf, wie Du spielst.* Es gibt kein Publikum, Du spielst nicht für ein Publikum …

Ich redete ihr ein, was ich mir vor meinen Auftritten als Pianist immer eingeredet hatte. Auch in der Stadt am Wörthersee hatte ich mir das alles eingeredet, ich hatte mich auf meinen Auftritt als Vorleser meiner Geschichte genau so vorbereitet wie auf wie meine früheren Auftritte als Pianist.

Vor meiner Lesung war ich daher im Hotel geblieben, ich hatte mir keine anderen Lesungen angehört. Erst wenige Minuten vor meinem Auftritt war ich in dem Veranstaltungssaal erschienen und hatte gleich auf meinem Stuhl Platz genommen. Einen kurzen Moment hatte ich gefürchtet, kein Wort herauszubekommen, dann aber hatte eine kurze Bemerkung des Jury-Vorsitzenden in meine Richtung dafür gesorgt, dass ich sofort mit der Lesung begonnen hatte.

Das ist Ihr Auftritt, junger Mann!, hatte er zu mir gesagt, und ich hatte mich an die vielen Ermunterungen vor meinen früheren pianistischen Auftritten erinnert, die oft aus einer solchen oder einer sehr ähnlichen Formel bestanden hatten. *Das ist Dein Auftritt, Johannes!,* hatte ich zu mir gesagt und meine beiden Hände auf den vor mir liegenden Papierstoß gelegt. Dann aber hatte ich mir die erste Seite vorgenommen: *Um den Vollmond flogen eilend Wolkenfetzen, die sich sofort wieder zerstreuten …*

Ich lese dreißig Minuten, ich lese zum ersten Mal in meinem Leben anderen Menschen etwas vor. Ich höre mir zu, aber es ist anders als das Zuhören während eines Klaviervorspiels. Meine Stimme hat nur wenige Nuancen, meine Stimme schwingt in nur einer einzigen Tonlage. Ich kann kein Tempo machen, ich kann nur ab und zu etwas verlangsamen. Das alles erscheint mir eher wie ein Krächzen als ein Vortrag, außerdem kommen mir dreißig Minuten ungewöhnlich lang vor. Gut, dass ich die Reaktionen der Jury nicht mitbekomme, nein, ich bemerke nichts, ich bin vollkommen mit der Geschichte beschäftigt, ich sehe Bild für Bild, ich sehe all meine Bilder, meine Flucht, mein häufiges Unterwegssein, ich sehe die Menschen, Räume und Dinge in der Geschichte so vor mir, als bewegte ich mich gerade in ihnen. Ich bin eine Figur meiner Geschichte, ich lebe in ihr, alles, was man mir jetzt sagen wird, wird mich treffen. Es wird mich ermuntern oder verwunden oder entsetzen. Aber egal, dieses Vorlesen ist ein guter Ersatz, es ersetzt mir meine pianistischen Auftritte, es erlaubt mir die Vorstellung, auf einem Klavierhocker zu sitzen, um dem Publikum etwas vorzuspielen.

Als es vorbei ist, spüre ich eine starke Müdigkeit, meine ganze Anspannung stürzt zusammen. Ich starre auf einen Punkt im Saal, ich habe plötzlich wieder mein kindliches Starren. Die Kommentare der Juroren höre ich nicht, es geht nicht, ich bekomme nichts mit. Ich höre ihre Stimmen, aber ich verstehe kein einziges Wort. Ich bin erstarrt, ich sitze da wie das erstarrte Kind neben der Mutter auf einer Bank am Rhein. Ich kann mich nicht mehr bewegen, ich bleibe sitzen, als die Juroren sich erheben.

Die Juroren mischen sich unter das Publikum, alle gehen hinaus ins Freie, um dort etwas zu trinken oder eine Zigarette zu rauchen. Ich aber bleibe sitzen, niemand hat anscheinend mitbekommen, dass ich mich nicht bewegen kann. Ich starre und starre, als ich an der Schulter berührt werde.

Jemand sagt meinen Namen, jemand bittet mich, ihn nach draußen zu begleiten. *Bravo!*, sagt der Mann, *das hat mir sehr gut gefallen! Das war ein starker Auftritt!*

Es ist genau dieser Satz, der mich wieder ins Leben zurückruft. Ein starker Auftritt? Habe ich gut gespielt? *Danke*, antworte ich, *habe ich wirklich gut gespielt?* Der Mann lacht: *Sie haben nicht gut gespielt, Sie haben gut gelesen.* Richtig, ich habe vorgelesen, das Vorlesen ist kein Vorspielen, das Vorlesen ist *ein guter Ersatz.*

Draußen, im Freien, wird sich der Mann als Lektor eines großen und traditionsreichen Verlages vorstellen. Wir werden zusammen ein wenig plaudern, und der Mann wird mir sagen, dass er an meinem Manuskript sehr interessiert sei. Wir werden ein Glas Sekt trinken, wir werden auf eine gute Zusammenarbeit anstoßen. Ein halbes Jahr später wird mein Manuskript in dem großen und traditionsreichen Verlag erscheinen.

Das aber weiß ich damals natürlich noch nicht. Ich denke auch nicht an das Veröffentlichen, ich denke an meinen Auftritt als Vorleser. Ich habe die wichtige Erfahrung gemacht, dass das Vorlesen *ein guter Ersatz* für das Klaviervorspiel ist. Es begeistert nicht so, es ist nicht so rauschhaft und mitreißend, aber es ist immerhin eine Melodieführung mit Nebenstimmen und starken Akkorden. Daran kann ich anknüpfen, und genau das will ich von nun an tun.

Ich habe wieder ein Ziel, ich habe eine Aufgabe, ich habe mich vom Dasein als Pianist hinübergerettet in ein Dasein als Schriftsteller …

Nach unserer gemeinsamen Probe habe ich mit Marietta einen Spaziergang gemacht. Aus eigener Erfahrung weiß ich, dass ein solcher Spaziergang beruhigt, man darf ihn nur nicht alleine machen, sondern braucht eine Begleitung, die einen ablenkt.

Ich gab mir Mühe, Marietta abzulenken, aber es war nicht leicht. Sie wollte weder eine Kleinigkeit essen noch etwas trinken, selbst auf ein Eis hatte sie keine Lust. Schließlich kehrten wir in das Haus zurück und trennten uns. Sie wollte sich umziehen, und auch ich zog mich um.

Fünf Minuten vor Beginn ihres Konzerts holte ich sie ab, und wir gingen zusammen mit Antonia nach unten. Als wir vor der Bühne erschienen, wurden die Scheinwerfer eingeschaltet. Die Sitzreihen waren längst alle besetzt, und die Zuhörer erhoben sich, als sie uns sahen. Wir setzten uns noch einen Moment, dann betrat ich die Bühne und sagte ein paar einleitende Worte, so, wie es in Italien bei solchen Gelegenheiten üblich ist. Dann verließ ich die Bühne und setzte mich neben Antonia. Marietta aber stand auf und ging die kleine Treppe zum Podium hinauf. Sie verbeugte sich, dann nahm sie Platz und begann zu spielen.

Als ich aber den Klang des Instruments auf dem weiten, immer mehr verstummenden Platz hörte, packte mich plötzlich eine starke Rührung. Monatelang hatte ich das alles mit Marietta geübt, Nuance für Nuance, deshalb hörte ich nicht nur ihr Spiel, sondern auch seine Geschichte. Ich selbst war Teil dieses Spiels, meine Geschichte war ein Teil von ihrer Geschichte.

Ich nahm ein Taschentuch aus meiner Hosentasche und strich mir damit über die Stirn, ich steckte es aber nicht wieder zurück, sondern hielt es weiter in der rechten Hand. Ich spürte, wie all das, was ich seit meiner Ankunft in dieser Umgebung erlebt hatte, auf einmal wieder lebendig wurde. Es war zu viel, ich konnte den Ansturm der Gefühle nur schwer ertragen. Etwas Ähnliches hatte ich damals, nach meiner Lesung am Wörthersee, erlebt, ich hatte den Vortragssaal nicht mehr betreten können, sondern war einfach geflohen …

Ich fahre mit einem Bus an den nahen See, ich habe eine Badehose dabei. Die Lesungen und Veranstaltungen gehen weiter, aber ich kann nicht mehr daran teilnehmen. Am See ziehe ich mich um und gehe ins Wasser. *Ich halte Ihnen vor dem Abendessen einen Platz am Schriftsteller-Tisch frei*, hatte der Lektor zum Abschied gesagt. Ich weiß nicht, ob ich einen Platz am Schriftsteller-Tisch möchte, nein, ich möchte eigentlich keinen. Ich brauche jetzt keinen Platz mehr an irgendeinem Tisch, ich brauche nur noch Geduld und eine starke, nicht nachlassende Lust auf das Schreiben. Vorläufig bin ich ein Stück gerettet, ja, es sieht fast so aus.

Ich tauche, ich tauche ab, ich mache ein paar Schwimmbewegungen in die Tiefe. Ich habe meinen Eltern nichts von diesem Auftritt erzählt, und ich habe Walter Fornemann gebeten, ihnen ebenfalls nichts zu erzählen. Jetzt ist geschehen, woran ich nicht mehr zu glauben gewagt habe, ich habe mich aus eigener Kraft aus einer schlimmen Lage befreit. Ich tauche, ich bleibe lange unter Wasser, und ich höre aus weiter Ferne, wie sich der Wortstrom bewegt: *Das ist ein Baum. Nein. Das ist eine Weide. Und das ist eine Pappel. Pappeln sind viel schlanker und größer als Weiden. Weiden stehen selten so schlank und schön hintereinander wie Pappeln. Weiden ducken sich an das Ufer, Pappeln stehen stramm ... Seit dem Tag, an dem ich aus Rom zurückkam, ist dies der schönste Tag. Es gibt also wieder schöne, sehr schöne Tage, an denen man kein bisschen traurig ist. Es gibt auch wieder Tage ohne Traurigkeit, die gibt es wieder. Heute ist so ein Tag. Ich freue mich. Ich werde mir nicht das Leben nehmen, nein, das werde ich nicht. Ich werde nicht einmal mehr daran denken, ob ich mir das Leben nehmen sollte. Es gibt keinen Grund mehr, sich das Leben zu nehmen. Ich freue mich, ich freue mich sehr ...*

Es ist vorbei, Mariettas Konzert ist vorbei. Ich sitze ein wenig entrückt neben Antonia und bemerke, dass sie sich während des Konzerts bei mir eingehängt hat. Wir sitzen dicht nebeneinander, unsere Schultern berühren sich.

Als der heftige Beifall einsetzt, flüstert sie mir etwas

ins Ohr. Ich verstehe sie nicht, es ist zu laut. Ich schaue sie an, sie deutet hinauf auf die Bühne. Da sehe ich, dass Marietta mir winkt, Marietta möchte, dass auch ich die Bühne betrete.

Ich wehre ab, nein, das muss doch nicht sein. Da gibt Marietta den Klatschenden ein Zeichen, sie sollen aufhören zu klatschen, sie sollen das Klatschen einen Moment unterbrechen. Sie nennt meinen Namen, sie sagt, dass ich auf die Bühne kommen solle, sie nennt mich *meinen lieben Lehrer, der mir das alles beigebracht hat*. Ich spüre, wie Antonia mich leicht nach vorne schiebt, ich soll mich nicht zieren, ich soll dem Kind die Freude machen.

Also gehe ich rasch die kleine Treppe hinauf. Marietta kommt auf mich zu, ich gebe ihr einen Kuss und bedanke mich. Dann aber gibt sie noch einmal ein kurzes Zeichen: *Liebe Freundinnen und Freunde*, sagt das Kind, *Giovanni wird jetzt zum Schluss noch selbst etwas spielen. Bitte, Giovanni, nun kommt Dein Auftritt!*

Ich?! Ich soll spielen?! Ich sehe, wie Marietta das Podium verlässt, ich höre die aufmunternden Rufe des Publikums, ich spüre das Scheinwerferlicht wie in den Tagen, als ich als junger Mann auf den römischen Plätzen auftrat und spielte. Dann nehme ich Platz.

Wie ich später erfahre, beginne ich etwa gegen 20 Uhr zu spielen. Als ich das Podium wieder verlasse, sind beinahe zwei Stunden vergangen. Ich habe Schumanns *Fantasie in C-Dur* gespielt, ich habe Bach, Scarlatti und zum Abschluss noch Prokofieff gespielt. Nach jedem Stück war der Beifall so groß, dass ich nicht aufhören konnte ...

Gegen 22 Uhr ist der große ovale Platz vor unserem Wohnhaus mit Menschen überfüllt. Ich stehe auf dem Podium und verbeuge mich, ich habe mein römisches Konzert also doch noch gegeben.

Ich blicke hinab auf die klatschenden, begeisterten Menschen, ich schaue zu Antonia und Marietta.

Dann sehe ich meinen Vater, er winkt zu mir hinauf. Und ich sehe meine schöne Mutter, sie schaut mich regungslos an. Wir drei verstehen uns gut, wir haben uns immer verstanden, ein Leben lang. Ich verbeuge mich vor den beiden, ich verbeuge mich tief.

Dann winke ich ein letztes Mal und verabschiede mich. Ich gehe die kleine Treppe wieder hinab und betrete den Boden der Ewigen Stadt.

Nun aber bleiben Glaube, Hoffnung, Liebe,
diese drei; aber die Liebe ist die größte
unter ihnen ...